新潮文庫

黒い画集

松本清張著

1994

目次

黒い画集

遭難

一

鹿島槍《かしまやり》で遭難（R新聞九月二日付）
A銀行丸ノ内支店勤務岩瀬《いわせ》秀雄《ひでお》さん（二八）＝東京都新宿区喜久井町《きくいちよう》××番地＝は八月三十日友人二名と共に北アの鹿島槍ヶ岳に登ったが、霧と雨に方向を迷い、北槍の西方牛首山《うしくびやま》付近の森林中で、疲労と寒気のために、三十一日夜凍死した。同行の友人は、冷小屋《つべたごや》に救援を頼みに行ったが、同小屋に泊まっていたM大山岳部員が、一日早朝救助におもむいた時は間に合わなかった。

二

（この一文は、岩瀬秀雄の遭難の時、同行していた浦橋吾一《うらはしごいち》が山岳雑誌『山嶺《さんれい》』十一月号に発表した手記である。浦橋吾一は岩瀬秀雄と同じ勤め先の銀行員で二十五歳、岩瀬よりやや後輩で、本文中に名の出る江田昌利《えだまさとし》は三十二歳、同銀行支店長代理である。この三人が八月三十日に鹿島槍ヶ岳へ登った）

鹿島槍に友を喪《うしな》いて　浦橋吾一

1

私が江田昌利氏から鹿島槍行をすすめられたのは七月の終わりであった。江田氏はS大当時、山岳部に籍を置いていて、日本アルプスの主要な山はほとんど経験ずみだし、遠く北海道や屋久《やく》島《しま》まで遠征したことのある、わが銀行内きっての岳人だった。これまで江田氏に指導されて山登りが好きになった行員はずいぶんいる。

「岩瀬君が行きたいと言っている。二人だけではつまらないから、君を誘ったのだ」

江田氏は私に言った。休暇の都合や、登山に興味のない者を除くと、私だけということになったらしい。

職場では仕事の関係で夏季休暇を代わりあってとっていたが、江田氏も岩瀬君も私も、係が違うので偶然にいっしょに休暇がとれることになったのである。

ただ、私の場合は山の経験はほとんどなく、穂《ほ》高《だか》の涸沢《からさわ》小屋まで一回と、富士山に一回登っただけの初心者である。岩瀬君のほうは八ヶ《やつが》岳《たけ》、甲斐《かい》駒ヶ《こまが》岳《たけ》と、北アには槍と穂高に三度ほど登っている。つまり、登山がおもしろくなりかけてきたところであった。

私はこの二人ならよいと思い、江田氏の勧めを承知した。休暇をとっても、別にどこに行くあてもなかったので、かえって誘われたことをよろこんだ。

われわれ三人は、それからよく集まっては相談した。銀行の帰りに喫茶店で長いこと話をしたり、日曜日には江田氏の自宅に岩瀬君といっしょに行ったりした。

「岩瀬君がね、今度は、鹿島槍から五竜《ごりゅう》を縦走したいと言っていた。穂高のようにあまり人の混まないコースだし、二泊三日の予定ではちょうどいい山行《さんこう》だと僕も思ってね」

江田氏の言葉では、鹿島槍の発案者は岩瀬君のようだった。人間の運命というものはわからないものである。

岩瀬君は私よりは、はるかに身体《からだ》が頑丈で、いつもその丸っこい顔に鮮かな血の色をみなぎらしていた。どちらかというと蒼白《あおじろ》い顔色の多い銀行マンのわれわれの間では、その元気そうな姿は目立っていた。彼は貸付係だったので、仕事上、外回りが多かったが、銀行のドアをあおるように開いて外から帰ってくるときの大股《おおまた》な歩き方や、みごとな頰《ほお》の血色は、机にいる内勤の者に、風が舞いこんだような新鮮な印象を与えた。

岩瀬君と私とは係が違っている関係もあって、それほど親しくはなかったが、この山行の話になってから急に近づきになった。彼は私と同様に独身で、アパート暮らしだったが性格は朗らかで、嫌味がなかった。酒は好きだったようである。彼は今度の鹿島槍縦走をひどく愉《たの》しんでいた。

われわれは休暇の都合で、二泊三日と初めから決めていた。予定では、八月の中旬にするつもりだったが、江田氏の方に故障があり、結局、八月三十日からということになった。何といってもベテランの江田氏がリーダーであった。私のように山に慣れない者は江田氏だけが頼りである。実際私は、支度などについていろいろと教えてもらった。

岩瀬君の方は私よりは経験者だから、自信があり、多少、気負ったところがみえた。あとから考えて彼の遭難の素因の何パーセントかはその心理にあったと言えなくはなさそうである。こう言うと、死者への礼を失するようだけれど、登山はどのように経験を積んでも、常に最初のように謙抑でなければならぬ、という戒めは守るべきである。そのことは江田氏も分かっていて、何かと岩瀬君の疾《はや》る心を押さえていた。しかし人間の弱さはそれを徹底的に通し得なかったことに今度の悲劇が生じた。これは誰を責めることもできない宿命的な不可抗力であろう。

それはともかく、われわれは最後の打合せを江田氏の自宅でおこなった。岩瀬君はアパートが近いせいか、江田氏の家にはたびたび遊びに行っているらしく、江田夫人から、

「岩瀬さん、あんたなんか、自信過剰な方だから、うっかり山をバカにするとひどい目にあうわよ」

と、冗談を言われていた。これが実際に予言となって的中したのだから、まったく人の命の一寸先は分からない。神様でない岩瀬君は、やはり冗談めかして夫人と軽口をやりとりしていた。江田氏も私も、傍で笑っていたのだ。

そのとき、最終的に決定したスケジュールは次のとおりだった。

八月二十九日　新宿発二十二時四十五分。

三十日　信濃《しなの》大町《おおまち》着。バスにて大谷原《おおたにはら》へ。

大谷原→冷　池《つべたいけ》→爺　岳《じいがたけ》→冷小屋泊。

三十一日　冷小屋→鹿島槍→八峰《はちみね》キレット→五竜岳→五竜小屋。

九月一日　五竜小屋→遠見《とおみ》小屋《ごや》→神城《かみしろ》。松本発二十二時三十九分。

二日　新宿着四時四十五分。

この予定はきわめて普通のコースである。なお、慎重な江田氏は私のために往路の夜汽車を三等寝台車にすることを主張した。

これは、普通三等車では、登山のための乗客で満員となり、その混雑で席がとれず、不眠をおもんぱかってのことだった。眠りが十分にとれないと、翌日の登山に疲労度が加わり、経験のない私が脱落するかもしれないと考えたのであろう。そのために、江田氏は奔走して苦心の上、寝台券を三枚手に入れた。これについて岩瀬君は、それほどまでにしなくとも、と多少反対するところがあったが、すべて初心者の私のためだというので納得した。もっとも、寝台券三枚は江田氏が料金を出してくれたので、彼も実は感謝していた。

いよいよ二十九日の晩、われわれは、新宿駅に集合した。その日を待っていた岩瀬君がいちばん喜んでいたようである。季節《シーズン》中には毎度のことながら、この夜行列車を待つ登山姿の乗客が、ホームから地下道の階段、通路に二列になって長くすわりこんでいる。

早くから汽車の入構を待っているので、退屈と身体の不自由のためにすでに疲れた顔つきをしているのが多い。

そこへ行くと、われわれは悠々たるもので、遅く来てらくらくとした寝台に横たわることができた。登山客としては贅沢《ぜいたく》この上もない。少々もったいない気持である。

車内では三人でウィスキーの角瓶を一本空けた。江田氏が下段、岩瀬君がその上段、私は三つばかり離れた場所の下段に寝台をとった。岩瀬君は、その時も愉快そうに話をしていた。

私はあまり飲めないので、ウィスキーの酔いでまもなく眠りについた。

しかし、しばらくして便所に起きたとき、正面の出入口のガラスドアに人影が映っているのが見えた。それがどうも岩瀬君らしいので、ドアを開けると、やはり岩瀬君で、彼は二等車との間のデッキの上で、ぼんやり外を眺めていた。暗い中で、彼の喫《す》っている煙草《たばこ》の火が赤く呼吸していた。

「まだ起きていたのかい?」

私が声をかけると、彼はちらとふり返ったが、

「うん、少し酔ったので風に当たっている」

と、はずまない声で答えて、また外の方に顔を戻した。外は暗い闇《やみ》が流れ、星のある空に山のわずかな黒い輪郭が動いていた。

私は眠いのと、岩瀬君の姿がひとりでたたずんでいるのを好んでいるふうに見えたので、それ以上話しかけずに自分の寝台に戻った。江田氏の寝台には幕が垂れ、中からかすかないびきが聞こえていた。通路の薄暗い電灯で腕時計を見ると、一時を過ぎていた。「塩山《えんざん》、塩山」という駅員の眠そうな声を聞いてすぐに私は覚えがなくなった。

身体を揺すられて目をあけると、江田氏がもう身支度して立っていた。次は松本だというので、あわてて靴をはいた。眠っている間に着いたので、さっぱり距離感がない。窓の外を見ると、薄明の中を平野が走っていた。

岩瀬君も起きていて煙草をくわえていた。少し、ぼんやりした恰好《かっこう》だった。

松本駅に着くと、大糸《おおいと》線の電車がすでに発車ベルを鳴らしていた。ほかの連中にまじって、われわれもホームを駆けた。

電車の中は登山姿の人間とリュックとで満員だった。大町に着くまで立ちどおしだったが、ほかの連中は混みあう三等車で一夜を窮屈にかがんできたのにくらべ、われわれは寝台車でらくらくと手足を伸ばして寝てきたのだから、ずっと贅沢である。

混んでいる車内では、三人ばらばらな所にいたが、江田氏は吊皮《つりかわ》につかまって本を読み、岩瀬君はリュックの上に腰をかけていたようだった。

早朝の大町の駅前にバスを待っているのは登山者ばかりで、女性も多かった。すでに秋めいた冷たい空気が、この盆地の町におりていた。女性の身につけている赤い色が暖かさを思わせたくらいだ。

バスで約一時間、相変わらず立ったままだった。リュックが、人間と人間の間を岩石のように埋めている。土曜日なので、季節の終わりかけにもかかわらず、人が多いのであろう。ここでも、われわれは離れていた。

林檎畑《りんごばたけ》や桑畑がしばらくつづくと、バスは山峡《やまかい》の中にはいって行く。陽が射《さ》しはじめ、遠くの山頂の雲から色が輝きだした。いい天気である。道は狭くなり、坂になった。屋根の上に石をおいた鹿島の部落を過ぎると、人家は途絶し、森林がはじまった。

終点の大谷原に着いて、昨夜以来の乗物の継続から解放された。みんなぞろぞろバスから降りて背伸びしていた。水のない、白いごろごろ石だけの川原に小さなキャンプが一つぽつんとあって、幕の間から人の首が出てこちらを眺めていた。

バスから降りた登山者の半分は、朝食のため川原の石の上に散り、半分はそのまま山の方角に向かって出発した。

「ぼくらもここで朝めしを食べようか?」

江田氏が言った。

「そうですな」

私が賛成し、岩瀬君がうなずいた。このとき岩瀬君は白い石の上を歩いて行く登山者の黒い姿を何となく眺めていた。

江田氏がリュックから、昨夜新宿で買ったすしの箱詰めを出した。空腹だったので私はよく食べた。

「昨夜、よく眠れたかね？」

江田氏が私にきいたので、私は熟睡したと答えた。岩瀬君はコッヘルで湯を沸かす支度をしていたが、何とも言わなかった。私は彼が遅い時間にデッキに立っているのを見ていたが、何時に寝たのか知らなかった。

ここで約四十分を過ごし、ぼつぼつ周囲の人たちも立ちあがって歩きだしたので、われわれもリュックを背負った。背中にかかった五貫の重さがはじめて出発の意識を密着させた。水のない白い川を横切るとき、先頭に江田氏が立ち、次が私、後ろが岩瀬君だった。この順序は、最後まで変わらなかった。川のふちには、悪戯《いたずら》のように小石を積んだケルンがいくつもあった。

「かわいいもんだな」

江田氏がそれを見て、つぶやくように言うのが聞こえた。

小さなダムを過ぎてから径《みち》はたえず、川と森林の間につづいていた。それほどの勾配《こうばい》ではない。そのせいか、江田氏の足はかなり早いように思われた。

「ちょっと休憩したいな」

岩瀬君がひとりごとのように言っているのが耳にはいったので、私は、前の江田氏にそれを取りついだ。

「そうか」

江田氏は、岩瀬君の方をちょっと振り返り、リュックをおろした。そこからは川におりることができた。

「浦橋君もはじめてだから、この辺で休もう。西俣出合《にしまたであい》までちょうど半分来たよ」

江田氏は初心者の私に気を使ってくれた。ほかの何組かは、われわれの頭の上を通りすぎ、唄声《うたごえ》が森林の中から聞こえていた。岩瀬君は岩の上に立ち、川を見ながら煙草を喫っていた。

「岩瀬君は少し元気がないようですね」

私は彼の姿を眺めて江田氏に言った。

「出発前にあんまり張りきった反動だろう。寝台でらくらくと眠ってきたから、身体の調子はいいはずだ」

江田氏は答えた。

「ぼくは夜中に目をさましたが、上段の彼は高いびきで眠っていたぜ」

私はそれを聞き、彼がまもなくデッキから帰って寝台に横たわったことを知った。江田氏の言うとおりで、私自身は少しも疲れてはいなかった。

「さあ行こうか」

江田氏が出発を告げた。岩瀬君が黙って岩の上から戻ってきた。ふたたび、橅《ぶな》、栂《つが》、樅《もみ》の林の中を歩いた。川は径から離れ、崖《がけ》の下から音だけがしていた。そしてそこを歩いているのは、われわれ三人だけであった。径はしめっていた。

やがて、突然といった感じで渓谷が割れ、空がひろがった。川がすぐそこを流れ、吊橋がかかっていた。川の正面はV字形の山峡となり、その間に南槍と北槍の東尾根とが高く出ていた。

陽が完全にこの山の襞《ひだ》と色合いとを詳細に描き分けていた。黒い雲霧が裾《すそ》からしきりと上昇して、それを隠顕させた。

「さあ、ここで一休みだ。これからが大変だからな」

江田氏が私と岩瀬君に言った。

われわれが川のふちに出て石の上に腰をおろすと、それまで休んでいた若い男女の一組が出発した。彼らは真向かいの急な斜面の小さい径を登りはじめた。

われわれは西俣出合で四十分ばかり休息した。

この四十分の間に、V字形渓谷の正面をふさいでいる北槍の東尾根は、絶えざる雲の運動で部分を見え隠れさせていたが、われわれの休止の終わるころには全体の眺めが落ちついた。わずかに薄い霧が余煙のように岩肌をはいあがっているだけであった。陽が高くなり、山の翳《かげ》りの面積がずり落ちた。南槍と北槍の中間にある雪渓が輝いていた。

「今日は天気がいいな。ぼつぼつ行こうか」

江田氏が空を見上げて言った。

休止の間、われわれは川の冷たい水を飲み、水筒に詰めた。水は上流の雪渓の雪が溶けこんでいるので二分間も足を浸けていると赤くなり、痛さを感じた。

「これから先は水がないから、ここで水筒に十分に入れておくんだ」

江田氏が注意した。実際、その辺の石の上にも、水筒に水を補給せよと注意書がしてあった。

飲み水は氷のように咽喉《のど》に刺激を与えて快かった。岩瀬君は何度もコップに汲《く》んでは飲んでいた。よほどうまいとみえて、少し飲みすぎると思われるぐらいだった。

われわれ三人以外に、吊橋のかかっているこの川原には誰も残っていなかった。

「さあ、これからがちょっと大変だよ。急な上り坂がしばらくつづくからね。眺望はきかないし、苦労ばかりで、ちっともおもしろくない道だ。だが、そこを辛抱して、高千穂平《たかちほだいら》まで登ると、すばらしい眺望が待っている」

江田氏は説明した。

「その高千穂平までどれくらいかかりますか？」

「三時間だね」

江田氏が先頭に立って歩きだしながら私に答えた。

その三時間の登りは想像以上に苦しかった。径は樹林帯の中にジグザグな急坂をどこまでもつづけていた。五分もすると汗が出はじめた。

樹《き》の重なりのほかは視界にはいるものはなく、変化もなかった。樹海は静止していた。一歩一歩這《は》いあがる作業だけが目的を感じさせる唯一《ゆいいつ》の動きであった。

前を登って行く江田氏の足どりには、山歩きに慣れた確実さがあった。山靴の運びに狂わないリズムがあったし、余裕があった。ときどき、その黒いアルパイン・ベレーがふり返っては、私と岩瀬君の様子を眺めた。

しばらくすると、私のあとに来ている岩瀬君がひどく遅れていることに気づいた。彼の焦茶色《こげちゃいろ》のシャツはずっと下方の樹の間でゆるく動いていた。私は、はじめ彼が何か気に入った植物でも見つけて道草を食っているのかと思った。

「岩瀬君は疲れているようだ。この辺で一休みしようか」

江田氏は立ちどまって言った。このとき、岩瀬君はいかにも大儀そうに登ってきていた。彼は口をあけ、顎《あご》からは汗が滴《したた》り落ちていた。

「岩瀬君、リュックをおろしたまえ、楽になるまで休むからな」

江田氏がいたわって言った。

岩瀬君は、そのとおりにリュックを肩からすべりおろし、草の上に身体《からだ》を投げた。急な斜面のために彼の姿勢はまだ立っているような恰好であった。それから彼は水筒を口に当てて、咽喉を鳴らした。

われわれは二十分くらいそうしていた。ただ江田氏だけは、リュックを背負ったまま、ちょっと腰をおろしただけで、径からはずれた樹林の中をがさごそと音たてて歩きまわっていた。三人の若い男が登ってきたが、われわれの腰をおろしている傍をよけるようにして行った。

「お先に」

と、見知らぬ彼らは挨拶《あいさつ》を残した。

「じゃ、ぼくらも行こうか」

江田氏が岩瀬君を見て言った。岩瀬君はうなずき、身体を起こしてリュックをとった。

単調で、苦しい運動を要する歩行がまた始まった。どこまで登っても、樹林はいつ切れるともなくつづいていた。それでも少しずつ変化が現われた。樅が減って、栂が多くなり、樹の背が低くなった。

しかし、相変わらず後尾の岩瀬君は、遅れがちであった。われわれは途中で、五六回くらい休止をした。そのたびに、岩瀬君はリュックをおろし、身体を横たえ、あかい顔に流れる汗を拭《ふ》いた。彼の水筒の水は四度目くらいでなくなった。あとは江田氏が自分の水筒を与えた。

岩瀬君は私よりは山歩きには経験者のはずである。その彼が私以上に疲労しているのを見て、少し意外だったが、彼にはこのように際限のない急斜面の登り道が不得手だったのであろう。江田氏の世話は、私よりもむしろ彼の方に向けられ、注意が払われた。高千穂平に登りつくまで四時間近くかかったのは主《おも》にそのためであった。

高千穂平からは急な登りでないため、少しは楽だったし、これまでの代償のように眺望がひらけたので愉《たの》しいコースであった。右手には南槍《やり》と北槍との隆起がつづき、その果てに東尾根の急激な傾斜が谷に落ちていた。左には爺岳《じいがたけ》の稜線がある。どの頂上にも岩壁にも明かるい陽が当たり、皺波《しわなみ》の陰《かげ》と明度とを浮彫りしていた。

岩瀬君もここからは少しずつ元気を回復したようだった。われわれはやはり縦列になって這松《はいまつ》の覗《のぞ》いている赤い岩の上についた道をたどった。苦労の末に脱出した樹林帯は、渓谷の下になだれをうって沈み、その上に陽が照りつけていた。その暑そうにあえいでみえる蒼《あお》い色のひろがりを上から見おろすのは、今までの仕返しのようで、ちょっと快かった。

江田氏は東尾根の稜線《りょうせん》を指して、あれが第一岩峰で、あれが第二岩峰だと教え、そこに登った話などをひとりでしゃべっていた。実際、歩くにつれての周囲の眺望は、はじめて登山の実感を私に満たし、愉しさを湧《わ》かせてくれた。

赤岩尾根《あかいわおね》についたその径は、やがてはずれてトラバースみたいになると一つの鞍部《コル》に出た。

「ここが冷の乗越《つべたのっこし》だ。小屋はもうすぐだよ」

江田氏がふり返って励ますように言った。別の大きな稜線がそこで合していた。その主稜が信濃《しなの》と越中《えっちゅう》との国境だった。

この鞍部に立つと、左手には黒部《くろべ》の深い渓谷が陥没していて、その向こうに立山《たてやま》と剣《つるぎ》の連峰が真正面だった。これは雄大だった。右は今までわれわれの目についてきた南槍と北槍だが、陽の具合で大冷沢北俣《おおつべたざわきたまた》の斜面が黒い翼のような影《シャドー》をつくっていた。南の方には、爺岳の頂上があまり高くない位置にあった。

この稜線を歩いて行くうちに、ちょっとした樹林帯にはいったが、そこを抜けると小屋が目の前に突然といった感じで現われた。すでに傾いている陽に半面をくっきりと光らせたその小さな建物は久しぶりに人工的なものを見た安心を私にどこか与えた。この山裾《やますそ》にとりついてそこへ着くまで、われわれは八時間を要していた。

そこには濁った一坪あまりの小さな池があった。地図に載っている冷池《つべたいけ》がこれだと江田氏は笑って言った。地図にあるくらいだから、もっと大きくて、もっと山湖を思わせるような深く澄んだ池だと考えていたのは私の錯覚であった。

その地図は五万分の一の《大町》である。鹿島槍、五竜岳の縦走はこれ一枚でたりるのだ。よけいな地図は不必要で邪魔だという江田氏の意見にしたがって、われわれはこの一枚だけを携行していた。

小屋では五十ばかりの頑丈な肩をしたおやじが迎えてくれた。土間にはいると、板敷きの広い宿泊室には、登山荷物がいくつか積んであった。客は三四人しかいなかった。今晩ここに泊まる予定で着いた者も、今は近くの山に散って歩いているのだとおやじは言った。

「爺岳に登ってみるか、往復二時間もあれば行ってこられるが」

江田氏が岩瀬君と私とを見くらべて言った。岩瀬君は頸《くび》を振って、

「ぼくはよそう」

と、短く答えた。そのとき彼の身体は非常に大儀そうに見えた。

私も疲れていたので、彼に同調して断わることにした。

「もう四時だからな、少し遅いか」

江田氏は時計を見て残念そうにつぶやいた。陽がずっと西へ落ちて赤味を加え、剣岳がぐっと黒くなってきていた。雲が黒部の渓谷に這いおり、少しずつ厚味を重ねていた。

予定では、この小屋に到着するのが三時だったことを私は思いだした。

「予定より一時間遅くなりましたね」

私が言うと、江田氏は、

「ああ、はじめての君はともかく、岩瀬君があれではね」

と、低い声でぼそりと言った。あんがいだ、という顔つきがやはり出ていた。

その夜は、小屋の薄い布団《ふとん》の上でごろ寝をした。いざ寝るときになってみると、広い板の間は人間で足の踏み場もないぐらいに混みあった。

はじめ容易に私は寝つかれなかった。背中をノミが這いまわっているのがまず気にかかった。それから人の話し声がする。山の自慢話ばかりだった。

遅くなると、それは小さな声でささやかれたが、そんなぼそぼそ声がよけいに耳について神経にさわった。関西の人が来ているとみえて、大阪弁のもつ粘液性の話し方がそのいらだちを掻《か》き立てるようだった。

私は寝返りを打ったついでに隣に寝ている岩瀬君を見ると、薄暗いランプの光の中で、彼の目が天井を見つめて開いているのを知った。彼もやっぱり話し声が耳にはいって眠れないのだと私は思った。

江田氏は軽いいびきを立てて熟睡していた。こういう山小屋の習慣にはいかにも慣れているような眠り方であった。

2

　翌朝、われわれは七時すぎに冷小屋を出発した。岩瀬君は元気そうにしていた。が、私は昨日の疲労が足や腰に鈍痛となって残っていた。

　この日は朝から空が曇り、うす陽が射《さ》していた。上々の天気ではない。昨日は全体をはっきりと見せた周囲のどの山も、鉛色の重々しい厚い雲海に閉ざされていた。風までが何だかしめっぽく思われた。

　灌木帯《かんぼくたい》の中を一時間ばかりすすむと、道は布引《ぬのびき》岳を過ぎて赤茶色をした小石の多いガレ場となった。

　このあたりに来ると、不意に私の耳にサイレンの音が聞こえた。私はおどろいて足をとめた。

「大町の工場のだね」

　江田氏が言った。なるほど、それは、はるか下の方から伝わってくるという感じだったが、あの大町の騒音が二千数百メートルの高差のある辺まで聞こえることが、奇異な感じであった。

　私は、モンブランの頂上に登って行く登山者の耳に、麓《ふもと》の村落のチャペルの鐘が聞こえてくる外国映画を思いだし、ロマンチックな気持になった。

剣、立山の連峰は妙にくろずんだ雲に前面を張られて見えなかった。それは、最後まで変わらなかった。

小屋を出て二時間もすると、われわれは大きなケルンのある南槍の頂上に立った。そこは小さな平地になっていたが、周辺の眺望はさらに雲に閉ざされてまったく利《き》かなかった。

「あいにくの天気だったな」

と、江田氏は雲ばかりの展望を眺めて言った。

「ここからは北アルプスの山が全部見えるんだ。ここから見えない山は、モグリだというぐらいだからね。残念だな」

岩瀬君は呆然《ぼうぜん》として腰かけて眺めていた。

この時になって風の吹き具合が強くなっていることに気づいた。それは正面から吹きあげてたたいてくるような湿気を含んだ風だった。ガスが白い煙のように谷間から上昇し、われわれの方に向かって流れてきた。

「これはいけない。天気が悪くなった」

江田氏は顔をしかめた。

かまわない、予定どおり進もうと言いだしたのは岩瀬君だった。彼の顔には、昨日とはまるで違う精気のようなものがみなぎっていた。

しかし、北槍をすぎたあたりから、白いガスがしだいに濃くなってきたようだった。眺望はいよいよ利かない。ただ、行く手の径《みち》が急傾斜で下降し、その二十メートル先は白い霧の中に消えていた。風が強いため、霧は激しい動きで巻いては流れた。

「危ないな」

江田氏が危ぶむように歩みをとめて言った。この尾根道の両方は急峻《きゅうしゅん》な渓谷に落ちこんでいて、ことに北壁の方からはげしい風が吹きあがっていた。

その風のために霧が揺れ、瞬間的に下方に裂け目を起こした。薄くなった霧の亀裂《きれつ》からは、岩壁の一部がのぞいたが、それは、はるか足もとの下の方だった。白い雪渓が、ずっと下に遠い距離で見えたとき、かすかな恐れが私にも起こった。私の身体が風に吹き倒されて、この霧の巻く急斜面の壁を転落して行く幻覚が起こった。

「引き返そう」

江田氏は言った。が、われわれのリーダーに反対したのは岩瀬君だった。

「大丈夫ですよ。行こう。せっかくここまで来たんだもの、引き返すテはないと思うな」

彼の口調は昂然《こうぜん》たるものがあり、江田氏の躊躇《ちゅうちょ》をわらっているようなところがあった。それは東京出発前のきおい立った岩瀬君にまったくかえっていた。

この時、ふたりの男がわれわれの傍をすり抜けて先に行ったのが、岩瀬君の主張を勢いづけたようだった。

「そら、あの連中だって行ってるだろう。行こうよ、江田さん。引き返すよりも、キレット小屋に着いたほうが早いよ」

岩瀬君は口をとがらせた。

実際、われわれは冷小屋を出てここまで三時間を歩いていた。ところが、ここからキレット小屋までは、せいぜい三十分の距離だった。もとの冷小屋に戻るにはふたたび三時間を要する。引き返すとなれば往復の六時間がまったく無意味となるのにくらべ、一方は三十分で目的を遂げるのである。

この時間の絶対的な比重が、私にも岩瀬君の主張に賛同させ、江田氏をも動かしたようだった。

「じゃ、もう少し行ってみるか」

江田氏は、しかし、慎重に言った。

「だが、これ以上、天候が悪くなったら、あっさり諦《あきら》めて引き返すんだよ、いいな？」

岩瀬君は、素直にうなずいた。行きさえすればどうにかなる、といった承知の仕方であった。

雨滴が頬を打った。

「ヤッケを着よう」

江田氏が言った。われわれはリュックをおろし、ウインド・ヤッケをとりだして上から着た。

腕時計をめくると十時二十分になっていた。その時計のガラスの上に雨が落ちた。

江田氏を先頭に、私、岩瀬君という順序はこれからも変わりはなかった。われわれはガスが濃くなってゆく吊尾根《つりおね》を北に向かって歩いた。この岩稜についた足場はしっかりしているが、今まで二十メートル先に見えた道は十メートルくらいに縮まった。右も左も白いガスが立ちこめ、風だけが強く下から突き飛ばすように吹きあがった。

もはや、その風のためにガスに隙間《すきま》が生じるということはなかった。それほどガスの密度は濃くなり、右の信州側の絶壁も、左の黒部の渓谷に落ちこむ岩壁も完全に閉じこめられた。名にし負う北壁からカクネ里《さと》につづく足もとの急激な落下が、視界から遮閉されていることで、よけいに断崖《だんがい》の上を行く高所の想像を私に起こさせた。

われわれは速度をゆるめたが、私にはかなり長い距離を歩いたように思われた。ガスが前面を流れ、その移動の中で、黒くなったり白くなったりした。

雨が前よりは激しく降ってきた。私が恐れで声を立てる前に江田氏のふくれあがったリュックの背中が立ちどまった。

「引き返そう」

江田氏はふりかえって言った。

「これ以上進むのは危険だ」

その日に私は同意したが、後ろの岩瀬君の声が反対した。

「もうすぐですよ。もう二十分も歩いたらキレット小屋に着く。行きましょう」

岩瀬君は実際に二三歩近づいていった。

「しかし、こう悪天候になっては危ない。雨もひどくなりそうだ。無理をするのはよくないよ。諦めよう、岩瀬君」

「大丈夫ですよ、江田さん。あと二十分だ。二十分がんばればいい」

岩瀬君は主張した。

「よそう。道はこれから険しくなる。キレットが危ない」

かつては通行不可能とされた八峰《はちみね》キレットの深い抉《えぐ》り込みが、教えられてきた私の目にも恐ろしげに浮かんだ。悪場の岩壁に、鉄線がとりつけられているということだが、そこで雨と風に巻かれて這《は》っている自分を想像すると足がおびえた。

「でも、引き返すのは大変だ。また三時間も歩かねばならないからな」

岩瀬君はまだつづけた。

「三時間かかっても、安全な方がいい。危険な二十分よりはずっといい。生命を落とすきっかけは、ほんの一秒か二秒の瞬間だからね」

江田氏は押さえるように言った。

「そんなに危ないかな、大丈夫だと思うがなあ」

岩瀬君は諦めきれないという調子で口をとがらせた。

「ぼくの言うことをきいてくれ、浦橋君もいることだからね、危ない真似《まね》はよそう」

江田氏は、強い口調になり、完全に身体《からだ》の姿勢を変えた。

「ぐずぐずしてはいられん。この辺だって危ないぞ。ぼくが先に行く。さあ、引き返すんだ」

事実、雨はこのとき多くなり、風のはげしさが加わってきたようだった。江田氏の語気は命令的となり、元の方角へ行くその後ろ肩の恰好《かっこう》には、リーダーとしての責任が石のように充実して見えた。私は、ほっとした。

われわれは北槍《やり》に向かって歩きだした。むろん、三十分前に踏んだばかりの北槍の頂上はおろか、その所在すら分からなかった。白い壁は厚くなり、雲の中を歩いているみたいだった。方角が逆になって、北壁の奈落《ならく》を左にたえず感じた。この時、私に新しい恐れが生まれた。

「足もとに気をつけろ、踏みはずさぬように用心しろ」

江田氏が前かがみになりながら、先頭から注意を送った。われわれは盲人のようにピッケルを杖《つえ》にした。ガスは足を中心に数メートルの隙を残してくれているだけだった。

雨と風の方向も逆となり、背後からたたいた。後ろから来る岩瀬君はまったく沈黙した。私はふるえはじめた。それは恐怖のためだけではなく、肩から冷たくなってきたからだった。雨がヤッケを浸透し、シャツを濡《ぬ》らして皮膚に来たのだ。

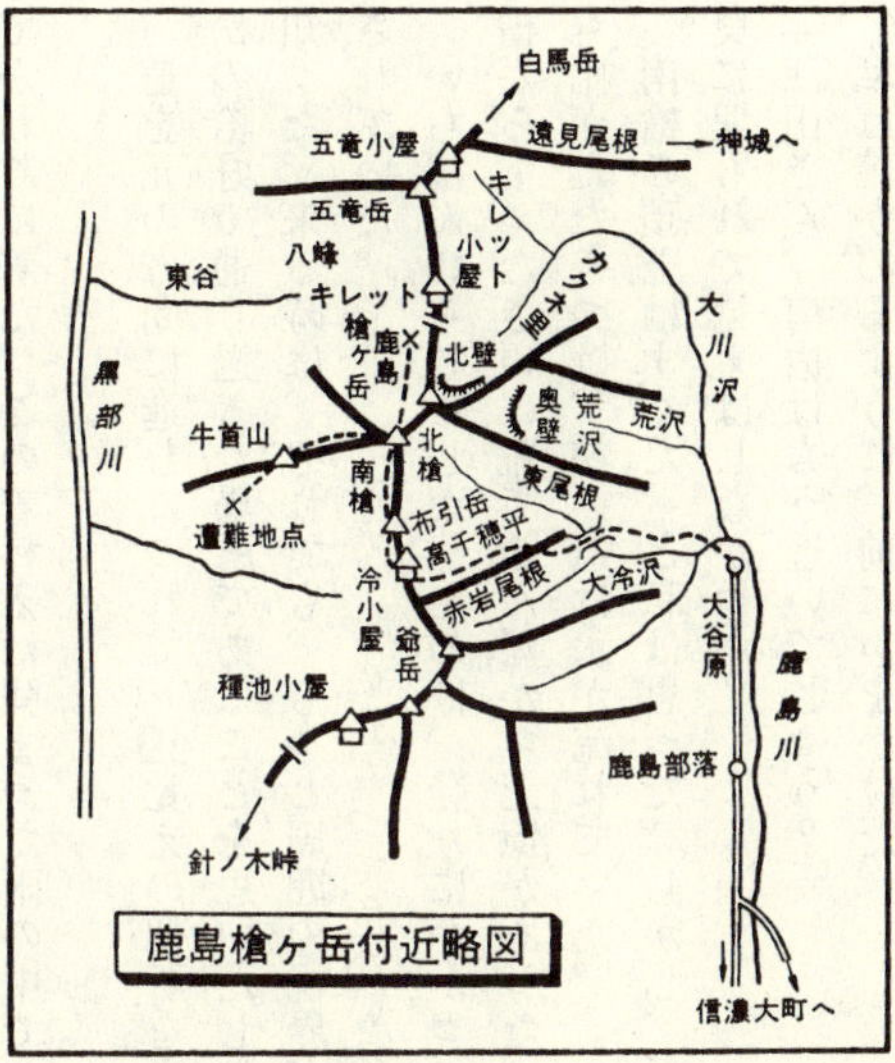

鹿島槍ヶ岳付近略図

私が歯をがちがち鳴らせて五六歩行ったところで、江田氏がふり返った。

「寒いか？」

江田氏はまるで知ったようにきいた。

寒い、と私が答えると、

「みんなここで厚いシャツに着替えよう」

と、やはり命令的に言って、自分から背中のリュックをおろした。

われわれはかがんで、びしょ濡れのシャツを脱いだ。純毛のシャツ、セーターをリュックから出してかわりに着た。この着替えは強まった雨の中でおこなわれた。

道を元の方向に進むにつれて、見覚えの個所を私はときどき発見した。岩の具合や這《はい》松《まつ》の恰好で通り過ぎた場所であることを思いだした。そしてこの道が吊尾根であるのを知った。来る時は、それでも、もっと周囲の視界が広かったが、今は心細く極限に閉鎖されていた。

いちばんいちじるしかったのは、登りにかかってのガレ場で、これは来るときには南槍から下ったさいに靴で踏んだから記憶があった。今は赤茶色のどの岩にも石にも草にも雨がたたきつけ、狭い道は水が流れていた。

南槍の頂上はすぐだ、と私は思った。しかし、頂上の姿も、大きなケルンも、ガスの奥に埋もれて見えはしなかった。

「江田さん、南槍はもう近いでしょう?」

私は確かめるように、前に声をかけた。

「そう、すぐだ」

江田氏はやはり前かがみに歩きながら答えた。アルパイン・ベレーからは水がしきりと落ちていた。

私は、それを告げるために岩瀬君をふり返った。だが、ガスにつつまれて、岩瀬君の姿は見えなかった。われわれはしばらく待っていた。その時間は意外に長かった。しばらくして、彼は白いガスの中から大儀そうに歩いてきた。それはさも引き返すことに不平をあらわしているような恰好に見えた。

「おい、岩瀬君、南槍がすぐだよ」

私はなだめるように言った。岩瀬君の顔は雨の中でちょっとうなずいたようだった。その姿は不運な山登りに来て、腹が立ってたまらぬというふうにもとれた。当然のことながら、他のパーティには出あわなかった。

やがて登りきると平らなところに出た。風が強く、雨がさらに横なぐりとなり、白いガスが近いところで渦巻いていたが、そこは南槍頂上の小さな広場に違いなかった。が、その位置に来ても、われわれが休息して眺めた二メートルの高さのケルンは視界にはいらなかった。

私は心覚えの方に少し歩いた。すると何歩か先に、ケルンの輪郭が霞《かすみ》の中の塔のようにうすれて見えた。

ケルンは確かに在った。間違いなくここは南槍の頂上だった。

私は腕時計を見た。十二時を五分すぎていた。来る時には冷小屋《つべたごや》からここまで二時間を要している。帰りは下りだからもっと時間が少なくてすむかもしれない。いや雨だから同じことかな、などと思った。

「元気を出そう」

江田氏が私の近づくのを見て言った。岩瀬君と二人で立っていた。

「もう一息だ。煙草《たばこ》を喫《の》みたいが、それもできないし、ひどい目にあった」

江田氏は雨にたたかれている頬に苦笑を浮かべた。

「登りがしばらく続いたから、少し足ならしをしよう」

江田氏にしたがって、足踏みのようにわれわれはその平地を二三回歩きまわった。それから江田氏は、行こう、とかけごえをかけて破片岩の勾配《こうばい》をくだりはじめた。

冷小屋から南槍への道を、われわれは布引岳を経てきたのだが、それは黒部側の斜面につけられた径《みち》であった。信州側は大冷沢《おおつべたざわ》への渓谷がそぎ落ちているのにたいし、黒部に面している方がゆるやかな傾斜になっているためだ。

その道を、来たとおりにわれわれは戻っていた。道の幅といい、傾斜といい、いちいち覚えがあった。ガレ場というほどでもないが、破片岩と這松の尾根で、今度は、左が大冷沢の巨大な岩壁のはずであった。むろん、白いガスがその急激な谷を隠していた。

雨は相変わらず降っている。霧もやはり周囲を塗りこめている。ただ風の調子が変わって、急に弱まったように思われた。

われわれは、黙々と歩いた。先頭の江田氏の靴の運び方は依然として正確で、リズムに狂いはなかった。私はそれを真似ようと努力した。ヤッケはびしょ濡れとなり、下半身は川を歩いてきたように水浸しであった。凍るような冷たさが股《また》から腿《もも》にかけて滲みこんだ。私は腓《ふくらはぎ》が少しずつ硬直してくるのを覚えた。それで江田氏との間が離れがちになった。

後ろを見ると、岩瀬君はもっと私から遅れていた。彼の身体は、揺れながらピッケルを突いて歩いていた。私はこの時はじめて、彼がさっきから疲れていることをさとった。不平そうに歩いていると思ったのは、実はあの時から疲労していたのであった。

「江田さん」

私は前を進んで行く江田氏を呼んだ。

「岩瀬君が疲れているようですよ」

江田氏は立ちどまって、私の肩越しに岩瀬君を眺めた。それから戻ってきて、私の脇《わき》をすり抜け、岩瀬君の傍に行った。

「君、大丈夫か？」

江田氏は岩瀬君の肩に手を置き、下から顔を覗《のぞ》きこむようにした。

「大丈夫ですよ」

岩瀬君は身体をやや立てなおすようにして答えた。その姿勢も、語調も、私より、山登りの経験者であることを表示しているみたいだった。

「そうか。君、リュックをおろせよ。ぼくが持って行ってやろう」

この江田氏の親切な申出も、岩瀬君は頸《くび》を振って断わった。

「そうか。じゃ、がんばってくれ。もう一時間も歩いたら布引《ぬのびき》だからな」

江田氏はついでに私の様子にも気づかうように目をくれ、リュックを重そうに揺すって、ふたたび先頭の位置に戻った。


われわれはその方向に向かって長いこと歩いた。風も雨も弱まったが、流動するガスの壁は少しも薄くはならなかった。

その径が布引岳に向かっていることに、私は疑いを起こさなかった。勾配の起伏といい、破片岩といい、這松といい、たしかに記憶があった。まさしく冷小屋、布引岳、南槍の往路を逆にかえって行っているのであった。

岩瀬君は遅れがちに後ろから歩いてきた。彼の姿勢は、以前よりまた崩れていた。五貫のリュックの重味がいかにも負担だというように腰を曲げ、ピッケルを杖に、泳ぐような様子で歩いていた。疲労は私も同じだったが、彼のそれは私の倍くらいに見えた。

江田氏は足の速度をゆるめて前を歩いた。二人の後続者のために歩調を合わせていたし、頻繁に振り返ってはわれわれを観察し、間隔の狭まるのを待ったりした。

「おい、布引だぞ。もう小屋まではすぐだ」

江田氏は大きな声を出して後方を励ました。

布引岳は緩慢な頂上であった。来たときもそうだったように、われわれは小丘を越すようにそこを通過した。

腕時計を見ると、二時十八分を指していた。時間的にも、布引岳がそこに在るのと合致していた。

布引岳を越すと、ゆるやかな下りには、相変わらず、ガラガラ石と這松の間の径がついていた。この後立山《うしろたてやま》の縦走路は、私の往路の覚えによると、まもなく灌木帯《かんぼくたい》の中にはいるはずであった。

まさしく、そのとおりに灌木帯にはいった。背の高さくらいの低い林の中を歩きながら、私は安心を覚え、勇気が少しずつ出た。そこを突き抜けると、冷小屋に到着するはずであった。

雨はやはり降っていた。前ほどの激しさはなかったが、ジャケツと純毛シャツの下が冷たくなった。背中だけが、リュックのために乾いている感じであった。

江田氏はまっすぐに歩いていた。今までの行動で、三人の小さなパーティの引率者として申し分のない資格を私は彼に認めていた。多年の山歩きの経験者だけに、今でも、小屋を出発したときと同じように足の運びは正確であった。リュックを背負い、ピッケルの先を軽く地面に立てて歩く江田氏の後ろ姿は、日ごろ、銀行の机で帳簿を見ているときの恰好からは、およそ想像もつかないくらい、かけ離れてたくましかった。

岩瀬君は、やはり遅れた。彼の疲労は、はっきりと姿に現われていた。身体がぐらぐら揺れ動いていた。それはあえぎながら歩いている、という言い方が当たった。

「もう、すぐだよ、岩瀬君。小屋がもう見えるはずだ。がんばれよ」

私は、岩瀬君に言った。私の方が彼よりは山の経験が浅かったが、激励は逆の立場であった。それほど彼は疲れていて、杖にしているピッケルに全身の力を託しているといった歩き方であった。

しかし、行けども行けども灌木帯はつづいていた。私は疲れのために、最初それをよけいに長く感じているのかと思った。が、あまりに長かった。もうとっくに、灌木帯が切れて、冷小屋が見えてよいはずであった。

時計を見ると、三時を過ぎていた。変だな、と思った。あたりのくらさが、濃くなってきたようだった。

前を歩いて行く江田氏が速度を急に落とした。それは後続者を待っているという緩め方ではなくて、疑問を感じてそうしたという様子であった。

「おかしいな」

江田氏は立ちどまって、はっきりつぶやいた。

「どうしたのですか？」

私は傍に追いついてきいた。

江田氏は、すぐにはそれに答えず、頸をきょろきょろまわした。が、むろん、周囲には雨とガスが立ちこめて眼前の矮小《わいしょう》な黒い林以外に何も見えるわけはなかった。

「道がおかしいのだ」

江田氏は低く言ったが、

「まあいいさ。もう、ちょっと歩いてみよう」

と、ふたたびもとの足どりで歩きだした。

私はこのときまでは不安を感じなかった。道を間違えたとは思わない。この灌木帯にはいるまで、往路の特徴を記憶していて、そこを歩いてきたのだ。第一、布引岳のゆるやかな頂上をたしかに越したのだ。径は一本道であった。

雨は降りつづいていた。あたりがさらに暗くなってきたのは、濃密な雲霧のはるか上の方で、見えざる太陽が落ちかけているのであった。

3

われわれはその径《みち》が冷小屋に向かっていることを、それからもかなり長い時間信じていた。傾斜の角度も、灌木帯の様相も、あまりによく似ていた。何かの都合で、小屋に出るのが暇どっているのだと考えて歩いていた。

その時間は、同時に岩瀬君の疲労が急速に進行している途上であった。彼は、遅れた後尾から、全身の力が脱《ぬ》けたという恰好で、よたよたと歩いていた。それはすでに登山者の意志を喪失した、ひとりの落伍《らくご》者《しゃ》の姿だった。

「岩瀬君、じきに小屋が見える。がんばれ」

私は、顎《あご》をつきだし、あえぐように口をあけて、ピッケルに重心をかけてやっと足を前に動かしている彼を励ました。私自身も、この灌木帯がまもなく切れて、小屋が見えることを疑わなかったし、非常な疲労を、それに希望をかけて、辛抱していた。

それにしても、岩瀬君の弱り方はひどかった。彼の山登りの経験からすれば、中級者であるにもかかわらず、初心者の私よりも何倍かのまいりようだった。彼が日ごろ吐いている山の経験がうそなのか、あるいは何か特別な悪い条件が彼の肉体にだけ起こっているのか、私にはよく分からなかったが、とにかく予想外の現象だった。

江田氏が岩瀬君の方に戻って、手をさしだした。

「おい岩瀬君、リュックをおろしたまえ。ぼくが持って行ってやろう」

岩瀬君は拒みもせず、黙って肩の荷を滑り落とした。彼は意地も張りもないという顔をしていた。その弛緩《しかん》した表情は、登山家の面子《メンツ》を自分からまったく放棄していることを示していた。

江田氏は自分の五貫目のリュックの上に、岩瀬君の同じ重さのリュックを積み上げ、強力《ごうりき》のような恰好《かっこう》で前進をはじめた。それでも空身になったはずの岩瀬君は、相変わらず、後ろから、よろけるように歩いていた。

雨はやんだが、かわりに冷たい風が強くなった。あたりはガスに閉じこめられたまま、暗くなりかけてきた。

「しまった」

江田氏が突然、立ちどまって言った。

「道を間違えたらしいぞ」

おどろいて私は江田氏の傍に行った。なるほど径は、それから先が不意に細まって急な斜面のブッシュの中に消えていた。冷小屋からの往路には、こんな地形はなかったのだ。

「しかし」

私は半信半疑で言った。

「布引を越えたのは確かでしょ？　あのガレ道も這松も、冷小屋からの尾根道でしたよ。それをまっすぐに歩いてきたんだから……」

「そう、布引を越したのは確実だ。その一本道をたどってきたんだから、間違うはずはないのだがな」

江田氏は首をひねっていた。

「もう少し行って、様子を見るか」

江田氏はつぶやくように言って足を進めた。しかし、今まではずっと遅く、調査するような歩き方であった。

三十メートルも進んだころ、径が急に左へ分かれるようについていた。

「やっぱりこっちへ行くのかな。少し変だと思ったよ。君、こっちだ」

江田氏はふたたび自信をとり戻した足どりになった。前面を張ったガスの壁がしだいにくろずんできて、足もとが薄暗くなった。

しかし、密生した灌木帯は容易にわれわれを解放しなかった。振り逃げようとするわれわれの足をあざけるように果てしなく連続していた。径だけが、その中を心細く通っていた。

「いけない」

江田氏が声をあげた。

「どうしたのですか？」

私が追いついてきくと、江田氏は前方を指した。径がそこで頼りなく消えていた。

「ケモノ道だよ、これは」

「ケモノ道？」

「羚羊《かもしか》とか、熊とか、そのほか、この山に生息している動物が自然と足跡で踏みならした道だ。人間のつけた道とよく間違えるのだが。……君、何時だ、今？」

「五時三十分です」

私は時計の針をすかしてみて答えた。

「そんなになるのか。どうも、変だ、変だと思っていたが、完全に道を南槍《やり》から間違えたのだ」

江田氏は歯をむきだすように言った。

「え、南槍から？　だって布引を……」

「いや、布引と今の今まで思っていたのが錯覚だった。あれは、君、牛首山《うしくびやま》だったんだ。ガスで見当が分からなかったのだ」

「牛首山？」

「そう。布引岳とよく似ているのだ。高さも同じくらいだし、恰好もね。おまけに、南槍から来る尾根がゆるやかで広いから、径をあやまるし、破片岩のあるのや這松《はいまつ》の生えているのもそっくりだ。君、われわれの足の下は黒部渓谷だよ」

それを聞いて私は驚愕《きょうがく》した。

冷《つべた》から南槍、北槍、八峰キレット、五竜岳のいわゆる国境主稜線《しゆりようせん》の縦走路は南北に走っているが、南槍から支稜がぐっと西に突き出て、その端が黒部渓谷に断崖《だんがい》となって落ちこんでいる。冷小屋に出ないはずだった。われわれは、その南槍から西へ分岐した稜線を、ひたすら歩いてきたのであった。牛首山は、その支稜の途中にある。視界を密閉した厚いガスのために、ベテランの江田氏が牛首山まで布引岳と誤認したのである。

「君、地図はないか?」

「地図ならありますよ」

私はビニールのサックにたたんで入れた地図をさしだした。江田氏は二人ぶんのリュックをおろし、中から懐中電灯をとりだして地図に光を当てた。

「これじゃない。これは《大町》だから役に立たん。その隣の《立山》が必要なんだ。この辺は《立山》の地図でないと載っていない」

江田氏はもどかしそうに言った。

「だって《立山》はあなたが持ってくる必要がないと言われたから、指示どおり、《大町》だけを持ってきました」

私は言った。すると江田氏はがっかりしたような顔つきになって、

「そうなんだ。普通、五竜までのコースなら《大町》だけでいいんだが、牛首は《立山》にはいっているんだ。弱ったな。やっぱり両方持ってくればよかった。具合のわるいときにはまずいことが重なるもんだなあ。岩瀬君も持ってきていないだろうな?」

「それは同じでしょう」

「仕方がない。とにかく、道を引き返して、また、南槍にいちおう出るよりほかはない。すまないことをした。ガスで迷ったとはいえ、ぼくがヘマをやったばかりに、とんだ迷

惑をかけた。すまない、すまない」

「それは仕方がありませんよ」

私は江田氏の謝罪をさえぎった。このような悪天候の条件の中では、避けられない不可抗力なのだ。いかなる山の経験者でも、これくらいの過誤はきわめてありうることだった。

「暗くなったね。すぐ引き返そう」

江田氏がふたたび二人ぶんのリュックを負い、戻りかけた。

すると、岩瀬君は地面にすわったまま立とうとはしなかった。立ちあがれなかったのだ。このときになって、彼が重大な状態に陥っていることに、江田氏と私とは、はじめて気づいた。

「どうした、岩瀬君、しっかりしろ」

江田氏は彼の肩をつかまえ、強く揺すった。岩瀬君は完全に力つきた姿で、幼児のようにすわりこんでしまった。もう一歩も動けぬことが分かった。

「いけない！」

江田氏が岩瀬君の顔に懐中電灯を当てて叫んだ。光の輪に浮かんだ彼の表情は虚脱したような目つきをし、がたがたと胴ぶるいしていた。

江田氏はリュックを投げだすと、岩瀬君の肩をたたき、背中をこすりはじめた。

「浦橋君、その辺にやすめそうな平らなところはないか、探してくれ」

私は懐中電灯を照らしながら、ブッシュの中を当てもなく踏み分けた。まもなく、灌《かん》木《ぼく》の茂みが薄くなった一坪ばかりの平地が見つかった。が、私の胴体も、恐れと寒さで、ふるえていた。雨はあがったが、濡《ぬ》れた衣類は身体《からだ》に密着し、凍るような冷たさを押しつけてきた。

私が報告すると、江田氏は岩瀬君を肩にかついで、その場所に移した。岩瀬君はそこでぐんなりと横になった。

「おい、眠るな、眠ったら死ぬぞ」

暗いから、もはや、懐中電灯でも当てぬかぎり、お互いの顔は分からないが、死ぬぞ、と言われて私は激しく顔を運動させた。

「浦橋君、ぼくはすぐに冷小屋に救援を頼みに行ってくるからな。岩瀬君を頼むぞ」

さすがの江田氏も声に息切れがしていた。

「ぼくが帰ってくるまでここを動くな。かならず動かずにここにいるのだ。いいな！」

江田氏は力をこめてどなるように言った。

「岩瀬君が動こうとしたら、君がとめるのだ。どんなことがあっても動いてはいけない。救援隊をすぐに呼んでくるから、それまでがんばってくれ。君も眠るな。岩瀬君も眠らしてはいけない。分かったな！」

江田氏の言いつけで、三人のリュックは内容物をことごとくほうりだし、空になった袋の中に岩瀬君と私はそれぞれ足から腰までずぼりとはまりこんだ。一枚は岩瀬君の尻《しり》に当てた。

これだけの処置がすむと、江田氏は、動くな、とくどいくらいに繰り返して、懐中電灯を振りながら、暗がりの中を大急ぎで去った。

闇《やみ》が急に巨大な生物となってせまってきたのは、それからである。私に恐怖がふくれあがった。岩瀬君は間断なく胴ぶるいしていた。

江田氏が冷小屋に救援隊を頼みに行って、ここに引き返してくるまでの時間がどれくらいかかるものか、私には見当がつかなかった。が、それはたいして長い間ではないと私には思われた。計算は私の頭から消え去って、まるで東京の近くで人を待っているような時間を予想していた。

しかし、夜がしだいに私の頭の上から圧《お》しかかってきた。それは途方もない広がりと無限の量感をもっていた。風は凄《すさ》まじく鳴っていた。それが夜自身の吠《ほ》える声に聞こえ、日ごろ詩を感じさせてくれている夜は想像もつかない反逆を狂暴にぶっつけてきた。荒涼たる夜が、幾千幾万倍かにたかまって、私の神経を攻撃した。

私はリュックの袋に足をつっこみ、身を小さく屈めたまま、目を閉じ、両耳を塞《ふさ》いでいた。それでもこの深山の夜が私の身体をつかみ、谷底にひきずりこんでたたきつけるような錯覚に襲われた。耳をちょっとでもあけると、獣の唸《うな》りとも何とも得体の知れぬ轟音《ごうおん》が四囲《まわり》から湧《わ》きあがるのであった。

もはや、岩瀬君を見ている勇気は私にはなかった。山と夜と風が荒々しく駆けまわっている底で虫のように背を曲げて、われとわが身体にしがみついていた。その孤絶に、気が狂いそうな恐怖がつきあげた。

そのうち私の感覚から、氷のような寒さが遠のき、たいそう快い倦怠《けんたい》がひろがってきた。死ぬのかな、と思った。面倒くさいから死んでやれ、とその惰眠に引きずりこまれようとしたとき、私は、うつらうつらとしながら耳もとで何かの唸り声がするのに気づいた。それは岩瀬君の声だった。

「おい、戸を閉めろ」

と、岩瀬君は大声で叱《しか》っていた。

「早く、早く。早くしないとあいつらがはいってくるぞ。ばか！」

岩瀬君は幻覚に向かって手を振っているようだった。その叫びを聞いた瞬間、私はぞっとして、死んではならないと気づいた。正気づくと、恐怖がまた奔騰《ほんとう》してきた。

岩瀬君はすぐ静かになり、寝息を立てはじめた。私はその寝息のやんだときの重大さを思い、それだけは耳から放すまいと聞き入った。寝息は鼻を鳴らして異様だった。

やがて離れたところで数人が声を合わせて笑っているのが耳にはいった。彼らはがやが言っていた。そのとき、私はそれをふしぎとは思わなかった。すぐ下で、人が車座になって雑談しているなと思っていた。その辺だけ夜が明けたように薄い光が射《さ》していた。がおう！　というような叫びをあげて岩瀬君が突然に起きあがった。その声に私の衰えかけた神経が不意に刺激をうけると、今までの人声も薄明かりも消え、暗黒の中で岩瀬君がリュックの空袋から足を脱ぐところだった。

「おい、岩瀬君！」

私は声をかけたが、むろん、その反応はなかった。彼は立ちあがって、ウインド・ヤッケを脱いでいた。それから、下のジャンパーを脱ぎはじめた。さも暑くてたまらぬ、といった面倒くささそうな脱ぎ方であった。

また奇妙なわめき声が彼の口からほとばしり出た。と同時に、彼はふらふらと立ちあがると、消えてしまった。ブッシュの中を、よたよたしながら駆け去ってしまったのだ。はじめて現実の人間が実際に立てる音を私は聞いた。灌木の小枝が折れる音がし、葉がすれる音を激しく立てた。暗いから彼の走る姿は見えはしない。それが岩瀬君の死への疾走であった。

私の恐怖はさらにつのった。いまや、私は、たったひとりで取り残されたのだ。私は岩瀬君の残したリュックをとって、頭からその空袋をかぶった。あらゆる感覚を私は身体から殺そうと計った。視覚、聴覚、触覚、それから自ら狂いそうな思考力、もうどれかが一つでも生きていると、私も岩瀬君のように駆けだす衝動を起こしそうだった。

江田氏が救援を頼みに立ち去ってから、この間どれくらい経過していたか、はかることができない。しばらく時間が経《た》ってからのようでもあるが、あんがい、すぐだったかもしれない。とにかく、私もやがて東京の、行きつけの喫茶店で誰かと話している場面を見はじめた。――

私が冷小屋に宿泊していたM大山岳部の救援隊に助けられたのは翌朝の九時ごろだった。あとで聞くと、江田氏が小屋に着いたのが当夜の八時半ごろで、それからすぐに救援隊の出発は困難だったので、夜明け前の五時までやむなく待った。その間、江田氏の焦燥《しょうそう》は大変なものだったという。遭難現場は牛首山から西方六百メートル、冷小屋まで片道三時間を要する地点だった。

岩瀬君は凍死体となって発見された。彼は私のかがんでいた場所から百メートル西へ寄った、ちょっとした崖《がけ》の下に落ちて死んでいた。もう百メートルも下降すると黒部渓谷の奈落《ならく》が口をあけているのだった。

岩瀬君はほとんど全裸体で死んでいた。彼が走ったあとには、ズボン、ジャケツ、純毛シャツ、下着などが一枚一枚、道しるべのように脱ぎ捨ててあった。これが疲労と寒気の果てに、恐怖に気が狂って凍死した友人の最期《さいご》の姿であった。

私は担架に助けられて山をくだったが、岩瀬君の遺体は江田氏やM大山岳部員の好意で運ばれ、鹿島部落に近い山林中でダビにふされた。

この遭難をかえりみると、山登りは決して無理をしてはならぬ、というきわめて平凡な教訓が痛烈に身にしむのである。天候が悪くなったら、冒険をせずにいさぎよく引っかえすことである。

われわれはリーダーの江田氏の配慮で三等車の混雑をさけて、寝台車に乗ったぐらい大事をとった。しかし、肝心の山に来てから、その慎重さもけし飛んだ。北槍のあたりからガスが濃くなり、雨さえ落ちてきたのだから、さっさと後戻りすべきだった。しかし、八峰キレット小屋には二三十分で到達するにたいし、冷小屋に逆戻りするには三時間を要する。しかも往路の三時間がムダになるから、往復六時間の徒労となるのだ。三十分と六時間の価値の対比が、岩瀬君をして江田氏を強引に説得して前進せしめたのだ。江田氏も人情負けがして、ついに岩瀬君の前にその慎重さを破られた。これは誰を責めるべきでもない。人間の弱さであり、どうにもならぬ不可抗力である。

つつしんで、山に眠っている友人の霊に、その冥福《めいふく》を祈りたい。

(山岳雑誌『山嶺《さんれい》』に掲載された銀行員浦橋吾一の手記は、ここで終わっている)

三

江田昌利は四時前に、机の上に鳴っている電話をとった。

「江田さんですか？」

　交換手が言った。

「岩瀬さんからです」

　江田は、びっくりして目をむいた。

「なに、誰からだって？」

「岩瀬さんです。女のかたです」

　江田は、すぐに返事の声が出なかった。

「亡くなった岩瀬さんの、ご家族のかたじゃないですか？」

　交換手は抑揚のない声で早口に言った。

「おつなぎしますか？」

　うむ、と思わず咽喉《のど》が答えた。送受器を耳に当てたまま、正面を眺めた。大きな高い窓からは衰弱した光線がそそぎ、カウンターの向こうの人のいない客溜《だま》りでは、係りが掃除をしている。収納係は背中をならべて札を勘定し、硬貨計算器を鳴らしている。為替係、預金係、株式係などの区画からは計算器や当座記帳器などの音が聞こえていた。

　どうぞ、という交換手の声が急いで逃げると、

「もしもし、江田さんでいらっしゃいましょうか？」

　澄んだ女の声が耳に流れた。

「はい、江田ですが」

「どうも恐れ入ります。私は岩瀬秀雄の姉でございます。先だっては、いろいろと……」

江田を確認したためか、声が少し高くなった。江田は、はてな、岩瀬の葬式のときに、そんな姉さんがいたのかな、と思った。喪服を着た女たちの中に、そういう姉がいたのかもしれない。もう二カ月前のことだから思いだせなかった。岩瀬の宅には、その後、二回ほど仏前に線香を上げに行ったが、母親と低い背をした叔父という人に会うだけだった。

「いえ、どうも」

江田はあいまいに、しかし、ていねいに答えた。

「あのう、恐れ入りますが、実は今日、あなたさまにお目にかからせていただきたいのでございますが」

「はあ?」

江田は顎《あご》を上げた。

「いえ、弟のことでいろいろお世話になりましたので、私もゆっくりお礼を申しあげたいし、それに、ちょっとお願いしたいことがあるのでございますが」

「………」

「もしもし、あの、三十分ばかりでよろしいんでございますが、銀行からお帰りがけでもお時間をいただけませんでしょうか?」

「それは、さしつかえありませんが」

江田は、相手の熱心になった声に誘われた。会ってみようと決心した。

「ありがとうございます。それでは銀座のM会館でお待ち申しあげておりますが、あの、何時ごろにおいで願えますでしょうか？　お時間をおっしゃっていただければ、お迎えのお車をさしあげますが」

「六時ごろまでにうかがいます。勝手にまいりますから、車をいただかなくとも結構です」

「さようでございますか？　どうも申しわけございません。それでは六時にお待ち申しあげております」

失礼します、と電話は切れた。かすかなその音の鳴るのを聞いて、江田は送受器をおいた。

彼はふたたび目を遠い窓に向けた。一部分だけ開いた空が夕方の色をしている。自動車の流れる音が激しくなっていた。どの机のスタンドにも灯《あかり》がはいった。江田は引出しから煙草《たばこ》をとりだして喫《す》った。

電話の声の年齢を考えている。三十二三であろうか。四十に近いとは思えない。落ちついているが、若やいだところもある。死んだ岩瀬秀雄が二十八だったから、三十をちょっと出たぐらいであろう。ぼんやりしていると、支店長が彼を呼んだ。

用事がすんで、支店長の席から戻りかけると、伝票を持ってせかせかと机の間を歩いている浦橋吾一の、いかにも文章を書くことが好きそうな、高い背を見た。

「浦橋君」

江田は、立ちどまった彼に近づいた。

「いま、岩瀬君の姉さんというひとから、電話がかかった」

浦橋にそんなことを言う必要はなかったが、つい話を聞かせたくなった。

「ほう、どういうことですか？」

浦橋はきょとんとした目をあげた。

「ぼくに会いたいと言うんだがね。君、岩瀬君の姉さんというひとを知っているかい？」

「いえ、知りません」

「そうか」

浦橋が知るわけがない。岩瀬秀雄のことは、江田の方がずっとよく知っているのだ。

江田は、浦橋の傍から勝手に離れると、自分の机にかえり、急いでやりかけた貸付申請書を書きはじめた。

丸ノ内から銀座までは十分とかからない。江田昌利は六時少し前にM会館に着いた。給仕のあおるように開いたドアに身体《からだ》を入れて、そこで突っ立ち、店内を見渡した。いくつもならんだ白い卓にはそれぞれ客がとり囲んでいた。探すまでもなく、目に止まったのは、低い段の下で江田を注視して立っている、上背のある白っぽいスーツの女だった。

両方で目が合うと、顔の細いその女は微笑を見せて頭をさげ、江田の方へ近づこうとした。江田は先に女の方へ歩いた。

「江田さまでいらっしゃいますか?」

「そうです」

江田はおじぎをした。思ったよりも、ずっと美人だな、と思い、歯なみのきれいなのがすぐに印象に残った。年齢は、やはり三十二三くらいか。しかし、若かった。

「お忙しいところを、勝手にお呼びだしもうしあげて、申しわけありません」

肉声も電話のとおりであった。

「どうぞ」

女は短い階段を上がって席に導いた。江田は恰好《かっこう》のいいその姿にも注意した。中庭を見渡す窓ぎわの卓に案内されたが、江田は、おや、と思った。そこにすわっていた体格のいい背広の男が、江田のはいってくるのを見て、迎えるように椅子《いす》を引いて立ちあがった。同伴《つれ》があったのだ。卓の上には白いナプキンが三つ、ピラミッド型に置いてある。はじめから、三人で会食の予定であることが知れた。

「私が岩瀬秀雄の姉で、真佐子《まさこ》でございます。弟がたいへん、お世話さまになりまして。

また葬儀のときは、わざわざありがとうございました」

女は江田と向かいあい、つつましやかな微笑で挨拶《あいさつ》した。細い咽喉くびは透きとおるような白い皮膚をしていた。その言葉で、この姉なるひとは葬式にも来ていて、自分の姿を見ていたのだと、江田は知った。

「恐れ入ります」

江田は返した。岩瀬真佐子は身体を開いて、傍の、口もとにかすかな笑いをたたえて待っている男を紹介した。

「従兄《いとこ》の槇田二郎《まきたじろう》と申します。東北の電力会社に勤めております」

男は肩幅の広い姿勢を正した。

「槇田です。どうぞよろしく」

三人は挨拶を交換すると、テーブルについた。こちらで勝手に決めさせていただいたと言って岩瀬真佐子は若鶏《わかどり》の蒸し焼き料理を注文したことを告げた。

「ほんとに江田さんには弟が面倒をみていただきましたわ。お葬式のときは混雑で、つい、お礼をゆっくり申しあげられませんで……」

「そうおっしゃられると、ぼくこそ申しわけがありません。傍についていながら、むざむざと弟さんを遭難させまして、おゆるしください」

江田はスープで濡《ぬ》れた唇を、急いでナプキンでぬぐって頭をさげた。

「いいえ、それはおっしゃらないでくださいまし。当時の事情を聞きましたが、不可抗力ですもの。江田さんのご処置は、決してあやまってはいませんでしたわ」

岩瀬真佐子は、江田の謝罪を押しとどめるように上体を傾けて言った。

「あ、そうそう、私、ごいっしょに山に行っていただいた浦橋さまの手記を山岳雑誌で拝見しましたわ。弟が強引すぎたのです。少しばかり、山登りにうぬぼれたばかりに、リーダーのあなたさまのお言葉もきかず、わがままをつっぱり、かえってたいへんなご迷惑をおかけしました。あの浦橋さまの文章で、よく分かりましたわ」

「そうおっしゃっていただくと、穴にでもはいりたいような気がいたします」

江田はまた頭をさげた。

「でも、好きな山で死んだのだから、弟も本望でしたわ。ねえ、二郎さん？」

岩瀬真佐子は従兄を見た。横顔も線がととのっていた。彼女には夫がいるのか、どういう人であろうかと、江田は考えた。

「そうだな、そうも言えるな」

槇田二郎はおとなしい感じでものを言った。

「山登りには、毎年、かなりの犠牲者が出る。みんな、自分だけは大丈夫だ、と思って登っているのだが、心のどこかでは、万一のことがあっても、山で死んだら、それも、やむを得ないと思っているのだろう。つまり、そういうスリル感が若い人を山へ登らせるのかもしれないな。そうでしょうね、江田さん？」

槙田二郎は客に顔を向けた。

「さあ、あるいは、そう言えるかもしれませんね」

江田は控え目にして、その意見にさからわなかった。それから、この両人《ふたり》は何のために自分を夕食に呼んだのか、目的を考えはじめた。

「実は、私、弟の墓場に花を捧《ささ》げてやりたいんですの。つまり、遭難現場ですわ」

岩瀬真佐子は、江田をこの席に請じた目的をしばらくして明かるい声で言った。

江田は、おどろいて真佐子の顔を見た。

「弟ですもの。姉が山まで来てくれたら喜びますわ。それに、弟がどんな所で最期《さいご》を迎えたか、一目見たいのが肉親の人情です」

「しかし、それは……」

江田が言いかけると、岩瀬真佐子は唇から笑いをこぼして、軽く手の先を従兄に向けた。

「そしたら、こちらが無理だと、とめるんです」

「そりゃ、そうです」

江田が一も二もなく言うと、槙田二郎はうなずいて話に加わった。

「無茶ですよ。このひとはピクニックぐらいにしか考えていないんですから。もう雪が降ってるはずですしね」

　彼は皿の若鶏にナイフを入れながら静かに言った。

「そうです。もう新雪がつもっています」

　江田は答えた。

「ですから、私の代わりを、この人に頼みましたわ。ついて行くのも無理だと言うものですから」

　江田はナイフを動かしていたが、思わず手をとめた。

「江田さん、お聞きのとおりなんです。ぼくが従弟《いとこ》の秀雄のところに行くことになりました。ちょうど、勤めが仙台だものですから、葬式に間に合わなかった罰でもあります」

　槇田二郎は少し容《かたち》をあらためるような姿勢をした。が、言い方は、あくまでもおとなしかった。

「つきましては、お願いがあるんですが」

「はあ」

　江田は相手の言いだす言葉の見当がついたが、少し緊張した。

「こういうことはたいへん申しあげにくいのですが、いかがでしょう、ぼくを従弟の死の現場までご案内していただけないでしょうか？」

　槇田二郎は恐縮した顔をしながらも、瞳《ひとみ》を動かさずに江田をうかがった。岩瀬真佐子がそれにつづいて熱心に江田の顔を見つめた。

両人《ふたり》が夕食に招《よ》んだ目的を江田はここで了解した。断わるのは容易だった。年末近くで、銀行が忙しいと言えば理由は十分に立った。

が、何かの意識がそれをさまたげた。自分が岩瀬秀雄を遭難させたリーダーとしての責任者であること、そのため遺族を現場に案内するくらいは仕方がないという義務感、それが彼の拒絶をしばったことも事実だが、それ以外の何かが、彼の気持の奥に作用した。強いていえば、それは岩瀬秀雄の美しい姉と、広い肩幅をもった従兄の妙に熱心な自分への凝視であった。

「ごもっともです。承知しました」

江田は圧《お》しかぶさってくるものをはね返すような心になって答えた。

「お聞きとどけくださいましたか、ありがとうございます」

ほっと肩をゆるめたように槇田二郎は安心して礼を言った。

「助かりましたわ、そのご返事がいただけて。ほんとうに何度もお忙しいところをご迷惑をおかけして申しわけありません」

岩瀬真佐子はかわいく顔をかしげ、ていねいに身体を折った。

「私はまいられませんが、従兄が行くことで、どんなにか気持が安らぐか分かりません。ありがとう存じます。ご恩は忘れません」

「いえ、そんなこと」

江田は会釈《えしやく》を返した。

「そのかわり、この従兄は、弟のようなご迷惑をかけないと存じます。これでも、大学時代は山岳部員だったそうですから」

岩瀬真佐子の静かな言葉が、江田の耳を刺した。彼は思わず目をあげて、槇田二郎を見た。

「いやあ、たいしたことはないんですよ。学校のときだけで、それからずっとやってないんですから」

槇田二郎は、若鶏の脚を両指でつまみ、歯で肉をむしりとりながら言った。

江田はきいた。

「大学はどちらですか?」

「いや、山岳部は松本高校です。戦前派ですよ。そのころですな、山に登りたくてしょうがなくて、親父《おやじ》に無理を言って松本へ行ったもんです」

江田は沈黙した。

——江田昌利は、帰りの電車に乗った。八時ごろになっていた。

三人の会食の間で、鹿島槍に槇田二郎と登るのは十二月六日、七日と決めた。六日が土曜日で七日が日曜日である。遭難した行員の家族を案内すると言えば、支店長は一日の休暇をゆるすに違いない。

しかし、電車に揺られて江田昌利がじっと考えているのは、そのことではない。十分前に別れたばかりの槇田二郎のがっしりした体格であった。鶏にかぶりつきながら、山に登りたくて松本高校にはいった、という彼のおとなしい言葉であった。

四

江田昌利は、帰りの国電を新宿駅で降りた。家は高円寺の奥にある。しかし、電車で乗りつづけて行く気持は失《う》せて、開いたドアから外になだれ出る人波に押され、ホームへおりた。

地下道と出口への階段までは人間のゆるい流れといっしょだったが、改札口を出ると、人びとは、これからはおれの勝手だと宣言するように、急ぎ足で散開して去った。駅前の灯《ひ》のある光景が、暗い風に吹かれていた。

江田はそこまで来て、行く方角をうしなった。目的のないことにあらためて気づいた。しかし、頭脳《あたま》の中は忙しい仕事をもったように充満している。ただ、それにはつかみどころがなかった。

江田は時計を眺めた。八時半だった。彼は駅の構内に掲示してある映画の看板を見上げた。まるでひとり者である。実際、そのとおり、今はひとり身だった。家に帰っても妻はいない。一週間前から金沢の実家に行っている。

江田は看板で外国映画を選択し、その映画館の方角へ歩いた。路《みち》には人があふれている。さまざまな会話が耳の傍を通り抜けた。彼には風の音のようにかかわりのない話だった。

歩きながら、金沢の実家にすわっている妻の姿が、ふと目に浮かんだ。旧家で、低い天井に太い梁《はり》がくすんで這《は》っている家だった。囲炉裏を切り、黒い自在鉤《じざいかぎ》の先に鉄瓶がさがっている。炉端の紅い座布団《ざぶとん》に膝《ひざ》を折った妻の姿勢が、江田には写真を見るように明瞭《めいりよう》に分かるようだった。

それから映画館に着いて切符を買ったとたん、一時間前に別れた岩瀬秀雄の姉の顔を思いだした。彼はその顔を映画の光がちらちらする暗い座席まで運んだ。

低い階段の下に白っぽいスーツで立っていた岩瀬真佐子の顔と、卓についてナイフを動かしているその動作とが頭にからまって離れなかった。彼に述べた礼の声が、そのまま耳に残っている。

礼を言われるだけの理由はある、と江田は映画の進行を見ながら思った。岩瀬秀雄は親切にあつかってあげたと考えている。彼の家に遊びにきた時もそうだったし、最後に山に連れて行った時もそうだった。

浦橋吾一という初心者が、パーティにいたためもあるが、新宿駅から松本までは寝台車に寝かせて行ったのだ。贅沢《ぜいたく》な登山行である。

西俣《にしまた》の出合から、高千穂平《たかちほだいら》に出るまでの、あの単調で苦労の多い三時間の樹林帯の登りには、何度も休止をとった。少していねいすぎるくらい無理をさせていない。

しかし、翌日の雨と濃霧の中で径《みち》を間違えたのは、リーダーの責任といえばいえる。が、不運だったのは、あの深いガスと、あまりにも似た地形だった。ガレ道、這松《はいまつ》、岩の間に少しのぞいた高山植物、小高くて、まるい牛首の頂上、それを越えてはじまる灌《かん》木《き》帯《ぼくたい》、それは南槍《やり》から布引を越えて冷小屋《つべたごや》に至る径にそっくりだった。晴れて眺望が利いていたら、むろん、見当をあやまるはずがない。厚い白壁のようなガスが、周囲の位置を確かめる視点を閉ざしたのである。

画面は人物と風景とがやたらに動くだけで、江田には筋がちっとも分からなかった。フィルムから飛びだしてくる外国語がわめくばかりである。

――あれは不可抗力だった、と江田はつづきを考えた。岩瀬真佐子も口に出してそれを保証した。誰が聞いても納得してくれる。牛首を越えて、径の間違いに気づいてからも、処置に手落ちはなかった。岩瀬秀雄の疲労が激しかったので、自分は彼の五貫目のリュックを取り、彼を身軽にしてやった。

いよいよ、岩瀬が一歩も前に進めなくなったとき、初心者ではあるが浦橋吾一を彼の傍につけ、決して動いてはならぬと注意して、自分は単独で冷小屋に救援を頼みに行ったのだ。

闇《やみ》の中を霧に巻かれながら、懐中電灯をたよりに三時間あまりかかって冷小屋に到着した。まかり間違えば、自分だって遭難しかねなかった。緊迫した状態でなければ、あのような冒険は二度とできるものではない。

不運だったのは、小屋に着いたのが八時半ごろで、折よく泊まりあわせたM大の山岳部員も、夜中に三時間もかかって現場におもむくのは不可能だったことだ。自分が同僚の危険を告げて、必死に頼みまわったとき、大学のリーダーは肩をたたいてなだめてくれた。その時の自分の形相の恐ろしさを、彼らはあとで話してくれた。

寒冷と疲労が、岩瀬秀雄をその夜のうちに死に包んだのは、人の力をこえた自然の所業である。数知れない同じ遭難がそうであるように、あれは狂暴な自然が岩瀬秀雄の生命を奪ったのだ。救助の手のおよばない不可抗力だった。

誰に向かっても弁解できるし、山のことを知るほどの者なら、何度も大きくうなずいて理解してくれるはずである。いや、知合いの古い岳人たちが数人も同情してくれたことだった。

ここまで考えた時、江田は、岩瀬の姉の横にすわっている槙田二郎の広い肩と、静かな口調とに突きあたった。

映画は少しもおもしろくなかった。江田は席を立って、外にとびだした。

人通りは、少し減り、酔って歩いている人間が目についた。江田は裏通りを歩き、狭い、いくつかの小路《こうじ》を出入りした。

ほおずきのように紅い提灯《ちょうちん》を軒に吊《つ》るした小屋のような家が何軒もならんでいて、笑う声が内側から聞こえている。じめじめした路には、ギター弾きがうろついていた。

江田は客の少なそうな一軒にはいった。鼻をつきそうに狭い。注文すると、不自由な隅で、酒の肴《さかな》をままごとのようにつくった。

焼鳥の甘い匂《にお》いが、鉤の手になった店の奥からしていた。隣に腰かけた男が、串《くし》を握ってモツをほおばっている。

江田は、それを見て、若鶏の蒸し焼きを食べている槇田二郎の姿を、また思いだした。

（いや、山岳部は松本高校です。戦前派ですよ。そのころですな、山に登りたくてしようがなくて、親父に無理を言って松本へ行ったもんです）

鶏《とり》の脚を両指でつまみ、歯で肉をむしりとりながら、静かに言っている槇田二郎の言葉が耳朶《じだ》に生きた。

——槇田二郎は、鹿島槍《かしまやり》に登ったことがあるだろうか。

江田は、コップを手にしながら考えた。

それはあるだろう。松高の山岳部なら、北アは庭のようなものだ。若い学生のころの槇田二郎は、パーティを組んで鹿島槍に登ったに違いない。南槍から五竜への縦走路もかならず行ったであろう。

行ったってかまわない、江田はコップの中で傾きかけた黄色い液体を勢いよく飲みほして、呟《つぶや》いた。

あの山岳の地形を知っていれば、江田のリーダーとしての行動を承認するだろう。非難されるところはない。槇田二郎が山を知っている男ならよけいである。

江田は落ちついて二杯目のコップに酒を注がせた。

「今晩は」

声をかけてギター弾きが店にはいってきた。客の顔を見まわしている。

「何かやってくれ」

江田は顔を向けた。

「どういう曲がよろしいんで?」

艶歌師《えんかし》は腰をかがめて作り笑いした。

「景気のいい歌、そうだ、軍歌をやれ」

ギターが鳴りだし、徐州、徐州と人馬は進む、と歌いだした。

江田は手を拍《う》った。居合わせた客も、店の女もそれに同調した。

歌っているうちに、江田はいらいらしてきた。理由のない動揺が心を支配した。槇田二郎のおとなしい姿勢が咽喉《のど》に刺さった小骨のように、気になって仕方がなかった。槇田二郎なんかに負けるものか、と江田は突然に心に叫んだ。何に負けないというのか。彼は自分ですぐそれに気づいておどろいた。酔ったな、と思った。

江田は、少し足もとをもつらせて飲み屋を出た。人通りは減っていなかった。大通りにくると、彼は空車の標識に手をあげた。タクシーは彼の前で軋《きし》り音を立てた。

「高円寺」

行先を命じて、江田は後ろによった。息が熱い。手をまわして、窓ガラスをずりさげると、寒い風が流れこんだ。

十二月初旬の北アの頂上の空気は寒いだろうな、と江田は思った。新雪がどれくらいつもっているだろう。おそらく岩瀬秀雄の死体の埋まった崖《がけ》も雪がまるくかくしているに違いなかった。あの灌木帯も半分は埋まっただろう。

江田はまた、槇田二郎とならんでいる岩瀬真佐子の白い顔を思いだした。弟の特徴をわけた顔であった。――

家の前までは車ははいらない。江田は鍵《かぎ》のかかった玄関をあけた。鍵の一つは隣の小母《おば》さんが持っている。電灯をつけると、食卓の上に白い布が掛かっているのが見えた。昼間だけ食事や留守をみてくれる手伝いの人がしてくれたことだった。

食卓の端に、封筒がきちんと置いてある。江田は裏をかえした。金沢の妻の実兄からだった。妻の名ではない。

江田は手紙をひらいた。義兄の文句は前後の挨拶《あいさつ》がくどくどしい。中ほどを読むと、要するに妹は、今しばらく実家に滞在したいと言うから了承してくれ、との文句であった。妻の筆跡は末尾の余白にもついていなかった。

江田昌利は、毎日、丸ノ内の銀行に出勤した。街路樹の葉が落ち、走っている車の車体《ボディ》の光が冷たそうに感じられるようになった。十一月が半ばを過ぎようとしていた。

江田は次長の前に行き、来る十二月六日、土曜日の休暇を申し入れた。理由は、鹿島槍で遭難した同僚の岩瀬秀雄の遺族が、現場を訪れたいと希望するので、案内に同行したい、と述べた。

次長は支店長の机に相談に行き、江田があらためてそこに呼ばれた。

「もっともだ。行ってあげるとよい」

支店長はもの分かりのいい微笑を惜しまなかった。心のあたたまる話だと感心した様子をみせた。

「銀行としては、どうすることもできない。これは、君のぶんの往復汽車賃だ」

支店長はポケットから二千円くれた。江田は辞退したのちに、顔をあからめてうけとった。

妻はまだ家に帰らなかった。江田は箪笥《たんす》の上に置いてある箱から冬オーバーを着た。ナフタリンの匂いが、通勤の一日だけ鼻にただよっていた。妻の匂いであった。日曜日、江田はピッケルやザイルの手入れ、防寒具の用意に一日を暮らした。そんなものが、座敷いっぱいに散らかると、山の空気が流れてくるようだった。ピッケルとアイゼンは油の滲《し》みた布で、愉《たの》しげに磨くように拭いた。

地図は何度もよく見た。木目《もくめ》の渦巻きのような等高線の出合や流れを、暗記するみたいに頭にたたきこんだ。いかなる地点で迷い、いかなる地点で岩瀬秀雄が生命を絶ったか、雪が、地の表皮に積んでいても、案内にまごつかぬためだった。

そうした時、江田昌利の目つきは、山に憑《つ》かれているように茫乎《ぼうこ》としていた。——

ある日、銀行で、彼は自分を名ざした電話を聞いた。

「岩瀬さんとおっしゃる女のかたからです」

交換手が取り次いだ。

「江田さまでいらっしゃいますか」

岩瀬真佐子は変わらぬ声で呼びかけた。

「そうですが」

「岩瀬の姉でございますが、先日はお忙しいところを勝手なお願いをしまして」

声はいくぶんゆっくりして、抑揚があった。江田は彼女の白い顔を目の先に見ていた。

「いえ、こちらこそ失礼しました」

「あの……」

と、言いよどむように語尾をひいた。江田にはその先の言葉が分かっていた。

「先日、お願いした山行《さんこう》の、日取りのことでございますが」

はたして声はそのとおりに言った。

「来月の六日、七日でご都合がよろしゅうございましょうか？」

江田は、ふと、その質問を槇田二郎が真佐子に言わせているような気がした。

「結構です」

江田は、槇田二郎に返答するように言った。

「そのつもりで、土曜日の休暇をとりました」

「まあ、さようでございますか？」

岩瀬真佐子は、少しばかり大仰な声を出して、よろこびをあらわした。

「どうも、ほんとうに恐れ入ります。ありがとうございました。身内の者が行ってやれば、弟がどのように喜ぶか分かりません。おかげさまですわ。いずれ、ゆっくりお目にかかってお礼を申しあげます」

「いや、どうぞ、そのご心配はいりません。ぼくも、岩瀬君の眠った場所にはお詣《まい》りする義務がありますから」

「ありがとうございます」

儀礼的な挨拶が二三つづき、電話は双方が同時に切った。江田は送受器をおくと、大事な面会をすませた後のような表情になって、煙草《たばこ》を口にくわえた。――

その電話があって三日あとだった。その日は出納係の帳尻が合わなくて、行内の全員が居残り、七時近くになって解放された。

江田は、みなといっしょに通用門を出た。むろん、外は真暗だ。八重洲口《やえすぐち》のにぎやかさと違って、この界隈《かいわい》は寂しい。断崖《だんがい》を連ねたようなビルは、灯《あかり》のはいっている窓が少なかった。

暗いところから動いた人間が、不意に江田の前に立った。

「江田さん」

おとなしく呼びかけた声に、ぎょっとした。

「槇田二郎です。先日、M会館でお目にかかった……」

槇田二郎は黒い姿をし、大きなオーバーに両手をつっこんでいた。

「あのときは、失礼しました」

江田がすぐに声が出なかったのは、槇田二郎が遅くまでこの通用門の前に自分を待っていたことだった。それに気圧された。

「予定どおり山行の日どりが決まったそうですね。従妹《いとこ》から聞きました。今夜は、その打合せにあがったのですよ。どこかでお茶でも飲みながら話しましょうか」

槇田二郎は、しかし、平静に言って、江田を誘うように、ゆっくり歩いた。

五

江田昌利はリュックを背負い、夜の新宿駅の地下道からホームにあがった。

厚いオーバーをきて歩いている者が多く、江田のように山行の恰好《かっこう》をしている人間は目立った。季節《シーズン》には、地下道から階段まで張った綱の中で、登山家たちが家畜の群れのようにすわりこみをしていたが、今はそれも見られなかった。

時計は十時二十分を過ぎている。長野行準急はホームに黒い列を横づけしていた。江田は、列車に沿い、窓を覗《のぞ》きながら前部へ歩いて行った。どの車両《はこ》も人が立っていた。

「やあ、江田さん、ここです」

窓から手を振る者がいる。ジャンパーをきた槇田二郎が顔いっぱいに笑っていた。江田はうなずいて横のステップに足をかけた。

槇田二郎は窓ぎわにすわって、近づいた江田を微笑で迎えた。

「遅くなりました」

江田はリュックをおろして挨拶した。

「いや、ご苦労さまです」

槇田は几帳面《きちょうめん》なおじぎをした。江田の荷を手伝って網棚にあげた。横に槇田の古いリュックがある。その上に白いナイロンで巻いた花束が載っているのを江田はちらりと見た。

槇田二郎は、江田の席を自分の向かいに取ってくれていた。他人にすわられないために、空いた座席の上には本が置いてある。その表紙を見て、江田はちょっとぎくりとした。『山嶺《さんれい》』の十一月号であった。浦橋吾一の〝鹿島槍に友を喪《うしな》いて〟の文章が載っている号であった。

その雑誌を槇田は拾って自分の身体《からだ》の脇《わき》に置いた。江田はあとに腰をおろした。真正面に顔が向かいあうと、槇田二郎はにこにこして、「この汽車に乗るのも、何年ぶりかです。相変わらず、混んでいますな」

と、おとなしく話しかけてきた。

座席はみんなふさがっていて、立っている人が十二三人いた。しかし、季節《シーズン》中の、登山者たちで通路も歩けない混雑からみるとゆったりしたものだった。槇田二郎は、最近、山に行ったことはないのであろうか、と江田は思った。

が、こうして見ると、槇田の広い肩は、登山の姿がよく似合った。のみならず、その無造作だが隙《すき》のない服装は、彼が十分に山なれした男であることを江田の経験ある目は読みとった。彼の膝《ひざ》のわきにまるめてある『山嶺』と同じに、江田には気になることだった。

「これをやりませんか?」

槇田二郎はウィスキーの小型瓶をさしだしてみせた。

「よく、眠れますよ」

江田は口瓶のコップを握らされた。

「ぼくは、汽車の中では眠れない方でしてね」

槇田は飴色《あめいろ》の液体をつぎながら言った。

「江田さんは、どうですか?」

「ぼくは、わりと苦にならずに、眠れる方です」

江田は答えてから、相手の顔を見た。槇田二郎は、口辺にやさしい微笑を浮かべていた。

「そりゃ、いいですね。眠れないと、翌日がこたえます。ことに山登りにはね」

槇田は、江田がウィスキーを飲みほす間、意味をもたない目で外をながめて言った。

「そうそう。従弟《いとこ》の岩瀬秀雄は、あのとき、寝台車に乗せていただいたそうで。お世話になりました」

江田は残りの液体にむせた。コップを返して、槇田二郎の顔を見たが、先方の表情は普通だった。

「同行の浦橋君が山には初心者だったからですよ」

江田は気をつけながら答えた。

「行きとどいた注意ですね。ごった返しの三等車では、よけい、眠れませんからね。秀雄の奴《やつ》も楽だったでしょう」

槇田二郎は従弟のことを江田に感謝する口吻《くちぶり》だった。

江田は槇田二郎が、車中の眠りのことを持ちだしたときから、彼に何か他意があるのかと思って、ひそかに表情の動きを観察していた。が、これという特徴は見られず、彼はやはり、温和な笑いを唇にのぼせていた。

雑誌の『山嶺』を、座席の確保のしるしにのせていたのは、どういうつもりだろう、と、江田は考えた。荷物でもよいし、週刊誌でもよいのだ。浦橋吾一の遭難手記のある雑誌を置いていたのは、わざと自分の目に触れさせる気持からであろうか。もしそれなら、いかなる考えで従弟の凍死現場に自分と同行しようというのだろうか。

いや、それはあるいは思いすごしかもしれない、と江田は考えなおした。浦橋吾一の手記は、詳細に岩瀬秀雄の遭難顚末《てんまつ》を書いている。

槇田二郎はそれを何度も今まで読んだに違いない。今度もそれを携行したのは、目的が目的だけに、きわめて自然のことだった。

江田は、そう考え、少し神経がいらだっていると思った。

槇田二郎が、窓を向いて教えた。

「発車しましたよ」

酒の酔いで、江田はうとうとと眠った。列車の動揺が身体に伝わる。それと同じくらいに、真向かいに掛けている槇田二郎の姿勢がたえず感じられた。それは熟睡していない証拠だった。

ふと槇田二郎が席を立った。江田は目をあけ、くもった窓ガラスを指で拭《ふ》いた。その部分が穴があいたようになり、外の模様が映った。真暗な中に、黒い山が走り、ときどき、とぼしい灯が遠くに流れた。

一つの駅が走り去った。「しおつ」という駅名を一瞬にとらえた。

槇田二郎は容易に席にかえってこなかった。最初、便所かな、と思っていたが、それにしては長すぎた。汽車が速度をゆるめ、大月にとまったころ、槇田二郎はやっと座席に戻った。

「零時二十五分ですね」

江田が目をさましているのに気づいて、槇田はのぞきこんで言った。

「スチームのせいか咽喉《のど》が乾きましたね。ジュースでも買ってきましょうか」

江田は、自分は結構だと言ったが、槇田二郎は出口の方へ行き、ホームに降りて二つの瓶を抱えてきた。体格に似ず、こまめな男のようだった。

江田は一本を半分残して飲んだ。槇田二郎は、うまそうに咽喉を鳴らして全部を流しこみ、空瓶を始末した。

「ウィスキー、飲みますかな」

次に槇田二郎は問いあわせた。

「いや」

江田は頸《くび》を振った。

「よく、眠られたようですね」

槇田二郎は好意に満ちた微笑を浮かべ、自分も小瓶を出すのをやめて、煙草をくわえた。両人《ふたり》とも、しばらく煙草を喫《す》ったが、江田は無意味に煙を出すだけで、少しもおいしくはなかった。

指で拭いた窓ガラスの穴は、ふたたび曇りに閉ざされた。周囲からは、寝息が聞こえていた。スチームの暖かさにひきずりこまれて、江田は、いつか、うとうととしはじめた。

いくらか経《た》ったのち、江田は眠っている意識の中で、槇田二郎がふたたび、すっと立って行くのを覚えた。江田は目をあけずに、彼の帰りを待った。

帰ってこない。江田は目をあけた。前は空席となり、雑誌が身代わりのように置いてあった。例の『山嶺』だった。

江田は、皺《しわ》のよれたその表紙をこちらから眺めていたが、その本をとりあげてみる気持はなかった。

ふと目を上げると、網棚には槇田二郎のリュックがあり、その上に白いナイロンに包まれた花束が見えた。大輪の菊がかたまって重たげに首を出している。岩瀬秀雄の死の現場に置いてくるはずの花だった。花弁は、汽車の動揺でたえずふるえていた。

江田は、これを託した岩瀬真佐子の白い顔を思いだした。M会館で彼を見つめて立っている姿が、昨日のことのようだった。目もと、口もとのあたりは弟の岩瀬秀雄の特徴がそっくり女性化されていた。

槇田二郎がかえってこない。江田は、あることに気づくと、はっとした。彼も席を立った。江田は、眠っている車両を二つ、後部に歩いた。通路にうずくまっている客が大儀そうに身体を動かした。

最後のドアをあけたとき、三等寝台車の文字のついた磨《す》りガラスが隣にあった。江田は二三歩すすんで、そのドアをあけた。

すぐそこに、槇田二郎が後ろむきに立っていた。予期したとおりだったが、江田は、どきりとした。

槇田二郎は、通路になっている窓ぎわに、あたかも車掌のように突っ立っていたが、ふりかえって江田を見ると、暗い照明の下で、静かな笑みをみせた。まるで江田があとから来るのを予期していたみたいだった。

「なるほど、これなら、よく眠れますな」

槇田は緑色のカーテンのかかった寝台の列を眺め、感心したように言った。

「ぼくのように、汽車の中で眠るのが不得手な者でも、これなら眠れます」

カーテンの内からは、いびきが聞こえていた。

槇田二郎は、寝台車を見学して納得したことを、江田に伝えて、満足したように、彼の肩を軽くたたき、しずかにドアの外に戻った。

江田は、槇田二郎のする行動が、少しずつ分かりかけてきた。

彼の心は、おそれと、ある準備を感じた。


大町に降りた。槇田二郎の背負ったリュックには、花束がくくりつけられてあった。古武士のしたような風雅さに見られないことはない。リュックのもう一つの部分には、無骨な黒いワカンが取りつけられてあった。

槇田二郎の服装も道具も、ことごとく、古くよごれていた。が、かけだしの山登りにはおよびもつかない完全さがあった。江田の目には、それが分かる。いわば、いかにも古強者《ふるつわもの》という感じで、一分の隙もなかった。江田は圧迫された。両人《ふたり》は、案内人組合長の宅で冷小屋《つべたごや》の鍵《かぎ》をかりて目的地へ向かった。

　夏とは違い、鹿島部落までしかバスがないので、ハイヤーをやとった。槇田二郎は、花を傷《いた》めないように、大事そうにリュックを車の中に持ちこんだ。動いて行く枯れた森林から鹿島槍《かしまやり》が真白に見えていた。南槍の突起部も、北槍の瘤《こぶ》も、はっきりと見えた。空は晴れて、朝の陽が滲《にじ》み渡るころであった。雪が光っていた。

　しかし、車が山麓《さんろく》につっこむにつれて、頂上は林の中に沈んで行った。道では、牛車をひいた農夫以外、ひとりの登山者の歩く姿も見かけなかった。

　車の内では、槇田二郎は相変わらず、おとなしい話をしかけてきた。江田の勤めている銀行から、世間の景気についての様子をたずね、自己の電力会社の話などをした。

「仙台には、いつ、お帰りになるんです？」

　江田はきいた。

「今度の山行《さんこう》がすんで、東京に二日ばかり居たら帰ります」

　槇田二郎は煙草《たばこ》を喫いながら言った。

「向こうでは、ときどき、山に登られますか？」

　江田はたずねた。

「冬の蔵王《ざおう》は二度ばかり登りました。勤めていると、なかなか暇がありません」

「この鹿島槍には、前にはずいぶん、お登りになったでしょう？」

江田はさぐった。

「いや、松高のときだけですよ。それも三度くらいですかな。古いことです」

正直な返事だと江田はうけとり、すこし安心した。

鹿島の部落を過ぎた。道は悪くなった。

「失礼ですが、お子さまは、なん人ですか?」

槇田二郎は揺られながら質問した。

「ありませんよ。ひとりも」

江田はうすい笑いをまじえて答えた。

「ほう、それは。奥さんがお寂しいでしょうな」

槇田二郎は、同情したように、つつましく言った。江田は何となく、胸が騒いだ。槇田二郎の横顔をひそかに見たが、彼は世間話をしている時の平凡な表情だった。妻のことを口にしたのは、別に意味もなさそうだった。

急に、川原がひらけ、鹿島槍の白い稜線《りょうせん》が接近した姿を見せた。車はとまった。大冷沢の出合だった。

両人《ふたり》以外、ここにも誰の姿もなかった。川原を一めんに埋めている白い石の堆積《たいせき》が冷たそうに見えた。

「どうです、ここで朝めしにしましょうか?」

槇田二郎は、遠慮深く提案した。

「いいですな」

江田は賛成した。

リュックから用意の弁当をとりだした。槇田二郎は、相変わらずこまめに動き、コッヘルを組み立て、湯を沸かし、紅茶にして江田にすすめた。

「すみません」

江田は素直に受けた。コップのあたたかさが掌《てのひら》に伝わった。

「何年ぶりでしょうかな、この山の姿を見るのは」

槇田二郎は正面に立っている鹿島槍を目でさして言った。陽のために、新雪の明部と暗部が立体化しつつあった。

「江田さんは、ずいぶん、お登りになったでしょう?」

「いや、それほどでもありません。ほかに、いろいろと行くものですから」

江田は控え目に答えた。

「そうでしょうな。この辺は登りたい山ばかりだから」

槇田二郎は、すこしうらやましそうに言った。学生時代の彼がのぞいていた。江田は、東北の殺風景な田舎に閉じこめられている彼の生活を思った。

槇田二郎は時計を見た。

「四十分経ちました。じゃ、ぼつぼつ行きましょうか」

両人《ふたり》は腰を上げた。

江田が前を歩き、槇田二郎が後ろに従った。

林の径《みち》を歩きながら江田は、槇田二郎が何気なく、

(四十分経ちました)

と言った言葉の意味を急に理解した。

それは岩瀬秀雄と同じ場所に休んだ時間だった。

江田は歩いている足が滑りそうになった。

西俣出合《にしまたであい》では、雪が五六センチの薄い厚みでつもっていた。

「休みましょうか」

槇田二郎が、後ろから声をかけた。

江田昌利は、槇田が、休みましょうか、と言った瞬間、彼はここでも正確に四十分休むに違いないと直感した。岩瀬秀雄と、浦橋吾一とを連れてきたときの休止時間がまさにそれだった。

「こんなものが、できたんですな」

槇田は渓流にかかっている吊橋《つりばし》を見て言った。

「いつからです？」

「去年からですよ」

江田は、いくらか槇田二郎の不案内に安心するように言った。槇田はその辺に立っている新しい指導標も眺めまわし、

「鹿島槍もずいぶんとひらけたものですね」

と、感心したように言った。松高時代と比較しているらしい。実際に、彼は十数年も登っていないようだった。

V字形渓谷の正面には、南槍と鹿島東尾根とが雪をかぶって鮮かにみえ、ちぎれたうすい雲が稜線の下をかすめて通過していた。

槇田二郎は渓流の岩に足をのせて、しゃがみこみ、水筒に水を補給した。これから先に水のないことは彼も知っているのだ。が、それは常識だから心配はなかった。ただ、水を汲む動作まで、岩瀬秀雄のやったことをなぞっているみたいで、すこし気にかかった。

江田は腕時計を見た。

「そろそろ、行きましょうか」

間髪を入れずに槇田二郎が横から言った。ほんとうに四十分経っていた。江田は指先をすこしふるわせてリュックをとった。

槙田二郎が、ある実験をしているらしいことは、ほぼ明瞭となった。彼は『山嶺』に載った浦橋吾一の記録を頭の中に暗記しているのだ。それぞれに区切ったコースを何時間で歩き、途中で何回休み、それに何十分をついやしたか、ということである。『山嶺』は彼のリュックの中にある。しかし、雑誌を取りだしてページをあける必要のないくらい、槙田二郎は、脳裡《のうり》に記事の詳細をたたみこんでいるに違いなかった。

先方の態度がはっきりした以上、こちらも鎧《よろい》を固めねばならぬ、と江田昌利は考えた。あの記録から槙田二郎が何を読みとって、どう出るか、である。このときまでは、江田はおのれがこの鹿島槍では現役だというハンディをひそかにつけて、相手を多少、引きはなして見ていた。

赤岩尾根の難儀な登りが三分の一すぎた。樹林帯は幹とうるさい枝ばかりであった。眺望の利かない、おもしろくもないコースであることは、夏も冬も同じであった。

「ちょっと」

後ろからついてきている槙田二郎が言った。

「この辺で少し休みましょう」

江田は足をとめ、槙田が径の雪を払いのけて木の根に腰をおろすのを見た。それから、彼はリュックを肩から落とし、ポケットからマッチと煙草とをさぐった。

「秀雄は、ここでたいそう水を飲んだそうですな」

槇田二郎は、煙を冷えた空気のなかに吐きながら言った。

「そうでした。咽喉が乾きますな、夏ですからね」

江田は答えた。

「それにしても、飲みすぎる」

槇田は煙の中に目をしかめて言った。

「疲れていたようですな。浦橋君の文章をよむと、秀雄の奴《やつ》、はじめからまいっていたようですね。前夜、寝台に乗せてもらってきたくせに、だらしのない奴だ」

あとの言葉は、従弟《いとこ》を冷嘲《れいちよう》しているようにとれたが、ふと気づいたように、

「秀雄は熟睡したんでしょうね？　あの文章では、あなたが夜中に目をさましたら、上段の秀雄は高いびきをかいていた、とありますが」

と、江田に微笑《ほほえ》みながらきいた。

「そのとおりでしたよ。ぼくが夜中に起きたときはね」

江田は肯定した。

「そうですか」

槇田二郎は、何となく少し考えていたが、時計を見て、

「さあ、歩きましょうか」

と、リュックをかついだ。ほぼ、二十分を休んでいた。それも、ここで岩瀬秀雄が休

んだ時間であった。

しばらく登ると、槇田二郎は、また、

「江田さん」

と言った。江田昌利は、来たな、と思った。はたして休止の要求だった。岩瀬秀雄のしたとおりなのだが、違うのは槇田二郎が息も乱していないことだった。

「江田さん」

また、しばらく登ってから槇田二郎が呼びかけた。江田は、心の中で、勝手にしろ、どのような真似《まね》をしてもおどろかないぞ、と思ってふりかえった。

しかし、槇田二郎は、今度は、休もうとは言わずに、たしかな足どりで登ってきながら、

「リュックをおろして、途中で何度も長い休みをすることは、かえって疲れるものですな」

と、うつむいたままで言った。

江田は、どきりとした。槇田二郎は、そのことを知っていて実験しているのだった。

「そうですな」

江田昌利は、取りあわずにあいまいな答え方をした。かならずしもそうとはかぎらな

いが、いちおう、義理を立てて反対しない、という口吻《くちぶり》にみせかけた。しかし、内心は平静でなかった。

槇田を甘くみては失敗するぞ、と江田は心に言いきかせた。相手は、知っているのだ。評価をすこしあらためねばならぬ。

このとき、上の方から音がした。裸の樹林の間から、黒いものがちらちらして近づいてくるのが見えた。思いがけなく、ひとりの登山者がくだってくるところだった。避難民のように、よごれて粗末な身なりだったが、山には相当な経験者らしいことは、先頭の江田がいちはやく気づいた。慣れているだけに、江田にはそれがわかった。しかし、髭《ひげ》に埋まったその顔は知らない人相だった。

「今日は」

山の人間の挨拶をして、横をすれちがったが、意外なことに、後ろの槇田二郎に、その男は声をあげた。

「おい、おまえは槇田二郎じゃないか？」

背中で聞いたのだが、槇田の声が、これも大きくこたえた。

「やあ、おまえか」

江田がふり返ると、両人《ふたり》は肩をたたきあっていた。

「珍しいところで会ったな」

槇田が言っていた。

「山で会うのが珍しかったら、どこで会うのが珍しくないのだ？」

くだってきた男は大声で咎《とが》めた。

「なるほど、おまえは山男だった。相変わらずだな」

槇田二郎が笑うと、相手もきたない歯を出して笑った。

「おまえは東北あたりに飛ばされて、蔵王あたりをうろうろしているのかと思ったら、こんなところにも現われるのか？」

「従弟が遭難してね、この夏。弔いに行くのだ」

「どこだ」

「牛首の向こうだ。道を間違えて凍死した」

「ああ、そんなことを聞いたなあ」

山男は答えた。

「そうか、あれがおまえの従弟だったのか」

「山登りがおもしろくなったところで、少し生意気だったようだ。お互いに覚えがあるがね」

「うむ。危ないことをしてきたからな。ところが、このごろはブームとかにあおられて、若い者が見栄《みえ》をはって命知らずなことをしている。見ていて、おれたちがびっくりするよ。われわれの若いときにはなかった芸当をやっている。いや、こりゃ、おまえの従弟にあたるようで悪かったかな。しかし、山で死んだ人を弔いに行くとは殊勝だ。おれの死んだ時も来てくれ」

「おまえのことだ。厄介な谷で死ぬんだろうな」

「そういうことだな。誰もうかつには寄りつけん所で死んでやる」

山男はいばって笑った。

「じゃあ、それまで元気で」

「じゃあ」

山男は片手をあげ、街角ででも別れるように、あとも見ずに径をおりて行った。

「あれで、両足の先がないんですよ。凍傷にやられてね」

ぼんやり立っている江田に槇田二郎は説明した。

「山靴《やまぐつ》をはいてるんで分かりませんが、平地を歩いているときは跛をひいてるんですよ」

「何という人ですか?」

「土岐《とき》真吉《しんきち》っていうんです。松高時代、山岳部でいっしょだったんですよ」

江田は、それを聞いて目をまるくした。土岐真吉の名は、古い岳人として伝説的な名だった。積雪期における北アの草分けの一人なのである。江田などは、山岳雑誌や人の噂《うわさ》で、名前を見たり聞いたりしているだけで、当人を実見するのは、はじめてだった。

その土岐真吉と槇田二郎は友人だと言う。

江田昌利は、槇田二郎にたいする今までの、自分は現役だという多少の優越感が、完全に砕かれたのを知った。

彼は槇田二郎がいっそう大きく見えて、おそろしくなった。

六

空は晴れ、澄明《ちょうめい》なガラスを何枚も重ねたように碧《あお》かった。空気の冷たさが、頬《ほお》を薬品のように刺激した。

冷《つべた》の乗越《のっこし》に立つと、新雪をかぶった立山《たてやま》と剣《つるぎ》が手近なところに見えた。黒部の深い谷が、大きな溝のように落ちている。

「なつかしい」

と、槇田二郎は山に向かって感慨を述べた。

「あの山には、ずいぶん、登ったものですよ。こっちから越中に行ったり、向こうからこっちへ出たりね。学生だから、みんな元気でした。今、別れた土岐真吉もその中にいましたな」

槇田二郎は旧友のことに触れた。

「あいつも、とうとう山のとりこになりましてね。大学を出て、ちゃんとした会社に勤めていたんですが、叔父さんや叔母さんを殺しては、休みの理由を稼ぎ、山にばかり行くもんですから、馘《くび》になったんです。今は何をやっていますかね。普通の人生は失いましたが、でも、当人は女房に逃げられて以来、気がねなしに年中、山に登られるんで本望かもしれませんね」

槇田二郎は、そう言って気づいたように、

「どうも、サラリーマンってやつは、休暇の日数にしばられて不自由ですな。秀雄のときもそうだったんじゃないですか？」

ときいた。

「そうでした。あのときは、両夜行で、小屋が二泊、三日間という休暇でした」

江田は答えた。

「勤め人は、みんな、それくらいの強行軍が普通のようです。その制約が遭難の原因になったりしますがね。江田さんの、今度の一泊二日も辛《つら》いですな。ほんとに、ぼくたちのために、ご足労かけて申しわけありません」

槇田二郎はわびた。

「いいえ、思いがけない登山ができて、ぼくもうれしいですよ」

江田は会釈《えしやく》を返した。日程の制約が、遭難の原因になる、という槇田の言葉が妙に頭に残った。

両人《ふたり》は、ワカンを靴につけ、四十センチばかりの積雪の径を歩いた。右側の、南槍《やり》と北槍の頂きは真白に輝き、その下の北俣本谷の白い壁が、急速な角度で落下していた。新雪とはいえ、すでに光景は真冬のような荒涼とした様相であった。

「槇田さん、ぼくは、あの北俣の谷を上下したことがありますよ」

江田は歩きながら経験を語った。

「いつごろですか?」

槇田はきいた。

「夏と冬です」

「ほう、そうですか。実は、ぼくも一度、雪のとき下降した覚えがあります」

槇田二郎は謙遜《けんそん》するように言った。江田はききかえした。

「いつですか?」

「早春でしたよ。やはり、ずいぶん、前ですが」

江田昌利はその返事を聞いて黙った。

冷小屋に着いたのは、四時十五分前だった。

「大谷原から、八時間弱かかりましたね」

槇田は計算して言った。むろん、岩瀬秀雄を江田が同行して登ったときの時間に合わせているのだ。江田には、彼がそう言うに違いないことが、予定したように分かっていた。

「普通、夏の登山なら、七時間くらいでしょう?」

槇田二郎は江田の意見をきいた。

「まあ、そんな見当です」

江田はうなずいた。

「約一時間、長くかかっているわけですね。長くかかったのは、秀雄が遅れたからですか?」

「浦橋君という初心者もいましたがね。岩瀬君も、あまり元気ではなかったようだし、途中の休みに時間をくったためです」

「秀雄の奴、どうしてそんなに疲れたのだろう? 混みあう三等車ならともかく、寝台車で、熟睡してきたくせに」

槇田二郎は、ひとりでつぶやいた。江田は答えなかった。しかるべきときは、沈黙に越したことはないと思った。

寝ることといえば、誰も相客のいない冷小屋で、両人《ふたり》はならんで横たわったが、そのとき、槇田二郎は靴を抱いて寝袋の中にはいった。山の心得をことごとく知っていることは、その一つだけでも江田には分かった。

江田は、容易に眠れなかった。しばらくすると、槇田二郎が声をかけた。

「江田さん、まだ目がさめていますか？」

江田は暗い中で目をあけた。

「はあ？」

「ぼくも何だか眠れないんです。ちょっとお話ししても、いいでしょうか？」

「どうぞ」

と言ったが、江田は動悸《どうき》が高くなった。

「あなたが遭難されたときですね、八月三十一日ですな。ぼくは天気予報を調べてみたんです。一週間前に松本測候所が出す、長期予報ですな」

槇田二郎は、静かに言いだした。

「それによると、先のことは分からないが、高気圧の勢いがあまり強くなく、今の好天気は長つづきをしないだろう、三十一日、一日ごろから気圧の谷が近づくおそれが大きいので、たぶん天気は悪くなる見込み。ことによると、この気圧の谷はかなり深いもののようだから、天気の崩れ方も大きいかもしれない。こういう週間予報を一週間前に出しているんです。江田さんは、その予報をお聞きになりましたか？」

「いいえ、聞きません」

江田は唾《つば》をのみこんだ。

「そうですか。それを参考にお聞きになっていたら、出発を延ばされたかも分かりませんね。もっとも長期予報もあんまり当てにはなりませんが」

朝、小屋の中で、江田昌利と槇田二郎とは期せずして六時に目をさました。コッヘルで飯を炊《た》き、湯を沸かし、七時ごろに小屋を出発した。

七時ごろの出発は、あえて気にかけることではあるまい。たいていの登山者が南槍に向かって、この時刻に足を踏みだす。だが、江田の意識には〝われわれは七時すぎに小屋を出た〟という浦橋吾一の手記に槇田二郎が行動を合わせているとしか思えない。

しかし、これは江田が今朝起きたときから半分は覚悟していたことだった。おそらく槇田は七時に小屋を出発するだろうと考えて様子を見ていたが、槇田二郎は六時に寝袋から這《は》いだしてから、まさにそのとおりになるように、支度したのであった。

こうなると、槇田二郎がこの先どのような行動をするか、江田にも見当がついてきた。槇田二郎は、『山嶺《さんれい》』の文章の上に製図用紙《オイル・ペーパー》をのせ、そのとおりに複写し、再現しようとしているのである。その目的が明瞭《めいりよう》になると、江田のおそれはひろがり、弁解の理由を探しはじめていた。

両人《ふたり》は、今朝はあまり話をかわさず、黙々と南槍に向かってリズミカルな歩調で登山をつづけていた。よそ目には、いかにも気の合った同士が、熟練した技術を身につけて、冬山の縦走を試みているようだった。

布引岳の手前から積雪が多くなり、ワカンをはいても膝《ひざ》ぐらいまでもぐった。しかし、布引を越すと、柔軟な新雪は量が減少し、雪質は硬くなり、あきらかに氷の状態となった。黒部側から吹く強い風が雪を払い、黒い夏道が露出して見えた。両人《ふたり》はワカンを脱《と》り、アイゼンを靴につけた。

今朝も天気はよかった。空気は氷のように澄みきっている。ふりかえると、越えたばかりの布引と爺岳《じいがたけ》の山稜《さんりよう》が彎曲《わんきよく》し、遠くに、常念《じようねん》、槍、穂高《ほだか》の連峰が光っていた。松本あたりの盆地にはガスが海のようにみなぎって沈んでいた。

アイゼンは氷を嚙《か》んで音を立てた。歩く足が鳴っているみたいだった。

「久しぶりにこの音を聞きますよ。ほんとうに冬山に登った感じですな」

後ろから、槇田二郎の声が聞こえた。実際に喜んでいるらしい調子だった。

江田が返事をしないで歩いていると、

「江田さん」

と、槇田はあらためて呼びかけた。江田は仕方なしに立ちどまって振り向いた。

槇田二郎は、頸を左右にゆっくりまわしていたが、

「秀雄と前にお登りになったときは、この展望は利《き》かなかったそうですな？」

と言った。

「そうです。朝から曇っていましたからね。残念でしたよ」

江田は答えたすぐあとから、昨夜、寝ながら槇田が言いだした天気の長期予報の話を思いだした。

「そうですか。ところで、この辺ですか、大町のサイレンが聞こえたというのは?」

槇田二郎は確かめるように言った。

「ああ、浦橋君が書いてましたね。そうです、ちょうど、この辺でしたな」

江田はつまらないことのように返事をした。

「それは東風《こち》だったんですね。だから聞こえたのでしょう。天気が崩れる前兆だったんですな」

槇田二郎は、ぼそりと、そんなことを言った。

江田は、どきりとした。槇田二郎の言い方は、天気が崩れるのにかまわず進んだのか、と非難しているようにもとれそうだった。あるいは、単にもの知りぶって、そう言ったのかもしれない。彼は槇田二郎の気持をどっちに決定すべきか、判断に迷いながら南槍の頂上に到着した。

見なれたケルンに霧氷が凍りつき、白い灯台みたいだった。両人《ふたり》はそこでリュックをおろして休んだ。槇田二郎は、例の花束をやはりリュックに結びつけ、相変わらず大切そうにしていた。

「九時になりましたね」

と、槙田二郎は時計を見た。江田は黙って前面の展望を眺めていた。さあ、いよいよこれからだ、という緊張が来ていた。

北槍の頂上が、いくぶん丸い恰好《かっこう》で前方に立っていた。そこまでの尾根道も、途中に左に巻いた縦走路も、その先の八峰《はちみね》キレットのあたりも、雪の中に埋まっていた。遠くに、妙高《みょうこう》、戸隠《とがくし》の稜線が空を区切り、落ちこんだ谷間《たにあい》には姫川《ひめかわ》がにぶく光る線を描いていた。

「この景色も、あの日には見えなかったのですね」

槙田二郎が横にならんで立って言った。

「惜しい。ここから見えない山は、北アのモグリだとあなたはおっしゃったそうだが、まったくそのとおり、どの山でもみんな一望に視界の中にはいっていますね。それが全部見えなかったのだから、従弟《いとこ》の奴《やつ》もがっかりしたでしょう。この辺から少しずつガスが巻きはじめたのですね」

槙田は江田昌利の顔を見た。

「そうです。この南槍からさがって、あの北槍を過ぎたあたりからガスがひどくなりましたよ」

江田は指をつきだし、その地点に当てた。

「危ないな、と思って、ぼくは引き返そうとしたのですが、岩瀬君がどうしても前進をがんばるものですから、つい、気が弱くなったのです。いや、これは岩瀬君を非難している意味ではなく、かえってその気持は分かるのですよ。ただ、ぼくがその熱心にほだされて弱気になったのがいけなかったのです」

「ごもっともです」

槇田二郎は、二度も深くうなずいて言った。その口吻《くちぶり》は十分に同情的だった。

「あなたの立場はよく分かります。リーダーには妥協は禁物だと言いながら、つい、人情負けがするものですね。血気にはやった従弟がいけなかったのです。江田さんにはお気の毒でした」

彼はあやまった。

「いえ、そんなこと。とにかく、その気持は、山がおもしろくなった頃の誰にもあります」

「山がおもしろくなった時分にはね」

槇田もそこは同感だというふうに、念を入れてうなずいた。風が冷たくて強いため、彼の目は寒そうに細まっていた。

「ところで、どの辺から雨が降りだしたのですか?」

「北槍をすぎて五十メートルくらいだったでしょうか。あの辺ですな」

江田は指を上げた。

「なるほど、それが十時二十分ごろですね？」

槇田二郎は正確に言いあてた。

「天気は、そのとき、回復の見込みはあったのですね？」

「希望を持っていました。その期待で、ぼくも半分は前に進んだのです」

江田ははっきりと答えた。

「そうでしょうね。そして、はっきりといけないと分かったのは？」

「あの尾根を歩いているときでした」

江田は指の方向を移動させた。

「ガスは濃くなるばかりだし、雨も風もひどくなってくるのです。これは、もうどんなにせがまれても断乎《だんこ》として引き返さねば危険だと思いました。岩瀬君は、ここで引き返せば、往復の六時間がロスになる、まっすぐに行けばあと二十分でキレット小屋に着く、たいへんな違いだと言いましたが、その主張は理解できても、万一の場合を考えると、勇気が出ません。ことに、パーティの中には浦橋君という初心者もいることですから、岩瀬君の反対を押さえて引き返しました」

「適切な処置ですな」

槇田は賛意を表した。

「それで、濃霧と雨の中をここまで引き返されたのですね。それが十二時五分すぎ……」

「そんなものです」

江田は言った。槇田がいちいち時間の念を押すのが、たしかに、ある重圧になった。

「なにしろ、雲の中を歩いているみたいで、北槍の頂上も見えず、この南槍のケルンだって傍にこなければ見えなかったのですからね。天候は悪化する一方でした」

「合っています」

槇田二郎が答えた。合っている？　江田は何のことか分からなかったが、槇田二郎はポケットから小型の手帳を取りだして開いた。

「当日の天気の記録がここにありますよ。松本測候所に問いあわせたのですがね」

彼は読みはじめた。

「八月三十一日の夜から九月一日午前にかけて日本海に低気圧がはいってきて、北東に進み、ちょうど鹿島槍の北方を通り抜けている。その低気圧の中心から南西にのびる前線が本州付近に停滞しているので、どこから見ても天気の回復しない型《タイプ》だった。雨量は中部地方の山岳部では五六十ミリ、風速十メートル、気温は二千メートル以上の高山で日中は五度くらい、明けがたには氷点下三度くらいだった見込み」

江田は胸が少しふるえた。槇田二郎は、いつのまに、そんなことまで調べたのであろうか。昨夜言った長期予報のことといい、今の記録といい、あきらかに今度の岩瀬秀雄の遭難地点登山行には周到な準備がなされていた。

小さな手帳を胸にしまった槇田二郎のおとなしい横顔は、まだまだ、いろいろなことが調べてあるぞ、と言っているようにみえた。

「どれ、ではぼつぼつ遭難現場にご案内していただきましょうか」

槇田二郎は江田に言いながら、リュックの雪を払い肩に担《かつ》いだ。そのときも、彼は花束を指でちょっと手入れするのを忘れなかった。江田は岩瀬真佐子の白い指を幻覚した。

江田は牛首山への尾根を先に立たされた。立たされたといっていいくらい、彼は後ろからしたがってくる槇田二郎に命令を感じていた。彼は、背中にたえず槇田二郎の刺すような目を意識せねばならなかった。

「なるほど、この尾根では、冷小屋《つべたごや》へ戻る道と錯覚するのは当然ですな」

そのくせ、槇田二郎の声はやさしく、親しげであった。

「あすこに見える牛首の頂上も、その丸味のある恰好といい、高さといい、布引とそっくりだし、この尾根もあの縦走路のように幅がひろく、ガレ石もあるし、同じようなブッシュもある。まったく、よく似たものですな」

彼は感嘆していた。

「これじゃ、ガスで視界が利かないときは、実際に間違いますね」

「そうなんです」

江田は、相手が本気で言っているのかどうか迷いながら、とにかく主張した。

「てっきり布引を越して戻る道だと思いこんだのです。ガスが少し薄くなって、どこかの山が一部だけでも見えると、すぐに間違いは分かったんですがね。何しろ壁のような濃霧と雨とで、この尾根も二メートルくらいの見とおしがやっとでしたからね。まさか黒部へ突き出ている支稜を西へ西へと向かっているとは、夢にも想像しませんでしたよ」

「それに、暗くなりかかったのでしょう?」

「そうです。だから、いよいよ運が悪かったわけです。迷ったと分かった時が夕方でしたから」

江田は槇田二郎が好意的に話を誘導しているのに気づいた。彼はもっと多く自分にしゃべらせたいと狙《ねら》っているのであろうか。江田は警戒して口を閉じた。

槇田二郎も、それからしばらくは黙った。両人《ふたり》は氷状になった硬雪をアイゼンで踏み刺しながら、牛首のゆるやかな頂上を越えた。眼前には、凄涼《せいりょう》たる雪の立山と剣がすさまじい迫力で威圧してせまった。

尾根は灌木帯《かんぼくたい》にはいった。低い黒い木は半分は雪に埋もれていた。ここまで来ると積雪はふたたび深くなり、脚が膝の下まで潜った。

「従弟の奴、このへんで、すっかり弱りはてたのですな?」

槇田二郎がまた言った。

「そうです。前から疲労していることはわかっていましたが、それほどひどいとは、思わなかったのです。とにかく、一歩も動けないという有様でした。やはり、道に迷ったのがこたえたのです。ぼくの責任です」

江田は頭を垂れて謝罪した。

「いやいや、そりゃ仕方がないですよ。遭難の時は、妙に悪条件が重なる、、、、ものです」

槇田二郎はおとなしくさえぎった。

「それに、秀雄の奴、はじめから変にアゴを出していたようですね。どうしたのだろう、身体《からだ》でも悪かったのかな」

槇田は、あとを、ひとりごとのようにつぶやいた。

「ぼくの注意がたりなかったのです」

江田は、それ以上、そのことで話相手になるのをやめた。遭難のときは、妙に悪条件が重なるものです、とか、岩瀬秀雄の身体の具合でも悪かったのか、とかいう槇田二郎のさりげない一語は、相手になっていると、蔓草《つるくさ》のように伸びてからみつかれそうな無気味さをもっているように思われた。

両人《ふたり》は、また黙ってしばらく歩いた。灌木帯は依然としてつづき、やがて、前回に迷いこんだケモノ道のところに来るはずだった。槇田二郎は今の話のつづきを諦《あきら》めたようにみえたが、

「江田さん」

と、やがて呼んだ。

「はあ？」

江田は、何を言われるかと思って身がまえた。

「あなたは、山中《やまなか》温泉に行ったことがありますか？　石川県の山中温泉です」

「いや、あ、あります、前に一度だけ……」

江田は思わずどもった。心臓がいちどきに騒ぎはじめた。唇が白くなった。

「秀雄もあるんですよ。今年の六月ごろにね。いや、秀雄が凍死したものだから、反射的に奴が温泉に行ったことを思いだしたんです。皮肉ですな、夏のはじめに温泉に浸《つか》りに行った奴が、三カ月後には凍え死にに登山したんですからな」

江田は返事をしなかった。返答の声が出なかったのである。

彼のその沈黙は、岩瀬秀雄の死の場所に到着して、槇田二郎がリュックに結びつけた、従妹《いとこ》の花束を解き、雪の上に置いて合掌する間じゅうもつづいていた。

そこは黒いブッシュが少しとぎれ、白い雪がまるくふくれていた。まるで岩瀬秀雄の裸の死骸《しがい》の上に雪がつもっているみたいだった。

江田昌利は、黙禱《もくとう》する恰好で、槇田二郎の様子を見まもっていた。

七

江田昌利と槇田二郎とは、ブッシュのとぎれた雪の上で四十分は、たっぷりと過ごした。それは槇田二郎が、従弟のために花束を供え、その冥福《めいふく》を祈っている時間であった。彼は雪を掘り、花束を半分挿し入れた。岩瀬真佐子の託した黄色い菊は雪の上に立って冷たい風に揺れた。

「かわいそうな奴だ」

槇田二郎が、リュックを背負いながら言った。そこで気が触れ、裸になって駆けだしてたおれた、従弟の岩瀬秀雄に向かっての言葉だった。

江田昌利は、この時まで終始傍観者であった。傍観者というよりも、槇田二郎の観察者であった。しかし、槇田の様子には、別段いちじるしい変化はなかった。彼は従弟の遭難現場を弔いにきた目的のとおりに、おだやかに行動しただけであった。

だが、江田は、槇田二郎が山中温泉を話題に出したことで、彼への疑惑がいっそう強くなっていた。たくみな話し方ではあるが、たしかに彼は黒い針をうちこんできた。江田の胸には暗い動揺がつづいていた。

太陽は頭の上近くにきていた。あたりの雪が強烈に輝いた。

「十一時ですな。ぼつぼつ戻りましょうか」

と、槇田二郎が腕時計を見て言った。

帰路も、江田が先に歩き、槇田が後ろを歩いていた。まだらに黒い灌木帯の中を、両人は牛首山の方へ向かって登っていた。

「江田さん」

槇田二郎の声が、背中から聞こえた。

「あなたが、救援隊を呼びに、ここを出発されたのは何時ごろですか？」

「五時半すぎでした」

江田はできるだけ平静に答えた。

「それは暗かったでしょう。途中が大変だったですね」

槇田は言った。

「無我夢中でした。なにしろ、疲労しきっている岩瀬君と、初心者の浦橋君を残しているのだから、気が気でなかったのです。冷小屋に着いたのが八時半ごろで、懐中電灯一つ頼りによく行けたと思います」

江田は答えた。

「その条件で三時間なら早い方です。やはり、そんな場合はふだんの常識以上のことができるのですな」

槇田二郎は賛嘆するように背後から言った。

「しかし、冷小屋に八時半に着いたのでは、どうにもなりませんでした。M大の山岳部の連中が居てくれたのですが、明日、夜が明けるまで待たねば、何としても救援に行けないと言うのです。先方の言うことはもっともですが、こちらは、両人《ふたり》のことを思うと、居ても立ってもいられない気持でした。浦橋君には、岩瀬君をおさえて、決して現場から動いてはいけないと堅く言いおいてきたのですが、もしかすると、山の恐怖から思わず動いているんじゃないかと不吉な想像をしたりして、未明まで、まんじりともしませんでした」

「そうでしょうね」

槇田は江田の説明にうなずいているようだった。

「それが、あなたの予感どおりの結果になったのだから同情します。深夜の山に置かれたときの、想像を絶した恐怖や寒さから、人間はじっとしていられないのですね。その点は、動物にかえるのでしょう。多くの遭難の記録がそれを語っています。浦橋君の手記も、そこんところがよく書けている」

江田は心の中で浦橋吾一を憎んだ。彼がつまらぬ手記を雑誌などに自慢げに出したものだから、槇田二郎はそれを下敷きにしてなぞっているのだ。

「あ、そうそう」

槇田が気づいたように言った。

「動物といえば、これはケモノ道ですね？」

歩いている径《みち》は、たしかにミチといってもいいくらい、灌木帯の中に細く、白い筋になっていた。

「そうなんです」

江田は答えた。

「いつも警戒しているのですが、気があせっているので、つい、間違えたんです」

「よくあることですよ」

槇田二郎は理解した。

しかし、そのケモノ道が、牛首の稜線《りようせん》で切れ、なだらかな頂上が近くなったころ、槇田二郎は突然言った。

「江田さん、あなたは、そのとき、この辺の地図を調べませんでしたか？」

江田は、どきりとした。が、息をととのえて答えた。

「あいにくと、この牛首方面の地図は持ってこなかったのです。それは五万分の一では《立山》にはいっているので、《大町》にはありません。われわれの目的は鹿島槍《かしまやり》縦走ですから《大町》一枚にしたのです。まさか、牛首へ迷いこむとは思わなかったものですから」

江田は答えて、後ろの相手の声を待った。

「そうですね」

槇田は背後から歩みながら言った。

「五万分の一の《大町》には、冷池、北槍、布引、八峰キレット、五竜が地図の左の端すれすれに付いている。南槍はちょっと切れて、隣の《立山》にはいっているから、普通の鹿島槍縦走コースは、《大町》一枚で間に合いますね」

彼は、それをよく知っていた。

「しかし、地図としては悪いところで切れたものです。ちょうど、あの辺が二つに割れているんですからね。もう少し、右に寄って、牛首山まではいると都合がいいんですがね」

槇田二郎は、すこし笑った。

折から両人《ふたり》は、なだらかな牛首山の頂上に達したところであった。南槍と北槍の稜線が碧《あお》い空に真白に氷結し、その下から黒部側の雪の斜面が眼前に落下していた。

「少し休みましょうか」

槙田二郎は、その眺望をゆっくり愉《たの》しむように腰をおろした。江田は、彼とすこし離れて斜めの位置にすわった。彼は槙田が、また地図のことを言いだすに違いないと思った。

「その二つに切れた地図のことで思いだすんですがね」

槙田二郎は、はたして言った。彼は煙草《たばこ》をとりだし、青い煙を吐いて、指に持った。

「大正二年の夏、東大生のパーティが奥秩父《おくちちぶ》の破風《はふ》山に登って遭難したことがあります。むろん、ぼくらの生まれていないときで、記録で読んだのですが」

彼は静かに言った。

「その時も五万分の一の地図が破風山の近くで《金峰山《きんぷせん》》と《三峰《みつみね》》とに割れていたのですね。破風山は《金峰山》の端にあるので、東大生は《三峰》を用意しなかったんです。ところが道をあやまって破風山の東を迷い《三峰》の地図を持っていなかったばかりに、遭難したんです」

江田は黙って聞いていた。槙田二郎は何を言おうとしているのか。彼はちらりと槙田の顔に目を走らせたが、槙田二郎はふたたび煙草をくわえて目を細めていた。

しばらく沈黙がつづいた。江田は鼻に吸う空気が痛いくらいに冷たいのを覚えた。

「江田さん」

槙田は、口から煙草をはなして言った。

「今度のことで、ぼくは東大生の遭難を思いだしたんです。よく似ていますね。もちろん、今度の場合は、直接には牛首の地図がなかったことに原因しません。しかし、遭難の理由を言う際には、その条件の一つにはなると思うんです」

槇田の話し方に変わりはなかったが、江田は、突然、胸をなぐられたように感じた。彼は頭が瞬間に空虚になった。

「そうすると、あなたは……」

江田は叫んだ。

「ぼくが故意に、《立山》の地図を持ってこなかったとおっしゃるのですか？」

「そうは言いません」

槇田二郎は、身動きもしないで、微笑《ほほえ》みながら言った。

「しかし、今度の遭難にはいろいろな悪条件が偶然に重なっています。《立山》の地図をあなたが、ほかの両人《ふたり》に指示して持ってこさせなかったのもその一つです。もちろん、よけいな地図は一枚でも邪魔だという理由からですが、その偶然の悪い条件の一つに数えてもいいんですよ」

江田は反駁《はんばく》しようとしたが、すぐに適当な言葉がなかった。来た、いよいよ相手は来た、と感じ、胸の動悸《どうき》が苦しいくらいに早く搏《う》った。

「ぼくは、その悪条件というやつを、いま考えているところです」

江田の応答の有無にかかわらず、槇田二郎は言った。声には、その顔色と同じように少しも興奮がなかった。

「まず、従弟の岩瀬秀雄ですが、登山にかかったときからたいそう疲れていた。新宿から寝台車で寝てきたのだから、身体は楽だったはずです。三等車の大混雑からみれば、まるで天国です。三等車では熟睡はできません。しかし、ぼくも見学したとおり、あの楽な三等寝台で来たのだから、不眠のために疲労したとは思えない。げんに、手記を書いた浦橋君は初心者だが、ずっと従弟より元気に登っているようです。つまり、秀雄の奴《やつ》が、最初から疲労していたのが、そもそも、悪条件のはじまりです」

槇田二郎は、煙草を捨て、江田の方を見た。

「ぼくは、どうもふしぎで仕方がないのです。秀雄がどうして、あんなに疲れていたか。江田さんはご存じありませんか?」

「知りませんね」

江田は唇を堅くして答えた。

「そうですか。じゃ特別に原因もなく、偶然に身体の調子が悪くなったのでしょうな。それから、いや、これは歩きながら話しましょう。出発しないと遅くなりそうです」

槇田二郎は、尻《しり》の雪をはたいて立ちあがった。

両人《ふたり》は、牛首山から南槍に向かってふたたび歩きだした。やはり江田昌利が先になり、槇田二郎が後ろについた。

「つづきを言いますよ。江田さん」

槇田が後ろから言った。江田は背後から槇田の声が来るだけで気味悪かった。人間は、常に背中には無防備を感じている。

「秀雄は大谷原から西俣出合《にしまたであい》まで二度休んでいます。普通なら、直行するか、せいぜい一回程度です。最初からどんなに疲れていたか分かります。それから西俣出合の大休止では、あの冷たい水をがぶがぶ飲んでいる。次に、赤岩尾根の難儀な四時間の急な登りですが、五回、休止をとっていますね。これも三回くらいが普通でしょう。ちょっと腰をおろす程度で五分間くらいでしょうな。しかし、あなたは秀雄が疲れているという理由で、長い時間を休ませた。それも、リュックを背中からおろさせてね。たいそう丁重にあつかってくださったようだが、実は、それが疲労を倍加させる結果となったと思います。ぼくは、ここへ登るときに実験したが、足の調子がすっかり狂うんです。かえって疲れがひどくなるものです。そんなことで秀雄はよけいにくたびれた。相変わらず水は飲む。自分のぶんではたりずに、あなたの水筒まで奪《と》ったようです」

槇田二郎は背後から話をつづけた。しかし、その口調は、やはり落ちついていて、ぼつぼつと思ったとおりを口に出しているといった話し方だった。饒舌《じようぜつ》の感じは少しもなかった。

江田昌利は真正面を向いて歩いていた。南檜の山頂も稜線も、彼の視界から薄れた感じだった。眩《まぶ》しく輝いている雪もくろずんで見えた。唾《つば》をのみこんだが、それが痛いほど、咽喉《のど》が乾いていた。

「そのため、冷小屋《つべたごや》につくまで、たっぷりと一時間は遅れていますね。秀雄もたいしたことはないが、それでも多少の経験者です。これはあまりに時間がかかりすぎます」

槇田二郎は話をつづけた。

「その夜は小屋泊まりですが、浦橋君の手記によると、宿泊者が多くて、遅くまで話し声が聞こえ、眠れなかったと書いてあります。われわれも経験があります。まったく、小屋でぼそぼそと話し声がしていると、耳についてやりきれません。秀雄はその晩もよく眠っていなかったかも分かりません。だが、これは予定の意志になかったことですが、効果はありました」

「予定の意志？」

江田は、はじめて口を開いた。前方を向いて歩きながらだった。

「どういう意味ですか？」

声がかすれていた。

「たとえば」

槇田は江田の背中にひたひたと付いて言った。

「たとえば、ここにある可能性にもとづいた意志をもった男があるとします。その男は鹿島槍に何度も登り、山をよく知っていました。その仮定で話をすすめましょう。彼は、山好きの友人を鹿島槍に誘いました。そこで必要以上に彼をいたわるような手段をとりました。他人の目には、大事そうにあつかっているが、実はそれが疲労を与える要素をもっていたのです。それで山の天候が悪くなると……」

「ちょっと」

江田は手をあげるようにさえぎった。

「山の天気は、自然現象です。その男の意志ではどうにもなりません」

「長期予報を聞いていたとしたらどうでしょう。天気が崩れる可能性のあるとき誘って、その時期に登るんです。いくらかの確率はありますよ」

「偶然を期待するほかありませんね。天気が悪くならなかったら？」

「そのときは別な方法を他日選んだかも分かりません。しかし、実際には、予報どおり天候が悪くなっているから、その確率は高かったのでしょう。ただの偶然の期待ではありません。そうだ、この話は全部可能性の確率の上に立っていますよ」

槇田二郎は言った。

「北槍をすぎたあたりから、ガスが濃くなり、雨さえ降ってきた。その男は引き返そうと言いました。だが、山登りのおもしろさを覚えたばかりで、冒険心を起こしている友人は前進することを言い張りました。それに、引き返せば六時間が無駄になるという時間的な損失感の問題もある。なにしろ、彼らは勤め人だから、時間上の制約があった。一時間でも損失したくなかった。リーダーになっている彼は、しぶしぶその主張にしたがって前進しました。しかし、内心ではそうなることを計算に入れていたかも分かりません。つまり、そういう状態にある友人の心理です」

江田昌利は、前方に目をむき、口から白い息を吐いて歩いていた。背中から武器をつきつけられて歩いている捕虜みたいだった。しかし、この時になって、彼は恐怖の中に妙にふてぶてしい闘争感が、追いつめられた動物のように首をもたげてきた。

「それから歩行をつづけたが、いよいよだめだとわかって北槍をすぎたあたりから引き返した。南槍の頂上に戻ったのが十二時すぎ。この時間にも彼は期待していた。そうですな、そういえば、この遭難の条件は、ことごとく彼の期待性の上に組み立てられているようです。あるいはその積み重なりです……」

槇田二郎のおとなしい言葉はつづいた。

両人《ふたり》はいつか南槍の頂上に達していた。

ふたたび霧氷におおわれた南槍頂上のケルンに両人は近づいた。

槇田二郎は、そこで肩からリュックをおろした。江田昌利も同じことをした。なんとなく決闘をはじめるために外套《がいとう》のボタンをとって脱ぐ姿勢を思わせたが、槇田二郎はリュックの上に腰を下ろし、肩を張って前方を眺めていた。

妙高《みょうこう》、戸隠《とがくし》の稜線が雲にかくれ、薄いガスの中に姫川の細い線がかすかに透いて見えた。それは静かな遠景である。足もとには急激な斜面が、――北俣本谷と呼ばれる絶壁が、覗《のぞ》いただけでも、のまれそうな、すさまじい形相で落下していた。

「彼らが、ここに北槍から戻ってきたのは十二時五分でした」

槇田二郎は、目を遠いところに向け、横に蒼《あお》い顔で頰杖《ほおづえ》突いてうずくまっている江田昌利に言った。

「むろん、この景色は見えなかった。厚いガスに閉ざされ、この大きなケルンさえもほんの近くまでこないと分からないくらいだった。彼は、それから先頭に立って、布引を経て冷小屋の方へくだったのだが、実はそれが牛首山の方角でした」

槇田二郎はあまり抑揚のない声でつづけた。相変わらず、彼という仮定法だった。

「何度も言うとおり、この牛首尾根と布引尾根とは実によく似ている。幅といい勾配《こうばい》といい、破片岩、這松《はいまつ》、ブッシュの道具立てまで同じだ。二メートルの見とおしがきかないくらい濃い霧の中では、間違えても不審を起こす者はないでしょう。げんに『鹿島槍研究』という山岳書には〝南槍頂上でガスにでも巻かれると、冷小屋へ下るのに黒部へのびる牛首山の尾根にはいってしまうことがしばしばなので、十分注意しなくてはならない〟と、書いてあります。今までも、たびたび、彼らのように迷いこんだ人があるとみえます。だから、今度の遭難を誰も咎《とが》める者がいない。ぼくだけです。ふしぎに思ったのは……」

江田昌利は頬の筋肉を動かした。うかがうように槇田二郎の顔に目を走らせたが、槇田はやはり気づかぬように遠くを眺めていた。

「ふしぎに思った理由を言いますと……」

槇田は、話をつづけた。

「仙台で従弟《いとこ》の秀雄の死を、その姉の真佐子から知らされたときは、ただの遭難だと思ったんです。ちょうど、秀雄は山登りの味を覚えて生意気になった頃だし、遭難は、そういう人間に起こりがちですから、秀雄もその組かと思ったのです。ところが姉の真佐子は、秀雄の死がどうもおかしいから調べてくれないかと手紙で言ってきたんです。ぼくが登山が好きで、また多少の経験があるのを頼ったんですね。真佐子の疑問は素人《しろうと》考えのきわめて素朴なものでした。つまり、同じパーティの中で、あなたはともかくとしても、初心者の浦橋君が生き残り、秀雄だけが死ぬはずがないというんです。これは山のことを知らない人間が肉親びいきに言う話だと思って放っておいたのですが、それから二カ月くらい経《た》って、あの『山嶺《さんれい》』という雑誌を真佐子が送ってきたんです。浦橋君の手記をよんでみろというわけですな」

槙田二郎の話していた彼という仮称は、いつのまにか、あなたという直接話法になった。しかし、その混同も、江田昌利には気にならなくなった。指を向けられているのは自分である。仮定法で話をすすめてきた槙田二郎は、現実に江田昌利を弾劾《だんがい》しはじめているのだ。

「ぼくはそれを読んだ。秀雄はひどく疲れていることが分かった。なぜだろう。身体《からだ》の調子でも悪かったのか。真佐子に問いあわせると、そんなことはなかったという。家を出るときは元気いっぱいで、はしゃいで出かけたという。江田さんが寝台をおごってくれたので、贅沢《ぜいたく》な登山だと喜んでいたそうです。寝台で横になって行ったのだから、汽車で疲れたというわけではあるまい。いったんは、そう思いました。しかし、大谷原から冷小屋までの途中、あなたは秀雄を何度も休ませた。必要以上に休憩することが、かえって疲労の増進に役立つことをぼくは知っていました。いたわるように他人には見えるかもしれないが、実はそうではない。待てよ、とぼくは思った。寝台車も、そのやり方に似てないか、ひどくていねいなあつかいである。しかも、容易に手にはいりにくい上、高い料金を払ってあなたが寝台券をおごってくださった。親切すぎるんです」

槙田二郎は、ここでうすら笑いをした。

「しかし、寝台車で疲労するわけは絶対にない。それなのに、翌朝、登山にかかったとき、なぜ、あんなに秀雄は疲れていたのか。ぼくはいろいろ考えたが、結局、結論は一つに落ちつきました。秀雄は寝台車に乗ったが、眠れなかったのです。不眠が秀雄を疲れさせたのです。では、なぜ、あいつは眠れなかったのか。ぼくは、従兄《いとこ》だから、よく、あいつを知っていますが、横になると、どこでもすぐにいびきをかく男なんですよ。それが、眠れないというのは、誰かが、秀雄を眠れなくさせたのです」

「眠れなくするには」

槇田二郎は、新しい煙草《たばこ》をくわえ、マッチをすった。

「覚醒剤《かくせいざい》のような薬を飲ませるか、あるいは、眠れないくらいの精神的なショックを与えるかです。秀雄は、薬を飲まされたんじゃない、非常な精神的なショックをうけたんだとぼくは思います。誰かが、そんな話を秀雄に寝台車で言ったのだと思いますね。では、なんだろう、そんなに秀雄が衝撃をうける話とは。……これはぼくらには分かりません。おそらく当事者間だけの秘密と思います。その人から、説明を聞かねば、内容の想像がつきません」

江田昌利は頰杖ついた手をはずし、額に当てた。背中をまるめ、頭を垂れていた。

槇田二郎は、はじめて目を動かして、江田の恰好《かっこう》をじろりと見た。それからとぎれた話をつづけた。

「ぼくは、東京へ出てきて、あなたに従弟の遭難現場までの案内をお願いしました。あなたは快く承知してくださった。もうお気づきでしょうが、あなたといっしょに鹿島槍に登ることが、初めからぼくの実験でした。浦橋君の手記のとおりに、そのコースはもとより、途中の小休止の回数、その時間、出発の時刻、何から何まで同じに合わせました。新宿駅で同じ列車に乗った時から、その実験は、はじまっていたのです。その結果、あなたが秀雄にショックを与えて車中で眠らせなかったこと、これは、あなたが秀雄は高いびきで眠っていたと言ったにもかかわらず、浦橋君の手記にある、秀雄が遅くまでデッキに立って煙草をのんでいた、という一文でも分かります。彼が眠れなかったことは、翌朝、疲労していた事実と同じに確かだと思います。山登りの途中でも、あなたはその疲労を加えるように工夫した。ところで、江田さん、次に、ぼくが発見したのは、時間ですよ」

江田は、それを聞くと、どきりとしたように顔を少し上げ、耳を澄ますようにした。

「当日、冷小屋を七時に出発、布引、南槍、北槍をすぎて、八峰キレットの手前までは普通の時間をかけています」

槇田は、また煙を吐いて言った。

「そのころから天候が悪化した。秀雄は、半分は自暴的な気持になったとみえ、前進を主張する。あなたは、それをとめる。この辺の駆引は、あなたの思う壺《つぼ》だったに違いない。そして、この南槍まで引き返したのが十二時ごろで、すぐに牛首山の尾根の方へ向かう。これを冷小屋へおりる道ととり違える錯覚を装う。思えば、絶好の場所を見つけたものです。ほかの地形では利用できなかったでしょう。牛首山を越えて、霧の中をケモノ道まではいってしまう。この辺で、はじめて道を間違えたことに気づき、しばらく彷徨《ほうこう》しては時間をかけます。だから、あなたが、冷小屋へ救援を求めに現場を出発したのが五時半すぎでしたよ。おそらく、これが予定の時刻だったでしょう。なぜなら、あなたの頭の中には、救援を頼みに冷小屋に到着するまでに三時間はかかる。すると小屋に着いたときが八時半です。夜の八時半では、いくら救援隊が現場に行こうにも、夜明けまで出発を躊躇《ちゆうちよ》するに違いない。事実、そのとおりでした。居合わせたM大の山岳部員も、翌朝になって救援に出動しています」

槇田二郎は、まるで文章を棒読みするように話した。

「秀雄は、雨にうたれ、寒さと疲労で一歩も動けない。その身体で、当夜、測候所調べによる氷点下三度までさがった山中にうずくまっていたのです。極度の疲労と寒冷、凍死の条件はそろっています。割合元気だった同行の浦橋君までが、救出されたときは危険な状態になっていました」

槇田二郎は、長い談話をそこで唐突に切った。煙草を雪の上に捨て、しずかに自分の長話にたいする江田昌利の反応を待つ姿勢をした。肩の張った彼の恰好は、攻撃をうけたら、いつでも立ちあがる態勢のようだった。

江田昌利は、黒いアルパイン・ベレーを両手で押さえるようにして聞いていた。壁に追いつめられ、身動きできない萎縮《いしゆく》している状態に似ていた。氷を張ったような、咳《せき》をしただけでも音立ててひびが走りそうな沈黙がしばらくつづいた。足の下の渓谷を、うすいガスが動いていた。

「おもしろいお話ですが」

江田が痰《たん》のからんだような声を低く出した。

「あなたの類推は、偶然の現象ばかりを取りあげている。偶然では、どんな考えをもっていても、計画的とは言えませんよ」

「偶然があることは認めます」

槇田二郎は、江田の反撃をおとなしく受けた。

「しかし、その偶然にあなたは期待をかけていました。それはもう偶然ではありません。さきほどから言うとおり、これは可能性の積み重なりです。天候も予報で予知することができる、ある条件を与えて疲労させることもできる、《立山》の地図を持って行かないこと、道を間違えること、時間の調節、これは人為的にできる。この条件がことごとく、凍死を期待させていました。期待性の堆積《たいせき》は、偶然ではなく、もう、明瞭《めいりよう》な作為ですよ」

八

これまで、殺人という言葉は出さなかったが、槇田二郎は、はっきりと江田昌利が岩瀬秀雄を殺したことを指摘した。

が、その異常な内容をもっているにもかかわらず、槇田二郎の口調は少しも激しい波を起こさなかった。依然として、両人《ふたり》は目を前方の風景に向けたままだった。

「ただ、ぼくに分からないことが一つあります」

槇田二郎は言った。

「動機です。なぜ、あなたが秀雄を死なせねばならなかったか、です。この理由がどうしても分からない。これは姉の真佐子にきいても心あたりがないという。おそらく、あなたと秀雄とだけの秘密ではないかと思います。ただ、何かの関係があるのではないか、と考えるのは、秀雄が今年の六月、石川県の山中温泉に行った事実です。そのとき、秀雄は言わなかったが、彼ひとりではなかったらしい。誰かといっしょだったようです。それが秘密くさいと真佐子は言うのです。だが、あなたではない。調べたが、あなたは六月はずっと銀行に出勤しておられました」

江田は指先をふるわせた。瞬間に彼の姿勢は前かがみになった。

「その山中温泉行きが、あなたに関連しているかどうか分からない。江田さん、動機を教えてください、と頼んでも、あなたはたぶん、言わないでしょうな？」

槇田二郎は、江田を見た。江田も槇田を見た。両人の目は、はじめて正面で火のように合った。が、それをはずしたのは江田昌利が先だった。

しかし、そのことはかならずしも江田昌利の完全な敗北を意味しなかった。打ちのめされながらも、彼が地上に頭をすりつけるには、少しばかりの隙間《すきま》がまだ残っていた。その余地は相手が一つだけ大事な点に未知だということからきていた。

「調べることがお好きのようだから」

江田は頭をやや上げて言った。

「それも調べられたらいいでしょう」

「そうですか」

槇田二郎は受けた。

「調べます」

「調べて分かったら？」

江田はすぐに反問した。

「動機が分かれば決定的ですよ」

槇田二郎は、はじめて強い語気で答えた。

「あなたの犯罪が決定的だという意味です」

「決定的になったら、ぼくを、どうしようというんです?」

江田の質問に、槇田二郎は返事を暇どらせた。たぶん、その激しい切り返しを予期しなかったのであろう。彼はすこし呆《あき》れたような顔をして江田を見つめ、次に、はっきりと憎悪《ぞうお》の表情に変化させた。

「犯罪を追及します」

槇田二郎の声は興奮していた。

「どういう形式でか、今は、言えない。警察に訴えるか、あるいは、文章や言葉で糾弾するか、それは分からない。しかし、しかしですね、このままではすませません。少なくとも、あなたの社会的な人格や生活に致命的な打撃を与えるつもりです。それは、かならずやります。覚えていてください」

江田昌利はまったく顔を上げていた。槇田二郎が興奮している。この男が——冷静で岩石のようにかまえていたこの男がである。この変化と崩壊が、江田に急速に回復を与えた。いや、実は、さっきから少しずつ立ちなおってきているところだった。

「分かりました」

と、江田は答えた。それから、彼は腕時計を見た。

「もう、二時です。ぼくは今晩の夜行に乗らなければならない。休暇は今日までだから、明日は定刻に出勤しなければなりません」

江田昌利は、不意に、まるきり別なことを言った。

「今から冷小屋を経て西俣出合におりるには四時間かかる。それから鹿島部落まで二時間を要する。とても大町行きの最終バスに間に合わない。鹿島部落で一泊するようになるが、それでは東京に着くのが明日の午後になります。困った。明日は休むわけにはゆかないんですよ。四時間が四十分に短縮できる。この北俣本谷の壁をおりましょう。四十分で西俣出合に達しますよ。槙田さん、この北俣本谷の壁をおりましょう。四十分で西俣出合に達しますよ。最終バスに間に合うのです。あなたも、早春のころ、ここを下降した経験があると言われましたね？　いっしょにおりてください」

江田昌利は、急激に落ちこんでいる雪の渓谷を指した。

「いままでのお話は、よく分かりましたから」

南槍の小広い頂上から、北槍側に向かって五十メートルくらいのところが、小さな鞍部《コル》になっていた。北俣本谷の巨大な壁の落下がそこからはじまっている。千メートル下の白い底まで見え、覗《のぞ》くと、足が麻痺《まひ》して身体が吸いこまれて転落してゆきそうな幻覚をおぼえた。

だが、真下を見ずに、正面に目をむけると、左右に張りだした小さな尾根の先が流れあい、その向こうに安曇《あずみ》平野がひろがり、さらにずっと遠方には棚引く雲のようなかたちをした山の重なりの上から、浅間の白い煙が動かないくらいにゆっくり空にのぼっていた。

しかし槇田二郎も、江田昌利も、その景色に背を向けて、雪の急斜面に取りつき、すこしずつ這《は》いおりていた。江田が先になって下を行き、三メートルくらいの間隔で槇田二郎が上を這いおりていた。このルンゼは、ほとんど垂直で、江田が上を見ると、槇田二郎の踏張った両脚の間から、雲の動く碧《あお》い空がのぞかれた。

江田はピッケルを雪の中にさしこみ、アイゼンで雪を蹴込《けりこ》みながら足場をつくりつつ、一歩一歩、くだっていった。雪は新しいから柔らかい。上の槇田二郎も、同じようにキックしながらつづいてくる。さすがに確かな技術だった。

槇田二郎はこの雪の壁の下降をこばまなかった。江田は、そのことをはじめから計算に入れていた。登山はスポーツだ。槇田二郎ほどの男が、江田に挑戦されて拒絶するはずはない。その心理の測定に狂いはなかった。槇田二郎は、大きな呼吸を一つして、切り立った雪の断崖《だんがい》に足をかけたのだ。

その這いおりてくる姿を、下から、ときどき見あげながら江田昌利はわらった。もう一つの計算がまだ彼にはあるのだ。槇田二郎はかつて早春に、ここを登攀《とうはん》した経験があると言った。一冬を越した早春の雪は下から凍《い》てついてコンクリートのように堅い。新雪は柔らかい。槇田二郎はおそらく勝手が違うだろう。

江田昌利は、この壁を夏に何度も登っていて、およそ、どの辺にクレバスがあるかを知っていた。この割れ目は深さ十メートルくらいある。人間が落ちこんだら這い出ることができない。夏には、雪渓が切れたところが滝になっているが、いまはその割れ目の上を雪がおおっている。

早春に登攀した槇田二郎は、たぶん、このクレバスの上を通過したであろうが、冬を経た雪は割れ目の中にくさびのように詰まり、気づかずに歩くことができた。しかし、新雪は違う。柔らかいから下は空洞だ。身体を乗せたらひとたまりもなく、陥没するのだ。

江田昌利は、用心深くピッケルの柄を雪にさしこみながら、さぐるようにおりた。この辺だろう、もう来るはずだ、と思っているうちに、ピッケルは抵抗をうけずに、首まで雪の中にもぐった。まさしく空洞だった。江田は身体《からだ》をすこし横に除け、そこでとまると、ピッケルを手に持ちなおし、試掘した個所から一メートルくらい上方を、こつこつと雪掻《か》きした。

「槇田さん、あなたの知りたい〝動機〟を言いますよ」

その作業を気づかれぬように江田は下から突然に声をかけた。槇田二郎は上で這ったままの姿勢でとまった。

「よく聞いてください。動機はね、恥を言わないと分かりませんが」

ピッケルで雪を横に掻きのける作業をつづけたままだった。

「岩瀬君は、ぼくの女房と普通でない交渉があったんです。この六月、山中温泉にふたりで行って泊まったんですよ。女房は口実をつけて五日ばかり家を留守にしましたが、ぼくはあとで感づいたんです。ふたりがどの旅館に泊まったか、ぼくは七月のはじめ、山中温泉まで出かけて行って調べてきたんです。確証はあります」

槇田二郎は声をのみ、その位置に貼《は》りついたようになった。

「岩瀬君は、ぼくが知らないと思っていたんですな」

江田昌利は上に向かって大きな声を出した。

「あの寝台車の中で、それとなく匂《にお》わせてやりました。すっかり言ったのではなく、ほんのちょっぴり匂わせてやったんです。その方がかえって相手にショックなんです。岩瀬君が眠れなかったのは、そのためですよ。分かりましたか、それだけですよ、動機は……」

あっ、と槇田二郎が声を立てた。それは江田昌利から真相を聞かされたためなのか、それとも、折から彼の足をかけた雪が動き、勝手に下に滑りだしたためか分からなかった。江田が掻きのけたためにできた雪の断層に、上部の雪が重味に耐えかねて、下降をはじめたのである。

それは小さな雪崩《なだれ》となり、槇田二郎のもがく身体を載せて、江田の見ている前を走った。それから白い雪煙が上がり、槇田二郎の黒い姿は魔術のように見えなくなった。煙がしずまり、江田は十メートルの深さのクレバスの底に伏せている槇田二郎の姿を目に想像した。

江田昌利は、孤独《ひとり》になると、姿勢を前向きに変えた。そこからは勾配《こうばい》がやや緩くなっていた。彼は下降をふたたびはじめた。槇田二郎の遭難は、さっそく下山して報告せねばなるまい。が、彼の死体が上がるのは、来年の晩春か初夏のころだろう。——

そのとき、江田昌利は、小さな雪崩が、相変わらずつづいているのを知った。危険をさとった瞬間、雪崩の風圧は彼を背中から突きとばして転がした。彼の身体は、その帯の中で揉《も》まれて回転した。そのため、彼は雪の表面に突き上げられる機会があった。彼の目は一瞬に外界を見た。南槍と北槍の白い稜線《りようせん》が彼の見開いた瞳に映った。彼は雪崩の下にならないように、両手を左右に泳がした。幸いに、左俣ルンゼは狭いため、雪崩も小さく、腰を埋めた程度だった。その進行も、西俣の出合の緩い傾斜のところで停止した。

江田昌利は、雪崩の中から這い出て、太い息を吐いた。肩と腰とをやられたが、たいしたことはなかった。やれやれ、と思った。岩瀬の姉の顔が、ふと浮かんだ。彼は瞬間、不安な気持になったが、むりに安心した顔になって、安全で、愉《たの》しげな下山のつづきに移った。


（「週刊朝日」昭和三十三年十月五日号～十二月十四日号）

証言

一

女は、鏡に向って化粧を直していた。小型の三面鏡は、石野貞一郎が先月買ってやったものである。その横にある洋服簞笥《だんす》も、整理簞笥もそうである。ただ、デパートから買入れの時日だけが違っていた。

部屋は四畳半二間だが、無駄のないように調度の配置がしてあった。若い女の色彩と雰囲気とが匂《にお》っている。四十八歳の石野貞一郎が、この部屋に外からはいってくるとたんに、いつも春風のように感じる花やかさであった。

石野貞一郎の自宅はもっと大きくて広い。しかし、柔らかさがない。乾燥した空気が充満し、調度は高価でも色褪《いろあ》せて冷たい。家族の間に身を置いても、彼は自分の体温の中に閉じこもる姿勢になるのだ。家庭で目をあけていると、自分の心まで冷えてくるのである。

石野貞一郎は洋服に手早く着替えて畳の上に身を横たえ片肘《かたひじ》を立てて煙草《たばこ》を喫《す》っていた。目は女の化粧している後ろ姿を眺めている。梅谷千恵子は若い。着ているブラウスやスカートの色も、化粧の仕方も目のさめるような光をもっていた。

見ている石野の表情は、家庭で妻にたいしている時とはまるで違っていた。
梅谷千恵子をこの家に移らせて、一カ月経《た》っていた。会社で使っていた女だったが、そんな関係になると、すぐに社を退《ひ》かせた。社内の誰も気づいていない。知られたら課長という地位があぶない。その点は手際《てぎわ》よくやったつもりだった。梅谷千恵子の退社と石野課長とを結びつける者は一人もいなかった。石野貞一郎はこれからも出世を考えている男だった。

彼の家は大森だった。丸ノ内の社との往復直線コースの途上に梅谷千恵子のかくれ家を置くような愚はしなかった。西大久保のある一画の路地に静かな家を見つけ、千恵子を生活させた。この家を借りるのも、家賃を届けるのも、すべて千恵子にさせた。石野貞一郎は絶対に他人に顔も姿も見られないような工夫をした。訪ねるときはかならず夜である。路地は奥で別な道に交差しているから、通行人にまぎらわすことができる。石野貞一郎は四囲《まわり》を注意し、いつも素早く千恵子の家に消えた。

近所の誰も石野貞一郎の存在を知らない、と千恵子はおかしそうに話した。東京では、家は密集しているが互いの生活は孤立している。——

「お待ちどおさま」

と、千恵子が鏡の前から立ちあがって向きなおった。目を笑わせて、貞一郎にきいた。

「課長さん、今夜は、お家《うち》にどういう言いわけをなさるおつもり？」

貞一郎は肘を起して、腕時計を見た。

「九時だ。渋谷で映画を見ていたと言っておく。ちょうど、時間が合う」

立って、千恵子にオーバーを着せてやった。

「映画の筋をきかれたらお困りでしょう？」

「この前に見た映画がまだかかっている。それを話せばいい」

「うまいのね」

二人は顔を見あわせて笑った。

千恵子が先に家を出た。左右の道をうかがい、背中から手招きする。それがいつもの合図だった。

実は、石野貞一郎は、千恵子に送られることを好まない。ふたりが連れだって歩くところを人に見られたくないのだ。どこから破綻《はたん》が起きるか分らない。貞一郎は外に出ると臆病《おくびよう》であった。しかし、千恵子は、貞一郎が流しの車を拾って帰るところまで見送りたい、と言い張った。この主張を、貞一郎は愛情としてうけとり、拒絶できなかった。そのかわり千恵子は五歩も六歩も後ろに退《さが》って歩き、誰の目にも、同伴とは見られないように装った。車に貞一郎が乗るときも、もの陰の暗いところから距離をおいて見送った。

十二月十四日の、夜だったが、それほど寒くはなかった。石野貞一郎が決ったように先を歩き、千恵子が後ろから離れてしたがった。車の通る大通りまで、六百メートルばかり歩かねばならない。通行人は、まだあったが、一人も石野と千恵子を見くらべるものはなかった。

大通りに出る百メートルばかり手前のところだった。石野貞一郎は向うから人影に、突然、頭をさげられた。彼は、ぎょっとして、うろたえた。街灯の光で、その顔は分ったのだが、大森の家の近所にいる杉山孝三という男だった。顔を合わせれば、いつも両方で頭をさげあって過ぎる程度の知合いだった。

石野貞一郎は反射的に頭をさげて、相手をやりすごしたとき、ほぞを嚙《か》むような後悔がたちまち湧《わ》いた。おれはなんだって頭をさげて答礼したのだろう。知らぬ顔をすればよかったのだ。そうすれば人違いですむかもしれない。夜だし、それはふしぎではない。いやなときに、近所の者に会ったものだと、その偶然の出会いに舌打ちした。あいつはなんのために西大久保のこの辺を今ごろ歩いているのだろう。どこかの会社員らしいが、いまいましい奴《やつ》だと思った。

だが、先方も同じことを考えているかもしれないぞ、と思うと、石野貞一郎は暗い顔になった。

大通りに出て、空車を待っている石野貞一郎の傍に千恵子はそっと近づいてきた。

「いまの人、ご存じの方？」

ひくい声できいた。後ろから見ていたらしかった。

「近所の奴だ」

貞一郎は小さく答えた。

「まあ」

千恵子は声をのんだようになったが、

「大丈夫？」

と、心配そうにきいた。

「大丈夫だ」

「今の人、課長さんのお家の方に話さないかしら？」

「そんな親しい間ではない。おじぎするだけで、いままで、ものを言ったこともない」

千恵子はそれでしばらく黙った。空車はなかなか来なかった。石野貞一郎は、早く千恵子に傍から離れるように言おうとしたとき、

「ねえ、いまの人、課長さんとわたしが、いっしょだということが分ったかしら？」

千恵子は気づかわしそうに、またきいた。

石野貞一郎は、それを聞いて、どきりとした。もし、それに気づかれたら、あの男は近所の者にしゃべるかもしれない。それが噂となって妻の耳にはいることだってありう

る。

「君はぼくのあとから離れて歩いてきていただろう?」

石野は確かめるようにきいた。

「ええ」

「あの男は、君の方を見て通ったかい?」

「いいえ。顔もふらずに、まっすぐ過ぎたけれど」

「それなら安心だ、気づいていない」

彼は、すこしほっとして言った。

「そうかしら?」

「そうだよ。大丈夫だ。おいおい、もうちょっと離れていろよ」

彼は、千恵子に注意した。千恵子は、靴音をたてて隔たった。そのとき、ようやく空車の標識に赤い灯《ひ》をいれたタクシーが風を巻いてきた。

石野貞一郎は車の中に揺られながら、あらためて千恵子の言葉がよみがえった。それは、彼の懸念《けねん》の反芻《はんすう》である。杉山孝三という近所の男は、自分が夜の九時すぎ西大久保のあたりを歩いていたということを家の者に話しはしないだろうか。いや、それよりも、もの珍しげに吹聴《ふいちょう》するかもしれない。その話が、妻に聞えるだろう。夜、用も縁故もない西大久保あたりを若い女連れで歩いていたと知ったら、妻が疑問を起すことは分りきっている。そのトラブルが発展して、会社に真相が知れたら最後だった。課長の地位が危殆《きたい》となるかもしれない。

しかし、千恵子は、杉山孝三がわき目もふらずに通りすぎたと言った。それがほんとうだろう。二メートルくらい遅れてくる二十二歳の梅谷千恵子と、自分とが同伴とは思うまい。おそらく別々の通行人に映ったから、千恵子の方に一瞥《いちべつ》もしなかったのだ。察していたら、興味ありげな目を、ちょっとでも千恵子にくれるはずであった。

石野貞一郎は破綻の妄想を強いてぬぐった。不安を伸ばすときりがない。車は外回り環状線を快速で走っていた。彼は窓ガラスをすこしあけ、寒い風を吹き入れて頭を二三度振った。

大森の自宅に帰ったときが、九時四十五分だった。思わず腕時計を見るのだ。暗かった玄関の灯がともり、妻が出迎えた。

「お帰りなさい」

と、妻はしゃがれた声で言った。太って、身体《からだ》の横幅が広い。別れてきたばかりの梅谷千恵子と比較して、気分が急速に乾いた。

「遅うございましたのね」

靴の紐《ひも》をといている頭の上から、妻は見おろすように言った。

「うん、渋谷で映画を見ていた」

石野貞一郎は玄関から居間に急ぎ足ですすんだ。家の中の空気が、冷たく包んできた。どうしてこの家は、こんなに味気ないのだろう。

「お食事、なさいます？」

着替えの着物を持って妻はきいた。

「食べてきた」

石野貞一郎は、できるだけ簡単に返事した。太った妻はちょっと不興な顔をしたが、それ以上は追及しなかった。彼は安心して煙草を喫い、茶をのんで寝た。

翌朝、目がさめたとき、障子に陽が当っていた。枕《まくら》もとに朝刊が置いてある。石野貞一郎は布団《ふとん》から両手を出し、新聞を顔の上でひろげた。

――留守居の若妻殺し、向島《むこうじま》で強盗に襲わる。

社会面に三段ぬきで出ていた。石野貞一郎は記事をざっと読み、興味を起さずにそこを閉じた。

二十三歳の若い妻が昨夜、九時から九時半の間に、強盗にはいられて絞殺された。夫が帰宅して死体を発見したが、現場は向島の寂しい住宅街で、妻はひとりで留守居をしていた、というのが記憶にのこった記事の概要だった。ありふれた事件である。

石野貞一郎はもう少し眠ろうと目を閉じたが、ふと、梅谷千恵子がいつもひとりでいることを思いだし、すこし不安になった。

二

それから二週間ばかりは何事もなかった。その間に、一度、梅谷千恵子に会いに行った。

「このあいだ、道で会ったご近所の人、何もおっしゃいませんでした？」

千恵子はきいた。

「大丈夫だ。何もない。やはり君には気づかなかったのだろう。安心したまえ」

石野貞一郎は、杉山孝三の瘦《や》せた長い顔を思いうかべた。そういえば、あの夜以後、道で彼をさっぱり見かけない。

「よかったわ」

千恵子は微笑した。それはふたりだけの安心であった。

会社でも、相変らず何も心配なことは起らなかった。やめた梅谷千恵子と彼との関係を推測する者はひとりもいなかった。石野貞一郎は、どちらかというと、課員に無愛想な顔をし、気むずかしそうに机で仕事をしていた。

ある日の三時ごろ、書類を見ていると、給仕が面会人のあることを告げた。名刺には〝警視庁捜査第一課警部補　奥平為雄《おくだいらためお》〟とあった。石野貞一郎は、なんとなく顔が熱くなった。梅谷千恵子のことで来たのではないかという不安がした。

「三人です」

と、給仕は言いそえた。応接室に入れておくように石野は言った。落ち
余裕をみせて、あとの書類の二三枚に目を通したが、頭の中にはいらなかった。落ちつかないのである。彼は諦《あきら》め、そして、不安を早く消したいために応接室に歩いた。

背広の男が三人、円い卓の片側にならんですわっていた。石野貞一郎がはいってくるのを見ると、客はいちどきに立ちあがった。左の端のが年輩で、他のふたりは若かった。

「石野です」

彼はあんがい落ちついた声が出た。

「奥平でございます。どうも、お仕事中を」

年輩の警部補がていねいにおじぎをし、連れの二人の名前を言ったが、石野貞一郎はすぐに忘れた。

奥平警部補は、四角い顔をし、商人のような感じであった。絶えず曖昧《あいまい》な微笑を浮べ、給仕のくんだ茶をすすり、しばらくは世間話のようなことを言った。石野貞一郎は、マッチをすり、煙草に火をつけたが、見当のつかない不安が揺れていた。

「ところで、さっそくでございますが」

奥平警部補は、手帳を出して、やっと用件を言った。

「あなたのご自宅は、たしか、大田区大森馬込《まごめ》××番地でございましたね？」

「はあ、そのとおりですが」

石野貞一郎は、胸が騒いだ。警部補の細い目が凝視しているようで、気味が悪かった。手帳に、何が書かれているのだろう。

「なるほど」

警部補はうなずいた。

「そこで、ちょっとおたずねしたいのですが、その近所に住んでいる、杉山孝三さんという人をご存じでしょうか？」

石野貞一郎は、おや、と思った。が、先夜のことがあるので、安心はできなかった。

「顔だけは知っています。交際はありません」

警部補は、それにも深くうなずいた。

「そうですか。では、どこか途中で出会ったら、杉山さんということはお分りになるわけですね？」

「そりゃ、分ります」

石野貞一郎はすぐに答えたが、西大久保の路上の出会いのことが頭にひらめいた。警部補は何を探りにきたのだろう、と思った。

「それではおたずねしますが、十二月十四日の晩九時すぎに、杉山さんは西大久保の街頭で、あなたに会ったと言ってるんですが、ご記憶ありませんか？」

あの時のことだ、と石野貞一郎は直感した。あれは十四日だったのか。西大久保で会ったといえば、そのときよりほかにない。彼は、たちまち梅谷千恵子のことが頭にきた。自分が用もない西大久保のあたりを徘徊《はいかい》していたと言えば、それから秘密が暴露するかも分らない。これは防衛しなければならない。

「さあ」

石野貞一郎は、わざと首を傾けてみせた。

「しかし、それは、どういうことに関係があるんですか？」

と、探りに出た。

「たいへん重大なことです」

警部補は急に厳粛に言った。

「実は、まだ内密に願いたいのですが、十四日の午後九時ごろ、向島で殺しが発生しましてね。新聞に出ていた若妻殺しですよ。その嫌疑が杉山孝三さんにかかっているんですよ。それも非常に濃いものなんですが、杉山さんはその時刻には、西大久保を歩いていた。その証拠には、石野さんと道で行き会ったから確かめてくれと言っています。西大久保と向島では距離的に犯行が不可能ですから、もしそれが事実だったら、アリバイが成立するわけです。そこで、非常に慎重なご証言を願わなければならないのですが」

細い目がこちらをのぞきこんだ。

石野貞一郎は、内心で仰天した。とんだところで杉山孝三に会ったものだ。それを言えば、わが身の秘密が公然と暴《ば》れるだろう。あらゆる破局の場面が目の前を走った。心がふるえた。

「いや、そんなところで、杉山さんに会ったことはありませんよ」

石野貞一郎は明確に答弁した。

三

石野貞一郎は、会社からまっすぐに大森の自宅に帰った。今日の昼、警視庁から捜査員が来たことが、心を沈ませた。杉山孝三という男のことはどうでもよいが、彼と十二月十四日午後九時すぎ、西大久保の裏通りで会ったことはないか、と質問されたのは、憂鬱《ゆううつ》であった。まるで、こっちの秘密を嗅《か》ぎに警察が来たようでいやだった。

杉山孝三は、なんだって、向島の若妻殺しの容疑者にされたのであろう。詳しい事情は分らないが、たしかにその時間に、彼とは西大久保の路上で邂逅《かいこう》しているのだ。先方が頭をさげたから、こちらも、思わず、さげた。そのことで彼のアリバイが成立したら、自分はその証明者になることができる。

しかし、それをすれば自分の方が危険である。梅谷千恵子の存在の暴露にともなう、あらゆる破綻《はたん》の幻影が心を脅《おび》やかした。杉山孝三という交際もない他人の利益と、自分の地位や安泰な生活の喪失が交換できるだろうか。愚かなことである。

玄関をあけると、太った妻が出てきた。

「あら、今日は早かったのね」

石野貞一郎は鞄《かばん》を渡して靴を黙って脱いだ。

「あなた、大変よ」

しゃがれ声で興奮したように言った。石野貞一郎は座敷に通りながら、どきりとした。

妻が低い鼻に脂をうかせて迫ってきた。

「ご近所の杉山さんね、あの人、向島の若妻殺しの犯人ですって！」

妻は、目をまるくし、息をはずませていた。石野貞一郎は、どう返事したものかとためらった。

「わたしたち知らないけど、一昨日《おととい》、捜査本部にひっぱられて留置されてるんですって。おどろいたわ。あんなおとなしそうな人がね、見かけによらないわね。今日、刑事さんたちが、あの家に出入りしたり、ご近所の噂《うわさ》を聞いてまわったり、そりゃ大変よ。あすこの奥さまは蒼《あお》い顔をして泣いているそうよ。三人の子供がかわいそうだわ」

妻は自分の話にたかぶり、いつになく饒舌《じょうぜつ》だった。身体の動かし方までおちつかなかった。

石野貞一郎は、会社に刑事が来たことを言おうか、言うまいかと迷った。着替えをして食卓の前にすわるまでが、その思案の時間だった。

しかし、これからも警察は何度も、あのことをききにくるに違いない。大きな事件が起ると警察も執拗《しつよう》である。彼は決心した。

「実は、今日、会社に警視庁の人がそのことで来たよ」

石野貞一郎は、なるべく淡々と妻に言った。妻は瞬間に顔を堅くして、目をむいた。

「杉山さんが、ぼくと西大久保の裏道で会ったというのだ。事件の起きた時間にね。ぼくがそんな用事もないところを歩くわけがない。刑事の話では、杉山さんは、その時刻には西大久保に行っていると主張しているそうだ。それで、ぼくと出会ったと言っているらしい。でたらめを述べて、助かるつもりなんだな」

「それで、あなたは、どう言ったの？」

妻は呼吸《いき》をつめてきいた。

「むろん、その事実はないと言ったよ。嘘《うそ》を言うわけにはゆかない」

石野貞一郎は、すこし笑った。

妻はうなずいたが、

「では、その時間、あなたはどこにいらしたの？」

ときいた。その目が光ったようにみえたので、彼は、ひやりとした。妻が刑事よりも鋭い直感をもっているように思われたのだ。

「渋谷で映画を見てたんだ。ほら、この間、遅くなった晩があるだろう?」

「ああ、あの時ね」

太った妻は、二重にくびれた顎《あご》をひいて納得した。が、すぐに腹を立てた。

「杉山さんはいやなことを言うのね。なんのうらみがあって、あなたを引きあいに出すの?」

「助かりたいからだよ。人間、助かりたい一心で、そんな嘘をつく」

石野貞一郎は泰然と言った。が、心の中は寒い風が荒れた。助かりたいのは自分ではないか。助かりたい一心で嘘をついているのは、こっちの方だ。

しかし、どんな犠牲を払っても、これは押し通そうと思った。わが身の危険防止がまず第一である。もしかすると、杉山孝三は、あのとき、後ろからきて歩いている梅谷千恵子に気づいているかもしれない。それを係官に言うだろうか。それなら、なおさらだ。自分は、あくまで、事実でないことを主張し、その時間は渋谷で映画をひとりで見ていたと言おう。映画館の内でも、外に出てからでも、誰にも会わなかった。申立ての筋道は立っている。

梅谷千恵子を西大久保に置くのは危険だ。早く、別な土地に移そう、と石野貞一郎は額に汗をかいて考えていた。

石野貞一郎は、予想したとおり、何度も警察に呼びだされた。はじめ、捜査本部に出頭したのが数回、検察庁に数回、東京地方裁判所に数回、高等裁判所に数回というふうに頻繁だった。この順序は容疑者杉山孝三が、向島の若妻殺しで起訴され、死刑の判決をうけ、控訴《こうそ》し、棄却され、今度は最高裁に上告するという順序でもあった。

石野貞一郎は、最初、自分の証言がそれほど杉山孝三の容疑に重大な影響を与えているとは思わなかった。不利かもしれないが、まさか、決定的な条件となっているとは考えていなかった。

しかし、事件の内容が詳細に分ると、それが、杉山孝三を有罪にする重大な要素になっていることをさとった。彼が、「確かに杉山孝三と十二月十四日午後九時すぎ、西大久保の裏通りで会いました」と証言したら、杉山孝三は無罪になるのである。

が、石野貞一郎は最後まで頸《くび》を振った。その時間は渋谷の映画館で映画を見ていた、したがって、西大久保の裏通りを歩いていなかったし、杉山孝三とも会わなかった、と述べた。一貫したその証言は見事である。何度も何度もきかれ、それを繰り返しているうちに、しだいに証言の話し方は上達し、巧妙となり、内容に真実性を加え、自分でも実際にそのとおりだったと錯覚するぐらいまでになった。

被害者の若妻は背後から何者かにおそわれて絞殺されていた。若妻は九時に近所の店に買物に行っており、九時半に帰宅した夫が死体を発見したのだから、九時から九時半の三十分間の凶行であった。

家の中はあまり取り乱されていないが、現金一万五千円と夫の高級カメラ一台が紛失していた。犯人の指紋は現場では採取できなかった。

捜査本部の活動で、盗難のカメラは上野のカメラ店に売却されていることが発見された。売却のとき、犯人は買受書に住所と名前とを書いている。それは偽名だから問題ではないが、筆跡が重大である。

捜査員が、聞きこみに歩いていると、一軒の家で、よくこの辺を回ってくる生命保険の勧誘員が、少し怪しいのではないか、と無責任なことを言いだした。そこで捜査本部は××生命保険会社員の杉山孝三を洗った。

杉山孝三は、被害者宅には何度か勧誘に来たことがある。昼間だから若い妻の留守居の時ばかりだった。つまり、土地カンも面識もある。家内の様子も知っている。それから、その時間のアリバイがない。杉山孝三の申立てによると、西大久保に心当りの勧誘の家があり、そこまで行ったけれど、留守の様子だから、声をかけずに帰ってきたというのである。それを証明するのは、途中で、自宅の近所の石野貞一郎と会ったと申し立てているが、石野貞一郎は否定している。西大久保と向島の現場とでは、時間的に不可能なので、それが事実ならアリバイとなるが、その実証がない。

カメラ店主が杉山孝三の面通《めんどお》しで、たしかにあの時、盗品のカメラを売りに来た人だと証言した。はじめは、人相が似ていると言ったが、しだいに、間違いはないという証言になった。
筆跡鑑定も、専門家二人が見て、買受書の文字は杉山孝三の文字と推定し得る、と確言した。
以上がだいたいの事件の概略であった。指紋が現場に残っていないため、物的なきめ手がない。一万五千円が容疑者の身辺から出てこないが、これは二週間の間になんとなく費消したのであろうとみた。もう一つ、不幸なのは、盗品のカメラを売りに行った時刻も、杉山孝三にしっかりしたアリバイがなかった。
このような事件の内容を考えると、杉山孝三が西大久保で石野貞一郎に会った、という供述が、いかに重要であり、彼の生死の岐点になっているかが分るのである。
石野貞一郎は、しかし、最後までそれを否定した。
問　(裁判長) 証人ハ杉山孝三ヲ知ッテイルカ。
答　(石野貞一郎) 交際ハアリマセンガ私ノ近所ノ人ダカラ顔ハ知ッテイマス。朝晩、顔ヲ合ワセタラ挨拶《あいさつ》スルクライデス。
問　途中デ会ッタラ、杉山孝三トイウコトヲ認識デキルカ。
答　分リマス。
問　杉山孝三ハ十二月十四日午後九時スギ、証人ト、新宿区西大久保××付近ノ道路上デ会ッタト言ッテイルガ、記憶ガアルカ。
答　杉山孝三サントソノ場所デ会ッタ事実ハアリマセン。ソノ時間ハ、私ハ渋谷ノ××館デ映画ヲ見テイマシタ。
問　ソレハ何時カラ何時マデ見テイタカ。
答　七時十分ゴロカラ九時二十分マデ、見テイマシタ。××ト××トイウ映画デ二本トモ見テ、終ルトスグニ大森ノ自宅ニ帰リマシタ。
問　証人ガソノ映画館ニ居タトキ、誰カ知ッタ者ト会ワナカッタカ。
答　会イマセンデシタ。
問　ソノトキ、映画館ノ観客ハドレグライ、ハイッテイタカ。
答　ヨク注意シマセンガ、ダイタイ、イッパイノ入リダッタト思イマス。シカシ、記憶ノ間違イガアルカモシレマセン。
問　証人ノ見タトイウ二本ノ映画ノ筋ハドウイウモノカ。
答　××トイウ映画ハ、最初ノ場面ガ……。
このような証言は、捜査本部、地裁、高裁を通じて石野貞一郎が一貫してつづけたものであった。問題点だけに、証人にたいする検事の尋問、弁護士の反対尋問は、煩瑣《はんさ》で執拗であったが、石野貞一郎は、台風の海を進む勇敢な船長のように、そこまでは切りぬけた。その船室には、梅谷千恵子が小さくすわっていた。

四

事件は最高裁にかかっていた。しかし、そのことは、石野貞一郎にあまり、かかりあいはなかった。彼の発言は、すべて書類となって、裁判所のどこかに保存されていた。それが彼の身がわりである。彼は、自由に生活を過し、会社に通勤した。

しかし、偽証の罪悪の意識は、絶えず身体《からだ》の底を暗く流れていた。裁判所に書類となっている彼の身がわりは嘘のかたまりであった。裁判長も、検事も、弁護士も、彼の嘘の資料をいじっているのだった。まだ、誰もが発見していない嘘である。それを知っているのは被告の杉山孝三であった。

だが、杉山孝三の知っている嘘は、石野貞一郎だけの嘘ではなかった。刑事に告げた、近所のおかみさんの話も、面通ししたカメラ店の主人の証言も、筆跡鑑定人の答申も、ことごとく嘘であった。人間の個人生活がふとしたことで縦横の虚線の中にはいりこみ、あがいているみたいだった。いつ、どこにしかけられているか分らない、不条理の陥穽《かんせい》であった。

陥穽といえば、おれも、その中に落ちたのだ、と石野貞一郎は、自分の肚《はら》の中で抗議していた。あの時刻、あの場所に杉山孝三が歩いていたのが悪かったのだ。こっちの個人生活を杉山孝三の行動が脅やかしたのである。あの男さえ、あの場所を歩いていなかったら、そしてその日のその時刻でなかったら、自分の生活は、なんの脅威もうけず、不愉快で厄介《やっかい》な裁判所との係累もなく、不安な心理になることもないのである。あのとき、梅谷千恵子と、もう少しぐずぐずしているか、もっと早く腰をあげるか、あるいは、もう一本、煙草《たばこ》を喫《す》っているかしたら、杉山孝三と、ぴたりと会うこともなかったのだ。ほんの、二分か三分の相違であった。これも不合理な〝時間〟の交差であった。

そう考えると、石野貞一郎は、この世がことごとく不合理な虚線の交錯に思われた。私生活が偶然にその網の目の中にはいり、個人の生涯を意地悪く破綻させるように思われる。人間は恐ろしく、外にも出られない気がした。

若妻殺し事件の最高裁の判決が近いと新聞に出たころは、あの不幸な途上の邂逅《かいこう》から三年経《た》っていた。嘘を身がわりにして、石野貞一郎は事件の外に身を退いてはいたが、その三年の経過は彼の上にも、それとは別な変化をとげていた。

梅谷千恵子に若い恋人がいたことが、その終りごろになって分った。石野貞一郎が、まったく長い間、気づかないことだった。

が、そのことを発見したのは、石野貞一郎自身ではなかった。梅谷千恵子が、恋人とのあいびきのとき、新聞をみて、ふと、洩《も》らしたのである。

「杉山さんという方は、お気の毒ね。あれは白よ」

彼女の若い恋人はその理由をきいた。彼女は、これ、絶対に黙っててよ、と念を押し、声を小さくして、西大久保で、杉山孝三が石野貞一郎と行き会ったことは事実だと話した。若い男は目をまるくして、熱心に聞いていた。

むろん、この約束は守られなかった。男は、友だちに話した。それが、事件を担当している弁護士の耳にはいった。

弁護士は、石野貞一郎を偽証罪として告訴した。石野貞一郎が秘匿《ひとく》していた生活がにわかに明るみに出た。彼が、あれほど防衛していた破局が、急速に彼の上におそってきた。

石野貞一郎は、長いこと梅谷千恵子にそんな愛人がいることを知らなかった。あざむかれたのは、梅谷千恵子の嘘のためである。

人間の嘘には、人間の嘘が復讐《ふくしゅう》するのであろうか。――

(「週刊朝日」昭和三十三年十二月二十一日号～十二月二十八日号)

天城越え

一

私が、はじめて天城《あまぎ》を越えたのは三十数年昔になる。

「私は二十歳、高等学校の制帽をかぶり、紺飛白《こんがすり》の着物に袴《はかま》をはき、学生カバンを肩にかけていた。一人伊豆《いず》の旅に出てから四日目のことだった。修善寺《しゅぜんじ》温泉に一夜泊り、湯ヶ島温泉に二夜泊り、そして朴歯《ほおば》の高下駄《たかげた》で天城を登って来たのだった」というのは川端康成《かわばたやすなり》氏の名作『伊豆の踊子』の一節だが、これは大正十五年に書かれたそうで、ちょうど、このころに私も天城を越えた。

違うのは、私が高等学校の学生でなく、十六歳の鍛冶屋《かじや》の伜《せがれ》であり、この小説とは逆に下田街道から天城峠を歩いて、湯ヶ島を通り、修善寺に向ったのであった。そして朴歯の高下駄ではなく、裸足《はだし》であった。なぜ、裸足で歩いたか、というのはあとで説明する。むろん、袴はつけていないが、私も紺飛白を着ていた。

私の家は下田の鍛冶屋であった。両親と兄弟六人で、私は三男だった。長男は鍛冶屋を嫌って静岡の印刷屋の見習工をしていた。一家七人、食うのには困らなかったが、父母とも酒飲みなので、生活はそれほど楽ではなかった。

私は、かねてから鍛冶屋という職が嫌いであった。それに下田という町に飽々《あきあき》して、なんとかしてよその土地に出て行きたいと思っていた。それには静岡にいる兄が羨《うらや》ましくてならず、自分も兄を頼って静岡に行きたいと思っていた。

一つは、母がひどく口やかましかったからである。鍛冶屋というのは朝が早いが、私は朝寝をするといって、よく母から叱《しか》られた。その小言を食うたびに静岡に行きたいと考えていた。

それは六月の終りだったが、朝の五時半ごろ、母に起された。けれど、私はいつものように眠くてならず、いつまでも頭が枕《まくら》から離れなかったので、母からひどく叱られた。

そこで、かねての希望を決行する気になり、紺飛白の着物を着て、麻裏草履をはき、十六銭の金を帯に巻きつけて、そのまま家を出た。私の考えでは、静岡まで野宿して歩いて行けば、十六銭で途中の飲食費は足りると思ったのである。

雨が降りそうなぐらい黒い雲の重なった日で蒸し暑かった。私は、下田からいつも頂上を眺めている天城の山を自分の足で越えるかと思うとうれしくなった。この山を向うに越えたら、自分の自由な天地がひろびろと広がっているように思えた。出発した最初のころの私の足は軽かった。

しかし、天城のトンネルまでの道は長かった。曲りくねった登り坂がいつまでも続いている。湯ケ野あたりまでは藁屋根《わらやね》の部落があったが、それから先は家がなく、両方から迫っている山は杉の密林で、層々と打ち重なって果てしなくひろがっている。めったに人に行き会うこともなく、私はしだいに心細くなった。峠のトンネルの入口に立って振り返ると、下田は、なだれ落ちている原生林のはるか下の方の端に、砂粒を集めたように僅《わず》かに見えるだけであった。

トンネルを通り抜けると、別な景色がひろがっていた。密林におおわれた山なみの重なりは、変りはなかったが、風景の様相はまるっきり私になじみないものだった。はるか下の山の間にのぼっている白い湯気も、山ひだの裾《すそ》にとりついている小さな人家の集まりも、私には見たこともない厳しさで映った。私は、「他国」を感じた。空気まで違っているのだ。十六歳の私は、はじめて他国に足を踏み入れる恐怖を覚えた。

それでも、私はトンネルから一里くらい湯ヶ島の方へ向っておりてゆくと、後ろから大きな四角い風呂敷《ふろしき》包みを背中に負った人に追いつかれた。

「兄ちゃん、どこまで行くのか？」

ときくので、私は静岡まで行くといったら、彼は目をまるくしていた。その人は菓子屋であった。私は腹が減ったので、彼の背中の荷の中にあるパンを五銭ほど買って食べた。私の帯にはさんだ金は十一銭になった。

その菓子屋とは三本松《さんぼんまつ》というところまでいっしょに行ったが、菓子屋はそこに用事があるからといって別れた。

私は、また一人になって歩いた。だんだん心細くなり、私は無断で家を飛びだしたことを後悔しはじめた。知らない土地と、知らない人間ばかりの中に、ひとりで突入してゆくことが空恐ろしくなった。こんなことでは、とても静岡まで行く勇気はなかった。すると、後ろから、また背中に大きな荷物を背負った男に追いつかれた。その人は呉服屋であった。

「兄ちゃん、どこまで行くか？」

と、やはり問うので、静岡とは言わずに、修善寺までと言った。呉服屋は、そんなら、途中までいっしょに行こうと言った。

三十恰好《かっこう》の呉服屋とは、歩きながらいろいろ話した。私は、呉服屋がなんとなく頼みに思われたので、自分の本心を打ち明けた。すると呉服屋は、世間はいろいろと辛《つら》いものだということを話した。他人というものは恐ろしいから、十分に用心した方がいいと注意した。私は、世間を歩いて商売してゆく呉服屋のことだから、その言葉が間違いないように思われ、また、自分の思っていたことと一致したので、よけいに静岡に行く元気がなくなった。

たとえ、向うに一人の兄がいても、まだ若いし、一人まえの職人でないので、頼りなく思われ、無断で家を出てきた自分を、兄が突っ放しそうな気がした。こわい他人ばかりの中に、ぽつんと立ちすくんでいる自分を想像して、足が前に進まなくなった。

湯ヶ島まで来たときには、もう夕方近くなって、初めて見る向うの連山の上に陽が傾きかかっていた。夕霞《ゆうがすみ》にぼやけた台地には、白い温泉の湯気が方々からあがっていた。茶店があったので、呉服屋といっしょに私ははいって餅《もち》を食べた。長い道を歩いたので私は腹が減っていた。脚もくたびれていたし、麻裏草履の鼻緒でこすって、足指が痛かった。私は餅代に十銭を払った。呉服屋ともう少し道連れになりたいため、彼に餅をご馳走《ちそう》してやったのだった。私の帯の間には、一銭しか残らなくなった。

「兄ちゃん、すまんな」

と、呉服屋は言った。しかし、いっこうに、すまない顔はしていなかった。

私は、まだ引き返す決断もつかず、呉服屋といっしょに歩いた。そのくせ、心の中では帰る気持の方が強くなってきた。

そのとき、向うから、一人の大男が歩いてきていた。今まで、この道には近在の百姓だけを見かけたが、その大男は、一目で、他所者《よそもの》だと分った。

その男は背が高く、薄い眉毛《まゆげ》と大きな鼻をもっていた。目がぎょろりと光り、皮膚は垢《あか》でよごれ、頬から顎《あご》にかけて無精髭《ぶしょうひげ》をはやしていた。襟に「岩崎」という染め抜きの法被《はっぴ》を着て、肩に、古いトランクと風呂敷包みを振分けにして、かついでいた。

どういうものか、その男は、下をむいてゆっくりと歩いていた。彼はすれ違うとき、じろりと私たちの方を見て行き過ぎた。振り返ると、その男のきた法被の背には、㊓の印があり、振分けの荷物のない左肩には番傘《ばんがさ》を吊《つ》りさげていた。

「あれは、土工だね」

と、呉服屋も振り返ってから言った。

「ああいうのは流れ者だから、気をつけなければいけない。悪いことするのは、あの手合いだ」

呉服屋は私を戒めるように言った。私もそう思っていたからうなずいた。それから、いよいよ、これから行く先がこわくなった。道は山峡《やまかい》の間を曲り、片側の少しひらけたところには狩野川《かのがわ》が流れていた。

「兄ちゃん、それでは、おれはここで別れるよ」

と、呉服屋は途中で立ちどまって言った。修善寺まで行かない、ずっと手前であった。私は、呉服屋が修善寺までいっしょの道連れだとばかり思っていたので、案に相違した。

「あばよ」

呉服屋は、背中の荷をゆすりあげながら、横の田圃道《たんぼみち》にすたすたとそれて行った。その向うには村があった。私は彼に餅をおごったのが損をした気がした。帯の間には一銭が残っているだけだった。

陽は山に落ちて、あたりは薄暗く暮れかかった。私はひとりになって、いよいよ下田に引き返す決心をした。が、振り返っても、この道には、人ひとり歩いていなかった。

私はその場に、しばらく立ちどまった。

するとそのとき、修善寺の方角からひとりの女が歩いてくるのが目についた。その女が、近在の農家の女でないことは服装《みなり》ですぐに分った。その女は頭から手拭《てぬぐ》いをだらりとかぶっていた。着物は派手な縞《しま》の銘仙《めいせん》で、それを端折《はしょ》って、下から赤い蹴出《けだ》しを出していた。その女はひどく急ぎ足だったが、妙なことに裸足であった。

私は、その女がこれから天城を越えて、湯ヶ野か、下田の方へ行くのだと直感した。私の決心ははじめてついた。今までのひとりで引き返す心細さが救われた。

女は私の横を通りすぎた。そのとき見たのだが、女の顔は白く、あざやかな赤い口紅を塗っていた。白粉《おしろい》のよい匂《にお》いが、やわらかい風といっしょに私の鼻にただよった。

私は、その女が過ぎてから足の向きを変え、二三間あとを歩いた。後ろから見ると、女の赤い帯は、結び目のお太鼓が腰のあたりまでずりさがっていた。私は、子供ごころに、それがずいぶん、粋《いき》にみえた。着物は艶やかに光ってきれいだった。

私は、この女から二三間あとに離れて歩くだけでも、満足だったが、半町も行かないうちに、女は私をふり向いた。そして私の来るのを待つようなふうで立ちどまった。

「兄さん、兄さんはどこまで行くの？」

と、女はきいた。蒼然《そうぜん》と暮れなずむ中に、女のかぶった手拭いの中の顔は白かった。

「下田まで帰ります」

私は答えた。下田に帰るということで、私の声は元気であった。

「下田まで？」

女は、ちょっと私の顔を見つめるような目をした。黒瞳《くろめ》の張った、美しい顔だった。

「そいじゃ、ちょうどいいわ。下田までいっしょに行きましょうね」

と女は言った。私の顔は自分でもあかくなるのを覚えた。

私は、その女とならんで歩いた。白粉の匂いが絶えず私の鼻をうった。なぜか、女の脚は急いでいたので、私もそれに歩調を合わせねばならなかった。

「下田まで、ここから何里ぐらいあるかしら？」

女はきいた。声は少しかれていたが、言葉の調子は柔らかかった。

「十里ぐらいあるずら」

と、私はおよその見当を言った。

「十里？」

女は、声を出したが、

「そいじゃ、今夜のうちには行き着かないわね」

と呟《つぶや》くように言った。困ったような言い方であった。

「兄さんは、今夜どこかに泊るの？」

と、女はきいた。私は一銭しか持っていないので野宿するほかはなかったが、それを

言うのが恥ずかしかったので、黙っていた。が、すぐに、湯ヶ野に父の得意先があるのを思いだし、

「湯ヶ野に泊るかも知んねえです」

と、少し経《た》ってから答えた。

「そう、そんならいいわね」

女は私の返事を聞いて言ったが、自分の困っている解決にはならないので、あまり気の乗らない言い方であった。私は、この女も金を持たないで宿に泊ることができずに、困っているのだとすぐに感じた。しかし、こんないい着物をきて、どうして金を持たないのかと妙な気がした。

が、この女といっしょに野宿するなら、少しもかまわないと思った。いや、その方が何倍かうれしいので、胸に動悸《どうき》がうった。しかし、むろん、口に出すことはできなかった。

女と私とは話したり、黙ったりして歩いた。女はときどき、後ろを振り返った。私は、女が子供の私だけでは心細いのかと思った。後ろには人の影がなく、道の両側の杉の密林は、闇《やみ》に包まれかかっていた。道だけが、まだ、ほの白くのこっていた。

女はいろいろなことを話した。私の年齢を意識した話題で、とりとめのない内容だったが、その甘いような話し方は、私の耳にくすぐるような快さを与えた。それは、今ま

での私の環境にない声であった。

私は、湯ヶ島の向うまで行って引き返してよかったと思った。そうでなかったら、この女と道連れになることはできなかったに違いない。暮れた天城の山道を、このきれいな女とふたりきりで歩くかと思うと、私の胸の中は甘酸《あまず》っぱいものがいっぱいに詰った。

女は急いでいるので、私の足は、指を痛めていることもあって、とかく遅れがちになった。すると、女は私の足を見て、

「兄さん、草履を脱いで、裸足《はだし》になってごらん」

と言った。

「裸足の方が足が疲れないよ。石ころのあるところだけ草履をはけば、草履も長もちしていいよ」

女は、自分の草履は帯に入れているのだと言って、背中のお太鼓を叩《たた》いてみせた。なるほどいい考えだと、私は感心し、自分でも草履を脱いで、兵児帯《へこおび》の間に挟んだ。足の裏はひやりとして気持がよく、指の痛みを感じなくなった。が、それよりも、女と同じように裸足で歩いているという意識が、うれしかった。

するとしばらく行って、前方に一人の大男の姿を認めた。私には、すぐにそれが誰だか分った。肩に振分けの古トランクが見え、一方の肩に雨傘を吊りさげていた。法被の背中には㊞の印があった。

男はゆっくりと峠の坂をあがっていった。男の脚がおそいので、私たちが追いついた恰好《かっこう》であった。実は、私は、湯ヶ島で出会ったこの土工に追いつくかもしれないという不安が、さっきからしていたのだ。

「あの人はなんだろう?」

女は、ちょっと足をゆるめて、土工の後ろ姿を凝視した。女の声にも不安がこもっているように思えた。

「流れもんの土工ずら」

と、私は言った。呉服屋の言葉を思いだし、早く、彼の傍を通り抜けて先に女といっしょに走ろうと思った。万一、その土工が女に悪いことをしそうだったら、私は女を防ぐつもりだった。私には、その用意があった。それはトンネルの入口が遠くに見えるところだった。

ところが、女は、急に私に向って、

「兄さん、悪いけれど、あんた、先に行って頂戴《ちょうだい》」

と言った。

私は、びっくりした。唖然《あぜん》としていると、

「わたし、あの人に用事があるからね。ひまがかかるかもしれないから、あんた先に行ってよ」

と、重ねて言った。

私は、この女が、あの土工にどんな用事があるのか、奇異に思うより、まず、呉服屋の言った「悪いことをする奴《やつ》は、あの手合いだ」と吐いた言葉が先に頭にきた。が、危険だから、やめた方がよい、と止めることは子供の私にはできなかった。私は、胸をどきどきさせ、

「それでは、ここで待っている」

と言った。

すると女は、意外にも急に私を睨《にら》んだ。

「待ってなくともいいから、あんたは、さっさと先に行きなさい」

声は、今までになく荒く、叱《しか》るような調子であった。私はふたたび驚いた。

女はその私の顔をみて、少し声を和らげ、

「あのひとにぜひ話があるんでね、先に行って頂戴。話がすんだら、また、兄さんに追いつくからね」

と、やさしい目つきをした。暗い中でも、手拭いをかぶった女の顔は夕顔のように白かった。

私はうなずいたけれど、急に、がっかりした。何か気持の中から大きな塊が脱けてゆくような気がした。私が十六歳の子供でなく、そして相手が二十二三歳の女でなかった

ら、私はきっと抗議したに違いない。私は、あとから追いつくからね、という女の言葉を当てにして、とぼとぼと暗い峠を登った。歩きだすとき、女は私の肩を後ろから軽く押しやるように叩いた。

私は、まもなく、振分け荷物をかついだ土工の横をすり抜けて先に出た。土工は、やっぱり下を向いて歩いていたが、私の方には一瞥《いちべつ》もくれなかった。それがよけいに薄気味悪かった。

こわいので、小走りに歩いて後ろをふりむくと、あの女が、土工と何か話しているのが見えた。白い手拭いと赤い帯とが、暗い木立ちを背景にして、はっきりと見えた。

私は、そのまま歩いて、トンネルの中にはいった。それから、やっと湯ヶ野あたりの灯が下の方に小さくちらちら見える片側に出た。川の音が聞えていたが、それは狩野川でなく、私のいる下田の方へ流れる本谷川《ほんたにがわ》であった。

私は、女があとから追いついてくるという言葉に期待をかけて、なるべく、ゆっくりと歩いたが、ついに女はこなかった。

私は、そのあくる日に、下田の父母の家に帰った。母親は、私が一日一晩いなかったので心配し、私の顔を見るなり泣きだした。

二

それから三十数年経った。私は、現在、静岡県の西側の中都市で、印刷業を営んでいる。この辺では、大きな印刷所といわれている。私が、なぜいまごろ、三十余年前のことを思いだしたかというと、最近、静岡県警察本部のある課から「刑事捜査参考資料」という本の印刷を頼まれたからだ。

私は自分の所で印刷し、製本したこの本を、ある日、何気なく読んだのだが、四つか五つ集めた静岡県内の犯罪例の中に、思いがけなく、三十数年前、私が天城《あまぎ》越えのときに遭遇した土工と、きれいな女とのことが書いてあった。そして、そこには、私自身も登場していた。

私はおどろいた。いまごろになって、あのときの淡い経験が文書に印刷され、しかも犯罪例の中にはいっていようとは思わなかった。しかも、それを印刷したのは、私の印刷所なのである。私は因縁のふしぎを思わずにはいられなかった。

全文を出すと、それは、次のような文章であった。

天城山の土工殺し事件

事件発生当時の状況

大正十五年六月二十九日午前十時、上狩野村《かみかのむら》湯ヶ島巡査駐在所より、次の報告があった。天城山御料地内天城トンネルの下にあたる本谷入り製氷所付近の本谷川にかかっている白橋《しらはし》の側に、本立野《もとたての》土谷良作《つちやりようさく》と記してある雨傘一本と、振分け荷物のように結びつけた古トランクと風呂《ふろ》敷《しき》包み、さらに背に㊓とし、襟に岩崎と白く染めぬいた法被《はっぴ》が脱ぎ捨ててあり、さらに付近は人が格闘した跡のように、茅《かや》などの葉がむしられていること、また、橋の下の川の中に、破れた褌《ふんどし》、シャツ、半ズボン、チョッキなどが投げ捨てられてあることなど、あたりには人影も見あたらなかったが、何か異変があったのではないかと、下田自動車株式会社の黒田運転手から届出があったという。

現場調査および捜査状況

この報告によって、江藤署長は直ちに、山田警部補、田島刑事を、現場調査および捜査のために出張させた。

現場は湯ヶ島から約三里ほど離れた山中であるため、彼らが現場に到着したのはその日の午後五時ごろであった。

到着と同時に調査をはじめたが、届出の状況と変った点は少しも発見できず、あらためて遺留品の調査に移った。

古トランクの中には、瓦斯《ガス》棒縞《ぼうじま》裏木綿浅黄袖口《そでぐち》五日市《いつかいち》の綿入れ一枚、襟に大丸組と染め抜いた袖なし綿入れ一枚、白メリヤスの古いシャツ二枚、古い表は紺、裏浅黄の腹掛け一枚、木綿の表紺裏浅黄の手甲《てっこう》一個、などの七品がはいっていた。

　一方、木綿万筋《まんすじ》の中古風呂敷は、片方の隅に正と、白糸で縫い取りがしてあったが、その包みの中身は、表万筋裏浅黄の古い男袷《あわせ》一枚、襟に世話《せわ》六間堀《ろっけんぼり》、背に(綱)の印のある法被一枚、襟に大丸組、背にⓈ印のある法被一枚、襟に橋本と染め抜き、背に[久蔵]と印のある法被一枚、襟に今村、背に(浅)と印のある法被一枚、白と浅黄の棒縞半ズボン一着、綿セル地のシャツの肩の破れた古もの一着、カーキ色綾織《あやおり》古鳥打帽一個、の八点であった。

　どちらもきちんとたたんだままで、内容をしらべた様子もみえなかったが、川中に投げ捨ててあった、チョッキ、半ズボン、褌、ズボン下、などを拾いあげて詳細に調査したところ、チョッキの右隠しに、買い求めたばかりのものと認められる「サツキ」五匁《もんめ》の刻煙草《きざみたばこ》がはいっているのが発見された。

　さらに、左のポケットには、朱珍、裏は新モスの白っぽい手製の財布があり、中には十銭札四枚、五十銭札一枚、五銭白銅貨一個、一銭銅貨三個、の合計九十八銭の金がはいっていた。着衣や所持品から判断して、それ以上の金員を持っていたものと推察されたが、強盗などの所為とも思われない。

　何か、所持品と認められるはずのもので、紛失している品はないかと調査してみた。煙草を持っているのであるから、煙草好きに違いない。それならキセルを所持しているはずと捜してみたが、どこからも出てこない。煙草といっしょにチョッキのポケットにはいっていたものとすれば、チョッキが川中に投げ捨てられた時に、ポケットから飛びだしたともかぎらず、そうかといって、何者かに強奪されたとしても、キセル一本だけを奪っていったとは考えられない。

投棄してある着衣を調べたところ、チョッキは前面最下部のボタン一つだけは掛かっており、背中の部分は、まん中ごろに、横に裂かれた個所がある。

さらに妙なのは半ズボンで、これは両足共に下部のボタンが掛かったまま、逆に脱いだように裏返しとなっていた。その他、褌、シャツなども、四分五裂に引裂いてあった。

このことから見ると、これらの着衣は何者かが無理に脱がせたものと認められる。

このような状況でありながら、その付近には人影すら見えないということが、調べに当った山田警部補と田島刑事の不審をますます深めた。

事件を知って、警察の援助をするために現場へ駆けつけた、上狩野村の消防組員十数名の応援を得て、該荷物の所有者が自殺したか、殺害されたかは後の問題として、とにかくどちらにしても、その死体が付近のどこかにあるはずだとして、その捜索を開始した。

同時に、現場にあった襟に岩崎、背に㊓とある法被を手掛りとして、該当者が、天城山を通行したのを見た者を捜しだす調査も行われた。

目撃者は、まもなく現われた。それによると、該当者と思われる㊓の法被を着た、土工ふうの四十五六歳と認められる男が、古トランクと風呂敷《ふろしき》包みとを振分けにして肩にかつぎ、ひどく疲れた様子で六月二十八日の午後六時ごろ、湯ヶ島新田を天城山中に向って行ったというのである。

さらに、この男と時を前後して、頭に手拭《てぬぐ》いをかぶり、銘仙《めいせん》の派手な縞柄《しまがら》を着て、裸足のまま草履を帯に挟んだ、二十四五の女も、同様に天城山へ登り、さきの男と途中で何事か談話を交換している所を目撃したという者も出てきた。

捜査は続けられ、この女はそれ以前に、天城を越えてきたものであることが判明した。ところが、翌六月二十九日午前七時ごろ、上河津村下佐ヶ野《かみかわづむらしもさがの》にある田山下駄《げた》店の主人ら二三人が、天城山中の鍋矢橋《なべやばし》付近で、下田方面に向う、二十四五くらい、一見娼婦《しょうふ》ふうの女と出会っており、さらに、同じく下田方面へ歩いていた十五六の少年とも出会った事実のあることを聞きおよんだ。

したがって、土工ふうの男、娼婦ふうの女、および少年が、二十八日の夕方、天城山へ登ったという事実が分った。

なお、彼らについて、当時の状況を調査するために、さっそく、田山下駄店におもむいたが、主人を初め女を目撃した者たちは、鮎漁《あゆりょう》のため岐阜県下に出かけて留守であったので、取調べをすることができなかった。

念のため、天城峠付近の空家、番小屋その他あらゆる場所の調査を行なった結果、凶行の場所と考えられる白橋付近にある氷倉（白橋より約二十間ほど離れた地点）の中に、裸足ではいったらしく、オガ屑《くず》の上に新しい足跡がついているのを発見した。

その足跡は、僅《わず》か九文半ぐらいのものであったが、同氷倉には、まだ多少の氷が貯蔵してあったために、倉庫内の冷たさは、ここで一夜を明かすには耐えきれるものではないという意見を述べる者もいた。

氷倉内にはいる者は、かならず足袋《たび》をはくのが普通で、裸足ではいることはあり得ないというのである。しかしそれならば、オガ屑の上の九文半ほどの足跡は、誰のものか。九文半といえば婦人の足である。

いずれにしろ、この氷倉庫に関係のない他の者がはいったと推察するのが自然である。しかも、銘仙の着物を着て天城山へ向った女性は、裸足であったという。この女が、白橋付近で土工ふうの男と争ったあげく男を殺害し、その氷倉で一夜を明かしたうえ、早朝人目を避けて峠を越したのではないのか。

かりに、その女の犯行ではないとしても、僅か二十間しか離れていないこの氷倉にいたのなら、その凶行の状況は知らなくとも、殺されるさいの悲鳴、あるいは救いの叫び声を聞かぬはずはない。

一方、白橋より約十五六町を大仁《おおひと》方面におりた山葵沢《わさびざわ》付近の、天城峠へ向って右側の石垣に茂る細木や草は、下になびいて、人が格闘して転落したか、あるいはよじ登ったかと思われる形跡がある。地面にも、裸足で昇降したらしい足跡がついていた。

この状況からは、ここで格闘殺害して着衣を剝《は》ぎ、荷物を持ち運んで、白橋付近を凶行現場のごとく偽装するために、荷物をそこへ投げ捨て、川中に着衣を投じたのではあるまいかとも推考された。

よって同所の念入りな調査が行われた。なびいた草木の付近には足跡は認められたが、その時にはすでに午後十一時、あいにく降りだした雨は激しさを加え、調査は翌朝まで中止せねばならなくなった。

強雨は一晩じゅう降りつづき、河川の出水騒ぎまで引きおこしたが、山田警部補は、消防手三十名と共に翌早朝、ふたたび天城山へ登った。

一方、田島刑事は、行方不明になった土工ふうの男の身もと調査の手配を大仁署に依頼し、同時に、現場付近にあった下狩野村本立野土谷良作と印のある雨傘との関係を調べることにした。

雨傘の出所判明

調査の結果、雨傘は本立野土谷良作方で、六月二十七日、同村同字後藤仁作《じんさく》という男に貸したものであった。

仁作は二十八日午前七時ごろ、土谷方を訪れ、下田街道に面した表口に傘を立て掛け、そのことを家人に告げて帰った。土谷方では多忙にまぎれて忘れていたが、二十九日午前八時ごろになって、傘の紛失に気づいた。その傘は、大仁方面から来た土工ふうの男が、窃取《せっしゅ》していったものと認められていた。

一方、湯ヶ島方面において、土工ふうの男を見たという目撃者の言では、その男は、背は五尺七八寸、色は浅黒く、五分刈りの頭で目と口がやや大きく、平たい大きな鼻、眉毛《まゆげ》の薄いやせ形で、病身らしい。四十五六歳で、法被を着ていたという。この人相を唯一《ゆいいつ》の手掛りとして、大仁付近一帯を捜査したところ、六月二十七日夜、その男らしい人物が、田方《たがた》郡田中村宗光寺《そうこうじ》内田圃《たんぼ》の中の稲むらの中で野宿していたのを土地の青年たちが発見したことが分った。

病身らしいので、万一の場合を考え、二十七日夜は同所、守木《もりき》木賃宿土谷栄造方にその男を連れてきて一泊させたところ、翌二十八日午前八時ごろ、下田方面に出発して行ったという。その男は、青年たちがとってやったソバを二はい食べただけで、本籍住所はもとより、宿泊人名簿に記入するため、再三その氏名をたずねても、知らぬの一点ばりで何も答えなかったのである。

その挙動も、常人と認めがたく、多少精神に異常をきたしているものと察せられていた折から、天城山中で行方不明となった男に相違なきものと確認された。

被害者捜査

天城山中において、強雨を侵して消防手多数の応援のもとに、念入りな大捜索が行われたが、ついにどこからも発見できなかった。

山葵沢下の、格闘があったと思われる個所を詳細に調査したが、前夜発見した足跡は、強雨のために洗い流されて、見ることもできなかった。

同所は、道路と川との間はおよそ三十間ばかりで、急勾配《こうばい》の個所となっており、二尺から三尺まわりの杉林が生い茂っている。

川岸に茂っている雑草は、何者かが川中に摺《ず》り落されたのではないかと思われるように、その葉は下方になぎ倒されている。川岸から四間も登ったところに生えている、目通り太さ二尺五寸ほどの杉の木が二本、地上より三尺五寸くらいの所に、おのおの両手で擦《こす》りつけたように、土が付着しているのが認められた。

ここは急勾配であるうえに凶行当夜は雨後であったため、被害者か加害者いずれかが土のついた手を拭ったものと考えられた。（この日一日過ぎれば、これもまた足跡と同様に強雨に洗い流されてしまったであろうものを、強雨にもかかわらず詳細検分をした効果はあり、後に有力な証拠となる）

以上のごとく、土工ふうの男は、死んだのか生きているのか、その影すら発見できなかった。凶行の場所は、先に書いた山葵沢付近であり、ここから犯人が荷物を白橋付近まで運んで投げ捨てたものであろうという推察が強くなったが、男の死体はついに未発見に終った。

死体発見・検視等の状況

その後引きつづき土工ふうの男の行方を捜索中のところ、大正十五年七月十日、山葵沢より約一里ばかり下流にある天城山中滑沢《なめりざわ》と称する川中に裸体のまま、死体となって土橋の橋杭《はしぐい》に掛っているのが発見された。実に凶行後十二日目である。

江藤署長は、山田警部補、田島刑事を出張させ、湯ケ島紺野医師立会いのもとに検視を行なった。

死体は二十八日夜より行方不明となった土工ふうの男に相違ないことが確認された。夏期数日間水中に浸っていたため、腐爛《ふらん》は甚だしく、頭部面部などに数カ所の創傷があった。創傷の部位から自殺とは認めがたく、医師の申立てによると、鋭利な刃物で切傷したものであり、他殺の疑いが濃い。傷はいずれが致命傷であるかは判明できないということであった。

検視は一時中止され、直ちに検事に報告して死体は解剖にまわされた。その結果、他殺と断定されたのである。

捜査ならびに手配の状況

他殺と決定すると、杉原部長は、神奈川県国府津《こうづ》方面、遊佐《ゆさ》部長は熱海トンネル工事の土工らについて、被害者の原籍調査を行なった。

一方、田島刑事と石川巡査は、加害者捜査として、天城山中の橇引《そりひき》小屋に泊り、応援にきた保安課詰金村《かなむら》部長刑事と天城山入口で会い、行動を開始した。

翌十二日、金村、田島両刑事と石川巡査の一行は、被害者といっしょだったと思われる、例の二十四五歳の女を、もっとも有力な嫌疑者《けんぎしゃ》として、その足取りについて、沿道一帯に精査を行なった。

なお、この両名と前後して天城を登った少年については、まもなく身もとが判明した。この少年は下田町の鍛冶屋《かじや》の三男で、当日午後七時ごろ、前記の女と湯ヶ島付近で帰途いっしょになり、トンネル北入口付近で別れたという。そのさい、女が被害者らしき土工体《てい》の男と話していたのを見たと言った。ここにおいて捜査は、その女にしぼられた。

一方、前記木賃宿土谷方で、被害者に土地の青年がソバを食べさせたさい、五十銭銀貨一枚を恵んで与えたことも判明した。

犯人逮捕

前記の女が修善寺方面より天城にのぼったことから考えて、修善寺、大仁、長岡あたりに縁のある者との推定により、同方面を捜査したところ、修善寺警察署より次のような聞きこみ報告があった。

修善寺××町料理業西原庄三郎方抱え酌婦《しゃくふ》、本籍茨城県××郡××村、大塚ハナ当二十三年が六月二十八日午後一時ごろより西原方を出て行方をくらまし、西原方では大塚ハナが多額の借金を残したまま出奔、いわゆる足抜き逃走したので、目下、人をもって行方を捜している事実が分った。

その人相風采《ふうさい》を聞くに、被害者と共に天城を越えた女と一致したので、ここで容疑者は大塚ハナとの見込みがついた。

なお、大塚ハナは西原方を出るさい、懐中、ほとんど無一文で出ているので、いよいよ土工殺しの容疑が濃くなった。

そこで、捜査は大塚ハナの行方一本にしぼり、極力捜査を続行したところ、七月十五日、同女は大島の元町の飲食店某方に女中奉公していることが判明、直ちに刑事を派し、取りおさえて、下田警察署に護送した。

直ちに大塚ハナを取り調べたところ、初め同人は極力犯行を否認し、被害者と天城峠付近で話を交わしたことは認めたが、その後、すぐに別れて一人で天城を越え、その夜は湯ヶ野の古池旅館に一泊したと言った。しかるに、同女は西原方を足抜き逃走したさい、無一文であるのに宿泊代が払えるはずがない、と問うたところ、一円ほど用意があったので宿泊代六十銭を支払ったと答えた。

そこで前記古池旅館について田島刑事が調べると、たしかに同女が六月二十八日晩に偽名で宿泊した事実があり、そのさい、五十銭銀貨二枚をもって支払ったという。

田島刑事は五十銭銀貨二枚について疑問を起し、その五十銭銀貨は、今も保存し、かつ、同女が支払ったものと識別し得るやとたずねたところ、同旅館でも、大塚ハナの風体を怪しみ、もしや悪い病気の患者ではないかと思って消毒し、今も別にして保存してあると答えた。勇躍した田島刑事は、直ちにその五十銭銀貨二枚を預かり受け、これを前記田方郡田中村の青年石森隆太に見せたところ、たしかに二十七日夜、木賃宿土谷方に泊めた土工に与えた五十銭銀貨がその一枚であると証言し、かつ、該銀貨について、錆《さび》の具合や、疵《きず》の個所について、その間違いでないことを指摘した。

ここにおいて、大塚ハナが、被害者より五十銭銀貨一枚を奪ったことは間違いないことになり、さらに、もう一枚の銀貨も被害者より強奪した疑いが濃くなった。大塚ハナの性行を西原方について聞くに、同女はきわめて粗暴な行為が多く、時として客の奪いあいから朋輩《ほうばい》の女と喧嘩《けんか》し、鋏《はさみ》など持ちだして相手を傷つけようとしたこともあったという。これから考えると、大塚ハナは、被害者と天城峠付近で道連れになったのを幸い、無一文であるところから、被害者を殺害して所持金を強奪したと推定されるに至った。

ここに至って、大塚ハナを厳重取り調べたるところ、五十銭銀貨二枚を被害者より奪ったことは認めたが、それは話しあいのうえで貰ったのだと言い張った。しかし、流れ者の土工が、ただで一円を見ず知らずの女に与えるわけはないので、さらにこの点について追及したところ、同女は、天城峠付近の藪《やぶ》の中で、被害者と媾合《こうごう》し、その代償として一円を貰ったのだと自供を変えた。

しかるに、そのほかにも不審の点が多いので、さらに厳重に取調べを続行したところ、七月十七日夜に至って犯行を自白した。

大塚ハナの自供によれば、天城峠付近で被害者と出会い、金を得る目的からハナの方から持ちかけて被害者と媾合したが、約束どおり被害者が金を払わないので、それを請求しながらトンネルを通り抜けたが、被害者がさらに金を出そうとしないのでかっとなり、かねてふところの中に所持していた匕首《あいくち》を出して、斬《き》りつけ、杉林の中に転がり落したところ、本人は絶命していた。そこで金はないかと思って、滅茶滅茶《めちゃめちゃ》に衣類を脱がせたところ、五十銭銀貨が二枚出てきたので、それを奪って逃走した。チョッキの左側隠しの中に九十八銭入りの手製の財布があったのは、暗いのと、夢中になっているので気がつかなかった、と自供した。

捜査の反省

大塚ハナは検事局に送致後、警察署で述べた自供を全部ひるがえし、ただ被害者と媾合して一円を得たのみを認めて、殺害については身に覚えがないと言った。凶器の匕首については、本谷川に投棄したと言ったが、凶行のあった二十八日午後十一時ごろより二十九日にかけて同所付近は沛然《はいぜん》と大雨が降り、ために本谷川も増水し、いずれに流れたものか、極力捜査したが発見に至らなかった。

そのため、きめ手となるべき物的証拠がなく、かつ被告も自供をひるがえして否定したので、ついに大正十五年十二月五日、静岡県地方裁判所は、被告大塚ハナに対して、証拠不十分の理由をもって無罪の言い渡しをなした。検事もまたあえて控訴しなかった。

本事件は有名なる伊豆の険山天城山中、ことにしばしば強雨にあい人家まれにして宿泊または喫飯すべき個所さえなく、所轄《しょかつ》大仁分署長ならびに下田署長以下各員の苦闘はよく筆紙に尽しがたいが、直接証拠にとぼしいため、検挙したる被疑者が無罪となった実例である。これについて反省するに、増水時とはいえ、凶器を投棄した本谷川の捜索に、多少、杜撰《ずさん》なところはなかったかと思うのである。また、被害者が流れ者の土工であるため、最後まで身もとが知れなかったことも、珍しい事件である。

三

私は、これを読んで、三十数年の昔を回想せずにはいられなかった。子供心に、きれいな姐《ねえ》さんだと思って、天城《あまぎ》越えの道連れに心をおどらせた女が、当時、酌婦という名で呼ばれた修善寺の売春婦とは知らなかった。これを読んで、はじめて分ったのである。

この本に出てくる〝少年〟とは、むろん、私のことである。いま考えると、帰宅したあくる日、下田署の刑事が、ふたりで訪ねてきて、私にいろいろ質問して行ったように記憶する。母が横で心配そうな顔つきをしていたのも思いだす。警察から刑事が来たというだけで、恐怖したものだった。

私は、自分のところで刷ったこの本を何気なく読んで、はからずも遠い少年時代の天城越えを思いだした。トンネルを向うに越えた見知らぬ他国、湯ヶ島の途中まで連れになった菓子屋と呉服屋、とぼとぼと歩いてくる振分け荷物と番傘《ばんがさ》を肩にした大男の土工、きれいな着物をきた若い女、白粉《おしろい》の匂《にお》いと柔らかい声、蒼然《そうぜん》と暮れゆく天城の山中、その中に小さく浮いた、夕顔のような女の顔。——

私はこれを読んで三四日は、仕事があまり手につかぬくらいぼんやりした。それだけ衝撃が大きかったのである。

それから五日目だった。この本の印刷を注文した警察本部の人が来た。

「あの印刷はできましたか?」

と、その人はきいた。六十を越した老人だが、田島という人で、各署の司法主任や、戦後は刑事係長を歴任して、いまは、刑事部の嘱託になっているのだった。

「できました」

私は、田島さんを事務所に入れた。そして、できあがりの冊子をさしだすと、老人は眼鏡をかけ、ぱらぱらとめくった。印刷の上がりは気に入ったようだった。

「どうですか、あなたも、これを読みましたか?」

田島老人は顔をあげて私にきいた。

「ちょっと拾い読みをしました。なかなかおもしろかったですよ」

私は答えた。

「どれを読みましたか？」

と、老人がきくので、

「天城の土工殺しです」

と、私は正直に言った。

すると、田島老人はにこにこして、

「実は、それは私も捜査に参加した事件でしてね。この原稿を書いたのも私ですよ」

と言う。

「あ、それじゃ、田島刑事、と、ここに出ているのは、あなたのことですか？」

私がきくと、老人はうなずいて、

「そうです、そうです。私が二十いくつかの若造《わかぞう》のときの事件です」

と、老人はいった。

「だから、これを書いていてなつかしくなりましたよ。実は、これは私の失敗談みたいなものです」

「失敗談？」

「いまから思うと、いちばんに凶器を捜せばよかったのです。本谷川は雨後の増水で、水嵩《みずかさ》も増しており、水勢も速かったのですが、もっと徹底的に捜索すればよかったと思います。はたして、その手抜かりがあったので、裁判で大塚ハナは証拠不十分で無罪になりましたよ。なにしろ、私たちははじめからあの女がホシだと思いこんでいましたから」

その言い方が、少し妙だったので、私はききかえした。

「大塚ハナは犯人ではないのですか?」

「今にして思うと、少々、こちらがはやまったという感じです」

田島元刑事は言った。

「どうやら、あの女の最初の自供、つまり、被害者から一円をとったのは、被害者の人夫と売春行為をした礼だという申立ての部分だけが本当だと思われるんです」

「ははあ、どういうわけですか?」

「天城峠付近にある製氷所の中についていた九文半の足あとです。私たちは、大塚ハナが、凶行後、氷倉の中で一晩泊るつもりではいったが、寒いのと、オガ屑《くず》の上では寝られないので、そこを出て湯ヶ野の旅館に一泊したと考えていたのです。取調べのときに、大塚ハナにそのことをきいたのですが、ハナは製氷所の中にはいったことはないと否定していました。私は、そのときは彼女が嘘《うそ》をついているのだと思っていましたが、いまは、それが事実で、氷倉の中では、別の人間が一晩、寝たと思うんです」

「氷倉の中で?」

私はきいた。

「だって、氷倉の中には、氷ものこっていたから寒くて寝られないでしょう。それにオガ屑も、湿っていたりしているから、とても身体《からだ》を横たえることができないでしょう?」

「よく、察しがつきますね」

老人は私の顔を見て言った。

「それくらいは想像できますよ」

私は、すこしあわてて言った。

「いや、そのとおりですよ」

老刑事は、また、うなずいた。

「大塚ハナを調べてみると、足袋はまさに九文半で、裸足《はだし》で天城を歩いています。だからオガ屑の上の足跡は、どうしても彼女でなければならない。……それと、彼女が抱えられていた修善寺のアイマイ料理屋で聞くと、彼女はひどく冷え性で、冬は人一倍、厚着をしていたそうです。そんなわけだから、氷倉に一夜を明かすことは、とてもできません。やはり、初めの推定どおり、彼女は氷倉にいったんはいったが、寒いのですぐにそこから出てきた、と考える方がいいようですな」

田島老人は、そこで、茶をのんだあと、

「ところがですな。私のカンでは、誰かが、あの氷倉の中で、二十八日の晩、寝ていたと思うんですよ」

　と、私の顔を見た。

「え？　しかし、湿っているオガ屑の上では寝られないでしょう？」

　私は反問した。

「いや、最近になって、湿ったオガ屑の上でも、着物にオガ屑がつかないで、寝られる方法があることを知ったのです」

　と、老人は、目をしょぼしょぼさせて答えた。

「それは信州の天然氷をやっているある人から聞いたのですが、夏の暑いときなんか、人夫が氷倉にはいって、よく昼寝をするんだそうです。そのときの方法というのは、梯《はし》子《ご》を横に置いて、その上に板をならべ、その板の上に身を横たえれば、濡《ぬ》れたオガ屑が身体に付着しないのだそうです。……そう聞くと、三十何年も前のあのときも、たしかその氷倉の隅に梯子が立てかけてあったような気がするんです。それさえ早く気がついていれば、あの事件も別な解決になったかも分りませんね」

「別な解決といいますと？」

「つまり、誰かが、二十八日の晩に氷倉に寝ていた。凶行はその付近で行われたのですから、かならず被害者の悲鳴や騒動の音を耳にしたに違いありません。だから、その氷倉内で一夜を明かした人間を探りだせばよかったと思います」

「しかし、氷倉内のオガ屑の上には、女の足跡がついていたのでしょう？」

私は、低い声になってきいた。

「九文半の足跡ですね。大塚ハナの足がそうでした。九文半の足跡は、いちおう、婦人のものと考えられるんですが、しかし男にだってありますよ」

「男？」

「つまり、子供です」

老人は答えた。

「十五六歳の男の子だったら、それくらいですよ」

「…………」

「この報告文の中にもありますよ。あのとき、大塚ハナと天城峠の途中まで同行した少年がありますす。彼は下田の鍛冶屋《かじや》の息子ですが、母親に叱《しか》られて家出し、湯ヶ島までいったん行ったのですが、途中から引き返しています。そのとき、大塚ハナと偶然同行したのでしょう。刑事が少年をたずねて行ったとき、少年は天城峠でその女と別れて先に峠をくだったといっていますが、その少年が下田の家に帰ったのは、二十九日の午後です。彼は二十八日の晩、どこに泊っていたのでしょう」

「…………」

「刑事がそれを深くきかなかったのは、十六歳の少年だから、事件に無関係だと思って、はじめから問題にしなかったのです。……私は今から想像するに、氷倉に泊ったのは、その少年だと思いますよ」

私は身体を少しずらせたので、掛けている椅子《いす》がきしって音を立てた。

「その少年は十六歳、氷倉の寒さぐらいは平気なはずです。急に家出したので、金も持っていなかったのでしょう。氷倉内で野宿したに違いありません。それに十六歳といえば、九文半くらいの足の大きさです。ねえ、そう思いませんか？」

と、老人は私の目をのぞきこんだ。

「そうですな」

と、私は相槌《あいづち》を弱く打った。

「その少年について、もっと突っこんできけばよかったのです。少年は、かならず、何かを知っているはずです。私が、事件の解決は別なところにある、と言ったのは、そのことです」

田島老刑事は茶を啜《すす》った。私も、咽喉《のど》が乾いたので茶を飲んだ。二人は茶の音を立てただけで、しばらく黙っていた。

「しかし、なんといっても」

老人は、ややあって言った。

「三十数年の昔です。たとえ、犯人が今ごろ分っても、とっくに時効にかかっているから、どうすることもできません。殺人の時効は十五年ですから、その倍以上の年月が経《た》っているわけです」

「あなたは、この原稿を書かれるとき、下田に調べに行かれたのですか」

私は唾《つば》をのみこんできいた。

「行きました。これを書きかけて、ひょいと今の疑問が頭に浮びましたからね。三十余年ぶりです、私が下田に今度行ったのは。……何もかも変ったようで、あんがい昔と変っていませんでした。ただ、すっかり観光地になっていることと、住んでいる人がすっかり変りました」

「少年の家は？」

と、私はきいた。

「昔は鍛冶屋でしたが、今は観光バスの車庫に建て変っていました。むろん、少年は土地を三十年も前に離れていました」

田島老人は、そう言って、いかにも長話をしたというように立ちあがり、注文品はすぐに届けてくれと言った。

「毎度、ありがとうございます」

私は白くなった唇で言い、頭をさげた。

老人は行きかけたが、ふいと足をとめて言った。

「そうそう、私にはどうしても分らんことが一つありますよ。それは動機です。もし、その氷倉に泊った少年が土工殺しの犯人だとすると、なぜ殺したのでしょう。もの盗りではない、土工の死体はちゃんと手製の財布の中に九十八銭もっていたのですからね。……この動機の疑問がどうしても解けませんよ」

私が答えることはなかった。

田島老刑事は、いくぶん前かがみの姿勢になり、私の店を出ると、のろのろ歩いて去った。

私は、店の内に戻らず、二階の自分の部屋にはいった。縁側に籐椅子《とういす》がある。私はそこにすわって、秋の明るい陽が溜《たま》っている屋根を見つめた。

あのとき、私は天城峠のトンネルの入口まで来て、また湯ヶ島の方へ引き返したのだった。

私は、あのきれいな女と土工とが気にかかった。大男の土工に話しかけている女が不安になった。それは、トンネルの真っ暗い穴を覗《のぞ》きこむように私に危惧《きぐ》を起させた。

女が急に私から離れて、土工に近づいて行ったことも、十六歳の私には不満であった。私の心の中には空洞《くうどう》ができていた。私が、もとの道へ引き返したのは、ふたたび女を得て、心の空虚をうずめたいためであった。

私は暗い前方を見つめながら道を歩いた。このとき、私の顔に、ポツポツと雨滴が落ちかかった。空も、山も真っ黒だった。もとの道へかなり歩いたけれど、土工の姿も、女の姿もなかった。私は、すこしあわてた。この道は一本道で、ほかに小さな径《みち》があるが、それは山葵沢《わさびざわ》におりるか、山の頂上に登るかするだけの道であった。

女が土工に話しかけて、私を突き放した地点は、とっくに過ぎた。私は、あるいは、ふたりが湯ヶ島の方へ引き返したのではないか、と思ったが、そんなことはあるまいと思いなおした。暗いので、私の目が見のがしたかもしれないと考え、ふたたびトンネルの方へ足をかえして、目を大きく張り、耳をすましてゆっくりと歩いた。

すると、そこから五六間ばかり来たころ、傍の藪《やぶ》が音を立てているのを聞いた。雨もよいの晩だが、風はない。風がふいているにしても、そこだけに音があるのはふしぎだった。

私は立ちどまって耳を傾けた。すると女のうめき声が聞えた。私は、はっとした。暗くて分らないが、その声はあの女以外に考えられないし、場所が藪の中だけに、女が土工に苛《いじ》められていると直感した。私の神経はふるえた。女のうめき声が、また起った。首を絞められているような声だった。

私はよほど大きな声を出そうかと思った。が、夜の山中には、ほかに人影もないし、もし、土工が怒って私に飛びかかってきたときの恐ろしさが先に立った。私は、とにかく、様子を見とどけるために、笹《ささ》の鳴っている近くへ、音を立てないように近づいた。

音はすぐそこでしていた。闇《やみ》にいくらか慣れた目には、藪の中で黒い人間の影が二つ、いっしょに横たわっていることが分った。その身体が動くたびに、灌木《かんぼく》の葉や笹が鳴っているのであった。

私は固唾《かたず》をのんだ。女の断末魔のようなうめき声がもう一度聞えたら、私は自分を忘れてとびだして行ったかもしれない。が、意外なことに、今度は女の含み笑いが聞えた。ク、ク、クと咽喉から笑うような声だった。男の声は聞えなかった。

私があっけにとられていると、二つの影は身体を起した。私が身体をちぢめて見まもっていると、女は自分の着物を、ばたばたとたたいて、身づくろいをした。それから二人は、笹藪をわけて、道路におりていった。

「五十銭では安いね」

女が道で土工に言った。

「もう、五十銭出しなさいよ。あんた、持っているんだろう?」

いままで、うめき声を出していたとは考えられぬ、まったく違った女の声であった。

「持ってねえ」

男は、初めて声を出したが、どこかゆっくりしただみ声だった。

「嘘いいなさい。さあ、もう五十銭出して頂戴《ちょうだい》、出さないと、私が貰《もら》うよ」

女は土工の身体に手をかけたようだったが、動作が緩慢なので、結局、ポケットの中から五十銭をとられたようだった。土工は少し抵抗したようだった。

女は男に向って、

「ほれ、持ってるじゃあないか。ケチな男だねえ。わたしだって、あんたの臭い身体を我慢して、なにしたんだからね。これくらい貰わないと、あわないよ」

と言うなり、さよならともなんとも言わないで、さっさとひとりで先に歩いて行った。土工は、低い声でぶつぶつ何か言っていたが、女のあとを追うでもなく、のろのろと一人で歩きだした。

私は、この土工をトンネルを出たところで殺した。土工が振分けの荷を肩に代える恰《かっ》好《こう》で道ばたにしゃがんだところを、ふところにもっていた切出しで、彼の頭や顔などに斬《き》りつけたのだ。その切出しは、自分が鍛冶をして打ったものである。

土工は、右側の石垣のところから杉林の中に転がり落ちた。私は彼のところへ行き、どこかに金があると思って、彼の着ているものを滅茶滅茶《めちゃめちゃ》に破りとったが、そのときは夢中で、どう脱がせたか記憶がない。金は分らなかった。しかし、金をとるのが私の目的ではなかった。

私は、自分のしたことが知れるといけないと思って、また、土工の背中を突き刺し、川の方へ引きずりおろした。それから、手製の切出しは川の中に捨てた。

私は、その晩、氷倉の中にはいり、梯子をオガ屑の上に横たえて板を置き、その上で一夜を明かした。家に帰ってから、刑事が来たが、私は女と天城峠で別れたことだけを言った。刑事は疑わずに帰った。

私は、なぜ、土工を殺す気になったのか。十六歳の私にも、土工が女と何をしていたかおぼろに察しがついていた。実は私がもっと小さいころ、母親が父でない他の男と、同じような行為をしていたのを見たことがある。私は、そのとき、それを思いだし、自分の女が土工に奪われたような気になったのだ。それと、いまから思えば、大男の流しの土工に、他国の恐ろしさを象徴して感じていたのであった。

田島老刑事は、あの時の〝少年〟が私であることを知っている。三十数年前の私の行為は時効にかかっているが、私のいまの衝撃は死ぬまで時効にかかることはあるまい。

（「サンデー毎日特別号」昭和三十四年十一月）

寒流

一

Ｂ銀行Ｒ支店長沖野《おきの》一郎《いちろう》が、割烹《かっぽう》料理屋「みなみ」の女主人前川奈美《まえかわなみ》を知ったのは、沖野一郎が新任支店長として取引先をまわったときが最初であった。つまり「みなみ」は、Ｂ銀行のお得意先の一つだったのだ。

Ｒは、東京都内でも活気のある一区画で、都の人口がふくれるにつれて急速に拡大してゆく住宅地を背後に控え、都心からの交通が蝟集《いしゅう》し、デパートが競立している。夜の人出の多いことは、銀座を凌《しの》ぐものがあった。それで各銀行もことごとくここに支店を置いて激烈な競争をしている。Ｒ支店長に転勤してきた沖野一郎は重要なポストに据えられたわけである。

沖野一郎には、目下、Ｂ銀行で勢力を伸ばしにかかっている重役の推輓《すいばん》がある。桑山《くわやま》英己《ひでき》という四十二歳の常務である。この若さで常務になっているのは、彼の先代がＢ銀行創立の功労者で、長い間、頭取をやっていたためである。

この頭取が隠退して、二三年前に死ぬと、重役間の勢力が二つにわかれた。現在の頭取は、桑山の先代の子分だが、温厚なことだけがとりえで、切れ者の副頭取が、着々とおのれの勢力の扶植にかかっていた。二代目の桑山英己はそれを腹に据えかね、副頭取に抵抗してその防御にあたっている。というよりも、将来はこの副頭取を追いだそうと考えていた。彼はそれだけの腕が自分にあると信じている。

そのため、常務の彼は、腹心の者を強引に重要なポストに割りこませていたが、沖野一郎をR支店長に据えたのも、その一つであった。桑山英己と沖野一郎とは、学校が同期である。

沖野一郎は張りきってR支店に着任し、前支店長から事務の引きつぎを完了すると、すぐに管内の取引先をまわって挨拶《あいさつ》した。

「これから行く、みなみという料理屋のおかみさんはね」

と、車の内で、禿《は》げ頭の前支店長は沖野一郎に言った。

「なかなかのやりてですよ。亭主は三年ばかり前に亡《な》くなりましたが、三十歳の若さで屋台骨を支え、びくともしないのですよ。顧客《とくい》も大手筋の会社をいくつも持って、経営内容はしっかりしたものです」

「ははあ、女丈夫《じょじょうふ》ですな?」

四十三歳の、背の高い沖野一郎は、真白いハンカチで眼鏡の玉を拭《ふ》きながら、薄い笑いを浮かべた。

「たしかにそうなんですが、女丈夫という言葉の印象と大違いで、なかなかの美人ですよ」

前支店長は言った。

「まあ、これから本人にお会いになれば分かりますが」

「美人の未亡人で、そんなに商売がうまいとなると、少々警戒しなければいけませんね」

これは沖野一郎がその店の経営内容の前途のことを言ったもので、料理屋、旅館、バーなどといった接客業は〝ドンブリ勘定〟といって銀行貸付は最下位にランクされている。

「これから将来のことは分かりませんが、現在のところ、みなみは健全ですよ。預金をしてくれる割に、貸付の方は、そう無理を言いません」

前支店長は、だいぶ「みなみ」の女主人を買っていた。

「パトロンでもあるんじゃないですか?」

沖野一郎はきいた。

「さあ、ああいう商売ですから、確かなことは言えませんが、目下のところ、そういう噂《うわさ》もないのですよ。それはしっかりしたものです。一昨年、店の改築をやりましたが、そのときに貸付けた七百万円も、今年の春にはきれいに返済しています」

「ほほう。よほどいい客筋を持っているのですな」

そのとき沖野一郎は、前支店長が、「みなみ」の女主人に好意をもっていたのではないか、と思った。それほど彼はほめるのである。

「みなみ」は、坂になっている繁華街から少し離れた裏通りにあった。戦前はある華族の別荘だったのを買いとって、建物だけを料亭向きに二度も改築している。だから、庭は昔のままで、形式は少し古めかしいが、鷹揚《おうよう》で、美しい。

沖野一郎は、そこで初めて、前川奈美を見たのだが、前支店長の言葉がほめすぎでないことを知った。奈美は、三十歳というが、二十五六歳くらいにしか見えず、すらりとした背で、和服がよく似合った。小さな顔で黒瞳《くろめ》がぱっちりとしているから、はっきりした印象である。鼻すじが細く通って、唇の恰好《かたち》がいい。といって、表情には勝気なところは見えず、顔も、身体《からだ》つきも細いから、かわいい感じであった。

沖野一郎は、初対面から前川奈美が好きになった。

半年後、沖野一郎は前川奈美と親しくなった。

そのころ、「みなみ」は、増築をしていたので、奈美はB銀行から金を借りることになった。そんな交渉で、奈美も銀行に行くし、沖野一郎も奈美の家に行く。

増築工事の間、前川奈美は、別に住居《すまい》を一時借りていた。静かな住宅地の一画で、塀をめぐらした大きな家である。奈美には、亡夫との間に二人の小さな女の子があるが、お手伝いを二人おいても、家はまだ広すぎるぐらいであった。

貸金は一千万円だが、滑らかに運んだ。本店の調査部長も、桑山常務派だし、沖野一郎とも親しいから、事前に頼んでおくと、書類はわけなく通過して、稟議《りんぎ》がおりた。「みなみ」は経営内容がいいといっても、料理屋は〝不急貸金業種〟で丙種になっている。

この尽力は、沖野一郎がした。のみならず、細かな書類のことまで、沖野一郎が前川奈美のところに出かけて行って話しあう。そのようなことは、むろん、係員をやればすむことだが、支店長がみずから出向くのである。

その後も、奈美から預金の引出しの電話がかかると、沖野支店長が普通行員なみに現金持参におよぶのであった。

このような様子からすると、沖野一郎は、ひどく厚かましい男にみえるようだが、実は彼はおとなしい紳士であった。趣味といえば、音楽を聞くことと、野球を見ることしかない。音楽は学生時代から好きで、外国のレコードもとりよせて家にあつめている。

家には、妻と、子供が二人いた。妻は、身体がひ弱い以外には非難するところがない。

沖野一郎は、妻と結婚して以来、多少浮気めいた経験は一二度あったが、深入りしたことがなかった。一つは銀行での出世を心がけている彼の臆病《おくびよう》さからもきた。

沖野一郎が前川奈美に惹《ひ》かれたのは、どのような点にあったか。奈美がきれいで、素人《しろうと》にない美しさを持っていたのに第一に惹かれた。愛嬌《あいきょう》もいいし、上品な色気があった。それに、これだけの屋台骨を運営するのにパトロンが一人もいないことも分かって、沖野は急に惹かれた。未亡人で、頭脳《あたま》もいいし、経営の手腕もあるのである。

奈美も沖野一郎がいやではなかったらしい。彼女の周囲には誘惑者がひしめいている。政治家や少壮実業家もあれば、芸術家もあった。が、男の裏ばかり見て暮らしている奈美は、容易にかれらに従う気になれなかった。それにうっかりすると、たちの悪い男にひっかかって、財産を巻きあげられないともかぎらない。奈美には、男が色と欲とで誘っているような気がし、その恐怖が彼女の身を今まで守らせてきた。もっとも、彼女のかたいことが「みなみ」を繁昌《はんじよう》させている原因の一つでもあった。

沖野一郎と、前川奈美の間は急速に接近した。奈美には、沖野一郎が純真な男に見える。少なくとも、彼女の財産をねらって近づいてくる男ではなかった。かなりの教養もあるし、繊細な神経の持主であった。身だしなみは、職業の上からくることだが、いつも垢抜《あかぬ》けて瀟洒《しようしや》であった。話すときも、大きな声を出さず、控え目に言うのであった。日ごろから、猥雑《わいざつ》な男たちを見つけている奈美には、彼の身につけているものが魅力であったかもしれない。

初めのうち、仕事の話だけで行っていた沖野一郎も、しだいに、個人的な訪問をするようになった。前川奈美が、種々と便宜を計ってくれる沖野一郎支店長に感謝の意味で招待をくり返したことで、この訪問は円滑になった。キャバレーやナイト・クラブに行って、二人で踊ったこともある。最初のころ、組みあって、奈美の手を握る沖野一郎の手は、ふるえていた。奈美は、沖野が四十を越しているのに、珍しく純真な男だと思ったようである。

それから、支店長は銀行が退《ひ》けてから、まっすぐに奈美の家に来るようになった。まだ、「みなみ」の増築工事が完成しないから、奈美の静かな自宅で夕食をたべたりした。夜も、沖野一郎は奈美をナイターや、音楽会に誘った。「みなみ」には万事を任せてもいい老練な女中頭《がしら》がいたから、ときたま、奈美が沖野と遊んでも支障がなかったのである。

野球場では、沖野は奈美に野球のルールから教え、背番号をつけてグラウンドに動いている選手の名前や評判を話した。そんな場所に来る奈美は、いつも舶来生地《きじ》で仕立てさせた洋装で来る。身体の線がきれいだから着こなしもよく、スタンドの周囲から目立った。

音楽会では、高価な訪問着に、豪華な帯をつけて奈美は沖野の傍にいた。奈美は衣装となると贅沢《ぜいたく》であった。金に困らないから、一流の店からいくらでも上等のものを買う。もっとも、これは客席に出るための商売用でもある。

そんな豪奢《ごうしゃ》な着物をきてくるから、音楽会でも人目をひき、婦人たちが、羨望《せんぼう》半分にじろじろと見た。

奈美に、古典の名曲の名前や作曲者、その演奏の歴史など沖野一郎は教えたが、これはあまり成功しなかったようである。奈美は西洋の音楽よりも、邦楽を好いた。

しかし、そういう奈美を連れて歩く沖野一郎は十分に仕合せな気分に浸った。


夏の終わりごろ、沖野一郎は、奈美といっしょに夕暮れどきの神宮外苑《じんぐうがいえん》を散歩した。そのとき、ほの暗い木の陰で接吻《せっぷん》をした。接吻はそのときが最初ではない。だから、最初のころふるえていた沖野一郎も、そのときの接吻では、別の感情でおののいていた。

沖野一郎は奈美の肩を放すと、さっさと離れて一人で歩いて行った。外苑の森の隙間《すきま》から、屋根に上げたさまざまな屋号のネオンがならんで見える。沖野の足は、用事でもあるように、そのしゃれた構えの一軒に向かっていた。打ち水をしてある玄関の庭石まで来て、後ろの方を振り返ると、暗いところから、奈美の白い着物が、たゆたげに歩いてくるところだった。沖野一郎は、前川奈美を知って半年の後、はじめて実際の交渉をもった。

それからの二人の間は、火のついたようだった。奈美も、商売の方を放擲《ほうてき》して沖野一郎に会う。沖野も、会議とか、連絡とか言っては、夜おそく帰ってくる。それだけでなく、夜になるのが待ち遠しく、執務中でも、別な理由を次席に言って、奈美の家に昼食をたべに行ったりした。仕事の方が、多少、おろそかになるのは仕方がない。

沖野一郎は、前川奈美と結婚したいと思うようになった。そのためには、どのような犠牲を払ってもかまわないと決心した。

たとえば、弱い身体をもっている妻にはなんとか離婚を納得してもらおう。そうなると、銀行にも勤めていられなくなるから、辞めてもいい。せっかく、桑山常務のヒキで、これからは重役にもなれる可能性があるのだが、この将来の幸運も放棄する。これは、長い間、銀行での出世を心がけてきた彼にとって、大変な苦痛だが、俗世間的な立身よりも、前川奈美を得た方が人生はどれだけ仕合せか分からない。奈美と結婚することは環境的に容易なことではないが、沖野一郎は、あらゆる障害を排して、奈美のところに飛びこもうと思った。前川奈美も、彼と結婚したいと黒い瞳《ひとみ》に熱を帯びて言っていた。

が、沖野一郎には一抹《いちまつ》の不安があった。それは自分が現在B銀行の支店長であるから、奈美が惹かれているのではなかろうか。そもそもの初めが、彼が支店長としての地位で奈美に便宜を計ってやったことから、好意は出発している。自分は銀行を離れたら、なんの特徴も特技もない凡庸な人間である。銀行という組織の中に在《あ》るからこそ、実力が発揮されるのであって、それから出たら、ツブシの利《き》かない無能力者になりはてるのだ。

せいぜいが、「みなみ」の会計をするぐらいがせきの山で、経営の才能のある前川奈美からみると、ひどく色あせた人間に映りはしないか。そのときになって、奈美から突き放されそうな気がする。沖野一郎は、この危惧《きぐ》のために、気持ははやりながら、実行に踏みきれずにいた。

こうして、沖野一郎と、前川奈美とは、結婚という白い線を目の前に見ながら、会うのを重ねていた。むろん、奈美は、沖野が来るなら、いつでも家に迎えると言いきっている。沖野一郎は、環境の紛争と、前途の不安とで、その一歩手前を彷徨《ほうこう》していた。しかし、この彷徨はそれなりに十分にたのしいのである。

沖野と奈美との交渉は、互いに用心深く気をつけていたから、銀行内で気づく者はなかった。だから、奈美が、時おり、銀行に来て沖野に会っても、誰も商売の用事の訪問としか考えていなかった。

前川奈美が銀行に来ると、その顔の端麗さと、きれいな姿が行員の目をひく。自然と「みなみ」のおかみのことは、B銀行でも評判になっていた。

あるとき、本店の桑山常務が、ふらりとR支店に沖野一郎を訪ねてきた。仕事の話のあと、行員が沖野のところに来て、いま、「みなみ」のおかみさんが支店長に用事があって会いにきていると取り次いだ。

「みなみのおかみは、きれいだそうだね」

常務の桑山英己が、横から興味を起こしたように、沖野一郎に言った。

「どうだね、さしつかえなかったら、ぼくにも一目見せてくれないか。得意先でもあるし、挨拶《あいさつ》もしたいからね」

常務だし、学校の同期生である。断わる理由はなかった。桑山の身だしなみは沖野一郎よりもはるかに洗練されていた。むろん金があってのことで、着ている洋服も沖野支店長の比ではない。

ふたりはそろって、応接間に待っている前川奈美の前に出て行った。

沖野一郎の不幸がこのときから芽を吹いた。

二

応接間で待っていた前川奈美は、沖野一郎が不意に上役を連れてはいってきたので、おどろいて、立ちあがった。驚愕《きようがく》しているときの彼女の目は黒瞳がつぶらに張られていきいきとしていた。

「うちの常務です」

沖野一郎は、微笑をたたえて控え目に立っている桑山英己を前川奈美に紹介した。

「どうも」

桑山英己は、名刺を抜きだし、前川奈美の前に腰をかがめて差しだした。

「桑山と申します。いつもお世話になっております」

前川奈美は、さようでございますか、と白い指でうけとり、いただくような恰好《かつこう》をして、帯の間にはさんだ。

三人は腰をおろした。応接間は四面が総ガラスで、明るい光線の充満している中に、前川奈美の顔と姿は、美しく浮き出ていた。

「いつも、沖野君からお噂《うわさ》をうかがっていますが、お店の方もご繁昌《はんじょう》だそうで結構ですな」

桑山常務は、やはり微笑をつづけながら、前川奈美に話しかけた。沖野は、桑山に前川奈美のことをあまり言った覚えがないので、常務のお世辞に苦笑した。

「いいえ。なんですか、わたくしひとりでやっているものですから、いろいろと思うようにまいらないところがございます。やはり、経営面では、女は殿方と違って弱いところが出てまいりますわ」

前川奈美は、ほほえみ、目を伏せて言った。そんなときの彼女の目は、長い睫毛《まつげ》が白い顔に爪《つめ》のかたちのような翳《かげ》りをつくった。

「たいへんですな。しかし、失礼ですが、おえらいですよ。あれだけの経営を立派にひとりでやってらっしゃるんですから」

桑山英己は、前川奈美を見つめながら、ほめた。

「何かのことがありましたら、沖野君に申しつけてください。できるだけの便宜は計りますよ」

「ありがとうございます」

前川奈美は、上体をきれいなかたちでかがめて、礼を言った。

応接間での話は、せいぜい十分間くらいにすぎなかった。内容も、初めて会った同士として、儀礼的だった。世間話が多い。

桑山常務は世間話として、今年の景気の予想を巧みな言い方で話したりした。財界に顔を出しかけている男だし、その方面の話には自信があった。新聞にも雑誌にも載っていないことを、ちらりと口に出す。話術もうまいのである。前川奈美は、聞きほれていた。

暇《いとま》を告げるとき、前川奈美は桑山常務に言った。

「貧弱なところですが、何かのおついでのときに、わたくしの店へもお越しくださいまし。お口に合うようなものはできないとぞんじますが、もし、常務さんにいろいろと教えていただけたら、ほんとにありがたいとぞんじますわ」

「ありがとう。いずれうかがわせていただきます」

桑山常務は、頭をさげて言った。それから、傍にすわっている沖野一郎の方を向いて、

「ねえ、君。君は奥さんのお店に行ったことがあるんだろう?」

と、軽くきいた。

「はあ、ありります」

いままで、あまり発言しなかった支店長の沖野一郎は、少しどもって言った。

「きれいな店ですよ。料理も凝っていますから、常務がいらしても、失望しないと思います」

「君が言うなら間違いはないだろうね」

桑山は言ったが、ふと気づいたように、

「お店が増築中なら、いろいろと不便でしょう。あの、ずっとお店の方にいらっしゃるんですか？」

と、奈美の方に顔を戻した。

「いいえ」

前川奈美は、かすかに顔を振った。

「工事の間は、狭うございますので、一時、ほかに家を借りております。小さいのが二人もおりまして」

「ほう、それは。で、どちらに？」

「S町でございます」

「はあ、そりゃ、いいところですな、あの辺は、ぼくもよく車を運転して通りますが、S町は、どのあたりですか？」

「環状道路から東よりにはいったところなんです。近くに、もとN宮さまの別邸がございますわ」

「あ、あの辺なら、ぼくもよく知っています。友人がおりましてね。よく訪ねるので、地形は分かっています」

桑山英己は、今までよりは、すこし早口に言った。

「あら、さようでございますか……」

奈美は、きれいな目もとに笑いを見せた。

「それなら、どうぞ、おついでの時に、お立ちよりくださいまし。むさくるしいところですが」

沖野一郎は、不安を覚えた。桑山常務に、S町に友人がいるなどと、今まで聞いたこともなかったからである。

その次に、沖野一郎が前川奈美と二人きりで、よその家の中で会ったとき、桑山常務の話が出た。それを先に持ちだしたのは沖野一郎であった。

「常務は君に好意をもったらしいな」

沖野一郎は、奈美の反応を見るように、顔を眺めた。

「そうですか」

奈美はうつむいた。

「できるだけの便宜を計ると言っただろう。あの人は、ふだんは、取引先にはポーカー・フェイスでね、当たりさわりのないお愛想は言うが、あんな言質《げんち》はとられないようにしているのだ」

「そう」

奈美は、あまり関心のない顔をしていた。

沖野一郎には、この間の桑山英己の言い方を肚《はら》に据えかねている。奈美のために貸付に努力したのは自分だが、常務は、何かのことがあったら沖野君に言いつけてください、と奈美に言った。いつのまにか桑山常務の恩恵的な裁量にすりかえてしまっているのである。

桑山常務の性格は、学校時代から知っているだけに、沖野一郎には不安だった。桑山英己は、体裁屋で、お澄まし屋で、狡猾《こうかつ》であった。学生時代、友人の女をこっそり奪って捨て、知らぬ顔をしていたことが、二度ほどある。同期生だった沖野は、彼に頼まれてその処置に苦労したものだった。

桑山常務が、前川奈美を見て、大いに興味を起こしたらしい様子は、沖野一郎にも分かっていた。桑山英己が常から女に手の早いことを沖野は知っていた。

「この前、常務は、君の自宅をいろいろきいていたが、まだ、訪ねてこないかね?」

沖野一郎は、奈美の表情をうかがうようにきいた。

「いいえ、見えませんわ」

奈美は、額に垂れかかった髪をかすかに揺れさせて頸《くび》を振った。

「そうか」

沖野一郎は、ここで前川奈美に、桑山英己が警戒を要する人物であることをよほど言おうかと思った。

しかし沖野一郎は咽喉《のど》まで出かかっているその言葉を無理にのんだ。一つは、奈美に自分の嫉妬心《しっとしん》を見せたくなかったからである。沖野一郎は、音楽を愛し、読書をたのしみ、野球を見ることの好きな、もの静かな性格であった。好きな選手がグラウンドで美技を演じても、決して拍手を送ることはなく、微笑を浮かべるぐらいのものだった。沖野一郎は、彼自身、自分の知的な静かな性格を愛していた。そのことは、奈美には、魅力だったようである。だから、嫉妬を見せるのは、この性格の破綻《はたん》を暴露することだった。

もう一つは、相手が自分の社の常務という理由であった。学校時代こそ、同期生で友だちだったが、今は重役と部下の関係だった。沖野一郎は使用人意識に完全にとらわれている。友だちだったが、現在は、自分をひきたててくれる重役であった。桑山が銀行の実権を握ると、当然、沖野も側近として主流に浮かび、幹部の椅子《いす》にすわれるのである。つまり、沖野一郎は、桑山英己に対して、部下としての保身的なおそれと、目をかけてもらっていることの出世的な恩義を感じているのであった。

「君の愛情は変わらないね？」

沖野一郎は、奈美のきゃしゃな肩を抱きよせて、言った。これを確かめる以外に、防御の方法がない。

「変わらないわ、いつまでも」

奈美は、沖野の腕の輪の中でうなずいた。

が、奈美は沖野一郎に隠していた。桑山常務は、あれからさっそく、何回となくS町の自宅に訪ねてきているのであった。

桑山常務の最初の訪問は、〝近所を通りかかったから〟というのであった。

ひっそりとブザーが鳴り、お手伝いが玄関から取り次いで戻ると、桑山英己の名刺をもってきたのである。

前川奈美がびっくりして玄関に行くと、長身の桑山英己が瀟洒《しょうしゃ》な洋服で立っている。陽のあたっている道路には、黒光りするキャデラックが、細長い車体を据えていた。

「ちょっと、そこまで来ましたので」

桑山常務は、ひとりで立ってつつましげな微笑をしていた。

「先日はどうもありがとうございました」

奈美は、おじぎをして、

「どうぞ、おあがりくださいませ」

と、上に請《しよう》じようとした。

「いえ、玄関だけで結構です。なかなか結構なお住居じゃございませんか」

常務は、玄関から家の中をぐるぐる見まわすようにした。

「どうぞ、おあがりあそばして」

奈美が言っても、桑山常務はかたくなに辞退して帰った。


それから二度もつづけて桑山常務は来た。次からは、むろん座敷にあがるのである。しかし、長居は決してしなかった。せいぜい二十分くらいがせきの山で、前川奈美と世間話をしては帰るのである。

「つい、近所を通りかかったから」

というのが、常務の訪問の理由だった。初めから気軽である。しかし、この軽い、短い訪問が頻度を増し、堆積《たいせき》すると、一つの重量になるのを常務は心得ているようだった。

奈美は、沖野一郎に常務のことを明かさなかった。彼女も、それを沖野に話すと何か悪い結果になりそうなので、はばかっていた。彼女も、女の予感として、常務の訪問の目的を察していた。それだけに、部下である沖野一郎には打ちあけにくい。

奈美は、そのほかの誘惑のことは、なんでも沖野一郎に話した。

たとえば、最近、彼女にひどく熱心になっている元代議士がいる。この男は皿の収集家で、自宅には何千枚という古い皿があり、ぜひ見にきてくれ、気に入ったのがあれば進呈すると言っていた。財産にすれば、一億円に近い、東京の骨董屋《こっとうや》で自分の名前を言えば知らぬ者はない、とも自慢していた。

ついこの間も、彼女に、香炉を贈ってきた。やはり客商売のことだし、断わりきれないで、奈美がその元代議士の自動車に乗ると、さっそく、飯を食いに、知った待合に行こうと言いだした。それを婉曲《えんきょく》に拒絶すると、やにわに彼女の指をとって、口の中に入れ、粘い唾《つば》でなめまわしたという。

「その元代議士の口説き方は二つあるの」

奈美は沖野一郎におもしろそうに話した。

「一つは、自分が、かならず大臣になる、ということだわ。今度の選挙に勝ったら、すぐに次官で、その次は大臣だというんです」

「もう一つは、なんだね」

「皿のことですわ。自分は学生時代から皿をあつめて、今でもつづけている。一つのことに、それだけ打ちこんでいる証拠だというんです。だから、あなたを愛する情熱は、未来永劫《えいごう》に変わらないというんですよ」

「なるほどね、口説き方も、いろいろあるものだな」

沖野一郎は笑った。

「あんまり、しつこいので、わたしには世話になっている人がありますからと言ってやったら、おどろいていたけれど、そこは元代議士だから、へこまないわ。その人と内緒で自分とつきあってくれ、あなたの心の支えになります、とまじめな顔で言うの。すぐに待合に誘うくせに、心の支えもないものだわ」

前川奈美は、声を立てて笑っていた。

沖野一郎は、それを聞いているうちに、ふと、桑山常務は、奈美にどのような口説き方をするのであろうか、と思った。この不安は、しかし、口に出して言えないのである。

常務の今までの女はほとんど芸者であった。バーのマダムやキャバレーの女給などは彼の趣味にない。おれは古典派で、オーソドックスだと常務は言っていた。

その桑山常務が、何ゆえに、前川奈美に興味を起こしたのであろう。沖野一郎には、だいたいの推量がつく。前川奈美には、プロにはない気品があった。自分で割烹《かっぽう》料理店を経営し、かなりの資産をもった、独身の女主人なのである。和服を着ても、芸者が負けるような、色気のあるいい線を出した。頭脳《あたま》もいいし、経営の才能があった。

かたちだけで、内容の空疎《くうそ》な芸者からみると、桑山常務が前川奈美に興味をもったのは無理もなさそうであった。

そういえば、桑山常務は、あれ以来、しばしば、R支店にやってくる。前にはなかったことである。来ても、別に重大な用事があるわけではなく、支店長席の横で、ゴルフの話などして帰るのであった。

沖野一郎には、桑山常務が何かを偵察し、何かをねらって来ているような気がして仕方がない。彼は常務の話に相槌《あいづち》をうちながら、その不安が表情に出て、ときどき、見当違いの返事をしたりした。

その、ぼんやりした危惧《きぐ》が、いよいよかたちらしいものをとってきたのは、桑山常務が、明日の土曜日、一泊の予定で前川奈美と三人で箱根にドライブしようと申しこんできたことだった。

沖野一郎は、蒼《あお》くなったが、断わるわけにはゆかない。

「結構ですな」

沖野は、ふるえながら答えた。

「ね、君、いいプランだろう。あの奥さんには君から誘っておいてくれよ」

常務は、にこにこしていた。

「承知しました」

沖野一郎は、常務をドアの外に見送り、キャデラックが走り去るのを眺めながら、蒼い顔になっていた。

た。

三

柔らかい陽が降りそそいでいる晩秋である。空は澄明《ちょうめい》なガラスを重ねたように碧《あお》かった。

常務の桑山英己は、キャデラックを自分で運転しながら、途中の町かどに立っているはずの支店長沖野一郎を拾いに行った。沖野は銀行の帰りだから手提鞄《てさげかばん》を持っていた。土曜日のことで銀行の扉は午前中でしまるから、二時半の約束だった。沖野支店長は銀行から数町離れたところに、ぼんやりしたような、あるいは、気づかわしそうな顔つきで立っていた。

車がとまると、沖野支店長は、ちょっと頭をさげて笑い、桑山常務の隣に乗りこんだ。

「前川さんに話したかね?」

常務はきいた。

「話しました」

支店長は答えた。

「どうだった?」

「都合がついたら、お供すると言ってました」

「都合がついたらか?」

桑山常務はつぶやき、前川奈美の住んでいる家の方角へ車を曲げた。彼は煙草《たばこ》をくわえ、青い煙を風に流していた。その横顔が、ひどく意地悪く見えた。

沖野一郎は、実は、前川奈美に今日の箱根行きのことを電話で言ったのではなく、さっそく、昨夜、彼女の家に行って直接に話したのだ。彼が奈美を訪問すると、お手伝いたちは寄りつかないようにしている。

「常務がこう言っている。どうするかね？」

沖野一郎は、奈美を抱いたあとで言った。

「行ってもいいわ。去年は箱根の紅葉《もみじ》を見ずじまいでしたから」

奈美は、黒瞳《くろめ》を輝かして言った。

「今からでは、紅葉にはおそいよ」

沖野は、奈美に断わらせようとした。

「そう？」

「それに、箱根は、もう寒い」

前川奈美は、ちらりと沖野を見た。沖野は浮かない顔をしている。奈美はそれを、敏感に読みとったらしい。

「だったら、よしてもいいわ」

沖野一郎は、内心で安心した。が、たちまち、桑山常務への心配が頭をもたげてきた。

すぐに拒絶するのは常務の不機嫌を買うに違いない。桑山英己はお天気屋である。顔色を表に露骨に見せないで、別なかたちで仕返しされる。あとでそれだと気づく場合が多かった。

「いや、無理にとは言わないがね。とにかく明日の三時に、ここに常務といっしょに誘いに来る。そのときに、気がすすまなかったら、都合が悪くなったと言って断わってもいい」

奈美は、きれいな目を伏せて、うなずいた。沖野一郎は、それで奈美の拒絶を確認したと思った。

そんなことを知らない桑山常務は、磨いたハンドルを器用に動かしながら、

「君、前川さんは、こられない口吻《くちぶり》だったかね？」

と、気がかりそうに沖野一郎にきいた。

「さあ、ぼくは来ると思いますがね」

沖野は、落ちついて反対のことを言った。

「そうかな。ぼくは断わられるような気がするがね」

常務は、道路を横切っている子供をよけながら、言った。沖野一郎は桑山の勘のよさを心の中で賞賛した。

「いや、ぼくは来ると思いますね」

沖野一郎は強調した。

「それは、ああいう商売ですから、箱根にドライブしようとずいぶん誘われるらしいです。この前も、強引な客が、前川さんのまだ寝ているときに車を持ってきて、家の前で待っていたそうです。そんなバカな奴《やつ》は、別として、われわれだったら安心して来ると思いますね」

「そうかね」

常務は、疑わしそうにつぶやいた。その目はひどく熱を帯びていた。

「賭《かけ》をしてもいいです」

沖野一郎は言った。

「賭か」

桑山常務はすこし笑った。

「何を賭ける？」

「常務は金持だから、ぼくが五千円相当の何かの品物、常務が負けたら一万円の品です」

「それは割が悪いな。一万円は高い」

と、桑山は言ったが、機嫌の悪い顔ではなかった。

「よかろう」

ふたりの男は、笑い声を、流れる風の中に消した。

キャデラックは、高台の静かな住宅街の中にはいり、前川奈美の家の門の前についた。

「君、行ってみてくれ」

桑山常務が命じた。

「はあ」

沖野一郎は車をおりて、玄関のブザーを鳴らした。

扉が内側からあいた。沖野一郎は、あっと叫ぶところだった。前川奈美がきれいな支度で、女中に送られて出てきた。


「ぼくが負けたね」

桑山は運転しながら、隣の沖野に笑いながら言った。爽快《そうかい》な表情であった。

「そうですね」

沖野一郎は、快活な顔をつくった。

「こうなると、一万円は出血だ。すこし、負けてほしいな」

「常務、そりゃ卑怯《ひきよう》ですよ」

「そうか。あははは」

しかし、恨めしいのは常務よりも、後ろの、広い座席に、ゆったりと一人で掛けている前川奈美だと思った。昨夜は拒絶するふうを見せながら、なぜ、のこのこと出てきたのであろう。たぶん、箱根の一泊ドライブが気に入ったのかもしれない。それと、恋人の自分と箱根で一夜をすごすことに惹《ひ》かれたのであろう。たとえ、そこには常務という他人が介在していても、女にとってたのしいことに違いない。沖野一郎は、前川奈美の背反を、いい方に解釈した。

しかし、奈美は桑山英己がどんな男かよく知らないのだ。女にかけては若いときから腕達者だし、近ごろでは花柳界に遊んでさらに熟達している。桑山は、あきらかに奈美をねらっているのだ。

こんなことなら、昨夜、はっきりと拒絶させるように奈美に言っておくべきだったと沖野は後悔した。桑山がどのような人間かもよく教えていない。それを言いたいのだが、自分の、醜悪な嫉妬《しっと》を奈美に見せることになるし、奈美の心に象《かたち》づくっている沖野一郎の静かな知性像を、みずから崩壊させることになる。奈美が沖野を愛するようになったのは、もともと沖野のそのような性格を好んだからであった。沖野は破綻《はたん》を見せたくない。

今日のことも、そのことにつながっている。昨夜、はっきりと断わるように奈美に言えなかったのは、自分の感情の抑制と、桑山への斟酌《しんしゃく》があったからだ。奈美には、そんなことは分かりそうなのに、やはり分かっていなかったのだ。彼女は、沖野が行くというので、単純についてくる気になっていたに違いない。こんなことなら、昨夜、思いきって拒絶を強いるのだった。

沖野一郎は、無神経についてくる奈美も恨めしかったが、自分の気弱さにも腹が立った。

キャデラックは、京浜《けいひん》第二国道から東海道《とうかいどう》を下り、大磯《おおいそ》の新装道路を飛ばした。陽が沈みかけて、海が赤く見える。小田原《おだわら》から箱根にはいったときは、くらくなっていたが、快適なドライブであった。

桑山常務は、前方を見つめ、ハンドルを動かしながら、ときどき、後ろにすわっている前川奈美に話しかけた。たわいのない話題だ。奈美はそのたびに、上体を桑山の背中に近づけ、話を受けていた。彼女は常務の運転が、上手だとほめた。沖野一郎は、二人の会話からはずれることが多かった。

塔《とう》ノ沢《さわ》から宮《みや》ノ下《した》にのぼるころはまったく夜になっていた。桑山は七曲がりの坂を上手に運転し、強羅《ごうら》の大きな旅館の前につけた。

「大丈夫ですか？」

沖野一郎は桑山に言った。

「なに、大丈夫だろう」

常務は低い声で答えた。

これは前川奈美には分からない。桑山常務は細心な男だった。このような情景を他人に見られることを好まない。銀行の人間が、取引先の婦人客と箱根に来たと分かったら、彼らの〝敵〟にいかなる口実を与えるかも分からないのだ。桑山常務は芸者と遊ぶにも、いつも二三流の待合をえらんで、目立たないように用心しているのを支店長は知っていた。

旅館のいちばん奥まった部屋にはいった。座敷にはすでに炬燵《こたつ》がはいっている。

「さすがに、ここはもう寒いですな」

沖野一郎は肩をすくめて言った。心がかすかにふるえているのは、今夜の危機を予感してのことだった。

奈美は、顔を少しうつむけ、目を伏せて、すわっていた。そのようなときの奈美の顔が、いちばん美しく見えるのを彼女自身が心得ているようである。今夜は、特にえらんだらしい花やかな色の和服を着ていた。沖野一郎は舌打ちしたいぐらいだった。

風呂《ふろ》は、女中に案内されて、前川奈美が先に立って行き、男二人は大風呂にいっしょにはいった。

「やはり、寒いときの温泉はいいね」

と、桑山は体格のいい肩をみせて、上機嫌に沖野に言った。

「そうですな。明日あたり、紅葉がのこっているのが見られるでしょうか」

沖野は、調子を合わせた。

「いや、もうおそいから、ないだろう」

桑山は言った。このときは、互いに前川奈美の話を自然と回避していた。

沖野一郎は、いま、別の浴室に浸《つか》っている、奈美のはだかの身体《からだ》を思いだし、ずぶりとタオルで顔を洗った。


三人は、友禅《ゆうぜん》模様の布団《ふとん》をかけた炬燵の上に、料理膳《ぜん》を置かせて、のみはじめた。前川奈美は、風呂からあがって、入念に化粧し、輝くような美しさになっている。もともと、化粧は時間をかけて、ていねいにするひとだし、自分の細い顔に似合うように、きつい感じのメーキャップで、髪も上にふくらますような感じである。これは高名な美容師が彼女のために考えてくれたデザインだった。

「奥さんは、おきれいだ」

と、桑山常務は何度も酌をしてやりながら、奈美に言った。

「お世辞じゃないんですよ。ぼくは、ここに沖野がいるから、隠してもしようがないから言いますが、芸者なんかとはかなり遊んできました。しかし、奥さんのようなきれいなひとは、めったに見ませんでしたな」

「あら、たいへんですわ。目のやり場に困りますわ」

奈美は、はじらって両手で顔をおおった。

「いや、本当です。ぼくはお世辞を言うのは嫌いですからね。なあ、沖野君」

桑山常務は支店長に賛同を求めた。

「そうですよ。常務は正直ですよ」

何が正直なものかと、腹の中で悪態をつきながら沖野一郎は答えた。今まで、どれだけ、その口のうまさで女をだましてきたか。沖野は、実際に見たり、同僚の陰口で聞いたりしている。

いや、ただ遊び相手の女たちだけではない。うっかりすると、口の先で男をだましかねないのである。ことに銀行内の派閥争いが激しくなっているときだけに、桑山は権謀《けんぼう》術策《じゅつさく》を弄《ろう》しはじめている。

桑山常務が、わざと、おれは道楽者だと断わって、奈美の美貌《びぼう》をほめるのは、いつもの逆手であった。これが女心を得るのにあんがい成功すると言ったのを、沖野は以前に聞かされたことがある。沖野一郎は、奈美に向かう桑山の目を警戒しながら、神経をとがらせていた。

沖野が桑山に神経を使うことは、もう一つある。それは、前川奈美と自分との特別な関係を、常務にさとられないように用心することだった。これが分かってしまうと、自分の身が危うくなりかねない。

幸い、まだ桑山はそれに気づかないようである。沖野は、なるべく奈美と話すことはもちろん、彼女の方をみないようにした。話せば、言葉の端々から、警戒していても、それと分かるような口吻が不用意に洩《も》れるかもしれない。演技をしても、そのぎごちない作為で気づかれそうである。また彼女と顔が合えば、奈美の表情や目つきで発覚しそうである。結局、奈美を見ない、話さない方針をとった。壁に押しつけられたように苦しかった。

が、これは、沖野が常務に遠慮して控え目になっているという印象を桑山に与えたようだった。桑山常務は、ひどく機嫌がいい。

「奥さんは、お強いですな」

桑山は、奈美に酌をしながら言った。

「なあ、沖野君、今夜は三人で飲みあかしてもいいな」

「そうですね」

「あら、わたくし、もうだめですわ。お先に失礼したいと思っていたところですの」

奈美は、酔っているらしい。らしいというのは、奈美は、酔っていても決して顔色に出ないことを、沖野は知っていた。ただ、黒い瞳《め》がうるんでくるだけだった。

「そうですか。しかし、もう少しはいいでしょう。これから家に帰るわけではなし、寝《やす》むばかりですから」

桑山はとめた。それから、男たち二人は、場つなぎに銀行の連中の噂《うわさ》などしあったが、沖野は空疎《くうそ》に相槌《あいづち》を打っていた。

「おや、雨が降ってきたな」

桑山は、外の音に耳を傾けた。

「明日のドライブはだめらしいぞ」

「それなら、ここで休養して帰りましょう」

「それもいいね」

桑山常務は賛成した。

酒が終わったのは午前二時を過ぎていた。前川奈美が隣の部屋に先にはいった。男二人は、この部屋にいっしょに寝ることになった。桑山は横になると、すぐにいびきをかきはじめた。

しかし、夜明け前の五時ごろ、桑山はこっそり起きて、隣の前川奈美の部屋にはいっていった。

奈美が布団から起きるひまもなかった。桑山英己は、奈美の枕《まくら》もとにしゃがみ、

「奥さん、風呂に行きませんか?」

と、誘った。

奈美が床の中にちぢんで、

「わたくし、あとからはいりますわ」

と、断わると、常務は微笑した。

「寒いですなあ」

桑山英己は布団の中に手をさし入れ、彼女の手をいきなり握った。

四

夜は、まだ明けきっていなかった。枕もとのほの暗いスタンドの光が、奈美の抵抗する顔を映しだしていた。眉《まゆ》をしかめている顔が、桑山常務の心をそそのかした。

「いけません」

桑山に握られた奈美の手は、もがいている。一方の手は、布団の襟を懸命に押さえていた。

常務は女の手をはなさなかった。

「なんにもしませんよ」

常務は言ったが、声がふるえていた。

「奥さんが好きです。最初にお目にかかったときから好きになりました」

彼は、奈美の耳朶《みみたぶ》に唇を寄せてささやいた。

「しかし、今は、なんにもしません。ただ、寒いから、この布団の中にはいらせてください。肩が氷のように冷えるんです」

「どうぞ、あちらにいらしてください」

奈美はこばんだ。身体を堅くし、脚をちぢめていた。

桑山の手は、布団の中の温《ぬく》もりを感じていた。奈美の体温である。匂《にお》いのある、ぬくぬくとした、快適な暖かさであった。背中が寒いだけに、もぐりこまずにいられないような、暖気であった。

桑山は、布団の端に身体を横たえた。それから、足の先を布団の中に入れた。暖かいのだ。奈美の脚には、まだ届かなかった。

「いけません、いけませんわ」

奈美は、身体をまわそうとした。

「奥さん」

桑山は、思いきって布団の端をめくった。宿の浴衣《ゆかた》をきた奈美の肩から腰のあたりが一瞬に見えた。桑山は身体をころがして、女の背中に密着した。温もりが桑山の肩までおおう。足先も、女の堅くそろえた脚を捕えていた。

女の髪が、桑山の顔をはいた。桑山は彼女の手をつかんでいるが、女は握られたままの手で、胸を防御していた。激しい動悸《どうき》が桑山の手首にも感じられる。桑山の足先は、女の足にからみつこうと動いて、布団の裾《すそ》を煽《あお》っていた。

「いけません、出て行って」

奈美は、顔をそむけて、低声《こごえ》で叫んでいた。唇をあけ、あえぐような息を吐いている。彼女の身体にまつわっている舶来香水の匂いが桑山の鼻をうった。

桑山は、片肘《かたひじ》を立て、身体を起こした。奈美の丸い肩ごしに、彼女の顔に近づこうとした。奈美の身体の弾力が薄い着物の上から抵抗してきた。脚は完全に押さえていた。桑山は握った手を放し、それを女の頸《くび》の下に入れて、こちらに女の身体をまわそうとした。

その動作を瞬間にやめたのは、部屋の外に音を聞いたからである。

この部屋は四畳半の控えの間《ま》があり、その外が廊下になっている。音はそこに起こっていた。静かに歩いてくるスリッパの音だった。

沖野だ、と桑山はすぐ思った。

奈美の部屋にしのんでくるとき、沖野一郎は背中を見せて眠っていた。軽いいびきを聞いて、そっと起きてきたのだが、自分が奈美の部屋に来たのを知ったと見える。目を覚まして、桑山がいないので気づいたのか、はじめから狸寝入《たぬきねい》りだったのかよく分からなかったが、とにかく、沖野がこの部屋の外に来ているのだ。

足音はとまった。同時に、ノックが聞こえた。忍びやかだが、興奮している音だった。

「奥さん」

沖野一郎が、外から低く呼んだ。

「目が覚めていますか！ 奥さん」

沖野一郎は、ここに桑山常務がしのんできているのを知っていた。奈美とふたりだけの時には、こんな他人行儀の言葉は使わない。が、これはまだ桑山常務の知らないことだった。

「はい」

奈美が返事をしたので、彼女の肩を抱いたままの桑山は、どきりとした。いまにも沖野がここにはいってきそうなので、うろたえた。

「ふ、風呂《ふろ》に行きませんか？」

沖野一郎は、外に立ったまま、どもって言った。小さい声だが、うわずっていた。

「あとでまいります」

奈美は、わざと眠そうな声を出した。

「そうですか」

沖野一郎は、何秒か部屋の外に立っていた。桑山は耳に神経を集めた。沖野は部屋の襖《ふすま》をあけるでもなく、立ち去るのでもなかった。彼も、この部屋の物音に聞き耳を立てているようであった。

ついに、廊下の足音が向こうに行った。ゆっくりとした、ひきずるようなスリッパの音であった。

その音が消えたとき、桑山英己は奈美の布団からはいだした。

「奥さん」

桑山は、うつ伏せになっている奈美の耳もとに言った。

「ぼくが、ここに来たことは沖野君には言わないでくださいよ」

桑山は、着物の襟を合わせて、立ち去る前にささやいた。

「いつか、ぼくと会ってくださいね」

桑山英己は、冷たい廊下を歩いて、自分の部屋に戻った。沖野一郎は布団から抜けていた。


ひる近くになって、三人は昨夜のように、炬燵《こたつ》の上に酒を置いて、飲んでいた。

桑山英己も、沖野一郎も、今朝のことは互いに知らぬ顔をしていた。前川奈美は昨夜よりも、もっときれいに化粧していた。沖野一郎は、それを横目で眺め、今朝、奈美の部屋にはいっていた桑山常務が、奈美にどんなことをしたのか、見きわめようとして、目が絶えず穿鑿《せんさく》的になった。

外は雨が降っている。ガラス越しに見える箱根の全山は、寒い色で曇っていた。雨には霰《あられ》がまじっているらしく、砂でたたくような音がしていた。

「せっかく、奥さんを案内してきたのに、これではつまらんな」

桑山常務は、外を見ながら言った。

「仕方がないから、帰るまでここで飲もう」

「それも、いいかも分かりません」

沖野一郎は、調子を合わせた。帰りは、夕方の四時ごろと決めている。それまで、三人でここにすわっていれば、かえって沖野に安心であった。

男二人は、また銀行の連中の話をはじめた。悪口をいったり、わらったりする。二人ともけろりとした顔をして話しあっていた。それから、奈美をときどき話の中に入れた。

奈美は酒が強かった。目を伏せ、うつむいて杯を口に運ぶ。静かな飲み方だったし、顔色に出ることはなかった。

「奥さんは、強いですな」

桑山が言い、いくらでも銚子《ちょうし》をすすめた。ここでも、沖野一郎はなるべく控え目な態度をとったが、桑山常務のやり方は、多少、奈美に親切なところを沖野に見せつけるようであった。

酒は午後二時ごろまでかかった。話題も尽きたし、飲むのも十分だった。

「少々、疲れたな」

桑山は言いだした。

「出発まで、少しここで眠ろうか。沖野君、奥さんをまん中にして、三人で雑魚寝《ざこね》しようか」

沖野一郎は、また、ぎょっとした。女を中にはさんで雑魚寝をするのは、いかにも待合遊びをしてきている桑山らしい趣味であった。

「そうですな、それもいいかも分かりません」

沖野は、心ならずも賛成して、奈美の顔をちらりと見た。奈美は、酔っているのか、顔を下に向けているので、目を合わせることができなかった。

女中を呼び、座敷に三人の布団《ふとん》を敷かせた。

「奥さん、どうぞ」

桑山は、奈美に笑いながらすすめた。奈美は立って、後ろ向きになり、丹前の帯を解いた。沖野一郎は、その方を見ないように、目を、外の曇った景色に向けていたが、咽《の》喉《ど》がごくりと鳴った。

「沖野君」

桑山が呼んだので、沖野一郎は目を戻した。奈美は、もうまん中の床にはいって、顔の上に掛け布団を当てていた。

「君、こっちにはいれよ」

常務は指定した。沖野の床は入口近くで、桑山は奥だった。これは、ふたりの地位に当てはめたことなので、沖野には文句が言えなかった。

ふたりの男は、恰好《かっこう》だけは勢いよく丹前を脱いで、浴衣着で布団の中にはいった。横たわった沖野一郎は、自分の鼓動が布団におされて激しくなってくるのを知った。

「ああ、極楽だね」

奈美のもりあがった布団の向こうで、桑山常務の声がした。

「明日から、また銀行に出て働かなきゃならん。そんなことを考えると、東京に帰るのが、いやになるね」

桑山の身分でそんなことを言うのは贅沢《ぜいたく》だったが、これは奈美に聞かせている言葉だと思った。

「そうですね。あくせく働くのがいやになりますな」

沖野一郎はこたえたが、自分の方は実感であった。沖野は、桑山との間にそれだけの段階があることを知り、奈美も傍で聞いて、そう感じているだろうと思った。彼は、ここでも、桑山の小さな罠《わな》にかかったと思った。

奈美はあまり話をしない。彼女が身体《からだ》を堅くして横たわっていることは沖野にはよく分かっていた。常務に遠慮し、自分に気をつかっていることもよく分かる。彼女は、いっしょについてきたことを後悔しているに違いない。はじめから来るな、と、はっきり命令しておけばよかった、沖野一郎も、ほぞを嚙《か》んでいた。

三人は眠った。しかし眠ったふりをしているにすぎなかった。沖野一郎の胸は、やはり、どきどきしていた。こうしているうちにも、桑山常務の足が、奈美のところに動いているような気がしてならなかった。

沖野一郎はそれを確かめるためと、気持のはやりとで辛抱できなくなって、静かに自分の足を隣の布団の中にはわせた。足先が奈美の脚にふれた。自分だけが知っている奈美の感触であった。彼女の脚も少し動いた。

「沖野君」

突然、桑山常務の声が聞こえたので、沖野一郎は、はっとした。あわてて、足を引っこめた。

「君、風呂に行ってこいよ」

あっと思った。

「もう、あと一時間たらずで帰るからね、一風呂浴びてきたまえ」

桑山は、あおむいて言った。

「いや」

沖野一郎はうろたえて、

「さっき、ぼくは、はいってきましたから、もういいですよ」

と、答えた。

「君」

常務の声がすこしけわしくなった。

「そういうもんじゃないよ。ぼくがすすめるのだ。はいってきたまえ」

それは命令的な口調だった。沖野一郎は威圧を感じ、お天気屋の重役に危惧《きぐ》した。

「はあ」

沖野一郎はもそもそと起きあがった。動悸《どうき》が激しくうつ。しかし、動作は緩慢だった。掛けてあるタオルを取り、石鹼《せっけん》箱をとったが、指がふるえてすべり落としそうだった。奈美は顔を布団の中に埋ずめ、髪だけが出ていた。それが妙になまめいて見えた。桑山常務は太平楽に、ならんだ床の中にあおむいていた。

「行ってきます」

沖野一郎は、後ろ髪をひかれる思いで部屋を出て行った。冷たい廊下が、目の前に直線に伸びている。浴室は階段をおりて行かねばならなかった。沖野は階段をおりて、浴室の前まで行ったが、湯にはいる気持など少しも起こらなかった。

今や、あの部屋との距離が遠ざかっていた。こうしている間にも、桑山常務が奈美にどのような動作をしているか、その妄想ばかりが目の前に真黒になって湧《わ》きおこっていた。常務の猥談《わいだん》はかねてから聞かされている。その一つ一つを思いだし、桑山が、そのどれかを現在、奈美に用いているような気がしてならなかった。今朝も未明のうちに常務は奈美の部屋に侵入しているのだ。

沖野一郎は、胸がしめつけられたように苦しかった。蒼《あお》い顔をして、浴室の前でうろうろした。通りかかった女中が、妙な顔をして沖野をふりかえり、ドアをあけて出てくる浴客が、彼をふしぎそうに見て去った。

沖野一郎は時間を見はからった。一分が三十分ぐらいに長かった。とうてい一風呂浴びてくる時間まで我慢できなかった。彼は、乾いた手拭《てぬぐ》いを持って、部屋の方へ歩いた。心臓が早くうって苦しかった。

沖野一郎は、部屋の前では、わざとスリッパの音を高くたてた。思いきり襖を強くあけた。控えの間の襖がもう一つ壁になっている。彼は目をつぶる思いで、それもがらりとあけた。

奈美は、やはり布団の中で顔を埋ずめている。眠っている恰好《かっこう》だが、むろん、熟睡しているわけではなかった。いつも一流美容師に結わせているふくらんだ髪が枕《まくら》の上に乗っていた。その髪に乱れはない。沖野はちょっと安心した。しかし、桑山常務は奈美に背を向けて横たわっていた。布団の裾《すそ》が、少しずれている以外、沖野が部屋を出て行ったときとあまり変化はなかった。が、沖野は、桑山が自分のスリッパの音を聞いて、あわてて奈美から離れたような気がしてならなかった。

「もう風呂からあがったのかい？」

常務は、向こうむきになったままで言った。

「ずいぶん、あがり方が早いじゃないか？」

その言い方には、はっきりと皮肉があった。

「はあ、団体客がはいって混《こ》んでいたものですから」

支店長は、気の弱い弁解をした。

箱根から帰って、二日置いた晩、沖野一郎は、奈美の家に行くつもりでタクシーに乗った。家の半町くらい手前でおりて、あとは歩くのだ。それも彼の用心深さからだった。

奈美の家は夜は寂しい。環状線に沿っているので、車は絶えず通るが、人通りはまれである。外灯も疎《まば》らにあるだけで、あとは長い塀が暗く両側につづいていた。

沖野一郎は、奈美の家の前まできて、思わず、棒立ちになった。道を隔てた真向かいに、よその家の塀があり、その上に植込みの木がさしのぞいているが、その暗い枝の下に、見おぼえの自動車が、運転手もおらず、尾灯《テール》も消してとまっていた。桑山常務のキャデラックであった。

沖野一郎は、しばらくそれを眺めていたが、たぎりたつ胸を押さえて、もとの道へとぼとぼと戻った。くやし涙が頬に流れていた。

桑山常務が、ぱったりと、R支店に姿を見せなくなった。前川奈美と箱根行きの前までは、用もないのにキャデラックを本店から運転してきては、支店長席の横に腰かけ、沖野一郎とおもしろそうに雑談していたのが、嘘《うそ》のようにとだえたのである。

沖野一郎は、自分が桑山常務に利用されていたことに気づいた。常務は、前川奈美に近づく手がかりとして頻繁に沖野のところにきたにすぎなかった。三人で箱根に行って以来、常務がこなくなったのは、彼が奈美と単独に接触を完成した証拠である、と沖野は思った。

桑山英己には、学生時代からそんなところがあった。利用する間だけは何かと近づいてくるが、用がすむと現金に遠のくのである。学生仲間でも、桑山は、エゴイストとして評判が悪かった。そのなかでも、沖野一郎とはなんとなくウマが合ってきたのは、沖野の方の気の弱さで、小さな裏切りを繰り返されても、面と向かっては怒りを態度に出すことができなかったからである。

桑山が、親父《おやじ》の勢力の強いB銀行に、沖野を入れたのも、沖野の、おとなしい性格を買ったのであろう。それに、桑山は女のことで面倒を起こすと、あと始末の厄介を沖野に頼んだりした。桑山のやり方は、女との手切れを沖野にさせたすぐあとで、けろりとして縒《より》を戻すような自堕落さで、沖野も憤慨したが、最後まで桑山とのつきあいが破れることはなかった。沖野は自分にない桑山の横着さ、ずうずうしさに多少の羨望《せんぼう》を持っていたのかもしれなかった。

しかし、今度の場合は違う。関係のない他人の女でなく、前川奈美は自分の女であった。若いときから今まで、さしたる恋愛もしなかった沖野が、はじめて四十三歳になって心を燃やして得た愛人であった。それが、〝芸者やバーの女などのプロ〟に飽いたという桑山英己の好奇の舌にさらわれようとしている。いや、桑山は箱根から帰ってすぐに奈美との交渉をつけたかもしれないのだ。

沖野一郎は、前川奈美との交渉に一つの犠牲を払っている。それは妻の淳子《じゅんこ》にさとられて、彼女に自殺未遂の騒ぎを起こされたことである。

妻は、沖野の帰宅が深夜になったり、ときどき、外泊してくるのを不審に思いはじめた。はじめは、銀行の交際だとか、出張だとかの言いわけを信じていたが、いつまでも隠せるものではない。洋服のポケットや、ズボンの中に沖野が不用意なものをのこしている。ことに、奈美は贅沢な香水を使うので、沖野の身体にその移り香を嗅《か》ぐことができる。

沖野の様子がそわそわして落ちつきを失ったのもその一つだし、銀行の勤めがなんとなくおろそかになっているような気がする。淳子は沖野を責めたが、沖野は容易に事実を白状しなかった。

が、ほどなく淳子は夫の相手が誰であるかを探って知った。それから、夫が、場合によっては、その女と結婚するため、家を捨てる覚悟のあることもさとった。

ある日、沖野が銀行から帰ってみると、淳子はいびきをかいて眠っていた。傍には睡眠薬の箱が捨ててある。沖野は蒼くなって病院に走った。早く病院に担《かつ》ぎこんだことで、淳子は生命をとりとめた。

以来、淳子は実家に帰ったきりである。十三歳の女の子と、八歳の男の子がいるが、沖野はお手伝いをやとって、子供の世話と、家のことをみさせている。沖野の家庭は、半分破壊されていた。

沖野は、奈美については、これだけの苦痛をもっている。桑山英己の浮気なちょっかいとは違うのだ。

沖野は前川奈美に電話をするが、彼女は、以前のように会う約束を簡単にしなかった。声まで無愛想であった。留守だといって、電話を断わられるときが多くなった。

夜の八時か九時ごろに電話しても、奈美は自宅にも、店にもいないときが多い。料亭はこの時間がいちばん忙しいときで、彼女はかならず店に居なければならないのだが、外出だと言われることがたびたびであった。その中には、あきらかに居留守を使っていると感じられるものもある。

奈美が外出していると聞くと、沖野は、桑山常務の行動とそれを結びつけずにはいられなかった。常務と奈美とが、自分の目の届かないところで会っているような気がしてならない。桑山の巣は、沖野にもたいてい見当がついていたので、他人の名前でそういう心当たりの場所を四五カ所、電話をしてみるが、そのどこにも常務は来ていなかった。沖野一郎は、箱根の宿で、桑山から、君、風呂《ふろ》に行けよ、と命令されて追いだされ、廊下で妄想に苦しんだと同じ苦痛に、もっとあえがねばならなかった。

それでも沖野一郎は、桑山英己をなじることができなかった。今度は、学生時代の気の弱さではない。前川奈美は、はっきりと沖野の女だった。奥さんと別れて結婚してくれ、と彼女の方から言いだしたぐらいだ。

その愛人に桑山が手を出しても、沖野一郎が詰問できないのは、桑山が重役で、自分が一介の使用人にすぎないという自覚だった。むろん、これは自分の職場と生活の喪失につながっている。

前川奈美の家に来る桑山常務のキャデラックが、流しのタクシーに変わった。常務は自慢のキャデラックを、暗い塀の横に、ひっそりと置くようなことはしなくなった。そんな見栄《みえ》は、すでに奈美の前で必要でなくなったというのか。流しのタクシーの方がずっと秘密を守るうえに便利である。

沖野一郎は銀行の帰りに七時ごろから九時ごろまで、奈美の家の近所に立つことが多くなった。街灯の光の届かないところに身をひそめて、桑山常務の車の来るのを目撃する目的だった。胸が、苦しいぐらいに動悸をうった。脚が疲れる。彼は野良犬《のらいぬ》のように、こうして奈美の家の近くにうずくまる自分が情けなくなったが、やめて帰る決断はつかなかった。

例の長い胴体を磨いたキャデラックがこないで、タクシーがとまり、桑山の特徴のある高い身体《からだ》が、そそくさと奈美の家の中に消えるのを沖野一郎は毎晩のように見た。

一時間たらずで、常務が奈美といっしょに出てくるまで、沖野一郎は足を凍らせて立っている。家の中で桑山と奈美とがどのような甘い会話を交わしているか、彼がどのような目つきで奈美を見ているか、沖野の胸は、真黒い想像でふくれあがるのである。奈美の表情、しぐさ、沖野にはいちいち体験につきあたる。

やがて桑山は、奈美といっしょに家から出て、タクシーをとめる。奈美を先に立てて乗りこませ、桑山が背をかがめて車の中にはいりこむとき、沖野は自分を忘れて飛びだしたくなったことも二三度ではない。その都度、狂暴な発作を抑制するのは、自分の生活の破綻《はたん》がすぐ目に浮かぶからだった。

タクシーの赤い尾灯《テールル》が暗い道路を小さくなって曲がってゆく。沖野は、十五六メートルくらい駆けだして追うが、それは本能的な衝動で、とてもあとのタクシーをつかまえて追跡する決心まではならなかった。燃える頭に浮かぶ想像の方が、ふたりの行方を際限なく尾行しているのであった。

沖野一郎が、家に帰ると二人の子供は父親を待ちくたびれて眠っている。女中が眠い目をしながら晩飯の支度をする。寒々としたものだ。沖野は煙草《たばこ》を喫《す》いながら、実家に帰っている女房のことをちょっと思うが、たちまち、いまどこかの家で二人きりになっている桑山と奈美との行為が、際限なく頭の中につづく。沖野は身体がくたくたに疲れているのに、神経がたかぶって、いつまでも眠れなかった。

しかし、沖野一郎は、奈美にまるきり会わないわけではなかった。何度か電話をかけたあげく、やっとのことで、奈美はいつも落ちあう外苑《がいえん》に出てくる。

「近ごろ、少し変わったね？」

沖野一郎は、ふるえる声を抑えてきいた。こういう言い方よりほかになかった。桑山常務の名前は相変わらず口から出せなかった。

「別に変わらないと思うわ」

奈美は、少し顔をうつむけて言った。長い睫毛《まつげ》を伏せた冷たい表情で、唇には微笑も出ていなかった。

「ぼくは変わったと思うがね。何かあったのかね？」

奈美は黙っていた。かたちのいい唇を締めるように結んでいる。

「君は贅沢《ぜいたく》に慣れているひとだからね。ぼくより金が自由になる人の方が性《しよう》に合うのかもしれないな」

奈美は、そんなことはないわ、と低声《こごえ》で言ったが、

「それでは、ぼくたちの愛情は変わらないのかね？」

と、沖野が確かめるように奈美の顔を見つめてきくと、

「あたし、こうして、あなたとつきあっていて、だんだん、なんだか空《むな》しくなってきたんです」

と奈美は小さな声で答えた。

「あたしね、あなたの奥さんが気の毒になってきたんです。ほんとに悪いと思うわ。それや、奥さんが自殺騒ぎなど起こさない前は、あたしもあなたに一生懸命だったわ。結婚してもいいと思ったわ。でも、あんな騒ぎが起こってから、あたし、なんだかあなたが鬱陶《うっとう》しくなったの」

奈美は、ゆっくりと歩き、目を地面の上に落として言った。

「やっぱり結婚はできないと思ったわ。いいえ、奥さんに悪いというだけじゃないんです。奥さんの自殺騒ぎを聞いて、あなたまで、なんだか惨《みじ》めな人のように思えてきたんですの。それが、ご夫婦という因縁《いんねん》かもしれませんわね。あたしにはそう思えるんですから、あなたの顔つきまで変わって見えてきましたわ」

今度は、沖野一郎が黙って歩く番だった。

「はっきり言って、あたし、自分より惨めにみえる人、好きになれないわ。これ以上、あなたは、あたしとつきあっていると、ますます惨めになってゆくような気がするわ」

沖野一郎は、思わず拳《こぶし》を握ってふるえた。

若い男女が何組も傍をのろのろと歩いて通った。

「君は、ひどい女だな」

沖野一郎は、暗い空を見ながら言った。

「ぼくに金があったらなあ。いまの銀行なんか、すぐに辞めてしまうのだがな」

それが、桑山常務を憎悪《ぞうお》している気持を、奈美に伝えた、ただ一つの表現であった。


奈美が、沖野一郎に言ったのは、半分は嘘ではなかった。

奈美はまだ沖野を愛していた。しかし、妻が睡眠薬をのんで自殺を計ったと、沖野が狼狽《ろうばい》して知らせたとき、奈美には沖野が今までの半分も魅力のない人間に見えてきた。

奈美は沖野と別れようと思っていた。が、のこっている惰性のような愛情が、その決断を今までさまたげていた。

そこに桑山英己が横から出てきた。

箱根の宿で、桑山は沖野を風呂に追いやったあと、奈美の身体に這《は》いよって肩を抱いた。

「奥さん、ぼくとこれからつきあってください。ぼくは奥さんが好きなんです。お願いです、東京に帰ってからもぼくと交際してください」

桑山も、奈美と沖野一郎とが、どのような関係か、途中で気づかないはずはなかった。が、彼は一度も、その唇に支店長沖野一郎の名前を出したことはなかった。

桑山は、帰京してからも、その言葉のとおり、たびたび奈美を訪ねた。誘いだしてはバーやナイト・クラブを歩いた。

そんなことが四五回重なったとき、酒に酔い、踊りながら桑山は奈美にささやいた。

「これから、知った家で飯を食べましょう。黙ってついてきてくれますね?」

その家が、二流の待合であった。

そこでも酒を飲みなおした。奈美は酔ってきた。が、それは酔うことを予想した飲み方であった。

奈美は、沖野一郎を断念するためには、もう一人の異性が必要であった。空白の状態では、沖野を放棄する決心がつかないのだ。沖野を捨てる踏み台が入用だった。だから、桑山に抱えられて、別間にひきずられて行ったとき、奈美は簡単に桑山の前に無抵抗になってしまった。半ば、桑山に身体を捨ててやったようなものだった。

それからは、桑山の方が奈美に情熱を燃やしてきた。彼は、奈美を誘うのに、キャデラックをタクシーにかえた。待合も決して一流どころには行かなかった。顔を見おぼえられ身分を知られてはならぬ桑山独特の用心深さからであった。

むろん、銀行には、奈美から電話をかけてもいけなかった。すべての連絡は、桑山からの一方交通であった。

ある晩、桑山は、奈美の傍に横たわり、彼女の指をもみながら、

「あ、そうそう、沖野君ね」

と、世間話のように奈美に言った。

「あの男、今度、転勤になるよ」

「え？」

奈美は、桑山の顔を見つめた。

「臨時に、小さな異動があってね、沖野君は宇都宮《うつのみや》の支店長に変わることになった」

「まあ。そいじゃ東京をお離れになるんですか？」

「そういうことだな。まあ、支店長というのは、いちおう、方々を回らなきゃならないんでね。沖野君も、しばらく田舎で辛抱してもらうことにした」

桑山英己は、奈美の顔をじろじろ見ながら、薄ら笑いをうかべ、淡々と話した。

「実は、今日、沖野君を呼んで、内命を伝えたよ。奴《やっこ》さん、ちょっと意外な顔をしていたけれど、黙って承諾したよ。あの顔つきでは、東京に未練があるらしいな」

桑山常務は、そのあとで嗤《わら》いを声に出した。

奈美は桑山の策動を知った。同時に、男同士の執念の格闘を知った。

六

沖野一郎は、宇都宮支店長に転勤の内命を桑山常務から受けたとき、

「はあ、まいりましょう」

と、簡単に言った。

内命は、いちおう、相談のかたちである。どうだね、行ってくれるかね、と常務は指を組みあわせ、微笑《わら》いながら言う。内命があって、いやですとか困りますとか言って拒絶する行員は一人もなかった。せいぜい、考えさせていただきます、と言うのが精一杯の抵抗であった。が、これは決定的な命令だったから、拒否すれば銀行を退職する覚悟がまず必要である。

温情的な目つきをし、やさしい言葉使いをするのが、左遷《させん》を命じるときの上役の態度であった。

「まあ、君も」

と、沖野に向かって桑山常務も友情を見せて言った。

「少し、地方を見た方がいいな。それが、後で身のためになる。東京だけじゃいけない。幹部になったとき、地方業務に疎《うと》いようでは苦労するからね」

沖野一郎は、桑山の言い方が言葉の詐術《さじゅつ》であると知っていた。幹部になれるはずがない。今までは、それを考えても可能性があった。が、宇都宮に行けと言われた瞬間から、そのことは霧のように消え失《う》せた。

幹部にする気なら、どうして宇都宮などにまわそう。横浜、大阪、京都、名古屋、福岡などの大都市の支店に、なぜ、配属しないのか。宇都宮は田舎だ。いったん、このようなところに落ちたが最後、地方のB級の支店をわたり歩き、そこで停年を迎えるのが、今までの多い例であった。本店の重要な地位に戻されることはめったになかった。

今度の異動は、臨時的なもので、小規模だった。沖野一郎が宇都宮に転じた以外には、格別な変化がない。次長が支店長になり、二三の課長級が横すべりした程度だった。いわば沖野一郎のために異動が行なわれたという印象だった。

沖野一郎が、桑山常務の側近だと見られていただけに、行内では意外な感じで、この異動の発表をうけとった。常務がB銀行の実権を握ったとき、沖野はいちばんに重役に抜擢《ばってき》されると思われていたのだ。

常務の反対派も、沖野を宇都宮に流すことにはもちろん賛成であった。一人でも常務派を放逐した方がいい。この人事異動は簡単に決まってしまった。

常務と沖野との間に、何かあったのだな、と人々は察し、興味をもった。いろいろと穿鑿《せんさく》する者がいたが、実際のことは分からなかった。分かっているのは、当人の間だけなのだ。

沖野一郎の送別会が行なわれた。盛会で、桑山常務も出席した。

「沖野君と私とは」

桑山常務は、席上に立って挨拶《あいさつ》した。

「みなさんもご承知のとおり、大学がいっしょで、この銀行にはいったのも同期であります。それで沖野君と私とは切っても切れぬ、一心同体の仲だとひそかに評する人があります。ひそかに、と申しますのは、そのようなささめごとが、私の耳にはいってくるからであります。（笑）沖野君と私とは学校友だちで、オレ、オマエの仲であります。したがって沖野君のことは頭の上から足の先まで私は承知しているし、沖野君も私のことは、いや、欠点といった方がいいでしょう、欠点は全部知っているし、私の弱点も握っております。（笑）しかしながら、私が沖野君を重用しているのは、同君の才能を買っているからで、私情のためではありません。さような公私混同を私はいたしておりません。これは、はっきり申しあげます。今度、沖野君が宇都宮に転勤したことで、みなさまの中で、多少、意外に思われている方があるかもしれません。なるほど、これは、いわゆる栄転ではないかもしれませんが、このさい、私は多少、地方業務について考えるところがございます。才能ある人を何も大阪や横浜に据えるだけが銀行のためではございません。わが銀行のために、いわゆる陽のあたらない地方にも有能な方を配して、将来、陽のあたる場所にしたいのでございます。沖野君には、その意味で、関東地方のおさえとして宇都宮に行っていただき、ご苦労を願うことになりました。いわば、大支店長であります。(拍手)将来も、有能な方には、どしどし、このような方針をとるつもりでございます。かかる人事方針の第一号としての沖野君の責任と、われわれの期待は、まこと大なりであります。私は、沖野君のご奮闘と、ご健康とを願うものであります」

桑山常務は、急用があるからと断わって中座し、先に帰った。

沖野一郎は、この席の性質上、最後まで床の間の前にのこらねばならなかった。そこにいる行員たちは、なるべく沖野の顔を遠慮して見ないようにし、送別会は予定より早く終わった。

沖野一郎は、ひとりで帰ったが、途中で公衆電話を前川奈美のところにかけた。

はじめ、店にかけたが、

「今夜は、まだお見えになりません」

ということだった。

次に、自宅にかけると、知った女中が出て、

「お留守でございます」

と言った。たびたび、奈美の家に行っていたので、この女中も沖野とは親しかったが、その返事の仕方は、どこか、よそよそしかった。

「何時から出ているの?」

「はあ、七時ごろからでございます」

「行先は分かりませんか?」

「はあ、なんともおっしゃいませんでしたので」

沖野一郎は、電話を切り、ボックスを出た。寒い風が裾《すそ》から舞いあがった。

今までの奈美なら、行先を言っておくはずであった。店に出ているから、そっちにかけてくれとか、結髪に行っているとか、どこに寄っているから、何時ごろに電話をかけなおしてくれとか、――奈美の方から気をつかっていたものだが、このごろでは、そのことも絶えてしまった。

沖野は、奈美と桑山常務とが、どこかで会っているような気がしてならない。常務が、中座して、あわてて出て行ったのも、奈美との時間の打合せがあったように思える。

沖野は、桑山と奈美とが、いまごろ、目立たない待合か旅館かで、どのような恰好《かっこう》でいるか、妄想が目の前に湧《わ》きあがってきた。奈美の肢体は沖野に経験がある。桑山の猥《わい》談《だん》はかねて聞かされている。この二つが混交し、打ち重なり、沖野の胸の中を煮えたぎらせた。

沖野一郎は、桑山常務の白々《しらじら》しい挨拶を思いだした。何が公私の別か。何が、大支店長か。

居合わせた行員たちは、桑山の言葉にかかわらず、沖野が左遷されたことを知っているから、気の毒そうに沖野を控え目に見ていた。もっとも、他人の非運をよろこぶのは勤め人の根性だから、あんがい、内心ではおもしろがっているかもしれない。

常務の挨拶をもじって、

「おれは有能な行員にはならないよ。いつ、地方に飛ばされるか分かんないからな」

と、おもしろそうにささやきあっているような気がする。

田舎に飛ばされた原因は、むろん、前川奈美のことだった。桑山は一言《ひとこと》もふれないが、急に沖野に冷淡になったものだ。沖野も、桑山に会うのがいやになった。互いに、奈美のことは口に出さないが、それが暗い障壁となり、二人を押し離していた。沖野は桑山の性格を知っている。だから、今日のことは予感しないではなかったが、あまりにも急激に来すぎた。

これで、もはや、主流には乗れないだろうと沖野一郎は思った。これから地方を転々とまわり、いつのまにか存在を忘れられ、消えてしまうのだ。本店に呼び返されることは絶対にないであろう。昨日まで、重役になることを考え、バラ色の人生を考えていたのが夢のようだった。

赴任は忙しかった。

沖野一郎は、宇都宮に、別居した妻を呼びよせようと思った。東京を離れてしまえば、彼女の気持もなごむに違いない。田舎に住まい、妻とひっそり暮らせば、前川奈美のことも忘れられるであろう。が、いかにもそれは暗い惨めな生涯であった。

沖野はよほど銀行など辞めて、桑山と喧嘩《けんか》しようかと思った。が、銀行を辞めたあとの生活の不安が、暗い潮のように目の前にひろがってくる。独立の自信も、この年齢になっての職業の転換も勇気がなかった。自分の腑甲斐《ふがい》なさに、沖野は身体じゅうを何かにぶっつけて粉々にしたいぐらいだった。

妻は、帰ってきた。子供はよろこんでいる。が、なんと精彩のない妻であろう。前川奈美にくらべたら、その顔も、動作も、性格も、沖野には気の滅入《めい》ることばかりであった。それに、奈美のことがあって自殺未遂して以来、沖野には妻が別の人間に見えていた。夫婦の密着感はまるでなかった。

明日の朝、赴任という晩に、沖野一郎は前川奈美に電話した。

「はい、わたしです」

奈美の声が答えた。奈美が素直にすぐ電話に出たことも、沖野が明日東京を離れる予定を、桑山から聞いているように思えた。

「この間から三四回君に電話したんだけど」

沖野が言うと、

「そうですってね。すみませんでした。その都度、用事で外に出ていて」

奈美は、他人行儀に詫《わ》びた。

「ぼくは、明日から宇都宮に行く。君も知っているだろう?」

桑山から聞いているだろう、と利《き》かせたつもりだった。

「はあ」

奈美も、さすがに白《しら》を切れないとみえて、困ったような返事をしていたが、

「なんですか、そんなことを、この間、行員の人が見えて話して行かれました。でも、また、東京にいらっしゃるでしょう?」

それは桑山が知っている、と、たたきつけたいのを沖野は抑えた。

「当分、東京とは縁切れだ。それで、君ともお別れだが、今晩ちょっと会ってもらえないか?」

「さあ、困るわ」

奈美は、低い声で言った。

「ほかに、あいにくと用事もあるし」

沖野は、かっとなったが、ふしぎなことに、げらげらと笑いだした。

「君の顔を見て、東京を離れたいんだ。ちょっとの時間をさいてくれないか?」

「そうね……」

奈美は、さすがにためらっているようだったが、

「やっぱり、お会いするの、よすわ」

「どうしてだい?」

胸が燃えているのに、沖野は、また笑った。

「わたし、お別れする決心になったんですからね。会わない方がいいと思うんです。会うと、お互いに、いろいろと困りそうですから」

「迷惑はかけない」

と、沖野は言った。

「君との最後の別れをしたいのだ。ぼくも男だからね、変なことはしない。ただ、思い出を胸におさめて行きたいのだ」

沖野は、高校生の言うようなことを言ったが、ほかに適切な言葉が捜せなかった。

「もう、およしになって」

と、奈美は送受器の奥で答えた。

「これきりにしましょう。その方が、余韻がのこるわ。また、東京に、ときどき、出ていらっしゃる時があるんでしょう。そのときに、お会いしましょうね」

「どうしてもだめか?」

沖野は、げらげら笑った。なぜ、こんなに笑うのか自分でも分からなかった。

「かんにんして」

奈美は言った。

「では、お元気でね。失礼しますわ。さよなら」

電話は向こうで切った。沖野の耳を、がちゃりという音がたたいた。

これで縁切れか。沖野は町をふらふらと歩いた。自動車が多い。沖野は、自然とキャデラックを捜す目になった。その型の自動車《くるま》はなかった。どこかの暗い道を、奈美の家に向かって走っているのかもしれない。空想は無限につづいた。

タクシーが寄ってきた。

乗ってから行く当てがなかったが、

「銀座へ」

と言った。にぎやかな場所に行っても、かえって気が寂しくなることは知っていたが、どこかに行かなければ、気持のまぎらわしようがなかった。

銀座まで出ないうちに、ぼんやりした目に、ある看板が映った。ビルの多い一画で、その建物に挟まれたように小さかった。看板は私立探偵社だった。

「ここで、いい」

沖野は、タクシーをとめた。

三階らしいが、一階の窓だけ灯がついている。沖野はドアを押した。

普通の事務所と変わりはなかった。帳簿もあるし、算盤《そろばん》も机に置いてある。ただ、戸棚のような本箱が、壁いっぱいにならんでいて、厚い本がぎっしりつまっていた。一つの戸棚には、引出しが無数についていた。

二人の事務員がのこっていた。一人は年寄りで、一人は若かった。ドアを押してはいってきた沖野へ、顔をあげて視線を投げた。

「いらっしゃい」

立って、営業台《カウンター》に手を突いたのは、瘦《や》せた顔の年寄りの方であった。

「ご依頼ですか?」

「そう」

沖野は、じろじろと内部《なか》を見まわした。

「今日は、もう、閉店《しま》ったのですか?」

「いいえ、みんな出はらっておりますが、私がうけたまわってご用件のことは分かると思います」

その男は、しなびた顔をし、色も黒くて冴《さ》えない。目を、しょぼしょぼさせていた。

沖野一郎は頼りない気がしたが、うなずいた。

「どうぞ」

その男は応接間の灯をつけた。応接間は、小さく、いくつにも仕切られている。天井には防音装置ができていた。ここには、秘密めかしい空気がこもっていた。

七

色の黒い、しなびた顔の、中年の秘密探偵社員は、にこにこしながら、ポケットから名刺を出して沖野一郎の前に置いた。

「私は、こういう者でして」

沖野は名刺をつまんで読んだ。

〝伊牟田《いむた》博助《ひろすけ》〟とある。名刺の左隅の上に、この探偵社のマークが凸版で浮きだしてあった。たしかに、わが社の社員だという証明らしい。

「どうも、今晩は冷えますな。あいにくと暖房をおとしておりまして」

秘密探偵社員、伊牟田博助は愛嬌《あいきょう》のいい、言いわけを言った。歯は煙草《たばこ》の脂《やに》で真黒だった。それに、前歯が一本、欠けているから、舌の一部が見える。

沖野はオーバーを着たまま椅子《いす》にかけていた。肩が寒く、靴の先が冷えた。暖房装置があるとは思えない社屋である。

沖野一郎は、なぜ、自分がここにとびこんでくる気になったのか、よく分からなかった。ここに、こうしてすわっているのが現実とは思えないくらいである。

奈美との電話を切ったあと、心をまぎらすために、銀座に向かったのだが、タクシーのなかから〝秘密探偵社〟の看板を見て、ふらふらとはいる気になったのだ。はっきりした意志のないままに、足を踏み入れたというのが実際だった。ふいと突きあげてきた衝動が、彼の背中を後ろから押したのである。

沖野は、煙草を喫《す》いながら、顔をしかめていた。まだ決心がつかない。というよりも、半分は、ここを出ようと思っていた。明日、出直してくる、という口実だってある。

「さっそくですが、ご用件をうけたまわりましょうか?」

秘密探偵社員の伊牟田博助は、沖野の心を読んだように、微笑しながらきいた。手には数枚の書類をもっている。それを机の上にひろげ、万年筆をかまえた。

沖野はひやかしに店舗《みせ》にはいった客が、巧妙な店員の目に射すくめられて出られなくなったときと同じ気持になった。明日、出直してくる、という言葉が咽喉《のど》から出ない。

それに、伊牟田博助はひどくものなれていた。彼は、一本欠けた前歯を歯ぐきまでむきだして笑っていた。細い目の周囲に皺《しわ》が集まっている。へらへらと頸《くび》を動かしながら調子がよい。

「いずれ」

と、伊牟田博助は、前かがみになって、もの柔らかにきいた。

「ご調査でございましょうな?　手前どもは、確実なうえに、絶対に秘密主義でございますからな。調査なされる相手方に気づかれる心配はまったくございません。そりゃ、もう、こちらは商売でございますから」

彼は、紙の上を手でこすって皺を伸ばした。さあ、早く言ってくれ、と言わんばかりであった。

沖野は、にげられなくなった。目の前のしなびた顔の男にからみつかれたことを知った。彼のへらへら笑っている顔、それでいて、細い目から光っている熱心な視線、万年筆を握っている指先、前にひろげている書きこみ用紙、この狭い部屋にたちこめている堅い空気——それが、一つ一つ見えない縄になって沖野をしばった。

「ええと……」

伊牟田博助は、万年筆の先を用紙の欄の上につけた。

「ご調査されたいお相手の方は？　まず、お名前からうかがいましょう」

彼は、きらりと目をひからせて、沖野をうながすように見た。

「桑山英已」

沖野は、絶望して言った。後悔が一瞬におそってきたが、もう、追っつかなかった。

乱暴に煙草の煙を吐いた。

「なるほど、クワは、カイコに食わせるあれですな？」

伊牟田博助は、いそいそと万年筆を動かした。彼は一字一字、確かめて書いた。

「ご住所は？」

「お勤め先は？」

と、質問しながらペンを動かしてゆく。沖野はおそれるように、その文字をこちらから見ていた。

「ははあ、B銀行の常務さんですか？　そりゃ、たいした方ですな」

伊牟田は、桑山英己の肩書を知って驚嘆していたが、

「で、ご調査のご希望は、どういうことなんでしょうか？」

と、きいた。

「素行調査です」

沖野一郎は言った。

「ははあ、素行調べですか？」

伊牟田博助は、にやりと笑った。

「漠然とした素行調査でなく、ある点にしぼって調べてもらいたい」

「と、申しますと？」

「婦人関係です。その女の名前を言う」

伊牟田博助は、前川奈美の名前を書いた。彼女が経営している料理店の名、自宅の住所なども、沖野の言うとおりに書いた。伊牟田は、それを書きおわって、あらためて自

分の文字を眺め、

「これは有名な料理屋さんですね。私も、何度かこの家の前を通りかかって知っていますよ。立派な料理屋さんですが、へえ、そこのおかみさんが、B銀行の重役さんとねえ、ほう、世の中には、いろいろなことがあるものですねえ」

と、驚いたように声を出した。

「で、どういうことを調べて、お知らせしたらいいでしょう?」

彼は、目をしょぼしょぼさせて、沖野を見た。

沖野一郎は、このときになって今までの躊躇《ちゅうちょ》や後悔があとかたもなく消えていることを知った。桑山と奈美とのもつれあっている姿が急に大きく映ってきたのだ。

桑山英己、前川奈美の二つの名前を伊牟田がならべて書いたので、それが沖野の心を煽《あお》ったともいえる。胸の中に熱い風が吹いた。彼は煙草を捨てた。

「そのふたりが、密会している場所です」

沖野は、椅子をすすめた。

「これを徹底的に調べてほしい」

言葉の調子も熱がはいった。

「桑山という常務はね、たいへん用心深い男だから、前川奈美との交渉を自分の銀行の関係者はむろんのこと、他人には絶対に気づかれないようにしている。そのため、見栄《みえ》坊《ぼう》の彼が、密会場所を二三流の待合や、旅館でやっている。それも、同じところばかりは使わない。顔を見おぼえられてはならぬという用心からですよ。これを捜しだしてほしい。その会った日付なども、正確に書いてもらいたいですね」

「分かりました。そんなことはわけはありませんよ」

伊牟田博助は、うなずきながら、沖野の希望を書き入れた。

「絶対に先方には気づかれないようにやります。尾行もうまくやりますから」

「桑山はキャデラックを持っている」

沖野は注意した。

「しかし、もちろん、彼はそんなときにキャデラックに乗りはしない。タクシーを利用すると思う。とにかく、体面ばかりを考える用心深い男だから、気をつけてもらいたい」

「大丈夫です」

伊牟田はうけあった。

「その辺のことは、餅《もち》は餅屋ですから、まかせてください。相手がどんなことをしても、かならず突きとめます。ところで」

伊牟田は、ふいと目を上げて沖野を見た。

「ただ、そのことを調べてお知らせすればいいわけですね。ほかに何か?……」

「それだけで結構です」

沖野は強く言った。

「それだけを知らせていただければ十分です」

「承知しました。調査費はちょっとかさむかも分かりません。なにしろ、都内を自動車で、ぐるぐると尾《つ》けることになりそうですから。ただし、これは実費ですが」

「かまいません。やってください」

「それで、恐縮ですが、あなたのお名前と、ご住所とを、どうぞ、これに書き入れてください」

伊牟田博助は、自分の万年筆をそえ、用紙をくるりとまわして、沖野の前に出した。沖野はその万年筆を握ったが、伊牟田のなま温かさがのこっているので気持が悪く、自分の万年筆にかえた。

「どうも」

伊牟田は、用紙を手もとに取って沖野一郎の名前と肩書を見ていたが、

「ははあ、同じB銀行の方でございますね」

と沖野の顔を見上げた。が、あまりそれには関心がないというように、目をしょぼしょぼさせ、唇にも表情を見せなかった。

「で、調査報告書はどちらにお送りいたしましょう。宇都宮のご自宅の方ですか、それ

ともB銀行宇都宮支店の方にいたしましょうか」

「銀行あてにしてください」

沖野一郎は、ちょっと考えてから言った。

自宅では、妻に見られそうな危険があった。

「分かりました。では、宇都宮の沖野支店長あてに送ります。書留にして、親展としておきましょう」

「そうしてください。名前も、沖野個人にしてもらった方がいい。支店長と書くと、業務用の手紙かと思って、ぼくの出張などの留守に、次長などがひらくかも分からないのでね」

「そうですね。そういたします。封筒も秘密探偵社という印刷のない普通のものを使います。私の名前、つまり、伊牟田博助の名でお送りしますよ」

「それがいい」

沖野は賛成した。それから伊牟田の言うとおりに調査費を半額前渡しした。

「しかし、なんですなあ……」

と、伊牟田博助は取引がすんで、すいかけの短い煙草を大事そうにポケットから出して、口にくわえた。少し、気が軽くなったという態度で、楽なように椅子にすわりなおした。

「世の中には、見てくれは立派でも、いろんなことを陰でする人があるもんですな」

伊牟田は、目をまたたいて言った。

もちろん、彼は、うすうすの事情を察して沖野に追従《ついしょう》を述べているのだった。しなびた顔に、同情的な表情を浮かべている。

沖野一郎は、不愉快になった。このうすぎたない秘密探偵社員に哀れまれているようで、情けない気がした。

「ではお願いします」

沖野一郎は、わざと命令のように言って、椅子《いす》から立ちあがった。

伊牟田博助は、戸口まで見送りに出た。

沖野一郎は宇都宮支店に赴任した。

おもしろくない生活である。銀行の建物も小さいし、行員も数が少なく、田舎じみている。客筋が今までとはまるで違う。地方の中商人、たとえば材木屋や下駄《げた》製造業者などが得意先であった。万事が田舎くさい。

町も、ちょっと歩くと、もう田圃《たんぼ》や畑だった。

材木を挽《ひ》く機械鋸《のこ》のきいきいする音や、下駄の台が塔のように積み重ねてあるのが、目立つぐらいだった。東京とくらべて、まるで活気のない町であった。

沖野は、全然意欲を失っていた。こんな支店で働く気がしないのだ。何が大支店長なものか。そんな言葉を、ぬけぬけと送別会で言う桑山英己がにくかった。

もはや、永久に東京本店に呼び返されることはないのだ。田舎まわりをして停年を迎えるだけが運命だった。人生の行先は、一本の長い道を見通すように分かっていた。二度と主流に浮かびあがることはない。転勤の辞令が行内に貼《は》りだされて、やっと沖野一郎の存在が分かるぐらいなものであろう。寒流の中に身を置いて、押し流されるだけである。

妻との間もおもしろくなかった。奈美のことで、妻は自殺をはかっている。それ以来、沖野から心が離れている。宇都宮へ来て、別居生活から無理にいっしょになってみたが、沖野には妻と離れていたときの方が、よほど気が楽だった。妻は、いつも沖野に硬い表情を向けている。何を言いつけても素直に返事をしたことがない。身のまわりの世話も、親身になってしなかった。

何か言うと、すぐ前川奈美のことにひっかけて皮肉を吐く。態度も冷たいが、言葉もとげとげしかった。彼女は、てんで夫をゆるそうとしていない。

家の中の空気が、帰っても胸がつまるようであった。二人の子供は暗い顔をしている。この子供たちも、外から遊んで帰るたびに田舎なまりを真似《まね》するようになった。

沖野は支店に機械的に出勤する。仕方がないからそこに行くといった恰好《かっこう》だった。業務の拡張にも、預金者の獲得にも、まるきり熱がない。他銀行に負けてもかまうものか、と思っていた。

ある日、出勤すると、机の上に書留が載っていた。こっちに赴任してから一カ月目である。沖野一郎様と墨で書き、親展としてある。裏を返すと、〃伊牟田博助〃としてあった。わりに枯れた筆跡だった。

沖野一郎の胸が、久しぶりにふるえた。指先で封を切ったが、一度で切れなかった。

三枚に重ねた紙が出てくる。

「謹啓、ご依頼の件、左のとおり調査し、ご報告申しあげます」

と、上の一枚には書いてある。次の一枚には調査に費やした実費金額が細々《こまごま》としるしてあるが、そんな明細など、どっちでもよかった。

彼は目をつむって、三枚目の紙をめくった。胸が苦しい。目をあけて字を読んだ。

「桑山英己氏と前川奈美氏との会合日時、および場所は次のとおりです。

十一月二十一日。墨田区××町、ひさご屋（待合）。午後八時――十時二十分。

十一月二十六日。新宿区××町、山室《やまむろ》旅館。午後九時三十分――十一時十分。

十一月三十日。渋谷区××町、春月（待合）。午後六時四十分――十時十五分。

十二月　七　日。渋谷区××町、春月。午後七時十分――十時三十分。

十二月　十　日。大田区××町、柳月亭《りゅうげつてい》（待合）。午後十時十分――翌午前一時十分。

（この時は、ナイト・クラブ　トロイカよりの帰りです）」

沖野一郎は頭の中が燃えた。

八

調査報告は正確に送られてきた。たびたび伊牟田博助差出しの手紙が、沖野の机の上に載る。情事の内容が事務的に報告されるのは妙な具合であった。

十二月十四日。渋谷区××町、春月。午後九時――十一時三十分。

十二月二十一日。渋谷区××町、春月。午後七時三十分――十時四十分。

十二月二十四日。墨田区××町、ひさご屋。午後十一時――翌午前一時二十分。

（クリスマス・イブにつきキャバレー・パゴタで遊んでの帰り）

十二月二十八日。渋谷区××町、春月。午後七時――十時二十分。

沖野一郎は、椅子を斜めにまわして、紙をひろげて読む。行員が眺めても、別に秘密らしい読み方ではなかった。沖野一郎も、このごろはだいぶん慣れてきた。最初のころのように、封を切る指先がふるえることもなかった。

七時三十分――十時四十分、の数字には、桑山英己と前川奈美との情事の内容が、隙《すき》間《ま》もなく詰めこまれていた。時間の数字が愛欲を描写している。

桑山英己は女にかけては豊富な経験者だったし、その話は沖野がこれまでたびたび聞かされている。彼の話は精密であった。沖野は自分の知っている奈美の身体《からだ》を、桑山の猥談《わいだん》の中に投げ入れて実験していた。

以前ほどには激しい嫉妬《しっと》も憤怒《ふんぬ》も起こらなかった。身体じゅうがたぎって、いまにも汽車に乗って駆けつけたい衝動もなくなった。報告を読んでいても、呼吸はふだんのとおりであった。

やはり、自分が東京を離れているためかと思った。それに二カ月以上も経《た》っていると、どこかで実感が遠のきかかっていた。が、それは奈美と桑山とのことを諦《あきら》めかけたわけでは決してない。煮えたつような感情がおさまったかわりに、それが一つの執念に冷たく固まりつつあった。


年が明けた。

伊牟田博助からの通信が絶えた。支払った調査費は年末までだった。

「明けましておめでとうございます。ご下命の調査、本年も続けて従事してよろしいかどうか、至急にご連絡を願います。もし、ご希望でしたら、調査費前金を半額お送りください」

伊牟田博助が、わりに達者な文字で手紙をよこした。

沖野一郎は、返事を出さなかった。気持の上では調査をつづけてほしかった。しかし、伊牟田の手紙を見ると、自分の感情が何か彼の餌《えさ》になっているような気がした。沖野は伊牟田のような男が好きでない。

しかし、日が経つにつれて、沖野一郎は落ちつかなくなった。支店長の机の上には、もはや、一週間ごとに、伊牟田博助からの封書が載ることはなかった。桑山と奈美と、沖野との間につながれていた紐《ひも》が、突然、断ち切れた感じであった。

もう一度、秘密探偵社に送金しようと思っていた矢先、沖野一郎は、東京に行く用事ができた。支店長会議が本店で開かれることになったのである。

「明日、東京に行ってくる」

その前の晩に、沖野は妻に言った。社用だが、妻に言うのに心を堅くしなければならなかった。

「そうですか。行ってらっしゃい」

妻は横を向いて、乾いた声で言った。前川奈美と会ってくると思っているに違いなかった。が、そのことは口に出さず、すぐに彼の傍から風を起こして立っていった。

沖野は妻に、桑山と奈美の関係を言っていない。それを話すと妻は安心するかもしれないが、沖野にはその事実を秘密にしたい欲望があった。何のためか、はっきりとは分からないが、ぼんやりした理由はあった。彼は遠いところに、一つの目標を見ていたのである。

それに、妻に妥協するのも、いやであった。妻は、奈美のことで薬をのんで死にかけた経験がある。その体験を妻は大事にしているのだ。それを、自分で堅固な壁に造りあげて、沖野を拒絶していた。ふしぎだが、沖野は妻よりもまだ前川奈美に味方していた。妻に、奈美の寝返りを言うのは、自分が妻に惨《みじ》めに見られるせいもあった。

朝、沖野は妻にかたちだけ見送られて玄関を出た。

「今日と明日が会議で、あさっては帰ってくる」

沖野は、妻に言ったが、顔も見ないで捨てゼリフのように投げた。

妻は返事をしなかった。硬い表情をし、目だけが光っていた。

本店に全国の支店長が集まった。たいそうな人数だった。

支店長たちは、肩をたたいたり、のけぞったりして笑いあっている。会議が始まる前だった。三四人で輪をつくったり、十人以上もかたまったりしているところもあった。が、よく見ると、だいたい、三つの群れに分かれていた。

副頭取派が一つ、桑山常務派が一つ、その二つの派に属さない、というよりも、相手にされない派が一つ、である。副頭取派と常務派とは活気があった。これは明るい顔をしているし、声も高いのである。

相手にされない組は、顔をうつむけて、互いにぼそぼそと話しあっている。見るからに、姿勢が寂しそうだった。輪のいちばん離れたところにすわっているのだ。遠くから、副頭取派、常務派の顔を羨《うらや》ましそうに眺めているのもいた。

沖野一郎は、どっちに行ったらいいのだ。副頭取派ではむろんなかった。常務派のグループには沖野の方が卑屈に遠慮した。自然と寂しい組に身体が近づいてゆく。

やあ、と目を上げて、沖野に笑いかけるのは、この組だった。しかし、沖野は彼らと急に親しくなる気はなかった。いままで、彼が軽蔑《けいべつ》していた一群なのである。その中に自分がはいるのは我慢できなかった。

みなの目がそれとなく自分に集まっているような感じがしてならない。副頭取派とい い、常務派といい、とにかく、それは二つの大きな暖流であった。沖野一郎はそれから押しだされている。灰色の寒流に否応《いやおう》なしに放りこまれていた。

常務派は、沖野を見て、よう、といちおう親しそうに言うが、沖野から話しかけられるのを迷惑に考えるように、すぐに、顔を別の仲間に向けるのであった。親しい友人で、いっしょに常務のために働こうと言った男が、沖野を露骨に無視した。沖野は脚がすくんだ。

副頭取派は、もっと興味的に沖野一郎を見物した。顔を寄せあってわらっている者もある。沖野はひとりになった。

頭取と副頭取が、会議室にはいってきた。頭取は禿《は》げ頭の、矮小《わいしょう》な男だった。副頭取は肩をいかつく張っている。桑山常務が、つづいて背の高い姿を現わした。彼は微笑して、副頭取の組を眺め、自分の部下を目で迎えた。

沖野一郎は息がつまった。頭に血がのぼってくる。自分の脚の向け方が分からなかった。

桑山常務が歩きだした。常務は不仕合せにも、沖野がそこに立ちすくんでいるのを知らなかった。気づいたのは、間近に顔が合ってからであった。

「よう」

常務が、すこし、あわてた目で言った。

沖野一郎は、何か言わねばならなかった。

言葉が咽喉《のど》につかえた。が、何も言う必要はなかった。常務の方で先に逃げて、そこに集まっている自派の輪の中にはいっていった。

会議が始まった。頭取が立って、経済情勢をのべ、今後の営業方針を訓示する。副頭取が補足的な説明をする。常務が営業成績の報告をした。重々しいが、退屈な会議だった。

次には、各支店長の管下業務の報告があった。各地区のブロックごとに順序が決まっていた。興味のあることに、主流派の連中は活気があった。口調にも熱がこもっている。陰に置かれている組は、いかにも肩身がせまそうに、ぼそぼそと話した。

沖野一郎の番が来て立った。耳を傾けて聞いている者は誰もなさそうだった。役員席で桑山常務は、横を向いたり、うつむいて何かをいじったりしている。去年までは、沖野の報告を、みなが熱心に聞いてくれたものだった。それは話していて、空気で分かるのである。こちらの声に、いちいち手応《てごた》えが返ってくる。が、今日はそうではなかった。まるで雑踏の中に、ひとりで、空虚な声を出しているような気持だった。去年までとは勝手が違うのだ。沖野は心が冷えた。

その夜は、熱海《あたみ》で宴会があった。ここでも沖野は孤独だった。去年までの仲間が、彼を冷たく疎外《そがい》した。

宴会がすんで寝たのはおそい時間だった。一室に四人ずつあてがわれた。地区ごとの割当てだったが、その中の一人が常務派で、沖野とはあまり口をきかなかった。

「えらい人はみんな消えている」

と、一人が部屋に戻って言った。

「頭取も副頭取も、姿がない。常務も、どこかに行っている。寝床が敷いてあるだけだ。みんな適当にやっているんだな」

沖野一郎は、床の中にはいっていたが、それを聞いて、はっとした。頭取や副頭取は、どっちでもいい。桑山常務の消えているのが胸を騒がせた。

熱いものが急に身体にたぎってきた。沖野は、床から起きて廊下に出た。

「おれたちも、おとなしく、ひとりで寝るテはないよ。どこかに出かけようか」

騒ぐ声が沖野の背中でしていた。


沖野一郎は電話機のあるところに来た。

「東京を呼びだしてもらいたいが」

はい、と交換台が番号をきいた。沖野は前川奈美の自宅と、「みなみ」の番号を言った。

久しぶりに言う番号だった。

先に、奈美の自宅が出た。

「こちらは桑山の代理ですが」

沖野一郎は、声を変えるようにして言った。電話に出た声は、奈美の家のお手伝いで、沖野も聞きおぼえがある。

「はあ、さようでございますか」

お手伝いは、沖野とは気づいていないらしかった。少々、似ていても、まさか、いまごろ沖野から電話がかかってくるとは思っていないだろう。

「おかみさんはいませんか？」

沖野は、同じ声できいた。

「あら」

お手伝いが、おどろいたように、

「そちらは熱海からでございますね？」

と、問い返した。

「そうです」

「おかみさんは、四時間も前に、そちらにまいりましたよ。まだ着きませんかしら？」

思ったとおりであった。桑山英己は、奈美を熱海に呼んでいるのだ。

「そんならいいです」

「でも……」

お手伝いが、何か言いかけたが、沖野一郎は、電話を切った。このお手伝いは、奈美に長く使われていて、奈美の秘密も知らされていた。沖野の時もそうだった。沖野は、「みなみ」の電話を取り消しておいて、一度部屋に帰り、洋服に着替えて外に出た。おもしろくもない熱海の夜の町を歩いた。

おびただしい旅館の灯が、層々と丘の上にせりあがっている。あの旅館の一つに、桑山と奈美とがひそんでいるかと思うと、沖野一郎は、一軒一軒、尋ねて歩きたい衝動に駆られた。

宇都宮に離れていると、沖野の興奮はいくらか冷めたように思えたが、いま、また、もとの気持に逆戻りしてしまった。すぐ、手の届くところに桑山と奈美とがひそんでいるのが原因かもしれなかった。——


それから二週間ばかりたった。

沖野一郎に、面会人があった。女事務員の運んできた名刺には、〝伊牟田博助〟とある。あっと思った。手紙が来ないで、今度は本人がやってきた。

「しばらくでございます」

支店長席の横で、伊牟田博助は、沖野一郎に笑いかけながら頭をさげた。

「相変わらず、ご盛大で結構でございますな」

伊牟田博助は、しなびた顔を皺《しわ》だらけにして、笑っていた。次長が伊牟田を眺めている。取引先の人間ではない。伊牟田博助の洋服は厚ぼったく、生地が粗かった。カラーの襟に垢《あか》がついてくたびれ、ネクタイはよじれていた。

「このあいだ、さっそく、お手紙でお申しこみをいただきまして」

伊牟田博助は、机の上に上体を伸ばし、口のあたりを手でかこうようにして言った。臭い息が、沖野一郎の鼻にきた。

「さっそく、あれから調査にかかりました。ご趣旨のとおり、証拠品として、写真を撮ってまいりましたよ」

伊牟田博助は、皮のはげた手提鞄《てさげかばん》を膝《ひざ》の上であけた。いそいそとした様子だった。

「君は」

と、沖野一郎は、あたりをうかがい、封筒を出しかかっている伊牟田に言った。

「こっちに何かついでがあって来たの？」

「いいえ、支店長さん」

伊牟田は、大げさに頸《くび》を振った。

「わざわざでございますよ。ご依頼をうけたので、さっそく、調査資料をもってうかがったんです」

伊牟田博助は、誠意を見てくれと言わんばかりに顎《あご》をつきだした。細い目がびっくりしたように大きくなっている。その目の表情が、わざわざ宇都宮まで来たことを強調しているようだった。

「はい、これでございます」

伊牟田は、茶色の封筒を、沖野の前に置いた。大型の封筒で、厚みがあった。この内に写真がある。沖野一郎は、すぐに手が出せなかった。

「なにしろ、かくし撮りでございますからな、苦心しました。まあ、ごらんになってください」

伊牟田が、自分で封筒をあけかかったので、沖野はあわてて押さえた。

「まあ、それはあとで。あとで見ますよ」

伊牟田博助は、眠い目をして笑い、ふたたび、沖野の前にかがみこんで顔を寄せた。

「しかし、支店長さん。あの女の方はたいしたもんですな。今度、支店を作りましたよ」

「え？」

それは初耳だった。

「支店といっても立派なものです。なにしろ、××元子爵《ししやく》の邸宅を買ったんですからな。あの家は、たしか旧大名時代の庭園がそのままのこっていて、文化財に指定されているはずですよ」

伊牟田博助の欠けた歯の間から、舌が忙しく動いていた。

九

沖野一郎は伊牟田博助から、前川奈美が旧華族邸を買いとって、「みなみ」の支店を開設したと聞いて、奈美の性格として、いかにもありそうなことだと思った。

前川奈美には、その細い身体《からだ》に似合わない事業欲がひそんでいた。前の夫と死別してから、それが熾烈《しれつ》になったのかもしれぬ。以前、沖野は、奈美と自動車《くるま》で高輪《たかなわ》の方を通ったとき、たまたま高名な料亭の前に出た。

奈美は、しばらく、車を停止させ、その広大な構えを眺めて、このような店を持つのが、わたしの念願だと言った。

「夢のようだけれども、いまに、きっと持つようになってみせるわ」

奈美は目を据えて言った。横の沖野に言っているよりも、自分の決心に宣言しているようであった。その時の奈美の瞳《ひとみ》の中には、呪術《じゆじゆつ》にかかったような薄気味悪い光があった。――男がかなわないのである。彼女には実際に経営の才能があった。沖野が奈美を愛しながら、結婚に突入できなかった躊躇《ちゆうちよ》のなかには、このような女を妻に持った時の男の卑屈さを予感したこともはいっていた。

「そんな邸《やしき》を買ったのかね。相当な金を出しただろうね？」

沖野は、煙草《たばこ》の端を嚙《か》みながら、伊牟田博助に、ぼんやりきいた。

「そりゃ、たいへんな金ですよ。五六千万円は出しているでしょう。もう登記もすんで、店内の改装をやっていますからね」

伊牟田博助は、歯のそげた口でにやにや笑い、片脚を貧乏ゆすりさせて言った。

「よく、そんな金をあの婦人が持っていましたね、驚きましたな」

沖野の頭には、たちまち、桑山が浮かんだ。金はB銀行から出ている。桑山が出させたのだ。六千万円だったら、三分の一は奈美の持ち金が出ているとしても、あとの四千万円は銀行が貸している。奈美の財産は「みなみ」の店と自宅だけだ。四千万円の担保には、はるかに不足である。しかも、料理屋は高額の貸付を警戒しなければならぬ〝ドンブリ勘定〟業種の中でも丙種である。

「近いうちに、女中の大量募集をやるそうですがね。それにしても、どこから、それだけの金を引きだしたのでしょうな？」

伊牟田博助は、沖野の顔をうかがうようにした。細い目が見つめている。が、沖野は、それには答えなかった。

「頼んだ調査の資料は、全部、この中にはいっているんだね？」

沖野は、幅の広い茶色の封筒を片手で持った。伊牟田博助は気づいたように、目を急に動かして、

「そうです、そうです。写真と、それから、ふたりが会った日付と場所も書いてあります。両方を参照して見ていただくと、よく分かりますが」

と、伊牟田が封筒を取ってあけようとしたので、沖野は、またあわててそれを押さえた。

「いや、あとで見ますよ。ゆっくり……」

沖野が隣の次長席を見ると、次長は机の上にかがみこんで、どこかの小さな会社の貸《たい》

借《しゃく》対照表を見ていた。そんな恰好《かっこう》で、次長がこっちの話に耳を立てているように思えたので、沖野は声を低くした。

「写真は、君が撮ったのですか?」

「はあ、ぼくが撮りました」

と、伊牟田博助も、沖野にならって小さな声になった。

「ごらんになると分かりますが、待合や旅館にふたりではいるところや、出てくるところを撮ってあります。なかには、旅館の部屋の外から撮ったのもありますよ」

「よく、そんな場所でやれたね?」

沖野は、ちょっとおどろいてきいた。

「そこが商売でしてね」

伊牟田博助は、歯の抜けた口を大きくあけた。とたんに、臭い息が沖野の鼻に来た。

「待合の女中に、すぐに、千円ぐらいつかませるんですよ。ぼくは、年寄りですからね、女中も安心します。つまりあの客の男の方は、うちの社員だが、近ごろ金使いが荒いので、使いこみをしているのではないかと内偵しているのだ、と言えば、女中も納得して便宜をはかってくれます。旅館の場合でもそうです。先方も水商売ですから、あとで面倒なかかりあいになっては困るので、あんがい、素直に承知してくれますよ」

なるほど、そういう方法でゆくのか、と沖野はちょっと感心した。

「しかしですな、支店長さん」

伊牟田博助は、目をしょぼしょぼさせて顔を近づけた。

「なにしろ、相手に気づかれぬように、かくし撮りをするのですから、十分な撮影というわけにはゆきません。フラッシュを使うこともできませんから、写真の暗いのは承知してください。しかし、顔は、はっきりと出ていなくても、当人ということは、知っている人にはよく分かります。証拠には十分ですよ」

沖野一郎は、その茶色の封筒の中身を銀行で見ることができなかった。彼は、それを机の引出しの底にいったん収め、伊牟田博助に要求される調査費を支払った。安くはなかった。しかし、たとえ給料全部を持って行かれたとしても、今は惜しくなかった。

「どうもありがとうございます」

伊牟田博助は、頭をさげて礼を言った。

「では、帰りましてからも、つづいて報告をお送りしましょうか？」

「送ってくれたまえ」

沖野一郎は、苦い気持になってあとを注文した。

「そうさせていただきます。ありがとうございました」

伊牟田博助は、椅子《いす》から背中をかがめて、立ちあがった。次長が横目で見た。

「君、あとは郵送でいいよ。君がいちいち、来なくてもいいですよ」

沖野は、迷惑を感じて言った。

「はあ、いや」

と、伊牟田博助は、しなびた顔で、あいまいに笑った。

「今日は、実は、これから日光に行こうと思いましてね。ぼくはまだ日光を見ていないので、ちょうどついでだから寄ってみようと思います。今晩は、中禅寺湖《ちゅうぜんじこ》で泊まろうと思います。はあ、この次から郵便でお送りします」

伊牟田の、小さいが、肩の広い背中を見送って、沖野一郎は、ちょっとだまされたような気持になった。最初、来たときは、わざわざこの用事で宇都宮まで出向いたと言いながら、金をうけとると、実は、日光に行くつもりだと言う。ついでだと言うが、はじめから、その目的で彼は来たように思えた。

沖野は、自分の金が、伊牟田博助の一夜の遊興費になるような気がして不愉快になった。

しかし、かんじんの調査がしっかりしていれば、金などはどう使われようとかまわないと、無理に思いなおした。どうせ支払わなければならぬ金だから、それから先の先方の使途は自分に関係がないのだ。

沖野一郎は、その日、銀行からまっすぐに自宅に帰った。茶色の封筒は、黒鞄の中に、大切に押しこんでいた。

帰ってみると、妻はいなかった。お手伝いにきくと、ひるごろから用事があるといって出かけたままだという。知人もいないこの宇都宮に、どのような用事があるというのか。沖野の夕食の支度も、子供の世話も、十八歳のお手伝いまかせにしている。女房は、睡眠薬をあおって以来、まだ沖野と和解していなかった。

沖野は、砂を口の中に入れられたような気持になったが、女房が留守なのは、別な便利でもあった。彼は自分の居間にはいると、襖《ふすま》を閉めきり、鞄の中から茶色の封筒を出した。

封をひらく前には、さすがに胸がどきどきした。今までは、〝時間〟だけを知らせる文字だったが、今度は、写真である。いやでも、視覚に桑山と奈美との実態が冷酷に映るのである。

沖野一郎は、勇気をふるい、封筒の中身をとりだした。手札ぐらいの写真が五枚はいっていた。明るい光で見るのがこわかったが、写真は暗い。黒いところに、白いものがぼんやりうつっていた。スタンドを灯《つ》けなければ形の輪郭がよく分からない。

明るい光で見ると、最初の一枚は、しゃれた門構えの内にはいってゆく男と女だった。男はオーバーを着ている。女は和服で、白いショールを襟に巻いている。この二つの後ろ姿に、門の灯《あかり》や、玄関から射《さ》している光線が当たっていた。暗いところにひそんでの撮影らしく、黒い中に、白いものが点々と散っていて、中間の諧調《かいちょう》はつぶれていた。フラッシュを使わないのだから、とぼしい光線の利用では不鮮明なのも無理はなかった。

しかし、男の背の恰好といい、オーバーの着具合といい、桑山英己の特徴は出ていた。その後ろから寄りそうようにして、うつむきかげんにしたがっている女の姿にも、奈美の特徴が指摘できた。うすくて判然とはしないが、着物の柄《がら》にも見おぼえがあるようである。何よりも、彼女だと断定できるのは、そのもりあがってふくれているような髪のかたちであった。姿の恰好も、まさしく前川奈美のものであった。

同じようなのが二枚ある。もう一つは、違った門構えで、これは、家の中から二人連れで出てくる場面であった。桑山は顔を伏せ、両手をオーバーのポケットに突っこんで、大股《おおまた》で歩いている。棕櫚《しゅろ》の葉が、背後の明るい窓に端を出していた。いかにも桑山らしい用心深いポーズだった。すぐ後ろの前川奈美は、姿が半分かくれているが、白いショールで顔の半分をおおっている。特徴のある髪だけは、はっきりと見分けがつく。この、旅館だか、待合だかから出てくるところは、ちがった背景で、もう一枚あった。

最後の一枚が、部屋の中で、これは庭からまわって、縁側の戸障子の間からでもカメラを覗《のぞ》かせたらしい。したがって、人物はひどく動いてブレている。それに、あいにくと逆光線で、ますます輪郭はぼやけている。伊牟田博助が注釈したとおり、相手に気づかれないように苦心の撮影だから、悪条件は仕方がないにしても、もっと顔がはっきりと出るとよかった。

男も女も、どてらのようなものを着て、料理や酒の出ている卓をはさみ、さし向かいにすわっている。詳細に見れば、画面がブレて、人物の顔の輪郭は煙のようにぼやけているが、男が桑山常務であり、女が前川奈美だということは、ふたりを知っている者には判別がつくのである。つまり、それだけの特徴は姿にちゃんと出ていた。

沖野一郎は肩で息をつきながら、桑山と奈美の姿を、食い入るように凝視していた。目がくらみそうだった。

十

沖野一郎は、東京の、ある電話番号を知っていた。

それは、沖野が本店にいるころ、ある株主の工作に参画して利用したことがある。相手の男の名前は知っているが、住所は、はっきりと分からなかった。その人物に連絡をつけるときは、教えられた電話番号にかければよい。そこはまったく関係のない家らしいが、先方へはかならず連絡が届く仕組みになっている。頼んでおいて三十分もすると、まちがいなく、その人物から電話がかかってくるのである。

沖野一郎が、四五日もかかって、考えついたのは、その人物のことだった。福光喜太《ふくみつきた》郎《ろう》という名で、五十くらいの太った男だった。二年前に接触しただけで、その後、必要がないから、彼とは交渉が途絶していた。

沖野は、福光喜太郎のことを思いついたが、そこに電話をかけることは、やはり躊躇した。が、それを二日ばかり思案したうえ、思いきって、自宅から、東京のその番号を申しこんだ。

まず、その番号の家が出た。

「福光喜太郎さんにご連絡願いたいのですが」

「はい、分かりました。あなたさまは？」

中年の女の声だったが、二年前の連絡の時とまったく同じであった。

「B銀行の沖野一郎と申します。いま、宇都宮のこういう電話番号のところにおります」

沖野が言うと、はい、分かりました、と先方では承知して電話を切った。

沖野が、半分は心がはずみ、半分は後悔していると、四十分ばかりして電話が鳴った。

「もしもし、沖野さんですか？」

二年前に聞いた記憶にある濁《だ》み声だった。

「沖野一郎です。福光さんですね？」

沖野は、思わず高い声を出した。

「福光です。やあ、沖野さん、しばらくですな。あなた、そっちの方へ行ってるんですか？」

「ごぶさたしています。いつぞやは、お世話になりました」

「いやいや、あの節は、あんまりお役に立ちませんで」

濁み声は、ゆっくりと言った。

「いま、宇都宮にまわされていますよ。当分、東京の水は飲めそうにもありません」

沖野は自嘲的《じちょうてき》に言った。

「そりゃ知りませんでしたな。それで、なんですか、ご用事は？」

福光喜太郎は事務的だった。沖野は、少しあわてて、

「実は、福光さんに至急にお目にかかって、申しあげたいことがあるんですがね」

と言った。

「ははあ、どういうことか分からないが、急ぎますか？」

「なるべく早い方が結構です」

「東京でいいでしょうな？」

「むろん、私が東京に行きます。銀行の仕事のことがありますから、この次の、土曜日の晩は、いかがでしょうか？」

「待ってください。いま、予定表を見ますから」

福光の声は、しばらくとぎれたが、

「いいでしょう、お目にかかります。場所と時間は？」

「分かりやすいために、二年前にお目にかかったことのある目黒の××家《や》にしましょうか、七時に？」

「結構です。それじゃ」

福光喜太郎は、余分なことは一口も言わずに電話を切った。沖野は、ふう、と熱い息を吐いた。


その土曜日の夜になった。沖野は東京に出た。——

福光喜太郎は、二年前よりは、かなり年とっていた。相変わらず太って血色はいいが、激しい生活を送っているせいか、やはり前よりは疲労が見えていた。

福光喜太郎は、やはり二年前に会ったときと同じように、女房ともつかず、二号ともつかぬ女を連れてきていた。福光よりは二十歳は若いが、沖野が二年前に見たときよりも、やはり女の顔も老いかけていた。花柳界の水をくぐった女に見られる特徴で、目のふちに小皺《こじわ》が集まっていた。

「今晩は、突然に、こんなご馳走《ちそう》をしてもらって、なんのお話ですかな？」

福光喜太郎は、沖野一郎が会った時から笑っていた。

細い目の下にたるんだ皺が輪をつくって、人がよさそうに見える。

沖野一郎は、福光の傍にすわっている彼の女にちらりと視線を走らせた。二年前に見たときも黙りこくって、おとなしい女だったが、今もそれには変わりはない。下をむいて、料理を箸《はし》でつついている。話があるというので、女中たちは、料理を運ばせたうえで退《さが》らせていた。

沖野がこれから福光喜太郎に話すことは、たいそうな秘密であった。沖野は福光とだけ話したかったが、福光が勝手に自分の女を連れてきたのだから仕方がない。

「実は」

沖野一郎は、福光喜太郎に低い声で話しはじめた。

「桑山常務のことですがね。あなたはどう思われるかしらないが、実にひどい男ですよ」

「えっ？」

福光喜太郎は一瞬、あきれた顔をした。しばらくは沖野の言う意味がのみこめないという表情をした。

無理もない。沖野一郎といえば、桑山常務の側近としてこれまで見られてきたのだ。それはB銀行の実情を少しでも知っている者には常識となっている。福光喜太郎も、むろん、商売上、それを熟知している。彼は一流とはゆかないが、まず名うての総会屋であった。

沖野一郎が福光喜太郎を知っているのも、二年前、桑山常務の命をうけて福光を利用したことがあるからだ。

それだけに、福光の方でも、沖野が桑山常務の腹心だとばかり信じている。それを沖野がいま、桑山はひどい男だといきなり言ったので、最初から唖然《あぜん》とした表情になったのである。

しかし、福光喜太郎は、それをいつまでも続けたのではなく、すぐに不得要領な笑い声を立てた。

「これはおどろきましたな。あなたの口から、その言葉を聞こうとは思わなかった」

福光喜太郎は、やがて探るような目つきに変わった。

「もっとも、あなたが宇都宮支店長になられたことで、これはおかしいな、とは思ったが、やっぱり何かあったのですかな?」

「ありました」

沖野一郎は言った。

「正直に言いますよ。他の人には絶対に言わないことです。あなたには、ぜひ、ご協力を願わなければならないので、これはぼくの恥、いや銀行の恥をしのんで申しあげます」

「ふむ、うけたまわりましょう。私なら安心だ。絶対に口外しません。福光喜太郎は、昔から、秘密は自分の肚《はら》に収めて、よけいなおしゃべりはしない男です」

沖野一郎は、茶色の封筒を鞄《かばん》から出して卓の上に置いた。

「桑山常務とぼくとは、大学がいっしょだし、B銀行にはいってからでも、ぼくはずいぶん、彼のために働きました。個人的にも、ぼくは彼のためにどれだけ苦労させられたか分かりません。ところが、あれはひどい男です。今度、突然、ぼくを宇都宮に飛ばしてしまいました。理由は、ぼくが東京にいると、邪魔になるからです」

「邪魔、というと？」

福光喜太郎は、卓の上に両肘《ひじ》を立てて、掌《てのひら》の上に顎《あご》をのせた。鯨のような柔和な目つきだったが、鋭い光が底に出ていた。

「東京のRにある〝みなみ〟という料理屋をご存じですか？」

「みなみ？」

福光喜太郎は、目を宙に据えて、考えるようにしていたが、傍の女を振りむいた。

「おい、去年の暮に行ったあの家じゃないか、田村さんの招待で？」

彼の二号は黙ってうなずいた。うつむいて蒲焼《かばやき》を口に運んでいるところだった。この女は、いつも眠いような目つきをしている。

「知っています。きれいな家ですな。料理もうまい」

福光喜太郎は、沖野に目を返して答えた。

「その家です。今度そこが支店を出しましてね、××元子爵家の邸《やしき》ですが、庭は文化財に指定されているぐらいです。〝みなみ〟の主人というのは未亡人ですが、桑山常務は、それに、ぼくの推定では、五六千万円の不正融資をしているのです。抵当物件を不当に評価して貸出をしているのです」

「ははあ」

福光喜太郎は、わざとゆっくりと煙草《たばこ》をつまんだ。

「不正融資というと、むろん、桑山さんと、その料亭主人の未亡人との間に、なにか特別な意志の疎通《そつう》があるわけですな？」

「そうです。桑山は、昔から女ぐせの悪い男です。〝みなみ〟の女主人も彼一流の強引さで籠絡《ろうらく》したのですよ」

沖野一郎は、声に思わず力がはいった。吸いものを飲んでいる福光の女が上目《うわめ》づかいに沖野の顔を見た。

「ははあ、なるほどね」

福光喜太郎は、口をすぼめて煙を吐いた。

「友情もそんなところから、ひびがはいるのですな」

目を細めて、おのれの吐いた煙の行方を、見つめている。煙は電灯のまわりに光りながらもつれていた。

福光喜太郎はすべてを察したようだった。むろん、それぐらいの勘が働かないと、よその会社の株主総会へ乗りこんで攪乱《かくらん》することはできない。いや、総会場へ乗りこむ前の微妙な駆引きの呼吸は覚束《おぼつか》ないであろう。

福光喜太郎は、総会屋でも、いわゆる大物ではない。彼には手下がない。そのかわり、この道では古顔の方で自分の働きで大物の総会屋を踊らすだけの知恵と策略を持っている。正面から大がかりな総会屋を頼めない事情のときは、福光喜太郎を使うにかぎる。二年前に沖野が桑山の意向をうけて福光に頼んだときも、福光は器用に働いてくれた。

なるほどね、そういうところから友情が破れるのか、と呟《つぶや》いて目を細めた福光喜太郎の表情は、ぼんやりしているが、桑山と沖野と「みなみ」の女主人との関係を洞察していた。そこから、早くも彼の作戦図の素描が縦横に走り書きされているようであった。目だけが輝いているのである。

「なにか確かな資料がありますか？」

福光喜太郎は、茶色の封筒に素早い視線を走らせて、沖野一郎にきいた。

「これですよ」

沖野は封筒をあけ、なかの束になった紙をとりだした。

「これが桑山常務と前川奈美、つまり〝みなみ〟の女主人ですが、そのふたりの関係を証明する動かせない証拠です」

秘密探偵社員伊牟田博助が作製した〃密会表〃とかくし撮りの写真だった。福光喜太郎は、片頰《かたほお》に笑みを浮かべ、それを一枚一枚めくって見ている。福光の左の小指が根もとから無気味に消えていた。彼の過去の生活の暗い一端がそこから覗《のぞ》いている。

「おもしろい」

と、福光は、証拠品を卓の上に置いた。料理の皿がならんで邪魔しているので、それは女の前に置く位置となった。桑山と奈美とが待合の玄関にはいってゆくところが上になっている。福光の女は、ちらりとその写真を見たが、別に興味もないのか、火鉢の方を向いて煙草を喫《す》いはじめた。

「よく調査したものだな、やっぱり専門家ですな」

福光喜太郎は、その資料を秘密探偵社が作ったことも知っている。

「こういうものがあれば大丈夫だ。ほかのネタよりも、スキャンダルが一番あいつらにはこたえる。これは、ちょいとしたT銀行事件だな」

福光喜太郎は、あきらかに喜んでいた。T銀行事件というのは、二三年前に起こった有名な不正融資事件で、頭取が東京銀座の一流料理店の女主人と関係があった醜聞だ。

「よろしい、やりましょう」

と、福光喜太郎は請けあった。

「あなたの敵討ちをしてあげますよ。存分に溜飲《りゅういん》をさげてください」

福光喜太郎に覗きこまれて、沖野一郎はさすがにすこしあかくなった。福光は、沖野が寝返った理由を察している。

「いや、これは、ぼくの個人的な事情だけではありません」

沖野一郎は、いちおう弁解した。

「銀行のためにならぬことです。常務のやり方はあんまりですからね」

「ごもっとも、ごもっとも」

福光喜太郎は同感を現わして、何度もうなずいた。

「そんな自己の不正のために、あなたを煙たがって、宇都宮に飛ばすなどとは、もってのほかです。いや、沖野さん、ひとごとながら、私は義憤に燃えましたよ。これは徹底的にやらせてもらいますよ」

「よろしくお願いします」

福光喜太郎は、ポケットから手帳を出した。よれよれになってくたびれた汚い手帳だが、中身は福光の〃仕事〃が充満しているのだ。

「ええと、あんたんとこの総会は、来月でしたな。株券名義書替停止の公告が、この前、新聞に出てましたな」

福光喜太郎は手帳をひらいて、目を遠ざけ、顔をしかめて見ている。若いときから危ない橋を渡ってきている彼も、いまは貧しい老眼であった。しかし、沖野には、この福って顔を真赤にし、役員席に怒号している姿も知っている。——
沖野一郎は、福光喜太郎の策略を知っている。そして福光が総会の席で仁王立ちにな
光喜太郎が、今はこよなく頼もしく思われた。

株主総会は、あと二週間ののちにせまっていた。
沖野一郎はたのしくてならなかった。彼は、日ごろになく支店長席に終日すわりこん
で、仕事に精を出した。外部との折衝があれば、喜んで出かけて、熱心にあたった。
彼には二週間後の期待がある。その場面が彼の頭から離れないのだ。仕事の途中で、
何度かそれが脳裡《のうり》に浮かんで、仕事を励ますのである。
福光喜太郎が、総会場で、議長、と叫んで立ちあがる。彼は役員席にならんでいる桑
山常務をまっすぐに指し、詰問をはじめる。彼は片手に〝密会表〟と〝証拠写真〟を振
りかざし、満面を紅潮させてわめく。桑山常務が蒼《あお》くなってうろたえている。満場が喧
騒《けんそう》をきわめる。福光喜太郎は獅子《しし》のように傲然《ごうぜん》と構えて役員席を睨《にら》みつけている。彼は、
白髪頭を振りながら、いよいよどなりたてる。〝密会表〟を大声で読みあげるだろうし、
写真も高々とかざすに違いない。
桑山常務はさしうつむいて、座にたえられない。彼の指も膝《ひざ》もふるえている。常務派
の狼狽《ろうばい》は、惨憺《さんたん》たるものだ。副頭取派は複雑な表情でそれを横目で見ている。満場は蜂《はち》

の巣をつついたようだ。主流派と反対派の総会屋同士がやりあう怒号、床を踏み鳴らす音、椅子《いす》が倒れる音。——

沖野一郎はその場面の想像に陶酔した。

桑山常務は失脚するであろう。まっさかさまに転落してゆく彼の姿も目に見えるようであった。副頭取派が、得たりとばかり常務の足をすくいあげて突きおとすのだ。

前川奈美はどうするか、当然、桑山英己との縁は切れる。二人の間には、それだけの深い愛情のつながりはない。桑山常務は奈美に少々興味を持ちすぎた程度だし、奈美は常務を少しばかり利用したにすぎない。それだけ表沙汰《おもてざた》になれば、桑山も外聞が悪くて奈美の前に姿を出すことができまい。奈美も、転落して銀行を追われた桑山英己には、一顧も与えないだろう。

ふしぎだが、沖野一郎はそのとき、前川奈美が自分のところへ戻ってくるような気がして、ひそかにたのしくなった。桑山英己には骨の髄まで憎悪《ぞうお》を持つが、奈美にはその十分の一の憎しみもなかった。彼女が自分に謝罪すれば、それをゆるしたい気持だった。彼女は桑山に誘惑されて過失をおかしたにすぎない。悪いやつは桑山英己だけである。

沖野一郎は、戻ってきた奈美の熱い唇を想像した。彼女が激しく吐く息の匂《にお》いまで嗅《か》ぐような思いであった。

いや、たのしさはそれだけではない。これはまだ空想にすぎぬが、もしかすると、事情が分かれば、副頭取派の手が彼に差しのべられてくるかもしれないのである。桑山常務は副頭取の癌《がん》であった。それを失脚させた彼の功績に、副頭取がむくいてくれるかもしれない。

かつての沖野一郎は、常務の側近として副頭取派に憎まれていた。そのために、常務の醜行資料は、直接には副頭取派に出せず、総会屋の福光喜太郎を使ったのだ。しかし、沖野は桑山常務に反逆して、彼を追いおとす陰の働きをしたのだから、あるいは副頭取派に迎え入られるかもしれない。

まるきり夢のような空想とは違い、ない可能性ではなかった。そうなると、沖野も寒流から抜けだすことができる。ふたたび、新しい主流派の組にはいれるだろう。

沖野一郎のたのしみは、二重、三重にあった。総会は、あと一週間となった。ところが、ある日、銀行に出ていると、電話がかかってきた。

「福光です」

その声は言った。しゃがれて、押さえた声だ。

あっと思った。福光喜太郎が、東京からわざわざ宇都宮に出てきたのだ。

「ちょっと、あなたに、お話ししたいことがあるんですがな」

来た、と思った。福光喜太郎は本腰を入れてくれている。そのために、彼が東京から出むいてきたのだ。

「すぐうかがいます。いま、どこからですか？」

「駅からです。今、汽車をおりたばかりです」

「そいじゃ、駅の近くに××亭という料理屋がありますから、そこへ行ってください、ぼくも、すぐにまいります」

沖野は××亭に電話をかけ、できるだけご馳走をととのえるように言いつけた。

——三十分後に沖野が××亭に行ってみると、福光喜太郎は自分で床柱を背負ってすわっていた。おどろいたことに、福光の女も眠そうな目つきをし、無表情な顔で横にちゃんとすわっている。

「先日はどうも」

沖野一郎が、福光喜太郎に微笑《わら》いかけて挨拶《あいさつ》すると、福光は、沖野が部屋にはいったときから唇をゆがめて横を向いていたが、

「バカ者！」

と、突然、沖野を睨みつけて大声でどなった。真赤な鬼のような顔をしていた。

沖野一郎は唖然《あぜん》とした。

十一

福光喜太郎は、真赤な顔をして、沖野を睨みつけていた。目の玉まで充血していた。

大声でどなったあと、唇をふるわせている。

沖野は、いきなり福光にバカ者呼ばわりされて、とまどった心でいる。正直、わけが分からない。あきれて福光の怒った顔をながめているほかなかった。

「福光さん」

沖野は、やっとどもりながら声を出した。

「い、いったいどうなさったんですか?」

福光喜太郎は、目を沖野の顔にぴったり押しつけたまま放さなかった。ぎらぎらと油を注ぎ入れたように光っている目で、目の玉の白い部分が濁り、血の筋が浮いていた。

「どうしたかア?」

福光喜太郎は、沖野の言葉を復唱して、

「どうしたかもないだろう。おい沖野君、あんまりとぼけるんじゃないぞ」

と、大声を出した。

「君は、おれに恥をかかせたな?」

沖野はびっくりした。思いもよらぬところで福光の怒りが爆発している。

「なんのことか、ぼくにはさっぱり分かりません。福光さん、まあそう興奮なさらないで、詳しい事情を言ってください。ぼくは、あんたに恥をかかせた覚えはありませんが」

沖野はそう言いながら、ちらりと、福光喜太郎の横にすわっている女を見た。べつに助けを求めるつもりはないが、それでもこの女の知らぬ顔をしている態度に、ちょっと腹が立った。ふつうの女なら、自分の旦那《だんな》が目の前で他人をどなりつけているのだから、体裁だけでもなだめる恰好《かっこう》ぐらいはしそうなものである。知らぬ人間ではない。前にも福光についてきて、沖野に馳走《ちそう》になっているのだ。

今度も、勝手に福光についてきて、いっしょに料理のならんだ卓の前にすわっているのである。彼女は、そこに、福光が沖野に青筋立ててどなっていても、全然、耳にも目にもはいらぬような顔つきをしていた。ねむそうに目を伏せて、平気で、料理に箸《はし》を動かしているのであった。鈍重なぐらい、顔の筋肉一つ動かしていなかった。

「ふむ、君は、おれに恥をかかせなかったというのか?」

福光喜太郎は、やはり怒気を声から消さなかった。

「これぐらい恥をかかされたら言うところはない。福光喜太郎、この道にはいって三十年、いまだかつて、こんな恥を受けたことはないぞ」

沖野は、自分から遠いところで福光がわめいていると思っていたが、もしや、と気がつくと、急に不安になってきた。すわっている下が揺れそうになった。

「福光さん」

沖野の声は小さかったが、ふるえが出ていた。

「詳しく説明してください。ぼくは、あんたの怒っていることが、見当がつきません」

「よし」

福光喜太郎は、沖野を睨みつけたまま、

「おい」

と、女に声をかけた。

「あれを出せ」

はい、と女が間のびした声で答え、箸をおくと、膝のところに置いてある鞄《かばん》を立てて、蓋《ふた》をあけた。この女は、福光喜太郎をなだめるどころか、彼の怒号の助手をつとめていた。

沖野は、女の手が鞄から茶色の大型封筒を出すのを見たとき、顔色を変えた。やっぱり予感したとおりだと思った。

茶色の封筒の中身は、桑山常務と前川奈美との情事の資料であった。秘密探偵社の伊牟田博助が作製して、それを沖野が福光喜太郎に渡したものである。沖野が不意に感じた不安というのはその資料のことだった。彼は、思わずおびえた目になり、女から福光に渡る茶色の封筒を見ていた。

福光喜太郎は、沖野の様子を観察するように、彼の顔に目を据えていたが、茶色の封筒を手にとると、ちょっと内をのぞいた。が、それを引っ張りだすのではなく、封筒のま、沖野の前に投げた。投げたときの、どさりという封筒の音が、沖野の胸にこたえた。

「わしに恥をかかせたのは、それだ」

福光喜太郎はわめいた。

「沖野君、目をむいてよくなかを見るがいい。みんなでたらめばかりだ。よくもこんなものをわしにつかませて踊らそうとしたな。君は、わしに何か恨みを持っているのか」

「でたらめ？」

沖野一郎はあえいだ。

不安な予感は当たったのだ。彼は、福光の言ったとおり、目をうつろにいっぱいにあけていた。

「沖野君、わしは君の言ったことを頭から信用した。不覚だったよ。福光喜太郎、生涯の不覚だった」

福光喜太郎は、大声をやめなかった。

「君が出した資料は全部、でたらめな真赤な嘘《うそ》だ。よくも恥知らずにこんなものをわしに押しつけたな。わしの面子《メンツ》をどうしてくれるのだ？」

「福光さん」

沖野一郎は、弱い声になった。

「でたらめな資料とおっしゃるが、これは秘密探偵社の者に調べさせたんですよ。向こうは、専門家ですから、調査は確実だと思いますが……」

「あほらしい」

福光喜太郎は、吐き捨てた。

「なにが確実なもんか！」

福光喜太郎は、やにわに手を伸ばして、沖野の前に置いてある茶色の封筒をつかんだ。それから、それをさかさまにして振りまわすと、なかの紙が卓の上にこぼれ落ちた。伊牟田博助が書いた報告書、写真などが、ばらばらに散った。

福光は、その一枚をつまむと、太い指でたたいた。

「これが、みんな嘘だ。わしはいちいち、裏づけをしたのだ。どれ一つとして合っておらん。たとえば、ほれ、この晩は八時から向島のひさご屋で前川奈美と会っているように書いてあるが、調べてみると、桑山常務は、その朝、大阪に着いて支店で会議をやっているんだ。こっちの方は、渋谷の待合で九時から女に会っているように書いてあるが、桑山はTホテルでその時刻、二時間に亘《わた》って、関係筋との懇談会に出席しているのじゃ。そのあとは、まっすぐ家に帰っている。これでも、この記載が確実といえるか、ええ、君？」

沖野一郎は、福光喜太郎の怒声を聞きながら蒼《あお》ざめていた。福光の言うことは、おそらく事実であろう。沖野は、しなびた伊牟田博助のずるい顔を目の前に浮かべているだけであった。

が、まだ写真がある。あれが何よりの証拠だが。――

「この写真にしても、だ」

福光喜太郎は、沖野一郎の心を読んだように言った。彼は写真の一枚を沖野の目の先に突きつけ、やはり太い指でたたいた。

「これは、桑山常務でもなければ、前川奈美でもない。赤の他人じゃ。姿だけ常務と女に似せてはいるが、ふたりの顔は、まるきり写っていないじゃないか？」

沖野一郎は、あっと思った。

言われてみると、そのとおりだった。写真は五枚とも全部、桑山の顔も奈美の顔も撮れていない。伊牟田博助の説明によると、暗い光線の中で、フラッシュも使用せずにかくし撮りをしたので、顔は鮮明に出なかったという。そのときはもっともなことだと承知したが、いま、福光喜太郎に言われてみると詐術《さじゅつ》をおおう手段だったのか。桑山によく似た男と、奈美の背恰好に似た女とを仕立て、伊牟田博助がいいかげんな場所を背景に、モウロウ写真を作ったのである。

沖野一郎は、たちまちすべてが分かったような気がした。伊牟田博助は、最初は沖野の依頼のとおり、桑山と奈美とのことを正直に調査していたにちがいない。が、途中で、桑山に気づかれ、狡猾《こうかつ》な彼に逆に買収されたのであろう。

それからの調査報告は、すべて作りごとに変わったのだ。写真も偽装のものを撮って送った。頭脳《あたま》のいい桑山は、沖野の意図を察して、先まわりしてこの罠《わな》を仕かけたにちがいないのだ。桑山が鼻に皺《しわ》を寄せて嘲笑《ちょうしょう》している顔が、目に見えるようであった。

伊牟田博助は、莫大《ばくだい》な調査費を沖野に要求し、鼻唄《はなうた》まじりに日光や、中禅寺湖に遊びに行った。――

「福光さん」

沖野一郎は、福光喜太郎の前に頭をさげた。

「今、やっと真相が分かりました。ぼくは、探偵社の調査員にだまされていたのです。ご迷惑をかけてすみませんでした」

福光喜太郎は、沖野をじろりと見た。

「そんなことだろうと思った。しかしな、沖野君」

福光は、やはり唇の端をゆがめ、眉《まゆ》の間に皺を立てていた。

「君は調査員にだまされた、と言えば、それでいいかもしれんが、君の軽率に乗ったこの福光喜太郎の面子はどうしてくれるんじゃ？」

面子？　沖野はふしぎな気がした。これは沖野と福光との間のことで、福光喜太郎は、どこで面子を失ったのであろうか。沖野のために、裏づけに動いた労には、彼がそれに相当する礼をすればいいのだ。

沖野一郎が、妙な顔をしたので、福光喜太郎は猛《たけ》りたった。

「何をとぼけた顔をしている？　わしは桑山常務にわらわれたのだ。あんな若造に、このわしが嘲笑されたのだ。沖野君、この恥をうけたわしの顔をどうしてくれる？」

沖野一郎は、福光喜太郎の言葉の意味が分からなかった。福光は桑山常務に恥辱を受けたという。どういうことなのか。

はっとしたのは、次に、その事情に察しがついたからである。福光喜太郎は、桑山常務に会ったのだ。

株主総会の席上で、桑山常務のスキャンダルをあばき、不正融資を追及するというのが、沖野と福光との間にかわされた約束であった。それでなければ、桑山を追いおとす効果がないのである。

ところが、それを待たずに福光喜太郎は、桑山常務に会っているのだ。福光の下心を知って、沖野一郎は、頭に血がのぼる思いだった。

「福光さん。それは約束が違う」

沖野は、唇をふるわして言った。

「あんたには総会で常務を追及してもらう約束だった。その前に、常務に会ったのは、どういうわけですか？」

福光喜太郎は、常務にネタを売りつけに行ったに違いないのである。総会で騒ぐよりも、はるかにその方が利益があると計算したからであろう。

ところが、桑山にネタを見せたところ、彼からにせものだと一蹴《いっしゅう》されて福光は男をさげて引きさがったのである。その憤懣《ふんまん》が、沖野の前で爆発しているのだ。沖野一郎はたちまち、福光のからくりが読めた。

「バカなことを言うね、君は」

福光喜太郎は、沖野一郎をはね返した。

「当人に事実を確かめんでどうする？　確かめたからよかったのだ。それでなかったら、わしは総会の席で、満座の中で恥をかくところだったよ。福光喜太郎の三十年の公的生命は君のために終わるところだったよ」

福光喜太郎は、うそぶいた。

「しかしな、沖野君、それでなくても、わしは桑山常務に恥をかかされたぞ。あの男は、わしに、福光さんも老いましたね、とせせら笑っていた。あいつのことだから、この話を方々に吹聴《ふいちょう》してまわるにちがいない。総会の席で恥をかいたと同然じゃ。沖野君、それも、みんな、君のおかげじゃ。ええ、そうだろう？」

福光喜太郎は、また目をいからせた。

「どうしてくれるんじゃ、わしの顔を。わしは、そのために、わざわざこの宇都宮に、君と談判をしにきたのじゃ。おい、沖野君、目ばかりむいて黙ってないで、なんとか返事をせんか！」

福光喜太郎は拳《こぶし》で卓をたたいた。ならんだ皿や鉢が触れあって音を立てた。

福光の女は、相変わらず、重いまぶたを伏せて焼鯛《やきたい》の骨をつついている。


沖野一郎は銀行を休んで、東京に出た。銀行には風邪をひいたと電話しておいた。女房は、彼に相変わらず白い目をむけているので、話をする必要はなかった。亭主が近ごろ落ちつかないで、いらいらしているのを鼻先でわらって見ているようなところがある。

東京に出たのは、むろん、あの秘密探偵社にのりこんで、伊牟田博助を面詰《めんきつ》するためであった。目をしょぼしょぼさせて、しなびたような顔つきをしているので、人が良さそうに見えるが、とんでもない食わせ者だった。だまし方も悪辣《あくらつ》で念が入りすぎている。

見おぼえの建物の前でタクシーをおりた。

この前は夜だったが、今日は昼間で、建物の貧弱さはよけいに目立った。しかし、内にはいると、それでも事務所の体裁で、事務員のような男が四五人、机にかがみこんでいた。伊牟田博助の姿はなかった。

「いらっしゃい」

若い男が、突っ立っている沖野の前に来て、営業台《カウンター》に手を突いた。

「どんな御用でしょうか?」

「伊牟田君はいますか?」

沖野は笑い顔を見せないで、怒ったようにきいた。

「伊牟田でございますか?」

事務員はゆっくりききかえした。もっさりとした顔つきである。

「そうです。伊牟田博助です」

沖野は、どなりたいのを我慢して言った。

「伊牟田は」

と、事務員は、沖野の顔を眺めて悠長に答えた。

「当社を都合によって辞めましたが」

「なに、やめた?」

沖野は、あたりが急に傾いて白っぽく見えるのを覚えた。

「いつやめたんだ?」

彼はどなった。

「一昨日です。いまどこにいるか分かりませんが。いったい、どういう御用でしょうか?」

事務員はふしぎそうな表情で沖野の顔を眺めていた。

沖野は何かわめいて、そのボロ社屋を出た。道をよろよろと歩いた。みんなが寄ってたかって自分をだましている。

伊牟田には法外な調査費を取られ、福光喜太郎には月給の二倍くらいの金を、いちどきに巻きあげられているのだ。

十二

沖野一郎は、毎日、憂鬱《ゆううつ》そうに銀行に出勤した。

彼は、支店長席でおもしろくない顔で、仕事をしている。むずかしい表情だ。皺が日立ってふえたようにみえる。仕事の間でも、しじゅう、ふさぎこんで考えているような暗い顔であった。

が、ときどき、目がひとりでに光った。銀行員の誰もがそれに気がつかない。今度の支店長は、ひどく陰気な男と思っている。沖野は肘《ひじ》をついて額に指を当て、うつむいて思案しているようなときに、目をふいに輝かせるのであった。

沖野一郎は、インチキ探偵社員の伊牟田博助に欺《だま》された。総会屋の福光喜太郎には脅かされて金を巻きあげられた。たぶん福光喜太郎は、あの晩、陶器のように無表情な妾《めかけ》といっしょに、鬼怒川《きぬがわ》温泉にでも遊びに行ったに違いない。

みんな桑山常務の陰険な手にかかっているのだ。伊牟田博助の寝返りも桑山に買収されたのだし、福光喜太郎も、あわよくば恐喝《きようかつ》するつもりで、沖野との約束を破り、総会前に桑山に会ったのだ。福光は、そこで桑山にころりと敗北した。いや、沖野の計画がことごとく敗北したのである。

しかし、まだ、残された方法がある、と沖野は思った。

桑山常務と奈美との醜聞《スキヤンダル》の証拠品には失敗したかも分からぬが、ふたりの情事関係は明瞭《めいりよう》な事実だ。その実証が常務のはからいで行なった奈美への不正融資である。これは動かせまい。いやしくも一流銀行の常務が、己れの情人に、担保価格を不当に評価して貸出をさせたのだから、背任行為と指摘されても仕方があるまい。

調査部長は常務派である。彼は、常務の命令なら、担保価格の評価は机上で片づけてしまうし、価格は、わが子に名をつけるようなものである。沖野はそのことを知っている。

この一件があるかぎり、沖野一郎には、まだ完全な敗北はないのだ。

これを反桑山派の誰かに内報することだ。副頭取は桑山常務をライバルと思っている。この両派は仲が悪い。沖野が副頭取派に通報すれば、得たりとばかり桑山常務をたたくに違いない。

が、その通報は、今は時期でない。まだ少々、早いのである。

「みなみ」の支店は、まだ建物の改装中であった。効果は、それが完了した時の方がはるかに大きい。由来、建築は予算以上に金がかかるものである。「みなみ」の支店ができあがるまでには、桑山常務は、もっと銀行の金を出さなければならないだろう。これは穴がひろがるほど、こちらには好都合だ。

それに、せっかくの「みなみ」支店の建物が完成しないうちにつぶす結果になるのは、奈美に、ちょっとかわいそうだ、と沖野一郎は考えるのである。敵は、あくまでも常務の桑山英已であった。

文化財指定の由緒《ゆいしょ》ある庭園をもち、壮麗な御殿のような「みなみ」の新築が落成してから桑山常務の背任行為を反対派に通告しよう。常務の叩《たた》きおとしを反対派にやらせるのだ。これは容赦があるまい。徹底的にやってくれる。

沖野一郎が、憂鬱そうな顔の中に、ときどき、目を輝かすのは、この工夫があるからであった。桑山に負けたようで、まだ負けていないのだ。これが、沖野一郎に残された、ただ一つのたのしみであった。

ひそかに調べてみると、「みなみ」支店の新築完成は、あと三カ月を要するらしいのである。三カ月――沖野一郎は、この期間を、じっと辛抱すればよかった。毎日、退屈な地方の支店長の仕事をしながら待つことだった。その暁には伊牟田博助に欺されたくやしさも、福光喜太郎に大金を巻きあげられた無念も、一挙に癒《い》えることであろう。

沖野一郎は、一日一日と日の経《た》つのをひそかにたのしみながら、銀行に出勤した。

そのある日のことだった。

取引先の土建業久保田謙治《くぼたけんじ》が、沖野に面会を求めてきた。

「支店長さん」

久保田謙治は、椅子《いす》に腰かけて、にこにこして言った。

「いつもお世話になっていますので、支店長さんとごいっしょに夕飯を食べたいと思いますがね。明後日《あさって》の晩、いかがでしょうか?」

久保田組は、さしてありがたい得意先ではないが、前支店長が、妙に肩を入れていたので、その名残りもあって、この支店には親しそうに出入りしている。久保田謙治は土地の顔役である。

沖野一郎は気がすすまなかったので一度は断わった。が、久保田謙治は頼んだ。

「なに、ご迷惑はかけません。気楽に出てくださいよ。それに、その席で支店長さんにぜひお目にかかりたいという東京の人をご紹介したいですからな」

そういう席で紹介される人物には銀行支店長として警戒しなければならない。たいてい、貸出をしてくれと言いだされるのである。

しかし、久保田が東京の人と言ったので、それは安心した。管轄《かんかつ》外である。が、一方、その東京の人というのは誰のことか、と思った。

「気のおける人ではありませんよ。おもしろい人です。先方では、ぜひ、支店長さんにご馳走《ちそう》したいと言っていますから。私は二十年来交際して、知っていますが、実に気性のさっぱりした、いい人ですよ」


その日の夕方の六時、久保田謙治は、自動車をもって沖野一郎を銀行に迎えにきた。

「先方では、支店長さんが来てくださるというので、たいそうな喜び方ですよ」

久保田謙治は、みちみち、自動車の中で伝えた。

「どういうお方ですか？」

沖野一郎はきいた。

「それは、ご紹介のときに申しあげます。いや、実にいい人ですよ」

久保田はひとりでにこにこしていた。

自動車が横づけにされたのは、宇都宮で一流の料亭であった。沖野も宴会で二三度は来たことがある。玄関には、女中が四五人迎えていた。

「どうぞ」

案内役として久保田謙治が先に立って廊下を歩いたのはいいが、女中が一人もついてこなかった。

が、その不審よりも、沖野を、あっというぐらいに驚かしたことは、磨きこんだ料亭の廊下の片側に、羽織袴《はおりはかま》の男たちが十五六人くらいうずくまって、沖野一郎の通過に頭をさげていることだった。

沖野一郎は、思わず足がすくんだ。

「どうぞ、どうぞ」

前を歩いている久保田謙治が、沖野一郎をふりかえって掌《て》を出した。

「そのままお通りください。この人たちは、支店長さんをお迎えしているんですよ」

「しかし……」

沖野が尻《しり》ごみすると、ならんで低頭している男の一人が顔をあげて、沖野に言った。

「どうぞ、ずっとお通りなすって」

そのドスの利《き》いた声に気づき、沖野があらためて目を凝らすと、ならんで迎えている羽織と袴の連中は、みな角刈りの頭か、五分刈りであった。

沖野一郎は、いまさら帰るわけにもゆかなかった。男たちの風采《ふうさい》を見れば、それがどのような職業の人間か明瞭であった。

沖野は久保田のあとに引っぱられるようにして廊下を進んだ。居ならんだ男たちが両手をついていっせいに頭を低くしている。まるで沖野は芝居の殿様あつかいであった。突きあたりは、この料亭でも一番の広間になっている。久保田が襖《ふすま》をあけて内に言った。

「お見えになりました」

火桶《ひおけ》の前に煙草《たばこ》を喫《す》って、あぐらをかいていた男が、吸殻《すいがら》を捨てて、膝《ひざ》を直すのが見えた。四十五六くらいの、血色のいい、小太りの男である。これは、渋い紬《つむぎ》の上下に、仙台平《せんだいひら》の袴をはいていた。

「ようこそ」

その男は、とまどっている沖野の前に、両手を突いた。妙に、型にはまったような節度のあるおじぎの仕方であった。袴が鳴った。

「支店長さん」

と、横にすわった久保田謙治が言った。

「こちらは、東京の山本組の社長で、山本甚造《やまもとじんぞう》さんです。わたしが二十年来、恩顧をうけている人ですよ」

彼は、相手の人物に言った。

「親分、沖野支店長さんです」

沖野一郎は、頭をさげたが、得体の知れぬ不安が、はいあがった。招待主は、あきらかに暴力団の親分であった。山本甚造、山甚。沖野一郎も、東京にいるとき、どこかで名前を聞いたことがある。

その山甚が、なぜ、沖野を招待するために、わざわざ東京から出てきたか。しかも、子分を大勢つれて、薄気味悪いほど丁重な迎えなのである。

「いつも、久保田がお世話になりまして」

山甚は、てかてかと光る艶《つや》のいい顔を微笑《わら》わせて、沖野にしゃがれた声で礼を述べた。

「さあ、どうぞ、あちらへ。どうぞ」

沖野を引きたてるようにすわらせたのが、床柱の前であった。二間床には梅と松とを描いた双幅がかかっている。

沖野が落ちつかない心で正座していると、山甚が横にならび、久保田は、だいぶん離れたところにすわった。格が違うというつもりなのであろう。

このとき、襖が開いてはいってきたのは、女中ではなくて、廊下にならんで、芝居のように沖野を出迎えていた十五六人の男たちであった。

彼らは、ぞろぞろと、沖野と山甚の真向かいに何列かになってすわった。袴をさばき、かたちを正していた。

「おまえたち」

山甚が子分たちに言った。

「ここにいらっしゃるのが、B銀行の沖野支店長さんだ。久保田がいつも厄介に預かっている。おまえたちも挨拶《あいさつ》するがいいが、いちいち、おれが紹介するのも面倒だ。みんな自分で申しあげて頭をさげろ」

それから、沖野一郎が顔色を変えるようなことが起こった。

山甚の言葉にしたがって、前列の右端の男が両手を突いた。

「あっしは、山本組の営業部長で鍛冶久一《かじきゆういち》と申します。傷害前科五犯でございます。よろしくお引きたてを願います」

次の男が頭をさげた。

「あっしは、山本組の会計部長で榎本正吉《えのもとまさきち》と申します。傷害前科四犯でございます。よろしく」

次の男が両手を突いた。

「あっしは、山本組の施工部長で桜井忠助《さくらいちゆうすけ》と申します。傷害前科四犯……」

前科四犯、三犯、二犯と次々に名乗るのであった。十五六人の男が、だれ一人として傷害の前科を肩書にせぬ者はない。いずれも礼儀正しく自己紹介するのであった。

沖野一郎は、彼らの名前を聞いても耳にはいらなかった。斎藤《さいとう》、三木《みき》、椎野《しいの》、倉田《くらた》などと聞くよりも、四犯、三犯の声が耳に鋭い。彼らは顔をあげるたびに、沖野に射るような目つきをくれるのであった。

沖野一郎はおびえた。招待の理由が分からないだけに無気味である。彼らが居ならんで前科を名乗り、集団で控えているだけで、沖野には威圧になった。

「まともな人間はひとりもおりません。みんな世間さまに出して半チクな野郎ばかりですよ」

山甚は、手下の〝前科者〟に目を細めて笑った。その笑い声も、沖野を威嚇《いかく》した。

「さあ、姐《ねえ》さん方、はいってくれ」

久保田謙治が立って次の間に叫んだ。

芸者五六人に、女中たちがはいってきた。それからにぎやかな宴会が始まった。

三味線に合わせて唄《うた》が出た。男たちは、みんないい咽喉《のど》をもっている。艶《つや》のある渋い声は、玄人《くろうと》はだしであった。

「支店長さん、どうぞ、どうぞ」

と、山甚はしきりと沖野をとりもった。気味が悪いが、にここと笑っている顔は柔和であった。

宴は酣《たけなわ》になった。唄声も騒ぎ声も大きくなった。沖野一郎の知らないところで、感興が盛りあがっている。沖野は、はじめて自分が招待という名で軟禁されているのを自覚した。

そのときだった。山甚が、するすると沖野の傍に寄ってきて、耳にささやいた。

「沖野さん。桑山常務の一件ですがね。あれは、あんた、もういいかげんに、いたずらは、おやめなさいよ。ははは、おとなげないですからな。ええ、どうですか？」

実に、何気ない声だし、笑い声であった。はたで、知らない者が聞いたら、二次会の相談をしているみたいであった。

沖野一郎は、はっとした。ふいに頭を殴打《おうだ》されたような意識になった。山甚は、桑山に頼まれて、沖野を脅迫しているのだ。そのために、彼は、子分を大勢ひきつれて、東京から来たのだ。子分たちの集団的な自己紹介は、彼への示威の演出であった。

沖野一郎は、山甚にささやかれ、

「ええ、どうですか？」

と、念を押されたとき、思わずうなずいてしまった。拒絶できぬものを、山甚の声も、顔も、配置された子分たちの姿も持っていた。相変わらず、三味線は鳴り、唄は聞こえているが、この一座の刃のような雰囲気が、沖野一郎を恫喝《どうかつ》した。

沖野が、半分、無意識に、こっくりとうなずくと、

「そうですか、分かってくださってありがたいですな。ははは、話はこれきりにしましょう。あとは愉快に飲みましょう。はははは」

と、山甚は、沖野の傍ではじけるように笑いだした。

――沖野一郎は、自動車で丁重に送られて帰った。

顔は蒼《あお》ざめていた。自分の身体《からだ》でないみたいに、意識が抜けていた。彼は、完全に桑山のために打ちのめされている自分を知った。悪知恵の発達している桑山常務は、彼の意図を察して、先まわりして手を打ったのだ。金を持っている常務は、ふんだんに金を

つかって、ついに暴力団をさし向けた。桑山も沖野をたたくのに意地になっているのだ。いんぎん丁寧な山甚の脅迫であった。それだけに、沖野一郎は、彼らの暴力の気味悪い奥の深さを知って恐怖した。もはや、桑山常務の背任を密告することは諦《あきら》めねばならなかった。

沖野一郎は、先手先手と打ってくる桑山の術策につぶされる自分を知った。

自動車に揺られながら、彼は涙を出した。

十三

沖野一郎が家に帰ってみると、伊牟田博助から手紙が来ていた。封書の裏には、堂々と彼の名前が書いてある。

今ごろ、また何を言ってきたのか――沖野は、インチキ元秘密探偵社員に腹を立てながら、とにかく、いきなり破り捨てることだけは、ようやく思いとどまって、なかをひらいた。便箋《びんせん》二枚の簡単な文句であった。

「昨日、久しぶりに××探偵社に行ったところ、貴殿が過日小生をお訪ねくださった由《よし》を知りました。何事か分かりませんが、所員の話では、ひどく激昂《げっこう》されていたとのこと。思うに、小生の例の調査について、貴殿の誤解があるように思われます。小生も責任上、御用向きをうかがいたいと思いますので、ご出京のおついでにでも、左記のところへお立ち寄りを願います。申しおくれましたが、小生は探偵社を辞め、目下、中古自動車のセールスマンをしています」

そのあとに××自動車普及商会の名前があって、所在の地名が略図入りで書いてある。

沖野一郎は、これを読んだ瞬間、どこまでずうずうしい奴《やつ》か、と思った。桑山に買収されて、ニセの調査報告を売りつけたうえに、まだ、それが暴《あば》れていないと思ってか、なおも何事かを企《たくら》んでいる。金儲《もう》けのためには、他人の骨までしゃぶろうというのか。

沖野は、手紙を裂こうとした瞬間に、待てよ、と思った。ふと、心に浮かびあがったことだが、伊牟田博助はすでに秘密探偵社員ではないのだ。中古自動車のセールスマンという職業からは、彼を利用する方法はなさそうである。

それが、このような手紙をよこした。普通なら逃げているところだが、わざわざ向こうから問いあわせてくるのは、すこし妙である。おかしな具合だ。――沖野が、その手紙の破棄を思いとどまって、ていねいに、ポケットに納めたのは、伊牟田博助の文面の何かに惹《ひ》かれたからであった。

何か。――

沖野一郎は、いまや一匹の蠅《はえ》のように完全に叩《たた》きつぶされている状態であった。彼が抵抗すればするほど、桑山常務は先まわりをして策動し、彼を打ちのめしている。一個人の力では、組織の中で権力を握り金力を持っている常務には歯が立たないというのか。

桑山は、あたかも遠隔操作のように、東京の重役室に納まって、沖野を踏んだり蹴《け》ったりしている。彼はくわえ煙草《たばこ》で、沖野の苦悶《くもん》を、にやにやと薄ら笑いして眺めているようだった。

沖野は無念の涙を出しながら、最後の気力をやっと保った。その気力をわずかに起こさせたのが、伊牟田博助の手紙の中に感じた何かであった。

沖野一郎はさっそくに出京した。東京、宇都宮間は急行でほぼ二時間くらいである。銀行が退《ひ》けてからでも、十分に間に合う。

手紙に書かれた地名の場末に、はたして××自動車普及商会はあった。事務所よりも、自動車の陳列場の方が広い。お祭のように赤い小旗をにぎやかに張りめぐらした装飾の下に、各種の自動車が花やかにならんでいた。拭《ふ》きこむように念入りな手入れがしてあるから中古車とは思えない。明るい電灯が輝いている。

それを尻目《しりめ》に見て、沖野は事務所の内にはいった。

「やあ、どうも」

伊牟田博助が出てきた。沖野は久しぶりにしなびた彼の顔を見たのだ。皺《しわ》をよじらせて笑っている顔には底意も何もなさそうであった。

「あんたの手紙を見た」

沖野は怒った表情で言った。

「話があるから、そこまで出てくれ」

伊牟田博助は、ちらりと沖野一郎の顔をうかがうように見たが、しょぼしょぼした目になり、分かりました、と答えて、帰り支度をして出てきた。

沖野一郎は、伊牟田を近くの喫茶店に連れこんだ。

「君は、ひどい男だね！」

沖野は、伊牟田を目の前に据えてなじった。

「いいかげんな調査報告をして、ぼくを欺《だま》したな？」

伊牟田は、音楽の鳴る中で、突然、この叱責《しっせき》をうけたが、やはり目をしょぼしょぼさせていた。

「支店長さん。それは、どういうことでしょうか？」

沖野は、伊牟田がずうずうしいのか、正直なことを言っているのか、瞬間に判断がつかなかった。

「どういうことか、君の胸にきいてみるがいい」

「分かりません、支店長さん。詳しく話を聞かせてください」

伊牟田はしゃがれた声で言った。

「支店長さん。それは、あなたが福光喜太郎という総会屋崩れの男に欺されたのですよ」

沖野一郎の説明を聞いて、伊牟田博助はしなびた顔をあげて言った。

「その福光という男こそ、桑山常務に買収されたに違いありません。あたしの報告書は正確ですよ。写真も本物です。あたしが苦心してうつしたんですからね。あたしは、そんな悪党じゃありませんよ。こりゃ困ったな。支店長さん。福光は、あたしの報告書をネタに常務をゆすったうえ、恩を売りつけ、あなたもゆすって、二重に金を巻きあげたんですよ。世の中には、ひどい男がいますね」

伊牟田は、額に手を当て、実際に当惑したという表情をした。

沖野は伊牟田の話を聞いているうちに、それは本当だと信じた。伊牟田博助から手紙をもらったときから、その予感はあったが、今や、彼は伊牟田に対する自分の錯誤をさとったのだった。

「伊牟田君」

沖野一郎は頭をさげて言った。

「君を疑ってすまなかった。ゆるしてくれたまえ」

伊牟田博助は、それに、しょぼしょぼした目を向けた。

「いや、支店長さん。あなたが誤解されるのは無理もありませんよ。常務から、そんな悪辣《あくらつ》なことをされたら、誰だって疑いたくなるでしょう」

伊牟田の方から沖野を慰めた。

「しかし、けしからんですねえ、桑山常務は。あたしも黙っていられませんよ。それでなくても、あなたの事情を知って。……いやいや、おかくしになっても、あたしには分かりますよ。まったくひどい仕打ちです。あたしは、今まで人ごとならず憤慨していたのですが、あたしの調査が悪用されたと知っては我慢ができません。支店長さん、こうなったら、あたしは、あなたの味方になって、なんでも協力しますよ」

伊牟田博助のしなびた顔のどこに、これだけの闘志が出たかと疑われるぐらい激しい言葉であった。その口吻《くちぶり》がおとなしいだけに、沖野は、彼の迫力をかえって感じた。

「ありがとう、伊牟田君」

沖野は、感激して礼を言った。

「そのときは、よろしく頼むよ」

「損得をはなれて協力します。あたしも、今は秘密探偵社員ではありませんからね。もう、手数料をいただこうとは思いませんよ」

伊牟田博助は、かすかに笑った。

沖野一郎は、捨て身になることを覚悟した。それは妙なことだが、伊牟田博助に激励されて、その決心になったといえる。

彼は絶望の底にいた。銀行員生活をしていても、ふたたび希望がめぐってくるとは思えない。停年まで冷たい寒流の中を流されているだけである。彼の場合、一度は主流の花やかな立場にいただけに、それはよけいに惨《みじ》めであった。家庭もおもしろくない。妻はしじゅう彼に白い目を向けている。その原因となった前川奈美はふたたび彼の手には戻らぬだろう。何もかも、桑山常務が前面に立ちふさがってから不幸になったのだ。

沖野は今まで、自分が安全な場所にいて、桑山常務を追いおとそうとした。長年の勤め人根性で、いつのまにかわが身だけは常に安穏《あんのん》な位置に置こうとする習性がついている。桑山を落とせない原因は、その彼の不徹底さにあったことを悟らねばならなかった。

桑山を斬《き》るなら、沖野自身も斬らねばならなかった。目には目を、歯には歯をもって復讐《ふくしゅう》するなら、彼自身の方が、その安全な生活を捨てなければならない。体面も泥の中に捨てるのだ。

希望がないのだから、その決心をつけると、これは強かった。

このとき一台のキャデラックが喫茶店の窓をよぎるのが見えた。窓には白いレースのカーテンが揺れている。それを透かして、キャデラックが通過したとき、沖野は思わず、ぎょっとした。桑山常務が、喫茶店の中にいる沖野を偵察して通ったように思われたからである。キャデラックは桑山の愛用車だ。

が、それは錯覚であった。キャデラックは数が少ないが、桑山だけが持っているわけではない。――

「伊牟田君」

沖野は、霊感がひらめいて、すぐに言った。

「君は中古自動車のセールスマンをしているのだね？」

「そうです。秘密探偵社に勤めていたのでは、給料が安くて食えませんからな」

伊牟田博助は、沖野が何を言いだすのか、と言いたそうな顔つきをして彼を見た。

「キャデラックを……五八年型のキャデラックを四五時間ばかり貸してもらえるかね？」

沖野は伊牟田を睨《にら》むようにしてきいた。

「うちの会社には、キャデラックはありませんが」

伊牟田はぼそぼそと答えた。

「それくらいだったら、あたしの顔で、誰かから借り出せんこともありません」

「ぜひ、貸してもらってくれ。それを常務と前川奈美が密会している待合か旅館の前に据えるのだ。ふたりの会っている場所は、だいたい、見当がついているだろう？」

「そりゃ分かっていますが。土曜日の晩は、たいてい七時ごろから十時すぎまで、渋谷の〝春月〟で会っています。今でも、おそらくそうでしょう。これは調査したときに知ったのですが、その確率は高いですよ。しかし、そのキャデラックは？」

伊牟田はふしぎそうな目を上げた。

「一か八かやってみるのだ。常務の持っているのが五八年型のキャデラックだ。この車は高級車で、数がすくない。常務は、〝春月〟の玄関を出たときに錯覚を起こすかもしれぬ。これは分からぬが、万一の可能性はある。賭《かけ》だ」

と、沖野は言った。この賭が成功したら、桑山常務は窃盗の現行犯として容疑を受ける。奈美がいっしょにいるから、警察から調べられて、ふたりの関係が明るみにぱっと出ることになる。これは、現場だからかくしようがない。……体面を考え、用心に用心を重ねている桑山が、否応《いやおう》なしに全身を剝《む》かれるのだ。

「しかも、高級車窃盗の嫌疑がきっかけだからな。副頭取側では、桑山の奈美に対する不正融資をそれから嗅《か》ぎつけるだろうよ」

沖野一郎は、話しているうちに、何ものかを凝視しているような目つきになり、自分で興奮して行った。

「ははあ」

伊牟田はしなびた顔をうなずかせた。

「すると、あたしがキャデラックを借りた持主から、わざと盗難届けを出させとくわけですな」

伊牟田博助は、合点合点して、興奮している沖野一郎の顔を見た。

桑山常務は、十時になって、待合〝春月〟の玄関を出た。〝春月〟は、二流の待合である。一流銀行や会社の幹部が使うような家ではない。家は古くて汚ないし、狭いのである。

桑山は偽名でここに忍んできている。この家なら、彼の身分は暴れそうになかった。客種は小会社や、ぱっとしない中小企業者のようだから、出入りに鉢あわせしても、彼の顔は知られていないはずである。安心だ。

玄関を出ると、門の外は暗い。客のために、わざと門の前は暗くしてある。にぶい光の外灯が、ぼんやりとついているだけだった。

桑山は、靴音を立てて出た。顔を伏せ、オーバーのポケットに両手を突っこんでいる。

前川奈美が、そのあとに、これもショールに顔の半分をかくして従った。ここに来るときは、わざと地味な、目立たぬ着物を着た。桑山常務の注意で、一流割烹《かっぽう》料理店の女主人と悟られてはならないのである。

桑山は急ぎ足で門の外に出たが、うす暗い道路のわきに、自動車が置いてあるのを見て、はっとして思わず足をとめた。車体の恰好《かっこう》が、五八年型のキャデラックである。

はてな、と桑山は、とっさに迷った。

今夜は自家用車で来たのだったかな、と思った。置いてあるのは、まごうかたなく、特徴のある自分の自動車だし、これは、ちょっと足をとめないわけにはゆかなかった。近ごろ横着になって奈美に会うのに、ときどきキャデラックを使う。それは会社の帰りに、乗りかえが面倒だから、そのまま乗りつけて人目につかない暗いところにかくしておくのだ。

が、今日は、キャデラックだったか、タクシーだったか、ちょっと記憶が混乱した。自分の、特徴のある自動車が、かくれるように暗い道にひそんでいるから、視覚が記憶のあいまいさを攪乱《かくらん》したのだ。

桑山の瞬時の躊躇《ちゅうちょ》に、決断をつけさせたのは、奈美の言葉だった。

「あら、あなた、今日はキャデラックだったのね？」

前川奈美は、別行動で先に〝春月〟に来ていたから、桑山が何を利用してきたか知らない。

奈美の言葉で、桑山は、ふらふらとキャデラックに近づいた。本能的にポケットの鍵《かぎ》を探したが、指にふれない。しかし、運転台のドアは開いたのである。

無用心なことだ、とぼんやり思って、中にはいり、運転席にすわった。頭の隅で、おかしいな、と考えながら、半分は習性的な、無意識の行動だった。五八年型のキャデラックが彼の意識を習性的に慣らしている。

つづいて、すぐに奈美が急いで乗りこみ、桑山の横に腰かけた。安心した動作である。

ドアを内側から、ぱたん、としめた。

そのとたん、

「あら！」

と、奈美が叫んだ。

「座席のすわり心地が違うわね。お変えになったの？」

桑山が、あっ、と口の中で小さく叫んだ。ドアをあけて出ようとした瞬間だった。

暗い窓ガラスの外から急に光が射《さ》した。桑山が息をのむと、懐中電灯を突きつけて、警官の顔が二つ、覗《のぞ》きこんだ。


（「週刊朝日」昭和三十四年九月六日号〜十一月二十九日号）

凶器

一

田圃《たんぼ》には、霜が雪のように降っていた。

平野の果ては、朝霧で白くぼやけている。昼間の晴れた時でも、青い色が淡いくらい山は遠かった。××平野と九州の地図に名前のある広い沃野《よくや》であった。

冬の午前七時といえば、陽がまだ霧の上に出ない蒼白《あおじろ》い朝である。切株だけの田の面《も》の水に薄い氷が張っていた。

畔道《あぜみち》ではないが、それを少し広げたくらいの小径《こみち》を、近くの農家の夫婦者が白い息を吐きながら歩いていた。径の上に落ちた縄ぎれにも、小石にも、霜がつもっている。

「あんた」

女房が、何かを見つけたような声になって、急に先を歩いて行く亭主に言った。

「あい（あれ）は何じゃろな？」

亭主は、女房の注意にもかかわらず足を進めていた。

女房だけが立ちどまったので、間隔が開いた。

「あんた、見んしゃい、あいば？」

女房は、少し大きな声を出した。

「どいや(どれか)?」

亭主は、面倒くさそうに女房を振り返った。その女房は、手をあげて指を突き出していた。

田には、稲穂を取った藁《わら》が野積みにされている。九州の穀倉地帯といわれているだけに、見渡すかぎり一面に野積みが点在している。その一つの藁積みを女房はさしているのだ。

「なんば言いよるな。どがんもなかじゃっか」

亭主は叱《しか》るように言った。霜をかぶってまっ白になっている藁の山は、なんの変哲もなかった。

「あんたこそ、なんば言いよるな。ほら、目にはいらんの、あの藁積みの下の方ば?」

女房は、さしている指に力を入れた。

亭主は、目を凝らした。やっと女房の指摘の部分が分ったらしい。

「あっ」

と、口をあけて、思わず足をとめた。藁積みの陰から、二本の脚が覗《のぞ》いているのが見えたからであった。

そこは、別な村から広い県道へ出る径になっている。夫婦の歩いている径と、その径とは、すぐ先の県道で、いっしょになっているため、二つの径の間隔が狭まり、向うの径が近くに見えているのである。問題の藁積みは、その径の傍にあった。

夫婦は、間の田圃を突っ切って、藁積みのところへ走った。すると、陰になっていた部分が、はっきりと見えた。二本の足は、仰向けに横たわっている男の死体であった。

夫婦は、息をとめて見おろした。死体は、霜をかぶって、まっ白になっている。

「あれ」

と、女房は亭主の身体《からだ》にしがみついて、死体の顔をこわごわと見た。

「こいは、六右衛門さんじゃなかかね？」

「うむ」

夫は唸《うな》った。

「ほんに六右衛門さんじゃ、どぎゃんこっでこげなところで死になさったろ？」

夫婦は、最初、猪野《いの》六右衛門が殺されたとは気がつかず、病気で行きだおれたと思ったそうである。六右衛門は六十一歳の老人であった。

六右衛門の家は、この村から六キロばかり離れた呼倉《よびくら》という町にある。すぐに彼の家へ行って知らせてやろうと、夫は言ったが、女房は駐在所へ先に知らせる方がいいと言った。六右衛門が霜をかぶって横たわっている以上、死んでいることは明瞭《めいりよう》である。

「妙な疑いのかかっちゃでけんばんた。駐在所に先に知らせた方がよかばん」

六右衛門の家は六キロも離れているが、駐在所は一走りのところにある。その打算もあったが、女房の言うことは正しかった。駐在巡査が来て、逸早く、現場保存ができたからであった。

呼倉の町から、本署の署長以下、捜査課の係員が自動車に乗って大勢駆けつけてくるまで、一時間はたっぷりとかかった。冬の陽は、ようやく霧の上に出て輝きはじめ、霜が溶けてきた。

死体の顔も、溶けた霜で水をかけたように濡《ぬ》れた。六右衛門は目を開いたまま、瞳《ひとみ》を一点にとめている。禿《は》げた頭の後ろは、藁の中だったが、その藁に血が滲《にじ》んでいた。

鑑識の嘱託医が屈《かが》んで、死体を診ていたが、死後経過十一二時間だと言った。すると、前夜の九時か十時ごろの凶行となる。死因はすぐに分った。藁にめりこんだ頭を持ちあげてみると後頭部にべっとりと血がついている。禿げた皮膚の破れ具合からみると、刃ものではない。鈍器のようなもので、何度も頭を強打して殺したのである。

被害者の自転車は、すぐに見つかった。それは、死体場所から県道寄りに六十メートルばかりの所、径の傍の小川の中に、半分突っこんでいた。

この状況からみて、自転車に乗っていた六右衛門は、自転車のたおれているところで何者かに襲われて頭を殴られ、ふらふらと歩いて、六十メートルばかり村の方にきたとき、さらに、後頭部を乱打されて、藁積みの傍に倒れたものと推定された。

この村には、ここ十年間、人殺しがなかった。隣接の呼倉も、干しうどんの産地として知られた町である。退屈なほど平和な村に起った殺人事件は、この界隈《かいわい》の人びとにひどく衝撃を与えた。それというのも、被害者の猪野六右衛門を村の誰もが知っていたからである。

猪野六右衛門は、呼倉の町で雑貨商をしていた。彼は三日に一度くらいは、かならず、この村にやってきた。というわけは、六右衛門は雑貨商だが、別に叺《かます》や蓑《みの》を集荷して、各地の問屋に発送していたのである。

事件の起った黒岩村だけではないが、このへん一帯が九州の穀倉地帯といわれているだけに、米作はたいそうなものである。したがって、農家の副業として、豊富な藁を利用しての藁工品の家内工業が盛んである。叺、蓑、藁箒《わらぼうき》などの産出量はばかにできない。

呼倉の町で、これら農家の副業品をあつめて各地に売る仲買人は数人いるが、猪野六右衛門もその一人であった。彼は六十一歳にもなるが、頭こそ禿げて一毛もないけれど、体格は頑丈で、顔色などあかくて、てかてかと光るくらいに艶《つや》がある。三日に一度、彼の元気な姿が、自転車に乗って、黒岩村を走りまわるのは、叺や蓑の集荷や、代金の支払いのために、農家をまわるからであった。

調べてみると、猪野六右衛門は、死体となって発見された前日、二月十六日の午後四時ごろ、代金支払いのために、黒岩村に来ていたことが分った。死体の、衣服の中には、支払いの残金だと思われる八千六百円ばかりが、手つかずに残っていた。したがって、犯人は金盗りが目的ではない。怨恨《えんこん》関係の犯行ということは捜査員の一致した意見であった。

六右衛門は、商売の方では農家にあまり評判がよくない。値段を、いったん、約束しておきながら、金を支払う段になって、いろいろケチをつけ、まけさせることが多い。そのため、しばしば、農家と口論することがあった。

しかし、それくらいの恨みで六右衛門が殺されたとは思えなかった。

死体を解剖した県の監察医は、鑑定書に、

「後頭部に二カ所の陥没骨折がある。これにほぼ一致して左大脳半球に脳膜外血腫《けっしゅ》があり、右大脳半球底面に対象打撃の所見がある。したがって死因は頭部に加わった外力による脳膜外血腫にもとづく脳の圧迫と認める」

と言い、

「凶器の推定は、攻撃面比較的平らなる鈍体が作用したものと認める」

と書いている。

鑑定書の所見は、むずかしい専門用語で、刑事たちにはよく分らないが、要するに、陥没骨折が起るくらい頭を強打されて死んだのである。凶器となると、もう少し、具体的に、推定を説明してもらわないと分らない。

「先生。攻撃面比較的平らなる鈍体、というのは、どげんなもんば言うとですか？」

「それは、たとえば、金棒《かなぼう》とか、かたい樫棒みたいなものだな」

監察医は答えた。

「ははあ、金の棒か、木の棒な。そんなら、戸の心張《しんば》り棒のようなもんと思うて、よかですか？」

「そうだな」

監察医は、ちょっと考えた。

「ぼくの考えは、もうちょっと、攻撃面が平らなものだな。つまり、心張り棒よりは、もっと、太いものだ」

「そんなら、丸太ン棒みたいなもんですか？」

「そうそう」

監察医は微笑した。

「丸太ン棒のようなものと思ってよろしい。そして、被害者は六十一歳という老人だったうえに、禿げ頭だったから、よけいに打撃がひどかったのだ。頭の皮膚に裂傷が起って、血が出たのは、そのためさ。普通なら内出血だけで、外には血があまり出ないものだがね」

「そんなら」

刑事たちは考えてきいた。

「凶器にも血がついとりますか？」

「たぶん、ついているだろう。しかし、それはぼくの鑑定外だ。そのへんは君たちの経験の推定でやってもらうんだね」

医者はそう言って笑った。

捜査本部では、凶器は、いちおう、丸太ン棒のようなものと推定した。しかも、それには、被害者を撲殺したときの血痕《けっこん》がついていると考えた。

それにしても、このような残酷な殺し方をするのは、よほどの恨みを持っている人間に違いない。商品代金の口争いくらいではなさそうであった。

二月十六日の午後四時以後の、猪野六右衛門の足どりがとれた。

彼は、呼倉の自宅を午後三時半に自転車に乗って出発した。禿げ頭には防寒帽をかぶり、身体には厚いジャンパーを着こみ、コールテンのズボンをはき、作業靴でペダルを踏み、四時ごろには黒岩村の入口の村道に現われたのである。

ここで、野良《のら》帰りのある農婦と会って立ち話をしている。

「今日は、ちょっと遅かね？」

農婦は、自転車を降りた六右衛門に言った。冬の日は暮れかかっている。

「ない（はい）。ちかと店の用事ば片づけとったら、こぎゃん遅か時間になったやな。ばってん、今日は支払いにこの村に来んことはでけんで、やって来たやな」

猪野六右衛門は艶のいい顔を笑わせた。

「そら、来んことはでけんばな、お島《しま》しゃんの待っとらすけんね」

農婦が、ひやかすと、六右衛門は顔をしかめた。

「村ン衆たちゃ、いろんな噂《うわさ》ば立てよらすばってん、お島しゃんと、おいとは、にゃアごともなかばんた。おいは、ただ、カマギ（叺）ば集めたり、金ば払いに行きよるだけばんた」

農婦は、しかし、それから、ふたことみこと、六右衛門をひやかして別れた。

猪野六右衛門が、この村の斎藤島子という二十九歳の未亡人に熱を上げているのは、誰でも知っていた。島子は、この村の出身ではなく、二十キロはなれた海沿いの村の者だが、会社員をしていた夫に死なれ、五つになる男の子を抱えて、この村の小さな家に移ったのである。

当時、田も畑も持たない島子は、農家の副業である叺つくりを本職にして生活を立てていた。仲買人の猪野六右衛門が、彼女の製品を扱ってやるようになり、しだいに彼は親切になった。よそから賃借りしていた叺を織る器械も買ってやり、藁の材料代も貸してやった。

六右衛門の親切が、ただの親切でないことは、誰の目にも明らかだった。島子は、会社員の妻になって、都会生活をしていただけに垢抜《あかぬ》けしていたし、顔もきれいであった。猪野六右衛門は六十一歳だが、若い時は町の祭礼の相撲では大関格を張っていただけに、いまだに、頑丈な身体をもっていて、年齢《とし》に似合わず元気である。呼倉の町には二号を囲っているという噂があるくらい、女の方も達者だという評判であった。

その六右衛門と、若い未亡人の島子とを組み合せると、誰でも一つの想像が起る。事実、六右衛門は島子に気があって、何度も口説いたらしい。

ところが島子の方は、六右衛門を嫌っていた。しかし、叺つくりを生活の手段にしている島子は、仲買人である六右衛門にたよらなければならない。ほかの仲買人に変えて頼みたいところだが、仲買人仲間には一種の仁義のようなものがあって、ほかの者のはいっている家の製品はひき取ってくれないのである。ましてや、六右衛門からは、器械代を立て替えてもらったり、材料代を融通してもらったりしている。

島子は、その弱味で、六右衛門を頭から拒絶することもできず、といって意に従う気はないから、体裁よく逃げまわっていた。そうした間柄が、もう二年もつづいているのであった。

村の者は、その事情を知っていた。島子が困惑しているのは誰の目にも分っていたが、いわば他所者《よそもの》である島子にわりに冷淡であった。半分は、二人の間がどうなることかと興味をもって眺めていた。

六右衛門は、島子に嫌われても、懲《こ》りずに、商売を口実に、出入りしている。村の者は、そういう六右衛門をも、おもしろがっていた。

十六日の夕方に、黒岩村の村道で行き会った農婦が、自転車で来る六右衛門をひやかしたのは、そんな事情からだった。

実際、それからの六右衛門は、取引のある農家を三軒回り、最後に寄ったのが、島子の家であった。それは、午後の八時ごろだと思われる。

「これから、どこば回りんしゃると?」

三軒目の農家の主婦がきいたとき、

「お島しゃんに、ちかと払いがあるけん寄ってみんばでけん」

と、六右衛門は答えている。

その島子の家に六右衛門が来たのが、八時すぎで、代金を支払って、九時ごろには、自転車で帰って行っている。それが、最後の家であった。ほかには、どこにも寄っていない。島子の家と、殺された現場とは、同じ径《みち》でつづいており、五百メートルと離れていなかった。

これらの聞きこみを終えた捜査陣が、斎藤島子に疑いをもったのは当然であった。

二

六右衛門殺し事件は、呼倉町の警察署に捜査本部が置かれた。県からも捜査員が応援にきた。

捜査本部は、殺しの現場を検証して、殺しの状況を次のように推定した。

まず、自転車の倒れていた位置と、死体の置かれてあった位置の関係である。

自転車は、村から県道に出る七百メートルばかり手前の地点の、小径《こみち》に捨てられてあった。その小径の脇《わき》に、溝のような川が流れている。自転車の前輪は、その浅い水の中に半分つかっていた。

死体は、さらにその位置から六十メートルばかり黒岩村の方に寄って倒れている。小径の傍の藁積みの横に、六右衛門の上半身は藁をかぶっていた。藁は去年の暮に穫《と》ったばかりで、まだ新しかった。一帯にこの辺は籾扱《もみこ》きに暇がかかる。

犯人は、自転車に乗っている六右衛門に、後ろからいきなり襲いかかって、丸太ン棒のようなもので、後頭部を殴りつけたか、もしくは、犯人が被害者と知合いの場合だと、自転車をおりた六右衛門と話をして、話がすんだと見せかけ、六右衛門が後ろを向いたとたんに、後頭部を殴った、とも考えられるのである。

そのとき、自転車は、道の横の溝の中に転がり落ち、六右衛門の方は、最初の一撃を受けて脳震盪《のうしんとう》を起し、ふらふらになった。しかし、これは致命傷ではなかったから、六右衛門は、無意識のうちに、黒岩村の方に逃げるつもりで歩いたのであろう。

むろん、六右衛門の家は、黒岩村とは反対の方角の呼倉町である。しかし、距離の関係からいって、人家の近い黒岩村の入口に向ったのは自然である。

犯人は、よろよろ歩いている六右衛門を、さらに襲撃した。鑑定によると、凶器は丸太ン棒のようなものだというから、そのような凶器で、三回も四回も後頭部を、力いっぱい、殴りつけたのであろう。六右衛門は、ついに、藁の中に身体《からだ》を半分めりこませて倒れた。その強打に、禿《は》げ頭の皮膚が破れ、藁が血に染まったのである。

藁に血がついている点から見て、凶器にもかならず血痕《けっこん》がついていると、捜査本部では見た。何よりもまず、凶器を探さなければならない。現場は数回にわたって探査されたが、凶器らしいものは見つからなかった。犯人が持ち去ったか、別の場所に隠したかしたのである。

六右衛門の持っている当日の支払いの残金が盗まれていないところからみて、凶行は強盗でなく、怨恨関係とみる向きが有力だったが、さりとて、六右衛門が、殺されるほどの深い恨みを買っていたという線が出ない。だが、犯人は、黒岩村に因縁のある人間という推定は強かった。

その線から洗いだされたのが、斎藤島子である。ことに、六右衛門の倒れていた藁積みから、五百メートル離れて島子の家がある。つまり、黒岩村の入口に、島子の家があったのである。

刑事の聞きこみでも、六右衛門の色と欲に絡《から》んだ野心に、島子が相当に困っていたことは、察せられるのである。ただ、彼女が、六右衛門を殺すほどの強い動機があったかどうかが問題である。しかし、いまのところ、島子がいちばん黒に近い。

多島田《たじまだ》刑事と久間《ひさま》刑事とが、最初に島子の家を訪れたのは、凶行のあった翌日の夕方であった。それまでに、村じゅうをまわって、ほとんどの聞きこみが終っていたのである。

多島田刑事は四十二三で、久間刑事の方は二十五六の後輩であった。多島田刑事は、この事件で、特に県から応援に来た捜査員だった。

農家とはいいながら、島子は百姓をしていないので、家の中に農具はあまりなかった。家も小さい。この地方の農家の建て方で、土間が広く、座敷が狭かった。表からはいると、土間は、裏まで抜けていて、裏口からは納屋《なや》の藁屋根が一部見えた。

島子は、裏から、手を拭《ふ》きながら出てきた。会社員の細君だったというが、今は、すっかり百姓の女房と同じようになって、筒袖《つつそで》の裾《すそ》の短い着物に、藁草履を突っかけていた。

訪ねてきた刑事二人を見て、島子の方でも、彼らが何者かをさとったらしかった。

「おいでんさった（いらっしゃいませ）」

と、ていねいにおじぎをした。

「お邪魔ばします」

「さあ、どうぞ、こっちへはいってくんさい」

「いんや、ここで結構です」

二人の刑事は、上《あが》り框《がまち》に腰をおろして、まず、土間をそれとなく見た。

土間には、叺《かます》を織る器械が置いてある。織りあがった叺が、土間の隅に、荷造りして置かれてあった。そのほか、筵《むしろ》があったり、藁が積まれていた。島子が、仕事の途中、ちょっと立ったというふうに、叺織の器械の前には、藁屑《わらくず》が散っていた。

「わたしたちは、警察から来たとですが」

多島田は言った。島子は軽いおじぎをした。

「今度《こんたび》は、こん村に、えらいことの起りましたな」

多島田は、人慣れた口調で、島子に言った。久間刑事の方は、若いだけに、目をジロジロとその辺に向けている。

座敷は、狭い四畳半に六畳ぐらいだった。それも、広い方は板の間で占められている。調度は、あまりなかった。天井は低く、煤《すす》けて真っ黒だった。都会で夫に死なれた島子が、行く所がなく、やっと、ここに家を見つけて借りて住んでいるのだ。それで、家の中は、百姓家ともつかず、町の家ともつかない、ちぐはぐな具合だった。

「ほんに、えずか（恐ろしい）ことの起りましたな」

島子は、刑事たちに、茶を入れて持ってきた。この辺は、茶受けの菓子代りに漬物を出す。

「そんこって、あんたに、ちかときたいと思うて来ましたやな」

多島田刑事は言った。

「ゆんべ、六右衛門さんが、あんたんとこに来たのは、なん時ごろでしたな？」

「八時ごろに見えて、九時ごろには帰りんさったばな」

島子は、即座に答えた。

「はあ、九時ごろにな？」

刑事は手帳を出した。これまでの調査と一致している。

「帰るとき、六右衛門さんな、おかしなところはなかったでっしょな？」

「いいえ、べつに」

島子は、頸《くび》を振って言った。

「いつもんとおり、機嫌よく帰りござったばんた」

「六右衛門さんは酒好きじゃけん、あんたんとこで、ちかと、飲みなれんやったな？」

「いいえ。ゆんべは素面《しらふ》ばんた。あたしの仕事の賃銭ば計算して、三千円ばかり払うてもらいました。そいから、世間話などしんしゃって、まもなく自転車に乗って帰りござったばんた」

多島田刑事は、うん、うん、と相槌《あいづち》を打ちながら、目だけは、素早く、その辺を見まわしていた。凶器をさがせ、である。心張り棒はあった。古びて黒光りのする頑丈なものだが、これは太さが細かった。

彼の目は、藁の散っている土間に注がれた。叺を織るには、まず、藁を束ねてやわらかくするのである。それには、この辺で言う「木槌《きづち》」を使う。片手に持つように握り柄《え》がついて、先が径十センチ、長さ約二十五センチくらいの、円筒形の樫である。

しかし、多島田刑事の目には、小積まれた藁はあったが、槌は見えなかった。木槌は、必要上、たいてい仕事場に置いてあるのが普通なのだ。

叺織の器械の下に、幾筋もの縄が垂れていて、重しのために小石が括《くく》りつけてあった。多島田刑事の頭にふと、その石のことが浮んだ。しかし、六右衛門を殺した凶器は、丸太ン棒のようなもので、石で乱打したのではない。木槌はどこにやったのか。

「あんたんとこは六右衛門さんとは長かつきあいだそうで」

刑事は、目を島子に戻して言った。

「六右衛門さんが殺されたと聞いて、あんたもびっくりしなさったろうな？」

「ほんに、びっくりしました。夢のごとありますやな」

多島田刑事は、木槌のことを、どう言いだそうかと思った。被害者を殺害した凶器の推定は、捜査上、なるべく、外部には洩《も》らさないようにしている。はっきりそれと言わないで、自分の知りたいことだけをきき出すのは困難な話だった。それで、この場合は、単刀直入に切り出すよりほか仕方がなかった。

「あんたんとこの藁打ちの木槌ば、ちかと見せてもらえんね？」

「木槌？」

島子の目は、思いなしか、ちょっと、ぎょっとしたようだった。が、すぐに、

「ああ、うちの木槌は、泰助《たいすけ》さんとこで、木槌の割れたけん、二三日貸してくれと頼まれたんで、貸してあります」

島子は、よどみなく答えた。

「ほう、そりゃ、いつごろですな？」

「二日前からばんた」

「二日前？　そんなら一昨日かんた？」

「ない（はい）」

島子は、こっくりとうなずいた。

こうして会ってみると、島子は、さすがに都会生活をしてきた女だけに、村のほかの

女房たちとはどこか違っていた。色も白いし、指も柔らかそうだった。恰好《かっこう》だけは百姓の女房と違わないが、そういう着物を着ていることで、かえって色気があるように見えた。これでは、六右衛門が彼女に目をつけるのは当然と思われた。

木槌は泰助の家に貸してある――多島田刑事も久間刑事も、それを頭の中にきざんだ。丸太ン棒のようなものと推定される凶器に似たものといえば、木槌がいちばん近い。その太さも、丸太ン棒にぴったりであった。

島子の家に木槌がないと分って刑事たちの胸はおどった。凶器には血痕《けっこん》がついている。島子が、他家に貸したと言い立てて、実は、どこかに隠しているのではなかろうか？しかし、それは嘘《うそ》だと、すぐばれる話だ。泰助の所は、四五軒先である。泰助と島子が共謀していないかぎり、調べればすぐ分ることである。

島子の態度に、別に、おどおどしているふうはなかった。都会生活を経験しているだけに、外来者の扱いには慣れている。そうでないこの辺の農家の者は、警察から刑事が聞きこみに来たとなると、落ちつきを失ってしまう。多島田刑事が島子に会って知ったのは、彼女が大変に落ちついているということであった。

「あんたは」

多島田刑事は言った。

「死んだ六右衛門さんと、商売のこって、えらく親しかったそうだな？」

「ない」

島子は、悪びれずにうなずいた。

「あたしが、こげな仕事に途中からはいったけん、六右衛門さんは、いろいろ面倒ばみてくれはったです」

「そんこって、村ン衆に、あんたはだいぶ誤解ば受けとらすね？」

「あたしと六右衛門さんの間には、にゃアごともなかばんた。ただ、カマギ（叺）の取引のこって話しとるだけばな」

「あんたは、そんつもりばってん」

刑事は言った。

「六右衛門さんの方は、そうでもなかったろうや。だいぶ、あんたに親切が過ぎていたという噂《うわさ》ば聞いたが、どがんね？」

刑事は、半分、笑いながらきいた。

「ない、六右衛門さんの気持は、そがんこっかも分りません。ばってん、あたしは、そげなつきあいはお断わりしました」

「断わった？」

刑事は、言葉尻《ことばじり》をつかまえた。

「そんなら、あんたは、だいぶ、六右衛門さんに困っていたとね？」

島子は、返事をせずに、顔をあからめてうつむいた。

「ありがとう」

多島田刑事は、この辺でよかろうと腰を上げた。

「そうそう、あんたとこは、子供さんのおらすね？」

刑事は、家の中を見まわすようにした。

「ない。いま、ちょうど、外に遊びに出ております」

「いくつかんた？」

刑事は、微笑《ほほえ》んできいた。

「五つになります」

「そりゃ、えらかね。女手一つで育てるには苦労の多かばな」

と、刑事はいたわるように言った。

「どうも、お邪魔ばしました」

若い久間刑事の方がおじぎをした。島子は門口まで見送って出た。そして、腰をかがめる彼女のていねいな態度には、別に怪しむところはなかった。刑事二人は、すぐ、その足で、四五軒隣の山田泰助の家に行った。泰助は、子供の多い四十五六の農夫だった。

刑事は、泰助に、島子から木槌を借りたかどうかをたずねた。

「ない、お島しゃんとこからたしかに借りましたやな」

泰助は、答えた。そして、実際、その借りたという木槌を刑事の前に見せた。多島田刑事も久間刑事も、それを手に取って眺めた。凶行は昨夜のことである。島子が貸したのが一昨日だ。むろん、その木槌に血痕がついているはずはなかった。

念のために、泰助の家の、割れたという木槌を見せてもらった。それにも、不審はなかった。木槌は古くなって二つに割れたのだ。泰助の言うことは本当だった。

これで、島子の家に、凶器に見合うような木槌は、凶行当夜にはなかったことが明《めい》瞭《りょう》となった。それに、島子をシロにするような説が、捜査本部の一部に起った。

凶行は自転車の捨ててあった場所である。六右衛門が自転車でそこまで来た時に、犯人は彼を襲撃したのだ。被害者は、後頭部を攻撃されているから、よほど、上背のある者でなければならない。島子は背が低い。

また、六右衛門は、自転車の倒れているところから、島子の家の方に歩いている。島子が犯人だったら、被害者の逃げる心理からいって、反対の方角、つまり、呼倉の町の方へ行くのが自然だというのである。

それにこの襲撃は、六右衛門のあとを追って、自転車で犯人が現場まで追跡したことも考えられる。島子は自転車を持っていない。

また、六右衛門は頑丈な体格だから、この襲撃は、相当な格闘があったとも推定される。島子は女だから膂力《りょりょく》が劣っている。このようなことから、あるいは、島子に若い情夫がいたのではないか、とも考えられたが、村の風聞にはなかった。そのうち、捜査員のひとりが、捜査会議で、変った仮説を出した。

三

捜査本部で意見を出したのは、日ごろから推理小説の好きな若い刑事であった。

彼は、被害者の猪野六右衛門の自転車が置かれていた場所と、死体の置かれていた場所とが違うことから、一つの思いつきを述べた。

それまでは、自転車の捨ててあった場所が、第一撃の犯行の現場で、被害者は、それからふらふらと村の方に歩いて後戻りをして、次の攻撃を受けて死んだことに推定されていたのである。

その捜査員の言いだしたのは、次のような話だった。

それは、ある外国の推理小説の筋だった。

海の中に、馬と一緒に崖《がけ》から転落した人間の死体が発見された。最初、その人物は、馬に乗って崖の上まで行き、馬もろとも海中に墜落して自殺したものと推定されていた。

ところが、実際は、犯人が、人間を先に海に突き落し、次に馬をあとから墜落させたのである。人間と馬とは別々に、間をおいて投げ込まれたわけであった。これが結果から見ると、あたかも、人が馬に乗って一緒に海へ落ちたように考えられたのであった。

「私は、この事件について」

その若い捜査員は、推理小説の筋を話してから、言った。

「その外国の小説を思いだしたんです。被害者の六右衛門は、果して自転車の倒れていた場所でやられたかどうか、疑問を起しました。今までの推定では、自転車に乗っていた被害者が、犯人の襲撃を受けて、自転車と一緒にたおれたということになっていますが、この小説の筋のような見方もあるわけです」

捜査会議で、推理小説の話が出たころは、一同はのんびりした顔をしていたが、話が現実の事件に戻り、若い捜査員の意見が述べられると、また緊張した。

「私は、もしかすると、被害者が倒れていた場所が第一の現場ではないかと思います。自転車は、あとから、犯人の手で、捨てられてあった場所に運ばれたのではないかと想像します」

この考えは、捜査主任の心を動かした。主任は、肘《ひじ》を突いて両手を組み合せ、身体《からだ》を乗り出してきいた。

「すると、六右衛門は、自転車に乗っていなかったわけかね?」

「それは、二通りの考えがあります」

と、捜査員は主任の方を向いて言った。

「六右衛門は、死体のあった現場まで自転車に乗って行って、そこで、殺された。犯人はあとで、その自転車を捨てた場所に運んだ、という考え方があります。もう一つは、最初から、六右衛門は歩いて帰り、現場で殺され、あとから犯人が被害者の自転車に乗って、捨ててあった場所に投げ落して帰ったという見方です」

「なるほどね」

捜査主任は、頬杖《ほおづえ》を突いて、自分でも思案するように目をふさいだ。

「被害者は、自転車を持っていた。だから、帰る時に、自転車に乗らないで、歩くというのは、変だね」

主任は、そう質問した。

「いや、それは、矛盾しないと思います。私は、六右衛門が、すでに、村の中で第一撃を受け、ふらふらになって逃げて行き、現場までたどりついた時に、あとから追跡してきた犯人に致命傷を加えられたのだと思います。次に、犯人は、ふたたび自分の家にとって返し、六右衛門の自転車に乗り、死体の傍を通り抜けて、離れた所に自転車を捨てて帰ったと思うんです」

それは、うがった見方であった。

六右衛門が、自転車の倒れている位置から村の方に引きかえしたのは、必ずしも、そこから人家が近かったためとばかりは言えないのである。

その捜査員の意見だと、逆に、村の中のどこかで一撃を受け、歩いて逃げる途中、死体のあった現場で殺されたという推定をしている。

「犯人の心理としては」

と、その若い捜査員はつづけた。

「なるべく、自分の家から遠い所に、自転車を捨てるのが、その時の人情でしょう。だから、死体の傍に自転車を置いてもいいが、もっと離れた所に捨てた方が、犯行をくらませると考えたにちがいありません」

結局、その意見は、皆の賛成を得た。

第一、自転車に乗って走っている六右衛門の後頭部を殴るとすれば、犯人も別の自転車に乗って追跡しなければ手が届かないし、自転車のある現場で六右衛門をたおしたとしても、一撃をうけた被害者が、ふらふらと元の道に引き返すのも不自然である。逃げるものの心理として、犯人が来た村とは反対の、呼倉の町の方角に行くのが自然ではないか。若い捜査員の見方が、どうやら自然のようだった。

すると、六右衛門が最後に寄った家がいよいよ問題になってくる。ことに六右衛門がたおれていた場所と五百メートルとは離れていない。

最後の家、斎藤島子は、六右衛門は自転車に乗って帰ったと申し立てているが、誰も、それを目撃した者がないのである。彼女の家には、五つになる男の子がいるだけだが、その時刻には眠っていて何事も知らなかったことも分った。

夜の田舎道は、外出する者も、通行する者もめったにない。したがって目撃者がない。島子がその犯行をしなかったといっても、ひとり者の彼女のアリバイは成立しないわけである。つまり、彼女が、六右衛門のあとをつけて現場まで行き、一撃を加えたという推測は、反証のしようがないのだから、その殺人を犯したとも言える。しかし、逆に、犯行をしなかったとも言えるのである。これは微妙なところだ。

だが、六右衛門が、最後に島子の家に寄ったことは、彼女に向ける何よりの疑点であった。

それに、島子は六右衛門に日ごろからいじめられていた。彼は色と欲とで、島子に親切にしていた。その晩、八時過ぎに、六右衛門が島子の家に寄って、意に従わぬ彼女に挑みかかったと想像すると、彼女が抵抗して、思わず、丸太ン棒のようなものを握って、頭に一撃を加えた、という推定もできるのである。

捜査本部では、第一容疑者として、島子を逮捕することに決めた。

捜査主任は、検事に報告して逮捕状をとるように頼んだ。

検事は、捜査主任の言うことを聞いていたが、

「状況証拠は、確かに強いね」

と、うなずいて言った。

「しかし、彼女が六右衛門を殺したという物的証拠はあるかね?」

「今のところ、それは発見されていません」

捜査主任は答えた。

「私たちは、凶器が、農家で使う木槌《きづち》ではないかと推定していました。そのつもりで、刑事二人を島子の家にやらせたのですが、島子の持っている木槌は、近所の農家に、犯行の二日前に貸したそうです。調べると、これは確かに、そのとおりでした。それで、木槌で犯《や》ったという推定は捨てねばなりません。凶器は、やはり、丸太ン棒のようなものでしょうな。家宅捜索をすれば、きっと該当の凶器が出ると思います」

この事件が、島子の犯行であろうことは、検事も納得していた。しかし、凶器がないのである。有力な物的証拠がない以上、起訴がむずかしい。検事は考えこんでいた。

「六右衛門が島子の家を出てから、彼女があとを追ったというんだが、その目撃者がない以上、ただの推定にすぎなくなるね」

検事は、捜査主任の顔を見た。

「だから、いまのままでは、逮捕状はむずかしいな。なお、あたってみれば、凶器が出る見込みがあるかい?」

「あると思います。刑事二人をやった時も、島子には、被疑者とは思わせないで、参考のために、被害者が最後に寄った彼女の家の事情をききに来たというふうにしています。

それで、島子は、油断していると思います。凶器をほかに運ぶことは、まず、ないと思いますね。うっかりそんなことをして、村の者に見られたら大変ですから、彼女も、慎重に、当分の間、家の中のどこかに隠したままにしていると思います」

「よろしい。凶器発見に重点をおいて、もう一回あたろう」

この検事は、慎重だったから、用心深い処置をえらんだ。

その日のうちに、主任は処置をとった。多島田刑事と久間刑事とは、ふたたび、斎藤島子の家に向った。

夕方の四時ごろだったが、彼女の家の前まで行くと、大勢のにぎやかな声が奥から聞えていた。

「今日は」

二人の刑事は、何気ない顔をして声をかけた。

戸口から土間が裏口まで続いて、突きあたりの横が台所になっている。この辺の農家は、ほとんどが土間にかまどを築き、そこで炊事をするのである。島子の家のその土間の台所で、近所の子供が十人ばかりと、農家の主婦が三人ほど集まって、かたまっていた。

「おいでんさった」

その中から島子が出てきて、両刑事を迎えた。

「また、お邪魔に来ました」

多島田刑事は、挨拶《あいさつ》しながら、かまどのある土間の方を見た。

子供も、大人も、十五六人が立ったりすわったりしていた。みんな、手に茶碗《ちゃわん》を抱えていた。

かまどには大鍋《おおなべ》がかかり、藁《わら》が勢いよくその下で燃えていた。この地方は山が遠く、稲作が豊富なので、燃料には、たいてい藁を使っていた。

「ほう」

多島田刑事は、集まっている女子供たちを、見まわした。彼女らは刑事二人の顔を見て、くっくっと恥ずかしそうに笑った。

茶碗を抱えている女や子供たちは、ぜんざい餅《もち》や、黄粉《きなこ》餅を食べていたのである。

この辺は、いわゆる二月正月で、二月一日が元旦《がんたん》であった。餅はほとんど一月の末につかれる。

多島田刑事は、悪いところに来たと思った。島子は、まだ被疑者というわけでなく、村の人たちの前で、悪い噂《うわさ》になるようなことはしたくなかった。年嵩《としかさ》だけに、多島田刑事は、ここに集まっている女や子供たちを、なんとか早くこの家から出すことを考えた。

皆はぜんざいをすすったり、黄粉餅を食べたりしている。土間だから、かがんでいる者もあれば、立ったまま茶碗を抱えている者もあった。女たちは、さすがに、刑事の前で遠慮して茶碗を置いたが、子供たちは手に抱えこんで夢中になって食べている。

「今日は、なんごとですな？」

多島田刑事は、大勢の近所の客を眺め、わざと愛嬌《あいきよう》笑いを見せながらたずねた。

「いつも近所ン衆に、お世話になっとりますけん、正月の餅で、ぜんざいや黄粉餅ば作って、食べてもろうとりますとたい」

島子は、にこにこして答えた。

寡婦《かふ》だし、幼い男の子を抱えての暮しで、彼女は日ごろから、いろいろと近所の者に気をつかうに違いなかった。今日も、そのつもりで近所の女子供を呼び、ご馳走《ちそう》をふるまっているのであろう。

多島田刑事は、すこし島子の気持が哀れになった。

「あなたも、一杯、どがんですか。あんまり、おいしくもなかばってん」

島子は、刑事たちのため、いそいそと、新しい茶碗にぜんざいを入れかけた。

「いんや、もう結構ばな」

多島田刑事は、断わったが、これは遠慮に取られたらしい。

「まあ、そぎゃん言わんと、食べてくんさい」

島子は、ぜんざいを盛った茶碗を二つ、盆にのせて持ってきた。多島田も、久間も、仕方なく、上《あが》り框《がまち》に腰をおろした。

「さあ、どうぞ」

島子はすすめた。

「ほう、これは」

多島田は、わざと目を細めて、ぜんざいをすすった。若い久間刑事の方は酒の方なので、甘い馳走には迷惑そうな顔をしていた。しかし、彼も、多島田刑事の気持を察してか、義理に、半分まで食べかけた。それに、夕方だったので、腹が空いていた。

この辺の餅は、あまり水を入れずに、しっかりとついてあるので、歯ごたえがある。

「これは、おいしかな」

と、多島田はほめた。

「そんなら、どっさり食べておくんさい。まだ、たくさんあるばんた」

島子は、うれしそうに笑ってすすめた。刑事が何の用でふたたび来たか、あまり気にかけている様子はなく、客の扱いをしていた。

女たちは遠慮して帰りかけた。それに、早くから来ていて、十分に腹に満ちたりたのだろう。子供たちも、その母親についてぞろぞろと帰りかけた。

「お島しゃん。ほんに、ぜんざいも、黄粉餅もおいしかったばんた。ありがとうござんした」

女たちは、口々に礼を言い、刑事たちにも会釈《えしやく》して帰った。

「まあ、もうちかっと、ゆっくりしござい」

島子は引き止めたが、大勢の先客たちは引きあげた。あとには刑事二人が残った。

多島田は、村の者がいなくなったので、ようやく、ほっとした。

「お代りを。どうぞ」

島子は盆を差し出したが、多島田はもうたくさんだといって手を振った。これからあとの任務のことを思うと胸がふさいだ。

「いんや、もう、よか。ほんに、ご馳走でした」

多島田刑事は、空になった茶碗を盆の上にのせた。久間刑事の方は、残ったぜんざいと餅を、もてあましていた。

「あなたも、どがんですか？」

島子は久間刑事に言った。

「あなたは若いけん、なんぼでも、餅ば食べられまっしょうもん？」

「いんや、もう、オイ（自分）もよか」

久間は手を振った。

「この人は、辛党《からとう》だから、そういけんじゃろう」

多島田は、助け舟を出した。

「そうかんた。そんなら、酒ば出しまっしょうか。すこうし、家に残っとりますけん」

それには久間が、あわてて押しとどめた。

多島田刑事は、立ち上がってかまどの方に行った。藁の燃え残っている上にかかった鍋には、まだ、ぜんざいがだいぶ残っていた。餅も、かなり浮いていた。ずいぶん、ご馳走をつくったものだと思った。黄粉餅も、相当大きな鉢に盛り上げられてある。島子は、まだ、誰か、村の者を招待するらしいのである。

四

「主任さんが、あんたに、ちかっと尋ねたいことがあると言うとらすけん、ちょっと、警察署ば、行たてくれんね?」

多島田刑事は、できるだけおだやかに言った。が、島子の方は、さっと顔色を変えたようだった。

「何か、あたしに、疑いのかかりましたとな?」

島子は、おびえた目できいた。

「オイには、よう分らんばってん」

多島田刑事は、普通の表情で、やさしい声を出した。

「ちょっと、行たてくれんね。なに、すぐ帰されるけん、そげん心配することはなかばんた」

「そんなら、今晩、帰してくれますとね？」

島子は、子供のことが気にかかるらしく、そうきいた。多島田刑事の目は、ちょっと惑った。

「そげんことは、オイにはよう分らんばってん」

彼は、ゆっくりと話した。

「あんたに、にゃアごともなかったら、警察の方でも、引き止めるわけにはいかんじゃろ。まあ、そげん心配せんでよか。オイが、調べる人にも、よう話してあげるけん、今から顔ば出してくんさい」

島子は、うつむいて唇を噛《か》んでいた。

会社員の妻だった時代には、きれいに身づくろいをしていたに違いないが、今は、なりふりかまわないので、やつれている。その瘦《や》せた頰に、乱れた髪がかかっていた。

「そんなら、ちょっと、支度をする間、待ってくんさい」

島子は、藁草履を脱いで上にあがった。暗い納戸《なんど》にはいり、黒い引戸をあけて、着物を着替えているらしかった。

その支度のすむ間、多島田と久間の両刑事は、その辺に、注意深く目を配った。

前に来た時と、様子は少しも変っていなかった。変っているのは、かまどの上に、ぜんざいの残った鍋がかかっていることと、黄粉餅がまだ鉢に盛られていることだけだった。近所の者の食べ残りがなにか無残だった。その鍋も、下のかまどの火が消えて、冷たくなっていた。

久間刑事の方は、島子が支度をして出て来るのを待っている。多島田刑事は、ぶらぶらと裏の方に行った。

鶏小屋があった。四五羽の鶏が小屋の中で、騒いだ。小屋の中は別状がなかった。裏側の一方には、堆肥《たいひ》があり、腐った藁が小積まれてあった。多島田は、それに視線を走らせた。その先には、堀が水をたたえていた。

この地方は、広い田を灌漑《かんがい》するために、昔から縦横にクリークがつくられてある。よどんだ水には、おおように藻《も》が浮いていた。水道のないこの村では、井戸よりも堀の水が飲料であり、洗濯用であり、炊事用であった。

傍に、倒れかかった小屋がある。その中には、風呂桶《ふろおけ》が据えてあった。多島田刑事は、その中を、ちょっと覗《のぞ》き、もとに戻った。ちょうど、島子が支度を整えて土間におりたところであった。

都会生活をしていたころの着物であろう、田舎にしては派手すぎるくらい、色の鮮やかな柄であった。薄く化粧をし、髪に櫛《くし》を入れた彼女は、その着物を着て、見違えるように若返っていた。唇にも薄く紅を塗っている。

なるほど、この器量なら、猪野六右衛門が邪心を起すのも、もっともだと思われた。島子は下駄《げた》をはいた。この辺の村の者は、ふだんは、たいてい藁草履か裸足《はだし》であった。

「やあ、支度ができたね」

島子の姿を見て、多島田刑事は気軽に言った。少しでも、島子の気持をかるくさせたい心づかいがあった。

「じゃあ、ぼつぼつ、行こうか」

さすがに、島子の顔色は沈んでいた。きれいになったが、彼女の表情は暗かった。田舎では、警察署に引き立てられることが大事件である。多島田刑事が一番気をつかったのはこの点で、島子が署から帰されたとき、村の者からどのような目で見られるかを心配したのだ。男の子のこともあるのだ。

「もし、子供のことが心配だったら」

多島田刑事は言った。

「あんたが帰るまで、オイが預かっといてもよかば。近くに、親戚《しんせき》でもあるかね？」

島子は、黙って頸《くび》を振った。伏せた目からは、涙が出そうになっていた。

「この人が、あんたの後ろを歩くから、村の誰かに出会ったら、知合いの者ば送って町に行くところじゃと言いござい」

多島田は彼女の耳もとで知恵をつけた。

逃走の恐れのない被疑者だから、島子は、なるべく目立たぬように、久間刑事が送って行った。

その姿が村から消えたころ、何気ない恰好《かっこう》で、刑事たちが四五人、島子の家に集まってきた。途中で、久間刑事が合図したのである。多島田刑事は、若いそれらの刑事たちを指揮して、家宅捜索に移った。

もともと狭い家だから、それほど時間はかからなかった。

目的は凶器の発見である。監察医の鑑定にもあるとおり、凶器は、「丸太ン棒のようなもの」であった。だから、それを目標に捜せばよかった。

畳を上げ、床をめくった。刑事の一人はその下にもぐった。天井や小屋の隅もくまなく捜させた。それから、裏の納屋《なや》、鶏小屋、風呂場なども、順序を決めて綿密に捜索した。しかし、どこからも、犯行に使った凶器らしいものは出てこなかった。

多島田刑事はいつもの習慣で、何らの手落ちはないかと、もう一度、念を入れて捜させた。しかし、結果は同じだった。

裏の庭に積まれた堆肥も藁の山を崩して最後まで調べたのだが、その中に隠されているものは、一物もなかった。

軒には、薄く刻んだかき餅が藁にさげられて、寒そうに風に揺れていた。

多島田刑事は、調べた結果を捜査本部に報告した。主任は暗い顔をした。

島子を犯人とすると、凶器は、彼女が、どこかに捨てたか、燃やしたかである。が、彼女の家のかまどには、焦《こ》げた藁屑《わらくず》の燃え残りがあるだけで、木を焚《た》いた跡はなかった。

そうなると、問題は、泰助の所に貸した木槌《きづち》である。太さも、監察医の鑑定した凶器の、「丸太ン棒のようなもの」に、はなはだ似ている。凶行のあった二日前に、島子がそれを泰助の家に貸したというのも、何か作為がありそうに思える。

捜査主任は、ともかくも、泰助の所から島子の木槌を押収した。監察医の推察どおりに、凶器に被害者の血液が付着しているとすれば、この木槌にも血液の跡がなければならないと考えた。鑑識に木槌を回して、試験をした。ルミノール液をかけて反応を見たのだが、そこからは何も現われなかった。

のみならず、この木槌については、泰助が強く島子の無関係を証明したのである。

「わたしの所の木槌が古くなって割れたので、お島さんのところのを借りたのです。それは、わたしの家族も、近所の人も知っています。それから、ずっとわたしの手もとに置いてあって、一度もお島さんに戻した覚えはありません。したがって、六右衛門さんが死んだ当日も、この木槌はわたしの家にたしかにありました」

これは、捜査本部の重大な支障であった。

泰助の供述のみならず、それを裏づける、第三の証人も、さらに、何人か出てきた。

島子の木槌を、六右衛門殺しの凶器と推定するのは、どのように考えても不可能であった。――

島子は、捜査本部で調べられた。彼女は、係官の尋問に、悪びれずに答えている。以下、調書ふうに書くと、こうである。

「おまえが、六右衛門にいろいろと援助を受けていたのは事実か？」

「はい、六右衛門さんは、わたしがひとりで叺《かます》の仕事をしているのをかわいそうだと言って、叺織の器械や材料の仕入れなどを前貸ししてくれました」

「六右衛門は、おまえの家にたびたび来たか？」

「はい、三日に一度くらい来ました」

「それは、商売の取引のほか、おまえに何か特別な下心があったからではないか？」

（このとき島子は黙って少しうつむいていた）

「六右衛門さんが、わたしに好意を持っていたことは、わたしにも分っていました」

「おまえは、六右衛門に愛情を迫られたことはないか？」

「そういう意味の言葉を、二三度言われたことがあります」

（島子は頬をあからめて答えた）

「十六日の晩に、六右衛門はおまえの家に寄ったか？」

「はい、午後八時ごろに見えました」

「そして、何時ごろに帰って行ったか?」

「九時ごろだったと思います」

「その間に、六右衛門に酒を出したか?」

「はい、前には素面《しらふ》だったと申しましたが、本当は一合くらい飲んで帰りました」

(島子は、うつむいたのち答えた)

「その時、六右衛門は、おまえに何か仕事以外のことを言わなかったか?」

「二号になれと言われました」

「その時、おまえは、六右衛門のその申し出を断わったか?」

「断わりました」

「六右衛門は、帰る時に自転車に乗って行ったか?」

「はい、六右衛門さんは、自転車に乗って帰って行きました」

「六右衛門は、その時、酔っていたか?」

「別に、酔っているように思いませんでした」

「おまえは、どこまで見送ったか?」

「戸口まで見送りました」

「おまえは、自転車に乗れるか?」

「はい、自転車に乗れます」

「あとから、自転車に乗って、六右衛門を追いかけたようなことはなかったか?」

「いいえ、わたしの家には自転車はありませんので、そのようなことはありませんでした」

「その時、おまえの子供はどうしていたか?」

「六時半ごろから、奥で寝ていたと思います」

「おまえが、六右衛門と二人きりでいるところや、六右衛門を送って出たところ、それからあとのことを、誰か見た者はないか?」

「誰も来ないので、見た者はありません。それからあと、わたしは、すぐ戸を閉めて寝ましたから、朝になって、六右衛門さんが殺されたと聞くまで、何も知りませんでした」

「おまえは、六右衛門を憎んでいたか?」

(島子は、少し考えるように黙っていた)

「六右衛門さんには、たいそうお世話になりました。けれども、だんだん、六右衛門さんの、その親切が、別な気持から出たことが分って、はじめに受けた親切をわたしは後悔するようになりました」

「おまえの家に、丸太ン棒のようなものはないか?」

「いいえ、そういうものはありません」

二月十六日の夜に黒岩村に起った猪野六右衛門殺しの事件は、ついに、犯人があがらず、捜査本部は解散した。――

それから、三年の歳月が流れた。

多島田は警部補になって、他の警察署に転勤になっていた。それは、この県の一番の都会であった。

迷宮入りの事件ほど、担当の係員にとって後味の悪いものはない。当時巡査部長だった多島田刑事も、この黒岩村の事件が、いつまでも心の中に尾を引いていた。が、さすがに三年も経《た》つと、それは、ようやく、彼の意識から消えかかっていた。

それから四年目の正月のことである。

その年は、珍しく、これという事件もなくて、県下は平穏であった。

多島田警部補は、久しぶりで、のんびりした気持になって正月を迎えた。この辺も、近在の村と同様に旧正月の風習が残っている。彼の家も、ひととおり新正月を祝い、二月になって二度目の正月を祝った。

その二月正月が過ぎて、二週間目くらいのときであった。彼は、その日、家に早く帰り、茶の間にすわっていた。親戚の子供が大勢遊びに来たので、切ったばかりの、まだ、芯《しん》が生乾きになっているかき餅《もち》を、火鉢の網にのせて、焼いていた。白いかるたのような形のかき餅は、狐色《きつねいろ》に焦げるにしたがい、香ばしい匂いが立った。

並べたかき餅だけでは、たちまち足りなくなった。

「おい」

と、彼は妻を呼んだ。

「かき餅を持ってきてくれないか」

「あと、まだ切ってありません。すみませんが、あなた、切ってくださいな」

妻は、台所から忙しそうに答えた。多島田は、仕方がないので、立ちあがって次の間に行った。

「どこに、あるんだ？」

彼は、大きな声で、台所の妻にきいた。

「押入れの中に、もち箱があります」

妻の声が返ってきた。

多島田は押入れをあけた。なるほど、長いもち箱がある。そこには海鼠《なまこ》のような恰好をした餅が、かちかちに乾いて三つばかりならんでいた。中の一つは、妻が切って、その長さが半分くらいに短くなっていた。

多島田は、その海鼠餅の一つをとり上げた。二月正月前についたこの餅は、乾燥して、石のように堅く重かった。

彼はまないたのある台所まで、それを持って行こうとしたとき、手がすべって、海鼠餅をとり落した。はっとするまもなく、その石のように堅い餅の棒は、彼の足の先をしたたかに叩《たた》いた。足の甲から指先に痛撃を受けて、彼は、思わず、その痛さで、しゃがんでしまった。涙が出そうなくらい痛かった。

彼は、顔をしかめて、うらめしそうに目の前に転がっている堅い海鼠餅を見た。それは、まるで石の棒に見えた。

「あっ」

多島田が、思わず叫んだのは、そのとき、彼の脳裡《のうり》をかすめ去るものがあったからだ。彼の目には、島子の家で食べたぜんざいの餅や黄粉餅が浮んだのである。

あの時、彼は「丸太ン棒のような」凶器を捜しに行ったのである。島子の家では、大勢近所の者を集めて、ぜんざいや黄粉餅をふるまっていた。いま、気づいたのである。あの餅こそ、凶器ではなかったか？

あれは、二月十八日であった。彼は島子の家の軒端《のきば》に吊《つ》ってあった干し餅を覚えている。子供一人とは言え、いかにもその数がとぼしかった。

今、その秘密が分った。海鼠餅の一本が、完全に変ったのである。言うまでもない。この石のように堅い、干乾《ひから》びた海鼠餅は、太さもちょうど、丸太ン棒のような大きさであった。これで殴れば、ほとんど、丸太ン棒の鈍器と変らない。

六右衛門は、丈夫だったとはいえ、老齢のうえに、一毛もない禿《は》げ頭である。この石のような餅の棒で一撃を受けたらひとたまりもあるまい。

多島田の目には、その情景が映った。

――島子は、酒をのんだ六右衛門に、あの晩、挑まれたのだ。彼女は、とっさに、そこに置いてある海鼠餅を握って、六右衛門の後頭部を殴った。六右衛門は、軽い脳震盪《のうしんとう》を起し、よろよろしながら、島子の家から出て、藁積みの現場まで歩いた。島子は、あとの恐ろしさを考えて、追って行き、同じ餅の棒で殴りつづけて、ついに六右衛門を絶息させた。それから六右衛門の自転車が家の前に置いてあるので、それに乗り、六右衛門の死体の傍を通って、県道近くまで、捨てに行ったのだ。

凶器は家宅捜索してもなかったはずである。血のついた餅は、島子が切って、ぜんざいに入れて煮たり、黄粉《きなこ》にまぶした。

そして、多島田がその凶器を馳走《ちそう》になった。――

（「週刊朝日」昭和三十四年十二月六日号～十二月二十七日号）

紐《ひも》

一

七月二十八日の午前十時ごろである。三人の少年が、多摩川の川原に跳ねるように走りおりた。二人はグローブを手にはめ、一人はバットを持っていた。

堤防の上は、自動車が通れるくらいの道になっているが、ここから水の傍に行くには、ゆるい斜面をおりて行かねばならない。斜面は途中で、川原の砂利盗取防止のためワイヤーロープの網が張ってある。

その下は、畑になったり、草むらになったりして、川幅は広いが、水は洲《す》にせかれながら、中央部を流れている。川の片側は、東京都世田谷区だが、向かい側は神奈川県になっていた。

夏のことで、水は少なく、川原の雑草だけが生い茂っている。子供たちの遊び場には恰好《かっこう》な場所だった。

「おや、金網が切られているぞ」

斜面をおりている少年が、走っている足をとめて言った。

「あれ、ほんとだ」

二人の少年はそこに近づいて目をまるくした。砂利盗取防止のために張ったワイヤーの網が一メートルほどの幅、三メートルくらいの長さで切られている。切り端の針金の先端が上にまくれあがっていた。

「誰か金網を切りとって売ったんだよ」

「ばか。これっぽっち切ったんじゃ、そんなに高く売れないよ」

「百円ぐらいか」

「五十円ぐらいだよ」

「大人がしたのけ?」

「大人じゃねえ。大人はこんなちっぽけなことはしないよ。不良がしたんだよ」

このあたりは寂しいところで、人家も遠くに見えるだけである。夜になるとアベックがやってくる。それをおどかす不良少年がいるので、子供たちも不良の仕業として納得した。

「おい、行くぞ」

子供たちは、その問題を捨てて草の中に走った。今日も暑そうな太陽があがり、川の水を眩《まぶ》しく光らせていた。

三人は配置につき、一人がバットを振った。ピッチャーは打たれた球を拾いに行く役目もかねる。そのうち、大きな当たりが出て、球は遠くの草むらに落ちた。一人では手に負えないので、少年たちは、それを捜しに歩いた。そして彼らは突然、悲鳴をあげ、色を失って、一散に斜面をばらばらに駆けあがった。

二十分後、駐在巡査がその場所へ来たが、それから三十分後には、警視庁の車が二台、堤防の上を走ってきた。——

発見されたのは男の死体である。開襟《かいきん》シャツに、紺のギャバジン地のズボン、黒の短靴をはいている。うつぶせになっていて、七三に分けた頭髪を草の中に突っこんでいた。両手を背中で合わされて、日本手拭《てぬぐ》いでくくられ、両脚も同じ木綿の手拭いで縛られている。頸《くび》には、ビニールの紐《ひも》が四巻きになってかかっていた。これに強い陽が当たって、きらりと光っている。草の匂《にお》いはするが、異臭はない。死体はまだ新鮮だった。

「昨夜《ゆうべ》のうちの殺しだな。両手を後ろで縛り、両脚をくくって絞めるとは、ひどいことをする」

捜査一課の田村係長が見おろして言った。犯人は、被害者を無抵抗の状態にしておいて、ビニール紐で絞殺したのである。

鑑識が、死体の姿勢などの状況を撮影したのち、はじめて顔を動かしてみると、四十二三歳くらいの年齢だった。頭髪は、頂部が少し薄くなりかけている程度で、整髪後かなり経《た》っていて、伸びている。後頸部《こうけいぶ》に巻いた紐は、伸びた髪毛《かみのけ》をよけて、その下になっていた。

「死後経過は十四五時間というところです。昨夜の九時から十時ごろの犯行と思います」

しゃがんで見ていた鑑識課員が、係長を見上げて言った。

「昨夜の九時から十時ごろ……。暗いな」

田村係長は、あたりをみまわして言った。人家が遠く、川向こうの神奈川県も、堤防の上にところどころ松が生えているだけで、家の屋根は遠方に光っていた。川下の方は、小田急《おだきゅう》線の電車が小さな姿で鉄橋を渡っている。

死体はていねいにかかえあげられて、解剖のために、堤防の上に待っていた搬送車に運び入れられた。この時、所持品を探ったのだが、汗でよごれたナイロンのハンカチが、一枚だけズボンのポケットから出た。がまぐちも、金も、出てこなかった。

草は、死体の横たわっていた下だけが倒れていて、周囲は少しも乱れていなかった。自然のままに立っていて、夏の陽の光を吸っている。格闘や、抵抗した痕跡《こんせき》はないのである。

「殺しの現場はここではないよ」

係長は部下の刑事たちに意見を言った。

「よそで殺《や》って、運んできたのだ」

それは、部下たちも賛成だった。そのうちに、刑事の一人が、斜面のワイヤーが切断されていることを見つけた。少年たちが騒いだ個所である。

「死体を堤防から運びおろすときに、ワイヤーが引っかかるので切りとったのだろう」

異論はなかった。


変死体は、K大付属病院で解剖された。その報告書がとどいたが、だいたいの要領は次のようなことだった。
①死因は窒息死。凶器は索状物《さくじょうぶつ》。
②創傷は、頸部の索溝《さっこう》と、内部の索溝上部の皮下出血のみ。
③舌骨《ぜっこつ》骨折はない。
④死亡推定時刻は、死体の発見された前夜、二十七日午後八時から十時までの間である。
⑤死斑《しはん》は身体の前面および顔部に在って、指圧により消褪《しょうたい》しない。なお、右上膊《じょうはく》外側、背部のものは、指圧により消褪する。
この最後のことについては、解剖医は立会いの田村係長に説明した。

「死斑は、血液の沈下によって死体の下側に出るものです。したがって、あおむけになっているときは、上膊部の内側と、背中に出ます」

「上膊部、腕のつけ根のあたりですな」

係長は自分が寝た状態を考えて、腕の位置を試した。なるほど、つけ根のあたりは内側が下になるのである。

「ところが、この死体は、うつぶせにされていて、そのために顔や胸や腹の方に死斑が出たのは当然で、指で押しても、死斑の色は褪《あ》せません。しかし、背中にも、上膊の外側にも死斑がある。これは指で押すと褪せるんです。死斑は短い時間だと、指圧でその部分が消えるのです」

〝指圧により消褪〟というのは、そういう意味だった。

「背中と上膊部の外側にも、指で消える死斑があるというのは、あおむけにした時間が短かったということですよ」

「ははあ、そうしますと？」

「つまり死体は、死後約三四時間は、あおむけにされていた。それから現場で発見当時のようにうつぶせになった。この状態が長くて、八九時間かかったから、顔や胸の死斑が指圧では消えないのです」

「すると、どこかであおむけにして殺しておいて、現場に運んでから、うつぶせにした、ということですね？」

「いや、他所《よそ》から運んだかどうか、それは私どもには分かりません。それはあなたの方の領分ですよ」

解剖医は笑った。

それは、運んだのだと田村係長は考えた。

発見場所が現場だったら、格闘のあとか、抵抗のあとが見られなければならない。しかるに、付近には草の乱れがなく、死体の横たわった下の草だけが、つぶれていた。

砂利盗取防止のワイヤーが切断されたことも死体を運びおろすのに邪魔になったからだと説明がつきそうである。

それに、四十二三という壮年の男を、後ろ手にくくり、両脚を縛るには、普通の力では、手に負えないはずである。おとなしくそうされるわけがないから、かならず、暴れまわるだろう。解剖の結果によると、胃部から睡眠薬は検出されないという。

現場から、人家はかなり遠いが、夜だと大きな声は聞こえるはずである。刑事の聞きこみによっても、その当夜、悲鳴らしいものを耳にしたという家はなかった。

捜査会議の席でも、係長はこの意見を言った。刑事たちは、みんな賛成であった。

犯人が遺留品として残したのは、ビニールの紐と、両手両脚を縛った木綿の日本手拭いである。ビニールの紐は、都内、どこの店でも売っている、ありふれたものだが、手拭いには印《しるし》がついていた。朝顔の模様を紺色で捺染《なっせん》したものだが、そのほかは文字がない。

つまり、会社や商店が、宣伝用に配った手拭いではなく、できあいの手拭いなのである。が、これが大切な資料だった。販売先を調べると、手がかりが得られそうである。

被害者の身もとは分からない。四十二三歳くらいで、ずんぐりと肥えた男である。顔は、まる顔で、濃い眉《まゆ》とまるこい鼻と厚い唇とをもっている。額は広い方で、顎《あご》がいかつく、精力的な感じの男だったが、指はあんがいに細くて柔らかいのである。このことから、被害者は労働に従事しない者、たとえば、会社員か、商人のようであった。右の中指をしらべたが、ペンだこはない。会社員でも、帳簿をつけるような仕事ではなく、セールスマンという見当だった。

ギャバジン地のズボンは上質だが、既製品で、洗濯屋の印はなかった。黒の短靴は十文半《ともんはん》で、皮は上等だが、かなり穿《は》いたもので、踵《かかと》も相当すり減っている。外側にそいだように減っているから、生前は、すこしガニ股に歩く癖があったと思われる。身体には盲腸その他の手術をしたあとは見えない。脂肪がかなり厚く、栄養がいい、要するに、それほど窮屈な暮らしをしていた男ではなさそうだった。

〝多摩川絞殺死体事件〟は即日、所轄署《しょかつしょ》に捜査本部が設けられ、有吉《ありよし》捜査一課長が指揮をとり、田村係長が捜査主任となった。

まず、被害者の割出しであるが、開襟シャツにズボンという軽装から、都内か、その周辺の居住者という見当をつけた。それに、旅行者は、こんな踵のすり減った靴を穿きはしない。がまぐちがないのは、犯人に盗《と》られたためであろう。

朝顔模様の日本手拭いは、被害者のものか、犯人のものか分からないが、たぶん、犯人のものであろう。いずれにしても、大切な手がかりだから、この出所捜しに全力を注ぐことにした。

犯行の動機は何か。これは、物盗り説と、怨恨《えんこん》説と二とおりあった。物盗り説はがまぐちを取られていることからだが、怨恨説は、両手両脚を縛り、ビニール紐を四巻きにまわして絞めた残虐《ざんぎやく》さである。頸に巻きついた紐は、乱れもなく、そろっているのである。

「単なる物盗りでは、これほど入念な殺し方をするはずがない。がまぐちを盗ったのは、物盗りに見せかけるための偽装か、被害者の身もとを知らせる手がかりを与えないためであろう」

この理由が有力なので、意見は、怨恨説に傾いた。

「それでは、両手両脚を縛ったのは？」

主任は、みんなの顔を見まわした。

「非常に恨みを持った人間がやったのです。後ろ手に縛ったうえ、両脚までくくったのは、絞めやすくしたためもありますが、憎んだ相手でないと、こうまではしないでしょう」

刑事の一人が主任の方に顔を向けて言った。

「両手両脚を縛ったのは、死体を運搬するのに便利だったという点もありますよ」

別な古い刑事が言った。

それなら死体は、何で運んだか。タクシー、自家用車、三輪トラックなどが考えられる。近い距離だったら、自転車やリヤカーかもしれない。その実例があるのだ。

「よろしい。それでは、まず交通関係に当たろう。タクシーだと、運転手の目があるから、タクシーではないと思うが、自動車だったら、自家用車か自家用の三輪トラックを持っている人間だ。また、自転車、リヤカーで運んだとしたら、第一現場は、発見現場からそう離れた場所ではない。その持主を早急に調べてみよう」

田村主任は、その方針を決めた。

炎天のもとだったが、刑事たちは分担を決めて八方に散った。暑いし、骨のおれる仕事である。

一方、頼んでおいた鑑識からは、死人の指紋は、前科台帳にはないという返事がきた。

行方《ゆくえ》不明者や家出人捜索願いが出ている方面にも手を打った。これは全国的だから、回答が来るまでにはひまがかかるはずである。

しかし、思いがけなく被害者の身もとの〝回答〟は早くあったのである。被害者の割出しに、かなり難航を思わせたが、〝夕刊の記事を見たから〟と、捜査本部に出頭した婦人がいた。

田村係長は、すぐに会った。

それは、五十くらいの初老の女で、青木シゲと名乗った。家は千住《せんじゅ》の方で、夫は長いこと鉄道で働いていて、あと一年で停年だと言っていた。

「夕刊を見て、すぐ思いあたったのですが、それは、私の弟ではないでしょうか？　新聞記事の人相も服装もよく似てるんです。それに殺されたとなると、思いあわせるふしがあるのです」

係長はそのときカンで、これだな、と感じた、とあとでみんなに話している。

「弟さんのお名前と年齢と職業を言ってください」

「梅田《うめだ》安太郎《やすたろう》というんです。年齢は四十二歳、職業は、神官です」

「神官？　すると、神主さんですね？」

「岡山県で、親の代からそうなんです」

「岡山県？」

「津山という山奥の小さな町です。弟はそこの八幡宮《はちまんぐう》の神官をしております」

「いつから、上京なすったのですか？」

「半年くらい前からです」

「そんなに前から？」

「それには、ちょっと事情があるのですが……」

青木シゲという婦人は、変死体の主が、弟かどうかを早く確かめたく、それを確認したら、事情というのを話そうとする様子が見えたので、田村係長は机の引出しから、現場写真をとりだした。

「まず、この写真の顔を見てください。それで、たしかに弟さんでしたら、あとで実際に仏さまに会っていただかねばなりません」

婦人は、ふところから眼鏡をとりだし耳にかけたが、指先がふるえていた。おずおずと写真を手にとり、一目見ただけで、かけたばかりの眼鏡を顔から落とした。

「う」

と、咽喉《のど》から嗚咽《おえつ》を吐き、泣きだした。

「そうでしたか？」

田村主任は椅子《いす》から立って、顔を押さえている青木シゲの背にまわった。

彼女は肩をふるわして泣いていたが、口に当てているハンカチの下から声を洩《も》らした。

「やっぱり、弟は殺されたんですね」

「え？　やっぱりですって？」

主任は彼女を見つめた。

二

青木シゲが、ハンカチを顔に当てて、

「やっぱり、弟は殺されたんですね」

と、言ったものだから、田村捜査主任は、その中年婦人の言葉をとがめた。

「え、やっぱりですって？……やっぱりというのは、殺されたことに、思いあたるふしがあるのですか？」

青木シゲは、すぐに返事をせず、ハンカチを皺《しわ》だらけにして目を拭《ふ》いていた。それは質問に早く答えたいためのしぐさのようにみえたので、主任は、椅子に戻り、机の上で両指を組みあわせて待った。

「弟は」

青木シゲは、はれた赤い目を見せて言った。

「いまも申しあげましたとおり、岡山県の田舎の神官ですが、とうてい、神官だけではおさまらない性質《たち》の人間でございました」

「と、いいますと？」

青木シゲが、ようやく話しだしたので、主任は、おだやかにうながした。

「弟は、父の代からうけついだ神職ですが、その神社は由緒《ゆいしょ》が古くて、氏子《うじこ》も多く、氏子総代の方も、近辺の豪農や地主がほとんどなので、裕福な暮らしをしておりました。ところが弟は、田舎で神主なんかしているのがつまらなく、日ごろから事業をやりたいと申しておりました。弟は積極的な性質で、朝夕、神前で祝詞《のりと》をあげて暮らすだけの生活に、あきたらなかったのでございます」

「なるほど」

主任はうなずいた。田舎の神主さんのその気持は分からなくはないのである。

「それで、半年くらい前から、父ののこしてくれた財産と、氏子総代の方々から借金をして、上京し、一仕事たくらんだようでございます」

「その金は、両方でどのくらいの金額でしたか？」

「はっきり分かりませんが、二千万円近いのじゃないかと思います」

「二千万円……。それは、ちょっと大きな金ですが、その事業というのは、どういう種類のものですか？」

「それを、弟は、私どもに、はっきりと言わないのです。上京した時に、きいたのですが、にやにやして、いまに目鼻がついてから、はっきり話すといって、打ち明けません。私の夫などは心配して、東京へ出てきて誰かにだまされているのじゃないか、といろいろ探りましたが、弟は言わないのです。それで、どうも変だというので、早く郷里《くに》に帰るように忠告したのですが、弟は、私どもの家を塒《ねぐら》にして、毎日のように、出て歩いておりました」

「それは、いわゆる事業のためですか?」

「その準備だと言っておりました。そして、いろいろな人間に会っていたようですが、それがどのような人か、弟は申しませんので、さっぱり分かりません」

「その仕事は、うまく行ってたようですか?」

「あまり都合よくは行ってなかったようです」

青木シゲは目を伏せて言った。

「最初の三カ月くらいは、うまく行ってるようで、弟も張りきっていましたが、二カ月くらい前から、だんだん元気がなくなってきました。その様子では、金をよほど使ったのではないかと思い、私どもも、それ見たことか、田舎の神主が、生き馬の目を抜くような東京へ出てきて、事業などができるはずはない、金をだましとられるのがオチだ、自分の金だけなら、まだしも、他人《ひと》さまの大金までスッてしまったら、大変なことになる、と心配して、いいかげんにして津山に帰るよう、私ども夫婦で、それはすすめたものでございます」

「はあ、それで?」

「弟は、いったん、津山に帰りました。けれど、それは私ども夫婦の忠告をきいたからではなく、少しばかりある山林を売りとばし、さらに金をつくって、すぐに上京したのでございます」

「それは、いつごろのことですか？」

「七月十五日です。二週間ばかり前です」

「ちょっと。弟さんは、上京は二回とも、お一人でしたか？」

「そうです。女房は津山に置いて、一人だけで来たのです」

「弟さんの奥さんの名前と年齢を言ってください」

「弟嫁は静子といいます。三十一です」

「弟さんの梅田安太郎さんは、たしか、四十二歳でしたな」

　主任は横で係員が書いている聴取書の前の方をめくってきいた。

「そうです。年齢が違うのは後妻だからです。先妻が十年前に病死したので、静子を、あとに貰《もら》ったのです」

「なるほど、そうですか」

　主任は、目を青木シゲの顔に戻して言った。

「どうぞ、おつづけください」

「そんな具合で、弟は、いつも一人で東京へ来たのですが」

　青木シゲは、また目を下に向けて話しだした。

「今度も、あまり景気がよくなかったようです。ひどくしょげていたり、いらいらしたりしているようでした。いくら事情をきいても、本人は言わないものですから、早く、間違いの起こらぬうちに帰さねば、と気づかっているうちに、十九日の朝、出て行ったきり、戻らなくなりました」

「十九日の朝？　出る時は、どういう様子でしたか？」

「少々あせっているように、そそくさと出て行ったのですが、それは、近ごろでは珍しいことではないので、特別に注意もしませんでした」

「弟さんは、十九日の朝、家を出る時、何か言いませんでしたか？」

「特に言いませんでした。けれど、連絡のないままに十九日が過ぎて、二十日の晩に、近所の煙草《たばこ》屋さんの電話から呼びだしがあり、私が出てみると、弟の声で、姉さんか、おれは、今夜は帰れないよ、失敗した、と言うのです」

「今夜は帰れない、失敗した？」

「それも、とぎれとぎれの声で、私がききかえす隙《すき》もなく、電話を切ってしまったのです」

田村主任は目を据えた。それは、ここが大切だというような目つきであった。

「その声は、では、普通ではなかったのですね？」

「そうです。何か、こう、がっかりしたような、悲しそうな声でした」

「失敗した、というのは、計画に失敗したという意味ですか？」

「そうだと思います。それよりほかに考えられません。弟は、上京以来、自分のもくろんでいる事業に熱中していましたし、それが、しだいに悪くなっていた様子なので、最後の破滅が来たのだと思います」

「その電話のかかったのが、二十日の晩ですね、何時ごろですか？」

「九時ごろだと思います」

「電話はどこからかかったのですか？」

「煙草屋さんの話では、送受器をとると、チーンと十円玉が落ちる音がしたから、都内の公衆電話だ、と言っていました」

「それきり、弟さんから連絡がなかったのですか？」

「ありません。二十一日になっても、二十二日になっても、帰ってこないので、私ども夫婦も心配になり、自殺の懸念《けねん》もあるので、所轄《しょかつ》の警察署に、捜索願いを出しておきました。それから、一方では、津山の弟嫁にも電報をうち、すぐ上京してくるように伝えました」

「弟嫁……梅田安太郎の奥さんの静子さんですね？」

「そうです」

「静子さんは、すぐ来ましたか？」

「まいりました。二十四日の朝にこっちに来ました。静子さんに事情をきいても、弟が、何をやろうとして東京へ出たか、はっきり分からないのです。弟は、たいそうわがままものので気が強く、なんでもひとりで考え、誰にも相談せずに、勝手にひとりで実行する性質なので、女房にも、打ち明けなかったのです。それで、弟の計画というのも、嫁はまったく何も聞かされておらず、私ども夫婦と同じように、その内容を知っていないのです」

田村主任は、話を聞きながら考えた。殺された梅田安太郎は、神主だが、事業欲の旺《おう》盛《せい》な男に違いない。相当なワンマンで、大きなことをもくろんでいても、女房にも洩らさず、姉夫婦にも言わないという、だから強い性格なのだ。田舎には、まだ、こういうような型《タイプ》の男がのこっている。

「静子さんが、上京されてからも、安太郎さんの行方について、心当たりを捜されたわけですね？」

「心当たりといいましても、そんな具合で、さっぱり当てがないのです。弟嫁は、東京は初めてだし、ほかに知る辺もなく、これは、私どもの家に閉じこもっていて、安太郎からの連絡を、ただ待っているだけでした」

「連絡は、ついになかったのですか？」

「ありませんでした。それで、仕方なく、弟嫁も、二十八日の朝の汽車で、いったん郷里の津山に帰ったわけでございます」

「弟嫁の静子さんから特別に変わった話は聞きませんでしたか?」

「少し、心配なことは、聞きました。弟の計画というのが、よく分からないけれど、何か危ない仕事らしいというのです」

「危ない仕事?」

「それも、はっきりとは分からないが、安太郎のそわそわとした落ちつかない様子や、言葉の端から想像されるというのです。それで、安太郎がこんな死に方をしてみると、やっぱり、誰かに殺された、という気がすぐにしたのです」

「静子さんの津山の住所を教えてください」

田村主任は言った。

「すぐ、こっちから連絡して上京してもらいます」

梅田安太郎の妻静子からは、午後の汽車に乗る、との返事が、警察電話で岡山県津山署から連絡された。

午後の汽車だと、三十日の朝に、東京着ということになる。安太郎の姉の申立てでも、被害者の安太郎が生前に、何か秘密めいた事業を計画していたことが想像されるので、妻が上京してくれれば、もっと確かなことが握られるかもしれない。万事は静子の到着待ち、という空気が捜査本部に濃かった。

が、捜査本部は、それまで、何もしなかったわけではない。被害者の頸《くび》に巻きつけていたビニール紐《ひも》、両手両脚を縛っていた手拭《てぬぐ》いの出所などの捜索に全力を入れていた。それから、被害者が、どこか（第一現場）で殺害され、二十八日の午前零時ごろから二時ごろまでの間に死体発見所（第二現場）へ運搬遺棄されたという推定から、二十七日の深夜に現場付近を通った自動車、リヤカーなどについても徹底的に洗われた。

現場の多摩川は寂しいところで、日ごろ、深夜になると通行人はほとんどない。したがって目撃者もなく、この方の効果は期待できなかった。それから、付近の人家も、現場から遠く、その時刻には、寝しずまっているので、人声を聞くとか、叫び声を聞くとかの聞きこみは得られなかった。

タクシーの運転手を調べてみたが、思ったとおり、手がかりはない。死体を運搬した以上、車を使ったに違いないから、あとは自家用車か、あるいは自家用の三輪トラックの類、手押しのリヤカーが考えられるが、この方面の捜査は困難で、すぐには効果が期待できなかった。三十日の午前十一時ごろ、津山から上京した被害者梅田安太郎の妻静子が、嫂《あによめ》の青木シゲに連れられて、捜査本部に出頭した。

田村捜査主任は、青木シゲをいちおう隔離して、梅田静子とだけ単独に会った。

梅田静子は色の白い、細い容貌《かおだち》の女だったが、長い汽車の旅と心痛で、疲労しきった顔をしていた。

「どうも、お疲れのところをすみません」

田村主任はいたわった。

「今回は、思いがけないことでご主人が亡《な》くなられて、心からお悔みを申しあげます」

主任が丁重に言うと、梅田静子は泣きながら頭をさげた。主任は彼女の嗚咽《おえつ》がすむまで、しばらく質問を待たねばならなかった。

「ご主人は、たいそうひどい殺され方をされています。警察としては、一日も早く、こういう憎い犯人を挙げなければならないのですが、それについては、まず、奥さんから、なにもかも、正直なお話をうかがって、協力していただかねばなりません。どうか、隠しだてのない、あらいざらいのお話を聞きたいのですが」

梅田静子は、その言葉に、深くうなずいた。

「だいたいのことは、青木シゲさんから聞きましたが」

田村主任は、はじめた。

「われわれの知りたいことは、ご主人の安太郎さんが、どのような仕事をやろうとして、大金を持ちだされたか、です。あなたは、そのことを知っていませんか?」

「主人は、何もかも一人でやる性質なので、私がきいても、おまえなどには分からぬから黙っていろ、と言って何も聞かせてくれませんでした。いったん言いだしたらきかない頑固ものでしたから」

静子は答えたが、わりと、はきはきした言い方であった。

「それでも、うすうすは、見当はついていました。これは嫂《あね》夫婦には言っていませんが」

「どういうことですか？」

「主人は、近々に東京に移って、金融業をはじめたい計画だったように思います」

「金融業を？　つまり金貸しですね？」

「はい。田舎の神職では、うだつがあがらないので、東京へ出て、そういう仕事をしたいつもりだったようです。そのために、自分の財産や、氏子総代から金を借りて、千七八百万円くらい持って出たと思います」

「それは、大金ですな」

「はい。私は、危ないからと言って、ずいぶん、とめたのですが、もともと、私などが言っても、きく人ではなく、そのときも、とりあわずに上京したのです。一度決めたら、はたがなんといってもきかない人です」

「その計画がうまくゆかなかったらしいことは、知っていますか？」

「知っています。一度帰ってきたときは、残った山林を売るためでしたが、二度目に東京へ出るとき、蒼《あお》い顔をして、〝おれは、いつどうなるか分からない〟と言っていました」

「なに、おれはいつどうなるか分からない、って？」

「そうです。主人は日ごろは剛腹な男ですが、そのときは、なにかせっぱつまったような、思いつめた悲しそうな顔をしていました。私が、わけを話してくれ、と頼んでも、それは、やっぱり言わなかったのでございます」

田村主任の頭には、梅田安太郎の計画が、単なる金融業ではなく、もっと危険な仕事、たとえば麻薬か、密貿易の関係ではないか、との疑惑がかすめ過ぎた。

三

被害者梅田安太郎は郷里岡山県津山から千七八百万円の金を持って上京した。——これは彼の妻静子の申立てだが、はたして安太郎がそれだけの大金を持って出たかどうか、捜査本部ではその裏づけをしなければならない。

津山署に連絡して、その調査を依頼したのだが、それはすぐに回答があったのである。

安太郎の財産がだいたい六百万円、そのうち山林を処分して換金したのが三百万円あった。氏子総代からは五人に借りているが、一人につきだいたい二三百万円借りている。これは醬油醸造《しようゆじようぞう》業者、酒造業者、地主などだった。

津山署の報告によると、梅田安太郎は、神官とはいいながら、常に何か事業をやりたがっているような男で、弁舌もうまく、肚《はら》の太いところがある。市会議員か県会議員に出るようにすすめられたこともあるというが、本人はいつも、こんな田舎では仕方がない、何かやるなら東京だ、いまにどえらい金儲《もう》けをして、郷里に寄付したい、と口癖のように言っていたというのである。

氏子総代たちが、二三百万円ずつの金を出したというのも、安太郎の何かやりそうな強い性格を知っていたからで、その点は安太郎はかなり信用されていたらしい。郷里津山の人たちは、安太郎が神官をついだのが間違いで、あれは、商売人として成功する男だと評しているという。

津山署の報告で、梅田安太郎が千七八百万円の金を握って東京へ出たということ、および彼の性格については、妻の静子の申立てと一致したのである。

安太郎は東京へ出ると、姉夫婦の家を宿にして毎日外出していた。何かの事業に奔走していたらしいが、その事業の内容は明かさない。そのうち、持ってきた二千万円近い金はスッてしまい、姉に電話で、

(今夜は帰れない、失敗した)

と、とぎれとぎれの声で言ったまま電話を切り、一週間後には多摩川べりで死体となっている。

妻の静子には、安太郎は、

(おれは、いつどうなるか分からない)

と言ったというから、彼の、この両方の言葉を合わせると、彼が非常に危険な仕事、それも他人には口外できないような〝秘密な儲け〟に奔走していたことは想像がつくのである。

捜査本部では、梅田安太郎について、次のような推定をたてた。

①安太郎が従事していた事業とは、麻薬、密輸関係のような非合法なもの。

②彼はそのために業者にだまされ、せっかくの大金を巻きあげられた。

③だまされたと知った彼は、相手に返金を迫り、それが無駄だと知ると、警察に訴えるなどと言ったかもしれない。

④秘密組織の暴露を恐れた相手は安太郎を抹殺した。残忍な殺し方をしたのは、安太郎が返金を迫るのあまり、脅迫めいたことを言ったので、それに相手は憤激したものと思える。

捜査本部では、このような推定から、麻薬、密輸関係の内偵と、梅田安太郎が姉に電話をかけた二十日以後の足どりについて捜査をすすめることにした。

麻薬や密輸関係では、その方面にルートを持っている捜査員がいちおう洗ってみたが、梅田安太郎の線は出てこないのである。もっとも、彼らの組織は奥が深いから、それだけでは断定できないが、組織が秘密であるだけに、田舎からとびだした神主が、たやすく接触できたとは思えない。

「そういうシロウトがはいったら、たいていわれわれの耳にはいるのですがなあ」

と、あるボスが捜査員に答えて、首を傾《かし》げたのである。

これはもっともなことだが、田村捜査主任は最初の推定を捨てなかった。それよりほかに考えようがなかったからである。

二十日以後の安太郎の足どりをつかむことはさらに困難だった。彼は絶対に姉夫婦に何事も話していない。それに、安太郎は、東京に知人も友人もなく、第三者からの証言を収集することもできないのである。

二十日の晩から安太郎はいったい、どこで生活していたのか。都内の旅館はことごとく手配したが、彼らしい男が泊まったという形跡はなかった。旅館に泊まっていなければ、それ以外の個人の家屋、秘密な組織の中に、監禁されていたという推定が濃くなるのである。

ところが、ある刑事が捜査会議のとき、いい発言をした。

「梅田安太郎の妻静子は、夫の行方不明の報を嫂夫婦から受けて、二十四日に津山から東京に来ております。そして二十八日に帰郷したと言っております。犯行は二十七日の午後八時から十時ごろの間という推定ですから、静子は犯行の翌日に津山に発《た》ったことになります。もしかすると、安太郎殺しに、静子はなんらかの関係があるのではないでしょうか」

つまり、犯行の翌日、静子が帰郷したのは偶然かもしれないが、おかしいところもある、というのである。

この意見は、会議で重要視された。

田村捜査主任は、ふたたび静子を捜査本部に呼びだした。

静子は前回とちがって、旅の疲労がなかったのと、夫の死の衝撃が落ちついたのとで、わりあいに平静な顔で出頭した。

「本部としては、ご主人を殺した犯人を目下懸命に捜査していますが、いまのところ、これという強い線がまだ出ないので困っております」

「どうも、ご苦労をかけて申しわけありません」

静子はていねいに主任に頭をさげた。

「ついては、われわれとしては、いろいろな角度から検討しなければならないのですが、あなたは二十八日に津山に帰郷されたのですね？」

「そうです。二十八日朝の急行でございます」

「それは前日から決まっていたことですか？」

「はい。私は二十四日に東京に来て、主人の姉夫婦のところに泊まっていたのですが、主人の行方がどうしても分からず、津山の方の留守も気になるので、いったん、帰るつもりでした。それは二十七日に嫂夫婦にも話し、ふたりは同意してくれました」

「その二十七日には、あなたは、どういう行動をとっていましたか」

この質問をうけて、静子はちらりと田村主任の顔を見上げた。けげんな目の表情だった。

「いや、これは、あなたを疑うわけではないのですが」

主任は微笑を浮かべてやさしく言った。

「捜査が難航しているので、われわれとしては、いろいろな角度から検討したいのです。参考程度におたずねしているのですから、どうぞご心配なく、何もかもありのままに話してください」

「分かりました」

静子はうなずいた。今日は、顔にうすい化粧をしているので、この前に見たときよりは若々しい印象だった。

「二十七日には午前十時ごろ、嫂夫婦の家を出ました。いつまで経《た》っても、主人の消息が分からないので、家にじっとしている気にもならず、もしかすると、外を歩いていたら、主人の姿を見かけるかも分からないという気がしました」

静子は、はきはきと話しだした。

「けれども、それは私が津山の町と東京とをいっしょに考えていることで、人間の多い、広い東京では、それがはかない望みであることは、電車に乗って銀座におりたときに分かりました」

「銀座を歩いたのですか？」

田村主任は、いかにも地方人らしい考え方に微笑しながらきいた。

「はい。主人の行方が分からないときに妙な行動だと思われるかも分かりませんが、私も東京に来たのは初めてだし、いろいろなところが見たかったのでございます」

それは不自然ではない。地方に住んでいる女性のその気持は、主任には理解できた。

「銀座には何時間くらい、居ましたか？」

「午後三時くらいまで居たと思います。デパートを見たり、昼御飯を食べたり、それから宮城を拝ませていただいたり……。何しろ、地理が分からない田舎ものですから、その都度、道をきいて行くので、まごまごして時間をくいました」

「なるほど、それから？」

「それから、地下鉄に乗って、渋谷に行きました」

「渋谷？　渋谷はなんですか？」

「忠犬ハチ公の銅像があるので、それを見たかったのでございます。私の小さいときにハチ公の話を聞いておりましたので。地下鉄というものを見るつもりで、駅に行ったら、電車の行先が渋谷なので、その銅像を見たくなり、つい乗ってしまいました」

「ははあ、ハチ公の銅像は見ましたか？」

「見ました」

三十一になる女が、子供のように目を輝かしたので、主任はまた微笑《わら》った。

「それから？」

「それから、駅のすぐ横に大きなデパートがありましたから、その中にはいりました。いろいろな売場を見物してゆくうちに、台所用品の売場があったので、それを見ました。津山と違って、いろいろと目新しい品物があったので、ほしくなり、少しばかり買って、津山に送ってもらうよう店員さんに頼みました」

「それはなん時ごろですか？」

「金を払うとき、閉店のベルが鳴っていましたから、五時半ごろだと思います」

田村主任は、三時――銀座、五時半――渋谷、Tデパートで台所用品買物、とメモにつけた。――

「渋谷から、どこにまわられましたか？」

主任は静子につづきをきいた。

「はい。それから電車に乗って新宿にまいりました」

「はあ、なるほど、それも見物ですか？」

「新宿に着いたのが六時半ごろだったと思います。ちょうど、人の出さかりで、銀座よりも人が多いのにはびっくりしました。うろうろしているうちにお腹《なか》がすいたので、大衆食堂のようなところにはいり、親子丼《どんぶり》をたべました」

「それは、なんという食堂？」

「名前は覚えていません。デパートの裏側だったと思います。そこは二階も食堂になっていたようです」

「それから、どうしました？」

「食事をすませて、外に出ると、近所に映画館がいっぱいならんでいたので、看板を見て、おもしろそうなところにはいりました」

「なんという映画館ですか？」

「よくわかりませんが、映画は、現代劇と時代劇で、私がはいった時は、現代劇が終わりかけたところでした。八時ごろだったと思います」

「映画館では、最後まで見たわけですね？」

「そうです。すんだときが、映画館の時計で、十時五分前でした」

主任はメモに、六時半――新宿、食事、八時――九時五十五分、映画館、と書いた。

この時間は重要である。梅田安太郎の解剖報告書によると、死亡の推定時刻は、二十七日の午後八時から、十時ごろの間となっている。まさに、この時間には、静子は新宿の映画館に居たと主張するのである。

「あなたの見た、映画の題名はなんというのですか?」

「T映画で、現代ものが『男を捨てろ』、時代ものが『川霧の決闘』というのでした」

それを聞いて、主任は映画館の見当がついた。新宿T映画劇場である。

「現代ものの方は、最後の部分をちょっと見ただけですね?」

「そうです。Iという俳優が警官隊にとりまかれて、ビルの屋上でピストル自殺をする場面からでした。そこへ恋人役になったKという女優が駆けつけてくるという……」

「時代もののは全部見たのですね?」

「はい。終わりまで見ました」

「一つ、筋を話してくれませんか?」

「それはKという俳優が主演で、平手《ひらて》造酒《みき》の役でした。最初の場面は……」

静子は話しだしたが、映画は好きだとみえて、なかなかたのしそうな表情であった。話し方も滑らかで上手である。場面場面では、役者の動作まで説明した。

「はあ、なるほどね」

主任は、聞きおわって、煙草《たばこ》を喫《す》った。長い話だったので、三十分はたっぷりと『川霧の決闘』を聞かされた。

静子も語りおわって、ほっとしたように、冷たくなった茶を両手でかこって飲んだ。

「その映画を見ている間に、何か変わったことはありませんでしたか？」

「変わったことと申しますと？」

「たとえば、フィルムが切れたとか、停電があったとか、観客席で、喧嘩《けんか》が起こったとか、そういうようなことです」

「そういうことはありませんでしたが」

静子は考えるような目つきをしていたが、

「ただ『川霧の決闘』の最初のときに、小さい子がひどくむずかって、大声で泣きだしたものですから、お母さんのような人が抱いて、外へ出たようなことはありました」

「なるほど、それはどういう場面ですか？」

「平手造酒が料理屋で酒を飲んで眠っているところへ、造酒を好いている女中が来て、そっと搔巻《かいまき》きをかけてやる場面のときでした」

主任はそれをメモにつけた。あとで、その事実と、時間を調べさせるつもりなのである。

「ところで、あなたが、その時間に映画館に居たという証明はないでしょうなあ？　たとえば、知った人が居たというようなことですがね。だが、あなたには、東京に知人がないから困りますな」

「ええ。そんな人はいないのです。ですが、待ってください。もしかすると、そのときの入場券の切った端を持っているかもしれません」

静子は、そう言って、ふところから、がまぐちを出し、中をのぞいたが、

「ありました。これです」

と、とりだした紙片を見せた。

主任は手にとって見た。T映画劇場の切符で、入場のさい、モギリ嬢が半分に裂いて、客に渡すあの紙片である。

半分になっているスタンプの日付は、まさしく二十七日になっていた。

「これは、お預かりしますよ」

切符の端には一連番号がついている。この番号で、映画館に当たれば、だいたい何時何分ごろに窓口から売りだしたかが分かるのである。

四

田村捜査主任は、梅田静子を疑っていたわけではなかった。

ただ、夫の梅田安太郎が多摩川べりで絞殺《こうさつ》死体《したい》となって発見された七月二十八日の同じ朝、東京から津山へ帰郷した事実に、ちょっとひっかかっただけであった。

静子は夫の消息が分からないので、いったん諦《あきら》めて帰郷したと言っている。彼女の乗った列車は、東京駅発午前十時の急行《阿蘇《あそ》》だというから、死体が少年たちによって

発見されたときと、偶然、ほぼ同じ時刻である。だから、むろん、彼女はそれを知るはずがない。もし、彼女が、もう一日出発を延ばしていたら、東京で夫の死を知ったわけである。

死体発見と、彼女の帰郷とが、同じ日の朝だったというのは、ただの偶然である。しかし、この偶然は、意味ありげに考えれば考えられそうなのである。事件が起こってみると、彼女が、その日の朝に帰郷をえらんだことが、かならずしも偶然とはいえない、何かあるのではないか、と勘ぐれば勘ぐられぬこともない。

同じ意味から、安太郎の死亡推定時刻、二十七日夜の八時から十時までの間、彼女が新宿の映画館に居た、という申立ても、その時刻に、嫂《あね》夫婦のところに居なかった点に、ひっかかるものがあるのだ。

はたして静子のいうとおりかどうか、裏づけする必要があった。

田村捜査主任は、渥美《あつみ》と原の両刑事を、新宿のT映画劇場にやった。

二人の刑事は、その映画館に行くと、まず支配人に会った。

「この入場券は、二十七日の何時ごろに売りだされたか分かりますか？」

刑事は入場券の半分をていねいに紙入れから出して見せた。静子が持っていて、主任に提出した、あの半券であった。それにはＮｏ・８９１という番号がついている。

「調べてみます」

映画館の支配人は、事務所の係や、当日、切符売場にいた女の子について調べた。

「この半券の番号によると、二十七日午後八時ごろに売りだしたものです」

支配人はその結果について報告した。

「その時刻は、非常に大切なことなんですが、間違いないでしょうね？」

刑事が念を押すと、

「何時何分までは分かりかねますが、八時ごろというのは間違いありません」

と、支配人は自信をもって答えた。

「では」

刑事は傍に立っている二十一二歳の女の方を向いた。当日その時刻に、入場券売場の窓口にすわっていた係だった。

「この切符を買った客は、男だったか、女だったか覚えてないかね？」

「さあ、それは分かりませんわ」

目の大きい、その若い女の子は答えた。

「何しろ大勢のお客さんだし、いちいち、顔を見ることはありません。窓口から出るお客さんの手とお金を見ているだけです」

それはそのとおりに違いない。

刑事は、入口でその入場券を受けとって、半分にちぎり、客に半券を渡す係、いわゆるモギリ嬢を呼んでもらった。それは背の低い十八九くらいの女の子だった。警察の者や、支配人に見つめられて、あかい顔をした。

「二十七日の夜八時ごろ、あなたがモギリ場にいたのですね?」

「はい」

「この半券は、あなたが客から受けとって、ちぎったのですか?」

その女は、刑事の出した半券を見た。

「そうだと思います。この裂け具合からみて、わたしだと思います」

入場券を、ただ半分に裂くだけでも、それぞれの個性が出る。そのモギリ嬢は、半券の一端のちぎれた状態から、自分の癖をよみとったらしい。

「では、この入場券を渡した客は、どんな人か覚えていませんか?」

刑事がきくと、

「それは分かりませんわ。ずいぶん、たくさんなお客さんですもの。よほど、しじゅういらっしゃる人でないと覚えていません」

彼女は、うすく笑いながら言った。

原刑事が、ポケットから写真を出した。それは静子の写真で、捜査本部が参考のため、昨日、彼女が出頭したときに撮影したものだった。

「この半券を持っていたのは、この女の人なんだがね。覚えていませんか?」

モギリ嬢は、その写真をしばらく見つめていた。それから目をあげて、宙を見ていたが、その瞳《ひとみ》の表情は、何かを考えているふうであった。

「そういえば」

彼女は、しばらくして言った。

「見たような顔ですわ」

「見た、というのは、入場したお客さんのことだね？」

原刑事がきいた。

「はい。たしかにこういう顔のお客さんを見ました」

今度はもっと記憶の強い言い方をした。

「うむ。それは二十七日の夜八時ごろだったかね？」

「いいえ。それが、二十七日だったかどうかは分かりません。今日が八月一日ですね。そうです、五六日前という記憶はぼんやりありますが、二十七日だとははっきり言えません」

背の低い、丸い顔をしたねむそうな目つきの女だったが、なかなかしっかりしていた。

「では、この婦人に記憶があるというのは、何か特別な印象があったのかね？」

渥美刑事がきいた。そうでなければ、特に覚えていることはあり得ない。

「そうですね」

モギリ嬢は、顔をやや横に向けて考えていたが、

「それは、こうだったと思います」

と、目を刑事たちの顔に戻した。

「この人は、入場してから、客席に行く扉が分からず、通路を迷っているふうでしたから、私が、こちらですよ、と教えてあげました。そのお客さんが、たしか、写真の女の方に似ていました。はっきり、この人だとは言えませんが……」

「それは、夜の八時ごろですね？」

原刑事がきいた。

「夜の八時？」

「夜だったかしら……」

ここで、そのモギリ嬢は迷うような目をしたのである。

と、彼女は低い声で、ひとり呟《つぶや》いた。

「え、なに、夜じゃなかったのかね？」

渥美刑事が聞きとがめた。

「その日は、私は昼も夜も、ずっとモギリをやっていたんですが、その女のかたを見たのは、夜の八時というよりも、もっと早い時間のような気がしますわ」

「早い時間というと？」

「いいえ、ぼんやりと覚えているだけで、はっきりとは言えません。それに、そのお客さんかどうかも分かりませんし」

その女の子は慎重であった。

「いや、違っていても、いっこうにかまわないのだよ。思ったとおりを言ってごらん」

刑事はうながした。

「そうですね。六時半ごろではなかったかと思います。まだ、通路の片側の窓が明かるかったように思います。私が、そのお客さんを通路で見たのは、電灯の照明ではなく、その窓から射《さ》している太陽の光線だったと思いますわ」

二人の刑事は顔を見あわせた。

渥美刑事が、

「しかし、この半券の番号は、八時ごろに売りだされたものなんだよ。八時ごろというと、日が暮れて、夜になっている。窓には、もう陽射しがないはずだがね」

と、確かめるようにきくと、

「そうですね。それじゃ、わたしの思い違いか、別のお客さんのことだったかも分かりませんわ」

と、モギリ嬢は首を傾《かし》げていた。

彼女は、はっきりとそれが静子だとは言いきっていない。写真を見て、よく似た人だというだけで、入場した日も二十七日だとは正確に覚えていない。六時半には、まだ夏のおそい陽射しが残っているが、半券が八時ごろに売りだされている以上、それは彼女の錯覚《さっかく》かもしれないし、別人のことかもしれないのである。

要するに、モギリ嬢については、これだけのことしか分からなかった。

両刑事は、今度は、支配人に頼んで、二十七日夜に出勤していた、場内係の女の子をよんでもらった。二十《はたち》くらいの係が二人、刑事の前に来た。

「二十七日の晩の『川霧の決闘』の最初の時ですがね、場内の客席で、小さい子が大声で泣きだしたので、母親らしい人が外に連れだしたことがありますか？」

原刑事の質問に、若い女二人は口をそろえてそれを肯定した。

「ありました。覚えています」

「それは、二十七日でしたか？」

「はい」

と答えたのは、痩《や》せた女の子だった。

「わたしは二十六日まで病気で休み、二十七日から出勤しましたから、それは間違いありません」

「その時の模様は？」

「あれは、『川霧の決闘』がはじまってすぐでした。まん中あたりの客席で、幼児の火のついたような泣き声が起こったので、お母さんらしい中年のひとが抱えて通路の方へ出ました」

「その場面は?」

「ちょうど、平手造酒が料理屋で寝ているとき、女中が来て掻巻《かいま》きをかけているときでした」

この証言は、静子の申立てと一致した。

別の刑事は、Tデパートに行って、家庭用品の売場の主任に会った。

「梅田静子というひとが、二十七日にここで台所用品を買って、津山に送っていますが、その受付伝票と送り状の控えを見せてください」

それはすぐに見せてくれた。

「これでございます」

宛先《あてさき》は「岡山県津山市東新町《ひがししんまち》××番地梅田安太郎」であり、送り人は同地名で梅田静子になっている。

買物は、電気釜《がま》、アルミ鍋《なべ》大小、フライパン、コーヒー沸し、包丁、テンピ、魔法櫃《びつ》(小型冷蔵庫の代用)などだった。

伝票を見ると、二十七日午後五時二十五分になっている。念のために、係の女店員にきいてみた。

「はい、たしかにそういうお方が、この品をお買いになりました。伝票を書きおわったときに、閉店のベルが鳴っていました。そのお客さんは、閉店は五時半ですかと腕時計を見て言われたので、はい、そうですとお答えすると、新宿までどのくらいかかりますか、ときかれました。電車で十分くらいですと言いますと、受取証を持って、すこし急いだようにして出ていかれました」

女店員は、はっきりと覚えていて、そう答えた。

これも梅田静子の申立てと一致しているのである。

田村捜査主任は、この両方の報告を聞いて考えた。

静子の言ったことに嘘《うそ》はなさそうである。持っていた映画館の半券で、たしかに二十七日の午後八時に入場したことは立証された。

ただ、その時、モギリ嬢が、日付は覚えていないが、八時よりはもっと早かったように思う、そのときは廊下の窓から陽が射していた、と言ったのは、ちょっと注目したいところだ。

が、半券のことと、場内では静子の言ったとおり、その時間に幼児が泣いたのが実際だったことで、これはモギリ嬢の記憶違いか、別人のことであろうと思われ、捨てることにした。

しかし、田村捜査主任は用心深かった。

静子が、Tデパートを出たのが午後五時半、エレベーターで一階におりて、渋谷駅のホームまで歩く。国電ホームは階段を上がったりしてひまがかかるし、不案内な地方の人だから、もっとひまどるとして、電車待ちの時間を入れて、新宿駅におりるのは、早くて、六時二十五分、普通で六時三十分だろう。この点は、六時三十分に新宿におりたという静子の申立てに齟齬《そご》はなかった。

T映画劇場にはいったのが、八時ごろとして、六時三十分に新宿駅におりた時刻とは、ほぼ一時間半の隙間《すきま》がある。

静子によると、この一時間半を、新宿の町をぶらぶら見物したうえ、デパート裏の大衆食堂で食事をとったことにあてている。

一時間半――九十分のこの時間は、静子を多摩川べりに立たせるのには、ぎりぎりだった。タクシーで新宿から渋谷を通って、多摩川の現場までには四十分くらいかかる。六時半から七時ごろには、ラッシュアワーで車が混《こ》み、五分はよけいにかかるだろう。普通でも往復一時間二十二三分を要する。

かりに、静子が、六時半に新宿駅前からタクシーを拾うとして、車の多い街道を多摩川べりに行けば、七時十五分である。彼女がふたたび新宿に引き返し、T映画劇場に八時ごろに入場するには、現場にいる時間が、三分か五分くらいだ。

しかし、このわずかな時間では、たとえ彼女が多摩川の現場に居たとしても、何をする時間もないのである。

解剖医の死亡推定時刻は、八時から十時の間ということになっている。彼女が七時十五分に現場に着き、三分か五分後に立ち去ったとしても、時間のズレがある。もっとも、これは解剖医の推定が絶対としての話で、多少誤差を認めると、安太郎の死亡時に彼女がその傍にいた、という仮説は成り立たないこともない。だが、三分や五分では何ができるというのか。

だが、実際の殺しの現場が、多摩川でなく、別の場所（第一現場）だったらどうだろう。これはどこか分からないが、新宿から近い距離だったら可能性はある。が、次には多摩川の現場（第二現場）に死体を運ぶという絶対の不可能事がある。

しかも、聞きこみによっても、タクシーやオート三輪などを使った形跡がないのである。

田村主任は頭をかかえた。

そのうち、静子は安太郎の死亡時にその傍に居たのではないか、という仮説は絶対に成立しない事実があらわれた。

五

田村捜査主任は考えていた。

梅田静子が二十七日の午後六時三十分ごろに新宿駅におりて、八時ごろにT映画劇場にはいるまでの一時間半は、もっと検討しなければならないのではないか。その一時間半は、たとえ彼女を多摩川べりの現場に立たせる余裕を不可能にしても、空白のままでは見のがすことができないような気がする。そのままでは、田村主任の心が落ちつかないのである。

主任は、渥美と原の両刑事を千住の嫂《あね》夫婦のところに居る梅田静子のところにやった。

都電の通りから東へだらだらと小さい路《みち》を下った奥を捜して、二人の刑事は青木良《りよう》作《さく》という表札の家を見つけた。付近には小さな工場が多い。鉄道員だという青木良作の家は、ごみごみと建てこんだこの一画でも、わりと大きく、こざっぱりとしていた。

せまい玄関に立つと、青木シゲがまず出てきたが、二人の刑事を見ると、

「いつもお世話さまになります」

と挨拶《あいさつ》した。彼女は捜査本部に出頭しているので、弟の犯人捜査に従っている刑事に礼を言ったのだった。

原刑事が、梅田静子さんに会いにきたことを言うと、青木シゲは奥に引っこんだが、

「静さん、静さん」

と呼ぶ声が、玄関に待っている刑事たちに聞こえた。

しばらくして梅田静子が玄関に出てきたが、外出の支度をしていた。

「どこかへお出かけですか?」

渥美刑事が、すこし濃いめの化粧をしている静子の顔を見てきいた。

「はい。主人の遺骨をこれから火葬場に受けとりに行くところでございます」

静子は伏し目になって答えた。それで、刑事たちは、被害者の梅田安太郎の遺体が昨夜、火葬場に運ばれたことを知った。

「それでいつ、津山にお帰りになる予定ですか?」

「これから遺骨を受けとって、今晩二十時四十五分の急行で帰りたいと思います」

静子は答えた。

「なにしろ、神官ですから、向こうでの葬儀の準備がたいへんなのです。それで一日も早く帰りたいのです」

渥美刑事は、これは早く報告しなければならないと思いながら、目的の質問に移った。

「二十七日の晩ですがね、奥さんが新宿駅におりられたのが六時半ごろで、八時ごろに映画館にはいられたのですが、その間は、新宿のあたりをぶらぶらされていたのですか?」

「はい」

梅田静子は、ちらりと刑事の顔を見た。警察というのは何度も同じことをききにくるものだ、といいたそうな表情の目だった。

「そのとおりです」

静子はおとなしく答えた。

「にぎやかなところをうろうろしていました。田舎ものですから珍しかったのです。どんなところを歩いていたか、今は、はっきり思いだしませんが」

「大衆食堂にはいられたのですね？」

「はい。デパートの裏でした」

「四ツ角《かど》の、天ぷら屋の隣ではなかったですか？　二階のある間口の広い店で」

「そうです。きっとそのうちです」

静子は目で考えるように言った。

「それは、つばめ屋という店ですよ。看板を思いだしませんか？」

「気がつきません。陳列にならんでいる見本をみて、はいったものですから」

「そこで親子丼《おやこどんぶり》をとったわけですね？」

「そうです」

「客は混んでいましたか」

「はい。時間が時間なので、いっぱいでした。注文しても十五分くらい待たされました」

「そこで何か変わったことはありませんでしたか。あなたがその食堂にいる間に」

「そうですね」

静子は考えていた。自分がその食堂に居たことの証明を刑事たちは求めている、と彼女も気づいたらしかった。

「こういうことがありました」

やや間を置いて、彼女は言いだした。

「長らく待たされて、やっと、注文した丼がきたのですが、ふた箸《はし》くらいつけたときに、御飯の中から死んだ蠅《はえ》が出てきたので、気持が悪くなり、取りかえを頼みました」

「ほう。そんなことがあったのですか？　それで、すぐにとりかえてくれましたか？」

「くれました。頭に白い布《きれ》をかけ、白い上っぱりをきた女店員がきて、すみません、とあやまって、食べかけの丼を持ってゆきましたが、十分くらいして新しいのを持ってきてくれました」

「それを食べて、映画館にはいったわけですね？」

「そうです。映画館がいくつもならんでいたので、おもしろそうな看板を見てはいりました」

刑事は礼を言って腰をあげた。

出るとき、青木シゲが顔を出して、

「ご苦労さまでございます。まだ、弟を殺した憎い犯人の目星はつきませんか？」

ときいた。

「いや、われわれも一生懸命にやっていますから、そのうち挙《あ》がりますよ」

両刑事は慰めた。

「どうぞよろしくお願いします。これがかわいそうですから」

と、傍にすわっている静子の方を見た。

「ご主人は？」

渥美刑事は、ふと思いついてきいた。

「昨夜は夜勤でしたから、ほどなく帰ってくると思います。火葬場の骨収《こつおさ》めには、自分も静子さんといっしょに行くと言っていましたから」

「ご主人は、たしか、鉄道にお勤めでしたね？　どこですか？」

「田端《たばた》の保線区です。そこの係長をしております」

都電の通りに出ると、交番があったので、原刑事が捜査本部に電話をした。

田村主任の声が出た。

「梅田静子は、今晩の汽車で、遺骨を持って津山に帰ると言っていますよ」

原刑事が言うと、

「静子が帰る？　それは、なん時の汽車だね？」

と、主任はききかえした。ちょっとびっくりしたような声に聞こえた。

「二十時四十五分です」

「ちょっと待ってくれ」

主任は何か調べさせているようだったが、

「ああ、あるね、それは急行《安芸《あき》》だ」

と言った。

「もう少し、先に延ばすように言いましょうか？」

原刑事が言うと、主任は考えるように声をとぎらせていたが、

「いや、それはあとで考えよう。それよりも話はどうだった？」

と、ききかえした。

そこで、原刑事は、静子の言ったことをざっと電話口で説明した。

「そうか。では、すぐに新宿に行って、その裏づけをとってくれ」

田村主任は命じた。

両刑事は新宿へ向かった。

つばめ屋という大衆食堂に行って調べると、静子の言うとおりであることが分かった。

「そういうお客さんが、たしかにおられました」

と、係だった少女が、刑事の出して見せた静子の写真を眺めたうえで言った。

「いつも五時半から七時すぎまで混むのです。そのお客さんも十五分くらいはお待ちになったと思います。ちょうど私が通りかかって呼ばれたのですが、丼の中を見せて、蠅がはいっていますよ、とそのお客さんは顔をしかめて言われました。でも、言葉はやさしかったと思います」

「かわりを持ってゆくのに、どのくらい時間がかかりましたか?」

「十分くらいだったようです。調理場でも恐縮して早くしたのです。私が、新しいのを持って行って、すみません、とあやまると、面倒をかけましたね、とその奥さんはやさしく言いました。そんな時には、小言《こごと》を言うお客さんがほとんどなので覚えております」

「その客は、その親子丼を食べて、すぐ出て行ったかね?」

「いいえ、食べおわったあと、お茶を飲んだりして、十分くらいは休んでおられたようです」

「ありがとう」

両刑事は捜査本部に帰った。

「そうか」

田村主任は報告をきいて、またメモに鉛筆で書いた。

新宿駅六時半——つばめ屋まで三十分——つばめ屋で約五十分（注文した丼が来るまで十五分待ち、蠅がはいっていたので取りかえ十分、食事十五分、食後十分間休む）——映画館にはいるまで十分。

しめて一時間半。ぴたりと計算は合うのである。

田村主任は、メモの紙の上に鉛筆を立て、指でくるくる揉《も》みながら呟《つぶや》いた。

「なるほど、これでは隙《すき》が少しもないね」

完全なのだ。梅田静子が、六時半に新宿駅におりて、八時ごろに映画館にはいるまで、多摩川に往復する時間は、どのように考えても絶対にあり得ない。

田村主任は肘《ひじ》を突き、親指の腹で、こめかみを揉みながら考えていた。

「主任。静子は今夜の汽車で帰ると言っていますが」

原刑事が机の前から言った。

「仕方がないだろうな」

田村主任はぽつりと返事した。

「別に容疑者というわけでもないし、参考人程度だから、ひきとめることもできないだろう。帰ると言うなら、やむを得ないね」

「それよりも」

と、田村主任は言った。

「このさい、梅田安太郎や静子の滞在していた義兄の青木良作の話を聞いておく必要があるな。君たちが行ったときには、彼は家に居たかね？」

「居ませんでした。青木は田端の保線区の係長とかで、昨夜は夜勤で、まもなく帰るということでした。帰ったら、静子といっしょに火葬場に行くそうですよ」

「そうか。それでは、その帰りにでも、こっちへ来てもらおう」

その連絡は千住の彼の家に近い交番からとってもらった。

青木良作が来たのは午後三時ごろで、鉄道をあと一年で停年というから、五十四歳であろう。頭がすこし禿《は》げあがり、血色のいい、小太りの男だった。

「どうも、ご迷惑をかけました」

田村主任は青木良作の顔を見て言った。

「すこし、おたずねしたいことがあるのですが。いや、これは参考程度だから、気にならないでくださいよ」

「なんでしょうか？」

青木良作は、ちょっと不安な顔をした。警察にものをきかれると、誰でも多少はこんな表情になるのを田村は知っていた。

「いや、たいしたことじゃありません。二十七日の晩、つまり安太郎さんが殺されたと思われる夜ですがね、あなたがたご夫婦は自宅にずっとおられましたか？」

「いや、それが、居なかったのです」

青木良作はすぐに答えた。

「静子は東京の町を見てくると言って出たし、わたしたち夫婦も夕方から、上野の寄席《よせ》に行って十時ごろに帰りました」

「ははあ。ご夫婦だけでしたか？」

「いいえ、隣が坂本《さかもと》さんという理髪屋さんでしてねえ、そこのお内儀《かみ》さんも来て、いっしょに行きましたよ」

「あなたがたが寄席から帰ったとき、静子さんは家におりましたか？」

「いいえ。静子は新宿で映画を見たとか言って、十一時近くになって戻ってきました」

「静子さんは、その翌朝、いったん、津山に帰りましたね。帰るという話は、いつごろからあったのですか？」

「その晩です。静子が十一時前に戻ったので、三人で一時ごろまで行方不明になった安太郎のことなど話しあいました。静子は、こんなに行方が分からないのに、いつまでもいるわけにはゆかないので、郷里《くに》の方も気になるから一度帰りたいと申しました。わたしたちも、そうしたらよかろうと賛成しました。何か様子が分かりそうだったら、あとで知らせてやると言いました」

「そうですか」

田村主任はちょっと黙った。

「安太郎さんがこういうことになって、あなたには何か思いあたるようなことはありませんかね？」

するとと、青木良作はきつい目になった。

「前から安太郎の行動がおかしいので、妙だとは思っていましたが、こんな結果になるとは予想もしませんでした。家内に今夜も帰れない、失敗した、という電話がかかったときは、たいそう心配しましたけれど」

「安太郎さんは二千万円近い金を持って東京に来ていましたね。どんな仕事をたくらんでいたか、全然、あなたに分かりませんでしたか？」

「安太郎は気の強い男で、わたしどもには一言《ひとこと》も話しませんでした。義弟でありながら、ずいぶん、水くさい男だとは思いましたが、向こうで話したがらないものを、強いてきくこともない、とそのままにしておきましたが」

青木良作は義弟の梅田安太郎の秘密主義に内心反感を持っていたようだった。

「どうもご苦労さまでした」

田村主任は、そのほか、二三質問して、青木良作を帰した。むろん、刑事をやって、隣の散髪屋に当たらせたのだ。彼の申立ては嘘《うそ》ではなかった。

ところが、梅田静子は、午後四時ごろに、ひょっこり捜査本部に来て、田村主任に面会を求めた。

「葬儀のこともありますので、私は、今夜の汽車で、ひとまず、津山に帰ります。いろいろ、ご厄介をかけまして、ありがとうございました」

彼女はていねいに田村に礼を述べた。

「そうですか、それはどうも」

主任は、椅子《いす》から立って会釈《えしやく》した。静子の顔は化粧の具合か、この間よりも、もっときれいに見えた。

「われわれの努力がたりなくて、真犯人をまだ挙げることができませんが、そのうちきっと挙げます。今後、何かとおたずねすることがあるかも分かりませんが、そのときはご協力ください」

「分かりました、いつでもおっしゃってください、必要なら、また東京にまいります、」と梅田静子はそれを約束し、何度も礼を言って頭をさげた。

その夜、八時前から、刑事二人がこっそり東京駅の三等待合室で梅田静子の様子を見ていた。彼女は白い布で包んだ骨箱を抱え、寂しそうに椅子に腰かけている。

六

待合室の腰かけに、しょんぼりとすわっている梅田静子を観察しているのは、渥美と原の両刑事であった。両人《ふたり》とも、静子に顔を知られているので、ちょっと服装を変え、原は大きな鉄ぶちの眼鏡をかけていた。

「原君、青木夫婦は静子を送りにこないのかねえ」

渥美がささやいた。

「そうですね。そのうちくるかも分かりませんな」

原刑事が、静子の方を見ながら答えた。

静子は四角い亭主の遺骨箱を膝《ひざ》の上にのせていた。格別悲しそうな顔もせず、また明るい顔でもなく、いわば無表情で、ときどき待合室をうろうろしている人たちに目をやっていた。彼女の隣ではブローカーのような男が前に立っている仲間と話をしていたし、若い女が雑誌を読んでいた。化粧している静子の顔は、この待合室の中でもまず美人の方であった。

「来たよ、君が言ったとおり」

渥美が原の脇腹《わきばら》をつついた。両刑事は、ずっと離れた列の椅子から眺めていた。静子の前に近づいてきたのは、青木良作とシゲで、良作は手提鞄《てさげかばん》を持っていた。シゲは亭主と落ちあって、ここに来たらしい。彼女は土産ものらしい包みを三つ手に持っていた。

静子は義兄夫婦と、ちょっと話を交わしていたが、そのまま遺骨箱を抱いて待合室を出た。静子の荷物は、青木良作が持ってやった。

両刑事は、三人のあとに従って十五番線ホームへ行った。すでに急行《安芸《あき》》ははいっていて、乗客もかなり乗っていた。

静子は三等車に乗った。義兄夫婦もつづいた。ホームの後ろから両刑事が見ると、窓ぎわに静子がすわり、青木夫婦は通路に立って話をしていた。それは発車の前までつづいた。

時刻がせまって、夫婦はステップからおり、窓から顔を出している静子と、また話をはじめた。そこへ、ホームの階段を、中年女が急いであがってきたが、きょろきょろと見まわして、見送りの人の中に青木夫婦を認めると、そこへ近づいて行った。

車窓の静子も、その女を見ると、微笑を浮かべ、挨拶《あいさつ》をしていた。中年女は土産物を渡していた。

「青木の家の隣の理髪屋の女房だね」

渥美が、原にささやいた。青木良作が、二十七日の晩に、妻と、隣の理髪屋の女房とで上野の寄席に行ったと申し立てたので、その裏づけに理髪屋に行き、その女房の顔を知っている。

「隣に滞在している静子と知りあい、それで送りにきたんでしょうな?」

原刑事は推察を言った。

発車のベルが鳴った。青木シゲは窓の中の弟の遺骨に合掌し、涙をふいていた。やがて汽車は、窓からホームの三人を振り返ってみている梅田静子の顔を、遠くに連れ去った。

見送人の群れが崩れた。ふたりの刑事は、先にホームの階段をおりた。

「とうとう静子も郷里に帰りましたね」

原刑事が歩きながら言った。

「主任は、静子をだいぶほじくらせましたが、アリバイには隙がありませんな」

「そうだね」

渥美はうつむきながら答えた。

「いまだって、おかしな人物は来ていません。もっとも、徹底的に張りこむなら、ハコ乗りをしないと分かりませんがね」

「いや、あれは大丈夫だろう」

先輩刑事は勘で判断するように言った。

「静子は、やはり、ひとりで津山まで帰ったんだよ」

「すると、これはお宮入りですか?」

「どうも臭いな」

渥美は気重そうな声で答えた。

彼らは駅の構内喫茶店に寄って、コーヒーを一ぱいずつ飲んで別れた。

翌朝、両刑事は捜査本部に出勤した。すぐそのあとから田村捜査主任が出てきた。

「おい、昨夜はどうだったかい?」

主任は、気にかかっていたらしく、すぐに両人《ふたり》を呼んだ。

「別に異常はありませんでした」

渥美刑事は答えた。

「予定どおりに二十時四十五分の急行に静子は乗って行きました。東京駅からの連れはありません。見送人は、青木良作とシゲの夫婦、それに隣の理髪屋の女房でした」

「理髪屋の女房?」

「二十七日の晩に、青木夫婦が、上野の寄席に行ったとき、いっしょだった女ですよ」

「ああ、そうか」

「隣家《となり》に来ていたので、静子とも、知りあったのでしょう。それとも青木夫婦とのつきあいの上からか、土産ものを静子に渡していました」

「そうか」

主任は運ばれた茶を飲んで、湯呑《ゆの》みを両手でかこみ、失望した顔つきをした。

多摩川の殺人事件は、四十日で捜査本部が解散した。原刑事が東京駅で洩《も》らしたとおりになった。

犯行時間は七月二十七日の午後八時から十時の間である。梅田安太郎は両手両脚を縛られて、ビニールの紐《ひも》で絞殺された。言えることは、誰かが殺《や》った、という事実だけである。

犯行現場が、発見された場所か、それとも他所《よそ》で殺して運んできたかも分からない。運搬方法として自動車が考えられるが、タクシーも、オート三輪車の類も手をつくして捜したが手がかりがない。

頸《くび》に巻きついていたビニールの紐と、両手両脚を縛っていた日本手拭《てぬぐ》いの出所の追及には、もっとも力を注いだが、あまりありふれていて、ものにならなかった。刑事たちはこれを求めて、八方に散り、都内の業者、卸元《おろしもと》、小売屋を歩きまわった。アスファルトが溶けて熱気が顔をうつ炎天のもとだった。

すべてが無駄に終わった。被害者が大金を持って、東京へ出てきて、何をしていたか、極端な本人の秘密主義で、何一つ分からなかった。殺された動機が、梅田安太郎の暗い〝事業〟に関係があるらしいことは想像がつくが、この方面からの手がかりもないのである。

（今夜は帰れない、失敗した）

と、安太郎が、姉のシゲにとぎれとぎれに電話で言った絶望的な言葉から、

「もしかすると、自殺ではないか」

という意見も出たほどである。

これは考えさせられる見方だったが、死因や死体の状況から絶対に成立しなかった。やはり、安太郎が大金を失って、その相手に自暴的に迫ったため、かえって殺されたという意見が強かった。しかし、彼が何をたくらんでいたか、その実体が分からないのだから手のつけようがなかった。

所轄署《しょかつしょ》の一室を四十日間占領していた捜査本部も、解散式をあげることになった。

この捜査に従っていた田村主任以下捜査員八名は、二本の一級酒瓶を湯呑みに分けて互いの労をねぎらいあった。事件が解決したときと違い、後味が悪く、お通夜《つや》のようにしめっぽい小宴だった。

本庁から捜査一課長も来て、挨拶した。

「暑い中を、みな大変ご苦労さまでした。これだけ努力しても解決しないのだから、運命と諦《あきら》めるより仕方がない。たいへん残念だが、いちおう、ひきあげて、次々に起こる事件の捜査に当たってもらいたい。これに勇気をくじくことなく、かえって教訓を一つ

得たと思って、新たなる英気でがんばってもらいたい」

課長は一ぱいだけ湯呑みの酒をのんで、本庁に帰った。

田村捜査主任は憂鬱《ゆううつ》な気持になるのを、できるだけひきたてて顔色に出すまいとした。日ごろは、あまりものを言わない男だが、努めて饒舌《じょうぜつ》になり、軽口を挟《はさ》んだ。そうしないと部下たちが滅入《めい》って仕方がない。

「主任は、静子にだいぶ目をつけられたようですが」

と、田村の肚《はら》をききたがる刑事もいた。

「うん、あれは、死体が発見された日に、東京から郷里に出発したので、ちょっと変だと思ったまでだ」

田村は、酒であかくなった顔を向けた。

「ぼくは、これは逃げたのじゃないか、と思ったのだ。東京に居るのが辛《つら》くなってね。しかし、そうではなかったね。偶然に、その日に出発したんだな。静子のアリバイは完全だったからね」

「あれでは、つつきようがありませんね。まったく隙《すき》がない」

実際に、それに専従したといってよい渥美刑事が言った。

「あの女は亭主が二千万円も持って出京し、何をやっていたか、全然知らされなかったのですかねえ」

ふしぎがる中年の刑事もいた。

「死んだ安太郎は、そんな性格だったらしいな。なんでも自分勝手に決めて実行し、女わらべの知るところにあらず、といった亭主関白だったらしい」

「ちょっと羨《うらやま》しいですねえ」

と、その刑事が実感をもって言ったもんだから、みんなが珍しく笑った。

「姉のシゲも、その亭主の青木良作も、本当に知らなかったのでしょうか?」

「ぼくは知らなかったと思うね」

主任は答えた。

「安太郎というのは珍しいワンマン的な性格だよ。自分が、東京滞在中、世話になっている姉夫婦にも、一口も洩らさないのだからね。もっとも、二千万円近い金をかき集めて、東京に出てきたのだから、暗い仕事の秘密は洩らさないはずだがね」

それから最後に田村主任は言った。

「捜査本部は解散したが、捜査はこれでまったく打ちきったというわけではないからね。今後も、みんな心がけて、任意捜査のつもりでやってくれ。そうしないと、仏さまも浮かばれないだろうが、われわれも寝つきがよくないよ」

ちょうど、そのころである。

Ｒ生命保険株式会社東京本店の調査課では、課長が支店からまわってきた書類を熱心に見ていた。

課員たちは、それぞれの机で仕事をしている。外からはおだやかな陽射《ひざ》しがはいって、この近代的な部屋を明るくしていた。

何事もない静かな事務室風景である。

課長が、書類から、目をはなして、社員たちの方を見た。

「戸田《とだ》君」

と、呼んだ。

戸田正太《しょうた》は、伝票を繰りながら算盤《そろばん》を入れていたが、そこを折って、

「はあ」

と、立ちあがった。

課長の机まで歩いてゆく。長身で自然と脚の運びが大股《おおまた》になった。

「岡山の支店からまわってきた」

課長は、はずした眼鏡をかけた。

「読んでみてくれ」

「はい」

その場で、戸田は書類を読んだ。

「津山という所の代理店から、岡山支店にまわり、それをこっちにまわして、調査を依頼してきたのだ」

課長は注釈した。

戸田正太は、うなずいて読んでいる。書面のほかに、保険金支払いの請求書が添付されてあった。

被保険者は梅田安太郎、四十二歳。岡山県津山市東新町××番地。職業神官。保険金受取人、同人妻梅田静子、三十一歳。保険金額千五百万円。

「ほう。これは保険金額が大きいですな?」

戸田正太は、ちょっと驚いたような目をした。

「大きい」

課長はうなずいた。

「岡山支店では最高だろう。それで、慎重に調査を依頼してきたのだ」

死因、事故死《他殺》となっている。

「ああ、この事件は新聞で読みましたよ」

戸田正太は、課長の顔を見て言った。

「多摩川で殺された事件ですな」

「そうだ」

課長も、自分も知っているというように答えた。

「あの事件は、たしか犯人が挙がらずに、迷宮入りのままになったね？」

「二三日前でしたか、捜査本部を解散したと新聞に出ていましたよ」

戸田正太が思いだしたように言った。

「そうですか。新聞を読んだときは、何気なしに読んだのですが、それがこっちに係《かかわ》りがあるとは思いませんでしたね」

戸田は、感慨深そうに言った。

「これほど、あの被害者が大きな保険金をかけているとは思わなかったな」

課長は引出しから、煙草《たばこ》をとりだして喫《す》い、ゆっくりと煙を吐いた。

「警察では、他殺と決定したが、犯人が挙げられなかったんですからね。捜査陣は、この保険金のことを知っていたでしょうか？」

戸田は目を上げた。

「さあ」

課長は肘《ひじ》を突いて頬を乗せ、

「それは知らなかったのじゃないかな」

と呟《つぶや》いた。

「それだったら、新事実ですね」

戸田は、書類を指の先でそろえながら言った。

「警察に知らせる必要がありますね」

「もちろん、それはあるが」

課長は、戸田を見つめて言った。

「警察は警察として、こっちは、独自で調査してみよう。君、これをやってくれるかね?」

「はあ」

戸田正太は答えた。

「やってみましょう」

彼は、頭を軽くさげると、また大股で席にかえった。

事務室には相変わらず、静かで明るい陽が射しこんでいる。

七

R生命保険株式会社調査課員戸田正太は、課長から命ぜられて、多摩川で殺害された被保険者梅田安太郎の事件を調査することになった。

社には各種の新聞の綴込《とじこ》みがある。戸田はそれらをひっくりかえし、事件の関係記事を熟読し、メモにとった。

新聞記事には田村捜査主任という名がしばしば出てくる。それで、彼はこの事件を担当したのが田村という人であることを知った。翌日、戸田正太は、警視庁に出かけ、田村警部に面会を求めた。

捜査一課は警視庁の玄関をはいると、すぐ左手の廊下ぞいに長い部屋がつづき、各部屋には主任の名前が札になってかかっていた。

〝田村警部〟という名札のドアを押すと、せまい部屋に、四五人の人間が机にむかって、書類を書いたり、ぼんやり煙草をふかしたりしている。

正面の机にいる年輩の男が、はいってきた戸田正太を見ると、どうぞ、というように目顔で招いた。受付の電話で承知しているらしかった。

戸田はその前に進んで名刺を出した。

「田村です」

警部は机の真向かいの椅子《いす》をさした。そして戸田の名刺をしばらく見ていた。

「どういうことをおききになりたいのですか？」

梅田安太郎の件で、というのは面会申込みのときに通じてある。田村は名刺を机の上に几帳面《きちょうめん》に置き、戸田の顔を眺めた。

「主任さんは多摩川で殺された梅田安太郎の事件をご担当になったんですね？」

戸田はいちおう念を押した。

「そうです」

田村はうなずいた。

「実は、その梅田安太郎さんが私の社に生命保険の契約をしているんです。津山の代理店を通じてなんですが。それで、受取人になっている妻の静子さんから保険金の支払い請求があったものですから、この事件についての事情を、警部さんから、おうかがいしたいと思いましてあがりました」

戸田は言った。

「その保険金というのは、どれくらいですか？」

田村はきいた。

「千五百万円です」

「千五百万円？」

田村主任は、目をみはった。

「それは、ちょっと大きいですな」

「そうです。地方の契約では大きい方です」

刑事が茶をくんできた。田村は湯呑《ゆの》みを抱えたまま、口をつけずに、天井を凝視していた。それはこわい表情になっていた。

「渥美君」

警部は脇《わき》を向いて呼んだ。

痩《や》せて背の高い男が机の前から離れた。警部に軽く頭をさげて、彼は横に立った。

「君、梅田安太郎は千五百万円の保険にはいっていたそうだよ」

「え？」

渥美はびっくりした顔をした。

「うかつだったな」

田村は後悔を苦渋の表情で見せた。

「手抜かりだった。そっちの方はすっかり安心していたからな。麻薬か密輸にからむ犯罪だとばかり思いこんでいたから、保険金のことをいちおう調べておくという初歩的なテを忘れてしまっていた。あんまり一つところに気をとられていると、こんなポカをやるんだな」

田村は爪《つめ》を噛《か》んでいた。

「保険金の受取人は誰になっていますか？」

渥美は、横にすわっている戸田にきいた。

「妻の静子さんです」

「契約は、いつですか？」

「一年半前です」

戸田は手帳を出して言った。

「それは、本人が自発的に保険にはいったのですか、それとも妻の静子がすすめたんですか。そのへんの事情は分かりませんか？」

「岡山支店からの報告がありますから、それは分かります」

戸田正太は手帳を見ながら言った。

「津山の代理店の主任が梅田安太郎さんと懇意なものですから、三四回すすめに行ったところ、安太郎さんが自分からすすんで、千五百万円の保険に加入したんだそうです。そのとき、妻の静子さんは、そんな大口にはいっても、とても掛金が掛けきれないから、もっと少なくしたら、と心配して口を出したところ、おまえはよけいなことを言うな、と、安太郎さんに一喝されたということです。安太郎さんは、なんでも自分の思いどおりにする人で、奥さんには口を出させない性質だと報告されています」

田村は目を閉じてかすかにうなずいた。

渥美刑事は腕を組んで立っている。

戸田正太は田村のはからいで、梅田安太郎の死体検案書や解剖報告書を借りうけ、刑事部屋の隅の机で要点を筆記した。それに捜査記録も丹念に読み、これも大事な点はメモした。

気づいたときは、二時間あまりこの部屋で過ごしていた。記録を書いたり読んだりしている間、しじゅう、部屋の中は人の出入りがあり、ざわついていたが、戸田の耳にはあまり邪魔にならなかった。が、やはり、普通の事務室などにすわっているのとは別な、異質な空気だった。それが、記録に熱中している戸田の意識のどこかに圧迫となっていた。

筆記を終わった時には、田村警部の姿も、渥美刑事の姿もなかった。両人《ふたり》の机の上はきちんと片づいている。

「ありがとうございました」

戸田正太は借りたものを、近くの刑事に礼を言って返し、

「主任さんによろしくおっしゃってください」

と、ことづけて部屋のドアを閉めた。

警視庁の建物を出ると、空気が急に柔らかに変わったように感じられた。明るい陽の下を、電車や、自動車やバスやトラックが頻繁に走っている。皇居の堀ぞいには人がぶらぶらと歩いている。この風景がトンネルの中を抜けて出たような明るさで映った。

戸田正太は、有楽町の近所までゆっくりと歩いた。外の、このなごやかな空気の中に自分の身体を戻したい気持だった。

咽喉《のど》も乾いたし、休みたかったので、喫茶店にはいってコーヒーを注文した。客はア

ベックが多い。

手帳を出し、いま写したばかりの自分の文字を、目で追った。思いのほか、ずいぶん書いていることに気づいた。

梅田安太郎は、両手両脚を日本手拭《てぬぐ》いでくくられて、絞殺《こうさつ》されていた。頸《くび》にはビニール紐《ひも》が四巻き、きちんと巻かれてあった。後頸部《こうけいぶ》に巻いた紐は、伸びた髪毛《かみのけ》をよけて、その下になっていた。手足をくくった手拭いの結び方は、女結びである。

創傷は、頸部の索溝《さっこう》と、内部の索溝上部の皮下出血だけ。舌骨骨折《ぜっこつ》はない。死斑《しはん》は、身体の前面と顔部にあって、指で押しても消えない。しかし、右上膊《じょうはく》の外側と、背中の死斑は指圧により消褪《しょうたい》する。

死亡推定時刻は、二十七日午後八時から十時まで。翌朝、死体が、現場から発見されるまで、目撃者はなかった。現場の草は、格闘などをした形跡はないが、川原の斜面に張ったワイヤーロープの網が一部切られている。

いかなる状況からみても、これは他殺であった。ビニール紐と手拭いの出所は発見されない。死体の死斑の状態から推して、殺されたのは発見現場でなく、他所《よそ》から運んできた可能性が強いが、タクシーやトラックなどの運転手からの届出はない。死体は、こっそりリヤカーなどで運搬したのであろうか。そのような例は今までの事件の中にもある。

戸田正太は、ときどきコーヒーをのんでは、自分の書いたメモを追った。記録を読み、メモしているときも考えたが、こうしてあらためて読みかえすと、落ちついた思索ができるのである。

捜査本部の記録は、安太郎の妻静子のアリバイを追及している。

静子が郷里の津山へいったん帰るために、東京駅から汽車に乗ったのが、七月二十八日である。その朝、夫の安太郎の死体が発見されているが、身もとが分かったのは翌日だから、静子が夫の不慮の死を知らないで出発したのは無理もないのだ。

しかし、捜査本部では、偶然にしても、同じ日に静子が東京を離れて帰郷したというので、疑いをもったらしい。そこでアリバイの確認になったようである。

その日の静子の行動を、戸田は詳細に書きとった。銀座から渋谷へ、渋谷から新宿へ、そこの食堂の消費時間と、映画館の見物時間の数字は気をつけて写した。戸田はそれを見ながら考えている。

午後七時以前にはあまり問題はない。安太郎の死亡推定時刻は、八時から十時の間だから、この時間が重要なのだ。

しかし、静子には厳然たるアリバイがあるのだ。つばめ屋という大衆食堂に七時ごろはいり、一時間近く過ごしている。それは注文した丼《どんぶり》の中に蠅《はえ》がはいっていたので苦情をつけ、とりかえさせたからだ。だから、これは本部でも確認している。

映画館でも、八時ごろにはいったという証拠の半券を彼女は持っていた。半券についている番号で、時間の確認ができた。その時の映画の筋もよく合っているし、幼児が泣いたという出来事も、その事実と一致している。

だから、捜査本部でも、静子のアリバイは認めているのだ。戸田正太自身も、これを読んで、崩しようがないと思った。

しかし、と彼はメモから目を上げた。迷うような目つきである。

──すこしアリバイの裏づけができすぎているな。

戸田正太は電車で千住に行った。

ふだんは用事もないところだから町の勝手が分からなかった。手帳に控えた番地をたよりに何人かの通行人にたずねながら、青木シゲの家にたどりついた。

ごみごみした一画で屋根の上からは、近くの工場の煙突が突き出ていた。

青木シゲの家は、それでも小ぎれいな家だった。いかにも主人が長く鉄道に勤めているというにふさわしい。

玄関から声をかけると、五十歳ぐらいのやせた女がエプロンがけで出てきた。

「奥さんですか？」

「そうです」

戸田正太は名刺を出した。青木シゲは気のりのしない顔をしてそれを見ている。保険の勧誘にでも来たと勘違いしているらしかった。

「実は、弟さんの不幸のことでうかがったのですが……」

「はあ？」

青木シゲはけげんな目つきをした。

「保険金に関してですが」

「保険金？」

青木シゲはきょとんとした顔をしていた。

「弟さんの梅田安太郎さんがわたしの方の会社の保険に加入されているのです。ご存じじゃなかったのですか？」

戸田は青木シゲのぼんやりとした表情を見つめながら言った。

「いいえ。ちっとも」

青木シゲは頸を振ったが、それに刺激されたように、急に緊張した顔になり、そわそわした。

「どうぞ、おあがりください」

と、上に請《しよう》じようとした。

「いえ、ここで結構です」

戸田が辞退するので、青木シゲは、奥から座布団《ざぶとん》を持ってきて、上がり框《がまち》に置いた。

戸田は、それに腰をおろした。

「弟は」

と、青木シゲはさっそく、戸田にきいた。顔つきも、声も、さっきとはまるで違っていた。

「保険金は、どれくらいはいっていたのですか？」

戸田は、その表情から、青木シゲがそのことを本当に知っていないと直感した。

「千五百万円です」

「え、千五百万円？」

青木シゲは呼吸《いき》をのんだような顔になった。口をあけて、戸田の顔を見つめている。

「奥さんは、それを全然、ご承知になっていないのですか？」

戸田が言うと、

「いいえ、ちっとも知りませんよ。静子さんも、弟も、なんにも言わないものですから」

と、青木シゲはまだ驚愕《きょうがく》からさめないような表情をしていた。

「千五百万円とは大きいですわね」

と、まばたきも忘れた顔だった。

「大きいんです。それで、契約した津山の方から、安太郎さんの不幸の事情を調査してくれと言ってきたので、うかがったんです。いや、これは決してお疑いするというわけじゃありませんが、いちおうは、どこでもそういう手続きになっております」

青木シゲはそれに答えずに、

「その保険金は、静子さんが受取人になっているのですか」

と、急《せ》きこむようにきいた。

「そうです。奥さんの静子さんが受取人になっています」

戸田は、わざわざ手帳を出して、見ながら言った。

「へええ。初耳だわ」

青木シゲの顔つきは、驚愕から、昏迷《こんめい》とも猜疑《さいぎ》ともつかぬ表情に移った。

「静子さん、わたしにはなんにも言わないんですもの。どうして、それを話さなかったんでしょう？」

これは戸田正太に向けた質問ではない。青木シゲが自分の混乱している胸に自問しているのであった。

「今日は」

と、玄関の前を中年女が、三つばかりの女の子を抱き、声をかけて通りすぎた。

青木シゲはそれにもこたえず、何か考えるように、じっとすわっていた。

玄関には、土間の半分まで陽があたっている。虫が一匹壁を這《は》いあがろうとしていた。

八

戸田正太は多摩川の現場あとに行ってみた。新宿から小田急線に乗って、和泉多摩川《いずみ》でおりる。田村から教えられたとおりだと、橋を渡らずに、川の堤防ぞいに北に向かって二百メートルばかり行くのである。

堤防には夏草がのびている。川の中央に水がせまい幅で流れているだけで、洲《す》が多い。立っているところは、自動車がゆっくり走れる道の広さだが、見渡したところ、一台の車もこの道には走っていないのである。歩いているのも、一人か二人であった。たまに、自転車が通りかかる。

このぶんだと夜はきっと寂しいに違いない。通行人もほとんどないのであろう。人家は堤防から離れて、遠いところに見えている。間には、畑とか、草の茂った空地とかがある。大きな声を出しても聞こえないように思われる。

堤防ぞいには人家が一軒もない。はるか遠方にアパートみたいな建物が見えるが、これはかねて聞いていた映画会社の撮影所かもしれなかった。川を越した向かい側は、こちらよりももっと寂しく、松林や雑木林がところどころあって、あとは一面の畑である。

夏の強い陽が、このわびしい川土堤《どて》の風景を灼《や》いている。

戸田正太は、道から川原へ向かう斜面をおりた。ところによってせまい畑があるが、大部分は草ばかりで、斜面にはワイヤーロープの網が張ってある。川原の砂利盗取防止のためだった。

戸田は、網に注意して歩いた。そして、たしかに、最近とりかえられた、新しいワイヤーの部分を発見した。

梅田安太郎の死体が発見されたとき、この金網の一部が切断されていたが、警察署の推定では、死体を川原に運ぶとき、邪魔になるから切ったのかもしれないということになっている。しかし、戸田が見て、死体の運搬にかならずしも金網は邪魔にならない、とも思われた。この判断はどっちともよく分からない。

戸田正太は、昼間の地形をいちおう見届けた上、夜、またあらためて来ることにした。帰りには、おりた駅の和泉多摩川に行かずに、長い橋を渡って登戸《のぼりと》駅から乗った。つまり、この現場は、両方の駅から行けるのである。登戸には川魚料理の看板を出した料理屋が多い。

その夜八時ごろ、戸田正太は、ふたたび和泉多摩川駅におりて、暗い川土堤を歩いた。八時というのは、梅田安太郎の死亡推定時刻だが、駅におりたときは、いっしょにおりる乗客が、かなり多いことが分かった。

たいていは、都心に勤めをもっている人たちのようだが、駅前からは、ばらばらに散ってしまう。同じ方向の道をぞろぞろと歩くことはなく、みんなそこから四方の暗い道に別れて歩くのである。戸田正太が、堤防の道を行っても、いっしょに来る者は誰もなかった。

昼間見ておいた地点に立って眺めると、登戸の灯が明るいだけで、あとは真暗である。ことに、川の上流の方角は、ぽつんぽつんと疎《まば》らな灯が、闇《やみ》に消されそうなぐらい心細く見えるだけである。

むろん、誰もここを通る者はない。

ヘッドライトをつけた自動車が一台走って過ぎたが、この場所では、それがひどく目立つし、音が高いのである。

あの晩、梅田安太郎を自動車で運んだとしたら、なるほど誰かの注意をひかずにはおれないような気がした。捜査本部では、タクシーや、トラックの運転手の届出を待ったが、それがなかったのも当然のようであった。戸田正太が自分で実験してわかったことだが、小田急線の和泉多摩川駅からおりて、この現場に歩いてきても、誰の注意もひかずにすむのである。

梅田安太郎は、自動車でなく、電車を利用し、犯人とここまで歩いてきたのではないか。そのおりた駅は、和泉多摩川駅か登戸駅か分からないが、いずれにしても、他人の目にさして印象を与えずに、この堤防にこられそうである。

すると、梅田安太郎は、死体となって、この現場に来たのではない。彼は、たしかに自分の足で歩いてきたのだ。殺されたのは、この暗い現場である。それ以外に考えられないのだ。

戸田正太は、しばらくそこに立っていた。風が出てきたようである。

彼は、その場面を想定していた。梅田安太郎は、両手両脚をくくられて絞め殺された。彼は、その時大声をあげたであろう。それは、聞こえなかった。誰も聞いた者がない。人家が遠いからである。が、それだけだろうか。悲鳴を聞かなかったのは、もしかすると、その声がなかったからかもしれないのだ。

現場の草は踏み荒らされていなかった。格闘のあとがないのだ。被害者は、自分が、両手両脚を相手から縛られるまで一つも抵抗しなかったのだろうか。

戸田正太は、梅田安太郎の頸《くび》に巻きついていたビニール紐《ひも》の状態を、ふと考えた。


翌日、戸田正太は、朝早く出勤した。

調査課長は二十分遅れて出てきた。

「どうだった?」

課長はきいた。戸田正太は今まで調べたことを報告した。

「これからK大に行って解剖にあたった先生に会ってこようと思います」

「それから警視庁とは絶えず連絡をとるがいいね」

課長は言った。

「分かりました」

戸田正太は上着をきた。

K大の法医学部の教授は、二時間ばかり待たせて、戸田正太に会ってくれた。ずんぐりした体格で、短い髪が半分白かった。

「梅田安太郎さんの死因のことでおうかがいにまいったのですが」

戸田正太が言うと、教授はあから顔を微笑させた。

「保険屋さんもそういうことを調べるのかね？」

「はあ一応は。少々、保険金額が大きいものですから」

「いくらだね」

「千五百万円です」

教授は目をみはったが、それについての意見は言わなかった。

「どういうことをききたいのだな？」

「あれは絞殺《こうさつ》でございますね？」

「もちろんだよ」

「それがいい」

「先生の解剖報告書を警視庁の係官から拝見させていただきました。死斑《しはん》のことですが」

戸田正太は、メモを出した。

「死斑は身体《からだ》の前面および顔部に存って指圧により消褪《しょうたい》しない。なお、右上膊《じょうはく》外側、背部のものは、指圧により消褪する、とありますが、これはどういうことなんですか、素人《しろうと》に分かりやすく教えていただきたいのですが」

教授はうなずいた。

「死斑というのは、通常、死後、一二時間くらいで出るのですがね、その梅田さんの場合は、背中と身体の前面、つまり顔とか胸とか腹とかにもあったのです。死斑が身体の前後にあったわけです」

教授は言いだした。

「私がみたとき、前面の死斑は色が濃いが、背面と右上膊外側とは色が淡かったのですよ。それはあおむけにした時間が短く、発見された当時の姿勢の、うつぶせの時間が長かったのですな。ですから、短い時間に出ていた背中の死斑は指で押すと色が褪《あ》せるが、長時間の前面の死斑は指で押しても消えなかったのです」

「すると」

戸田は教授の顔を見ながらきいた。

「死体は、最初の一二時間、あおむけにして、その後にうつぶせにした、ということですか？」

「そういう推定になりますね」

教授はうなずいた。

なぜ、犯人は梅田安太郎のあおむけの死体を一二時間後にうつぶせにしたのか。犯人は、梅田安太郎を殺してから一二時間くらいその傍にいたか、あるいはいったん去ったあとに来るかして、あおむけの死体をうつぶせにしたのだ。おかしい。それは不自然である。

これは、やはり第一現場で殺して（その場合、あおむけ）、第二現場の多摩川に運んで捨てた（この場合、うつぶせ）という考え方が自然になってくる。

が、それでは、戸田の昨夜の現場での観察は崩れてしまうのである。

戸田正太は目を上げてすこし考えていたが、

「先生。それでは、頸に巻きついていたビニール紐の状態ですが、そのことでおうかがいしたいのです」

と言いだした。

その質問は、かなり長かった。教授も、それには、いろいろな資料を出して、答えていた。

戸田正太はK大を出ると、電車に乗った。吊皮《つりかわ》にさがって、ぼんやりした目つきで外を眺めている。何か考えているときの目で、渋谷駅に着いたのも、気づかないくらいだった。

駅の構内を歩いて、Tデパートのエレベーターに乗った。客が多く、一台待たされたくらいだ。

戸田は、台所用品の売場に足を入れた。ここは、客がわりと、すいている。そのかわり、中年の婦人が目立った。

彼は、陳列品を、ぶらぶら歩きながら見てまわった。なかなか目新しいものがならんでいて、戸田が見ても、買いたくなるような品が多い。

彼は、メモを出した。

「電気釜《がま》、アルミ鍋《なべ》大小、フライパン、コーヒー沸し、包丁、テンピ、魔法櫃《びつ》」

梅田静子の買物である。

その品を、陳列されたもので、一つ一つ見てまわったのだが、意外に文化的なものが多いのに気づいた。アルミ鍋とか包丁とかは別だが、電気釜とか、コーヒー沸し、テンピ、魔法櫃などは文化的な台所用品である。

地方の神職の台所がどんなものか戸田には分からないが、この買物を見ると、梅田静子はかなりハイカラな女に思えるのだ。むろん、こんな品は津山にも岡山にもあるだろうが、東京に出てきたついでに、東京の品を買って家に送りたくなったのだろう。

このときは、梅田安太郎は行方不明のままで生死が分からなかったのだから、静子は、当然、夫が帰ったときの料理用として買ったに違いない。

「はてな」

彼は考えている。

梅田静子は、ただ、もの珍しさだけで買ったのであろうか。一家の料理というのは、だいたい、主人の嗜好《しこう》が中心である。静子が、東京のデパートの珍しさで買ったとしても、やはり夫の好みを考えてのことであろう。ことに、家族は、子供がなく、夫婦だけなのである。台所用品の買物は、一家の性格が出るのではなかろうか。

台所用品売場を出て、エレベーターで階下におりると、

「やあ」

と、戸田正太に声をかける者がいた。

同じ社の同僚で、やはり調査課の男だった。

「お茶でものまないか?」

と、その男は誘った。

「いいよ」

戸田正太も、咽喉《のど》が乾いていた。

「君のは、どんな調査だ？」

戸田は同僚にきいた。

「傷害致死でね」

と、その男は言った。

「友人と喧嘩《けんか》をしたのだ。それで刃物を持って暴れこんで行ったのだが、かえって相手の男に匕首《あいくち》か何かで刺されて死んでしまったんだ」

「ああ、あの事件か」

戸田正太は新聞に出ていたことを思いだした。

「それが問題になるかね？」

「なるよ」

同僚は、彼よりさきに入社していたので、先輩顔をした。

「どっちが先に手を出したかが問題なんだ。つまり、刃物なんか持って喧嘩すれば、当然、自分も危険だということは分かっている。それを承知でやるのだから、生命の危険は覚悟していたはずだからな」

「なるほど、普通の死に方ではなく、生命を失う可能性を本人が考えていた、ということなんだね？」

「微妙なところだ」

と同僚は言った。

「いま、事情を調べているが、この判断がむずかしいのだ」

同僚は厄介そうな顔をしていた。

戸田は喫茶店を出ると、また電車に乗った。今日も天気がよすぎて、白い舗道を見ただけでも、熱気が感じられる。電車にすわっていて外を見ると、建物の上に、ぎらぎらと光った粒子が舞いたって、目に痛いぐらいである。

警視庁の前でおりて、無愛想な建物の中にはいった。外を歩いた目には、しばらく暗い夕方を歩いているような気がする。

田村警部は部屋にいたが、忙しそうに出かけるところだった。戸田がおじぎをするのを見て、

「やあ、何か用事かね？　ぼくはこれから外に出るんだが」

と言った。

「梅田静子さんのことですが」

戸田正太は遠慮そうにきいた。

「警視庁は、最近、参考人として津山からよぶようなことはありませんか？」

田村警部は、じろりと戸田の顔を見た。

「そんなつもりはないね」

と、彼は答えた。

「あの女は、郷里でおとなしく暮らしているよ。変わったことは別にないそうだ」

九

戸田正太は、下宿に戻って机の前にすわった。九月も半ばというのに蒸暑い晩で、窓をいっぱいあけていても、風が少しもはいってこない。空気が壁みたいに動かないのである。

どこかで花火の音がしている。窓の下の路地では、子供の声が騒いでいた。

戸田正太は、紙をひろげ、手帳につけたメモを拾いだして書いていた。

梅田安太郎――死因、絞殺。

頸《くび》に、四巻きに巻かれたビニール紐《ひも》。巻き方がそろっている。後頸部《こうけいぶ》は、伸びた髪毛《かみのけ》の下に紐が巻かれてある。両手と両脚は日本手拭《てぬぐ》いで縛ってある。結び方は女結び。ビニール紐、手拭いの出所は突きとめられていない。

死斑のこと――はじめにあおむけにした。それが一二時間後に背面と、右上膊外側に出た死斑。殺害時刻を午後八時とすれば、九時か十時ごろに背中に出た。殺害時刻が九時ならば、十時か十一時くらいに背面の死斑が出る。

それから、約一時間以内に、死体はうつぶせになった。死体がひとりで寝返りするわけはないから、誰かがそれをした。

犯人は、死体の傍に、ずっと居て、それをしたのか、あるいは、いったん、立ち去って、二三時間後に、現場に戻り、死体の姿勢を変えたのか。この目的はなにか。

現場――かならずしも自動車を要しない。被害者と犯人とが、小田急で行き、和泉多摩川駅か登戸駅におりて、歩いて現場に行っても、人目につかない可能性がある。この推定だと、殺人現場は発見場所である。草の乱れもなく、格闘の形跡もない。梅田安太郎は、なぜ、唯々《いい》として、両手両脚をくくられ、紐で絞め殺されていたのか。解剖報告書によると、睡眠薬などはのんでいない。

堤防斜面のワイヤーロープの網を切断したのは、はたして犯人の所為か、それとも関係のない別の人間が偶然にしたのか。

梅田安太郎の素行――性格は強い。いったん思いたったら、他人の言うことを聞かぬ。神主ではおさまらぬ事業欲の旺盛《おうせい》な男。弁舌も立つらしい。家庭では、妻の静子に対し、ワンマン亭主。

氏子総代などから借金し、山林を売ってまで作った千七八百万円の金は、何に使ったのか。警察では、殺人の動機をこの辺に求めている。この金の使途は、妻の静子にも言わず、東京で身をよせていた、姉のシゲにも、その亭主の青木良作にも言わない。

女関係はない模様。

静子のアリバイ——七月二十七日（夫の安太郎が殺された日）の夜の彼女のアリバイは完全である。

銀座から渋谷に行き、新宿駅におりてからの時間的行動は、安太郎の推定死亡時刻に合わせてアリバイが証明できる。証拠もある。大衆食堂での蠅《はえ》の騒ぎ、映画館の入場券の半券、場内で幼児が泣きだしたことの立証。なお、梅田安太郎は、七月十九日朝、青木シゲ宅を出たまま消息を絶ち、二十日の晩に、公衆電話でシゲを呼びだし、〝今夜は帰れない、失敗した〟と言っている。殺された二十七日の晩まで、彼はどこにいたか。静子は、青木夫婦から安太郎の失踪《しっそう》の報をうけて、二十四日に上京、二十八日朝の汽車で、いったん帰郷した。二十八日朝は安太郎の死体が発見されている。

静子のデパートの買物——わりあいに、文化的な台所用品が多い。

保険金の問題——静子は、保険金のことを捜査当局に申し立てていない。青木シゲも知っていない。青木良作は、どうか？　この保険の加入は、津山代理店の報告によると、安太郎が自分からすすんで、静子にもあまり相談することなく契約したという。

静子は、現在、津山で平静に生活している由《よし》。（警視庁田村警部の話）

戸田正太は、これだけの文字を、自分の手帳から抜きがきして、整理して書いてみたのだ。

煙草《たばこ》を喫《す》いながら、この表をじっと見ている。浴衣《ゆかた》の下から、汗がにじみでていた。

下宿のおばさんが階下から、梨《なし》をむいて持ってきてくれた。

「まあ、暑いのに、ご勉強ですね」

おばさんは笑って、机の横に皿を置いた。

「ご馳走《ちそう》さま、いや勉強というほどでもありません」

戸田は、思いだしたように、傍のうちわをとった。

「その辺で、花火をあげていますよ。見物なさいませんか？」

「そうですね」

戸田正太は、おばさんが階下におりてからも、自分の書いた表を見て、考えていた。

「どうも完全すぎるな」

と呟《つぶや》いたのは、静子のアリバイのことであった。

翌日の午後五時近く、戸田正太は、田端に行った。

電車をおりて陸橋にかかると、田端の駅が真下に見える。機関庫があるので、機関車が煙をあげて線路を行ったり戻ったりしていた。

戸田は線路ぞいの道を駅の方へおりて行った。はきだされた乗客にまじって、鉄道の服を着た人が幾人か歩いてきていた。

駅の構内にある事務所に行って、青木良作を受付の電話で呼んでもらった。

受付は話をしていたが、

「もう帰るところだから、ここでお待ちください、とのことです」

と、青木の言葉をとりついだ。

戸田正太が、汗を拭《ふ》いて待っていると、絶えず機関車の騒音が聞こえてくる。石炭を運ぶ起重機の音もうるさい。

まもなく、頭の禿《は》げあがった、あから顔の、小太りの五十四五くらいの男が、鉄道員の制服で、奥から出てきた。目をすぐに、立っている戸田の方に向けて近づき、

「青木は私ですが」

と言った。

「戸田と申します。どうも、お呼びたていたしまして」

戸田正太は名刺を出した。

青木良作は名刺を見て、

「そうですか。どういう用事でしょうか？」

と、目を上げた。

「実は、梅田安太郎さんの保険金のことなんですが……」

「ああ、そうですか」

青木良作が、格別、意外な顔もしないのは、そのことを知っているらしかった。もっとも、これは昨日、妻のシゲから聞いたのかもしれなかった。

「すこし、ゆっくりお話ししたいのですが、お時間がございますか？」

戸田はきいた。

「いや、もう退《ひ》けて帰るところですよ」

青木良作は答えた。なるほど、彼は小脇《こわき》に手提鞄《てさげかばん》をかかえていた。実は、これは戸田がねらってきたことなので、そのために、五時前という時間をえらんだのだ。

「そうですか、それでは、その辺までいっしょにお供しましょうか」

戸田が言うと、青木良作はうなずいた。

ふたりは、構内を出て、陸橋に向かう道を登った。

まだ、夕陽が残っていて暑い。汽車の汽笛や、車輪の音が、よけい暑さを感じさせた。道ばたには白い埃《ほこり》がたまっている。

「今年はいつまでも暑いですなあ」

戸田正太は、歩きながらポケットから扇子を出して、胸を煽《あお》いだ。

「暑いです」

青木良作も、手提鞄を邪魔に感じるように言った。

「毎日、ああいうやかましい音のする場所でお仕事なさるのは大変ですな」

「いや、慣れてしまえば、それほどでもないです」

「そういうものですかね。もう、鉄道は、お長いのですか?」

「三十年になります。来年が、停年ですよ」

「ほう、それは」

「長いだけで、うだつがあがりませんでした」

青木良作は言った。

「いえ、どうしまして。そんなことはありません。これからでございますよ」

戸田は、笑いながら、

「五十五歳で停年というのは、間違いですね。近ごろの働きざかりはこれからですよ。青木さんも退職金をもとに、何か、ご計画があるのではございませんか?」

と言った。

「ええ、まあ、それは……」

青木良作は、なにか言いかけて、不意に戸田の顔を見て、口をつぐんだ。

「いえ、退職金と言ってもたいしたことはありません。何かやろうと思っても、それっぽっちじゃ何もできませんよ」

青木良作は、戸田が用件をいまに言いだすのではないかと待っているような様子があった。戸田が、いつまでも世間話をしているので、すこし落ちつかないような顔つきをしていた。もう、電車の停留所が近い。

「おや」

戸田正太は立ちどまった。

「ちょうどいいところに、こういう店がありますね」

それは、大衆食堂だった。陳列棚には、洋食と和食の見本がならんでいる。

「どうです、青木さんも夕食前でしょうから、ごいっしょに何か召しあがりませんか?」

青木良作は遠慮そうにしていたが、結局、その店の内にはいった。

場末の食堂だから粗末である。壁には、料理の品目と定価の札が貼《は》ってあった。ビニールのクロスをかけた卓にむかいあった。

「ビールでもいかがですか?」

戸田正太はすすめた。

「いや」

青木良作は、手を振って、

「不調法なんです」

と言った。

「へえ、お酒は、全然、召しあがらないのですか?」

「だめなんですよ」

「それは、また、ご体格にも似合いませんな」

戸田正太は、青木良作の頑丈そうな身体《からだ》つきをながめて、

「それでは、まあ、一本だけとりましょう」

と、ビールを一本注文した。

青木良作は、コップに一ぱいだけ苦そうな顔をしながら、ひまをかけて飲んだ。

「なるほど、召しあがりませんね？」

「飲めそうに見えるらしいですな。みんながそう言います」

青木良作は苦笑いしていた。そして、なおも、戸田が用件を切りだすのを待っているふうであった。

「実は、突然に今日お目にかかった用件はですな」

戸田正太はようやく言いだした。青木良作は戸田の顔に、まっすぐに目をむけた。

「不幸な亡《な》くなり方をされた梅田安太郎さんの保険金のことなんですが、金額は千五百万円、ついております」

「はあ」

青木良作は、顔色を動かさなかった。

「あなたは、このことをご存じなんですか？」

戸田がきいた。

「いや、最初は、全然、知らなかったのですよ」

青木良作は急に熱心な口吻《くちぶり》で答えた。

「昨日、うちの女房から、安太郎にそんな高額な保険がついているのを、初めて教えられたのです。それも、あなたが、家に来て言われたので、女房も初めて知ったのです」

「静子さんも、亡くなった安太郎さんも、生前には、そのことをおっしゃらなかったのですね？」

「全然、何も言わないのです」

青木良作は不満な表情を、はっきりと出した。

「安太郎はともかく、静子が一言でも、われわれに言ってもよさそうですがね。保険金がはいっても、別に、われわれ夫婦が、分けまえをよこせというわけではなし、変な女ですよ」

青木良作はそう言ってから、気づいたように、

「で、なんですか、その保険金の支払いについて、何か面倒なことがおこったのですか？」

「いや、それは、あまり問題はないのです」

戸田正太は、コップを置いて言った。

「安太郎さんは、あきらかに他殺ですから、会社の方はすぐにもお支払いしたいと思います。実は、静子さんから、その請求が出ております。ただ、われわれとしてはいちおうの調査をしなければなりませんので、参考までにあなたにお目にかかったのですよ」

「どういう調査ですか？」

「他殺といいましても、原因によって、微妙な点がありますから」

「…………」

青木良作は、戸田の顔を見つめていた。

「つまり、喧嘩《けんか》などして殺された場合、その事情は、相当調査して、報告せねばならないことになっています……」

青木良作は、まだ戸田の唇から目を放さなかった。

「いや、梅田安太郎さんの場合、そう問題はないと思いますがね……」

戸田正太は言いかけて、

「あ、失礼、ビールを召しあがらなければ御飯にしましょうか。あなたは和食と洋食どちらになさいますか？」

と、青木良作にきいた。

「そうですな」

青木良作は、壁の方を向いて、料理品目の札を見ていたが、

「それでは、ビフテキをいただきましょうか?」

と言った。

「ビフテキですね。では、ぼくもそうしましょう。おい君、ビフテキ二つとライスをくれ」

戸田正太は店の者に命じた。

彼の心の中では、それである実験が終わっていた。——

十

戸田正太は、梅田安太郎の怪死の謎《なぞ》について、三分の二は解きかけたが、三分の一は分からなかった。分からない部分というのは、死体の頸《くび》を絞めたビニール紐《ひも》の巻き方と、死斑《しはん》の矛盾である。

この紐の巻き方では、戸田正太には一つの推測がぼんやりできていた。解剖医から変死体についてのいろいろな話も聞き、資料も見せてもらった。彼の推定には、医者の示《し》唆《さ》がたいそう役立っている。

が、死体の前面と背面に出ている死斑は、戸田の推定を弱いものにしている。これには矛盾があるからだ。この真相が解けないかぎり、全部が分からないといってもいい。

もう一つは、現場の斜面に張られたワイヤーロープの網が切られていることである。

あれは、この事件に関係のない第三者が偶然にやったのか、それとも関係者がしたのか。これもまた、はっきりとしない。

戸田正太は、青木良作に会ってから、その晩はいろいろ考えながら眠った。

翌朝は、会社に電話をかけ、すこしおそくなると断わってから、千住方面行きの電車に乗った。

青木良作の家の前についたとき、腕時計を見ると十時をすぎていた。

「お早うございます」

戸田正太は格子戸《こうしど》をあけて声をかけた。

青木シゲは、掃除でもしていたらしく、頭に手拭《てぬぐ》いをかぶり、エプロンがけの恰好《かっこう》で出てきたが、戸田を見ると、手拭いをとって、玄関先にすわった。彼女は戸田の再度の来訪をいやがるふうはなかった。

「昨日は、主人がご馳走《ちそう》さまになりましたそうで」

彼女は戸田に礼を述べた。

「いえ、どういたしまして。もう、ご出勤ですか?」

戸田正太は上がり框《がまち》に腰をおろしてきいた。

「はい、出かけました」

戸田は青木良作の出勤のあとを見こしてきたのだが、そのことは顔色に出さなかった。

「何か主人に御用があったのでしょうか？」

青木シゲは、戸田の顔つきをうかがうように見た。それは保険金のことを気にしている表情だった。

「はい、いや、べつにたいしたことじゃないんです。実は、近いうちに、保険金が会社から出ることになったので、それをお知らせしようと思いまして」

戸田が言うと、

「そうですか」

と、青木シゲは、なんでもなさそうに返事をしたが、その目が一瞬、光ったようだった。

「千五百万円というと大金ですが、安太郎さんが保険にはいられたのは不幸中の幸いでした。人間、いつ、どんな災難にあうか分かりませんが、今日は一つ、ご主人にあらためて保険にはいっていただこうと思いましてあがりました」

戸田は微笑しながら言った。

「うちは、とても、安太郎のような大金は掛けられませんわ」

青木シゲは熱意のない言い方をした。

「いや、いくらでも結構ですよ。日ごろの安心のつもりでね……。それに、こういっちゃなんですが、安太郎さんの奥さんも、お宅にはいろいろお世話になってらっしゃるから、千五百万円うけとられると、いくらかは出されるんじゃないですか？　その中から掛金をさいていただけませんか？」

「静子さんが、わたしたちにくれるかどうか分かりませんよ」

青木シゲは急に強い口調になった。

「その保険金のことは、一口も言わなかったんですからね。はじめから隠しているんですよ。そんなに隠しだてをしているものを、こっちもほしくはありませんよ」

青木シゲは弟嫁に憤懣《ふんまん》を持っていた。

「そうですかね」

戸田正太は、ポケットから扇子を出して煽《あお》いだ。

「昨日、ご主人にお目にかかりましたが、ご主人も、全然、保険金のことはご存じなかったそうですな？」

「あなたから聞いた話を、主人にわたしが言ったので、はじめて知ったのです。主人も静子さんに腹を立てていました。安太郎が、うちに長いこと滞在している時は、こっちも相当面倒をみてやりました。きたないことを言うようですが、食費なども一銭も貰《もら》っていませんよ。安太郎は食べものに選り好みがあるようですが、ありましてね。神主という職業の習慣もありますが、肉類はいっさい口にしないのです。おもに野菜や、あっさりした魚を食べます。主人は、脂《あぶら》こいものが好きでしょう、それで、副食物《おかず》もふたとおりにしなければならない面倒があったりして、わたしも相当、気をつかったものです。そんなことは静子さんも、とっくに承知なのに、百円だって礼を出そうとしないのですからね。親類だから、わたしも食費なんか貰おうとは思いませんが、あの女のきたない根性がいやなんです」

青木シゲは、自然に激しい口調になっていた。

「まあ、そう、おっしゃらないで」

戸田正太は扇子をばたばた動かしながら青木シゲをなだめた。

「静子さんに、なにかお考えがあるのでしょう。それはそうと……」

彼は話題を変えた。

「静子さんも、安太郎さんの行方にはずいぶん、心配されたらしいですな。東京にこられて、方々、捜しまわられたのでしょう?」

「捜しまわったのか、見物に遊んで歩いたのか分かりませんよ」

青木シゲは、静子に、はっきり不快を持った口吻で言った。

「それは、まあ、地方の人ですからな。やはり、東京が珍しいでしょうし……。そういえば、安太郎さんが多摩川で殺された晩、静子さんは、新宿の映画館で映画を見物しておられたそうですね?」

「そうなんですよ」

青木シゲは、口をとがらせた。

「そういう女なんです。安太郎の行方が分からなくなったので、田舎に電報を打って、静子さんを呼びよせたのですが、あの女は、東京は地理が分からないからと言って、どこにも行かず毎日家でごろごろしていました。そのくせ、田舎に帰る前は、朝から遊んで歩いているんですからね。わたしも、すこし、ばかばかしくなりましてね。そら、安太郎は、わたしの弟に違いないのですけれど……」

「いや、そのお気持は分かります」

戸田正太は、うなずいて言った。

「そうおっしゃれば、あの二十七日の晩には、あなたがたも、上野の寄席《よせ》に行ってらしたようですが」

「そうですよ。いま、言ったように、静子さんが夜も遊びまわっているので、少々、あほらしくなったからです。それに、主人は寄席が好きでしてね」

「なるほど。私も寄席は好きです。ご主人は落語の方ですか?」

「講談です」

「すると、S亭?」

「そうです。神田《かんだ》ろ山《ざん》の、新作発表会がありましたのでね。主人はろ山が好きなんです。それで、わたしたち夫婦は、六時半ごろから行って、終わりまで聞いていました」

「そりゃ結構でしたな。ご夫婦だけで、いらしたのですか?」

「いいえ、隣の理髪屋の奥さんもいっしょでしたよ。もっとも、奥さんは、仕事が忙しいので、九時前に子供づれで来て、ろ山だけを聞きました」

戸田正太は、こわばってゆきそうな自分の顔を、なるべく抑えるように微笑をつづけた。

「それは、お仲のいいことですな。隣近所のつきあいのいいのは結構ですよ。それじゃ、寄席が閉場《はね》ての帰りも、三人で、すし屋か何か、はいられたのでしょうな?」

「ええ」

青木シゲは、この雑談で、気分がすこし柔らいだか、口もとをすこし笑わせてうなずいた。

「すしでなく、鰻丼《うなどん》をたべて帰りましたよ」

「あ、それはご主人の好物ですな?」

脂こいのが好きだということから連想して言ったのだが、

「いえ、主人はうなぎは嫌いなんです。トンカツとか、ビフテキとか、西洋料理の方が好きなんです。それで、あの晩は、主人だけは洋食を食べるというので、別れました」

「ははあ、お帰りが遅れたわけですな?」

「ええ。なんですか、途中で友だちに会ってビールをのまされたとかで、少し、酔って帰りましたよ」

戸田正太はそこで腰をあげた。

「どうも、お邪魔をしました。また、まいりますが、保険加入のことは、ご主人によろしくお伝えください」

「はあ」

青木シゲは、それよりも、別なことが気になるらしく、顔をあげた。

「あの、安太郎の保険金は、いつ、会社から出るのですか?」

「十日以内だと思います」

戸田正太は、頭をさげて答えた。


青木良作の家の隣は、小さな理髪屋だった。坂本理髪店、と看板が出ている。

戸田正太は、その店にはいった。

「いらっしゃい」

新聞を読んでいた四十恰好の太った亭主が勢いよく椅子《いす》から立った。

「ちょっと、顔をあたってください」

「へえ、かしこまりました」

戸田正太は椅子の上にあおむけになった。

奥から、三十四五の、目のつりあがった痩《や》せた顔の女房が出てきた。戸田は鏡に映る彼女の顔を見て、この女房が、青木夫婦と寄席に行った女に違いないと思った。この顔は、前に一度、見ている。戸田が、前回に青木シゲを訪ねたとき、〝今日は〟と挨拶《あいさつ》して幼児を背負いながら表を通りかかった女である。

女房は、戸田におじぎをして、蒸しタオルを彼の顔に当てた。

すると、そこへ髪をのばした若い客がはいってきたので、亭主はその方へかかり、女房が戸田の顔に剃刀《かみそり》を当てはじめた。

戸田正太は薄目をあけた。女房の目と、鼻の孔《あな》とが真正面に見える。

「おや」

戸田正太は、わざと声をあげた。

「奥さんは、どこかで見たことがありますね?」

「あら、そうでございますか?」

女房は、剃刀を、ちょっとはずして笑った。

「どこで、お目にかかりましたかしら?」

「待てよ。ちょっと思いだせないが、たしかにお会いしている」

戸田正太は考えるように目を閉じた。剃刀は、左の顎《あご》に、ざらざら音を立てている。上手な腕であった。

「あ、分かった」

剃刀が、頰からはずれたとき、戸田正太は小さく叫んだ。

「思いだしましたよ」

「あら、そうですか?」

「映画館でしたよ。新宿の映画館でしたな。ずっと前だったが……」

女房は、微笑を急に消した。

「あなたは、僕の横にすわっていましたよ。たしか、小さな子供さん連れだった。子供さんがむずかって泣きだしたので、手に負えなくなり、あなたは途中で出て行かれたでしょう?」

「そ、そんなことがありましたかしら?」

女房の顔はかなり狼狽《ろうばい》していた。

「いや、覚えていますよ。あんなときは子供さん連れに同情しますよ。とうとう途中から出て行かれたじゃありませんか?」

「そうでしたか。よく、お、覚えていませんが……」

女房の剃刀はすべって、戸田正太の顎を切った。——

戸田正太は、それから、社に大急ぎで帰った。彼は調査課長のところへ行き、報告した。

「そうか」

課長は、話を聞いて肘《ひじ》を突き、戸田の顔を凝視した。

「間違いないかね?」

「間違いないと思います」

戸田正太は答えた。

「小さいことでは、まだ、いろいろと分からない点があります。たとえば、静子のアリバイです。が、理髪屋の女房のことでも分かるとおり、何かあります」

「うむ」

課長は机の端を指で小さくたたいた。

「あとは、警察の調べだね、君」

「そうですな。これ以上は、ぼくらでは、突っこめません。課長、ぼくはいまから警視庁に行ってみたいと思いますが」

戸田正太は課長の意見をきくように頸《くび》を伸ばした。

「それがいいだろう」

戸田正太は、それから会社をとびだし、タクシーを拾った。

警視庁のうす暗い廊下を歩き、見覚えの部屋のドアを戸田が押すと、田村警部が、正面の机の前にすわっていて、ひょいと顔をあげた。戸田に遠いまなざしをした。

「今日は」

戸田正太は、おじぎをしながら、にこにこして近づいた。田村警部は、彼に、また来たか、というような顔をした。

「警部さん。この間の梅田安太郎の一件で、ちょいとお話ししたいことがありますが」

「なんだね?」

警部は、仕方なしに前の椅子をさした。

戸田正太は、それにかけたが、すぐ中腰になって、警部の方へかがみ、低い声で話しはじめた。

田村警部も、話を聞いているうちに、しだいに熱心な目になり、自分も机の上に身体《からだ》をのりだすようにした。

——その晩のうちに、捜査員二名が、岡山県に急行した。

梅田静子が〝重要参考人〟として、捜査員につきそわれて津山から上京し、警視庁の玄関に到着したのは、それから二日目の夕方である。

静子は、こざっぱりした服装をし、おくれのない様子で、髪をちょっと直し、警視庁の玄関前の石段をあがった。

十一

田村警部は、保険会社の調査係の戸田正太を、別室に入れた。

そこには誰もいなかった。せまいうえに、おそろしく陽当たりが悪い。黄昏《たそがれ》のように薄暗い。それに蒸暑い部屋だった。窓のすぐ向こうが庁舎の壁になっていて、風がはいりこむ隙《すき》がないのである。

「君が梅田安太郎殺しは、女房の静子と義兄の青木良作の共謀だという根拠を言ってみてください」

警部は、目もとに微笑をつくってきいた。

「言いましょう」

戸田正太は答え、ポケットからメモをとりだした。

「まあ、暑いから上着をとってください。ゆっくりうかがおう」

警部はいたわった。

「はあ」

戸田正太は扇子だけを出し、上着を脱いで椅子の背にかけた。

「どういうことですか？」

警部が催促したときに、ドアがあいて、女給仕がアイスコーヒーを運んできた。刑事部屋で無骨な刑事からお茶を貰うより特別待遇である。

「さあ、聞きましょう」

女の子がふたたびドアを閉めてから、田村警部はうながした。目が輝いている。

「それはですね、梅田安太郎の殺し方が家族の犯罪だということですよ」

戸田はコーヒーを飲んで言った。

「ふむ、それは、どういう根拠から？」

警部は両指を組んだ。

「ビニール紐《ひも》の巻き方ですよ」

戸田正太は話しだした。

「安太郎の死体の頸に巻いた紐は、きれいに四つにそろえて巻いてあります。しかも、後ろの方は、長く伸びた髪毛《かみのけ》をよけるようにして、その下に紐を巻いています。いかにも、当人が痛くないように、という心づかいがみえるじゃありませんか？」

「…………」

「私はね、解剖医の先生に会って、いろいろ質問したり、話を聞いたりしましたよ。すると、家族の殺人というのは、ちょっと見て、たいそうむごたらしいようでも、どこかにやさしい心づかいがみえるそうです。その実例をいろいろ聞いたり、資料を見せてもらったりしましたがね。ほら、いつかあった例の大学生の息子殺し、酒乱の亭主殺し、みんなそういうところがあります。今度の事件も、被害者の頸に、ビニール紐をきれいに巻いたところや、後ろの髪毛をよけたところなど、妻の静子が思わぬ心やりを見せていますよ。もともと、亭主が憎くて殺《や》ったのではありませんからね」

「なるほど、他人の殺人だと、紐の巻き方も滅茶滅茶《めちゃめちゃ》に巻いて絞めあげる、というわけだな？」

「そうですよ。遠慮会釈《えんりょえしゃく》もありません。本人が痛がろうがどうしようがね」

「目的は？」

「保険金です。安太郎についた千五百万円を、静子と青木良作とが取ろうとたくらんだのです」

「静子と青木良作は、なぜ共謀したのですか？」

「あのふたりは、できあっていると思うんです」

戸田正太は断言した。

「その理由を申しましょう。静子は、渋谷のデパートで買物をして、郷里に送っております。台所用品ばかりで、その中に、コーヒー沸し、フライパン、テンピなどがあります。だいたい、これは、洋食をつくる道具と思っていいでしょう。ところが、亭主の梅田安太郎は、神職のせいもあってか、それとも生理的にか、洋食が嫌いで野菜や淡泊な魚を好んでいるのです。これは姉のシゲさんから聞きました。静子が、いかに東京に来たもの珍しさから、これらの品物を買って郷里に送ったとはいえ、亭主の嗜好《しこう》とは反対の台所用品を誰のために買ったのでしょう？」

「うむ」

「いいですか、しかも、その品物を買ったのが二十七日の午後五時二十五分ですよ。まだ安太郎が生きているときです」

「と、いうと？」

「安太郎の死ぬのを見こして、ということになりませんか。亭主の生きているうちから、亭主の好みとは逆な料理道具を送っている女です。もうちゃんと計画が立っていたんです。そして静子の相手というのは、義兄の青木良作です」

　戸田正太はつづけた。

「私は、青木良作にも会い、そのことを目の前で確かめました。彼の職場を訪ね、安太郎さんに千五百万円の保険がかかっていることを知っているか、ときくと、良作は、昨日、家内から聞くまでは知らなかったととぼけるのです。つまり、シゲさんには、私がその前日に千住の家に行って保険金のことを話しましたからね、シゲさんは初耳だと言ってびっくりし、静子が一度もそのことを言わないのをひどく怒っていました。静子もですが、良作も女房に言ってないのです。私が青木良作について確かめたというのは、次に、彼の食べもののことです」

田村警部は腕を組み直して、耳を傾けている。戸田正太は、警部の表情が熱心なので、つづけて言った。

「田端の駅の近くにある大衆食堂に青木良作を誘うと、彼は洋食を注文しました。ビフテキですよ。お腹《なか》がすいているのか、良作は一皿ではものたりないような顔つきをしているので、トンカツもとってやったところ、これもうまそうにたいらげました。彼が自分で言うには、脂《あぶら》こい肉類が大好きなんだそうです。そのあと、コーヒーを飲みましたが、場末のコーヒーではうまいはずはありません。良作は、コーヒーなら銀座のどの店がうまい、とか、新宿のあの店なら、ちょっといけるとか、ひとかどのコーヒー通ぶっていました。ほら、静子も、郷里にコーヒー沸しを送っていますね」

「なるほどな」

警部は、うなずいた。

「すると、静子と良作とは、いっしょになるつもりだったのかな?」

「そうなんですよ。良作は、いずれシゲさんと別れて、静子と暮らすつもりだったのでしょう。女というものはうれしいことには気が早いから、静子はさっそくデパートから良作好みの料理道具を送ったのでしょう」

「それは、いちおう、筋が通るようだが、では、安太郎を、どういう方法で現場に誘い出して殺したか、君の推定を言ってみてください」

「多摩川の現場には、安太郎、静子、良作の三人が電車で行ったのです。それは、二十七日の午後十一時ごろと思います。おりた駅は、和泉多摩川駅か、登戸駅でしょう。私の実験によると、どっちの駅におりて現場に行っても、あんがい人目につかないのですよ。おりる客も多いのです。タクシーやオート三輪を捜しても見つからないはずです」

「ははあ、すると、静子は新宿の映画館の閉場《はね》る前に映画館を出て、安太郎とどこかで落ちあったのだね。しかし、安太郎は行方不明のはずで、静子も良作も彼を捜していたんだよ」

「安太郎は郷里から大金を持ちだしてきて、麻薬か何かに手を出し、失敗したのですが、これは青木良作も女房のシゲさんにかくれて一役買っていると思うんですよ。良作は停年が近くて、あせっているのです。停年後の商売を考えていたでしょう。そこへ安太郎が何かうまい金儲《もう》けの事業をたくらんでいるらしいので、はじめ隠して秘密にしていた安太郎も、つい、良作にせがまれて、打ち明けてしまった。良作も、自分にも手伝わせろとかなんとか言っているうちに、かんじんの安太郎は、インチキにひっかかって、借金までしてきた大金をスってしまった。安太郎がひどく悲観しているのを見て、良作は、自分がなんとかすると言いふくめ、どこか適当な旅館に滞在させ、例の麻薬の方が警察に知れて、いま出たら危ないから、しばらく身をひそめていろ、とかなんとか言ったのでしょう。これが、安太郎失踪《しっそう》の真相だと思います」

「なるほど、それで、安太郎は、身をかくす前に、姉のシゲにあの電話をかけたんだね」

「そうです。ところが、青木良作には計画があった。それは、静子から、かねて安太郎に千五百万円の保険金がかかっていると聞いているので、安太郎が行方不明になった、と津山の静子に電報を打ち、上京させたのでしょう。このとき、良作は静子とひそかに相談して安太郎を殺害して保険金をとり、かつ、夫婦になろうと、一石二鳥をねらったのです。そこで良作は、安太郎のかくれているアジトに行き、静子さんが来ているから、三人で善後策を講じようと言って、時間と待ちあわせ場所を決めたと思います。なにしろ安太郎は、警察で麻薬関係を捜査していると良作におどかされているので、良作の言いなりです」

「うむ。おもしろい。それから？」

「待ちあわせた場所は、どこか知りませんが、静子は映画が終わるすこし前に出て、安太郎と会う。良作の方は……」

「良作は上野の寄席に夫婦と近所の者とで行っていたはずですよ」

「上野のS亭は九時二十分が閉場《はね》です。閉場てから良作だけ、女房のシゲさん、隣の散髪屋の細君と別れて、その晩はおそく家に帰っています」

「えっ」

警部はおどろいた顔をした。

「そりゃ本当ですか？」

「良作がおそく帰宅したことはシゲさんが私に話したから間違いありません。そこですな、警部さん、良作は上野を九時半の国電に乗り、新宿で小田急線に乗りかえても、一時間ちょっとあれば、和泉多摩川駅か、登戸駅につきますよ。だから、静子と安太郎の待ちあわせ場所も新宿とみるのが自然でしょう」

「うむ、そうだな」

田村警部は、ポケットから煙草《たばこ》をとりだして喫《す》いはじめた。

「さて、新宿で、安太郎、静子、良作の三人が落ちあって、いよいよ、安太郎殺しですね。それは、どういう方法ですか？」

警部は煙を静かに吐いて、きいた。

「安太郎をそんな寂しい場所に連れだしたのは」

と、戸田正太は言った。

「安太郎が麻薬のことで警察のお尋ね者だという絶好の口実がありました。安太郎は、良作と女房の静子が善後策を講じてやるというので、唯々《いい》としてついてゆきました。まさか二人ができあっていて、そんな恐ろしいたくらみをもっていようとは夢にも思いません。三人は現場の川原に立ちました。これは午後十一時ごろでしょう。医者は死亡推定時刻を八時から十時としていますが、一時間の誤差は普通です。このとき、良作は、突然、安太郎の脾腹《ひばら》を打ち、気絶させました。良作が柔道二段であることも私は探りだしましたよ。安太郎は、ものも言わずに倒れました。だから現場の草に格闘のあとがないのです。いちはやく、用意の日本手拭《てぬぐ》いを出し、安太郎の両手両脚を縛る。良作が懐中電灯で照らして、静子に早く安太郎の頸《くび》を紐で絞めよ、と言う。静子も用意のビニール紐を夫の頸に巻きつけたのですが、なにしろ当人は気絶しているので、あわてて巻きつける必要がない。女ですから、ていねいに四巻きに紐をくくり、しかも、夫が痛くないように……気絶しているから痛いはずはないのですが、そこが、やはり女房ですよ、後頸部《こうけいぶ》の伸びた髪毛の下に紐をわざわざ巻いたわけです。つまり、これは、家族でなければ、できない犯罪です」

「なるほど、うむ」

警部は、煙草の灰を皿に落として、感心した表情をした。

「このとき、死体はあおむけになっていました。すっかり、こときれたと思って、良作は、静子に、早く家に帰れ、と言ったのでしょう。静子だけ、さきに家に帰りました」

「すると、静子も、千住の家に帰ったのは、相当おそかったわけですね？」

「そうだと思います」

　そう答えて、戸田正太は、そうだ、静子の帰宅時刻を確かめるべきだった、というような顔をした。

「結構です。それから、良作だけが死体の傍に居残っていたわけですな?」

　警部は質問した。

「そうです。彼はそれからも一時間くらい死体を見ていました」

「それは、なぜですか?」

「安太郎が蘇生《そせい》しないか、と思ったのでしょう。絞殺《こうさつ》は、ともすると、息を吹き返す場合が多いのです。良作もそれを知っているので、一時間ばかり様子を眺め、もう大丈夫と思って、安太郎の死体をうつぶせに直して帰ったのです。うつぶせの方が、絶息には有利ですからね。用心深い男ですよ。だから、最初のあおむけで死斑《しはん》が背部と右上膊《じょうはく》外側に出た。しかし、これは短時間だから、指で押すと消えるのです。あとの、うつぶせは発見までそのままですから、死体前面、つまり顔とか腹に出ている死斑は指圧では消えないのです」

「それは非常におもしろい観察ですな」

「まだありますよ。静子が新宿の映画館にいた証明は、入場券の半券です。普通は、あんなものは破り捨てますが、それをわざわざ後日まで保存しておくのが、おかしいじゃありませんか。いかにも、見てくれ、の感じです。これは良作の入れ知恵でしょう。もう一つ、決定的なことがありますよ」

「なんですか?」

「静子の申し立てている、幼児の泣き声です。あれは、隣の理髪屋の細君の工夫ですよ」

「えっ」

警部は、今度は本当におどろいたらしかった。

「それはどういうことです?」

「あきれましたね、良作の知恵には。あの散髪屋の細君は、良作夫婦といっしょに寄席《よせ》に行ったようになっていますが、実は、遅れて九時前に来ているんです。九時前という と、新宿の映画館で、幼児が泣いて母親が連れだしたのが、八時十五分ですから、上野のS亭に来るのは、ちょうど、その時間になります。『川霧の決闘』のあの場面が、調べてみると八時十五分ですからね。むろん、良作が隣の細君に利を与えて、工作させたのです。細君は、幼児の尻《しり》でもつねって泣かせたかも分かりません。私はあの散髪屋に行って、細君に、顔を当たってもらいながら、カマをかけたら顔色が変わっていましたよ。とにかく、それで、静子がたしかに映画館にいたという二重の証明をしているわけです」

戸田正太のひととおりの説明は終わった。

田村警部は、すっかり感服して聞いていた。この陽射しの悪い部屋は、いよいよ暗くなっていた。

「たいへんおもしろい推理で、感心しました。いや、ひやかしではありません。さすがに、ご商売柄だと思います」

警部はちょっと頭をさげた。

「ところで、戸田さん、あなたの今の説で、ぼくの飲みこめないところを質問してもいいでしょうか?」

「どうぞ」

保険会社の調査係は答えたが、警部の妙に機嫌のいい表情を見て、すこし不安な顔をした。

十二

戸田正太は、田村警部が彼の説明で飲みこめないところを質問していいか、と言ったので、どうぞ、とは答えたが、かなり不安な気がした。それは自分の立てた論理の欠陥を指摘される前の漠然とした不安であった。

「あなたは、青木良作が」

警部は目を細めて言った。

「静子とできあっていると言いましたが、良作は、東京で、静子は、岡山県の津山にいたのですよ。急行で十五六時間かかる距離にはなれているふたりが、どうして自由に会ったりしたのでしょう?」

戸田はちょっとつまったが、考えて言った。

「それは調べたら分かるかもしれませんな。最近には会っていないか分からないが、ずっと以前にそういう関係ができて、以来、両方でその気持を持ちつづけてきたのかもしれません。それに、青木良作は鉄道員ですからね。一般の者よりは、ずっと自由に汽車を利用することができます。たとえば、青木良作は岡山まで行き、静子も津山から岡山に出てきて、そこで会っていたということも想像されます」

田村警部は、その返答を聞いて微笑しながらうなずいた。

「その想像はたいへんいい考えですよ。実は、われわれもそれも考えて調べたのです。ところが、どのように内偵しても、良作と静子とがひそかに会っていた事実は出てこないのです。静子は、今度のことで、東京に二度出てくる前には、東京に来たことはないし、津山からあまり他所《よそ》に出ていないのです。それは地理的に近いから、岡山や大阪あたりまで行ったかも分かりませんね。とにかく、青木良作との関係は薄いのですよ」

戸田正太が黙ったので、田村警部は次を質問した。

「あなたは、青木良作が柔道のテで安太郎の脾腹を打って気絶させたと言いましたが、解剖して、いわゆる脾腹のあたりには皮下出血も何も起こっていないのです。悶絶《もんぜつ》するくらい強打すれば、当然、その皮膚の部分に変化があるのですがね」

戸田正太は、これにも黙った。

「それから、現場の砂利盗取防止のために張られたワイヤーロープの金網の一部が切りとられていましたね。あなたの説明では、これに触れてない」

「それは」

戸田正太は口を開いた。

「かならずしも、事件に関係ないかもしれません。偶然に、別な人間が切りとったのかも分かりません。あの辺にも、不良が来るでしょうからね」

「なるほどね」

警部は、いったん、うなずいた。

「そういう偶然は否定できませんな。ところが、わたしの方で、青木良作の二十七日夜の行動を調べたのです」

警部がそう言ったので、戸田正太は緊張した。

「すると、彼のアリバイは完全でしたよ」

「え？」

「上野のS亭を九時二十分ごろに出たのは事実です。それから彼は細君のシゲさんと隣の散髪屋のお内儀《かみ》さんと別れています。あなたの推定だと、青木良作は午後十二時以前には千住の自宅に帰れないのですが、彼は、ちゃんと十一時には帰っているのですよ。これには目撃者があります」

「目撃者というのは、細君のシゲさんですか?」

「いいえ、シゲさんではありません。近所の人で、良作と家の前で行き会って、今晩は、と言って挨拶《あいさつ》しています」

戸田正太は、爪《つめ》を噛《か》んだ。自分の推理は、安太郎が多摩川で殺されたのを十一時としている。それからも、青木良作は一時間くらい現場に居残って、死体の向きを変えたと考えているから、帰宅はどうしても翌日の午前零時になる。だが、良作は十一時に帰っていて、その目撃者があったとなると、この推測は、根底から崩れてしまう。

戸田正太が、うつむいたので、彼は田村警部の声だけを聞いた。

「けれど、あなたが、被害者の安太郎の食べものの嗜好《しこう》から、静子の台所用品の買物に不審を起こされたのには敬服しますよ」

警部はほめている。

「実は、そのことが、われわれにも参考になりました。静子と青木シゲとを挙げる有力な手がかりになりましたよ」

「えっ」

戸田正太は、びっくりして目を上げた。

「青木シゲが？」

「そうなんです。青木良作が二十七日の夜十一時ごろに帰宅したとき、シゲは家にいなかったのです。彼女は、まだ家に戻っていないのですよ」

「しかし、隣の散髪屋の細君と？」

「それはS亭を出て、うなぎ丼《どんぶり》を食べるまではいっしょでしたが、その店を出てから別れています。これです」

田村警部は、綴《と》じた書類を出した。

「これが梅田静子の聴取書です。むろん、誰にも見せられないものですが、あなたは安太郎の保険金の調査の事情もあり、特別にお見せします」

戸田正太はそれを読んだ。

「夫の安太郎は積極的な活動家で、田舎の神官では性格的に合いませんでした。いつも、何か事業を起こしたいと言っていました。それには、東京に出て行かねばだめだと口癖のように言っていました。それから、何を思いついたのか、自分の財産に、氏子総代や知人からの借金を加えた千五百万円ばかりの金を持って上京しました。

夫は、いったん思いたつと、誰がなんと言っても思いとどまらないところがあり、何事も独断的に行動する性格でした。このときも、私にはあまり相談せず、私もきいても無駄だから、夫の気ままにさせておきました。夫は大金を持って上京しました。

それから、しばらくして、夫は一度、津山に戻りました。事業がうまくゆかないとみえ、蒼《あお》い顔をしていました。これが最後だと言って、さらに手持ちの山林を大急ぎで処分し、三百万円ばかりつくったと思います。再度東京に行くとき、〝おれは、いつどうなるか分からない〟と言いました。前回には申しあげませんでしたが、夫は、そのあと、〝万一、おれが死んだら、保険金が千五百万円とれるはずだから、それで借金を払い、あとはおまえの生活費にしろ〟と言ったのです。夫に千五百万円の保険がついていることは私も知っていました。

夫は、上京しましたが、二十三日の晩に、東京の嫂《あね》から電報が来て、安太郎の行方が分からなくなったから、すぐに東京にこい、ということでした。私は二十四日には東京に着き、嫂夫婦に会いました。嫂は捜索願いを出していると言っていました。

けれど、青木良作が出勤したあと嫂のシゲは私にこっそり言うのです。実は、弟の安太郎はあるところにかくれている。弟は麻薬に手を出し、悪い奴《やつ》にひっかかっているから、出てこられないのだ。そのうえ、大金を全部失っているので莫大《ばくだい》な借金を返すことができない。弟は自殺すると言っている。が、ただの自殺では保険金が貰えないから、他殺に見せかけるように自殺したいと言っている。それで、借金の方は半分くらいに負けてもらって支払い、あとは静子と姉さんとで分けてくれ、と言っていると話しました。
嫂の案内で私はある場所にかくれている夫の安太郎に会いました。安太郎は姉の言うとおりのことを私に強く言うのです。もし、おまえが不同意なら、他人に頼んでやってもらうと言うのです。夫は強い性格で、一度決心したら、あとにひかない性格なのです。他人にやらせるぐらいなら、せめて私が、とそのときとうとう承知しました。そのあと、嫂と三人でいろいろ相談し、詳しい打ちあわせをしました。
映画館にはいって、アリバイをつくることは安太郎が考えました。その映画の筋を知っていなければいけないというので、二十六日に新宿で安太郎と落ちあい、二人で夕方から映画館にはいり、『川霧の決闘』の全部を見ました。（注。映画館の案内嬢が、刑事の持ってきた静子の写真を見て、まだ通路の窓の明るい六時半ごろにこの女によく似たお客さんを見たような記憶がある、と言ったのは、この時のこと）
二十七日の午前中、私は安太郎と嫂と日比谷公園で落ちあい、細かい計画を相談しました。嫂は、私が映画館に居た事実をさらに強くするため、隣の散髪屋さんのおくさんに頼んで子供連れで映画館に行き、子供を泣かせるように頼むと言っていました。その泣き声を聞いて、映画館を出るという仕組みです。その時間も打ちあわせました。夫が散髪屋さんのおくさんには、もちろん、ほんとうの事情を言わず、別な理由をつけると言っていました。嫂は、そのときに上野のS亭に良作と行っていることにし、散髪屋のおくさんも、映画館を出たらその寄席に来るようにする、と話しました。このとき、安太郎が、紙に包んだ蠅《はえ》を一匹くれました。

私は安太郎の言うとおりになりました。日比谷公園で嫂と安太郎に別れ、三時ごろまでひとりで銀座を歩き、渋谷に行き、Tデパートに行き買物をしました。できるだけ私の行動をはっきりさせた方がよいという安太郎の意見に従ったのです。この買物では、思わず私の本心が出てしまいました。

それから、新宿に行き、デパート裏の大衆食堂にはいり、親子丼を注文しました。ここでも私が来たことを証明するため、運ばれてきた親子丼に、安太郎のくれた蠅をそっと入れたのです。そして店員に文句をつけて、その注意をひきました。これも安太郎の計画です。

映画館の前をぶらぶらしていると、八時二十分ごろ、安太郎が映画館から出てきて、いま、こういう場面をやっていたと教えました。散髪屋の子供が泣いたことを話し、私に、入場券の半券をくれました。これは大事な証拠だから、失わずに持って、取調べのときに見せよと言い、自分が映画館に入場したのは八時だったと教えました。

私たち二人は、それから小田急に乗り、和泉多摩川駅でおりました。おりる客はたくさんいましたが、多摩川の土堤《どて》の方へ行くのは私たちだけでした。暗いので誰にも気づかれませんでした。

多摩川の現場についたのが、九時半ごろでした。安太郎はなるべく、他殺に見せかけるために、昼間、私と日比谷公園で別れてから、一度、ここに来て金網の一部を切断し、それをすこし上流の川の底に捨てたと言っていました。そうすれば、いよいよ現場の模様が殺しにみえるからと言いました。

それから安太郎は用意してきたビニール紐《ひも》を自分の頸《くび》に四巻きにして一回結んで絞め、早く力を入れてくれと言いました。このとき、ビニール紐が重なると痛いと言って、きれいに巻き、伸びた後ろの髪毛もよけて、その下に紐を巻いたのです。早く、早く、と夫が頼むので、私は紐を強く絞めました。夫は言いだしたら絶対に聞かない人であり、私がやらなくとも、誰か他の人に手伝わせてかならず同じ運命をたどったでしょう。やはり妻の私に最期《さいご》をみとってもらいたくて、私に強く頼んだのですから、夫も本望だったろうと思っています。

夫の安太郎が絶命すると、やはり夫の言いつけで、夫が持ってきた手拭《てぬぐ》いで、両手を背中でしばり、両脚をくくりました。そして、私は現場を立ち去りました。千住の家に帰ったときは、十一時前で、すぐあとに義兄の良作が戻りました。そのとき嫂が帰らないので、多摩川の現場に行ったのではないか、と思いました。

嫂は、午前零時ごろに帰ってきました。

まだ眠れないでいる私のところへ来て、小さな声で、〝安太郎のことが心配だったので、散髪屋のお内儀さんと別れて、すぐに多摩川の現場に行った。懐中電灯をつけて捜すと、安太郎は、目をむいて死んでいたよ。その顔を見ると、いかにも醜く、発見されたとき人目に見せたくないのと、後ろにまわされた手が地面について痛そうだったから、私がうつぶせにしておいた〟と話しました。私たちは、それから仏壇に線香をあげて、一時間くらい拝みました……」

ここまで読んできて、戸田正太はふうと溜息《ためいき》をついて顔をあげた。

「そうすると、これは保険金を取りたさに、被保険者がみずから他殺を装った事件ですか？」

「そういうことになるな。これは嘱託殺人だね」

田村警部はぼそりと答えた。

「なるほど、それで、ビニール紐の巻き方も、死体の両面の死斑の謎《なぞ》も、正確に納得できました。しかし、梅田安太郎さんも、そんな他殺の偽装をせずとも、保険金は取れたのにな。警部さん、保険金はうちの社の場合、契約に加入して一年後なら、自殺でも貰《もら》えたのですよ」

保険会社の調査係は言った。

「そうだね」

警部はうなずいて、

「梅田安太郎は、そのことを知らなかったのですよ。自殺したら、生命保険は支払ってもらえないものと思いこんでいたのです」

と、調書を戸田の手もとから取って言った。

戸田は、ふと、あることに気がついて質問した。

「しかし、警部さん、さっき、警部さんは、ぼくが安太郎の食べものの嗜好と、台所用品のことを言ったとき、ほめてくれましたね。そして、調書にも、静子はTデパートの買物で、思わず本心が出たと述べていますが、これは、どういう意味ですか？」

「ああ、それですか」

警部は、また微笑した。

「静子には、夫にかくれた愛人が津山にいたんですよ。その愛人も、青木良作と同じように、洋食が大好きだったのです。静子は、保険金をもらったら、借金を半分返し、嫂にもいくらかやって、その愛人と世帯を持つつもりだったのですね。それで、つい、東京のデパートの目新しい品を送るとき、その用意をした、というわけですな」

戸田正太は、苦笑したが、ふと、

「警部さん、これは、嘱託殺人として起訴されるのですか？」

と、きいた。

「いや、それは、ちょっと微妙なところですよ。そういう愛人関係が分かれば事情が違ってきます。安太郎が女房に自殺ほう助を頼んだ証明はないですからね。それがないと、ただ、ビニールの巻き方だけでは弱いのですよ。あるいは、夫殺しになるかもしれませんね」

戸田正太は、ふと目を宙に据えた。

梅田安太郎は妻の秘密に気づいていたのではなかろうか。彼は、死にさいして、妻を殺人罪におとしいれるため、面倒な工夫をしたのではなかろうか。——

保険会社の調査係は頭を振った。

（「週刊朝日」昭和三十四年六月十四日号～八月三十日号）

坂道の家

一

杉田《すぎた》りえ子がはじめて寺島小間物店の店先に姿を見せたのは、夏のおわりかけであった。

寺島吉太郎《よしたろう》は、その日のことをよく覚えている。化粧品問屋の外交員が来ていて、吉太郎は店の奥の机の上で手形を書いている時だった。陽の明かるい外から、人影が射《さ》して店の内にはいってきた。

「いらっしゃい」

店員の高崎《たかさき》とも子が椅子《いす》から立ちあがった。

「いらっしゃい」

手形の印判を捺《お》しかけて、吉太郎はその方へ頸《くび》を振った。店へはいってくる客には、主人の吉太郎もかならず大きな声で挨拶《あいさつ》することにしている。

二十二三の女で、今までに見かけない顔だった。商売がら、この店の客はほとんど女だが、いつも買いにくる馴染《なじみ》客と、フリの客とが半々だった。国電の駅が近く、通りがかりに買物して行く客があんがいに多い。しかし、そのときはいってきた女は、はじめての顔だが、遠くの人ではなかった。顔に化粧がしてないし、洋服はこぎれいだが、ふだん着のようだった。

「口紅《ルージュ》のいいの、あるかしら？」

女客は言っていた。ひどくだるいような口のきき方であった。

「ございます」

高崎とも子が屈《かが》んでケースのガラスをあけていた。

それを横目で見て、吉太郎は外交員との話に戻っていた。

「四十日の手形といや、あんた、御《おん》の字だろう。よそは七十日くらいの手形を切っているると聞いた。うちは、払いがいい方だ。もっと、卸値を下げてもらわなきゃ合わないね」

「うんと勉強していますよ。旦那《だんな》の店は流行《はや》っていますからね。うちの社でも肩を入れさせてもらっていますよ。仕切値《しきりね》も、よそさまとは一割も違えていますよ」

外交員は手形をもらって、おしいただくようにしながら言った。

「そいっちゃ、なんですが、そこのフランス堂さんとこには、おたくの仕切値は、内緒にしてくださいよ」

「フランス堂さんとうちといっしょにしてもらっちゃ困るね。え、あんた。売上げが半分以上は違うんだからね。いくら店舗《みせ》をハイカラにしたって、新規の商売じゃ、うちほど客は来ないよ。こっちは、もう、ここに二十年も根が生えているんでね」

店では、女客が、いろいろとルージュをえらんで時間をかけていた。高崎とも子は、ぼんやり立って客の様子を見ている。どうも、あの子は、いつまで経《た》っても気がきかない、と吉太郎は横目で、じろりと見た。

「そりゃ、外から拝見しただけでも分かります。店の活気が違います。われわれも方々のお得意先をまわっていて分かりますが、売れている店は、はいった瞬間から、空気まで、ふわっと暖かく渦巻いていますね。流行らないお店は、どんなに飾り立ててあっても、空気が冷たくて、淀《よど》んでいます」

外交員はじょさいなく言った。吉太郎は煙草《たばこ》を喫《す》い、まんざらでもない顔を煙に隠していた。そう言われるのが、いちばん嬉《うれ》しいのだ。最近、この五六軒先にできた同業のフランス堂が、店の広さも、陳列窓の立派さも、自分のところと比較にならないくらい上なのに、客足がさっぱり寄りつかない。蓋《ふた》をあける前は、夜が眠れないくらい、その打撃を心配したものだが、先方の景気がよかったのは開店当時だけで、あとは、こちらに客足が戻ってきた。

この場末の町で、あんな不相応に立派な店舗を開いても、流行るものかと、吉太郎は安心すると同時に、先方の商法をあざ笑った。彼はこの辺の客をばかにしている。金を持った人間が少ないのだ。フランス堂みたいに、銀座にありそうな店舗を出しても、この辺の客は気が重くて寄りつきにくい。やはり自分の店のように、古くて狭い、ごたごたした商品のならべ方が、客は気やすくはいってこられるのである。

「第一、人件費が違いますよ。旦那のお店は、ご夫婦と店員さん一人だけですが、フランス堂さんみたいなとこは、店員だけでも五六人でしょう。大きいですよ、これは。旦那のとこなんか、金がたまって笑いが止まらぬってやつでしょう?」

外交員の世辞に、吉太郎は薄ら笑いをした。

「冗談言っちゃいけないよ。商売してりゃ、金なんかいくらあってもたりないね。銀行からの借金だらけさ。ほら、あんたも知ってのとおり利幅の薄い商売だろう。売れたって知れてるよ。そこで、もっと仕入値を勉強しなって、言ってるじゃないか」

「こりゃ、いけない。話がこっちにはね返るんじゃ、かないません」

外交員は額をたたいて笑った。

女客は、何も買わずに往来へ出て行った。かたちのいいワンピースの後ろ姿に、明るい陽がまた当たった。

「何だい、あれは?」

吉太郎は、すこし不機嫌に、ふたたび椅子にかけようとする高崎とも子に言った。よく売れていると宣伝した外交員の手前、面目を傷つけられたような気持もあった。

「さんざん、いじってみて、気に入ったのがないから、また来るって出て行ったんです」

女店員は、あまり動じない顔で言った。この子はいつまでも愛嬌《あいきよう》がなかった。そのうち、いい女店員が見つかったら入れかえようと、吉太郎は思っている。

「バーかキャバレーで働いている女の子ってとこでしょうな」

外交員は、ひやかして出て行った、いまの女を批評した。

「へえ、キャバレーの女かね、あれ？」

吉太郎は若い外交員を見た。

「見れば分かりますよ。今、起きてきたというとこでしょう。ええと何時かな」

外交員は、しゃれた腕時計を見た。

「二時か。そうだ、ちょうど、起きるころですよ。これから風呂《ふろ》に行くつもりで、化粧道具の中をのぞいたが、口紅が切れていたってわけでしょう」

「あんた、若いだけに、よく知ってるな？」

四十六歳の吉太郎は、鞄《かばん》の中に手形を大事そうに入れてうつむいている外交員の白い額を見た。

「そのくらい、誰だって分かりますよ」

外交員は髭剃《ひげそ》りあとの蒼《あお》い顎《あご》を上げて笑った。

「旦那が堅すぎるからですよ、そんなことで感心なさるのは。もっと、お遊びなすっちゃどうです。おっと、今日は奥さんはお留守ですか？」

「銀行に行っている」

「ほれ、そのとおりでしょう。商売繁昌《はんじょう》で、どんどん銀行にお金をお運びになるのは結構ですが、たまには、キャバレーなんかにもお出かけになった方が、身体《からだ》の薬ですよ。酒はお嫌いなんですか？」

「嫌いじゃないがね、店をしまってから、駅前に出てくる屋台のおでん屋でひっかけている」

外交員は大仰に呆《あき》れた目をした。

「おどろきましたね。旦那、今度、新橋でも新宿でもご案内しますよ。そら、いい子がいますよ。浮気をすすめるわけじゃないが、目の愉《たの》しみにはなります。旦那ぐらいの年輩になれば、ばかな間違いが起こるはずはなし、明日の活動力の源泉になりますな」

「ありがたいが」

吉太郎は、にやにや笑って言った。

「その金は、あんたが持ってくれるんだろうね？　期限の短い手形を切ってあげるサービスだ」

「あれだ、旦那に会っちゃかなわない。何でもがっちりとしてらっしゃるから」

外交員は、また額をたたいた。

寺島吉太郎は、化粧品会社の外交員の帰ったあと、乾いた土の表面のように心が白《しら》けているのを覚えた。おもに、女客相手の商売だから、毎日、いろいろな女を見て暮らしている。が、それだけの話だった。間には距離がある。商品を売り、金を受けとるまでの観賞であり、潤《うるお》いのない会話のやりとりであった。その壁を越えて、女の生活に密着することはゆるされない。

これまで寺島吉太郎は、かなり金を貯《た》めてきた。それには生活をきりつめ、倹約を守った。三度の副食物は質素なものである。わずかに、店の戸を入れたあと、屋台のおでんで燗酒《かんざけ》一合を飲むのがせいぜいだった。芝居も映画もあまり見ないし、問屋の招待以外は、身銭を切って旅行に出ることもなかった。朝は、近所のどの店よりも早く戸をあけ、夜はいちばん遅くまで灯《あかり》をつけていた。四十六歳の今まで、痩《や》せて、狐《きつね》のように尖《とが》った顔をしている女房以外に、女を知らなかった。

寺島さんは、あんなに金ばかり貯めて何がおもしろいのだろう、と同業者仲間では陰口をきかれた。面と向かって、それを言われたこともある。吉太郎は、これまで、にやにやして取り合わなかった。女のために店をたたんだ同業者の話も聞いているし、繁昌していた店が主人の放蕩《ほうとう》で急に不振になって借金だらけになっている仲間のことも知っていた。愚かしい話だ。利の薄い商売人が、そんなことをしたら破綻《はたん》がくるのは分かりきっている。

しかし、時には、女房以外の女の世界を覗《のぞ》いてみたい気持が湧《わ》かないでもなかった。キャバレーやバーの女も、雑誌や小説などで読んでいると、縁の遠い別世界の生物のようだが、同業者や外交員の話を聞いていると、近所に住む人間くらいには近づいて感じられる。

深入りしなければいい。どうせたいした金を使うつもりはないから、他人《ひと》のようにのぼせる気づかいはない。雰囲気だけ覗いて引き返せばいいのだ。それくらいの愉しみは、まあ、かまわないだろう。——いつか機会があったら行ってみよう。——吉太郎は、外交員の帰ったあと、乾いた心が、その空想で、少しずつ潤ってくるのを覚えた。

瘦せた女房が、銀行から預金通帳を抱いて帰ってきた。

杉田りえ子が、二度目に寺島小間物店に姿を見せたのは、口紅《ルージュ》を買わずに出て行った日から四日くらいあとだった。

やはり昼すぎである。派手な模様のワンピースを着ているが、化粧もしていないし、ハンドバッグも持っていない。今日は下駄《げた》ばきだった。素脚《すあし》が蒼白いふくらみをもっていた。

あの女だ、と寺島吉太郎は奥の椅子から立ちあがった。高崎とも子は、別な女客二人にヘアクリームの瓶を見せている。

「いらっしゃい」

吉太郎は、女の傍にすすんだ。化粧品の外交員が、バーかキャバレーの女だと踏んだから、普通の女客よりは気やすさが出ていた。

「紙入れ、見せて」

やはり、けだるそうな口の利《き》き方であった。しかし、その口調には妙な魅力があった。全体が細い感じの顔で、黒っぽい大きな目をあけてケースの中をのぞいている。小さいが恰好《かっこう》のよい鼻の先がガラスに触れて、そこだけわずかに曇った。おさなげな唇を半開きにしている。が、血色はよくなかった。

吉太郎は女の息でまるく曇ったガラス戸をあけ、紙箱にはいった二つ折りの紙入れを四つか五つ出した。

「こんなところはどうでしょう?」

薄茶色、焦茶色《こげちゃいろ》、深紅《しんく》、緑色、さまざまなものがならんだ。女はそれを一つ一つとって、まず正札を検《しら》べ、それから品物を眺めた。細い、蒼白い指に、真赤な長い爪が艶を出していた。その指が、吉太郎の目の前で、変化をみせて動いた。

この女は、千円以上では高すぎるようだし、六七百円というところが狙《ねら》いらしい。しかし千二百円の正札のついた深紅の品が気に入っているらしく、いろいろ見るが、結局、それにいつまでも執着している。

「これ、少し負からない？」

女は吉太郎を見上げた。透きとおるような頬の片側に光線が当たり、産毛《うぶげ》が微細に光っていた。

「お値段は……」

吉太郎は、こういう場合の常套語《じょうとうご》が自動的に出かかったが、突然に気持が変化した。自分でもよく分からないが、意志が働かずに、ぐらりと地面が傾斜したような自然現象に似ていた。

「お値段は一文も負かりませんがね。よかったら、持ってらっしゃいよ」

女はびっくりして目を上げた。半開きの唇の間から歯が見えた。不ぞろいな、子供らしい歯なみであった。

吉太郎自身が、吐いた自分の言葉におどろいたが、いちどきにどこからか飛び降りた快感がないでもなかった。単調な道が急に屈折した爽快《そうかい》さに似ていた。

「だって、わたしの名前も住所も分かんないのに、いいの？」

女の目はとがめていた。詰問《きつもん》はしているが、その底には安心とよろこびの微笑があふれていた。

「この近所のひとでしょう？」

吉太郎は、高崎とも子の方をうかがいながら、声を小さくして言った。

「そう。駅前通りから南にはいったアパートに今月はじめ越してきたの。名前はね、杉田りえ子っていうの」

女は、やはりけだるいものの言い方で説明した。その柔らかい呼吸が、吉太郎の鼻に微《かす》かにかかった。

「分かりました。近所の人だから、お貸しするんですよ。いつでも都合のいい時に持ってらっしゃい」

吉太郎は理由とも弁解ともつかぬことを言った。

「そう、ありがとう。じゃ、なるべく早く持ってくるわね」

杉田りえ子という女は、吉太郎が手早く包装した紙入れを手に受けとり、ワンピースの裾《すそ》をひるがえして出て行った。いかにも、トクをしたというような、子供っぽく、はずんだ動作であった。

店員の高崎とも子が、じろりと吉太郎を見たが、彼は知らぬ顔をして、わざと不機嫌な、むずかしい表情をつくっていた。

それは、小さな秘密だった。女房に言えることではない。しかしこの秘密には、何か張りあいに似たものがあった。

吉太郎は一日中、これが気持にひっかかり、妙に落ちつかなかった。その日は、女房にやさしくした。

夜十時半に店の戸を入れ、吉太郎は風呂にはいった。いつものように駅前の屋台に行ったのが、十一時半ごろだった。

そこでは、皿の上にとった串《くし》を肴《さかな》に、酒を一合のんだ。人よりは時間のかかる酒だった。切り上げたのが十二時すぎだった。

駅前の商店はたいてい戸を閉めて、くらかった。街灯だけが、ぽつんと明かるい。自動車がきしってとまる音がしたので、吉太郎はふり向いた。ドアが開いて、女の影が先に降りた。男の黒い姿が、もつれるように後ろから従って出た。

「ここでいいわ。もう、遅いから帰ってよ」

女の声に聞き覚えがあった。吉太郎は、立ちどまった。

男の声が酔って何かぐずぐず言っていた。女の肩に手をまわそうとしている。それを女は、じゃけんでない程度にふりはらっていた。

「だめよ。今夜は堪忍《かんにん》してよ。また、いつかね。運転手さん、この人を早く乗せて送ってあげてよ。だいぶ酔ってるから」

客は、約束が違うと、どなっていた。女がかまわずに、自分のアパートとは、わざと違う方向に逃げて行くのを、吉太郎は見送っていた。

二

寺島吉太郎は、杉田りえ子が再度、現われるのを心待ちして店の奥にすわっていた。あれから三四日経《た》ったが、いっこうに姿を見せなかった。むろん、紙入れの代金を取りたいためではない。いや、もし、それを持ってきても、受けとる気持はなかった。彼女の掌《て》の中に、そっと押しこんで帰すつもりであった。

あの晩、駅前で、ふと見た光景が忘れられなかった。杉田りえ子は送ってきた客を振りほどいて逃げた。きっと、アパートまで送ってやると無理に車に乗せてきた男に違いない。野心があるのだ。何度となく彼女の働いている店に通い、執拗《しつよう》にそれを攻めてきた客なのであろう。

なるほど、彼女の商売も楽ではない、と吉太郎は思ったものである。いやな相手でも、客となるとむげに冷淡にあつかえないのであろう。仕方なしに、車には同乗したものの、それから先は遁走《とんそう》するよりほか仕方がなかった。わざと方向違いに走ったのも、アパートを客に知らさせないための用心深さからだ。堅い女だ、と吉太郎は感心した。

あんなかわいい顔をした女だから、あの晩の男のような客はきっと多いのであろう。すると、蟻《あり》のように蝟集《いしゅう》した男たちの中に、困惑して立ちすくんでいる杉田りえ子の細い、すんなりした身体を吉太郎は想像した。男客の吐く、やさしい粘り強い言葉の誘いを、彼女は疲れながら泳ぎ渡っている。商売だから、客に腹を立てさせてはいけないのだ。男の体面というぬぼれを傷つけることなく、柔軟に身をすり抜けている。――杉田りえ子は、純真な女に違いない、と吉太郎は考えた。客の言うとおりになる女は金を持っている。彼女は千二百円の正札のついた紙入れに手が出なかった。貧乏しているのだ。客が意味ありげに笑って出す不当な金を断わっている証拠である。あの服装だってよくない。顔色も悪い。食べものがよくないのかもしれない。不衛生な労働に耐えている理由もあろう。彼女の細い手首に透いてみえる蒼《あお》い筋が吉太郎の目には残っていた。

千二百円の杉田りえ子の貸金はそのまま帳消しにしよう。帳面についていないのだから、女房に分かりはしない。店員の高崎とも子がうすうす気づいているようだが、まさか女房に告げ口するようなこともあるまい。そうだ、あんな気のきかぬ子は、かわりがありしだい、早く辞めさせなければならぬ。見込みのない者を置いても、仕方がないのだ。

四五日経ったが、やはり杉田りえ子は店にはいってこなかった。寺島吉太郎は、ものたりない気持が強くなった。別に惚《ほ》れているわけではない。ただ、早く彼女を安心させてやりたいのだ。千二百円の借金を苦にしているかもしれないから、安堵《あんど》させて、喜ばしてやりたいのだ。それから、同時に、その宣告といっしょに、店にあるいちばん上等のルージュを一本、そっと贈るつもりであった。こちらの好意を見せて、彼女の気持をひこうという了簡《りょうけん》は少しもない。杉田りえ子の身持ちの堅さをほめてやる賞品なのだと吉太郎は思っていた。感謝される顔を早く見たい慈善家の気持に似ていた。

しかし、一週間が過ぎたが、杉田りえ子は姿を現わさなかった。寺島吉太郎は、その間じゅう、店の客から目を逸《そ》らさなかった。万引を注意しているのではなく、若い女性の客がはいってくる瞬間に、それが杉田りえ子かどうかを識別するためであった。それ故《ゆえ》に、奥へはいって食事をすることも、手洗いに行くことも惜しかった。万一、その留守の間に、機会を逃がしてしまうかも分からないからである。外出の用事は、なるべく女房に代行させた。

頰の尖った女房は、吉太郎に従順であった。亭主は、商売熱心で、吝嗇《りんしょく》で、口やかましかった。女房は亭主に押さえつけられている。しかし、金を貯めることの興味は亭主に負けていない。そのかぎりでは生活をきりつめている亭主のやり方に賛成だったし、働きがあって、道楽をしない、金儲《もう》けに凝りかたまっている夫の言うことに素直であった。身なりをかまわないで、顔に皺《しわ》の多い、かさかさに乾いた女であった。亭主が、どのような下心で、近ごろ、いっそう店番に熱心になっているのか、疑ってみる様子はなかった。

十日が過ぎたが杉田りえ子はやはり店に来なかった。近所だから、ちょっとした買物くらいはしそうなものである。姿を見せないのは、千二百円の借金のためであろうか。ばかな女だ。早く来ればいいものを。——

吉太郎は、彼女を待っていることに神経が疲れ、いらいらしてきた。このままの状態が無限につづくのはやりきれない。早いとこ、きりをつけたかった。

そうだ、こっちから行って、杉田りえ子を安心させてやろう、と思い立ったのは、二週間待ちつづけた末であった。アパートは近所だから分かっている。吉太郎は、ひどくいいことを思いついたように心がはずんだ。

時計を見ると二時だった。化粧品会社の外交員の言葉によると、今ごろ、彼女は起きて風呂《ふろ》に行くところだという。ちょうど、いい時間である。

吉太郎は、女房にも、高崎とも子にも知れないようにルージュと、香水瓶一個をジャンパーのポケットに忍ばせ、用事があるように見せかけて家を出た。

駅前の路地の奥は、やたらに安建築のアパートがふえた。ずいぶん、儲かる商売らしい。新築なら六畳で五千円の部屋代は取れる。十室で五万円、敷金を三カ月ぶんくらい入れさせるから、四年そこそこで建築費が浮きそうである。吉太郎は、前からアパートを建てることにも気持が動いていたから、商売半分の目で見て歩いた。

杉田りえ子のアパートは、「青葉荘」といって、その辺でいちばん粗末であった。玄関をはいると、すぐに階段がついている。下駄箱の上に名札がかかっていて、杉田りえ子は八号室であった。吉太郎は下駄を脱ぎ、ニスでてかてか光った階段をあがった。廊下にラジオが聞こえているだけで、誰にも会わなかった。

八号室のドアの上半分のガラスに、淡紅色のカーテンが映っていた。吉太郎は、何となく胸をとどろかせ、耳を澄ませたが、内部《なか》からは、ことりとも物音がしなかった。が、人の居そうな気配はある。吉太郎は、思いきって、指先で軽く戸をたたいた。

「はあい」

まさに、杉田りえ子の声が聞こえた。吉太郎は、ドアから二歩さがった。

把手《ノッブ》を内側からまわす音がし、細くあけたドアの隙間《すきま》から、杉田りえ子の顔のたて半分が覗いた。吉太郎は思わず、おじぎをした。

「あら」

杉田りえ子は目を大きく開き、手でドアの隙間をひろげた。花模様の着物の上に、白っぽい羽織をきていた。頭にはタオルでターバンのように鉢巻きをしている。

杉田りえ子の目の表情は、吉太郎にすぐ分かった。彼は、急いで、そうでないことを証明するために、棒立ちになっている彼女の前に笑い顔をつくり、手を振った。

「違うんですよ。お代をいただきに来たんじゃありません。あれは、もう、いいんです。ただね、ただ、このアパートにひとをたずねてきたもんだから、ちょっと覗《のぞ》いてみたんですよ」

杉田りえ子の当惑した顔が、それを聞いて急になごんだ。目が細くなった。

「よかった」

と、正直に彼女は言った。

「集金にこられたかと思って、どきどきしたわ。お金、ないのよ」

やはり、あのけだるげな言い方であった。

「心配しなくてもいいんです。あれは、あんたにプレゼントしますよ」

杉田りえ子は笑いだした。

「ちょっと、おはいりにならない？　起きたばかりのところだけど」

自分で身体を退《ひ》いた。内部《なか》の色彩が吉太郎の目を誘った。

「かまいませんか」

吉太郎は爪先《つまさき》をもじもじさせた。

「平気よ。誰もいないんですもの」

誰も居ないから遠慮しているのに、杉田りえ子の言い方は反対であった。が、これは吉太郎にかすかな愉悦を与えた。

いかにも若い女の居る部屋であった。小さな鏡台、小さな机、小さな箪笥《たんす》、その上にならんださまざまな小さな玩具《おもちゃ》、きれいな壁掛け、この狭い部屋全体から、若さと甘い匂《にお》いとが立ちのぼっていた。

「とても狭くて、鼻を突くみたいでしょう」

杉田りえ子は頭のタオルをはずした。

「あまり、じろじろ見られるの、恥ずかしいわ」

折から、吉太郎は、一方の押入れぎわに垂れさがっている桃色のカーテンのひだを見ているときであった。この奥が寝台になっているらしい。吉太郎は、あわてて目を戻した。

「いや、きちんと整理ができて、立派なものですよ」

吉太郎は、すこし顔をあかくして言った。

「おすわりになったら」

杉田りえ子は下から見上げ、紅《あか》い座布団《ざぶとん》をすすめた。和服をきていると、洋服のときとは感じが違って、やや大人びてみえた。しかし、ふだん着とはいえ、その着物も洋服と同じように上等ではなかった。ただ、それに包まれている杉田りえ子の肢体は、屈伸のたびに、もったいないくらい、きれいな線を出していた。

「いや、もう帰ります」

吉太郎は腰をおろしたばかりで、紅色の座布団から立った。ジャンパーのポケットに手を入れ、ルージュと香水瓶をとりだした。ルージュの細長い容器は金色に光り、香水は小さな瓶の中に琥珀色《こはくいろ》に揺れていた。

「これ、あんたにあげますよ。前のぶんと、いっしょにプレゼントです。気にしないで、使ってください」

杉田りえ子の目が、また大きくなった。


その翌晩、寺島吉太郎は、九時ごろ洋服に着替えて家を出た。

「組合の寄合いがあるからな。店の方を頼むよ」

と、女房に柔らかく言った。

「遅くなるの?」

女房は疑わずにきいた。

「話合いはすぐにすむが、そのあとで、どこかに流れていっぱい飲むかもしれない」

内ポケットの中には、ひそかに一万円を用意していた。キャバレーとなると、どのくらいかかるものか見当がつかない。まず、これだけあれば心配はなかろうと思った。

別のポケットには、きれいな意匠の外国煙草《たばこ》の箱が一個忍ばせてあった。一昨日、杉田りえ子が、プレゼントの礼だと言ってくれたものである。昨日も今日も、これを取りだして喫《す》うのを我慢した。見なれないものを喫って、女房の目に咎《とが》められそうなおそれからだった。

この外国煙草は、杉田りえ子がキャバレーに来る客からもらったものだと言い、一度、ぜひ、店に遊びに来てくれと言った。

「お店の名はね、キュリアスっていうの」

杉田りえ子は、けだるいが甘い声で言った。

「キュリアス？」

「そう、胡瓜《きゆうり》と覚えたらいいわ。新宿の二幸裏《にこう》を少しくだってね……」

吉太郎は商売用の手帳の端に、それを書きとめた。この女の声のもの憂《う》げな調子が、耳に一種の魅力を感じさせた。

「わたしの名はね、お店では、八重子《やえこ》って言ってるの。八重子よ。ボーイさんにそう言ってくださると分かるわ。きっといらしてね。そしたら、うんとサービスして、このお礼をするわ」

杉田りえ子は、下から見上げる目つきをした。黒い、まるい瞳《ひとみ》が、蒼く澄んだ白目の中に月のように上がった。この凝視の表情は魅惑的で、吉太郎が目を逸らせたくらいだった。

そのときは、生返事《なまへんじ》をしたが、アパートを出たとたんに、「キュリアス」に行ってみる決心が彼についていた。キャバレーなど行ったこともない。今まで、縁のない存在だと思っていたが、急に心に接近してきた。行って覗いてみるのも悪くはない。化粧品の外交員の言った言葉が思いだされた。若い者のようにばかなのぼせ方をするはずはないのだ。がっちり屋とひとから言われているくらいで、その方には自信があった。杉田りえ子は、ちょっとかわいいが、まさか惚れているとは思わない。近所の子で、少し親切にしてやっている興味だけだと考えていた。

「キュリアス」の前には自動車が三台くらいならんでいた。白服を着たボーイが二人、ドアの内側に透いて見えた。寺島吉太郎は、すぐはいってゆく勇気が出ず、通行人のようにその前を二往復した。ひとりで来たことが非常な冒険をしていることのように思われた。

吉太郎の見ている前で、酔った男が二人、「キュリアス」のドアにあおられて吸いこまれていった。それがまじないのように彼の決断をつけさせた。彼は男客のあとに従った。ボーイが彼のためにドアを開き、大声を上げた。

うす暗い階段を吉太郎は降りた。突然、右側に四角い窓が現われ、人物が中から動いて、

「コートをお預かりします」

と、彼に声をかけた。

黒い幕の垂れさがった神秘めいた通路を彼は歩かされた。胸が鳴っている。上着に手を当てたが、財布の手応《てごた》えはあった。ボーイが角に立っていて、おじぎをし、ていねい

に手で、行く手を教えた。彼は恐る恐るその方へ歩いた。何か、莫大《ばくだい》な金を取られそうな仕組みになっているように思えた。

急に視野がひらけると、映画で見たとおりの場面がとびこんできたので、吉太郎は棒になって立った。夜明け方のようなくらい蒼白《あおじろ》い光線の中に、白や赤や黒や緑などの色が動いたり、すわっていたりした。それが何十人という男女の混合であった。音楽が鳴り、人物がもつれて踊っていた。

いくつもの白いテーブルの上に、漁火《いさりび》のように赤いスタンドがつき、それをめぐって、人びとがすわっていた。ボーイが忙しげに人を除《よ》けて歩き、客と女は鷹揚《おうよう》に歩いていた。

「どうぞ」

ボーイがすり足で寄ってきて、吉太郎の前を背を屈《かが》めて先に立った。吉太郎は、つまずかないように用心しながら、せまい航路を水先案内人のとおりに進んだ。

客のいないテーブルに来ると、ボーイはどうぞ、と言い、椅子《いす》を後ろに引いた。吉太郎がおずおずと中腰になると、椅子が自動的のように尻《しり》の下にすべりこんだ。

「ご指名は？」

ボーイが耳の傍でいんぎんにささやいた。

指名？　ああ、そうかと思いあたった。

「八重子、さん、いるの？」

「八重子さん、はい」

ボーイはたちまち白服の背をひるがえした。吉太郎は額の汗をふいた。やがて、煙草の煙のため、夜霧のようにかすんだ中から、杉田りえ子が笑いながら歩いてきた。吉太郎は目をむいた。店やアパートで見た彼女とは思われぬくらい、きらびやかに光って見えた。

杉田りえ子は、胸を大胆にくりひろげた緑色のカクテルドレスをきていた。朧夜《おぼろよ》のような淡い光線に浮き出た彼女の肌は、薄いバラ色の光沢があり、輪郭が、泰西名画みたいに崇高にぼやけていた。

ただ、紅色のスタンドの灯《ひ》が、彼女の顔を下から照射しているため、その部分の、頬や鼻や目のあたりが真赤になって美しく映えていた。昼間見た生気のない彼女の顔とは、まるでちがった潑剌《はつらつ》さがあった。

「よくいらしたわね。今夜あたり、お見えになると思っていたわ」

杉田りえ子は、それだけは変わらない、けだるげな声で言った。そのものうげな声に、寺島吉太郎は生理的な魅惑をとうから感じていた。

「お飲みもの、何にします？」

杉田りえ子はさしのぞいた。彼女の二つの瞳の中には、スタンドの赤い灯が小さな点になって燃えていた。

「さあ」

吉太郎は、たじろいだ。酒といえば、屋台で飲むほかは知らない。ビールと言うとわらわれそうな気がした。洋酒の名前を知らない。彼はあかくなった。

「ハイボールくらいがいいでしょう」

杉田りえ子は察したように言った。それからマッチをすると、燃えている棒を指でつまみ、高々とさしあげた。それが狼烟《のろし》のような合図とみえ、白服のボーイが忍び足で寄ってきて、首をさしのべた。

杉田りえ子は早口に、洋酒の名前を告げた。吉太郎は軽蔑《けいべつ》されることをおそれ、てれ隠しに煙草をつまみだした。りえ子は、すばやくマッチの音をたてた。

煙を吐きながら、吉太郎は周囲を見た。相変わらずバンドが音楽をたたきだし、男と女の話し声と笑い声とが薄明かりの中に渦巻いていた。席のない暗い広場では、せり合うようにして男女の身体が密着し、夢のように揺れていた。

「こういうところ、おはじめて?」

杉田りえ子は片手で頰杖《ほおづえ》をついて彼を見ていた。

「ああ」

小間物屋の主人は小さく返事をした。

「いかが？　おもしろそうでしょう」

杉田りえ子は微笑をうかべて、感想を求めた。

吉太郎が、すぐに言葉に言えないでいると、

「たまには、いいでしょう。これからもいらしてね。わたし、うんとサービスするわ。ご恩返しにね」

と、りえ子は笑った。

ご恩返し、というのは、あのことらしい。吉太郎はどもって否定した。

「いや、あれはいいんだよ。わたしが勝手にあんたにあげたものだ。そんなに大げさに取られては困る」

「でも、悪いわ」

りえ子はうつむいて、感謝の面《おも》ざしをちらりと見せた。吉太郎は、それを見ただけで満足した。

ボーイがまたもや、すり足で来て、気どった手つきで背の高いグラスと銀皿を置いて行った。グラスの中には、うすい飴色《あめいろ》の液体が気泡を上げ、皿には、オードブルが玩具《おもちゃ》のようにかわいらしく色をつけてならんでいた。おでん屋の串《くし》とはまるで違う。吉太郎は値段の予想を胸の中で立てた。

「いただきまあす」

りえ子がグラスを上げ、吉太郎のそれに縁を合わせた。小さな音が鳴り、りえ子は、唇を液体につけた。吉太郎は映画で見たとおりだったので、自分のしゃれたしぐさに気恥ずかしくなった。液体は冷えていて、のぼせ加減の彼には快かった。浮いている氷片が歯にかちかちと当たった。この氷片は、妙にいつまでも彼に忘れられなかったのである。

「踊りましょうか」

りえ子がグラスを置いて誘った。折から新しい曲が起こり、近くの卓からも立ってゆく客が多かった。

「いや」

吉太郎は尻ごみした。

「ダンスなんか知らない。踊れないよ」

「踊れなくたって、曲に合わせて、何となく動いていればいいのよ。わたし、ぶらさがって歩くわ」

「勘弁してくれ」

吉太郎は手を振らんばかりにした。りえ子は笑った。

「純情なのね」

純情か。吉太郎はその言葉を嚙《か》みしめた。おれは何も知らないのだ。こんなところに足踏みした経験がない。商売一途《いちず》に何十年を店先で暮らしてきた。客に世辞を言い、算盤《そろばん》をはじき、問屋の卸値を値切るだけの、乾いた世界にかがんでいただけだった。話には聞いていたが、キャバレーなどに来るのは生まれてはじめてだ。知る道理がない。吉太郎はあたりの遊びなれた客にくらべ、自分が子供のように無知にみえて、卑屈になった。

一つの卓から客が立って帰ると、そこに居た女が三人、吉太郎の卓になだれこんできた。

「お邪魔します」

と、女たちは口々に言い、勝手に周囲にすわった。

「あら、こちら、おはじめてのようね。八重子さん、紹介してよ」

杉田りえ子は笑いながら、ふたたびマッチの合図を上げてボーイを呼んだ。ボーイは女たちの勝手な酒の注文をメモに書きとっている。吉太郎は肝を冷やしながら請求される数字の予想におびえていた。

三

寺島吉太郎は「キュリアス」の常連に変貌《へんぼう》した。それは三カ月とはかからなかった。「キュリアス」の支払いは高い。しかし、金を払うことがしだいに苦痛ではなくなった。

連続的な行為が免疫現象《めんえきげんしょう》を起こさせた。彼のような男でさえ、千円札が百円札に見えてきた。

さして、洋酒の味が、屋台の酒よりもうまくなったからではなく、月光のような淡い照明の中に立ちのぼる霧のような色彩に魅せられたからでもなかった。ただ、杉田りえ子のバラ色の肌と、ものうげな声とを聞きに行きたいためだった。

声を聞き、顔を見るためだったら、彼女のアパートに行った方が、はるかに安あがりである。が、それでは、杉田りえ子にばかにされそうだった。いくら厚かましくても、その理由が立たない。ほかの者からは、どう思われてもかまわないが、杉田りえ子に吝嗇《りんしょく》と思われるのは苦痛であった。

杉田りえ子は、吉太郎が行くと大事にしてくれた。吉太郎が薄暗がりの中をテーブルにつくと、かならずどこからか現われて、微笑《ほほえ》んで迎えた。この最初の出会いが、彼にはふるいつきたいくらい、魅力なのである。

吉太郎は、りえ子の柔らかい指や掌《て》を握りしめ、そのあらわな腕をさすった。皮膚はすべすべとし、弾力があった。しなびた女房の皮膚とは手ざわりが違《とが》った。寺島吉太郎には青春の経験がない。人にすすめられて、はじめから狐《きつね》のように尖った顔をした痩《や》せた女房をもらったのである。それから十五年経《た》った今になって、はじめて未知の遠い青春に遭遇した。

杉田りえ子は、吉太郎に好意をもっている。好きだわ、と何度も言った。商売の上の世辞だと、彼もはじめは警戒したが、彼の方がその冷静さを失って行った。杉田りえ子の態度には、それが嘘《うそ》ではなさそうな熱意が見えていた。それに、この女はまじめであった。周囲の卓《テーブル》でがやがやと騒いでいるほかの女たちとは違って、落ちついていた。それが吉太郎の目には孤独に映った。

しかし、寺島吉太郎を「キュリアス」にかりたてたのは、もう一つの理由が作用したのかもしれない。吉太郎が卓についていても、杉田りえ子がすぐに現われぬ場合も多かった。

「八重子さんは、ほかの卓についていますが、すぐにまいりますから」

ボーイが心得てささやいた。彼はうなずいて、あとからさりげなく、あたりを目でさがした。

別な卓に、ほかの女たちといっしょに客についているときはまだよかった。客の腕に抱かれて踊っているのを見ると、嫉妬《しっと》が起こった。自分が踊れないせいもあったが、りえ子が他の男に略奪されているようで、顔が蒼くなるのだ。あの暗がりで抱かれて、何をされているか分からないと思うと、立って行って客を突き飛ばしたくなった。その衝動をおさえて酒を飲んでいるとき、別な女が、今晩は、などと言って平気で傍にすわると、取りあう余裕がなかった。神経がよけいにいらだつ。ものを言わないで睨《にら》みつけると、たいていの女は逃げて行った。

「ごめんなさいね」

杉田りえ子は、いそいで彼の横に来て、あやまった。

「気になってたんだけど、抜けられなかったの。早くこっちに来たいのに、やっぱり商売でしょう。堪忍してね」

杉田りえ子は、顔を斜めにかしげ、彼を下からのぞきこんであやまった。

商売と言われると、吉太郎も怒りようがなかった。しかし、気持はすぐには容易にしずまらなかった。この手も、肩も、ほかの男に触れさせたくなかった。が、女給は十何人ぐらいの自分の客をもたないと、こんな職場で働くことができない。

その客たちが、りえ子を誘っていることも吉太郎をいらいらさせた。甘い言葉を執拗《しつよう》に吐き、粘っこい糸で彼女をからめとろうとしている。杉田りえ子は、吉太郎に、それを、ときどき、うったえた。

「困るわ。男って、みんなそんな気持で来るのね。はじめは、いやにもの分かりのいい顔をしているけど、最後になると、決まってそれよ」

それを、どうして断わるのか、と吉太郎は咽喉《のど》に唾《つば》をのみこんできいた。いつかの晩に目撃した、自動車から遁走《とんそう》している彼女の姿が目に残っていた。

「商売だと思うと、すげなく断われないし、お客さまの顔をつぶさないように、遠回しに言うんだけど、分かるのか分からないのか、そりゃうるさいのがいるの」

で、それはどうなるのだ、と吉太郎は問いただした。

いろいろな撃退の方法があると彼女は言った。誘われても、遅くなると家の母がうるさいという口実もある。身体《からだ》の具合が悪いというのも便法《べんぽう》だった。帰りが友だちといっしょで抜けられないわ、とも言う。しかし、どのような口実を言おうとも、彼女たちの愛想で言った言葉を客は逆手にとってくるのである。しょせんは、それが客への言質《げんち》となって、彼女たちは自縄自縛《じじようじばく》となるのである。

「せっぱつまると、相手も意地になってくるから、店の表に待っていたりするわ。仕方がないから、それを撒《ま》いてやるの。自動車の途中から、こわい思いでとび降りて逃げたこともあったわね。友だちはね、のっぴきならぬようになって、旅館に連れこまれ、客が風呂《ふろ》にはいっている隙《すき》に、はだしで夢中で逃げたりしているのよ。いやな商売だわ」

そんな話を聞いていると、寺島吉太郎は、十時に店の戸を入れても落ちつけなかった。杉田りえ子が、こうしている間にも、そのような目にあっているような気がして、頭に血がのぼってくるのだ。彼がそこまで感じるのは、彼女と身体の交渉が二三度あっての結果である。彼は、矢も楯《たて》もたまらず、タクシーを「キュリアス」に飛ばした。

杉田りえ子の若い身体を知ったことで、寺島吉太郎は濁流の中に流されたようになった。損益勘定は彼の頭から飛び去り、金の価値が消失した。銀行には、近所の同業者がうらやむほどの預金があったが、あれほど執着したその数字の増殖は、もう、どうでもよくなった。銀行から、五万、十万と金を引きだしては、「キュリアス」に運び、杉田りえ子に与えた。商売には自信があった。いつでも取り返せると思った。惜しくはないのである。ただ、杉田りえ子を手の中から喪失するのは、この世に生きてゆく甲斐《かい》がないみたいに、たまらなかった。

銀行の通帳は吉太郎が握っていた。四種も五種もある。

以前から金のことは吉太郎がいっさいひとりで取りしきっていて、女房には知らせていない。女房は亭主の性格に安心しているので、吉太郎が金を持ちだしていることは分からなかった。

吉太郎は、杉田りえ子を、キャバレーに出しておくのが不安でならなかった。まさか、すぐには結婚はできないが、「キュリアス」で使う金ぐらいあれば、彼女のアパートの生活は十分にみてゆける。彼女は、着物も持ちものも贅沢《ぜいたく》を好まぬ女らしい。

「そうね」

そのことを話すと、杉田りえ子は考える目つきをした。

「でも、それじゃ、二号さんの生活で、わたし、いやだわ」

杉田りえ子は、ゆっくりと言った。

「まだ、若いんだし、じっと遊んでいるのは退屈だわ」

それから、次をつけたした。

「まだ、あなたに話してなかったけれど、わたし、大学に行っている弟がいるの。その学資を出してやってるのよ。わたしがこんな商売をしてるものだから、いっしょにいるのを嫌《いや》がって、よそで下宿してるんだけど。あなたのお世話になっていると知ったら、弟がよけいに苦しむかもしれないわ」

吉太郎は、杉田りえ子の気持に感心した。

「学資はどれくらいだな？」

「二万円やってるの。下宿代といっしょにね。身体が弱いから、かわいそうで、アルバイトはさせられないわ」

「それくらいなら、ぼくが出してあげるよ。そうだな、遊んでいるのが嫌だったら、小さな煙草《たばこ》屋ぐらいはやったらどうだね」

「そうね。でも、そうしていただくのも、何だか悪いわ」

杉田りえ子は、すぐには決心がつかないようだった。

杉田りえ子の弟というのにも、吉太郎は、それからまもなく会った。ただし、偶然な会い方であった。

吉太郎が、ある日の昼、近所の噂《うわさ》を恐れて、めったにしないのだが、思いきって店を抜け、彼女のアパートに行くと、部屋の中で知らない若い男が畳の上にひっくり返って足を投げていた。

杉田りえ子は、すわって紅茶を入れていたが、吉太郎がドアを開いてはいってくると、

「あら」

と言って、おどろいたように目を見上げた。若い男はとび起きた。

吉太郎も、ぎょっとして立ちどまると、杉田りえ子は笑いだした。

「弟ですの。今日、久しぶりに遊びにきたんですわ。ほら、健《けん》ちゃん、寺島さんよ」

弟は、女のように細い顔をし、髪をきれいに撫《な》であげていた。二十一二くらいで、華《きゃ》奢《しゃ》な身体つきをしていた。彼は頬をあかくし、吉太郎にぎごちないおじぎをした。

吉太郎が何か話しかける前に、

「ぼく、また来ますよ、姉さん」

と言うと、吉太郎にぴょこんとまた頭をさげて、風が吹いたように出て行った。

吉太郎は、ぼんやりしたが、

「弟さんは、おれが嫌いなのかな」

と、りえ子の顔を見た。

「いいえ、あなたに急に会ったのが恥ずかしくて逃げたんですよ。人見知りする子ですから」

杉田りえ子は、姉らしく微笑して、開いたままのドアの方を見ていた。

杉田りえ子の一カ月の収入は三万四五千円くらいにはなるらしかった。ほかの職場で働いている若い女たちよりはずっといい。

そのかわり、彼女は精勤であった。少々の風邪や発熱くらいでは店を休まなかった。

「そんなに根《こん》を詰めなくてもいいではないか」

寺島吉太郎が慰め顔に言うと、

「一日、休んだら固定給が引かれるわ」

りえ子は真剣な目つきで言った。

「固定給はいくらだね？」

「一日が四百円よ」

「すると月に一万二千円か」

「日曜日は公休だから一万円そこそこしきゃないわ。四百円は大きいわ」

「四百円くらい、たいしたことはないよ」

「ばかね」

りえ子は吉太郎の無知をわらった。

「固定給ばかりでやってゆけるもんですか。第一、うんと稼がなくちゃ、クビになっちゃうわ。指名をどんどん取ってね」

「指名料は、いくらだね」

「二百円よ」

「一晩、三人平均にとって六百円だな?」

「そんなにあるもんですか」

杉田りえ子は口をすぼめた。

「ナンバーワンの利江《としえ》さんなら、それくらいあるかもしれないけど、わたしはだめよ。平均すると、二晩に一人くらいのわりね。それも、あなたが来てくださるからだわ」

りえ子のさりげない言葉は吉太郎に感動を与えた。

「ねえ、指名で来てくださるお客さまって、なかなかないのよ。それで、みんな、一生懸命なの。だから、なかには身体を張るってことになる人も出るのね」

「ふうん」

吉太郎は危惧《きぐ》の目で、そう言う杉田りえ子のかわいげな顔を見た。この女も指名料の客欲しさに身体を張るのだろうか。いやいや、そんなことがあるはずがない。いつぞやの晩、送られた客から逃げて走る彼女の姿が浮かんだ。この女は堅いのだ。誘惑するすべての客から遁走して行く。信用していいのだ。

しかし、不安が、その下から起きた。指名料と彼女たちの生活とは接着している。危機が常に彼女たちの前に手を広げているのだ。

「指名料の二百円くらいで」

吉太郎は唾をのんできいた。

「そんなに必死になるものかね?」

杉田りえ子は薄くわらった。

「指名につれてそのほかの収入がふえるのよ。その客のテーブルの売上げの一割がこっちにもらえるの。五千円の水上げだったら、五百円、七千円だったら七百円ね」

「あ、そうか。そりゃ大きい」

吉太郎は合点したようにうなずいた。

「まだ、あるわ」

りえ子は、つづきを教えた。

「指名の客一人について、固定給に四十円ふえるの。だから一カ月に二十人の指名客があったら八百円、これが固定給の一万円に付くの、それから、お客さまがくださるチップだって、自分のいいようにできるし……」

「いいようにできる?」

「ヘルプについている女の子たちに分けてやんなきゃなんないでしょ。三人来てくれたら三人にね。ですから、あなたのように千円置いてくだすったら、七百円はわたしが取って、百円ずつ分けてやるの」

「ふうん」

吉太郎は、「キュリアス」では、たいていチップをりえ子に与えて帰っていた。ほかの女たちが、その卓《テーブル》で、りえ子を立てるようにしているのは、ひいき客の手前もあるが、その利益の享受《きょうじゅ》もあったのか。

その女どもは、勝手に酒の注文をする。吉太郎は人を連れて行くことはなく、いつもひとりだから、四五千円使うためには、女たちの酒の手伝いが必要なのである。それも、りえ子の顔をよくしてやりたいためであった。

「あのお酒だって」

りえ子は微笑《ほほえ》みながら言った。

「ちゃんと女の子には払い戻しがあるのよ」

「へえ」

「カカオフィズだとか、ピンクレディだとか、ジンフィズだとか言って、口々に注文しているけれど、一杯百円の払い戻しがあるの。だから、無理してのんでるのね。身体《からだ》が悪くなるのは当たり前よ」

吉太郎は目をみはりながら、心で算盤《そろばん》をはじいた。

指名料200円＋固定給加算40円＋売上げの10％＋チップX＋……

なるほど、指名の客が付くと付かないとでは、これだけ違うのか。〝身体を張る〟覚悟で、指名客の獲得に狂奔する女たちの気持がようやく理解できた。

杉田りえ子は、吉太郎が来るようになって収入がふえたと喜んでいる。吉太郎は二日に一度くらいの割で「キュリアス」に行くが、月に計算するとほぼ十万円をその店に落としている。だから、その一割の一万円と、指名料の二千五百円とチップ約一万円とが、店で受ける彼女の利益になっているが、考えてみるとばかばかしい話だ。二万五千円を彼女に与えるためには、「キュリアス」に十万円以上使わなければならないのである。

彼は、杉田りえ子に店を辞めさせ、その生活費をみてやった方がはるかに安あがりだと思った。第一それだと、ほかの客に彼女が略奪される心配がないのである。完全に彼の独占であり、どのような男も、彼女の肩や手に指一本触れることができない。大きな安堵《あんど》である。

四

寺島吉太郎の銀行預金から、大金が喪失して行った。彼のような地道な商売と、薄い利潤からすると、それは大金と呼ぶに値した。杉田りえ子を知って以来、彼が月に持ちだす金が、十四五万円になるのである。「キュリアス」に十万円、りえ子に直接渡すのが四五万円だ。これは彼女のときどきのドレス代であり、靴代であり、小遣銭であり、それから彼女の弟の学資であった。

このような大金が流失していることを、女房は知らない。銀行通帳は彼の手に握られ、商売いっさいのことは女房が口出しできないのである。抜け目のなさと、手堅い、地道な性格の夫に女房は安心しきっている。連れそって以来、十五年間がそうだったのだ。地面のように小ゆるぎもしないと思っている。

それだけに、預金の流失にたいする内面の闘争が、吉太郎のみにあった。女房に知られてはならないという秘密の意識の内ではなく、極限された自分の心理の中にである。杉田りえ子のために消費する金は惜しくはなかった。しかし、預金通帳の残高が減ってゆくのは、いかにも寂しい。近ごろは、ことに不景気だから、商売の利益も少なく、喪失した金額を補塡《ほてん》することはとうてい困難であった。

生活費は、前よりは、もっときりつめた。女房には無駄使いをさせないし、副食物は粗悪をきわめた。そのことで吉太郎は、ひどく口やかましくなった。が、女房はそれでかえって安心しているのだった。この吝嗇《りんしょく》な夫が、まさか女のために大金を浪費しているとは夢想もしていない。

吉太郎が、十時を過ぎて、ふらふらと出て行くのも、おでん屋で安酒をひっかけているぐらいにしか考えていないようだった。実際に、彼が一時を過ぎて家に帰っても、たいてい女房は布団《ふとん》の中にいぎたなく眠っていた。顔の皺《しわ》がふえ、目のふちにソバカスが浮いている。もとから、だらしない女だが、近ごろは昼間の疲れと、中年期の衰退で、狐《きつね》のような顔がいよいよ醜悪に見える。杉田りえ子の若さとは格段の違いであった。

杉田りえ子に店を辞めさせ、現在のアパート「青葉荘」から、どこかへ移して囲おうと吉太郎が決心したのは、ある晩、彼が「青葉荘」を出たとたんに、店員の高崎とも子に、ばったり出会ってからであった。

「あ、旦那《だんな》さん」

通いの女店員は、そのとき、びっくりしたように声をかけた。

「お、君か」

と、吉太郎の方はどきりとした。

高崎とも子は、にこにこして頭をさげた。が、その目は何となく吉太郎の様子を観察して光っているように思われた。

「何で、この辺を歩いているのだ?」

吉太郎は先まわりしてきいた。

「わたしの家《うち》はここから近いんです。今晩は鶴見《つるみ》の親戚《しんせき》の家に行って、帰りが遅くなったんです」

「そうだ、君の家はこの辺だったな」

吉太郎は、うなずいて女店員と別れた。

危ない、危ない、と思った。高崎とも子は油断のならない子である。あの子は、たしかに店の売上げをごまかしていると思っているのだが、まだ証拠がつかめない。店の仕事は、ぼんやりして気がきかないくせに、しじゅう、こっちの様子をうかがっているようなところがある。自分が「青葉荘」から出てきたところを、もしかすると気づいたかもしれない。

どっちにしても、杉田りえ子を近所に置くのは危険であると気づいた。いつか、人の目について噂になるだろう。これは、早いとこ遠方に移さなければいけない。

「そうね、わたしもそう考えていたのよ」

杉田りえ子は吉太郎の申出《もうしで》を聞いて賛成した。

「第一、こんなアパートはきたならしいでしょ。もっと、きれいな、設備のいいところがいいわ」

「いま、新しいアパートがどんどん建ってるからね。いいよ、君の気に入った所に入れてあげるよ」

吉太郎は満足して言った。

「なあ、そのかわり、店はなるべく早く、やめるんだよ」

そのアパートは中野の裏の方にあった。低地と、近くの工場の騒音を除くと、概して快適であった。新築だし、前の「青葉荘」より間取りもよく、見かけも立派であった。

「とても、すてきね」

杉田りえ子は、目を輝かしてほめた。家賃一万円、敷金三カ月ぶんは、吉太郎が即座に払った。

「ねえ」

二三日して、吉太郎が行くと、杉田りえ子は、彼の顔を下から見上げて、微笑した。

「このアパートの人、贅沢《ぜいたく》なのね。たいていの部屋にテレビがあるのよ。それから、電気洗濯機もみんな持ってるわ」

「そうかい」

吉太郎は、心の中で非常な勢いで踏みきった。

「いいよ。その二つとも買ってあげよう。あ、そうだ」

吉太郎はとっさに考えついて言いたした。

「電気冷蔵庫だって、ほしかったら、買ったらいいよ」

「ほんとう？」

りえ子はかわいい目をむいた。

「ほんとうだとも。嘘《うそ》なんか言うもんか」

「うれしい」

りえ子は吉太郎にとびつき、その頭に両手をまわした。

電気冷蔵庫代六万円、テレビ代五万五千円、電気洗濯機代二万三千円が翌日のうちに彼の財布から消失した。

「夢を見てるみたいだわ」

杉田りえ子は、部屋に飾られた高価な品々に見入って、うっとりと言った。冷蔵庫と洗濯機は雪のように純白に輝き、テレビは近代的な意匠を凝らして光っていた。ふくれた前面に、りえ子と吉太郎の影が鏡のように映っている。

「でも、こんなにしていただいて、あなたに何だか悪いわ」

りえ子は、いつものけだるい声を出し、目を伏せた。

「なに、かまわないよ。これくらいのことはおれにだってできる。そのかわり、おれの気持は分かってくれるだろうな？」

吉太郎は、りえ子の細い胴を抱いて、熱っぽい声を彼女の耳に吹きこんだ。

「分かりすぎるくらいよ」

りえ子は大きく頸《くび》をたてに振った。柔らかい髪が彼の鼻の頭にさわり、かすかに、杏《あんず》のような匂《にお》いのする口臭がただよった。

「誰のところにも行かないわ。あなただけよ。そのかわり、心変わりしちゃいやよ。心配だわ。男の人はすぐ気が変わるから」

「ばかだな」

吉太郎は甘い世界の中に陶酔しながら言った。

「おれはキャバレーに遊びにくる客とは違うよ。そんな連中といっしょにされちゃ困るね。信用してくれ」

「信じるわ」

りえ子は、顔をいっそう吉太郎の頸に押しつけた。

「あなたはいいかただわ。でも、あなたに捨てられたら、わたし、死んじゃうわ」

——三日にあげず、吉太郎は、りえ子の新しいアパートを訪れた。昼のときもあるし、夜、彼女が店から帰ってきてからのときもある。「キュリアス」からの帰りを途中で打ち合わせて落ちあい、タクシーにいっしょに乗るときもあった。

店をよすことは、彼女も承知したが、店の義理で、すぐにやめられないと言った。

「マダムがね、もう少し待ってくれと言うのよ。そう頼まれると、無理にとは言えないの。でも、なるべく早くやめるわ。待ってね」

吉太郎は、仕方なしに承知していた。

ある晩、彼が「キュリアス」に電話すると、八重子さんは早く帰りましたよ、という返事だった。吉太郎は、りえ子が気分でも悪くなったのかと思った。じっとしていられなかった。彼は、うろたえて店を早くしまい、タクシーを拾った。

りえ子のアパートは道が狭いから、車は前までは行かない。彼は通りで車を捨てて歩いた。暗くて、寂しいが、近ごろ通いなれた道であった。彼は、踵《かかと》のすり減った自分のボロ靴の足音を聞いていた。街灯が、遠い間隔で、まばらにしか立っていない。

ふと、前方を見ると、女と男とが肩を組み合わせて歩いていた。吉太郎は目をむいた。女は、どうやら杉田りえ子の後ろ姿に似ている。息がつまりそうになり、胸の動悸《どうき》が急に激しく打ちはじめた。彼女のアパートは、そこから左に曲がるのだが、彼はそのまま、両人《ふたり》の黒い影を追った。

街灯の光の届かない暗い陰の谷間で二人は立ちどまった。吉太郎が目を凝らして見つめると、二つの影は向きを変え、一つになった。それはしばらく動かなかった。

吉太郎は、突然に頭の中が真空になり、目の前《さき》が火となった。


暗い中を、その黒い影に向かって、寺島吉太郎は駆けだした。垣根の杉《すぎ》が鼻に匂ったのは、平常にないことで、やはり感情が激動しているときは、感覚も瞬間的に妙に鋭くなるものとみえた。

吉太郎がそこに近づくと、向こうでは足音で分かったらしく、影は二つにわかれた。街灯の光が遠くて暗かったが、ほの白く浮いた顔は、まさしく杉田りえ子であった。男が二三歩、急いで離れたが、この顔には見覚えがある。りえ子の弟であった。

吉太郎は、こちらをうかがうように凝視している男が、りえ子の弟だと知ったとき、はっとして戸惑った。てっきり、「キュリアス」に来る客のような男と直感して走ってきたのだが、弟だとは知らなかった。彼は荒い息を吐いて両人の前に立ったまま、すぐには言葉が出なかった。

杉田りえ子は呆《あき》れたような顔をして吉太郎を見上げたが、かすかに笑って、

「あら、どうなさったの？　急に駆けてきたりして、びっくりしたわ」

と、ゆっくり言い、傍の弟に、

「健ちゃん、寺島さんよ。挨拶《あいさつ》なさいよ」

と、姉らしくうながした。

「今晩は」

弟は、ぺこりと頭をさげた。

吉太郎はまだ動悸がしずまらず、声が咽喉《のど》につまったが、無理に笑って、

「やあ」

と言った。自分ながらしゃがれた声に聞こえた。

「弟がね、話があるって来たものだから、ここまで送ったのよ。あなたが、いらしてくださるなら、家で待ってればよかったわ」

りえ子は吉太郎の傍に寄って言った。呼吸《いき》も乱してはいなかった。

弟は両手をポケットにつっこんで立っていたが、

「姉さん、ぼく、帰るよ」

と、女のように澄んだ声で言った。

「そう、じゃ、またね」

りえ子は弟に顔を振った。

「失礼します」

早口に吉太郎に言うと、また頭だけをさげ、背中をくるりと回して、大股《おおまた》で歩いて去った。吉太郎が見送っていると、その姿は暗い道の向こうに消え、靴音だけがしばらく聞こえた。

「寒いわ、帰りましょう」

りえ子は肩をすくめ、吉太郎の手に指をかけた。

吉太郎は、身体《からだ》を押しつけてくるりえ子と歩きながら、自分の目の判断に自信を失いはじめた。二つの影が一つになったのは確かに目撃したが、あれは接吻《せっぷん》だったかどうか。はじめはそう直覚してかっとのぼせて思わず駆けだしたものだが、よく考えると、街灯の光の届かぬところで二つの黒い影が寄りあっただけで、唇を合わせたところを見たわけではない。姉弟《きょうだい》なら、なるほど、互いによりそって話をすることも不自然ではない。

そう考えると、吉太郎も胸の沸騰《ふっとう》が、水をうめたように少しはしずまってきたが、まだ完全に平静になったわけではなかった。りえ子が肩を並べながらも身体を密着させてくる甘い感触と、その釈然としない気持との違和感から、彼は、妙にこそばゆいような硬い表情になっていた。

アパートにつくと、りえ子ははじめて吉太郎からはなれ、先になって部屋の錠をあけた。中腰になって鍵《かぎ》をまわしている彼女の後ろに立って、吉太郎はその背中に思いきり飛びつきたい気持になった。

ドアが開いた。あたたかいものが顔に流れた。暗い中に、りえ子のスイッチをつける音がすると、部屋が明かるくなり、吉太郎は穿鑿《せんさく》的な目を走らせた。椅子《いす》の位置も乱れはないし、色ガラスの灰皿もきれいである。寝台を隠したカーテンもきちんと閉じ合って、ゆるやかなひだが重たげに下がっている。紙屑《かみくず》一つ散っていなかった。

寒いわ、と言ってりえ子は、しゃがむとガスストーブにマッチをすった。これも五六日前に吉太郎が買ってやったものだが、りえ子が言うほど部屋の中は冷たくなく、空気がなま暖かかったのは妙だった。ついさっきまで、ストーブに蒼《あお》い火が燃えていたみたいだった。

「おかけになったら」

りえ子はオーバーを脱ぎながら吉太郎を見た。真赤なセーターが下から現われた。店に出かけるときの服装ではなかった。

「店を早退《はやび》けしたのだって？」

吉太郎はまだ立ったまま言った。

「ええ」

「誰かにおききになったの？　ああ、さゆりさんがそう言ったのね？　わたし、さゆりさんに頼んでおいたのよ、あなたがお店に見えるか、電話がかかるかしたら、そう言ってちょうだいって」

腕を男の頸にまわして締めつけ、

「いやね、仏頂面《ぶつちようづら》をして。さ、早く掛けてよ」

と、肩を上から押さえた。


いつもなら、すぐにその顔をひき寄せるところだが、吉太郎は椅子に腰をおろして、ジャンパーのポケットから、皺《しわ》になった煙草《たばこ》をとりだした。りえ子がマッチを取ろうとしたが、吉太郎はわざと自分のライターで火をつけた。

「意地悪」

りえ子が睨《にら》んだ。吉太郎はその顔に正面から煙を吹きつけた。

「いやだ。何をおこってんの？」

「別におこってやしない」

「おこってる、おこってる」

りえ子は、いつになく早口で言った。

「ああ、分かった。あなた、誤解してるのね、ふふ、おかしいわ」

りえ子は笑いだした。

「そうじゃない。今晩は、何だか気分が引き立たないのだ」

「嘘《うそ》だア。ちゃんと顔に出てる。弟をわたしの愛人だと思ったのね。ね、そうでしょ？」

りえ子は上目を使い、吉太郎の顔をのぞきこんだ。

「そうでもないが」

吉太郎は、りえ子に嫉妬《しっと》を指摘されて、顔がすこしあかくなった。もうこのときは、胸につかえた泥のような塊は、水のように溶けかかっていた。しだいに、自分の疑惑の方が錯覚であり、彼女の言うことが真実であると気づきはじめた。

「隠してもだめよ。わたし、分かるわ。だって、あなただけじゃなくって、いっしょに歩いてると、よく他人《ひと》に間違えられるのよ。弟、だから、わたしと歩くの嫌《いや》がるの」

りえ子はまだこっけいそうな目つきをしていた。

「へえ、そんなものかな」

吉太郎は、たちまち、いつもの人相になっていた。彼は、りえ子の弟の、女にしても美人になるに違いない、その白い、細い顔を目に浮かべた。

「そうよ。だから、あんまり弟はわたしのところに来ないんだけど、今晩は、特別に用事があるって、お店に来たの。わたしもちょうど、いやな客がついていたので、くさくさしていたから、それを幸いに早退けしちゃったわ」

吉太郎は、それは、いいことだと、ひそかにうなずいた。客を嫌うというのは、自分への愛情があるからに違いない。満足で、心がまったくなごんだ。

「それで、弟さんの用事って、何だったのかい？」

彼は口のあたりをゆるめてきいた。

「困ったことを言うのよ」

りえ子は顔をしかめた。

「この間から身体が疲れると言ってるから、早くお医者さんに診せなさい、と言っていたんだけど、今晩来てね、レントゲンをとったところ、とても悪いとお医者さんがおっしゃるんですって。本人、それでひどくしょげてましたわ。お医者さんに転地して療養したらいいとすすめられたけれど、何しろ、たいそうお金のかかることでしょう。弟も、それを心配して、わたしのところに相談に来たのだけれど、わたしだって、どうにもしようがなくて、困るわ」

りえ子は溜息《ためいき》を洩《も》らした。

「それで、ここまで連れて来たんだけど、思案がつかずに話しながら歩いていたの。弟も、まだ若いし、せっかく、大学の途中だし、ほんとに困ってしまうわ」

吉太郎は身体をのりだした。

「いったい、どのくらい、療養費にかかるのかい？」

「お医者さんは、ちょっとした手術をして、半年も休んでいれば、すっかり快《よ》くなると言うんだけど、それだって、三十万くらいは、いりそうなの」

「なんだ、そんなことか」

吉太郎は勢いこんだ。

「それくらいだったら、おれが出してあげるよ」

「あら、そんなこと」

りえ子は、目をいっぱいにあけた。

「それは困るわ。こんなに、よくしていただいている上に、そんな大金を使わせちゃ悪いわ」

「遠慮することはないよ、ねえ、りえ子」

吉太郎は立ちあがると、すわっているりえ子の後ろにまわった。

「おれにも、そのくらいのことはできるのだ。君には一人しかない大事な弟さんじゃないか。なるほどはじめて見た時から、ひ弱そうな身体つきだと思ったよ。勉強ざかりの若い者だ。ここで病気にさせちゃ、かわいそうじゃないか」

「ええ、それは、そうなんですけれど」

吉太郎は、りえ子の白い項《うなじ》を見ると、背中から衝動的に抱きついた。

「りえ子、りえ子、おれの気持は分かってくれるだろうな。な、りえ子」

柔らかい、うす紅色の耳朶《みみたぶ》にかじりつくように、彼は熱い息を吐いた。

「分かるわ。うれしい」

りえ子は頸《くび》に巻きついた彼の手を両手で挟んでもみ、しっとりと言った。

「でも、申しわけないわ、ご迷惑ばかりかけて」

「そんなことはかまわない。りえ子、それよりは、おれを心配させないでくれ。ほかの誰のところにも行かないで、おれの傍にいてくれ」

彼は顔をゆがめて言った。

「大丈夫よ。あなたから離れるもんですか。信じてよ。ね、つまらない心配をしないでよ」

「安心していいのか?」

「いいわ、わたしだって、あなたがこんなに好きなんですもの」

りえ子は、吉太郎の筋の浮いた手の甲を噛《か》んだ。

五

吉太郎は、りえ子に、一日も早く店をやめさせたかった。男たちの渦巻く中に、彼女を置くのは、何としても危険で仕方がなかった。じっとして落ちつけないのである。夜になると、りえ子の手が見知らぬ酔客によって握られ、肩を抱かれる場面の妄想にとりつかれる。その手が男たちの脂《あぶら》で、べっとりと塗られているような気がする。こうして家にいる間にも、あの仄暗《ほのぐら》い照明の下で、彼女は男たちに抱かれて踊り、さまざまな甘い誘惑の言葉をかけられているだろう。むりやりに客の自動車に連れこまれている光景が目にちらつくのだった。

そう思うと、意地にも我慢ができずに、吉太郎は家をとびだした。女房がようやく彼のそわそわした様子に目を光らせはじめたような気がするのだが、そんなことにかまっていられなかった。矢も楯《たて》もたまらずあわてて戸を入れて駅前に走り、タクシーを拾った。界隈《かいわい》ではいちばん遅くまであけていた彼の店が、今ではもっとも早く閉店するのである。

胸を、どきどきさせて、「キュリアス」にはいると、はたして、吉太郎の恐れる情景にたびたび遭遇した。うす暗い客席で、胸もあらわなカクテルドレスで抱かれ、倒れかかった恰好《かっこう》でいることもあれば、腰をひきつけられ、客にぴたりと吸いついて踊っていることもある。吉太郎は、卓にすわってそれを見ると、顔が蒼くなってくるのだった。りえ子は、ボーイの知らせで、やがて吉太郎の卓に歩いてくるが、近ごろはドレスも吉太郎の出した金での新調が多く、はじめて彼が来たときより、ずっと立派に見えた。

「早く、店を退いたらどうだ?」

吉太郎は、前にすわったりえ子を睨んで言った。

「ええ、わたしもそうしたいんですけど」

りえ子は、客にもまれて崩れた髪の恰好を、裸の両手をあげて直しながら言うのだった。吉太郎は嫉妬に燃えた。

「でも、ただ、遊んでるのは嫌だわ」

「だから、煙草屋を開くのだ」

「煙草屋ねえ……」

りえ子は、ものうげに言い、あらぬ方に目をやって口を閉じた。この女は、そんな地味な商売が気に入らぬらしい。この花やかな雰囲気が好きなのだろうか。——

「寺島さん、心配することはないわ」

りえ子と仲よしのさゆりが、あるとき、りえ子の来ないときに、席に来て言った。

「八重ちゃんは、寺島さんに首ったけよ。あのひとは堅いで通ってますからね。放っといて大丈夫よ。もし、客が変な真似《まね》をしたら、あたしが守ってあげるわ」

この女には、吉太郎も特別にチップを出している。万事を頼みたい気持からだった。電話の連絡も、彼女が引きうけてくれていた。

「寺島さん、八重ちゃんに店を退かせる話、もうちょっと待ってあげてよ。あたしたち、こう見えても、なかなか、義理や事情があってね、急に、さっとはゆかないのよ。八重ちゃんがかわいかったら、もう少し、気長に待ってあげてね」

そうか、と吉太郎は仕方なくうなずいた。理解のない男に思われたくない。気分は晴れないが、辛抱するほかはなかった。が、せいぜい、あと一カ月くらいだと自分で限度を決めた。それ以上はノイローゼになりそうで、我慢ができなかった。

近ごろは痩《や》せて、顔が尖《とが》ったと吉太郎は会う人ごとに言われた。夜になると、神経がいらいらするのである。

ある晩、まだ店をしまうには早い時刻、妙に気になりだして、近くの公衆電話に走った。

「八重子を呼んでくれ」

「はあ、八重子さんですか?」

「キュリアス」の女の声がこたえた。

「八重子さんは、今晩はお休みです」

休み? どうしたのだろう。吉太郎は早くもある予感で胸が騒いだ。

「じゃ、さゆりさんを呼んでくれ」

さゆりが代わった。

「あ、寺島さん?」

さゆりが、低い声を出した。

「八重ちゃんね、急に叔母さんが上京してきたとかで、上野駅に行ったわ。今晩はお休みするそうよ」

電話を切ると、吉太郎は、そのまま、中野のりえ子のアパートに走った。悪い予感がしてならない。

アパートの薄暗い冷たい廊下を歩み、りえ子のドアの前に立つと、覗《のぞ》き窓にカーテンがひかれ真暗であった。吉太郎は、しばらくその前に立ったが、やがて腰を曲げて、鍵《かぎ》穴《あな》から内部《なか》を覗いた。むろん、なにも見えはしない。が、静まり返ったその部屋に、人の気配がこもっているようでならなかった。

吉太郎はドアの外にじっと立っていた。内部からは、何の物音もない。しかし、人のいるような気配が、それは体温のぬくみのような空気だが、内側に充満しているように思われた。それがドアから二センチと離れていない吉太郎を妙に圧迫した。

スリッパのない靴下の裏は廊下の冷たさをじかに伝えた。が、頬は熱くなっていた。

彼は一息ついて把手《ノッブ》に手をかけた。ことりと空《むな》しい音がしただけで、それは釘《くぎ》で締めたように堅かった。

やはり居ないのだ。錠がおりていることを確かめて、不在の実感がきたようなものだった。すると、内部の空気が急に空虚に変わって、寒く感じられてきた。

廊下の曲がり角を、スリッパの音たてて中年女が現われた。エプロンの下に鍋《なべ》のようなものを抱えていたが、吉太郎の姿をじろじろと見ながら近づいた。彼は顔を見られないように、急いでドアの前をはなれ、先に廊下を歩いて階段を降りた。

玄関のたたきに、吉太郎の靴が脱いだときの状態で蹴《け》散《ち》らしたように置いてある。彼はそれをそろえていた。踵《かかと》の減った古靴で、かたちが歪《ゆが》んでいる。自分の身のまわりだけは、相変わらず倹約屋《しまつや》であった。

外に出た。せまい路《みち》で、両側のしもた家《や》からは、明かるい電灯の光が垣根越しに洩れている。何という木か知らないが、高い裸の梢《こずえ》の先に、オリオン星座がかかっていた。

吉太郎はしばらく歩いたが、どうも、足が前に進まない。りえ子の部屋が気になりはじめた。あれは確かに留守だと思うが、はたしてそうだろうかという疑問が少しずつ起きた。ドアに錠はかかっているが、内部《なか》に人間が息を殺してひそんでいるような気がしないでもない。いや、その感じがしだいにふくれて、彼を落ちつかなくさせた。

躊躇《ちゆうちよ》のあげく、彼は立ちどまり、踵《きびす》をかえした。いったん、爪先《つまさき》を戻すと、自然の勢いで、大股に急ぎだした。ふたたびアパートの玄関の戸をあけて、たたきに靴を脱ぎ捨て、階段を駆けあがるような気持で二階にのぼった。

りえ子の部屋の前に来て、また内部の様子をうかがうようにした。ドアの窓ガラスは、もとのままにカーテンがおりて、灯が消えている。吉太郎は耳をドアにすりつけた。

今度は、微《かす》かだが、物音が耳に伝わった。衣《きぬ》ずれの音ともとれるし、歩いている足音ともとれる。確かに人間がいる。人間くさい空気がこもっていた。

吉太郎はノッブに手をかけ、乱暴に力を入れた。閉まっているが、がたがたとそれは容赦のない音を立てた。それから耳を澄ませたが、今まで聞こえていた微かな音がやんでいる。そのことで、かえって人がひそんでいるのを確認したように思えた。

彼は遠慮しないでノックをした。返事がない。彼は強くたたき、

「おい、おい」

と呼んだ。薄暗い廊下には、人の影がなく、しずまり返り、声も音も高く響いた。

三四度くり返してたたいたとき、

「だれ？」

と、初めて内からりえ子の低い声が返ってきた。それは咎《とが》めるというよりも、誰が来たかを知っていて無意味な念を押しているような言い方であった。内部では急にあわただしげな小さな音がした。案の定、りえ子は先刻《さっき》から居たのだ。

「おれだ」

吉太郎の心臓は苦しいぐらいに早く搏《う》っていたが、さすがに声は細かった。

「あ、寺島さん？」
今度は、りえ子の声は高かった。
「ちょっと、待ってね。いま、起きるところだから」
ばたばたと忙しい音が聞こえた。その辺を片づけているのか、掃除でもしているよう
な気配である。それでいて、すぐにドアをあけるのではない。物音だけが大げさに高く
つづいた。吉太郎はノップを押したが、やはり閉まったままである。何をやっているの
か。やがてガラス戸が、がらがらと開く音がした。それは、入口とは反対側の窓ガラス
だと、彼には分かっていた。
「おい」
吉太郎は、また拳《こぶし》でたたいた。
「はアい、ただ今」
カーテンが電灯の灯で明かるくなった。次に摺《す》り足が近づき、ようやくドアの内側か
ら錠をまわす音がした。それから扉が内側に引いて開くと、赤いセーターを着たりえ子
が立っていて、吉太郎を見上げた。逆光のため顔が暗く、表情は分からないが、微笑《ほほえ》み
ながら吉太郎を凝視しているようだった。
「どうしたんだ？」
吉太郎は、りえ子の前を通り抜けた。部屋があたたかいのは、ガスストーブを点《つ》け放

していたせいである。彼は窓ぎわにまっすぐ歩いて行き、ガラス戸をあけて、首を突きだした。

下は狭い路地で、街灯が一つだけ立っている。一方は、よその家の垣根になっているが、それに沿うようにして、影が走って、角を曲がったのが、瞬間に、視野に間に合った。

吉太郎は、窓ガラスを閉め、部屋を見回した。別段、変わった様子もないが、何か一つ不足しているような気がした。きちんと片づいていて、部屋が少し広く感じられた。

りえ子は、胸を真正面にぶつけるようにして吉太郎の顔の前に歩いてきた。鼻翼《こばな》にうすい汗をかいていた。

「わたし、疲れて眠っていたのよ」

と、紅のはげた唇を動かし、寝不足のときのように、すこし、しゃがれた声を出した。

「何回も、ノックなさったの？」

吉太郎は椅子《いす》に腰かけ、煙草《たばこ》をとりだした。りえ子がマッチをすって近づいた。彼女の眼蓋《まぶた》が腫《は》れぼったく見える。うれた果実みたいな体臭が熱い風のように鼻を打った。

吉太郎は、いらいらしている気持を、落ちつけようとつとめた。

「君、今夜は、上野駅に行ったんじゃなかったのか？」

吉太郎は不機嫌な声で言った。

「あ、そうなのよ」

りえ子は、彼の傍にしゃがみこみ、両手を彼の膝《ひざ》に置いた。

「さゆりさんが言ってくれたのね。わたし、お店を休むから頼んでおいたの。でも、ばかを見たわ。叔母さん、来ないのよ。二列車ほど待ったけれど、とうとう待ち損だったわ。立ってるもんだから足が棒みたいになっちゃって、くたくたに疲れたの。そいで、帰ったら、何にもする気がしないで、ぐっすり寝込んじゃった。あなた、ずっと前からノックなさったんじゃない？　ごめんなさいね」

二人の位置で、吉太郎は、りえ子を見おろす恰好《かっこう》になっていた。彼女のセーターの衿《えり》もとの隙間《すきま》から胸の斜面が落ちている。仰向けた顎《あご》の下の、白い咽喉《のど》が、もの言うたびに、びくびくと動いていた。

吉太郎は、路地を走って曲がった男の姿が目に灼《や》きついていた。その影像をこの部屋に置いたものかどうか。彼は、りえ子が返事して、ドアを開くまでの時間を考えた。三分くらいは、じゅうぶんにかかっている。わざと片づけるような高い物音がし、窓ガラスが開いた。一人の人間が窓から外に出て、枠をつたい、路面にとびおりる動作が、その時間の中に、たっぷりと横たわっている。その時間は、もっと前の、彼が最初にドアをたたく以前からの妙な内容のある静寂の時間につながっていた。

「何を考えてんの？」

りえ子が手で彼の膝を揺すぶった。

「窓ガラスを、どうしてあけたんだい？」

吉太郎は、煙を吐きながら反問した。

「あなたが来たから、空気を入れかえたのよ。女の臭《にお》いがこもっているようで嫌《いや》だったからよ」

りえ子は即座に答えた。

吉太郎は黙った。口では言えないが、心ではいろいろな質問が出てくる。叔母を迎えに行ったのは嘘《うそ》の口実ではないか。宵《よい》から早く、この部屋の中で別な男と過ごしていたのではないか。前にドアをたたいたときは、両人《ふたり》で息を殺して身をひそめ、彼がいったん立ち去ったので安心したところに、思いがけず彼が引きかえしてきたので、うろたえて、男を逃がしたのではなかったか。ドアをあけずに、ぐずぐずして、わざと片づけるような物音をさせたのは、遁走《とんそう》の支度をごまかすためではなかったか。

「何をそんなに深刻そうに考えてんの？　わたしが眠ってて知らなかったのは悪かったわ。ねえ、こうして、今夜、思わずゆっくり会えたから、いいじゃないの。もう、機嫌直してよ」

りえ子は、身体《からだ》を伸ばすと、不安定な重心を吉太郎に倒しかけ、彼の頸《くび》を抱き寄せた。

「よせよ」

吉太郎は椅子から滑り落ちそうになったが、頸を締めつけられたまま、彼の手も、思わず女の胴にからみついていた。

「いや、いや」

りえ子は、締めた腕に力を入れた。それから、舌と歯で、吉太郎の鼻や唇や頬を、つぎつぎに咬《か》んだ。彼の顔じゅうがりえ子の唾《つば》でべとべとに濡《ぬ》れた。韮《にら》に似たような口臭を吸いこむと、彼の心の中の質問は何一つ口を割って出なかった。言葉よりも先に衝動が突っ走った。

吉太郎は、りえ子の身体を抱いたまま、隅《すみ》のカーテンの方にひきずった。

「せっかちね。待ってよ」

りえ子が腕の中でもがいたが、吉太郎はりえ子の身体でカーテンを割った。いちはやく目を走らせたが、ベッドはきちんと整頓《せいとん》されている。りえ子は仰向けに投げだされ、吉太郎を下から見あげて、うすい笑いを浮かべていた。

吉太郎は、ジャンパーを脱ぎ捨てながら、いま何時ごろかと考えた。腕時計を持っていない彼は、テレビのある方へ目を向けた。テレビがない。

「おい、テレビはどうした？」

吉太郎は声をあげた。さっき、どうも部屋が広いと感じたのは、テレビがそこになかったからだと気づいた。

「ああ、テレビね」

りえ子がカーテンの陰で、もそもそしながらもの憂《う》そうに答えた。

「向島《むこうじま》の叔父さんに貸してあげたわ。あなたに黙ったままだったけれど、叔父さんとこ子供が多くて、とても見たがってるの。かわいそうだから、ちょっとの間という約束をしたら、昨日、さっそく取りにきたわ。ねえ、いいでしょう?」

カーテンが大きく揺れて、あとの声は脱ぎかかっているセーターの内から聞こえた。

吉太郎は黙った。


日が経《た》つにつれて、吉太郎の焦燥は大きくなった。りえ子の行動に、いろいろ不審なところが出てくる。たとえば、昼、アパートに行っても一《いち》ん日《ち》じゅう留守のことがあるし、一晩、帰ってこないことも、ときどきあった。

昼のときは、

「退屈だから映画に行ってたわ。それから、まっすぐにお店に出勤したの」

と、りえ子は理由を言った。映画が買物だったり、友だちの家で遊んでいたり、というようにも変わる。

外泊については、

「昨夜《ゆうべ》ね、とってもお客に飲まされて、わけがわからなくなったの。そいで遅くもなるし、さゆりさんが危ないからって、心配して、自分ん家《ち》に連れて行って寝かせてくれたのよ。ねえ、堪忍《かんにん》してね。でも、あなたから叱《しか》られるようなことは何もしてないわ」

と弁解した。

吉太郎は、「キュリアス」に出かけて黙ってさゆりを呼ぶと、こちらから何も言いださないうちに、

「昨夜は、ごめんなさいね。八重子さん、とっても酔払ってるでしょ。しつこい客が来てね、無理に飲ませた上に、どうしても送ってやるって言ってきかないの。八重子さん、正体もないくらいだから、変な真似《まね》をされちゃ困ると思って、わたしが家に連れてったの。おかげで、わたしも朝までつきあって、頭や胸を冷やすやらで、たいへんだったわ」

と、ひとりでしゃべった。それから吉太郎の顔色を見ながら、

「寺島さん、あなた、何も八重子ちゃんについて心配することありませんよ。あのひと、しんから、あなたにまいっていますからね。わたしは仲がいいから、よく分かりますが、八重子ちゃんだけは安心していいわ。女というものは、好きな人ができると、どんなに誘われても、ほかの男には見向きもしないもんだわ。それに、わたしも付いていることだし、気をもまなくてもいいわ」

と、教えるように言った。

りえ子の顔を見たり、さゆりの話を聞くと、吉太郎も納得するが、ひとりになると、さまざまな疑念が衝《つ》き上げてくる。それを、われと安堵《あんど》するように解釈したり、逆に悪い想像をして、立ってもすわってもいられないような気持に襲われたりした。

こんな落ちつかない心になるのは、ひっきょう、りえ子が「キュリアス」をやめないからである。彼が、彼女の生活を、昼も夜も独占していれば、こんなに苦悩することはないのだ。

りえ子に、それを言うと、

「いいわ。もう、マダムに言ってあるし、そのうちよすわ。でも、ほんとに、わたしの心の中には、あなただけしかないから、それは信じてね」

と、胸に顔を押しつけてくるのだった。

この上は、実際に吉太郎が自身の目で確かめるほかはなかった。彼は店さきにぼんやりすわって、そのことの方法を考えた。

夜八時ごろ、「キュリアス」に電話して、りえ子を呼びだし、

「今夜、そっちに行くつもりだったがね。都合で行けないから、気をつけてお帰りよ」

と、やさしく言った。

「そう。がっかりだわ。じゃ、なるべく早く帰ります」

りえ子は殊勝に答えた。

「キュリアス」がしまるのは、十二時近くだから、吉太郎は、その前から、急いでタクシーに乗り、店の前から少し離れたところに停めさせた。運転手には待ち時間を倍に奮発してから待機させた。

この通りは、道の両側にパークしている車が多く、その陰にかくれていると、絶好の見張り場所であった。吉太郎は、胸に早鐘を打ちながら、店の入口から視線を放さなかった。

通りには、遊び疲れた男と女がたえず通った。料理屋の女中や、よそのバーの女が客や友だち連れで目の前をさえぎってゆく。隣のすし屋が戸を入れはじめた。

「キュリアス」から客が四五人、かたまって出た。これが最後の客らしい。女が三人で見送ったが、すぐ店の中に消えた。吉太郎は固唾《かたず》をのんだ。

しばらくすると、オーバーやコートに着替えた帰り支度の女たちが、ぞろぞろと店から出てきた。吉太郎は、はっとして、車のかげに身を退《ひ》き、目だけを窓ガラスからのぞかせた。

りえ子が、黒っぽいオーバーを着て現われた。このオーバーも、彼が新調してやったものだ。彼女は友だちの群れから離れ、たった一人で、流しのタクシーを呼びとめた。

吉太郎はすばやく、灯を消して待たせてある車にとび乗った。

「おい、あの車のあとを追ってくれ」

息を切らせて、運転手に命じた。

前のタクシーは新宿から市ヶ谷の坂をくだって行く。夜も、十二時を過ぎると、赤信号が黄色に変わるから、停止にひっかかることなく流れるように走った。吉太郎の乗っているのはルノーで、前の車に接近したり離れたり、自在である。尾行には慣れた運転手とみえた。

接近すると、こっちのヘッドライトが前の車の後窓を明かるくした。その照明の中に、杉田りえ子のオーバーの背中が浮きあがっている。ひとりで、今ごろからいったいどこへ行くのか。吉太郎は凝視しながら息をはずませていた。

前の車は、市ヶ谷から右へ曲がり、一口坂《ひとくちざか》を通って、九段坂上《くだんざかうえ》へ出た。速力を出しているの行き交う車の灯がつづく。

「旦那《だんな》、神田の方面らしいですね」

運転手がハンドルを動かしながら、おもしろがった声で吉太郎に言った。

運転手の言葉どおり、前の車は九段坂をおりて電車通りを突っ走り、須田町《すだちょう》の交差点にかかる手前から右に折れた。狭い道だが、両側の商店は閉まっているから邪魔物がない。前の車は、しばらくその道を進んでいたが、やがて赤い尾灯《テール》がとまった。こっちの運転手は気をきかし、灯を消して、離れたところに停車した。

乗ったまま、吉太郎が前方を見つめていると、りえ子がドアをあけて外に立った。そのまま黒いオーバーの襟を立てるようにして、片側へ走りこんで消えた。吉太郎はその地点を目で覚えた。

吉太郎は料金を払って車を降りた。運転手の片頬が笑っていた。二台の空車が走り去ると、正面に灯を消した神田駅の高いホームが見えた。通行人は一人もなく、車が突きあたりの道を横切るだけである。

吉太郎は、見当つけたところに来て立ちどまると、階下は事務所のような構えで真暗だが、二階の窓にかすかな蒼白《あおじろ》い明かりがついていた。しゃれた看板が屋根からさがっていて、「バー・ウインナ」と読めた。なるほど、狭い階段が横についている。

吉太郎は片側の軒の下に立って、前の二階の窓を見上げた。ブラインドに薄い明かりが射《さ》しているだけで人影はうつっていなかった。りえ子は、何のために、この時間、ここに来たのか。「バー・ウインナ」とは、ついぞ今まで彼女の口から聞いたこともなかった。

吉太郎は寒さにふるえながら、しばらくそこに立ちつくしていた。しかし、その身体の戦慄《せんりつ》の半分は興奮からであった。あの薄明かりの二階で、りえ子は何をしているのであろう。明らかにそれは彼女の隠れた行為であった。彼女は、この二階のバーの存在を彼に秘密にしている。

吉太郎は、今に、その狭い階段から、りえ子が降りてくることを期待して、小さく足踏みしながら、待っていた。寒さがシャツの下にとおって身体が冷えてくる。彼は、目の前の階段を駆けあがってゆくことができない。こわくて実行できないのである。自分がもっともおそれる場面に衝突しそうだったし、正体の知れぬ人間がそこにいる不安もあった。それよりも、りえ子が誰といっしょに階段を降りてくるか、それを見とどける気持が彼をそこに棒のように立たせた。

吉太郎は辛抱強く待った。暗くて狭い階段から目を一瞬も放さなかった。今にも、上から靴音が聞こえ、脚が降りてきそうであった。彼は胸がふるえた。

が、どのように待っても、りえ子は、降りてこなかった。三十分は、たっぷりと経っていた。そのうち、寒さで、じっとたたずんでいることが苦痛になってきた。足踏みしても、この寒さは払いおとせない。折から、パトロールの警官二名が街角から現われて、こっちに歩いてくるのを見たのを機会《しお》に、吉太郎は軒の下から出て、とぼとぼと大通りへ向かって歩きだした。

もっとも、これで諦《あきら》めたのではない。「バー・ウインナ」という店を見つけただけでも、ある意味の収穫はあった。りえ子の秘密の一つを探知したのだ。あとから、ゆっくり調べるテもある。タクシーを拾い、家の前に着くまで、彼は車の座席にうずくまって考えこんだ。

柱時計を見ると二時に近かった。もう、そんな時間になっていたのか、と彼は部屋の隅で、なるべく音のせぬようジャンパーやズボンを脱いでいると、眠っていたはずの女房が目を大きくあけた。

「ずいぶん、遅いのね、どこへ行ってたの?」

女房の声は、はっきりと、とがっていた。眠らずに彼の帰りを待ちかまえていたらしいことは、その詰問《きつもん》の調子で分かった。

「うん、駅前で知った男に会ってな、そいつのおごりで新宿まで飲みに行った」

吉太郎は何気ない話し方をした。

「このごろは帰りが遅いのね。よくつづくもんだね」

女房は布団《ふとん》を肩の上までずり上げて、くるりと吉太郎の方へ背中を向けた。

吉太郎は、りえ子のことで神経が昂《たか》ぶり、容易に寝つかれなかった。

翌晩九時ごろ、吉太郎は女房に同業者の小さな寄合いがあると言って家を出た。近ごろは、さすがに鈍感な女房もおかしいと感づいているらしい。駅前の屋台で飲んでいるという口実が窮屈になった。しかし、真相はまだわかっていない。第一、亭主がこんなに金をこっそりと浪費しているとは夢にも考えていないのだ。

神田駅におりて、急に思いつき、戸を閉めかけている小さな雑貨屋にはいって、鳥打帽子を買った。それから、隣の眼鏡屋では黒縁の眼鏡をえらんだ。どちらも、一番の安物であった。店頭の鏡の前に立つと、自分ながら別人に見えた。

昨夜、覚えた場所にくると、「バー・ウインナ」の二階の窓は、相変わらずブラインドがおりていて、その隙間《すきま》から薄暗い光が洩《も》れていた。吉太郎は、昨夜、さんざん凝視した狭い階段を、こつこつと上がった。

ガラスドアを手で押すと、

「いらっしゃいませ」

と、女の声が迎えた。正面がスタンドで、横にボックスがならんでいるが、はじめて来た者には手探りしなければ分からないほど暗い。肥えた女が、彼を安全に隅のボックスにすわらせた。客は三人くらいしかいないので、女の数が多かった。

女がハイボールの注文を聞いて、スタンドに立った。洋酒の瓶のならんだ棚はそこだけが舞台のように明かるく、バーテンが肩の上でシェーカーを振っていた。もう一人の若い白服は、下をむいてオードか何かを作っていた。

吉太郎は、その若い男の横顔を、こちらから眺めて、はっとして息を詰めた。まぎれもなく、それは杉田りえ子の弟の顔であった。頭の髪の特徴と、高い鼻梁《びりょう》とに見覚えがある。

女が傍に寄って何か言ったが、吉太郎は返事もしないで、若い男が顔を上げるのを待っていた。男はすぐに頭を上げ、料理皿をカウンターの上に出した。正確に、吉太郎は、りえ子の弟の面貌《かお》を実見した。

身体《からだ》に血が逆流して、頭の中が真空みたいになった。オードとハイボールが来て、女二人が何か話しかけたが上《うわ》の空であった。耳鳴りがした。

「あの人は何という名だね？」

吉太郎は、ハイボールを一口のみ、そっと指を出してきいた。熱い咽喉《のど》に流した液体の冷たさだけがこころよかった。

「こっちのバーテンさん？」

「いや、あっちの方だ」

若い男が、前のスタンドの椅子《いす》の客と話して笑っていた。笑い顔までまぎれもない。

「ヤマちゃんね。山口っていうのよ」

「山口……」

「ご存じなの？」

「じゃ、違ったかな。知ってる人によく似てると思ったが……。家はどこかね？」

吉太郎は上ずった声にならぬよう努力した。

「住みこみですよ、ここに」

女は教えた。

「まだひとり者ですからね。留守番兼用よ」

「住みこみか」

吉太郎は、昨夜、階段から降りてこないりえ子に思いあたって、唾《つば》の塊をのんだ。

「じゃ、給料は安いだろうな？」

「まあね」

だしぬけの質問だったが、女二人は笑った。

「でも、感心よ。この間、屋根裏の自分の部屋にテレビを買って据えたんですからね。八千円くらいしかない給料なのに小遣いも不自由してないらしいわ」

吉太郎は沈黙して、残りのハイボールを、一気に飲んだ。

「あら、もう、お帰り？」

金を払って、ボックスから立った。鳥打帽を目深《まぶか》にかぶり、出口へ歩くため、スタンドの前を通った。ちらりと横目で見ると、若者はグラスを拭いていたが、客が吉太郎とは気づいていない表情だった。

「ありがとうございました」

と、前を通る彼にていねいにおじぎまでしたものである。

吉太郎は狭い急な階段を降りるとき、足を踏みはずしそうになった。

寺島吉太郎は、陰気な性格であった。

そのことは彼の商売の仕方にも現われている。地道に稼いで、決して派手なやり方はしなかった。店員は以前から一人きりである。陳列ケースもなにかと理屈をつけて、新しいものと取りかえなかった。だから、近所にできた同業のフランス堂の新式に、敵意と嫉妬《しっと》を燃やしている。

同業者間では人づきあいの悪いことで評判であった。寺島さんは、爪《つめ》の先で火をともして暮らし、こつこつと貯《た》めているのだと言われた。そのとおりだった。女房が草履一つ買うのにもやかましい。そのかわり、自分の身なりもいっこうにかまわない。出納帳には十円の出入りも洩れなくつけて、無駄な出費を悔いた。

が、杉田りえ子に注《つ》ぎこむ金はふしぎに別な観念から生まれた。生活費に百円を惜しんでいる彼は、りえ子のために使う数万円が惜しくはなかった。そこに生甲斐《いきがい》があり、生命の青春感があり、歓喜があった。

しかし、神田に行った晩から、彼は、ようやく杉田りえ子がどんな女だったかを知った。バーの女のヒモのことは、話には聞いていたが、現実に自分がそれにぶっつかったのだ。

彼は預金通帳をひそかに開いて計算した。りえ子を知って、「キュリアス」に通いはじめて三カ月になるが、百万円近い金がそのために引きだされていた。裏切られた今となっては、取りかえしのつかない高価な費消《ついえ》であった。百万円の利益をあげるためには、どれだけの商品を売り、時日を要さなければならないか。雲散霧消した百万円は、杉田りえ子が取り、彼女の〝弟〟と称するヒモが奪い、「キュリアス」が儲《もう》けている。吉太郎は、寄ってたかって袋だたきにされている自分を知った。その中には、りえ子の店の友だちの、さゆりも一枚加わっている。

あんな子供のような顔をして、と吉太郎は舌をまくのだ。眉《まゆ》一つ動かさず、もの憂《う》げな声を出して、りえ子は前に吉太郎がきいたときに言った。

「弟ね、長野の療養所にはいって、とても、気分がいいんですって。一昨日、はがきが来たわ。あなたのおかげよ。費用は高いけど、やっぱり、それだけの値打あるのね」

その弟は、神田のバーに住みこんでいる。吉太郎が出してやる高い療養費は、マンボスタイルでのし歩く彼の小遣銭になっているのだ。

テレビも叔父さんとこではなく、あの二階のバーの屋根裏に置いてある。彼は、店が始まるまで、寝転んでそれを見ているだろう。そこには、りえ子が会いにたずねてくる。ときには泊まって帰るのだ。

「昨夜、八重ちゃんは酔払って危ないから、わたしのとこに泊めたのよ」

と、口裏を合わせているさゆりの共謀も、うまいものだった。親切な彼女に、彼は特別にチップをやっていた。

「八重ちゃんね、あなたに惚《ほ》れ抜いてんのよ。まだ、分かんないの？」

さゆりは彼の肩を打って、横で舌を出していたかもしれない。この女も、自分の客にりえ子の同じような協力を得ているのだろう。互いに利用しあい、隠蔽《いんぺい》しあっているのだ。

吉太郎は、神田のバーを見て以来、三日間は「キュリアス」に行かなかった。この三日間が彼の憤怒の頂点であり、苦悩であった。陰性な彼は、怒りにまかせて、りえ子のアパートに走ったり、店にとびこむようなことはしなかった。三日間、彼は暗い店の奥で凝然としてすわって考えつづけ、夜は布団を頭から引っかぶって思案した。利益を計算するように、どのようにしたら杉田りえ子から、彼の満足する掛けの回収ができるかを工夫した。

女房が狐《きつね》のような目を光らせて、

「どうしたの？」

ときいた。

「うん、身体の調子がすこし悪い」

彼は憂鬱《ゆううつ》に答えた。

「あんまり夜遊びがすぎるからよ」

女房は、にくにくしそうな声を出した。おぼろに感づいているらしいが、まだ、はっきりと知っていない。妙なことに、こんな女房の顔つきを見ていると、心のどこかで、杉田りえ子に、気持がまた傾いてきた。

四日目の晩に、久しぶりに「キュリアス」に行くと、りえ子が見つけて、卓《テーブル》にとんできた。

「あら、しばらくね。どうしたのよ」

りえ子は彼の腕を両手で抱えた。それから小さな声を出して、

「ちっとも来ないし、電話もかからないし、心配してたわ」

と、ささやいた。吉太郎は心の中で嘲笑《あざわら》う一方、四日も会わなかったりえ子の顔が、むしょうにかわいく、なつかしかった。

「風邪をひいてね、ちょっと寝込んでた」

「そうお？　ちっとも知らなかったわ。わたし、そうじゃないかと心配してたけど、おうちに電話もかけられないしね、ひとりで気をもんでたわ。心細かったわ」

眉を寄せて、実際に心配そうな顔をしているのを見ると、これが彼女の作りごととは信じられなくなった。この声を聞くのも久しぶりで、その官能の感動だけは真実であった。

「りえ子、例の話だが、早急に実行してくれないか？」

ほかの女が来ないうちに、吉太郎は低声《こごえ》で彼女の耳もとに口を寄せた。

「ああ、お店をよす話ね？」

りえ子は、吉太郎の思いつめたといった表情に、すこしたじろいだらしい。じっと目を宙に据えていたが、

「いいわ。そうします」

と、あんがい、素直にうなずいた。

「そうか、そりゃありがたい。今度こそ、間違いないだろうな？」

「大丈夫よ、ただ、それには、ちょっとご相談があるんだけど」

「何だい？」

「あとで言うわ」

女たちが来たので、彼女は黙った。

結局、その相談というのは、その晩は、彼女の口から出なかった。

しかし、何でもいい、とにかく、店をやめさせることは実現しそうだった。

あくる日から、吉太郎は、商売上の口実をつけて、家屋の周旋業の店をまわりはじめた。

六

寺島吉太郎は、土地、家屋の周旋屋を歩いたが、もちろん、見当もつけずに歩いたのではなかった。りえ子を住まわせる家は、自分の家から近くてもいけず、遠くてもいけない。タクシーで三十分以内と決めた。

それと、もう一つの希望があった。なるべく高台に建っている家ということだ。これは彼の好みというよりも、別な気持からである。

このために、彼は赤坂付近を目標にした。武蔵野台地の末端が、いわゆる東京山の手丘陵を形成し、低地との境がかなり急勾配《きゅうこうばい》な斜面となっている。そのもっとも典型的な複雑な地形が赤坂に多い。高台があり、急坂があり、谷間がある。

歩いてみて分かったのだが、この辺も土地や家屋の周旋業は意外に多かった。たいてい小さな間口にガラス戸が閉まり、いっぱいに隙間《すきま》なく貼《は》られた短冊型《たんざくがた》の紙には、「格安土地分譲××駅より十分」、「売家、建坪××坪四半、六、八、ガス水道アリ××駅より五分」、「貸家、四半、六、六、ガス、井戸、敷金三カ月分」「間貸、学生向、二階四半」などの文字を書きつらねて、にぎやかである。

内にはいると、狭い土間に、たいてい安ものの応接セットとスプリングのゆるんだクッションがあり、机が一二個と、電話機が置いてあった。ほとんどが、店主一名、女事務員一名の構成だった。

「貸家ですか。へえ、アパートじゃいけませんか？」

と、吉太郎の注文に彼らは答えた。

「当節は一戸建ちの貸家が少のうございましてね、たいていアパートなんですよ」

アパートなら別に移ることもないのだ。吉太郎の望んでいるのは、一軒の独立家屋で、なるべく風呂《ふろ》のある方がいい。それは、かねがね、りえ子が、

「家《うち》の中にお風呂がほしいわ。人の脂《あぶら》の浮いている銭湯に行くの、いやになったの。いつでも、勝手なときに沸かして、たったひとりで、きれいなお湯にはいれたら、どんなにいいかしれないわね」

と言っていて、その希望が頭にあったからである。

それから、その家は、低地よりも、高台の方がいい。小商人である吉太郎は、以前から高台のこぎれいなしもた家《や》に気持が惹《ひ》かれていた。それは、ごたごたした小売店に住んでいる彼の卑屈からくる一種の憧《あこが》れかもしれなかった。ことに、高台の家は何となく文化的で、高級らしく見える。そんな住宅に身を置くことも、彼の抱いている夢であった。

やはり丹念にまわってみるものだった。吉太郎は、何軒目かの周旋屋で、希望に近い貸家に行きあたった。

「六畳二間に四畳半、それにタイルの湯殿つきというのがありますよ」

周旋屋の親父《おやじ》は、にこにこ笑って言った。

「場所はどこかね？」

「ここですよ」

太った親父は猪首《いくび》をまわして、壁の大きな区内地図の一点に指を立てた。吉太郎がのぞくと、国電の駅からは少し遠いが、バスの便はあった。

「高台だね？」

「そりゃ、もう。眺望のいい所でさ。夜になると、銀座のネオンがイルミネーションのように見えますよ。こんな家が空いているなんてのは奇跡ですよ。持主がほかに家を建てて、三日前に出て行ったばかりですからね。旦那《だんな》は運がいいんですよ」

そうかもしれない、と吉太郎は思った。彼は乗り気になった。

「で条件は？」

「家賃一万二千円です。安いですよ。こんないい家がそれくらいだったら」

毎月、一万二千円ずつ消えて行く金高を、吉太郎はとたんに暗澹《あんたん》となって考えた。

「敷金は五カ月ぶんです。これは持主に交渉して、三つくらいに負けさせますがね。旦那、いま決心しなければすぐに大勢で奪いあいになりますよ」

周旋屋はあおるように言った。

「とにかく、家を見せてもらえるかね？」

吉太郎は身体《からだ》をのりだした。

「よござんす。ご案内するぶんは無料サービスですからね」

肥えた周旋屋は皮ジャンパーを光らせて外へ出た。

彼に連れられて、吉太郎は十分ばかりぐるぐる歩くと、坂にかかった。ひどく急な坂で、しかも相当に長い。片側は大きな邸宅の塀がつぎつぎにつづいているが、片側は普通の小さな家がならんでいた。傾斜にしたがって、家は層々とせり上がっている。吉太郎は急坂をのぼりきるころ胸が苦しかったが、太った周旋屋は、息切れがして、はあはあと口をあけてあえいでいた。

「と、とにかく、こんな坂道があるので、家賃が安いんでしょうな」

周旋屋は途中で顔を充血させながら言った。


いい家であった。そう古くもない。持主が、自分の住居に建てただけあって、上品だし、そう安普請《やすぶしん》でもなかった。浴室は、周旋屋が自慢するだけあって、タイル張りでかなり広く、湯槽《ゆぶね》も二人はゆっくりとはいれそうだった。

のぼるのに苦しいくらいの坂道の上だけに、展望はよく、下町一帯が低い海のように見渡せた。ただ丘陵の横の向かい側に、谷底のような町をへだてて同じような高さの台地があって、そこはもっと高級住宅地らしく、赤い屋根や白い壁の洋館がならんでいた。環境はいい。隣近所も、とりすまして互いに無干渉のようである。

「気に入った」

と、吉太郎は周旋屋に答え、すぐに手付金を渡した。

「もう一人、この家を見せたい者がいるからね。それがいいと言ったら、すぐに敷金と家賃を入れるよ」

「それは、奥さんですか」

「まあ、そんなものだ」

「奥さんもお気に入りますよ。こんなすばらしい家は、どこをお探しになっても、めったにありませんからね。ただ、ふだんの買物が、この坂の下の商店街でないと整いません。坂の上り下りが、ちょっと奥さんには辛《つら》いかもしれませんが、なに、御用聞きが毎日、うるさいほどまわってきますからね、そう不便じゃありません。中年の奥さんがたには、この坂はすこし厄介かもしれませんな」

吉太郎は黙った。誰がこの家に住むことになるか、周旋屋にはかかわりのない話であった。

その帰りに、吉太郎は杉田りえ子のアパートに寄った。

りえ子の部屋のドアの外に立ったとき、彼は妙にこわくなった。こちらの方が圧迫をうけるのだ。

吉太郎は、おずおずとノックした。

「はアい」

すぐに、りえ子の声で返事があったときは、全身の重味が軽くなったようにほっとした。

今日は、鍵《かぎ》のかかってないドアが、すうと開いた。

杉田りえ子は店に出る前の支度らしく、化粧していたが、ふりむいて、

「いらっしゃい。あなただと思ったわ」

と笑った。目を細め、しろい歯をいっぱいにみせている。かわいい顔だと思う。騙《だま》されたことを思うと憎いが、この女を放したくない気持がせりあがって、その憎悪《ぞうお》を底の方に沈めた。

「どこかにいらしたの？」

りえ子は横に腰をおろした吉太郎の様子を観察するように言った。

「うん」

吉太郎は、煙草《たばこ》を一本つけ、煙を吐いて、

「家を見てきた。いい家だったよ」

と、なるべく決定的なものの言い方をした。

りえ子は怪訝《けげん》な目つきをした。

「うん。おまえがいつも言ってたろう。風呂のついている家がほしいって。それがあったんだ。こんなアパートなんかじゃない、とても立派な一軒の家なんだ、見晴らしもすごくきれいだよ」

吉太郎は、りえ子の正面に向きなおって、勢いこんだ声を出した。

「そう？」

りえ子は、別な反応を示した。眉《まゆ》をかすかに寄せて、笑顔を消した。

「一度、見に行ってみないか。きっと気に入るよ」

吉太郎は機嫌を取るように、さしのぞいた。

りえ子は顔を歪《ゆが》めてクリームをこすりつけていたが、

「そうね、行ってもいいけれど……」

と、しばらく両方の指を顔に忙しく動かしていたが、

「でも、ここでもいいわ。越してきて、あんまり経《た》たないんですもの」

と、気乗りしないふうに見えた。

「そんなこと言わないで、一度、見てくれ。周旋屋も、めったに見つからない家だと言ったんだから」

吉太郎は頼むようにつづけた。

「そうね」

りえ子は、ゆっくりと白粉《おしろい》を塗り、眉を慎重に描くまで黙っていたが、それは彼女の考えるための時間のようだった。

「わたし、その家に移って、どうなるの？」

唇を鏡につきだし、口紅《ルージュ》を塗るとき反問した。

「店をよして、その家で暮らすのだ。ねえ、りえ子、そうしてくれ。今のままでは悪いことがある」

吉太郎は思わず声をうわずらせた。

「悪いこと？」

りえ子は、どきりとしたように、手をとめた。瞬間に動かない瞳《ひとみ》は、何かを恐れ、何かを探っていた。

「りえ子。おれは何もかも知っているのだ」

吉太郎は突然、感情がせまって声をふるわせた。

「おまえが弟だと紹介した男が、神田のバーで働いている山口というバーテン見習いであることも、そいつがこのアパートにこっそりたずねてきたり、おまえが泊まりに行ったりすることも、全部分かっているのだ。いや、おれがおまえに出している金も、ほとんどそいつのところに流れているし、テレビも叔父さんに貸したのではなく、その男におまえがやったのだ」

りえ子の顔が、見ているうちに蒼《あお》ざめた。顔も姿勢も撃たれたように硬直した。

吉太郎は、椅子《いす》からずり落ちて、凝然としているりえ子の脚の下に匍《は》った。

「りえ子、おれはおこってるんじゃない。知ったときは腸《はらわた》が煮えくりかえるほど腹が立ったが、おこりきれないいんだ。おこったら、おれが寂しくなるんだ、それほど、おれはおまえに惚《ほ》れている。おまえを放したら、おれは生甲斐《いきがい》がなくなる。もう二度と、おまえのような女がおれのものになることはないと思うよ。ねえ、りえ子」

吉太郎は、両手で、椅子から垂れているりえ子の脚をつかまえて、涙を流した。

「頼むから、あの男と手を切ってくれ。金ならいくらでも出す。財産はすり減ってもいい。おまえが望むなら女房と別れてもいい。どんなことでもするから、あの山口という男とは手を切ってくれ」

この叫び声を、りえ子がどんな表情で聞いているか、うずくまって顔を床につけている吉太郎には分からなかった。ただ、しばらく棒のように動かなかった彼女の脚が、やがて折れるように曲がると、吉太郎の背中に彼女の身体が崩れるように落下してきた。彼がその重味で横倒しになると、りえ子は上から抱きついた。彼女は急激に泣き声をあげた。

「すみません、すみません、わたしが悪かったわ」

りえ子は絞るような声を出した。

「こんなによくしてくださるあなたを欺《あざむ》いて、ほんとにすみません。堪忍《かんにん》してください。わたしも苦しかったわ」

吉太郎は、りえ子に圧《お》さえつけられている顔を振りほどいて、彼女の顔を見た。

「苦しかった？」

彼の反問に、りえ子は泣き顔でうなずいた。

「あなたのおっしゃるとおりなの。わたし、悪い女だったわ。でも、あの山口って男は、ほんとは好きじゃないの。それどころか憎んでいるわ」

吉太郎は呆然《ぼうぜん》となった。

「信じられないかもしれないけれど、嘘《うそ》じゃないわ」

りえ子は必死になったように言った。

「こんな商売をしていると、どうしてもあんな毛虫のような奴《やつ》に狙《ねら》われるの。わたし、あの山口にだまされたのよ。一度、その手に乗ると、もう逃げられないわ。いままで何度逃げようとしたかしれないけど、あいつがすぐに暴力でくるし、それに仲間を連れて組んでくるから、とてもだめだったの。あなたがわたしを好きになったと知って、いい鴨《かも》だから金を絞れと命令したのよ。言うとおりにしなければ半殺しの目にあうし、いやいやながらあなたからお金をもらっていたの。それも右から左にあいつのポケットにはいるのよ。そのうちに、わたし、あなたがだんだん好きになるし、死ぬほど辛かったわ」

りえ子は咽喉《のど》の奥から嗚咽《おえつ》を洩《も》らした。

「でも告白できないうちに、あなたの方が先に知って、これでかえって気が楽になったわ。わたし、いつでもあなたのもとを去ります。そりゃ苦しいわ。だって、わたし、あなたに本当の愛情をもったんですもの。でも、もうこれ以上、あなたに甘えられないの。苦しいけれど、絶望のまま生きてゆきます。ほんとにごめんなさいね。あなたからよくしていただいたこと、忘れないわ」

りえ子は言いながら、じっと吉太郎の表情を凝視した。

「ばか、おれは、おまえと別れないと言ってるじゃないか」

吉太郎の声に勇気が出た。

「でも……」

「分かったよ。よく言ってくれたね」

吉太郎は、りえ子の細い、子供っぽい身体を両手の中に締めつけた。

「りえ子、りえ子」

「うん……」

「おれから離れないでくれ。今までのことは目をつぶると言ってるじゃないか。あの男ときれいに別れてくれ。手切金はあいつの言うとおりに出してやろう、三十万円でも、五十万円でも」

「………」

りえ子は目をいっぱいに開いた。

「そのかわり、きっぱりと手を切るんだ。結局、こんな勤めをしているからいけないのだ。店をすぐにやめてくれ。それから、あいつはこのアパートを知ってるから、今日、おれが見つけた家にすぐ越すんだよ。わかったな。本当に、おれはおまえが死ぬほど好きなんだ。おまえも、おれが好きだと言っておくれ。え、早く」

「好きだわ。好きよ。わたしも同じよ！」

りえ子は、吉太郎の腕の中で胴ぶるいしながら泣きじゃくって言った。

「……すみません」

その夜は、りえ子は「キュリアス」を、自分から休んだ。――

あくる日も、吉太郎がりえ子を連れて、新しい家を見せに行ったとき、彼女はまず、いちばんにタイルの浴室を覗《のぞ》いて、彼の胸にとびついた。

「うれしい。とてもすてきな風呂場《ふろば》ね。あたし、生まれて初めてだわ、自分ん家《ち》のお風呂にはいれるなんて！」

その高台の新しい借家は杉田りえ子の心を動かした。アパートと違って、一軒の独立家屋であり、浴室がついている。高台で、海のような都心が見おろされ、近所には、こぎれいな住宅が多い。今まで、ごみごみしたところにいたりえ子にとって、魅力を与えたことは確かだった。彼女は、何度も家の内を見てまわったり、縁から、目の下に沈んでいる屋根の街を眺めたり、そうかと思うと、外に出て近所の建物を見たりした。環境の上品なのが気に入ったらしい。

「あの、向かい側の高台の家も、みんな立派なうちね」

りえ子は一方の丘を指した。その丘陵は、間に、ごてごてした小さな屋根の密集した谷間をへだてて、約五百メートルくらいの距離でこちらの丘と並行していて、その上に建ちならんでいる家は、いずれも文化住宅と名づける類《たぐい》のものであった。

「向こうの家から見ても、こっちの建物が、あんなに立派に見えるかしら?」

りえ子は、眺めながら、想像するように言った。

「そりゃそうだよ。こっち側だって、向こう側の建物に負けないもの」

吉太郎は、りえ子の喜ぶように答えた。

「そうね」

りえ子は、うっとりしたまなざしをしていたが、

「あら、あの家の人、こっちを見てるわ」

と大きな目になって言った。

間に谷をへだててはいるが、五百メートルくらいの近さだから、顔は分からなくても、姿恰好《かっこう》は手にとるように見えた。りえ子の言うとおり、ちょうど、この家の真向かいに当たる位置に、青い屋根の洋式の家があり、そこの家の人であろう、白い壁の前に立って、黄色いセーターを着た青年がたたずんでこちらを見ていた。

「きっと、この空家に人がいると思って、見ているんだろうな」

吉太郎は想像を言った。

「そうね。あの家の人でしょうが、変ね。これからも、あすこに立ってこっちの方を見るのかしら。あんな所から、じろじろ家の中を覗きこまれるかと思うと、いやだわ」

りえ子は眉《まゆ》をしかめた。

「なに、今日は珍しいから見ているのさ。ふだんは、そんなことはないよ」

吉太郎は、りえ子の気が変わらぬように言った。

「そうね」

彼女も納得して、うなずいた。

そんなことで、家を見ての帰り、彼女は機嫌がよかった。吉太郎の腕をつかまえて、ハミングでも口ずさみそうな、軽い足どりで坂道をおりていたが、

「あら」

と言って立ちどまり、あたりの家をぐるぐる見回した。

「この辺、お店が一軒もないわ。みんな坂の下にかたまってるのね。この急な坂を、買物に、下ったり上ったりするの大変だわ」

そのとおり、市場のような小売店の集まりは、坂下に見えた。魚屋、肉屋、八百屋、雑貨屋などは、この坂道の途中のどこにもなかった。

「なに、御用聞きがうるさいほど来るから、そういちいち、買物におりることもないさ」

吉太郎は土地周旋屋の話したとおりを言った。

「そんならいいけれど。来るとき、この坂を上ったけど、胸がどきどきしたわ。毎日、こんな辛《つら》い思いをして坂道を上がんなきゃなんないかと考えたら、やりきれないと思ったの」

この坂道は、急な勾配《こうばい》で、しかも距離が相当に長い。吉太郎でさえ、途中で一休みしたくなったくらいだから、りえ子が息を切らせたのは当たり前だった。

「はじめだから辛いのだね。慣れるとそうでもないさ」

吉太郎は、りえ子のせっかくの気持が変わらぬようにつとめた。

中野のアパートに帰ると、りえ子は、部屋の中をあらためて見まわすようにした。明らかに、いま検分してきた、赤坂の高台の家と比較しているのだった。吉太郎の目にもこの部屋が、急に、狭く、うすよごれて、貧しげに見えた。りえ子の瞬間の不快そうな目つきに、彼女の気持の動きがありありとわかる。

「ねえ、二三日うちに、あの家へ引っ越してもいいの？」

今度は、りえ子は吉太郎に甘えるように言い、媚《こ》びた目になった。

「うんいいよ。万事、手続きはすんでるからね。運送屋に頼んで、荷物を運ばせよう」

吉太郎は煙草をふかして言った。

「そう。じゃ、そうするわ。うれしい、わたし、あの家にはいったら、きっと気持がのびのびすると思うわ」

りえ子はすわっている吉太郎の腰に抱きついた。彼は煙草を投げ、彼女の肩をさすった。

「そのかわり、これで、きっぱり店をよすんだよ」

力のはいった声で念を押すと、

「うん」

と、りえ子は素直にうなずいた。

吉太郎は、銀行預金から三十万円を新しくおろして、りえ子に渡した。預金が見る間に減ってゆくのは、彼も苦痛で仕方がなかった。小さな小間物店で、ここまで貯《た》めこむのはなみたいていの苦労ではない。無駄使いはいっさい排除し、そのため同業者との交際《つきあい》にも義理を欠く有様で、女房にも口やかましく言って、生活費は極度に切りつめた。他人から陰口や皮肉を言われた。何でもいい、金のあるのが勝ちだと思い、預金通帳の帳尻《ちょうじり》の数字がふえるのが唯一《ゆいいつ》の愉《たの》しみであった。二万、三万とふえた数字には、みんなそれぞれの苦労の思い出がある。

が、いまや大量に数字は減少しつつある。数々の思い出も、大変な数字といっしょになって、洪水のあとのように退《ひ》いてゆくのだ。金が逃げてゆく。吉太郎は目をふさぎたいくらいだった。

しかし、ここまできたら、あとに引けなかった。りえ子に密着するほかないのだ。この女を得るためなら、たとえ、現在の生活が破滅してもかまわない気になってきた。あたりが傾きそうな転落の予感におびえる一方、りえ子にしがみつきたい衝動はいよいよ募ってきた。

「三十万円、山ちゃんに渡したわ」

りえ子は、吉太郎に報告した。薄い笑いが彼女の顔にあった。

「そうか。山口はどう言ってたかい？」

吉太郎は、彼女のヒモに渡った手切金の返答をきいた。

「今後いっさい、わたしから手をひくと言ったわ」

「ほんとうにひくのかな」

「だから、念のため、一札取ってやったわ。ほら、これよ」

りえ子はハンドバッグから、煙草《たばこ》といっしょに、たたんだ紙を出した。吉太郎がひろげてみると、便箋《びんせん》に鉛筆で書いてある。

——三十万円、受けとりました。今後、杉田りえ子さんとは何ら関係なく、いっさいごめいわくはかけません。万一、違背のさいはどのようなご処分でもうけます。

×月×日　山口武重《やまぐちたけしげ》（拇印《ぼいん》）

寺島吉太郎殿
吉太郎が目を上げると、りえ子は煙草をくわえて片頰を笑わせていた。このへたくそな文字の念書をうつむいて一生懸命に書いている神田のバーテン見習いの横で、りえ子はいったいどのような姿勢をとっていたのだろうか。吉太郎は嫉妬《しっと》が湧《わ》いた。

「これで、わたしもせいせいしたわ」

吉太郎の気持をすばやく読みとったように、りえ子は眉《まゆ》を開いてみせた。

「あの悪党に長いこと苦しまされたもの。どうしても逃げられなかったのを、あなたのおかげで助かった。うれしいわ。すみません」

吉太郎は、彼女の情人の念書をたたんでポケットに入れた。

「これで解決したね。やっぱり金の力だ」

彼はつぶやいた。りえ子の全部が、実際に彼だけのものになると、三十万円の支払いも惜しくはなかった。

「店の方は、すっかり話がついたかい？」

吉太郎はそれも気にかかった。りえ子は、今まで辞める辞めると言いながらぐずついている。これも早くしなければ、彼女の現在の悪い環境を断ち切ることはできない。

「ええ、それとなく、いちおうは言ったんですけれど」

りえ子は顔を伏せた。長い睫毛《まつげ》が黒くそろってみえる。いまになって、りえ子がまだためらっているのが吉太郎には歯がゆかった。

「どうしたのだ、何かあるのかい？」

「ええ……」

吉太郎がせきこめば、せきこむほど、りえ子はぐずついていた。

「店のママがやめさせないのか？」

「そうでもないけど」

と、口ごもっていた。

「そうでないなら、かまわんだろう？」

吉太郎はいらだった語気で言った。

「ねえ、やめるには、いろいろな事情があるのよ。でも、あなたにそれを言うのが悪くて。だってこんなにご迷惑をかけてるんですもの」

りえ子はようやく顔をあげて言ったが、今度は、表情がひどく弱々しい。

「何だい、今になって？」

吉太郎はなじる顔になった。

「言ってみろよ」

「店をやめるには、今までの借金をきれいにしなくちゃだめなの」

「借金？」

「ええ、でも、わたしが借りたんじゃないのよ、わたしの係のお客さんの貸しが、こっちの責任になってるの。何度、催促に行っても、くれないとこばかりだわ。でも、それを店に払わないと、やめさせてもらえないのよ」

りえ子はうったえるように話した。

「みんなで、どのくらいだ？」

「十五万三千円よ。いつのまにか、そんなにふくれちゃったの。わたしじゃ払いきれないわ。でも、あなたにこんなご迷惑をかけているので、いままで、どうしても言えなかったの」

りえ子は低い声で言いわけを述べた。そうか、これが彼女を煮えきらなくさせた原因なのか。

「よし」

吉太郎は勢いよく言った。

「そいつも払ってあげよう」

一切合財《いっさいがっさい》、ことのついでであった。彼は心の中で、また、目をふさいだ。

そのとき突然、激情がこみあげ、吉太郎は、りえ子の前にうずくまって手を突いた。

「りえ子、おれと別れないでくれ。おまえに相手にされなくなったら、おれは生きていられないのだ。りえ子、頼む。おまえのためなら、どんな犠牲でも払うから。なあ、りえ子、お願いだ」

七

りえ子は高台の新しい家に移った。

吉太郎は毎日のようにたずねて行った。昼間のときもあれば、夜もあった。家を出るときの口実がしだいに苦しくなったが、問屋に行くと言ったり、よその店の様子を見てくると言ったりした。女房は目を光らせて、出て行く彼の背後から睨《にら》んだ。このごろは夫婦の口喧嘩《くちげんか》が絶えない。さすがに、女房も吉太郎の落ちつかぬ様子に、女ができたと覚《さと》ったらしい。吉太郎に向ける顔が蒼凄《あおすご》み、目がつりあがっている。

「どこにいる女だい？」

女房はののしった。

「あたしに会わせておくれ。よう、どこに囲っているのかい？」

「ばか。そんな女がおれにできるもんか。いいかげんにしろ」

吉太郎は叱《しか》った。

「ふん、ごまかしてもだめだよ。あたしには分かってるんだからね」

「何が分かってるのだ？」

「銀行の金が、あたしの知らないうちに減ってるじゃないか。よう、そんなに目をむいても追っつかないよ。どこの女にやった金かい。口が開かないのかい？」

「………」

「少しばかり金ができたからって、いい気になって、何だい。コンパクト屋が来てこぼしてたよ。近ごろ払いが遅れて困るってあたしに言ったから、はじめてびっくりしたよ。おまえさん、女のために、商売の方をめちゃめちゃにするつもりかい？」

「うるさい！」

吉太郎はどなった。

「勝手にわめけ。おれが儲《もう》けた金だ。何に使おうとおれの勝手だ。口を出すな、やかましい」

口喧嘩のはては、女房を奥の座敷にひきすえ、三四度はつづけて殴打《おうだ》した。女房は悲鳴をあげて、彼の脚に武者ぶりついた。

店では、店員の高崎とも子が嘲笑《あざわら》いして立っている。吉太郎には小しゃくな女だ。彼は睨みつけて店をとびだした。

女房は銀行の金が減っていることを知っている。吉太郎は蒼ざめる思いだったが、かえって度胸がついた。誰が女房に金の減ったことを教えたか。銀行の窓口の奴《やつ》かもしれない。あんまり頻繁に彼が預金をひきだすので、そっと告げ口したのだろうか。よけいなことをする人間もいるもんだ。

が、まだ女房は、りえ子のことまでは知っていないのだ。女ができたと察しはつけたが、実体は分からない。もし、分かったらどうなるだろう、りえ子のところへ押しかけるだろうか。きっと、あの鈍い目をつり上げて、わめきこんで行くに違いない。吉太郎は目の前に刃物の冷たい光を感じて、思わず胸がどきりとした。

りえ子の家に行くと、心がなごむのだ。貯金が減ったことも、商売のことも、女房の顔も、いっさいの暗い雲がここでは遠のいてしまう。ここでは、りえ子の退屈なくらい平穏で、若い匂《にお》いの立ちこもった生活が彼を抱きこんでくれるのだ。神経が休まる。

「退屈だわ」

りえ子は怠惰に身体《からだ》を投げて言った。

「夜なんか、どうしようもないのよ。あなただって、毎晩は来てくださらないし、時間の消しようがないわ」

「ラジオを聞いたり、本をよんだり、編物なんかしたり、そんなことをするのさ」

吉太郎はもっともだと思い、さとすように言った。

「ねえ、わたし、ときどきは映画に行ってもいい？」

りえ子は上目づかいに、せがむように言った。

「うむ」

吉太郎は生返事したが、不安な予感はあった。

「いや、なるべく、おれが来るよ。この辺は夜のひとり歩きは物騒のようだからな」

そのことを実行するために、彼は翌晩の十時すぎにりえ子の家に来たが、表には錠がかかっている。彼は戸をたたこうとしたが、急にその手をひっこめた。何か胸が騒ぐのだ。

吉太郎は、靴を脱ぎ、靴下のまま裸足《はだし》になって、家の横の塀を乗り越えた。地面におりるとすぐに、裏側の濡縁《ぬれえん》の上に音のしないように足をかけた。そのまま、腹ばいになって、内側の様子に聞き耳を立てた。

吉太郎は腹ばったまま、息をつめて耳をすませた。濡縁と部屋の間は雨戸がしまり、その内側にはガラス戸がある。吉太郎は片方の頰を雨戸に押しつけたが、気のせいか、ぼそぼそと話し声が聞こえるようである。しかし、二重の戸にさえぎられて、さだかに分からない。ひとりは、りえ子だろうが、相手の声は男か女か性別がつかないくらいにかすかである。吉太郎は、暗いところであせってきた。雨戸はきっちりとしまって、内側の明かりを毛筋ほども洩《も》らしていない。電灯をつけているのか、消しているのかも判断がつかない。

もう一つ、耳に邪魔になるのは、近所から聞こえてくるテレビの声である。歌と拍手とが潮鳴りのように押しよせてきて、一方の耳に指をつめても、あまり効果がない。内側のぼそぼそ声は、とかくとだえがちであった。谷間の灯《あかり》も、向かい側の丘の灯も、吉太郎の目には悲しげにうつった。

彼は、縁側を匍《は》いおり、床下にしゃがんだ。冷たい基礎のコンクリートの上に板がはめこんである。それは簡単にはずれた。彼は音を立てぬように、頭から突っ込んで匍匐《ほふく》した。闇《やみ》の中を四つ足ですすむ動物の恰好《かっこう》だ。両の掌《てのひら》が、木片や焼物の破片のようなものにふれて痛い。頭をさげぬと、すぐに上につかえた。膝《ひざ》がすりむけそうだった。クモの巣が顔に粘りついた。吉太郎は、われながら、みじめであった。

五メートルもすすむと、ようやく声のする真下にきた。彼は肘《ひじ》を曲げ、膝をのばして伏せた。人間の声をこういう方角から聞くのは、はじめてであった。頭の上から話し声がおりてくる。位置は、りえ子がいつも布団《ふとん》を敷く六畳の間であった。

女の声はりえ子で、男の声は予想どおり、あの山口という若いバーテン見習いの声であった。低いので話の内容は分からないが、勤めているバーの噂《うわさ》らしい。ときどき、両人《ふたり》で笑っている。融《と》けあっている笑い声であった。

吉太郎は身体が熱くなってきた。頭の中が燃えあがって、わめき声がひとりでに口から出そうである。上の両人《ふたり》がすこし動くだけで、床板がふるえ、小さな埃《ほこり》が降ってきた。今、どんな恰好で両人はいるのか。閉じこもった中で、傍若無人《ぼうじゃくぶじん》な姿をしている想像が走った。

吉太郎は身体の位置を変えて、出口へ向かおうとした。そのとき、背中が床板に当って、ごとりと音をたてた。とたんに、上の話し声がやんだ。顔を見合わせている様子が目にみえるようである。逃がしてはならない、今夜こそ現場を押さえてやるのだ。床下の出口への匍行が早くなった。今度は、高い金属性の音がした。片方の膝が古いトタンに乗ったのである。のっぴきならぬ音だった。はたして、上では畳を踏む音が乱れてきた。

もうかまうことはなかった。吉太郎は犬が走るように遮二無二《しゃにむに》這《は》うと、いたるところでぶっつかり、つづけざまに音が起こった。上でも畳を歩きまわる音があわただしい。競争みたいだった。が、吉太郎の上半身が外の土に乗り出したとき、玄関をあける音がした。つづいて、ばたばたと土を蹴《け》って走る靴音が聞こえた。

吉太郎は起きあがると、足音の逃げた方向を追った。第一の路地には姿がない。角をまがると広い道路だが人影がなかった。街灯の光を丸く溜《た》めた道が、ばかにしたように延びていた。

「待て」

吉太郎は、仁王立ちになって二三度叫んだ。塀の上にさし出た木が黒く揺れている。彼の大声を聞いて、近所でも雨戸を繰る音がした。

彼は荒い呼吸をしながら、家に引き返した。膝から力が抜けている。玄関は錠がはずれていて、こともなく開いた。

六畳の間には、りえ子が、セーターの姿のますわって、ふてくされた目をあらぬ方へ向けていた。食卓の上にはビールの空瓶が三本と、チーズやピーナツの食い残りが散乱している。

「おい」

吉太郎は突っ立ってどなった。りえ子は顔をそむけたまま返事もしない。覚悟をきめたように、行儀よく、じっと動かない姿を見ると、堅い全身に反抗がかまえている。吉太郎は怒りにふるえながらも、相手から威圧をうけてたじろいだ。彼はそれをはねのけようとした。

おい、と三度呼んだとき、りえ子は顔をはじめて吉太郎の方に向けた。白い目が彼を刺すようだった。唇を噛《か》んでいるが、何よ、と突っかかりたげだった。さすがに顔色も白くなっている。

耳のあたりの髪毛《かみのけ》が皮膚に粘りついたように乱れているのが目にはいったとき、はじめて吉太郎に狂暴な怒りがこみあげてきた。彼は、いきなり平手でりえ子の顔をなぐりつけた。

「よくも、だ、だましたな」

声がうわずった。りえ子は両手で顔をおおい、畳の上に突っ伏して攻撃を避けた。吉太郎はその肩を起こし、彼女の手を顔からはぐように除《の》けて、またなぐった。彼女の顔面が見る見るうちに赤くなった。

「おい、よ、よくも……」

吉太郎の怒号に泣き声がまじった。

りえ子は、下から目をあけて、吉太郎を凝視していた。恐怖が去って、男の心を観察するような瞳《ひとみ》である。それは少しずつ媚《こび》のある笑いに変化して行った。男を完全に征服した目であった。吉太郎に今にもその頸《くび》をかかえられることを予想した、ばかにしきった目つきだった。

小さな嵐《あらし》はしずまった。

いさかいをし、喧嘩をすることで、吉太郎の感情は、りえ子に没入した。遠慮がなくなり、他人ごとの隙間《すきま》がとれた。

吉太郎の過去に青春はなかった。これからも、むろん、若い女を得る自信はないのだ。顔もみにくいし、学問もない。それに、第一、年齢が峠を越していた。これからは老いるばかりである。りえ子は、吉太郎に与えられた藁《わら》であった。この女に取りすがるほか、生きる望みがない。りえ子をおのれの手からのがしたら、灰色の泥海に沈み、死まで押し流される絶望があるだけだった。彼には、もがき狂うような焦燥があった。

そのために、りえ子には少々の我慢も必要であった。忍従することで、彼女の心と身体をつなぎとめておくほかはなかった。

「山口って、しつこいのよ」

と、彼女はうったえた。

「三十万もやったのに、まだ、いろいろと言ってくるの。あんな、男らしくない奴は大嫌い。ぞっとするわ。あのときも、勝手にやってきたんだもの」

「念書をとったはずだが」

吉太郎は、鉛筆書きの文句を頭に浮かべた。三十万円は生命をけずられるような大金だった。

「そうなの。卑怯《ひきよう》な奴よ。でも、あんまり強く断わると、逆上して刃物でも出しかねない男なのよ。そんなグレン隊みたいな男なの。だから、なるべくおとなしく、わたしから離れるようにしているの」

「そんなことができるのか？」

「できるわ。わたしの気持が冷めていることが分かってきたから、向こうも、もう深追いしないと思うわ。だから、このごろ、もう来なくなったのよ。ねえ、わたしを信じてよ。ほんとに、もう何にもないんだから。わたし、心から、あの男を軽蔑《けいべつ》しきっているから、そんなこと、するはずがないじゃないの」

吉太郎はうなずいた。しかし、心から納得したのではない。りえ子の言うことは隙だらけであった。

たとえばこの新しい家を山口には知らさない約束だった。彼がアパートに来る危険があるから、ここに越したのだ。彼がこの家に相変わらず来るようでは、なんにもならない。

「あら、それはね、さゆりさんがうっかり口をすべらしたらしいのよ。わたし、さゆりさんに怒ったんだけど、あとの祭だったわ」

りえ子は、けろりとして弁解した。この言いわけも怪しい。さゆりという女は、店にいる時から仲よしだが、かねて通謀しあっている形跡がみえる。さゆりにきいてみたところで、口裏を合わせるに決まっている。

　吉太郎は、それ以上つっこめなかった。つっこめないのは、りえ子の弱点を知っているから口に出せないのだ。破綻《はたん》がくるのがこわい。女の弱点が、そっくりそのまま彼の弱味に転移していた。

　そのさゆりは、りえ子のところへ、昼間、よく遊びにくる。吉太郎は、この女が気にくわなかった。なにか、ひそかに、悪い知恵を、りえ子に授けているようでならない。

「今日は」

　と、さゆりは、吉太郎と、たまに会ったとき、じょさいなく笑顔をつくって、お世辞を言った。

「いい家に住まわせてもらって、遊んでて、八重ちゃんは幸福だわ。寺島さんに働きがあるからね。うらやましいわ。わたしも、早くいい人をつかまえて、働かないで暮らすようになりたいわ」

　そんなら、早く見つけて、この家に寄りつくな、と、どなりたいくらいだった。自然とその気持が顔色にも出てくる。さゆりは、彼に会うと、こそこそと帰って行った。

「いやな人ね、さゆりさんが来ると、こわい顔なんかして」

　りえ子は吉太郎を非難した。

「あのひと、わたしたちのために、お店で気を使ってくれたじゃない？　あなた、追い返すようにして悪いわ」

気をくばってくれたのは、彼がりえ子の客として通っているころだった。今は、よけいな侵入をしてもらいたくない。かつて、吉太郎のために計ってくれた配慮を、今度は誰のためにしているのか分かったものではない。

「おまえは店をやめたのだから、あんまり店の女とはつきあってもらいたくないな」

吉太郎は、おとなしい声で言った。

「へええ、さゆりさんはいい人なのに、どうしてそんなに、けぎらいするの？　わたしだって、毎日、こんな家にとじこもっていて退屈でしようがないわ、遊びにくる友だちが一人くらいないと寂しいわ。映画にも行くな、友だちも寄せつけるなって、そこまで自由を束縛されたら、たまんないわ」

りえ子は口をとがらせ、不機嫌に表情を硬《こわ》ばらせた。

吉太郎は沈黙した。


りえ子との間に、平和な日がつづいた。

吉太郎は、ほとんど毎日、赤坂の坂上の家に行った。昼間もあれば、夜もある。一《いち》日《ち》で両方のときもある。もう、商売はどうでもよかった。店の奥にすわっていると、心がりえ子の方に飛んで落ちつかなかった。客がたまに店にはいってきても、以前のように景気よく声をかけて、立ちあがることもなかった。奥の部屋では、女房が蒼凄《あおすご》んだ顔で、ごろごろと不貞寝《ふてね》をしたり、荒々しい物音を立てて、動きまわっていた。店では、高崎とも子が、いつも、薄笑いを浮かべて、知らぬ顔で立ち番している。

この女店員は、そのうち給料が遅配するのを心配しているのかもしれなかった。彼女は、吉太郎が、どれだけの金を〝かくし女〟に運んでいるか小賢《こざか》しく察知しているようであった。

吉太郎が、りえ子の家に行く、もう一つの目的は、山口が来ているのではないかという心配からだった。これを考えたら、居ても立ってもいられないのだ。嫉妬《しっと》で、足のうらが灼《や》けた砂を踏んでいるようだった。

が、いつ行っても、男は、りえ子の家に来ていなかった。

「ばかね。あいつだって利口よ。見込みのない女を、いつまでも追わないわ」

りえ子は笑いながら言った。このごろの若い者は、吉太郎が考えている以上にドライだ、いまごろは三人目くらいの新しい女とくっついているに違いないと、のんびりした顔をしていた。

吉太郎は安心した。たとえ、その安心が、次の心配でかき消えるとは分かっても、その間だけは救われた。

「退屈だったら、編物を稽古《けいこ》したらどうだな。あれは時間の経《た》つのを忘れるらしい」

吉太郎はすすめた。りえ子は、そうね、と気のない返事をした。生花も茶も同じ口吻《くちぶり》しか返ってこない。この女は、そんな辛気くさいことは性《しよう》に合わないようだった。吉太郎のおそれるのは、もとの生活とかかわりのある場所へ遊びに行かれることである。現在のところ、その様子は見えないから、いまのうちに地味な性格を身につけてやりたかった。

りえ子は、ひる前の十一時に起き、それからすぐ風呂《ふろ》を焚《た》きつけて、湯にはいる習慣をつくった。これは何よりも、彼女の気に入ったらしい。

「すてきよ。水道の栓をひねって、冷たい水で顔を洗わなくてもすむわ。歯も、湯槽《ゆぶね》のなかで磨くの。ほんとに贅沢《ぜいたく》だという気持がするわ」

彼女はそれを言うとき、目を細めた。

「そりゃいい。寝起きの朝風呂なんか、なかなかはいれないからな。どれ、おれも一つ、早く来て、いっしょにいれてもらうかな」

吉太郎は、いままで、りえ子の家に泊まったことがない。そのことは、まだ彼が女房と別れるふんぎりがつかない躊躇《ちゆうちよ》をあらわした。りえ子も、泊まってくれとせがんだこともない。彼女には、吉太郎の決断をかえって先に延ばさせるような態度があった。

平穏な日がつづいた。りえ子は、この家に落ちついたようにみえた。前のヒモの山口は、あれきり来る様子がない。さゆりが、相変わらず遊びにきているくらいであった。

「気味が悪いわ」

と、ある日、吉太郎が行ったとき、りえ子が言った。

「どうしたのかい？」

「ほら、いつか、この家を見に来たとき、向こう側の丘に立って、こっちを見ていた若い男があったわね。覚えてる？」

吉太郎は思いだした。谷間をへだてた、ちょうど、真向かいに当たる丘陵の、青い屋根の家の前で、黄色いセーターみたいなものを着た青年が、こちらを眺めている姿だった。

「あの男、やっぱり、ときどきこっちを見て立ってるのよ。いやだわ。しじゅう、覗《のぞ》きこまれているようで、薄気味悪いわ」

勝気なりえ子が、おびえた目をした。

「そうか。そんなら、おれが行って、叱《しか》ってやろう」

吉太郎は考えて言った。

「およしなさいよ。かえって、変な仕返しをされたら困るわ。わたし、家の戸じまりを厳重にしておくからいいの。ただ、ちょっと気になるから言ったまでよ」

「うん、そうか。が、あまり目にあまるようなことをしたら、言ってくれ。このごろの若い男は横着で厚かましいからな」

それは、ふたりだけの小さな危惧《きぐ》だったが、いまのところ、生活の平穏にはかかわりあいがなかった。

破局は、吉太郎の気づかないうちに、いや、彼が日ごろから恐れて、そのことには目をふさぐようにしている不安な予感が、黒いかたちとなって急速に近づいてきた。

八

寺島吉太郎は、ほとんど商売に身を入れなくなった。彼のように地道な小商人は、金がふえるから、商売がおもしろくなるのだ。それで精が出る。金が彼を無限に働かせるようなものであった。できるだけ生活費を切りつめ、粗衣粗食することも、金ができるためには愉《たの》しい。

客がはいってきたら、目の色を変えて大きな声で迎え、その場にとびだして、客の気持をつかもうとする。同業者に向かって闘志が湧《わ》くのは、金儲《かねもう》けを競争したいためであった。

寺島小間物店は小さいが繁昌《はんじょう》する店といわれた。それは吉太郎が商売上手で、熱心だからである。何といっても、小売店は、主人が熱心でないと客が来ない。吉太郎は、いろいろ研究している。店舗をひろげるだけが能ではない。広いだけで、客が空白を周囲に感じたら、寂しがって寄りつきはしない。この辺の場所では、狭くてもにぎやかな感じがいい。彼の店ではふたりの客がはいっても、外からはひどく繁昌しているようにみえる。客が客を呼ぶのである。それも、主人が熱心で、客にたいしての態度が活気にあふれていなければならない。

吉太郎の、その商売根性の熱がさめたのは、貯《たくわ》えた金が見る見るうちに減って行ったからである。はじめは、家賃とか、贅沢な生活費とか、十分な小遣いとかで、りえ子に注ぎ入れている毎月十万円近い穴を、商売の方で補塡《ほてん》しようと思ったが、それは、こんな場所がらの小売店ではとても追いつけない。それに、りえ子のことがしじゅう気にかかり、腰が落ちつかないから、自然と商売の方が留守になり、以前ほどの力がはいらなくなった。客は敏感なもので、主人の様子が違ってくると、足が遠ざかってしまった。

吉太郎は、内心で狼狽《ろうばい》し、急に商売に熱を入れてみることもあったが、長つづきはせず、また、りえ子が気にかかって逆戻りするから、店はさびれるばかりであった。流行《はや》っているときは、外から眺めても店つきに精彩があるが、景気が少しでも悪くなると艶《つや》がなくなる。客は、このような店を嫌うのであった。

いままで、心の唯一《ゆいいつ》の支柱ともしていた金は減るし、商売は悪くなるしで、吉太郎は、焦燥しながらも、すこしずつ自棄《やけ》になってきた。これまで、ぺこぺこと頭をさげて笑いながらはいってきた問屋の外交員が、しだいに、むずかしい顔をしはじめたのも癪《しゃく》であった。何とか立ちなおらなければと決心するときもあるが、これではとても見込みがないと思うと、力が抜けて、心は虚脱状態になった。

あんな女の子ひとりに、せっかく築いた商売の基盤と金とを失うのは、ばかげている、と自分で思う時も、もちろんあった。しかし、りえ子に会っていると、もう二度と自分の生涯にはこのような歓《よろこ》びはないと思い、そのような反省は目をつむって忘れるようにした。それも、金も商売もまだどうにか水平が保てているときは、反省という言葉もいえるが、そっちの方が絶望的に傾くと、その傾斜の度合だけ、りえ子に愛情が落ちて流れていった。

一店にいても、少しもおもしろくなかった。軽蔑していた近所のフランス堂が、近ごろ繁昌しはじめたと聞くと、よけいにいらいらして、一ときもじっとしていられない。彼は日が経つにつれ、荒れだした。

女房は、相変わらず白い目で睨《にら》んだ。どこで、どういう女ができているのか、証拠がつかめず、実体が分からないが、女がいることだけは知っている。亭主の握っている銀行預金帳から、たいそうな金が女に流れていることが分かって、逆上し、とがった顔が、さらにひきつったように歪《ゆが》んで、蒼凄んだ面貌《かお》になった。

「女をここに出せ」

女房は発作的に狂うと、吉太郎に突っかかって、わめいた。

「どこかのパンパン宿にたたきこんで、おまえさんが注ぎこんだ金を取り返してやるんだ」

なぐりあいは毎日のように起こった。

「おまえさんが一人で働いたと思うと大間違いだよ。金は、あたしもいっしょにつくったのだ。おまえさんが、今ごろになって勝手なことをはじめても、そうはいかないよ。さんざん苦労させて、いまだに副食物《おかず》のかかりが多いの、着物をつくるな、と吐《ぬ》かして、おまえさんのしてることは、何のざまだい。さぞ、女にはダイヤの指輪や、流行《はやり》の洋服や着物を、何十着分もこしらえてやって、ご機嫌をとってるんだろうね。さあ、何十万、何百万、その女にくれてやったか言ってみろ」

女房はぎらぎらした目で、男のような声をあげた。

「見ろ、女のためにうつつを抜かして、商売をほうりっぱなしてるから、さっぱり左前になったじゃないか。金はなくなるし、この先、どうして食ってゆくつもりかい。さあ、聞かせておくれ。それとも、いよいよ、食えなくなったら、あたしを女のところへ転げこませて、女中でもさせるつもりだろう。おまえのような鬼は、そんな非人情な考えしか持っていないのだろう。さあ、早く女の居るところを教えておくれ」

「やかましい！」

吉太郎が突きとばすと、女房は簞笥《たんす》の隅に転がされて動物のような声を放って泣いた。

高崎とも子が、いつもこんな夫婦の争いを店の境に近づいて、相変わらず聞き耳を立てていた。

杉田りえ子は、吉太郎に金がなくなったことを知ったらしい、と吉太郎自身の方で察するようになった。

「こんなわたしのためにお金を使って、申しわけないわ。お宅の方は大丈夫なの？」

りえ子は心配そうに何度もきいた。が、思いあわせると、それは彼女の探りであった。そんなこと、心配するな、と吉太郎は平気な微笑で言い、実際にも、金を与えていた。が、その金が楽でないことを、りえ子は早くも覚《さと》るようになったらしい。もとから店の客の懐《ふところ》を見抜くカンが働いていて、どんなに金持の鷹揚《おうよう》なつかい方をしていても、それが苦しい金かどうかすぐわかる、といつか言ったことがある。それは、客が金を払う時の、気づかないくらいの、ほんの微細な表情や、しぐさに本心が覗くものだ、と話した。

「ねえ、わたし、ちょっとだけ、働きに出てもいい？」

りえ子が、こう言いだしたとき、吉太郎は、ああ、これは、おれに金がなくなったことを感じたのだな、と思った。彼は顔色が、すうっと変わった。

「出ちゃいけないと言っただろう。どうしてそんなことを言いだすんだ？」

彼は、りえ子の顔を強く見つめた。彼女はそれを避けるように、すこしうつむいて、

「分かってるわ。それは、分かっているけれど、キュリアスのママが、どうしても、もうちょっとだけ、手伝ってくれ、と、言ってきてるの。どうせ遊んでいるなら、もったいない。夜を早く帰すから、いいじゃないかと、言うの」

と、いつものもの憂《う》そうな声で言った。

「ふん、そんなことをママが直接に言ってくるのかい？」

「いいえ、そうじゃないけれど……」

「さゆりだろう？」

りえ子は目を伏せて、黙っていた。

「あれほど、おれが寄りつかせるなと言っているのに、まだやってきてるのか」

吉太郎は睨みつけた。

「あれもしつこい女だが、おまえもおまえだ」

「あら、そんなこと言うもんじゃないわ」

りえ子は顔を上げた。

「さゆりさん、ずいぶんと、わたしたちに好意をもってるのよ。あなたがけぎらいするのは分かんないわ。それに、あのひとはわたしの友だちだから、そんな言い方をしないでよ」

「あいつがここへ来るのは」

吉太郎も、つい、日ごろ思っていることを言った。

「何か、いいことがあるからだ」

「いいことって？」

りえ子は、ぎょっとしたような目をした。

「金でも、おまえからせびりにくるんだろう。そんなことがなければ、こんな高い所に息を切らせて、日ごとに来るはずがない」

「ひどいことを言うわね」

りえ子も、硬《こわ》ばった表情になった。

「いくら、わたしにお金をくれてるといっても、あんまりだわ」

「いや、隠しても無駄だ。おれには、ちゃんと分かるんだ。あいつは、連絡にきているに違いない」

「連絡ですって？」

りえ子は、ふたたび、ぎくりとした顔になった。

「何の連絡なの？」

と、さぐるように問い返した。

「店の連絡だよ。おまえは、まだ店に行きたがっている。ママがどうだこうだと言うけれど、おまえの本心は店に行きたいのだ。おまえには、こんな退屈な暮らしが気に入らないんだろ。やっぱり、暗い灯《ひ》の下で、バンドを聞きながら酒でも飲んで、男にちやほやされたいんだろう。おれに、おれに……」

吉太郎は言っているうちに、興奮した。

「金が少なくなったと思ったから、離れたくなったのだな。あの、山口っていう若い男が恋しくなったのだろ？」

「まあ、それは邪推よ」

りえ子は、ちょっと顔色を変えたが、落ちついて言った。

「そんなこと、絶対にないわ。こんなによくしていただいているのに、そんなことができますか。ね、考えてよ。わたしの気持は分かっているくせに」

りえ子は上目使いに笑いかけながら、吉太郎の腕を両手でとった。

女は、離れたがっている、と吉太郎は、そのとき彼女を抱きながら考えていた。金もなくなった。商売も、家の内もおもしろくない、おれはいったい、どうなるのだ、と、髪をむしりたいくらいであった。

「おい、りえ子。おれは絶対に、おまえを店に出さないよ」

吉太郎は、女の柔らかい耳のそばで言った。この女を店に出したら、この腕の中に重味をかけている女の身体《からだ》は、どこかに逃げてしまう。

「もし、おれからはなれてみろ、殺してやるから」

それにもかかわらず、「キュリアス」に出て働きたい、というりえ子の要求は、一波、一波、おしよせるようにつづいた。それは吉太郎の顔色をうかがい、あるいは機嫌をとり、少しでも隙《すき》のあるときに持ちだされた。吉太郎には、りえ子の気持がどんなに向こう側に傾いているかが分かった。

いさかいは、わりあいに穏やかなときもあれば、険悪なときもあった。が、だんだんと、それは激しくなり、吉太郎の心の中でせっぱつまったものとなった。

吉太郎は、薬屋に行き、硫酸の小瓶を買った。小さいが、これだけでも目的を果たすには十分である。

「おい、おれに隠れてどこかに行ってみろ」

ある日、吉太郎は口争いのはてに、ポケットに忍ばせた硫酸の瓶を出して、りえ子に見せた。

「どこまでも、追いかけて探しだし、こいつを顔にかけてやるから」

りえ子は、妙な目つきをして、その淡黄色の液体を見ていたが、それが硫酸と分かると、いまにもほんとうに浴びせられるように悲鳴を上げた。

「おまえの顔が焼けただれて、人前に出られぬようになるのだ。目もつぶれるのだ。おまえは、まばたき一つするうちに醜くなるんだ」

吉太郎は、りえ子の肩に近い腕をつかみ、その目のさきに瓶をつきつけた。酒みたいな色をした液体は、すこし揺れた。

「いや、よして！」

吉太郎の目の中の粘い光に気づくと、りえ子はのがれるように顔を畳につけようとした。

「おれはおどしではないぞ。本気だ。分かるか？」

「…………」

「これでも、おれの言うことをきかずに、店に出て行くのか？」

「行きません。言わない」

吉太郎が手をはなすと、りえ子は、しばらくうずくまってじっとしていたが、あげたときの顔は真白な唇になっていた。

しかし、吉太郎のいない間に、りえ子が逃走する心配が彼にしじゅうあった。このごろは、毎日のように行っているが、それでも、りえ子のところで過ごすのは三四時間くらいだった。あとの時間は、りえ子の自由勝手で、野放しである。

その遁走《とんそう》をふせぐために、吉太郎は、金を前にも増して運んでいるが、これもいつまで効力があるか分からない。

第一、その金が残り少なくなっていた。

ここまでくると、吉太郎がりえ子を放すまいとする考えが、一つの執念に変わった。いまや、二十年間、爪《つめ》の先に火をともすようにして倹約してたくわえた金も、その処世上の信念も、店の商売も、ことごとく喪失してしまった。残っているのは、若い身体をもったこの女だけである。りえ子の身体のなかの、内臓のどろどろしたところまで、彼の生命は、吸収されていた。

吉太郎は、銀行から残りの預金を全部引きだした。それは四十万円にもたりなかった。彼はその金をもって、りえ子の家へ、身体一つで移った。

「家を出たよ」

と、吉太郎は、玄関をはいって、りえ子に言った。

「まあ、どうなさるの、あとのことを?」

りえ子は息をのんで、のこのこと鞄《かばん》一つで上がってくる吉太郎を、棒立ちになって見まもった。

「あとはどうにかなるだろう。女房は、慣れた店員相手に細々と商売をつづけてゆくつもりだから、食うのに困るまい。黙って出てきたが、おれとしては、あいつと別れたつもりだ。これからは、おまえといっしょに暮らすよ」

りえ子は、またたきもしないで吉太郎の顔を見ていた。

「心配するな。女房はこの家のことも、おまえのことも知ってはいない。だから文句を言いにくることはない」

「そ、そんなことじゃないわ」

りえ子は、舌をもつらせて言った。

「これからさき、どうするのよ？」

「そう気にするな。おれだって商売人だからな。金儲《もう》けの道くらいは知っている。ここに四十万円ばかりあるから、これで、おまえといっしょに食べてゆくうちに、ゆっくり思案するよ。まあ、あわてることはないさ」

吉太郎は、自分が思いきった行動をした、という興奮から、りえ子の肩を、いきなり引きよせた。りえ子はよろよろと倒れそうになった。

「りえ子。これで、おれはおまえと、やっと毎日がいっしょになれたのだ。もう、絶対に放さないよ。もし、おれから離れそうになったら、おれは何をするか分からないよ。おれも死物狂いだからな」

しかし、吉太郎がりえ子に殺意をもちはじめたのは、その新しい生活にはいってあまり日が経《た》たなかった。

九

この、東京の中心街を沈める海のように（実際に沖積期《ちゆうせきき》ごろにはそうだったのだが）

見おろす位置の丘陵一帯に建った住宅は、密集はしていたが、それぞれの住人は孤立し、互いの交通は、おおかた途絶していた。ここでは感情の交流や共同性がない。隣同士の生活は想像しあっても、それに接近するような厄介なことは避けられていた。それぞれが干渉をしないし、干渉を受けない、利己的な孤絶の高踏的な生活であった。

よそ目には、平穏な暮らしが、杉田りえ子と寺島吉太郎の間につづいた。よそ目といっても、近所の煩雑《はんざつ》な目ではなく、いわば、行きずりの一瞥《いちべつ》というにふさわしい。ひとりの中年男と、ひとりの若い女が、この一軒の家で、しじゅう、いっしょに、おだやかに暮らしているのだ。近所の誰もが、ぼんやりした想像に満足し、それ以上に穿鑿《せんさく》しようとする興味をもたなかった。互いに生活の自由を尊重している。

この家は、あまり早起きではないらしい。四十五六の主人は、朝の十一時ごろに歯ブラシをくわえながら、庭をうろついている。二十二三の妻は、そのころに台所で物音を立てている。夫婦の年齢がすこし違いすぎるようだが、何か事情があるくらいの想像で、この辺の他人には、あまり気にならない。

十二時すぎになると、風呂《ふろ》の焚口《たきぐち》にしゃがんで、若い妻が石炭を放りこむ。煙突から、黒い煙が上がりはじめる。ときどき休むこともあるが、ほとんど毎日がそうなのだから、風呂がよほど好きらしい。もし、うらやましがる者があるとしたら、昼なかに湯を沸かしているこの家の習慣を、であろう。暮れてから帰宅する主人を迎えなければ風呂が焚けない大部分の家では、これは羨望《せんぼう》に値した。

そういえば、この家の主人は、どこにも勤めていないらしい。毎日、家の中にとじこもっているようだ。それほど贅沢《ぜいたく》さは目立たないが、金のある、裕福な暮らしとみえた。

訪問客はない。ときおり、二十七八の、派手な服装をした、どこか身体に崩れのある感じの女が玄関を出入りすることがあるくらいのものだ。帰るときは妻が、親密そうに、坂の途中まで送ってゆく。それで、若い妻の素性が想像できぬではないが、彼女は地味な性格とみえて、一人のときに見かけると、ひどく、憂鬱《ゆううつ》そうに、あるいは退屈そうに顔をしかめている。

しばらく経つと、どうも、あの夫婦は正常な夫婦ではないという印象が、近所の人の目にもうつってきた。年齢の隔りがあることと、あまり外へ出ることもなく、客も来ないことが、何となく隠棲《いんせい》めいて感じられるのだ。普通の夫婦ではなく、事情のある同棲者ではないか、とだんだんに思われるようになった。しかし、それ以上には観察者は踏みこまない習慣を守っていた。

夫婦、あるいは同棲者は、ときどき、夕方から揃《そろ》って出かけた。それは映画見物らしい。銀座へ遊びに行ったときは、買物の包みを主人が持って帰る。いつもいっしょだから、仲がいいに決まっている。主人は、かならず若い妻の傍につきそったようにして歩いている。

女がひとり歩きのときはあまりないが、それでも、日常の買物に、坂道をおりて、坂下の商店街に行く姿が見られた。この坂の勾配《こうばい》は急で、下から上がって行くのが骨である。途中で、一度は立ちどまって息をととのえなければならないくらいだったが、彼女も買物かごをさげて、坂道の半分くらいのところで、動悸《どうき》をしずめるようにやすんでいた。そのときの彼女の顔は、いくぶん蒼《あお》い顔になり、ぼんやりとした目つきになっていた。

杉田りえ子は、心臓があまり丈夫でない、と吉太郎が知っていたのは、前からだったが、特別にそのことを意識にのぼせたのは、つい近ごろである。下の商店から買物をして帰ったときは、畳の上にうずくまるようにすわって、しばらくは動かない。肩を動かし、荒い息を吐いていた。

「おい、早く支度をしないか」

と、吉太郎が言っても、

「苦しいわ」

と、横ずわりした姿勢で吉太郎を白い目で見上げた。

「こんな、高い所に建っている家なんか、まっぴらだわ。早いとこ、こんなうち、出て行きたいわ」

ふん、と吉太郎は鼻を鳴らし、

「おまえが出て行きたいのは、坂道をのぼるのが苦しいだけじゃないだろう。おれから早く逃げたいのだろう」

吉太郎は、りえ子に、にくにくしい目をむけた。

「あいにくだな。おれの金が少なくなったのを見て出て行こうたって、そう虫のいいことはできないぞ。おれは執念深いし、自棄《やけ》になっているからな。おまえがどんなところにかくれていたって、かならず探しだして、これをぶっかけてやる」

彼は、ポケットからいつも放さない硫酸の小瓶を出し、淡黄色の液体を振ってみせた。

「醜い顔にしてやる。二度と男から相手にされない顔にしてやる」


よそ目には、平穏な生活にみえても、じつは、両人《ふたり》の間は静かな憎悪《ぞうお》の地獄であった。女の心はとうに、男から離れていた。それは、吉太郎にも分かっていた。女が遁走しないのは、彼がしっかりとつかまえ、押さえつけているからである。

吉太郎は、監視の目を一分もおこたらなかった。この白い、細い動物は、隙《すき》あらば彼の手をすり抜けて逸走しそうにみえる。油断はならなかった。

りえ子は、欲が深いから、この坂道の家から逃亡する気づかいはない、と吉太郎は考えていた。かなりの衣装と、かなりの装身具と、相当な貯金を彼女は持っている。それを持ち出す機会がないかぎり、まず安全なのである。一物も持たずに、彼女が男のところへ奔《はし》っても、男から相手にされるはずがない。そのことは彼女自身が承知しているから、むやみな行動に出る心配はないだろう。

　吉太郎は、いまでは商売も、金も、妻も失った。転落がはじまると、とことんまで落ちてやろうという快感がしないでもない。しかし、こうなったからには、りえ子の身体《からだ》を最後まで抱きこんでやろうと覚悟していた。執着もあるし、意地もあった。分別や理性は、自分から押しのけていた。

　彼のすべての生命が、りえ子にかかっていた。この女の実体以外に、彼には世に存在するものがなかった。愉楽も、希望も、この女にだけある。

　朝、おそく起き、両人《ふたり》で風呂にはいり、飯を食い、夜が来て寝る以外にこの家の生活はなかった。

　吉太郎は、毎晩、ときには昼間でも、りえ子の若い身体をひきよせ、それに燃えて行った。粘い汗が彼のあしうらまで流れた。

「いやらしいわ」

　りえ子は、のがれたあと、目を光らせて唾《つば》を吐いた。

「おれの愉《たの》しみは」

　吉太郎は、あえぎながら言った。

「これよりほかにないのだ。金もなくなった。商売も失った。何の愉しみがおれにあろう。これだけなんだ。りえ子、おれの気持を察してくれ。分かってくれるだろうな、辛抱してくれるだろうな？」

彼は、りえ子の身体に両手をかけて揺すぶった。それから涙を流した。

しかし、この女は逃げかけている。密閉された世界から、いつかは戸を破って逃亡するのだ。不安というよりも、それは彼の確信に近かった。彼はしじゅう、ふるえていた。彼は女にしがみついた。確信が事実となってくるには、まだ遠いと、無理に思っている。

その日、りえ子が坂下の商店街に行ったまま、長く帰ってこなかった。坂をゆっくり上がってくるから、買物は暇がかかる方だったが、それにしても、今日は、おそかった。

吉太郎には、はっと頭をかすめるものがあった。彼は、寝転がっていたが、足をはねてとび起きると、簞笥《たんす》の引出しをことごとくあけた。予感したとおりで、買ってやった四万円の真珠の頸飾《くびかざ》りと、三万円のオパールの指輪、それに彼女名義の新しい銀行預金帳から五万円が三日前に引きだされていた。彼は頭に血が上がった。

りえ子が、きつそうな息をしながら戻ってくると、彼は、いきなり、りえ子をその場にひきすえた。彼女は悲鳴をあげた。

「おい、頸飾りや指輪はどこにやった？　五万円は誰にくれてやったのだ？」

吉太郎は、たけりたった。

「よしてよ！」

りえ子は、彼の腕の下で、荒い呼吸をし、蒼い顔になりながら、にらみつけた。

「頸飾りや指輪は、ずっと先《せん》に、さゆりさんが来たときに、ぜひ、というから貸してやったのよ。五万円は、わたしが使っちゃったわ。わたしの金だもの、何に使おうと勝手じゃないの！」

この女は、まだ山口と縁がつづいているのだ。五万円は、彼に手渡したに違いない。以前に、さゆりが、ちょろちょろ姿を見せていたが、あれは、やはり、その連絡に来ていたのだ。頸飾りと指輪は、たぶん質にでも入れて、さゆりが足代をもらって、山口に手渡したに相違ない。

りえ子の買物が暇が要ると思ったが、山口を電話で呼んで、わずかな時間の逢引《あいびき》をしているのかもしれない。五万円は、そのときに貢《みつ》いだ男の小遣いに違いない。

吉太郎にある意志が生まれたのは、このときからであった。

殺意とは、どのような意識の瞬間から言うのであろう。人間の意識の浮動を的確にとらえて、それを明快に指摘することができるだろうか。誰かを殺したい、という憎い相手を想定した漠然とした予備的な意志は、多くの人が常から持っている。このことから言うと、たいていの人は日常、殺意をもっている。

〝多くの動機があって、一つは行為に現われんとし、他はこれを妨害せんとするがごとき時は、われわれの行為に対する状態は、いわゆる熟考という動揺状態である。そして、その一が勝利を得て、いよいよ行為に現わさんとするにおいては、すでに決定または決意の状態となる。この場合は、明らかに自己の自由を有するときであって、十分に責任を問い得るものである〟と説く犯罪心理論があるが、決意の状態は、〝行為に現わさんとする〟状態の上限を決定しなければ曖昧模糊《あいまいもこ》としている。

寺島吉太郎には、〝いわゆる熟考という動揺状態〟はあまりなかった。彼は、りえ子が、相変わらず若い情人に、彼から取りあげた金を運んでいることを発見してから、急に、何ごともそのことに触れなくなった。

彼は、機嫌がよくなり、おだやかな表情になった。

「りえ子、何か食べたくなった。坂下の店に行ってうまいものを買ってきてくれないか」

と言い、

「少し、ビールでも飲もうかな。すまんが、下の店に行って、ビールと、つまみものでも買ってきてくれ」

と、言いつけるようになった。

坂下への用事がしきりと多くなる。りえ子は、いやいやながら、その用事をたした。急な坂道を上がってくるのは、一つの労働である。彼女は、ときには、日に二三度も、あまり時間をおかずに買いにやらされることがあった。

息を吐きながら、帰ってくると、

「やあ、疲れただろうね。ご苦労さん。さあ、酒でも飲んでくれ」

と、吉太郎は、ちゃんとそれを用意して待っている。

「ちょっと、待ってよ。酒なんか、飲みたくないから、すこし、やすませてよ」

りえ子が言っても、

「いやいや、おまえは酒が好きだし、酒を飲むと疲れがやすまるんだ。さあ、お飲み」

と、むりやりのようにすすめるのであった。

仕方がないから、少し飲むと、彼女の胸は苦しいくらいに動悸がうった。こんなことが連日のようにあった。

苦しくて、うつ伏せになっていると、吉太郎は、急にその背中に両手をかけてきたりした。

「だめよ。いまは」

彼女は身体をのがれようとした。

「おい、おれの気持は分かってくれるだろう。なあ、いまのおれには、愉しみが、これよりほかにないのだ」

吉太郎は耳もとでささやき、りえ子を乱暴に揺すった。彼女は下から、苦しそうに顔をゆがめる。彼は、粘っこく、執拗《しつよう》にりえ子の身体を攻め、衝撃を加えた。りえ子は蒼《あお》い顔になり、荒々しい息を吐いて、髪を乱した。

あるときなど、彼は、坂道を登って戻ってきたばかりのりえ子を、浴室に連れて行った。留守に吉太郎が沸かしたとみえ、タイルの湯槽《ゆぶね》には、白い湯気が立ちのぼっている。

「おい、風呂《ふろ》がわいているぞ。さあ、おはいり」

吉太郎は、まだ動悸《どうき》がおさまらないりえ子の手を引っぱった。

「そんなこと、言ってもむりよ。あとでないと、とてもむりだわ」

りえ子が胸を押さえて断わっても、彼は、りえ子をつかまえ、ブラウスの背中のチャックを割った。

「さあ、はいるんだ。おれもいっしょにはいるからな。おまえの帰るのを待っていたんだよ」

吉太郎は顔では笑いながら、目は、ぎらぎらと光っていた。

「おい、あがるのが早すぎるよ。もう少し肩を沈めていろよ」

彼は、湯をはねてあがろうとする、りえ子の白い肩を両手で押さえつけた。

「か、かんにんして、とても、胸が苦しくて、気が遠くなりそうだわ」

「そうか。じゃ、おれといっしょにあがろう。おれは、もう少し、つかっていたいんだから、十まで数えたら、あがろう」

「だめ。待てないわ」

りえ子は、もがいたが、吉太郎は押さえた力をゆるめなかった。

「いいか。ひとつ、ふたつ、みっつ……」

りえ子は失神しそうな顔になった。

「りえ子。おれは、おまえが子供のようにかわいいから、こう乱暴にあつかいたくなるんだよ」

吉太郎は言いふくめるようにやさしく言った。

「おまえが、おれから逃げようたって、もうだめだよ。おれも、命がけだからな」

十

赤坂の××町に住む黒石《くろいし》医師は、夜の九時ごろ、急患の往診から帰って、一風呂浴び、愉しみの晩酌の一本に手をつけたころ、玄関で鳴るブザーを聞いた。

やれやれ、また呼び出しか、と黒石医師は顔をしかめた。医師は五十をすぎている。なるべく夜の往診は断わりたい。彼は前にすわっている妻と顔を見合わせ、謝絶の言いわけを考えながら、玄関で応対する看護婦の声を聞いていた。奥の部屋からは遠いので、話の内容はよく分からない。

看護婦が襖《ふすま》の外から声をかけた。

「先生、古賀《こが》さんからお迎えでございますが」

「古賀だれだい？」

医師は咎《とが》めるような声を出した。

「古賀仙太郎《せんたろう》さんです。すぐにおいでくださいとおっしゃっています」

黒石医師は拒絶をあきらめた。古賀氏は長い間、馴染《なじみ》の患家である。杯をおいて玄関に出てみると、古賀仙太郎が羽織を着て、かなり息せき切った表情で立っている。

「やあ、今晩は」

医師は微笑しながら言った。

「お宅にご病人ができましたか？」

「いや、そうじゃないんです。うちじゃないんです。人が死にそうです。先生、すぐに来てください」

古賀仙太郎は、医師と同じくらいの年輩の会社員だが、だいぶあわてていた。

「お宅ではない？　それはどこですか？」

「隣ですよ。寺島という家です。主人が死にかけているんですよ。奥さんがぼくを呼びにきてね、行ってみたんですが、風呂場で倒れているんですよ。意識がありません。呼んでも返事がなく、お湯の中に倒れたっきりです」

黒石医師が思ったのは、脳出血のことだった。これは風呂場と聞いた連想である。

医師は支度をし、ガレージからルノーをひき出して、看護婦と古賀仙太郎とを同乗させた。それから、車を運転しながら、古賀の話を聞いた。

それによると、古賀家の隣に、このあいだ移ってきた寺島吉太郎と表札が出ている家から、若い奥さんが三十分前に玄関の呼鈴を鳴らし、主人が風呂場で急に倒れたから、すぐに来てくださいと告げられた。ふだん、この寺島という家とは交際はないが、こういう場合は格別なので、古賀仙太郎は、その奥さんのあとについて、下駄《げた》の鼻緒を切らしたくらい、急いで行ってみた。

タイル張りの浴槽に白い湯気が立ちこめていたが、その中で、一人の男が、頭を浴槽の縁にもたせ、手足をつっぱって、ほとんど湯の中にずり落ちるような恰好《かっこう》で倒れていた。なにしろ、早く浴槽の中から上げねばならない。夫婦二人きりの世帯であることはかねて知っていたから、なるほど、奥さんが呼びに来た理由がわかった。彼女ひとりの力では、大の男を浴槽から引きあげることができないからである。

古賀仙太郎は、着物を脱ぎ、シャツ一枚になって、とにかく湯につかっている主人の身体《からだ》を抱きかかえて、外に出した。湯加減は、かなり熱かったので、ぐったりとなっている主人はゆでたように赤くなっていた。若い細君が、床を敷き、その上に寝かせたが、何度呼んでも返事がないばかりか、目をむいたまま凄《すご》い形相で、呼吸を止めているらしいので、あわてであなたを迎えにきたのだと、彼は話した。

「脳出血かも分かりませんな、入浴中にはよく起きる」

医師はハンドルをまわしながら言った。

「その主人は、どういう職業の人ですか？」

「よく分かりません」

古賀仙太郎は答えた。

「毎日、家の中でぶらぶらしているようですから、勤め人ではなさそうです。といって、商売するふうでもなし、まあ、小口の金貸しでもしているのじゃないでしょうか。細君とは、だいぶ年齢《とし》が違うようだから、後妻かもしれませんね。細君は二十二三くらいの美人だが、旦那《だんな》は四十五六くらいです」

「男も、その年齢ごろが、脳出血を起こしやすい」

話しているうちに、車は急な坂道を一気にのぼり、医師は古賀仙太郎の家の隣でとめた。早春だが、今夜は冷えこみがひどく、黒石医師は車を降りて、ぶるんと肩をふるわせた。

古賀仙太郎が案内するように先に家の中にはいると、いま話に聞いた、若い細君というのが出て来て、医師に挨拶《あいさつ》した。格別にとり乱したところはない。きれいだし、近ごろのことで、娘か人妻か分からないくらいしゃれた恰好をしている。しかし、若いのに落ちついた女だと医師は思った。

主人という男は、奥の座敷で、布団《ふとん》の中に横たわっていた。

黒石医師は枕元《まくらもと》にすわって病人の顔を一目見たとき、これはいけないと思った。病人ではなく、死人の顔である。あわてて聴診器を胸に当てたが、鼓動は聞こえなかった。看護婦が、鞄《かばん》の中から注射器の用具をとり出したが、それを使う必要はなかった。懐中電灯に照らされた目は、瞳孔《どうこう》が完全に拡散している。

「お気の毒ですが」

と、医師は、後ろにすわっている若い細君に言った。

「手遅れです。すでに、お亡《な》くなりになっています」

細君はしばらく黙っていた。それから、死人の夫の方へ少しいざり寄り、その顔をじっと眺めていた。いまにもそれに取りすがって慟哭《どうこく》するかと思われたが、医師の経験を裏切って、その蒼《あお》い顔を彼の方へ向けた。

「先生、お手当を願っても、どうしても、だめでしょうか?」

その、もの憂《う》そうな声が、黒石医師の耳に印象的だった。目は涙がたまって、ぎらぎら光っていた。

「残念ですが、何とも致しかたがありません」

と、医師は頭をさげ、死者の苦悶《くもん》の表情の中心である、かっと見開いた目を、さすりおろしたまぶたで閉じた。

「病名は？」

細君はきいた。

医師は死体を熟視した。予想に反して、脳出血の症状は持っていなかった。

「ご主人は、心臓に、病気をもっておられませんでしたか？」

医師は反問した。

「べつだん、そんな病気はなかったように思います。ただ、心臓は丈夫なほうとは言えませんでした。すこし急な坂を上がっても、息切れがしていました。そうそう、そこの坂道などは上がってくるのに、たいへん苦痛がっていました」

医師はうなずいた。

「お風呂《ふろ》にはいられてから、奥さんを呼ぶようなことはなかったのですか？」

「短く何か言ったと思います。風呂にはいってから三分くらいのときでした。わたしは、主人の飲んだビールなどを片づけていたので……」

「ちょっと」

医師は、手を上げるようにしてさえぎった。

「ビールを飲まれてから、風呂に、はいられたわけですね？」

「はい、そうです」

「どのくらい召しあがったのです？」

「一本ですわ。あまり飲めないほうですから……」

「はあ、なるほど。それで？」

「風呂場から声が聞こえたような気がしましたので、行ってみますと、主人が両手を広げたような恰好で、頭を仰向けていました。はじめ、そんな恰好で、湯につかっているのかと思いましたが、声をかけても返事をしないし、覗《のぞ》いてみると、恐ろしい顔をして目をかっと開いたままでしたので、びっくりしました。とにかく、お湯から上げなければいけないと思いましたが、一人ではとてもできないので、お隣にお願いにあがったようなわけです」

「それは何時ごろでしたか？」

「ビール瓶などを片づけるとき、腕時計を見たら八時三十五分でしたから、それから三四分すぎだと思います。わたしが主人のそういう状態を見ましたのは」

医師は、分かりました、というように、二三度うなずいた。それから、これは、狭心《きようしん》発作《ほつさ》による死亡であると言った。

「狭心発作？」

細君は、若い目をあげて医師を見た。まだ少女のような、あどけない目であった。

「日ごろ、心臓の丈夫でないかたが、酒を飲んで熱い風呂にはいると、こういう発作を起こす場合があります。ご主人がその不幸にあわれたわけですな」

細君は、寝ている死者の顔に目を移した。しばらく凝視していたが、ハンカチを顔に当てて、黙って泣きはじめた。

医師は、その小きざみに動く細い肩を見ていたが、静かに帰り支度をはじめた。

「先生」

と、細君はハンカチをはなして、医師に呼びかけた。

「死亡診断書を書いていただきとうございます。明朝、いただきにまいりますが」

医師は、承知しました、と習慣的に言う言葉を口の中でのんだ。

「それは」

医師は起こしかけた膝《ひざ》をもとに戻して、思わずどもった。

「ちょっと、ぐ、具合が悪いのですが」

細君は、目をみはって医師を見つめた。

「なぜ、ご都合が悪いんでしょうか?」

彼女は詰問するようにきいた。

「なにしろ、私が来たときには、すでに亡くなられたあとでしたので」

と、黒石医師は若い細君のこわばった顔に説明した。

「息のあるうちから診たわけじゃないんです。しかも、初めてでしょう、これが。かねてから診察していたご病人でしたら、ご臨終に間に合わなくても、死亡診断書を書けるのですが、亡くなられたあとでは、死体検案書ということになるんです」

「死体検案書……」

若い細君は口の中でつぶやいた。

「では、それを書いていただけたら、区役所の方で埋葬《まいそう》許可証を貰《もら》えるのですか？」

「それは貰えます」

医師は答えた。

「しかし、私が、その死体検案書を書くわけにはゆきません」

「なぜですか？」

「地方と違って」

と、医師は説明的な口調になった。

「東京都では監察医制度がありましてね、死体検案の場合は、そこの医者が診ることになっていて、必要によっては、解剖することもあります」

「解剖ですって」

若い妻は、おびえたような声を出した。顔色が急に悪くなったように見えたのは、解剖を残酷なものとして受けとっている家族の衝撃であろうと、そのとき医師は思った。

「いやいや、それは必要によってですよ。かならずそうするとはかぎりません。ご主人の場合は、変死というわけではありませんから、そんなことはないと思います」

医師は安心させるように言って、立ちあがった。

「どうも、たいへんお気の毒でございました。それでは、今晩にでも連絡しておきますから」

連絡するのは、所轄《しょかつ》の警察署が規定になっている。医師はそれを言わなかった。警察という言葉が、また、この若い細君にショックを与えるかもしれないと考えたからだ。

医師は膝を立てたが、ふと、このとき、その浴室というのを一度見ておきたいと思った。あとで、警察からきかれたときに、説明に困ることにならないともかぎらない。

「奥さん、浴室を、ちょっと拝見させてくださいませんか」

若い細君は黙ってうなずいた。何だか、今までよりは、もっと力を失ったようにみえる。悲しみがせまってきたのか、それとも解剖という一語が衝撃だったのであろうか、と医師は思った。

風呂場は、西側の隅にあった。一方がトイレになっていて、片方のガラス戸をあけると、タイルのせまい浴室であった。浴槽の中では湯気が立ちのぼっている。

ははあ、ここで発作を起こしたのか、と医師は無心に沸いている湯を眺めた。底に青色のタイルが敷いてあるとみえて、湯の色は、深い淵《ふち》のように蒼い色をしている。

医師の目は、ふと、その蒼い湯の上にただよっている小さなものにとまった。鱗《うろこ》のような白茶けたものである。何かな、と医師は目を凝らした。それは、粟粒《あわつぶ》くらいの木の屑《くず》であった。風呂場の焚《た》きものの微細な屑が浮かんでいるらしい。

医師は目を戻して振り返った。細君が棒のように突っ立っていた。

「どうも、ありがとうございました」

医師は、細君におじぎをして玄関に出た。看護婦と、傍観者となった古賀仙太郎が、後ろから従ってきた。

「奥さん」

と、医師は靴をはいて、向きなおって言った。

「明朝、監察医務院から、ご主人をうけとりに搬送車が来るはずです。しかし、決してご心配なことはありませんよ。念のためですから、すぐに、お返しにあがるはずです。奥さん、どうか、安心してください」

「わたし、奥さんじゃありませんわ」

見送りにきていた彼女は、突然に鋭い声をあげた。

医師も、看護婦も、古賀仙太郎も、息をのんで突っ立った。

「奥さんは別にいらっしゃいます。わたしは、亡くなった人に、世話になっている女ですわ」

それから、鼻をすすって、子供のように当惑した声を投げた。

「困るわ、あたし。こんなことになって。迷惑だわ」

医師は、死者と、この若い女との年齢のへだたりを了解した。

その晩のうちに、黒石医師は所轄署の当直に、このことを電話で報告した。

十一

監察医務院の搬送車は、朝十時には赤坂の急勾配《きゅうこうばい》を登っていた。車体は、不吉な黒い色ではなく、清潔な水色にぬられていた。死体を乗せる車とは、誰もちょっと気がつかない。

この車には、途中から所轄署の警部補が一人乗っていた。寒い日で、警部補は腰かけて肩を縮めていた。

坂道を上がりきって、左の狭い道を、大型の死体搬送車は用心しながら遅く進んだ。折から出勤する通行人がおや、というように目をあげたが、そのまま足をゆるめることもなく行きすぎた。救急車と信じたらしい。

車は五十メートルばかり手前で止まった。そこから先は、運転が困難である。警部補が先におり、白い上張《うわつぱ》りをきた搬送員が二人、寝棺を持ってしたがった。

警部補は、寺島吉太郎という表札を見あげ、玄関の格子戸《こうしど》に手をかけたが、開かなかった。「喪中」の貼紙《はりがみ》はまだなかった。ごめんなさい、ごめんなさい、と警部補は三度、大声で連呼した。

足音が聞こえ、錠が内側からはずされて戸があいた。若い女が、眠そうな顔をして立った。ふだん着のままで、エプロンだけを急いでしたらしいところがあった。

「黒石医師からの連絡で、亡くなられたかたを検案のためにあがりました」

と、警部補は言った。

「こちらは監察医務院の人です」

杉田りえ子は、ちらりと白服の男たちを見、かかえている棺に視線を走らせた。表情に変化はなかった。

「奥さんですか？」

と、警部補は念のためにきいた。

「奥さんじゃありませんわ」

りえ子は答えた。

「わたしは、そうですね、同居人ですわ」

「そうですか、なるほど」

警部補はそのことを知っていた。昨夜、黒石医師からの電話で、当直がそれを聞いていたのだ。つまり、これが、死者の愛人なのであろう。愛人の家で死んだ当人は幸福なのか、不幸なのか、警部補はちょっと考えてみたが、分からなかった。

「それでは、ご遺体を、検案するため、お借りして行きます」

警部補は言った。

「どうぞ」

「三時間もあればすみます。すんだら、すぐお返しします」

白服の搬送員が言った。が、若い愛人は、とまどったように返事をしなかった。

遺骸《いがい》は奥の六畳に布団《ふとん》をかぶって寝ていた。白い布が顔にかかり、鼻のかたちが隆起していた。机の上に、線香が青色の細い煙を上げていたが、果物の供物は貧しかった。

二人の搬送員が合掌したあと、布団をめくり、頭と足とを持って死者をかかえあげ、棺の中におさめた。死人は黒っぽい着物を着せられていた。その、いちいちの動作を、彼女はすこし離れて立って見ていた。

襖《ふすま》をあけて、三十くらいの、赤茶けた髪の女が出てきた。襖の開いた隙間《すきま》からは布団が見えた。女は寝乱れた髪をしている。

「あんたは？」

と、警部補は三十女の派手な引き眉《まゆ》を見て言った。

「わたしの友だちですわ」

りえ子が引きとって言った。

「友だち？」

「そう、わたしが働いていたキャバレーのね。さゆりさんっていうんです。昨夜、一人でいるのがこわいから、電話で呼んで、来てもらったんです」

さゆりは、たるんだ目もとを笑わせて警部補におじぎをした。二人は、今まで布団の中で眠っていたらしい。通夜《つや》で遅く寝たのかもしれない。しかし、遺体の前の飾りは寂しかった。

警部補は、くわしい説明をりえ子に求めた。

死人は××に住む寺島吉太郎という小間物屋である、と彼女は、もの憂《う》そうな声で話しはじめた。キャバレーで知合いとなり、この家に同棲《どうせい》するようになった。奥さんは、まだ、この家に夫がべつな生活をもっているのを知っていない。

昨夜八時ごろ、吉太郎がビールを飲んだ。それから沸かしていた風呂《ふろ》にはいった。何か呼んだような声が聞こえたので、風呂場をのぞいてみると、吉太郎は湯の中に倒れていた。急いで隣の家をたたき、そこの主人に来てもらって、医者を迎えたのだ、と彼女は答えた。警部補は根掘り葉掘りしてきき、その話を手帳に書いた。

「亡くなったかたは、心臓が丈夫ではなかったのかね?」

警部補は、いくぶん、ぞんざいな口の利《き》きかたをした。

「あまり丈夫ではなかったようです。でも、悪いというほどでもありません。走ったり、激しく動いたりすると、すこしは息切れがするくらいでした」

警部補は鉛筆を動かしながら、うなずいた。

「ビールを飲んで、すぐ熱い風呂にはいったのが悪かったな」

「そうでしたわね」

と、警部補に共感したのは、さゆりだった。

「風呂場はどこかね?」

警部補はきいた。

「はい」

りえ子は先に立って、警官を案内した。廊下についたガラス戸をあけると、タイル張りの浴室があった。

「ほう、タイルか。贅沢《ぜいたく》なものだな」

警部補は首を突っこみ、覗いてみて言った。彼の家庭にはタイルの風呂場がないのかもしれない。その浴槽には水がなく、乾いていた。底の青いタイルの剝《は》げた部分まで見えた。

「用意ができましたよ」

と白服の搬送員が知らせてきた。棺を搬送車に積んで戻ってきたのである。

「このことを、亡くなった人の奥さんに、知らせましたか?」

警部補は、りえ子に向きなおった。

「知らせました。昨夜、公衆電話で」

彼女は、すこし、うつむいて答えた。

「でも、やってこないんです」

「こない？」

「わたしにおこってるんでしょう」

彼女は投げたような調子で答えた。妻がおこっているのは彼女にだけであろうか、と警部補は思った。家をとびだし、愛人と家を持ち、そこで急死した夫に憎悪《ぞうお》をもっているに違いない。その家で、夫の死顔との対面を拒絶した妻の気持も、警部補は理解した。が、しょんぼりと立っている若いこの愛人にも、彼は同情した。

「あんたも、医務院にいっしょに来ないかね？」

と、警部補は言った。

「もっとも、解剖を見せるわけにはゆかないから、すむまで待合室で待っているんです。解剖したあとの死体は、うまく縫合して、外から少しも分からないようにするから心配はいらない」

「わたし、いやですわ」

りえ子は断わった。

「あの人には奥さんがいるんですから、奥さんに行ってもらってください。そんなときの資格は、わたしにはないんです。わたしは、日陰の女ですから」

　警部補は、彼女が死者の妻に義理を立てているのかと思った。

「ふだんのときとは違うよ、君」

　と、彼は言った。

「こんな場合だ、向こうの奥さんもゆずってくれるだろう。そりゃこっちからも奥さんに報《し》らせておくが、君も遠慮しないで、いっしょに搬送車に乗ったらどうかね？」

「いやですわ」

　と、若い愛人は重ねて拒絶した。

「こんなことになって、ほんとは、わたし、迷惑してるんです。なぜ、あの人がわたしの家で死んだのか、恨みたいくらいですわ」

　警部補は目をみはって若い女の顔を見つめた。

「そりゃ、ずいぶん、寺島さんにはお世話になりましたわ」

　彼女は相変わらず、ゆっくりした調子の声で言った。

「でも、ちゃんとした奥さんがあるでしょ。死ぬんだったら奥さんの傍で死ぬのがほんとうだわ。わたしの立場が困るじゃないの。ほんとに迷惑だわ。わたし、世間の人に恥ずかしいわ。この上、解剖するところまでついて行くなんて、ごめんだわ」

　警部補はすこし呆《あき》れたような顔をして、意見を出さなかった。

「それじゃ」

警部補は横に立っている搬送員をうながした。

「どういう女だろうな」

と、警部補が言ったのは、走りだした搬送車の内で白服の二人に向かってであった。

「さんざん世話になった旦那《だんな》が死んで、迷惑だと言ってるのは」

「その気持、分からなくはありませんよ」

と、棺につきそって腰かけている搬送員は言った。

「遊びは遊びなんですよ、近ごろの若い女は。男の家庭が迷惑していることなんか平気なんでしょう。そのくせ、自分のところで死なれてから、急に、世間体《せけんてい》を考えたり、向こうの家庭との面倒ごとがうるさく感じられてくるんですね。もともと、ほんとうの愛情で結ばれた仲じゃありませんからね」

「しかし、昔の二号は、旦那にもっと愛情をもっていたがなあ」

年輩の警部補はつぶやいた。

「今どきは、少ないんでしょうな、そういう古い型は」

と、べつな白服が言った。

「エゴなんですよ、要するに。この人なんかも」

と、車の動揺で、小きざみにかたかたとふるえている棺を指して言った。

たでしょうね」

「彼女のところで死ななければよかった。そしたら、まだ長く、彼女の愛情が信じきれたでしょうね」

執刀は午前十一時からはじまった。寺島吉太郎は裸にされて解剖台の上に仰向けに横たわっていた。監察執刀医がメスで彼の咽喉《のど》の下から腹の下にかけて、一直線にさいてゆく。紙を切るみたいだった。死者は目をふさぎ、薄い髪を枕《まくら》の上に垂れている。皮膚を切っても、弱々しい黒ずんだ血しか滲《にじ》んで出なかった。

皮膚はさかれたところから、左右にいっぱいに押しひろげられた。臭気が立ち、活動を停止した桃色の臓器が俯瞰《ふかん》された。執刀医は、かがみこみ、目に注意をあつめながら、メスを動かしてゆく。台のぐるりに、ほかの助手が三人ついていた。一人は黒板に記録する役目であった。

立会いにここまではいってきた年輩の警部補は、口にハンカチを当てて、一メートルくらい退《さが》って見ていた。執刀医の白い服の背中が遮断して、色のさめた死者の顔と、裸足《はだし》しか見えない。医員の肩と肘《ひじ》だけが絶えず動いていていた。

せせらぎのように解剖台の下を水が流れていた。死体の足に当たるところにある水槽の中に、紐《ひも》のようなものがもつれて落ちた。腸だ、と知って警部補は鼻のハンカチをずり上げた。執刀医が動いて、死者の腹が、西瓜《すいか》のように真赤な穴をあけているのを見たとき、警部補は我慢がしきれなくなって退場した。

警部補は解剖室からあがった部屋の椅子《いす》に、腰をおろして待っていた。まさか、遠くまで逃げるわけにはゆかない。嘔吐《おうと》しないように胸をしずめるだけでも努力だった。

彼にとっては、長い時間が経《た》った。

階段を上がって執刀医が現われた。白い上着のすそをひらひらさせ、うまそうに煙草《たばこ》を喫《す》っていた。

「終わりましたよ。いま、縫合しています」

監察医は警部補の前に来て言った。

「はあ、そうですか。それは、どうも」

警部補は蒼《あお》い顔でおじぎをした。

「先生、いかがでしたか？」

「べつに変なところはありませんね。念のために、臓器の一部を取っておきましたが」

執刀医は結論を先に言った。

「肺臓と脾臓《ひぞう》に鬱血《うっけつ》が見られ、心臓内の血液は暗紫赤色の流動血だし、腎臓《じんぞう》と肝臓にも鬱血がある。頭部をあけてみたが、脳溢血《のういっけつ》はない。脳に充血と浮腫《ふしゅ》があるだけです。要するに、ふつうの心臓麻痺《しんぞうまひ》ですね」

「はあ、そうですか」

「くわしい所見は、解剖報告書に書いて送っておきます。遺体は縫合して消毒が終わりしだい、遺族にひき渡していいでしょう」

「はあ、そうですか。どうもありがとうございました。ご苦労さまでした」

監察医は、灰皿に青い煙を残し、スリッパを鳴らして廊下に出て行った。

警部補は階下の待合室におりて行った。誰の姿もなく、卓上の花だけが白く目についた。彼は首をひねった。

死者の妻には、その所轄《しよかつ》署を通じて連絡してあるはずである。愛人の家でならともかく、ここには駆けつけてこなければならないのだ。それに、若い愛人が死者につきそっていないことも通知してある。

どうしたのかな、支度に手間どっているのかな、と思っているとき、女事務員が呼びにきた。

「××署からお電話です」

死者の妻の住んでいる地域の所轄署であった。

「寺島吉太郎の妻は、亭主の死体を引きとらないと言っていますよ」

電話に出ている署員が話した。

「私が行ったんですが、すごい剣幕でしてね。相手の女に引きとってもらってくれ、というんです。絶対に、そっちには行かないと、声をふるわせて言うのです」

「しかし、それは少し……」

警部補は電話口で絶句した。

「ええ、無茶なんです」

と、向こうでも苦笑していた。

「なにしろ、目をつりあげてね、手のつけようのないくらいヒステリーです。死んだ亭主の悪口雑言《あっこうぞうごん》をわめきたてるんです。あれじゃ、今日明日、そっちに死体を引きとりに行くなんてことは考えられませんね。仕方がないから、二号さんに引きとってもらいますか？」

「いや、二号もだめですよ」

警部補は押し返した。

「こっちも絶対に厭《いや》だと言っている。ま、何といっても、そっちが正妻ですからね。何とかお引きとりを願わんことには、仏さまが宙に迷っちゃいますよ」

「弱りましたな。しかし、えらい話だ」

先方では溜息《ためいき》をついて電話を切った。

警部補は、監察医のところへ行って事情を話した。

「そんな具合で、ちょっと遺体は預かっていただくことになるかもしれません」

「そうですか。じゃ、死体冷蔵室に入れておきましょう。しかし、長くは困りますよ。

腐るからね」

「どれくらいです？」

「せいぜい三四日ですな。まさか、それまで取りにこないことはないだろう」

警部補は沈黙した末に、きいた。

「もし、そういうときには、遺体は、どうなるのでしょう？」

「仕方がないから、こっちの手つづきで焼いてやって、無縁仏にして埋めるんですね」

——実際に、そうなりそうであった。

警部補は翌日、署に出勤したが、昨日、監察医務院に運んだ心臓死の男のことが気にかかってならなかった。死因におかしい点はない。ただ、死体は、はたして引きとられたであろうか、という心配である。

警部補は監察医務院に電話をかけた。

「ああ、寺島吉太郎さんですね」

向こうでも、すぐに言った。

「まだ、引取人が来ないんですよ。遺族はどうしてるんでしょうか？」

と、逆にきかれた。

「実は、家庭に面倒な問題があるらしいんです。もう少し待ってみてください」

警部補は電話を切って煙草を喫った。遺体をまだ引きとりに来ないとは妻も非常識すぎる。どのように憎いといったところで、長年、連れそった夫ではないか。死んでからも、腹立ちまぎれに死体まで捨てることはあるまい。二号を囲う亭主は世間にはありがちなことだ。夫に非はあっても、遺体を拒むほどにしなくてもよかろう。警部補は、まだ見たことはないが、その妻の、目のすわっているヒステリックな顔を想像した。

警部補は、今度は、電話で××署を呼び、昨日電話で話した係官を出してもらった。

「どうでしょう。そちらは？　まだ、死体は受けとらないとがんばってますか？」

相手は先に苦笑の声を聞かせた。

「それがですな、実は、私も気になって、あの小間物屋に行ったんですよ。すると、女房は今朝十時ごろから居ないのですよ」

「居ない？」

「え、女店員の話では、相手の女のところへかけあいに行く、といって蒼い顔をして、出て行ったきりだそうです」

それは騒動になった、と警部補は思った。

「かけあいって、どんなことを言いに行ったんです？」

「死体は、どうしても受けとるわけにはゆかないから、そっちで引きとってくれっていう交渉だそうです」

警部補は電話を切ると、署を出た。

急な坂道をあがって、昨日の家に行くと、家の前には、まだ喪中の札も貼《は》ってなく、戸を閉めてしずまりかえっていた。このぶんでは、まだ死者の妻は来ていない模様だった。

ごめんなさい、と何度も声をかけると、あの若い女が、やはり内側から錠をはずして戸をあけた。彼女は昨日よりも髪が乱れ、蒼白い顔をしていた。警部補を見ると、それでも少しは笑った。

警部補は上へあがることを遠慮して、玄関のせまい土間に立った。

「仏さまは、気の毒に、監察医務院の冷蔵室の中に凍えたままですよ。どんないきさつがあるか知らないが、ともかく、あんたが引きとりませんか？」

「それは困りますわ」

杉田りえ子は、警部補をまっすぐに見て言った。まだおさない唇をしているが、言葉はしっかりしていた。目の白い部分も、うす青く澄んでいる。

「ちゃんと、奥さまがいらっしゃるんですもの、わたしが引きとるのは筋違いですわ」

「いや、それは、すこしは筋が違うかもしれないが」

警部補は、自分が弱い立場になっているような錯覚を起こした。

「とにかく、あんたも世話になっていたことだし、向こうの細君は腹を立てて仏を受けとらないと言っているから……」

「それは、奥さんから、いま、直接に聞きましたわ」

警部補は、目をむいた。

「もう、来たのかね？」

「あのとおりですわ」

杉田りえ子は奥をさした。警部補は足の位置を変えて覗《のぞ》きこんだ。箪笥《たんす》が破壊され、襖《ふすま》が骨を出して剝《む》かれていた。警部補は息を詰めた。

「たいへんだったわ、乗りこまれて。いま、お帰りになったとこだけど」

りえ子は微笑した。

「でも、そりゃ無理だわ。世話になった、世話になったとおっしゃるけど、わたしはそれほど望んでいなかったのよ、寺島さんが強引にこんな生活に引き入れたのよ。そりゃ、わたしだって商売してたから、いちおうはお金を使わせたけれど、それが悪いと思ったからこそ、ちょっと寺島さんの言うとおりになってたの。奥さんも、ほかの人も誤解してらっしゃるわ。その上、寺島さんがわたしん家《ち》で死んじゃって、ほんとうに迷惑してるわ。第一、何十年も連れそって、戸籍にちゃんとはいってらっしゃる奥さんが、いくら頭に来たからって、ご主人の遺体を引きとらないって法がありますか」

杉田りえ子は、それをもの憂《う》そうに述べた。

「そりゃ、こっちで引きとることは、わけはないけれど、わたしの方で葬式を出したら、死んだ仏も、奥さまも、世間のものわらいになりますわ。わたしもそうだわ。いやよ、そんなこと……」

警部補は声が出なかった。

警部補は、その晩、家に帰って、夕食のあとに、このことを妻に話した。署の仕事のことは、あまり家では言わない方だが、これは犯罪事件ではなかった。

妻は眉《まゆ》を寄せて聞いていたが、

「それで、両方が引きとらないというと、どんなことになりますの？」

「身許不明の行路病死者なみに、共同墓地に骨を埋められるらしい」

「気の毒に」

と、妻は吐息をついた。

「そりゃあ、亡《な》くなった旦那《だんな》さまが悪いにきまってるけど、奥さまも、ちょっと厳格すぎるわね。気持は分かるけれど」

「おまえもそう思うか？」

「ええ。やっぱり、その若い二号さんの言うとおり、そっちで葬式を出さないと、ものわらいになりますわ。若いだけに、理屈が合ってるわ」

警部補は妻の顔を眺めた。女というものはふしぎなもので、あの女房に肩を持つかと思うと、かえって若い愛人に同情している。意識のどこかでヒステリックな女房に反発しているのかもしれなかった。女の同性への感情は微妙だと思った。

玄関に誰かが訪ねてきた。

「河崎《かわさき》さんですわ」

妻が戻ってきてから言った。そのあとから、河崎が色の黒い、しなびたような顔をして現われた。

「今晩は」

彼は古参の刑事で、脂《やに》で黒い歯をむき出して笑った。家が近いので、ときどき、遊びにきていた。

「碁かね?」

警部補も見上げて笑った。

「いいえ、そうじゃないんです。ちょっと」

河崎はすわりこむと、ポケットからくしゃくしゃになった煙草《たばこ》の袋をとり出した。

「主任さん。坂道の上の住宅で心臓麻痺《しんぞうまひ》で死んだ男、まだ両方で引きとらないんですってね?」

「そう。今も女房の意見をきいていたところだがね」

「あれは、風呂《ふろ》にはいってて死んだんですね？」

刑事は煙草を吹かして、目を細めた。

「そうだ。何かい？　あ、だめだよ、ありゃあ、ちゃんと監察医務院で解剖して、心臓麻痺だってことは、はっきりしてるんだから」

河崎は煙を吐いて、その行方《ゆくえ》が上の電灯にもつれるのを見送っていたが、

「ちょっと、妙なことを聞きましたのでね」

とつぶやいた。

「妙なことって何だい？」

「あたしの親類が、あの家の向かい側の丘にありましてね、ちょうど、谷を一つ越えて、真正面なんです。もっとも玄関の方は見えないで、裏側が見えるんですよ」

河崎は、ぽつりぽつり話しだした。

「それはいいが、その親戚《しんせき》の隣の家に大学受験をすべった浪人がいましてね、そいつがこんなことを言ったそうですよ。あの死人が出た日に、風呂場の煙突から出る煙が違う時間に出たってね」

「どういうのだね、そりゃあ？」

警部補は、刑事の顔を見た。

「つまり、こうなんですよ。その受験生は、あの死人の出た家を日ごろから、しじゅう、

気をつけて見ていたんですね。というのは、あの家の二号さんは若い女だから、興味を抱いていたらしい。受験生は真向かいの窓際《まどぎわ》で勉強しているから、ちらちらとあの女の姿が見えるのを愉《たの》しんでいたらしいんです。年ごろですからね。そして、いつのまにか、その家の習慣として風呂の煙突から煙の出るのが、ひる前の十一時ごろから、遅くても一時ごろだと知ったんですな。これは毎日狂いがなかったそうですよ。ところが、あの死人があった日だけ、晩の八時前に出たそうですよ。煙に火が反射して赤くなったので分かったそうです。これは、勉強しているから、時計をいつも机の上に置いているので、間違いはないそうです」

「なんだ、君、ききに行ったのか？」

「その話を親類の奴《やつ》が言ったものだから、あたしは受験生に会いに行きましたよ。黄色いセーターなんかを着た一風変わった受験生でしたがね。女を遠くから覗いてたというのが恥ずかしいのか、はじめは隠してましたが、とうとう、ほんとうのことを言いました」

「ふうむ」

警部補には、すぐには、よく分からなかった。

「違った時間に煙が出たのは、それだけで、あとは、やっぱり、昨日から昼ごろに煙が出てるそうですよ」

「なに、人の死んだ風呂場を、すぐ、あくる日から使ってたのか！」

警部補は河崎のくぼんだ目を見つめた。

「そういうわけですな」

古参刑事は煙草を吹かしていた。


翌日の朝、河崎は黒石医師を訪ねて行った。

医師は診察の間に、河崎を請《しょう》じた。

「先生、どうも、患者さんでお忙しいところを」

河崎は恐縮しておじぎをした。

「いや、何ですか？」

「実は、一昨日の晩に、高台の家の風呂場で、心臓麻痺を起こして死んだ男を診られたでしょう？」

「そうそう。呼びに来たので診に行きましたよ。心臓麻痺だとは思ったけれど、私の日ごろ診てない人だし、急死だから、検視するよう警察に届けておきましたが、何か、おかしかったのですか？」

黒石医師は目を大きくした。

「いいえ、監察医務院で解剖の結果も心臓麻痺でしたから、それは怪しいことはないのです。しかし、ちょっと気にかかることがあるので、参考のためにおうかがいしたいのですが」

「はあ、いいです。何でもきいてください」

「先生が行かれたときは、死体は、もう風呂場から上に引きあげていたのですね？」

「そうです。隣の人を呼んで、あの若い婦人がいっしょに湯からひっぱりだして床の上に寝かせていたんです。そのときは、もう呼吸《いき》がなかったんですがね」

「入浴中に心臓麻痺を起こす例は、よくあるんでしょうね？」

「ありますよ、それは。日ごろから心臓のあまり丈夫でない人は麻痺を起こしやすいです。ことに、あの人は、ビールを飲んでいますからね」

「そうですか」

刑事は考えるように黙っていたが、

「先生はその時、風呂場をごらんになったのですか？」

「見ましたよ、いちおうは」

「それで、何か変わったことはありませんでしたか？」

「べつに」

と医者は簡単に言った。

「異状はありませんでしたよ。普通のタイル張りの浴槽に湯が沸いていました」

「湯の量は？」

「浴槽に七分目、普通だな」

「何か、ちょっと妙だな、と思われたことはありませんか？　先生、よく考えてみてください」

刑事がねだるように頼むので、黒石医師も手にもった聴診器をいじりながら、目を宙にとめていた。

「どんな小さな、つまらないことでもいいんです」

河崎は、医者の考えを手伝うように言った。

「そうね。これは、その変わったことになるかどうか分からないが、ぼくが見たとき、湯に小さな木屑《きくず》が一つ、浮いてましたよ」

「木屑ですか？」

「小さいものです。それもたった一つね」

「小さいといっても、どれくらいの大きさですか」

「そうね、いま考えると、あれはオガ屑かもしれないな。そうだ、オガ屑のようなものが一粒、浮いていたですよ。ぼくは、そのとき、風呂の焚口《たきぐち》の木屑が、まぎれて湯に浮かんだと思ったんですがね。石炭を入れる前に、木を燃やしますからな」

「そうですね」

河崎は、べつな考えを追っている目つきで、うなずいた。それから、患者がたまっているのに気づくと、詫《わ》びを言って立ちあがった。

「オガ屑が、湯に浮いていたというのかね」

河崎刑事の報告を聞いて、警部補は首をひねった。警部補自身が見たときは、その翌朝で、風呂の湯はおとしてあったから、むろん、その状態は見られなかった。

「風呂を焚くのに、東京でもオガ屑を燃やすかね？　ぼくの田舎のほうでは使うがね」

「私の郷里《くに》でもオガ屑を使いますよ。あれは火モチがいいですからね。しかし、あの家は石炭だから、そんなものを焚くことはないでしょうにね」

「あの晩にかぎって、風呂を沸かす時間がいつもの習慣と違っていたということと、その一粒のオガ屑と、何か関連があるかな」

警部補は河崎を見た。

「さあ」

河崎は、しなびた顔を手でこすっていた。

「君、あの家が日ごろ、風呂を焚くのに、オガ屑を使っていたかどうか、調べてみる必要があるね」

「そうですな」

河崎は落ちついて、煙草をとり出した。

しかし、死因は、はっきりしている。他殺ではないのだ。それを追及してみたところで事件にはなりそうにない。警部補は、それを考えると、気乗りがしなかったが、心のどこかに意欲の動くものがあった。

夕方になって、河崎が疲れた恰好《かっこう》で署に戻ってきた。古い手提鞄《てさげかばん》を持ち、集金人のような恰好をしている。オーバーを釘《くぎ》にかけると猫背になって、警部補の机の前に来た。

「外は寒いかい?」

警部補は、河崎のしなびた顔を見上げた。

「なかなか暖かくなりません」

河崎は、後輩の刑事が盆に載せて持ってきた渋い茶をすすり、警部補の横に据えてある大火鉢の上に股《また》を開いた。

「あの若い女は、杉田りえ子というんですな。北海道の根室の生まれだそうです」

河崎は話しだした。

「キャバレーのキュリアスでは八重子という源氏名で、一年半前から勤めています。その前は、池袋や神田のバーで働いていたらしいんです。ところで、りえ子は、あの家を今月いっぱいで出て行くそうですよ」

「りえ子に会ったのか?」

「彼女は留守でした。あたしは保険の勧誘員になって行ったんですがね、友だちだと称している年増《としま》の女が居ましたよ。キュリアスに働いていて、さゆりという名だそうですがね。りえ子が寂しがってるから、吉太郎が死んでから毎晩、泊まりにきてると言ってました」

警部補はうなずいた。その女なら、彼もあの家で会っている。

「君のことだから、いろいろ話を聞きだしただろうな?」

「保険の勧誘というと、長尻《ながっちり》で話しこめますからな。向こうも退屈していたとみえ、玄関にお茶なんか出してくれましたよ。今月で越すというから、保険の話は引っこめて、世間話から、それとなく探っていったんです。さゆりの口ぶりでは、りえ子は金目的《かねめあて》で、吉太郎をあやつっていたらしいですな。相当、取りこんでいて、そのため吉太郎の商売がいけなくなったほどです。吉太郎の方は、もう、りえ子にのぼせる一方なんで、そういう点では、さゆりは吉太郎に同情していましたよ。男の方が、ずっと純情だというんです」

河崎は、ポケットから、相変わらず、よれよれの煙草袋をとりだした。

「吉太郎は若いときから商売一途《いちず》の堅い男でしたが、りえ子を知ったのが不運だったんですね。ほれ、四十すぎてからの男の浮気は始末が悪いといいますからな。とうとう長年かかって貯めこんだ金を、りえ子に注《つ》ぎこんでしまい、商売も女房も捨ててしまった

というわけです。りえ子の友だちだが、さゆりも、若いりえ子の腕にびっくりしている
ようです」
「ふうん。その、さゆりが、何で、りえ子の家に毎晩泊まってやる親切心があるのか
な?」
「金ですよ。りえ子が吉太郎から絞った金を、少しうるおしてもらおうという下心です
よ。あの世界の女の友情ってのは、そんなところです。ですから、さゆりの不機嫌な様
子がちらちら見えていました」
「不機嫌?」
「あたしの推察では、思うように、りえ子が金をくれないから不満なんじゃないですか
な。どうも、杉田りえ子は、がっちりしているようです。さゆりは、もっと金がもらえ
ると思っていた期待が、的はずれだったもんだから、いまの若い人はしっかりしている、
と、暗に、りえ子を悪く言ってました。そこをつかまえて、あたしは、じわじわと話を
引きだしてゆきましたよ」
保険外交員に化けた河崎が、玄関に腰をすえて、にやにやしながら、もの慣れた調子
で、ねばっこく相手を誘導してゆく様子が、警部補には目に見えるようであった。
「いったい、りえ子って女は、その金をひとりで握ってどうするつもりだろう、保険に
でもはいってくれるといいがな、というような話から探ると、だめだめ、八重ちゃんは

その金をみんな使ってしまっている、吉太郎からとった金はほとんど残らないで、近いうちに神田のバーを居抜きで買いとる計画で、そっちへの権利金にも相当つかったそうです」

「バーをはじめるのか？」

「つまり、りえ子はマダムにおさまるわけですな。さゆりの不満は、その辺の嫉妬《しっと》もあるようです。何といっても、渡り女給のあこがれは、マダムになることですからな」

「りえ子の背後に誰かいるね！」

警部補が言った。

「そこまで聞けば、こっちのもんですよ、主任さん。神田へんのバー・ブローカーにたずねてみたら、たしかにそんな話を聞いているというんです。譲渡する店は、バー・バッファロという名ですが、そこへ行って調べると、その交渉に来ているのは、りえ子という女と、山ちゃんと称する若いバーテン見習いで、こいつは、同じ神田のバー・ウインナで働いているそうです」

「ああ、その山ちゃんって男が、りえ子のヒモだったのか」

警部補が、椅子《いす》にもたれている身体《からだ》を起こした。

××署から、警部補に電話が掛かってきたのは、その翌日の昼ごろであった。

「ご心配をかけましたが、寺島の女房がやっと亭主の死体を引きとることを承知しましたよ。親類に説得されたらしいんです」

向こうの係官は言った。

「そうですか」

普通なら、ほっとしたいところだが、警部補の返事はにぶった。死体をまだ冷蔵室の中に置いておきたいような気持もする。しかし、まだ、その死体に、犯罪の線が浮かんでくるかどうか分からない。それに、解剖はすんでいるのだ。解剖報告書があれば、それが役に立つだろう。

「そうですか、それはよかったですな。いや、ご苦労さまでした」

警部補は電話を切ると、指先で、こつこつと机の端をたたいた。心が何となく落ちつかない。

夕方、河崎が例の猫背で、おもしろくもなさそうな顔つきで外から帰ってきた。

「おい、あの死体は、女房が引きとったそうだよ。もう、骨になっているだろう」

警部補は刑事の顔を見て言った。

「へえ、そうですか」

河崎は、そのことで別に感動を現わさないで、警部補の前の椅子をひいた。それは仕方ないですな、と、彼の表情も言っているようだった。

「昨夜は、あれから、神田のバー・ウインナの客になって行って、山ちゃんを見てきました。二十四五の、色の蒼白《あおじろ》い、やせがたの若い男ですがね、あんな二枚目気どりの貧弱な男が、若い女には、魅力があるんでしょうかね？」

「そうかもしれん。ぼくらの若い時でも、ちょいとバイオリンがひけるとか、歌がうまいとか、背が高いとか、そんな気どったやつがモテたからな」

警部補は笑って言った。

「山ちゃんは、本名山口武重っていうんです。二十四ですが、バー・ウインナの屋根裏に留守番兼用で寝泊まりしています。以前、若い女が、夜ふけにときどき訪ねてきていたというから、ほかの奴《やつ》にきいてみたら、やっぱり、杉田りえ子でした。最近、奴は、店を持って独立するんだ、と友だちに吹聴《ふいちょう》していたというから、りえ子から金が出ているに違いありません」

河崎はつづけた。

「そこで、寺島吉太郎が死んだ晩のことを、ウインナの店の者に当たってみると、山ちゃんは夕方の五時ごろ外出して、七時ごろに帰ったといいます。バーは七時からですが、山口は見習いなので、チーフ・バーテンに小言《かす》を食っています。本人は映画を見たと言ってたそうですがね」

「五時から七時か」

寺島吉太郎が風呂《ふろ》で急死したのは、八時半ごろである。五時から七時まで外出していた山口の行動と何か関係があるのだろうか。警部補は考えていた。

「山口のその晩の外出のことは、もっと突っこんでみます」

河崎は、やはり、ぼそぼそと言った。

「それから、主任さん。ちょっと妙なことがあるんですよ。この前、お話ししたように、りえ子の家では、吉太郎が死んだ翌日から、やはり昼ごろ風呂を立てているんですな。普通、死人が出た風呂場は、たとえ家族でも気持悪がって、すぐには使わないものですがね。りえ子の神経が太いのかと思ってましたが……」

そうだ、それは気になっていた、と警部補は思った。

「あたしゃ、昨日と今日、あの家の風呂場の外に張りこんでいましたよ。煙突から煙が出て、湯をおとすまでね。どうも、出歯亀《でばかめ》みたいで気がさしましたが、風呂場ではいっこうに湯を使うような音がしないのです。二時間ばかりして、下水に湯をおとす音がしましたが、きっとその湯は、脂《あぶら》の浮いてない真水《まみず》のように澄んでいたと思います。夕方、りえ子が買物に行くような恰好で出ていったので、つけてゆくと、遠いところにある銭湯にはいりましたよ」

「え。それじゃ、誰もはいらない風呂を沸かしていたのか？」

「そういうわけです。毎日、習慣的に風呂をたてているということを近所に見せているわけですな」

警部補は、河崎のしぼんだくろい顔を見据えた。

「ああ、それからですな」

刑事は、つけ加えるように言った。

「あの家は、風呂をたてるのに、オガ屑《くず》を使っていませんよ。石炭だけです」

――当夜、黒石医師は、死体を引きあげた直後の風呂に、一粒のオガ屑を見ている。

それが吉太郎の死に関係があるのかないのか、警部補には、まだ判断がつかなかった。

しかし、誰もはいらない風呂を沸かしていることが、河崎のいうように、近所への偽装としたら、吉太郎の死に、何かあったので、それを隠したい意識から出た行為ではなかろうか、と考えた。

警部補が家に帰って、これから床にはいろうとしていたときだから、遅い時間である。

玄関で呼鈴が鳴った。

「河崎さんですよ」

妻が告げた。警部補は、いったん着た寝巻を着替えた。

河崎はジャケツの上に、古びた上着をひっかけていた。

「今晩は。遅くお邪魔をします」

「何か、分かったんだね？」

警部補は、相手の顔を見てすわった。

「分かりました」

河崎は、出された熱い茶を口で吹いた。

「山ちゃんが、あの晩、五時から出て行った先をつきとめたんです」

「ほう」

「芝の中《なか》ノ橋《はし》にいる、これも別な店のバーテンですが、久岡《ひさおか》っていうんです。山ちゃんが店をもったとき、バーテンに呼ぶ約束だったと言いますがね。山ちゃんは、五時半ごろ、そいつのところへ行って、自転車を借りています」

「自転車を？」

「そうです。ちょっと、近所に行くから、一時間ばかり貸してくれと言ったそうですがね。はっきり行先は言わなかったそうです。久岡は、それから働いている店に出かけたので知らなかったのですが、山ちゃんは一時間ほどして戻って、自転車を久岡の女房に返したそうです。それは、いいんですが、久岡の女房の話では、自転車の後ろにくっついている荷物台が、ぬれていたというんです」

「ぬれていた？　雨でも降ったのかな」

「星が出てましたよ、その晩は。あたしは念のために、東京気象台に電話でききあわせたところ、あの晩は晴で、東京中のどこにも俄雨《にわかあめ》が降った形跡はない、という答えでした。実際、久岡の女房の話でも、ぬれているのは荷物台と、後ろの泥よけの一部分だけだったといいます。つまり、そこだけ、水がかかっていたんですね」

警部補は煙草《たばこ》をくわえた。河崎もポケットから出して一本を指にはさんだ。警部補はマッチをすって火を与えた。

両人《ふたり》は、向きあって煙を出したが、それは、ふたりとも考えを追っている小さな時間であった。

「中ノ橋の久岡の家から、りえ子の家まで自転車で往復四十分です。距離は近いが、あすこは急な坂道があるから、上りは歩いて、自転車を押さなければならないのです。しかし、それでも、二十分は残る。山ちゃんは、これをどう使ったか、ですな」

「分かったよ」

警部補は、とぼけている古参刑事の顔に微笑《わら》った。

「君は、もう、その晩に山ちゃんが買った氷屋を見つけたね?」

河崎は、黒い脂《やに》のついた歯をむいた。しかし、彼の顔つきから受ける印象からか、得意げな笑いには見えなかった。

「氷の販売店で聞きました。その夕方の六時前ごろ、二十三四の若い男が、氷を三貫目買って、自転車の荷物台に積んで行ったと言います。人相をきくと、まさに、山ちゃんこと、山口武重にぴたりです。氷は、もちろん、オガ屑にまみれています。山ちゃんは、それを自転車に載せました。その氷屋から、りえ子の家まで、二十分か三十分、氷は水滴を落として、荷物台と泥よけとをぬらした、というわけでしょう」

「しかし、風呂場で氷を、どう使ったのかな」

警部補は、顎《あご》をこすった。

「オガ屑が」

と、河崎は言った。

「一粒だけ、風呂の湯に浮かんでいたでしょう。あれは氷についたオガ屑をいちおうはよく洗い落としたつもりが、一つだけ、くっついていたんですな。だから、氷は風呂の湯の中に入れられたんです」

「おい、ごまかそうとしたな。湯ではあるまい、まだ水のときだろう?」

刑事は、はじめて子供のように笑った。

「そうです、そうです。湯になる前の水ですな。このごろの時候ですから、水だけでも、七度くらいの温度でしょう。それに氷を三貫目入れるから、四、五度くらいにさがると思います。その水風呂の中に、いきなり入れられては、これは心臓麻痺《しんぞうまひ》を起こす可能性が強いです。ことに、吉太郎のような年齢《とし》と体質ではね」

「吉太郎が死んで、その死体のはいった水風呂を焚《た》いて、湯にしたわけだな」

「医者を呼んだのは、完全に沸いてからですよ」

死体が突っ張って横たわっている風呂の焚口《たきぐち》にしゃがみ、石炭で燃やしている若い女の姿を想像して、警部補は着物の襟をかき合わせたくなった。

「それにしても、吉太郎は、やすやすと水風呂にどうして入れられたのだろう？」

「ビールだと思います」

河崎は言った。

「ビールのコップの中に、睡眠薬を粉にして混ぜていたと思いますな。ビールだと、ちょっと変な味でもごまかすことができる。それに、ビールに混入すると吸収が早く、解剖しても、胃から睡眠薬を検出することが困難だそうです。これは、解剖の医者から教えてもらいました」

「それじゃ、吉太郎は眠ったまま、風呂につかったのかな？」

「それは、そうじゃないと思います。昏睡《こんすい》する直前の、意識の朦朧《もうろう》状態のとき、裸にして、手をとって風呂場に連れて行ったと思うんです。そうでないと抵抗しますからな。抵抗したら、死体が傷だらけになります」

「その風呂を沸かすのに、いつもの昼の時間にしなかったのは？」

警部補は分かっていることを確かめるように、質問した。

「山ちゃんが氷を運ぶのを見られないためです。暗くなってからならいいが、昼間だと近所の目につきますからな」

古参刑事は、おもしろくもなさそうな顔で答えた。

「りえ子の心には、吉太郎を殺したという気持がひっかかるものだから、急に風呂をたてるのをやめると、近所に怪しまれはしないかと恐れて、あくる日から毎日、沸かしていたんですな。しかし、さすがに、その湯にはいる気持がしないので、自分では遠くの銭湯に行っていたんでしょう。かえって、風呂を、あくる日からたてなかった方が自然だったでしょうね」

警部補の妻が近所からラーメンを取ってきたので、河崎は、口をとがらし、息を吹きながら食べはじめた。


杉田りえ子と山口武重とは逮捕された。

解剖時に採取した血液と胃の内容の一部、および肝臓、脳の一部を細密検査したところ、アルコールとブロームワレリール尿素（睡眠薬）が抽出された、と監察医務院から報告があったのは、その日である。

「寺島ガ私ヲ殺ソウトシタノデス」

りえ子は供述した。

「私ハ、ハジメカラ寺島ガ好キデハアリマセンデシタ。タダ、商売ダケデ、オ客サントシテ相手シテイタノデス。ソノウチ、寺島ノ方ガ熱ヲ上ゲテキテ、イロイロナモノヲ買ッテクレタリ、金ヲクレタリシマシタ。山口トハ前ノ店カラノ関係デスガ、山口ニ話スト、オレモ早ク独立シテ店ヲモチタイカラ、寺島カラ金ヲデキルダケ貰《もら》ッテクレ、店ヲモッタラ一緒ニナロウ、ソノタメニハ、俺モ目ヲツブルカラ、オ前モ我慢シテクレ、ト言ワレマシタ。寺島ニハ悪イケレド、私ハ山口ガ好キダッタノデ、一緒ニナリタイバカリニソノ言ウトオリニナリマシタ。私モ『マダム』ニナリタカッタノデス」

「山口ノコトハ寺島ニ、弟ダト言ッテオキマシタガ、ソレガバレテカラモ、寺島ノ熱ハ醒《さ》メルドコロカヨケイニ募ルバカリデシタ。アノ人ハ嫉妬《しっと》深《ぶか》クテ、私ガ店デ働クノヲ嫌《いや》ガリ、無理ニ一軒モタセマシタ。ソシテ奥サンカラ逃ゲテキテ、同ジ家デゴロゴロシマシタ。商売モマズクナリ、金モナクナッタヨウデス。ソレハ私ノタメダト思イマスガ、モトモト好キデナイ上ニ、ソンナダラシナイ男ニナッテヨケイニ嫌ニナリマシタ。何トカシテ逃ゲダソウトシマシタガ、ソレヲ察シタ寺島ハ、自棄《やけ》ニナッテ、今度ハ私ヲ殺ソウトカカリマシタ。ソシテ一歩モ外ニ出サナイデ監視シテイタノガ、タビタビ、坂ノ下ノ商店ニ買物ニヤルノデス。アノ坂道ハ急デスカラ、下カラ登ッテクルト心臓ガドキドキシマス。スルト、寺島ハソウイウ状態ノ私ニビールヲ飲マセタリ、風呂《ふろ》ニ入レヨウトシタリスルノデス。ソノ風呂モ、汗ガ出テ、フラフラニナルクライ無理ニナガク湯ニ入レテオキマシタ。心臓麻痺ヲ起コサセテ、分カラヌヨウニ殺スツモリダナ、ト思イマシタ。何シロ、逃ゲタラ、ドコマデモ追イカケテ探シダシ、顔ニ硫酸ヲカケルトイッテ脅スノデス。私モ生キタ気持ガシマセンデシタ。本人ハ生命ヲ捨テタ覚悟デ自暴自棄ニナリ、ソレニ、執念深イ人デスカラ、ホントニ何ヲサレルカ分カリマセン。マルデ監獄ミタイナ生活デシタ。コノ上、殺サレテハ堪《たま》ラナイト思ッテ、寺島ガ私ヲ心臓麻痺デ死ンダヨウニ見セカケヨウト企《たくら》ンデイルノヲ、逆ニ利用シタノデス。ソノ方法ハ、山口ガ考エダシマシタ。ツマリ、寺島ノ罠《わな》ヲコッチガ逆用シタノデス。コノ計画ニ山口ハヒドク乗リ気デシタ。ソレデ、今マデ割リ切ッテイタ様子ノ山口ニモ嫉妬ガアッタノカト私ハヨロコビマシタ。ケレドモ、山口ノ愛情ガ本当ニ私ニアルノカドウカ自信ガアリマセン。アノ男ニハ、ホカニモ女ガイルコトヲ知ッテイマス。ソレデ最後ニハ捨テラレルコトガ分カリナガラモ、私ハ山口カラ離レラレナカッタノデス」

「山口トハ、さゆりサンヲ通シテイツモ連絡シテイマシタ。アノ日、私ハ、ワザト風呂ハ晩ニワカスカラト言イ、夕方、アノ人ニ睡眠薬ヲ入レタ『ビール』ヲ『コップ』ニ二杯ノマセマシタ。ソコヘ山口ガ自転車デ氷ヲ持ッテキタノデ、二人デ氷ヲ割ッテ湯槽《ゆぶね》ノ水ニ入レマシタ。ソレハ眠リカケテイル寺島ニハ分カリマセンデシタ。ソレカラフラフラシテ、半分意識ノナイアノ人ヲ裸ニシ、山口ト二人デ両脇《りようわき》ヲカカエテ、氷ヲ張ッタ水ノ中ニ入レマシタ。寺島ハ、手足ニ力ガナイノデ、ソレホド抵抗ハシマセン。山口ガ上カラ肩ヲ押サエテイマシタ。アノ人ハ、水ノ中ニ入ルト三四分クライデ発作ヲ起コシ、ウウン、ト呻《うな》ルト急ニ手足ヲ突ッ張ッテ伸ビテシマイマシタ。ヨク見ルト目ヲムイタママ息ガ絶エテイルヨウナノデ、山口ノ言ウトオリニ風呂ノ焚口ニマワッテ、石炭ヲドンドン入レテ湯ヲ沸カシマシタ。山口ハ早ク自転車デ帰リマシタ」

「解剖死体ハドウシテモ受ケトル気ガシマセンデシタ。コワイカラデハナク、私ノ方デ葬式スルト、カエッテ疑ワレルヨウナ気ガシテ、奥サンニ渡シテクレトツッパネタ方ガ自然ナ感ジガシタカラデス。毎日、ハイリモシナイ風呂ヲタテテイタノモ、疑ワレタクナイタメデス。今カラ思ウト、チャントコチラデ葬式ヲ出シテアゲ、風呂モ当分、ヤメタ方ガヨカッタカモ分カリマセン」

「私ハ寺島ヲアアイウコトニシタノガ、ソレホド悪カッタトハ思ッテイマセン。私ガシナケレバ、私ガ同ジ目ニアッテ殺サレルカ、顔ニ硫酸ヲカケラレルカダト思イマス。私ハ、マダ若イノデス。人前ニ出ラレヌヨウナ醜イ顔ニサレルクライナラ、私ノ方デ彼ヲ殺シタライイト考エマシタ」

杉田りえ子は、追いつめられた状態を、そのように、もの憂《う》げな声で述べた。

（「週刊朝日」昭和三十四年一月四日号〜四月十九日号）

解説

多田道太郎

『黒い画集』は昭和三十三年九月から三十五年六月まで『週刊朝日』に連載された。その作品中から著者がみずから選んだ七編が、この決定版『黒い画集』である。昭和三十五年といえば安保反対の運動で社会が騒然とした年だが、同時にこの年は、推理小説ブームがひとつの頂点に達した年でもある。『黒い画集』はその推理小説ブームの記念碑的作品である。

今からざっと十年も前の作品群だが、ここで描かれている状況はさほど変っていないように感じられる。松本清張は日常性のなかから犯罪をとりだしてくると言われているが、その「日常性」は、今日にもつづいている日常性だ。

私はこれで松本文学の解説ないし批評をこころみること、三度目であるが、彼の小説を読むと、そのたびに新しい謎《なぞ》をつきつけられる。推理小説の謎、というより、これらの作品を成りたたせている社会そのものの謎をつきつけられるのである。

たとえば『黒い画集』七編のうち四編までが男あるいは女の「浮気《うわき》」が事件のもとに

なっている。この「浮気」の正体は何なのか。いや、これは浮気と呼んではいけないものかもしれない。姦通《かんつう》という言葉はすでに古めかしいものとなった。しかし、自由恋愛とかフリーセックスというものではない。やはり密通とでも呼ぶよりしかたのないものだ。なぜなら、この男女のつきあいかたはどこか後ろぐらく、社会の指弾をうける性質のものだからだ。この後ろぐらさがなければ、たとえば『証言』の石野貞一郎の破局はありえないし、そもそも、この小説じたい、成りたたないのである。

どうしてこの種の男女のつきあいかたが後ろぐらいのか。いわば「不透明」なのか。私はそんなことを考えてしまう。

何を馬鹿《ばか》な、と一笑に付してしまう読者も多かろう。そんなことは「不倫」なのだから。不倫だから社会に指弾されるのは当然であり、作中人物が懸命に秘匿《ひとく》するのも当然である、と。しかしそれはおかしい。第一に、今日の社会では、自由恋愛はタテマエとしては認められているはずである。第二に、姦通という言葉が生々しく生きていた戦前の社会でも、蓄妾《ちくしょう》は公然と社会的にみとめられており、妾《めかけ》の一人や二人を持つことは、或《あ》る階層では、むしろ男の甲斐性《かいしょう》とみなされていたのである。妾のところへ通うことで地位を失い破滅にいたるということは、むしろ例外であった。この二つの事実を考えあわせると、今日の密通は、或る不思議な性格を持っているように思われてくる。そして早まわりして言えばこの性格が『黒い画集』の、じつは基調音になっているのではなかろうか。

『証言』の石野貞一郎は梅谷千恵子との生活をひたかくしにかくしている。絶対の秘密である。秘密である理由は、これが知れると課長という地位があぶない。「石野貞一郎はこれからも出世を考えている男だった」。

『寒流』の沖野一郎の復讐《ふくしゅう》のたくらみは、桑山常務の「スキャンダル」をあばくことにある。彼の空想では、敵は次のようにして失脚してゆく。「……片手に〝密会表〟と〝証拠写真〟を振りかざし、満面を紅潮させてわめく。桑山常務が蒼《あお》くなってうろたえている」。

密通は会社には知られてはならない。男が家庭外に「不透明」な性関係をもつことは、会社にとって好ましくないことである。かつては社会が不倫を糾弾した。こんにちでは、会社が「不透明」を糾弾する。

会社は倫理的に個人の私行を糾弾することはないだろう。会社とは、倫理とは別のところで成立する機構である。にもかかわらず、会社はそれを好ましくないとして、糾弾する。どうしてそうなのか。スキャンダルは会社の不名誉、ひいては不利益になるということか。そうかもしれない。しかしもしそういうことであれば、会社はそれを糾弾するよりもむしろもみ消すほうにまわるだろう。むしろ会社はもっと深いところで、会社の構成員が会社にとって「不透明」な欲望をもち、「不透明」な行動にうつるという一点に不安感と不快感を抱いているのではないか。

　会社の、一般に組織の構成員は、互いが互いにとって「透明」でなければならない。その行動も、意欲も、欲望でさえも……。どこかに暗い影の部分をもつ人は、組織にとって好ましくない人なのである。公私混同という言葉があるが、一般の常識とはちがって公有的部分が次第に私的部分を侵しつつあるのが、今日の管理社会といわれるものの傾向なのである。逆にいえば、組織人は組織にたいして自分を透明にしてみせれば、彼は安全であり、出世のコースを辿《たど》ることができる。

　松本清張の描く人物たちは、私たちの大部分の欲求の似姿として、自らの安全と出世を願う人たちである。しかし、不幸なことに、彼らは知らずしらず、影の部分をもってしまう。男の浮気心という古来のありきたりの衝動に負けてしまったということだろうか。いやむしろ、透明の部分だけではやりきれないという、それこそ不透明な、根源的な衝動に彼らは負けてしまったのではなかろうか。

　恋愛のよろこびといったものが、これらの小説にほとんど表われてこないことは特徴的である。恋愛といわず情痴のよろこびといってもよい。『坂道の家』では、うぶな中年男が情痴の道をころがりおちるさまが巧みに描かれているが、その情痴のかすかなときめきでさえも、ただちに不安の色どりに消されてしまう。

　彼らは人を愛するというより、自分だけの脆《もろ》い秘密をもちたがっているのだ。それは他人には決して見透かされない彼だけの不透明な部分なのである。しかしこの秘密は、衆人環視のなかではいかにも脆いものである。男と、その欲望の対象となった女とが、いわば心をあわせて「秘密結社」をつくるなら、その秘密はいささかの強靱《きょうじん》さを持ちえたかもしれないが、しかし、不透明の共同体がいかに成りたちにくいか、『黒い画集』は語っているようである。『証言』の梅谷千恵子には秘密の若い恋人がおり、その恋人の口から、石野・梅谷に共通の秘密があばかれてしまう。『坂道の家』の杉田りえ子にも、やはり秘密の若い恋人がいる。

各人がめいめい、自分だけの秘密をもちたがっているのだ。ということは、不透明な部分をもちたがっているのだ。ということは、自分がこの世の人間関係において「能動的作因」となりたがっているのである。

組織人としての「透明」と個人としての「不透明」と。この共存を人びとは望んでいるが、不透明な部分はいかにも脆い。それは共有されることで強くなることはほとんどありえない。男は自分の女を持ちたがるように、女は自分の男、つまり別のヒモを持ちたがる。そしてこのヒモによって、秘密は公然化し、暴露され、けっきょく事態は破局にいたるのである。

個人は他の個人にとっての敵である。個人は敵対関係におちこまざるをえない。『紐《ひも》』の秘密は夫婦共謀の生命保険金の詐取《さしゅ》であった。いや、詐取といえるかどうか。男は自分の生命を断って、その代償として妻に保険金を与えるのである。ここには、完璧《かんぺき》な秘密の共有、共謀があるかに見える。しかし、小説の意外性はそのあとにやってくる。共有はほんとは成立していなかったのではないか。妻は自分だけの秘密を持っており、その秘密のために夫を自殺へと追いやったのではないか。しかも、夫自身、そのことに気づいており、死にさいして、妻を殺人罪におとしいれる工夫をこらしていたのではないか。この疑惑で一編の小説が終るわけだが、個人の不透明の部分は、このように脆いものだ、互いに不透明の部分をかばいあうということはありえない、逆に不透明の部分が互いにあばきあい、けっきょくは透明な社会に吸いとられてしまう、というモラリテがここで提示されているかのようである。

松本清張の「日常性」とは、このような深淵《しんえん》を抱えこんだ日常性であり、ここには、多数者の生活的共感が堆積《たいせき》されている。

（昭和四十六年十月、評論家）

「遭難」「坂道の家」は光文社刊『黒い画集Ⅰ』(昭和三十四年四月)、「証言」「天城越え」「寒流」「紐」は同『黒い画集Ⅱ』(昭和三十四年十二月)、「凶器」は同『黒い画集Ⅲ』(昭和三十五年七月)にそれぞれ収められた。

松本清張著
或る「小倉日記」伝
芥川賞受賞　傑作短編集(一)

体が不自由で孤独な青年が小倉在住時代の鷗外を追究する姿を描いて、芥川賞に輝いた表題作など、名もない庶民を主人公にした12編。

松本清張著
黒地の絵
傑作短編集(二)

朝鮮戦争のさなか、米軍黒人兵の集団脱走事件が起きた基地小倉を舞台に、妻を犯された男のすさまじい復讐を描く表題作など9編。

松本清張著
西郷札
傑作短編集(三)

西南戦争の際に、薩軍が発行した軍票をもとに一攫千金を夢みる男の破滅を描く処女作の「西郷札」など、異色時代小説12編を収める。

松本清張著
佐渡流人行
傑作短編集(四)

逃れるすべのない絶海の孤島佐渡を描く「佐渡流人行」、下級役人の哀しい運命を辿る「甲府在番」など、歴史に材を取った力作11編。

松本清張著
張込み
傑作短編集(五)

平凡な主婦の秘められた過去を、殺人犯を張込み中の刑事の眼でとらえて、推理小説界に新風を吹きこんだ表題作など8編を収める。

松本清張著
駅路
傑作短編集(六)

これまでの平凡な人生から解放されたい……。停年後を愛人と送るために失踪した男の悲しい結末を描く表題作など、10編の推理小説集。

松本清張著　わるいやつら（上・下）

厚い病院の壁の中で計画される院長戸谷信一の完全犯罪！　次々と女を騙しては金をまき上げて殺す恐るべき欲望を描く長編推理小説。

松本清張著　歪んだ複写　―税務署殺人事件―

武蔵野に発掘された他殺死体。腐敗した税務署の機構の中に発生した恐るべき連続殺人を描いて、現代社会の病巣をあばいた長編推理。

松本清張著　けものみち（上・下）

病気の夫を焼き殺して行方を絶った民子。疑惑と欲望に憑かれて彼女を追う久恒刑事。悪と情痴のドラマの中に権力機構の裏面を抉る。

松本清張著　半生の記

金も学問も希望もなく、印刷所の版下工としてインクにまみれていた若き日の姿を回想して綴る〈人間松本清張〉の魂の記録である。

松本清張著　黒い福音

現実に起った、外人神父によるスチュワーデス殺人事件の顚末に、強い疑問と怒りをいだいた著者が、推理と解決を提示した問題作。

松本清張著　ゼロの焦点

新婚一週間で失踪した夫の行方を求めて、北陸の灰色の空の下を尋ね歩く禎子がまき込まれた連続殺人！『点と線』と並ぶ代表作品。

松本清張著
眼の壁
白昼の銀行を舞台に、巧妙に仕組まれた三千万円の手形サギ。責任を負った会計課長の自殺の背後にうごめく黒い組織を追う男を描く。

松本清張著
点と線
一見ありふれた心中事件に隠された奸計！列車時刻表を駆使してリアリスティックな状況を設定し、推理小説界に新風を送った秀作。

松本清張著
霧の旗
兄が殺人犯の汚名のまま獄死した時、桐子は依頼を退けた弁護士に対する復讐を開始した。法と裁判制度の限界を鋭く指摘した野心作。

松本清張著
蒼い描点
女流作家阿沙子の秘密を握るフリーライターの変死――事件の真相はどこにあるのか？代作の謎をひめて、事件は意外な方向へ……。

松本清張著
影の地帯
信濃路の湖に沈められた謎の木箱を追う田代の周囲で起る連続殺人！ふとしたことから悽惨な事件に巻き込まれた市民の恐怖を描く。

松本清張著
時間の習俗
相模湖畔で業界紙の社長が殺された！容疑者の強力なアリバイを『点と線』の名コンビ三原警部補と鳥飼刑事が解明する本格推理長編。

松本清張著

渡された場面

四国と九州の二つの殺人事件が、小さな同人雑誌に発表された小説の一場面によって結びついた時、予期せぬ真相が……。推理長編。

松本清張著

水の肌

利用して捨てた女がかつての同僚と再婚していた――男の心に湧いた理不尽な怒りが平凡な日常を悲劇にかえる。表題作等5編を収録。

松本清張著

天才画の女

彗星のように現われた新人女流画家。その作品が放つ謎めいた魅力――。画壇に巧妙にめぐらされた策謀を暴くサスペンス長編。

松本清張著

憎悪の依頼

金銭貸借のもつれから友人を殺した孤独な男の、秘められた動機を追及する表題作をはじめ、多彩な魅力溢れる10編を収録した短編集。

松本清張著

砂漠の塩

カイロからバグダッドへ向う一組の日本人男女。妻を捨て夫を裏切った二人は、不毛の愛を砂漠の谷間に埋めねばならなかった――。

松本清張著

黒革の手帖 (上・下)

横領金を資本に銀座のママに転身したベテラン女子行員。夜の紳士を相手に、次の獲物をねらう彼女の前にたちふさがるものは――。

松本清張著

状況曲線（上・下）

二つの殺人の巧妙なワナにはめられ、追いつめられていく男。そして、発見された男の死体。三つの殺人の陰に建設業界の暗闘が……。

松本清張著

蒼ざめた礼服

新型潜水艦の建造に隠された国防の闇。日米巨大武器資本の蠢動。その周辺で相次ぐ死者……。白熱、迫真の社会派ミステリー。

松本清張著

夜光の階段（上・下）

美容師・佐山道夫は、女の金と地位を利用してすべてを手に入れるが……。男の野心と女の嫉妬が激突する、傑作サスペンス長編！

松本清張著

松本清張傑作選
戦い続けた男の素顔
―宮部みゆきオリジナルセレクション―

「人間・松本清張」の素顔が垣間見える12編を、宮部みゆきが厳選！　清張さんの〝私小説〟は、ひと味もふた味も違います――。

松本清張著

喪失の儀礼

東京の大学病院に勤める医局員・住田が殺害された。匿名で、医学界の不正を暴く記事を書いていた男だった。震撼の医療ミステリー。

松本清張著

巨人の磯

大洗海岸に漂着した、巨人と見紛うほどに膨張した死体。その腐爛状態に隠された驚きのトリックとは。表題作など傑作短編五編。

松本清張著
黒の様式
思春期の息子を持つ母親が、その手に負えない行状から、二十数年前の姉の自殺の真相にたどりつく「歯止め」など、傑作中編小説三編。

梅原猛著
隠された十字架
―法隆寺論―
毎日出版文化賞受賞
法隆寺は怨霊鎮魂の寺！　大胆な仮説で学界の通説に挑戦し、法隆寺に秘められた謎を追い、古代国家の正史から隠された真実に迫る。

梅原猛著
水底の歌
―柿本人麿論―
大佛次郎賞受賞（上・下）
柿本人麿は流罪刑死した。千二百年の時空を飛翔して万葉集に迫り、正史から抹殺された古代日本の真実をえぐる梅原日本学の大作。

梅原猛著
葬られた王朝
―古代出雲の謎を解く―
かつて、スサノオを開祖とする「出雲王朝」がこの国を支配していた。『隠された十字架』『水底の歌』に続く梅原古代学の衝撃的論考。

帚木蓬生著
閉鎖病棟
山本周五郎賞受賞
精神科病棟で発生した殺人事件。隠されたその動機とは。優しさに溢れた感動の結末――。現役精神科医が描く、病院内部の人間模様。

帚木蓬生著
逃亡（上・下）
柴田錬三郎賞受賞
戦争中は憲兵として国に尽くし、敗戦後は戦犯として国に追われる。彼の戦争は終わっていなかった――。「国家と個人」を問う意欲作。

乃南アサ著　幸福な朝食
日本推理サスペンス大賞優秀作受賞

なぜ忘れていたのだろう。あの夏から、私は妊娠しているのだ。そう、何年も、何年も……。直木賞作家のデビュー作、待望の文庫化。

乃南アサ著　6月19日の花嫁

結婚式を一週間後に控えた千尋は、事故で記憶喪失に陥る。やがて見えてきた、自分の意外な過去――。ロマンティック・サスペンス。

乃南アサ著　涙（上・下）

東京五輪直前、結婚間近の刑事が殺人事件に巻込まれ失踪した。行方を追う婚約者が知った慟哭の真実。一途な愛を描くミステリー！

山田太一著　異人たちとの夏
山本周五郎賞受賞

あの夏、たしかに私は出逢ったのだ。懐かしい父母との団欒、心安らぐ愛の暮らしに――。感動と戦慄の都会派ファンタジー長編。

望月諒子著　蟻の棲み家

売春をしていた二人の女性が殺された。三人目の殺害予告をした犯人からは、「身代金」が要求され……木部美智子の謎解きが始まる。

桐野夏生著　東京島
谷崎潤一郎賞受賞

ここに生きているのは、三十一人の男たち。そして女王の恍惚を味わう、ただひとりの女。孤島を舞台に描かれる、〝キリノ版創世記〟。

黒《くろ》い画《が》集《しゅう》

新潮文庫　ま-1-19

昭和四十六年十月三十日　発行
平成十五年六月十五日　五十九刷改版
令和五年十月十五日　七十九刷

著者　松《まつ》本《もと》清《せい》張《ちょう》
発行者　佐藤隆信
発行所　株式会社　新潮社

郵便番号　一六二—八七一一
東京都新宿区矢来町七一
電話　編集部(〇三)三二六六—五四四〇
　　　読者係(〇三)三二六六—五一一一
https://www.shinchosha.co.jp

価格はカバーに表示してあります。

乱丁・落丁本は、ご面倒ですが小社読者係宛ご送付ください。送料小社負担にてお取替えいたします。

印刷・錦明印刷株式会社　製本・錦明印刷株式会社

ISBN978-4-10-110919-0 C0193